国家社会科学基金重大招标项目

『十三五』国家重点图书出版规划项目

国家出版基金项目
NATIONAL PUBLICATION FOUNDATION

吴笛　总主编
傅守祥　等著

外国文学经典生成与传播研究

第一卷　总论卷

北京大学出版社
PEKING UNIVERSITY PRESS

图书在版编目（CIP）数据

外国文学经典生成与传播研究. 第一卷，总论卷 / 吴笛总主编；傅守祥等著. —北京：北京大学出版社，2019.4

ISBN 978-7-301-30326-9

Ⅰ. ①外… Ⅱ. ①吴… ②傅… Ⅲ. ①外国文学－文学研究 Ⅳ. ① I106

中国版本图书馆 CIP 数据核字 (2019) 第 034583 号

书　　名　外国文学经典生成与传播研究（第一卷）总论卷
WAIGUO WENXUE JINGDIAN SHENGCHENG YU CHUANBO YANJIU（DI-YI JUAN）ZONGLUN JUAN
著作责任者　吴　笛　总主编　傅守祥　等著
组稿编辑　张　冰
责任编辑　刘　爽
标准书号　ISBN 978-7-301-30326-9
出版发行　北京大学出版社
地　　址　北京市海淀区成府路 205 号　100871
网　　址　http://www.pup.cn　新浪微博：@北京大学出版社
电子信箱　nkliushuang@hotmail.com
电　　话　邮购部 010-62752015　发行部 010-62750672
编辑部 010-62759634
印 刷 者　北京虎彩文化传播有限公司
经 销 者　新华书店
720 毫米 ×1020 毫米　16 开本　26.5 印张　456 千字
2019 年 4 月第 1 版　2019 年 4 月第 1 次印刷
定　　价　98.00 元

编委会

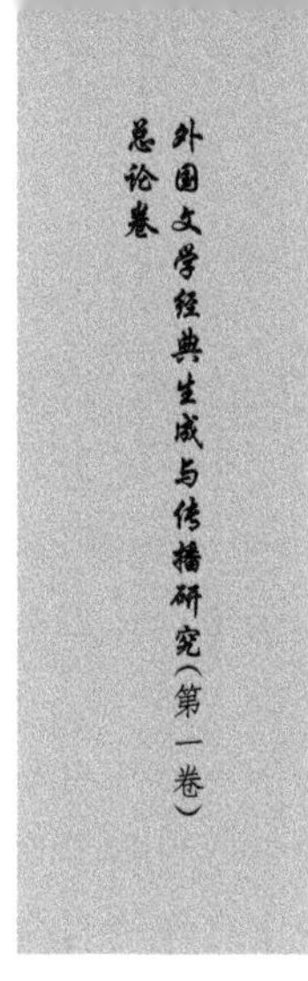

目 录

总　序

文学经典的价值是一个不断被发现的过程,也是一个不断演变和深化的过程。自从将“经典”一词视为一个重要的价值尺度而对文学作品开始进行审视时,学界为经典的意义以及衡量经典的标准进行过艰难的探索,其探索过程又反过来促使了经典的生成与传播。

一、外国文学经典生成缘由

文学尽管是非功利的,但是无疑具有功利的取向;文学尽管不是以提供信息为己任,但是依然是我们认知人类社会的一个非常重要的参照。所以,尽管文学经典通常所传播的并不是我们一般所认为的有用的信息,但是却有着追求真理、陶冶情操、审视时代、认知社会的特定价值。外国文学经典的生成缘由应该是多方面的,但是其基本缘由是满足人们的精神需求,适应各个不同时代人类生存和发展的需要。

首先,文学经典的生成缘由与远古时代原始状态的宗教信仰密切相关。古埃及人的世界观“万物有灵论”(Animism)促使了诗集《亡灵书》(*The Book of the Dead*)的生成,这部诗集从而被认为是人类最古老的书面文学。与原始宗教相关的还有“巫术说”。不过,虽然从“巫术说”中也可以发现人类早期诗歌(如《吠陀》等)与巫术之间有一定的联系,但巫术作为人类早期重要的社会活动,对诗歌的发展所起到的也只是“中介”作用。更何况“经典”(canon)一词最直接与宗教发生关联。杰勒米·霍桑

(Jeremy Hawthorn)[①]就坚持认为“经典”起源于基督教会内部关于希伯来圣经和新约全书书籍的本真性(authenticity)的争论。他写道:“在教会中认定具有神圣权威而接受的,就被称作经典,而那些没有权威或者权威可疑的,就被说成是伪经。”[②]从中也不难看出文学经典以及经典研究与宗教的关系。

其次,经典的生成缘由与情感传达以及审美需求密切相关。主张“摹仿说”的,其实也包含着情感传达的成分。“摹仿说”始于古希腊哲学家德谟克利特和亚里士多德等人。德谟克利特认为诗歌起源于人对自然界声音的摹仿,亚里士多德也曾提到:“一般说来,诗的起源仿佛有两个原因,都是出于人的天性。”[③]他接着解释说,这两个原因是摹仿的本能和对摹仿的作品总是产生快感。他甚至指出:比较严肃的人摹仿高尚的行动,所以写出的是颂神诗和赞美诗,而比较轻浮的人则摹仿下劣的人的行动,所以写的是讽刺诗。“情感说”认为诗歌起源于情感的表现和交流思想的需要。这种观点揭示了诗歌创作与情感表现之间的一些本质的联系,但并不能说明诗歌产生的源泉,而只是说明了诗歌创作的某些动机。世界文学的发展历程也证明,最早出现的文学作品是劳动歌谣。劳动歌谣是沿袭劳动号子的样式而出现的。所谓劳动号子,是指从事集体劳动的人们伴随着劳动动作节奏而发出的有节奏的呐喊。这种呐喊既有协调动作,也有情绪交流、消除疲劳、愉悦心情的作用。这样,劳动也就决定了诗歌的形式特征以及诗歌的功能意义,使诗歌与节奏、韵律等联系在一起。由于伴随着劳动号子的,还有工具的挥动和身姿的扭动,所以,原始诗歌一个重要特征便是诗歌、音乐、舞蹈这三者的合一(三位一体)。朱光潜先生就曾指出中西都认为诗的起源以人类天性为基础,认为诗歌、音乐、舞蹈原是三位一体的混合艺术,其共同命脉是节奏。“后来三种艺术分化,每种均仍保存节奏,但于节奏之外,音乐尽量向‘和谐’方面发展,舞蹈尽量向姿态方面发展,诗歌尽量向文字方面发展,于是彼此距离遂日渐其远。”[④]这也从一个方面说明,文学的产生是情感交流和愉悦的需要。“单

---

① 为方便读者理解,本书中涉及的外国人名均采用其被国内读者熟知的中文名称,未全部使用其中文译名的全称。

② Jeremy Hawthorn, *A Glossary of Contemporary Literary Theory*, London: Arnold, 2000, p. 34. 此处转引自阎景娟:《文学经典论争在美国》,北京:社会科学文献出版社,2010年版,第27页。

③ 亚理斯多德、贺拉斯:《诗学·诗艺》,北京:人民文学出版社,1962年版,第11页。

④ 朱光潜:《诗论》,北京:生活·读书·新知三联书店,1984年版,第11页。

纯的审美本质主义很难解释经典包括文学经典的本质。”①

再者,经典的生成缘由与伦理教诲以及伦理需求有关。所谓文学经典,必定是受到广泛尊崇的具有典范意义的作品。这里的“典范”,就已经具有价值判断的成分。实际上,经过时间的考验流传下来的经典艺术作品,并不仅仅依靠其文字魅力或者审美情趣而获得推崇,伦理价值在其中起着极其重要的作用。正是伦理选择,使得人们企盼从文学经典中获得答案和教益,从而使文学经典具有经久不衰的价值和魅力。文学作品中的伦理价值与审美价值并不相悖,但是,无论如何,审美阅读不是研读文学经典的唯一选择,正如西方评论家所言,在顺利阅读的过程中,我们允许各种其他兴趣从属于阅读的整体经验。② 在这一方面,哈罗德·布鲁姆关于审美创造性的观念过于偏颇,他过于强调审美创造性在西方文学经典生成中的作用,反对新历史主义等流派所作的道德哲学和意识形态批评。审美标准固然重要,然而,如果将文学经典的审美功能看成是唯一的功能,显然削弱了文学经典存在的理由;而且,文学的政治和道德价值也不是布鲁姆先生所认为的是“审美和认知标准的最大敌人”③,而是相辅相成的。聂珍钊在其专著《文学伦理学批评导论》中,既有关于文学经典伦理价值的理论阐述,也有文学伦理学批评在小说、戏剧、诗歌等文学类型中的实践运用。在审美价值和伦理价值的关系上,聂珍钊坚持认为:“文学经典的价值在于其伦理价值,其艺术审美只是其伦理价值的一种延伸,或是实现其伦理价值的形式和途径。因此,文学是否成为经典是由其伦理价值所决定的。”④

可见,没有伦理,也就没有审美;没有伦理选择,审美选择更是无从谈起。追寻斯芬克斯因子的理想平衡,发现文学经典的伦理价值,培养读者的伦理意识,从文学经典中得到教诲,无疑也是文学经典得以存在的一个重要方面。正是意识到文学经典的教诲功能,美国著名思想家布斯认为,一个教师在从事文学教学时,“如果从伦理上教授故事,那么他们比起最好的拉丁语、微积分或历史教师来说,对社会更为重要”⑤。文学经典的一个重要使命是对读者的伦理教诲功能,特别是对读者伦理意识的引导。

---

① 阎景娟:《文学经典论争在美国》,北京:社会科学文献出版社,2010年版,第1页。

② 克林斯·布鲁克斯:《精致的瓮》,郭乙瑶等译,上海:上海人民出版社,2008年版,第232页。

③ 哈罗德·布鲁姆:《西方正典:伟大作家和不朽作品》,江宁康译,南京:译林出版社,2005年版,第28页。

④ 聂珍钊:《文学伦理学批评导论》,北京:北京大学出版社,2014年版,第142页。

⑤ 韦恩·C. 布斯:《修辞的复兴:韦恩·布斯精粹》,穆雷等译,南京:译林出版社,2009年版,第230页。

其实,在作者与读者的关系上,18世纪英国著名批评家塞缪尔·约翰逊就坚持认为,作者具有伦理责任:“创作的唯一终极目标就是能够让读者更好地享受生活,或者更好地忍受生活。”[①]20世纪的法国著名哲学家伊曼纽尔·勒维纳斯构建了一种“为他人”(to do something for the Other)的伦理哲学观,认为:“与‘他者’的伦理关系可以在论述中建构,并且作为‘反应和责任’来体验。”[②]当今加拿大学者珀茨瑟更是强调文学伦理学批评的实践,以及对读者的教诲作用,认为:“作为批评家,我们的聚焦既是分裂的,同时又有可能是平衡的。一方面,我们被邀以文学文本的形式来审视各式各样的、多层次的、缠在一起的伦理事件,坚守一些根深蒂固的观念;另一方面,考虑到文学文本对‘个体读者’的影响,也应该为那些作为‘我思故我在’的读者做些事情。”[③]可见,文学经典的使命之一是伦理责任和教诲功能。文学经典的生成与伦理选择以及伦理教诲的关联不仅可以从《俄狄浦斯王》等经典戏剧中深深地领悟,而且可以从古希腊的《伊索寓言》以及中世纪的《列那狐传奇》等动物史诗中具体地感知。文学经典的教诲功能在古代外国文学中,显得特别突出,甚至很多文学形式的产生,也都是源自于教诲功能。埃及早期的自传作品中,就有强烈的教诲意图。如《梅腾自传》《大臣乌尼传》《霍尔胡夫自传》等,大多陈述帝王大臣的高尚德行,或者炫耀如何为帝王效劳,并且灌输古埃及人心中的道德规范。“这种乐善好施美德的自我表白,充斥于当时的许多自传铭文之中,对后世的传记文学亦有一定的影响。”[④]相比自传作品,古埃及的教谕文学更是直接体现了文学所具有的伦理教诲功能。无论是古埃及最早的教谕文学《王子哈尔德夫之教谕》(*The Instruction of Prince Hardjedef*)还是古埃及迄今保存最完整的教谕文学作品《普塔荷太普教谕》(*The Instruction of Ptahhotep*),内容都涉及社会伦理内容的方方面面。

最后,经典的生成缘由与人类对自然的认知有关。文学经典在一定意义上是人类对自然认知的记录。尤其是古代的一些文学作品,甚至是

---

① Samuel Johnson, “Review of a Free Inquiry into the Nature and Origin of Evil”, *The Oxford Authors: Samuel Johnson*, Donald Greene ed., London: Oxford University Press, 1990, p. 536.

② Emmanuel Levinas, *Ethics and Infinity*, Trans. Richard A. Cohen, Pittsburgh: Duquesne University Press, 1985, p. 88.

③ Markus Poetzsch, “Towards an Ethical Literary Criticism: the Lessons of Levinas”, *Antigonish Review*, Issue 158, Summer 2009, p. 134.

④ 令狐若明:《埃及学研究——辉煌的古埃及文明》,长春:吉林大学出版社,2008年版,第286页。

古代自然哲学的诠释。几乎每个民族都有自己的神话体系，而这些神话，有相当一部分是解释对自然的认知。无论是希腊罗马神话，还是东方神话，无不体现着人对自然力的理解，以及对人与自然关系的探索。在文艺复兴之前的古代社会，由于人类的自然科学知识贫乏以及思维方式的限定，人们只能被动地接受自然力的控制，继而产生对自然力的恐惧和听天由命的思想，甚至出于对自然力的恐惧而对其进行神化。如龙王爷的传说以及相关的各种祭祀活动等，正是出于对于自然力的恐惧和神化。而在语言中，人们甚至认定"天"与"上帝"是同一个概念，都充当着最高力量的角色，无论是中文的"上苍"还是英文的"heaven"，都是人类将自然力神化的典型。

二、外国文学经典传播途径的演变

在漫长的岁月中，外国文学经典经历了多种传播途径，以象形文字、楔形文字、拼音文字等多种书写形式，历经了从纸草、泥板、竹木、陶器、青铜直到活字印刷，以及从平面媒体到跨媒体等多种传播媒介的变换和发展，每一种传播手段都伴随着科学技术的进步以及人类文明的发展进程。

文学经典的生成与传播，概括起来，经历了七个重要的传播阶段或传播形式，大致包括口头传播、表演传播、文字传播、印刷传播、组织传播、影像传播、网络传播等类型。

文学经典的最初生成与传播是口头的生成与传播，它以语言的产生为特征。外国古代文学经典中，有不少著作经历了漫长的口头传播的阶段，如古希腊的《伊利昂纪》（又译《伊利亚特》）等荷马史诗，或《伊索寓言》，都经历了漫长的口头传播，直到文字产生之后，才由一些文人整理记录下来，形成固定的文本。这一演变和发展过程，其实就是脑文本转化为物质文本的具体过程。"脑文本就是口头文学的文本，但只能以口耳相传的方式进行复制而不能遗传。因此，除了少量的脑文本后来借助物质文本被保存下来之外，大量的具有文学性质的脑文本都随其所有者的死亡而永远消失湮灭了。"[①]可见，作为口头文学的脑文本，只有借助于声音或文字等形式转变为物质文本或当代的电子文本之后，才会获得固定的形态，才有可能得以保存和传播。

第二个发展阶段是表演传播，其中以剧场等空间传播为要。在外国

① 聂珍钊：《文学伦理学批评：口头文学与脑文本》，《外国文学研究》，2013年第6期，第8页。

古代文学经典的传播过程中,尤其是古希腊时期,剧场发挥了极其重要的作用。古希腊埃斯库罗斯、索福克勒斯、欧里庇得斯等悲剧作家的作品,当时都是靠剧场来进行传播的。当时的剧场大多是露天剧场,如雅典的狄奥尼索斯剧场,规模庞大,足以容纳30000名观众。

除了剧场对于戏剧作品的传播之外,为了传播一些诗歌作品,也采用吟咏和演唱传播的形式。古代希腊的很多抒情诗,就是伴着笛歌和琴歌,通过吟咏而得以传播的。在古代波斯,诗人的作品则是靠"传诗人"进行传播。传诗人便是通过吟咏和演唱的方式来传播诗歌作品的人。

第三个阶段是文字形式的生成与传播。这是继口头传播之后的又一个重要的发展阶段,也是文学经典得以生成的一个关键阶段。文字产生于奴隶社会初期,大约在公元前三四千年,中国、埃及、印度和两河流域,分别出现了早期的象形文字。英国历史学家巴勒克拉夫在《泰晤士报世界历史地图集》中指出:"公元前3000年文字发明,是文明发展中的根本性的重大事件。它使人们能够把行政文字和消息传递到遥远的地方,也就使中央政府能够把大量的人力组织起来,它还提供了记载知识并使之世代相传的手段。"①从巴勒克拉夫的这段话中可以看出,文字媒介对于人类文明的重要意义。因为文字媒介克服了声音语言转瞬即逝的弱点,能够把文学信息符号长久地、精确地保存下来,从此,文学成果的储存不再单纯依赖人脑的有限记忆,并且突破了文学经典的口头传播在空间和时间的限制,从而极大地改善和促进了文学经典的传播。

第四个阶段是活字印刷的批量传播。仅仅有了文字,而没有文字得以依附的载体,经典依然是不能传播的,而早期的文字载体,对于文学经典的传播所产生的作用又是十分有限的。文字形式只能记录在纸草、竹片等植物上,或是刻在泥板、石板等有限的物体上。只是随着活字印刷术的产生,文学经典才真正形成了得以广泛传播的条件。

第五个阶段是组织传播。科学技术的发展,尤其是印刷术的发明,使得"团体"的概念更为明晰。这一团体,既包括扩大的受众,也包括作家自身的团体。有了印刷方面的便利,文学社团、文学流派、文学刊物、文学出版机构等,便应运而生。文学经典在各个时期的传播,离不开特定的媒介。不同的传播媒介,体现了不同的时代精神和科技进步。我们所说的"媒介"一词,本身也具有多义性,在不同的情境、条件下,具有不同的意义

---

① 转引自文言主编:《文学传播学引论》,沈阳:辽宁人民出版社,2006年版,第55页。

属性。“文学传播媒介大致包含两种含义：一方面，它是文学信息符号的载体、渠道、中介物、工具和技术手段，例如‘小说文本’‘戏剧脚本’‘史诗传说’‘文字网页’等；另一方面，它也可能指从事信息的采集、符号的加工制作和传播的社会组织……这两种内涵层面所指示的对象和领域不尽相同，但无论作为哪种含义层面上的‘媒介’，都是社会信息系统不可或缺的重要环节。”①

第六个阶段是影像传播。20世纪初，电影开始产生。文学经典以电影改编形式获得关注，成为影像改编的重要资源，经典从此又有了新的生命形态。20世纪中期，随着电视的产生和普及，文学经典的影像传播更是成为一个重要的传播途径。

最后，在20世纪后期经历的一个特别的传播形式是网络传播。网络传播以计算机通信网络为平台，利用图像扫描和文字识别等信息处理技术，将纸质文学经典电子化，以方便储存，同时也便于读者阅读、携带、交流和传播。外国文学经典是网络传播的重要资源，正是网络传播，使得很多本来仅限于学界研究的文学经典得以普及和推广，赢得更多的受众，也使得原来仅在少数图书馆储存的珍稀图书得以以电子版本的形式为更多的读者和研究者所使用。

从纸草、泥板到网络，文学经典的传播途径与人类的进步以及科学技术的发展是同步而行的，传播途径的变化不仅促进了文学经典的流传和普及，也在一定意义上折射出人类文明的历史进程。

三、外国文学经典的翻译及历史使命

外国文学经典得以代代流传，是与文学作品的翻译活动和翻译实践密不可分的。可以说，没有文学翻译，就没有外国文学经典在中国的传播。文学经典正是从不断的翻译过程中获得再生，得到流传。譬如，古代罗马文学就是从翻译开始的，正是有了对古希腊文学的翻译，古罗马文学才有了对古代希腊文学的承袭。同样，古希腊文学经典通过拉丁语的翻译，获得新的生命，以新的形式渗透在其他的文学经典中，并且得以流传下来。而古罗马文学，如果没有后来其他语种的不断翻译，也就必然随着拉丁语成为死的语言而失去自己的生命。

所以，翻译所承担的使命就是真正意义上的文化传承。要正确认识

---

① 文言主编：《文学传播学引论》，沈阳：辽宁人民出版社，2006年版，第52页。

文学翻译的历史使命,我们必须重新认知和感悟文学翻译的特定性质和基本定义。

在国外,英美学者关于翻译是艺术和科学的一些观点具有一定的代表性。美国学者托尔曼在其《翻译艺术》一书中认为,"翻译是一种艺术。翻译家应是艺术家,就像雕塑家、画家和设计师一样。翻译的艺术,贯穿于整个翻译过程之中,即理解和表达的过程之中"。[①]

英国学者纽马克将翻译定义为:"把一种语言中某一语言单位或片断,即文本或文本的一部分的意义用另一种语言表达出来的行为。"[②]

而苏联翻译理论家费达罗夫认为:"翻译是用一种语言把另一种语言在内容和形式不可分割的统一中业已表达出来的东西准确而完全地表达出来。"苏联著名翻译家巴尔胡达罗夫在他的著作《语言与翻译》中声称:"翻译是把一种语言的语言产物在保持内容也就是意义不变的情况下改变为另外一种语言的言语产物的过程。"[③]

在我国学界,一些工具书对"翻译"这一词语的解释往往是比较笼统的。《辞源》对翻译的解释是:"用一种语文表达他种语文的意思。"《中国大百科全书·语言文字卷》对翻译下的定义是:"把已说出或写出的话的意思用另一种语言表达出来的活动。"实际上,对翻译的定义在我国也由来已久。唐朝《义疏》中提到:"译即易,谓换易言语使相解也。"[④]这句话清楚表明:翻译就是把一种语言文字换易成另一种语言文字,以达到彼此沟通、相互了解的目的。

所有这些定义所陈述的是翻译的文字转换作用,或是一般意义上的信息的传达作用,或是"介绍"作用,即"媒婆"功能,而忽略了文化传承功能。实际上,翻译是源语文本获得再生的重要途径,纵观世界文学史的杰作,都是在翻译中获得再生的。从古埃及、古巴比伦、古希腊罗马等一系列文学经典来看,没有翻译就没有经典。如果说源语创作是文学文本的今生,那么今生的生命是极为短暂的,是受到限定的;正是翻译,使得文学文本获得今生之后的"来生"。文学经典在不断被翻译的过程中获得"新生"和强大的生命力。因此,文学翻译不只是一种语言文字符号的转换,而且是一种以另一种生命形态存在的文学创作,是本雅明所认为的原文

---

① 郭建中编著:《当代美国翻译理论》,武汉:湖北教育出版社,2000年版,第4页。

② P. Newmark, *About Translation*, Clevedon: Multilingual Matters Ltd., 1991, p. 27.

③ 转引自黄忠廉:《变译理论》,北京:中国对外翻译出版公司,2002年版,第21页。

④ 罗新璋编:《翻译论集》,北京:商务印书馆,1984年版,第1页。

作品的“再生”(afterlife on their originals)。

文学翻译既是一门艺术,也是一门科学。作为一门艺术,译者充当着作家的角色,因为他需要用同样的形式、同样的语言来表现原文的内容和信息。文学翻译不是逐字逐句的机械的语言转换,而是需要译者的才情,需要译者根据原作的内涵,通过自己的创造性劳动,用另一种语言再现出原作的精神和风采。翻译,说到底是翻译艺术生成的最终体现,是译者翻译思想、文学修养和审美追求的艺术结晶,是文学经典生命形态的最终促成。

因此,翻译家的使命无疑是极为重要、崇高的,译者不是一般意义上的“媒婆”,而是生命创造者。实际上,翻译过程就是不断创造生命的过程。翻译是文学的一种生命运动,翻译作品是原著新的生命形态的体现。这样,译者不是“背叛者”,而是文学生命的“传送者”。源自拉丁语的谚语说:Translator is a traitor.(译者是背叛者。)但是我们要说:Translator is a transmitter.(译者是传送者。)尤其是在谈到诗的不可译性时,美国诗人罗伯特·弗罗斯特断言:“诗是翻译中所丧失的东西。”然而,世界文学的许多实例表明:诗歌是值得翻译的,杰出的作品正是在翻译中获得新生,并且生存于永恒的转化和永恒的翻译状态,正如任何物体一样,当一首诗作只能存在于静止状态,没有运动的空间时,其生命在某种意义上来说也就停滞或者死亡了。

认识到翻译所承载的历史使命,那么,我们的研究视野也应相应发生转向,即由文学翻译研究朝翻译文学研究转向。

文学翻译研究朝翻译文学研究的这一转向,使得“外国文学”不再是“外国的文学”,而是我国民族文化的一个有机的组成部分,并将外国文学从文学翻译研究的词语对应中解放出来,从而审视与系统反思外国文学经典生成与传播中的精神基因、生命体验与文化传承。中世纪波斯诗歌在19世纪英国的译介就是一个典型的例子。菲茨杰拉德的英译本《鲁拜集》之所以成为英国民族文学的经典,就是因为菲氏认识到了翻译文本与民族文学文本之间的辩证关系,认识到了一个译者的历史使命以及为实现这一使命所应该采取的翻译主张。所以,我们关注外国文学经典在中国的传播,目的是探究“外国的文学”怎样成为我国民族文学构成的重要组成部分以及对文化中国形象重塑方面所发挥的重要作用。因此,既要宏观地描述外国文学经典在原生地的生成和在中国传播的“路线图”,又要研究和分析具体的文本个案;在分析文本个案时,既要分析某一特定的经典在其原生地被经典化的生成原因,更要分析它在传播过程中,在次生地的重生和再经典化的过程和原因,以及它所产生的变异和影响。

因此,外国文学经典研究,应结合中华民族的现代化进程、中华民族文化的振兴与发展,以及我国的外国文学研究的整体发展及其对我国民族文化的贡献这一视野来考察经典的译介与传播。我们应着眼于外国文学经典在原生地的生成和变异,汲取为我国的文学及文化事业所积累的经验,为祖国文化事业服务。我们还应着眼于外国文学经典在中国的译介和其他艺术形式的传播,树立我国文学经典译介和研究的学术思想的民族立场;通过文学经典的中国传播,以及面向世界的学术环境和行之有效的中外文化交流,重塑文化中国的宏大形象,将外国文学译介与传播看成是中华民族思想解放和发展历程的折射。

其实,"文学翻译"和"翻译文学"是两种不同的视角。文学翻译的着眼点是文本,即原文向译文的转换,强调的是准确性;文学翻译也是媒介学范畴上的概念,是世界各个民族、各个国家之间进行交流和沟通思想感情的重要途径、重要媒介。翻译文学的着眼点是读者对象和翻译结果,即所翻译的文本在译入国的意义和价值,强调的是接受与影响。与文学翻译相比较,不只是词语位置的调换,也是研究视角的变换。

翻译文学是文学翻译的目的和使命,也是衡量翻译得失的一个重要标准,它属于"世界文学—民族文学"这一范畴的概念。翻译文学的核心意义在于不再将"外国文学"看成"外国的文学",而是将其看成民族文学的一个组成部分,是民族文化建设的有机的整体,将所翻译的文学作品看成是我国民族文化事业的一个重要的组成部分。可以说,文学翻译的目的,就是建构翻译文学。

正是因为有了这一转向,我们应该重新审视文学翻译的定义以及相关翻译理论的合理性。我们尤其应注意翻译研究的文化转向,在翻译研究领域发现新的命题。

四、外国文学的影像文本与新媒介流传

外国文学经典无愧为人类的文化遗产和精神财富,20世纪,当影视传媒开始相继涌现,并且在人们的日常生活中占据重要位置的时候,外国文学经典也相应地成为影视改编以及其他新媒体传播的重要素材,对于新时代的文化建设以及人们的文化生活,依然起着极其重要的作用。

外国文学经典是影视动漫改编的重要渊源，为许许多多的改编者提供了灵感和创作的源泉。自从1900年文学经典《灰姑娘》被搬上银幕之后，影视创作就开始积极地从文学中汲取灵感。据美国学者林达·赛格统计，85%的奥斯卡最佳影片改编自文学作品。[①] 从根据古希腊荷马史诗改编的《特洛伊》等影片，到根据中世纪《神曲》改编的《但丁的地狱》等动画电影；从根据文艺复兴时期《哈姆雷特》而改编的《王子复仇记》《狮子王》，到根据18世纪《少年维特的烦恼》而改编的同名电影；从根据19世纪狄更斯作品改编的《雾都孤儿》《孤星血泪》，直到帕斯捷尔纳克的《日瓦戈医生》等20世纪经典的影视改编；从外国根据中国文学经典改编的《花木兰》，到中国根据外国文学经典改编的《钢铁是怎样炼成的》……文学经典不仅为影视动画的改编提供了丰富的素材，也通过这些新媒体使得文学经典得以传承，获得普及，从而获得新的生命。

考虑到作为文学作品的语言艺术与作为电影的视觉艺术有着各自不同的特点，在论及文学经典的影视传播时，我们不能以影片是否忠实于原著为评判成功与否的绝对标准，我们实际上也难以指望被改编的影视作品能够完全"忠实"于原著，全面展现文学经典所表现的内容。但是，将纸上的语言符号转换成银幕上的视觉符号，不是一般意义上的转换，而是从一种艺术形式到另一种艺术形式的"翻译"。既然是"媒介学"意义上的翻译，那么，忠实原著，尤其是忠实原著的思想内涵，是"译本"的一个不可忽略的重要目标，也是衡量"译本"得失的一个重要方面。

对于文学作品改编成电影应该持有什么样的原则，国内外的一些学者存在着不尽一致的观点。我们认为夏衍所持的基本原则具有一定的科学性。夏衍先生认为："假如要改编的原著是经典著作，如托尔斯泰、高尔基、鲁迅这些巨匠大师们的著作，那么我想，改编者无论如何总得力求忠实于原著，即使是细节的增删改作，也不该越出以致损伤原作的主题思想和他们的独持风格，但，假如要改编的原作是神话、民间传说和所谓'稗官野史'，那么我想，改编者在这方面就可以有更大的增删和改作的自由。"[②]可见，夏衍先生对文学改编所持的基本原则是应该按原作的性质而有所不同。而在处理文学文本与电影作品之间的关系时，夏衍的态度

---

① 转引自陈林侠：《从小说到电影——影视改编的综合研究》，北京：中国社会科学出版社，2011年版，第1页。

② 夏衍：《杂谈改编》，《中国电影理论文选》（上册），罗艺军主编，北京：文化艺术出版社，1992年版，第498页。

是:“文学文本在改编成电影时能保留多少原来的面貌,要视文学文本自身的审美价值和文学史价值而定。”[1]

文学作品和电影毕竟属于不同的艺术范畴,作为语言艺术形式的小说和作为视觉艺术形式的电影有着各自特定的表现技艺和艺术特性,如果一部影片不加任何取舍,完全模拟原小说所提供的情节,这样的“译文”充其量不过是“硬译”或“死译”。从一种文字形式向另一种文字形式的转换被认为是一种“再创作”,那么,从艺术的一种表现形式朝另一种表现形式的转换无疑更是一种艺术的“再创作”,但这种“再创作”无疑又受到“原文”的限制,理应将原作品所揭示的道德的、心理的和思想的内涵通过新的视觉表现手段来传达给电影观众。

总之,根据外国文学经典改编的许多影片,正是由于文学文本的魅力所在,也同样感染了许多观众,而且激发了观众阅读文学原著的热忱,在新的层面为经典的普及和文化的传承作出了应有的贡献,同时,也为其他时代的文学经典的影视改编和新媒体传播提供了借鉴。

在长达数千年的历史长河中,对后世产生影响的文学经典浩如烟海。《外国文学经典生成与传播研究》涉及面广,时间跨度大,在有限的篇幅中,难以面面俱到,逐一论述,我们只能选择最具代表性的经典作品或经典文学形态进行研究,所以有时难免挂一漏万。在撰写过程中,我们紧扣“生成”和“传播”两个关键词,力图从源语社会文化语境以及在跨媒介传播等方面再现文学经典的文化功能和艺术魅力。

---

① 颜纯钧主编:《文化的交响:中国电影比较研究》,北京:中国电影出版社,2000年版,第329页。

绪 论

外国文学经典研究的文化诗学与人文谱系

解释过去以便缔造未来。[①]

——马尔科姆·考利（Malcolm Cowley，1898—1989）

何谓经典？“经典”一词的最初含义非常狭窄。在西方，它最早专指宗教典籍尤其是《圣经》。在汉语中，一般指作为典范的儒家载籍，唐代刘知几《史通·叙事》记载：“自圣贤述作，是曰经典。”如“四书”“五经”之类。也指宗教典籍，如唐代白居易《苏州重玄寺法华院石壁经碑》记载：“佛涅槃后，世界空虚，惟是经典，与众生俱。”《古今小说·滕大尹鬼断家私》记载：“且说如今三教经典，都是教人为善的。”后来，随着社会的发展，经典才逐渐世俗化，用来泛指人类各学科领域的权威著作，或“具有权威性的”。荷兰学者杜威·佛克马（Douwe W. Fokkema，1931—2011）认为，“经典是指一个文化所拥有的我们可以从中进行选择的全部精神宝藏”，而“文学经典……是精选出来的一些著名作品，很有价值，用于教育，而且起到了为文学批评提供参照系的作用”[②]。同时，他还指出：“经典的构成是对某种需求或者某些问题所作出的回应，每个国家或许都有自己的经典，因为他们有着不同的需求或者不同的问题。显而易见，所有的经典都具有某些地方风味。”[③]

---

① 马尔科姆·考利：《流放者归来》，张承谟译，重庆：重庆出版社，2006 年版。

② 佛克马、蚁布思：《文学研究与文化参与》，俞国强译，北京：北京大学出版社，1996 年版，第 50 页。

③ 生安锋：《文学的重写、经典重构与文化参与——杜威·佛克马教授访谈录》，《文艺研究》，2006 年第 5 期。

“经典”一词,《现代汉语词典》解释为“传统的具有权威性的作品”;《辞海》解释为“一定时代、一定的阶级认为最重要的、有指导作用的著作”。具体而言,“经典”一般涉及三方面的含义:一是指在某种文化中具有根本性或权威性的著作(scripture);二是指文学艺术方面具有权威性的典范作品(classic);三是指上述两义中内含的确认经典的标准或原则(canon)。由此可见,文学经典不仅仅是以文字或其他符号形式存在的文本,更重要的是这种文本还代表了神圣不可侵犯的文化价值规范,代表了模铸人的思想、制约人的行为的文化力量。因此,对于任何一个民族、国家和时代来说,经典文化永远都是其生命的依托、精神的支撑和创新的源泉,都是其得以存续和赓延的筋络与血脉。唐代诗人李白曾有诗曰:“干戈不动远人服,一纸贤于百万师。”文学经典的内蕴本质上虽然是一种非物质化、非形态化的东西,但其巨大的作用和特殊的功能确实是无与伦比和无可替代的。

文学即人学,人类的共同经验以语言艺术的形式凝成文学经典并得以代代相传。对于前现代和现代的人们来说,“文学经典”的具体内涵和存在价值是相对明确、具有共识性的,即:文学经典是文化和文学传承的核心,是文学传统延续的中心,反应了某一个时代人类精神的面貌和文明程度,体现了文学家在特定文化背景下的生命体验和想象生成。文学经典的共同特征是:思想的穿透力、情感的深刻性、语言与体裁的独创性、想象的延展性。善读文学经典,在反复精读中领悟其中积淀的深厚内涵,能够收到事半功倍的效果,必叫人得自由。

如今的文化和文学处在一个受后现代思潮影响的、多元化的时代,这意味着文学经典“存在与否”“属于谁”以及“是何种层次上的”等反思性问题日益突出[①],在相当程度上使“经典”出现了“地动山摇”,为文学经典的重构以及文学史的重写开启了新空间。即便不是否定经典、拓宽经典或更替经典而依旧按照权威认定、继续认同传统,文学经典的辐射范围也与以往不同了,它们不仅要在本民族内部传承,还要进入一个更为广阔的跨文化场域。文学的跨文化交流是经典的传承与变迁的重要方面,不但可以使经典本身焕发出新的生命、折射出新的光彩,还可以帮助我们推进本民族文化的解构和建构,20 世纪初期中国的“新文学运动”的发生和 20 世纪后期

---

① 佛克马、蚁布思:《文学研究与文化参与》,俞国强译,北京:北京大学出版社,1996 年版,第 37—65 页。

"拉美风暴"的引发就是这个问题的最好注脚。同时,我们也应该清醒地意识到文学经典在消费时代的弱势格局。在如今文学越来越被边缘化、文学典律的概念日趋淡漠的形势下,文学研究者应该向学生和广大读者传授些什么?面对世界性的人文教育滑坡、文学教育碎片化的现实,不能不引起我们的反思。[①]

文学经典有没有永恒性?这在前现代和现代文明时期,是一个不言自明的问题。经典是不容置疑的,特别是每个民族自身的文化典籍和文学名著,如中国古代的《诗经》和唐诗宋词、基督教的《圣经》、伊斯兰教的《古兰经》、古希腊的荷马史诗、英国的莎士比亚戏剧等。但是,随着文化研究、新历史主义、女权主义、生态主义等思潮以及各种后现代思潮的到来,一些民族原有的经典不断受到冲击,另一些不见经传的作品则开始登上经典的殿堂,文学经典日渐出现多元化面貌。事实上,尽管经典受到了冲击,但是,一些真正意义的文学经典依然散发着永恒的、不朽的艺术魅力,向当今时代灵魂迷失的人类昭示生命的本真和终极的意义、提供丰沛的精神滋养。譬如《诗经》中的《关雎》,当我们今天重新阅读的时候,依然为诗中所展现的人性之美、情感之美、理想之美、意象之美、音乐之美感动不已。从这个意义上说,经典是永恒的。

一、跨文化沟通与经典研究的学科反省

从历史经验主义视角看,文学经典作品不仅是民族的,也是世界的;不仅是某一时代的,也是全人类的,它的完整品格就是多层次性和多情节性。优秀文学作品内涵深藏,有取之不尽的可能性,激发着文学研究者的不断探究。文学经典的文化意义在于它是民族文化精神的载体,在当今多元文化的全球语境中,经典的普遍性价值使其成为全人类共有的精神财富;文学经典的意义还在于,它们不仅能为我们提供文化记忆,也以这种文化记忆为平台,为后来者提供了交流的根基。

马克思关于文学经典独特品格的见解值得我们重视,他说:"困难不在于理解希腊艺术和史诗同一定社会发展形式结合在一起。困难的是,它们何以仍然能够给我们以艺术享受,而且就某方面说还是一种规范和高不可及的范本。"接着又反问道:"为什么历史上的人类童年时代,在它发展得最

---

① 傅守祥:《外国文学经典的跨文化沟通与跨媒介重构》,《淮阴师范学院学报》(哲学社会科学版),2012年第1期。

完美的地方,不该作为永不复返的阶段而显示出永久的魅力呢?”[1]马克思所指的古希腊艺术和史诗——《奥德赛》与《伊利亚特》,产生于奴隶制时代,而奴隶制社会早就离人类远去,但在马克思看来,人类童年时代——一个生产力和经济发展都十分低下的时代,却给人类社会留下了永恒的文学瑰宝。它们不仅不可复制,也没有随着那个社会的消失而被遗忘,与此相反,它们仍然给我们以“艺术享受”和具有“永久的魅力”,而且“还是一种规范和高不可及的范本”。同时,从马克思的这些卓越论述中,还可以看到古希腊文艺经典及一切文艺经典的又一重要品格:它们不仅是民族的(古希腊民族的),也是世界的(古希腊之外各国的);不仅是时代的(奴隶制时代的),也是全人类的(奴隶制社会之后各人类社会的)。文学经典是历史留给我们的丰富遗产。

从人类文明发展的进程看,文学经典既是人生的滋养,也是了解异域文化的重要手段。世界文学经典是各民族基本价值观和审美诉求的反映,在互联网虚拟性破坏了经典标准的今天,作为民族团结的核心因素和情感纽带的文化经典传承变得尤为重要,而传承的根本方式就是不断地研究经典,在“价值重估”的平台上做出与时代相符的文化阐释。当今时代,人心浮躁,各种浅俗的趣味代替了深刻严肃的思考,“经典”常被视为与“后现代性”对立而被否弃。如何与这些经过时间筛选而沉淀下来的经典交流对话,如何从构成各民族文化土壤的文学经典中汲取精神养分,不仅是每个人文学者必须思考的问题,也是他们肩负的责任。

文学经典是人类各个时代的文学成就的证明和文明符号的象征,外国文学经典是外国文化精髓和民族精神的体现。世界上任何一个民族的文化传统,都是由一系列文学艺术经典所构成的,或者说文学经典构成了一个民族的文化传统,因此传统的弘扬在一定意义上就是一系列经典的传承。20世纪以来,外国文学经典在中西文化交流以及促进中国文化发展方面起到了无可代替的作用,在中国国民的深邃智慧、审美体验以及道德情操的成型过程中也发挥了重要作用。因此,时任总理温家宝在出席“中欧文化高峰论坛”开幕式时指出:“文化是沟通人与人心灵和情感的桥梁,是国与国加深理解和信任的纽带。文化交流比政治交流更久远,比经济交流更深刻。随着时光的流逝和时代的变迁,许多人物和事件都会变成历史,但文化却永远存在,历久弥新,并长时间地影响着人们的思想和

---

① 马克思、恩格斯:《马克思恩格斯选集》(第二卷),北京:人民出版社,1995年版,第29页。

生活。"①

在当今世界文化呈现出多元分化的大趋势下，研究外国文学经典是树立和坚守基本道德伦理和价值规范的途径。外国文学经典作为历史长河中形成的各民族核心文化和情感纽带的体现，它所承载的鲜明民族个性不会被时间淹没，起着非常重要的文化传承作用。在媒介化生存的大数据时代，特别是在实现中华民族全面复兴的"中国梦"的新文化境遇中，重新审视外国文学经典的本质和功能，重新探讨外国文学经典的生成、传播与继承、发扬，外国文学研究者要始终保持选择、确立和传播经典作品的自觉意识，积极面对文学经典在跨文化的旅行中发育、演变这一现实，着力推进跨文化视界中的文学经典研究；只有具备这样的文化自觉，才能开创费孝通先生所言的"各美其美，美人之美，美美与共，天下大同"的局面。目前，中国正迎来一个经济发达、文化繁荣、学术昌明的发展新时期。在全面深化改革的时代背景和历史条件下，为了更好地研究经过时间筛选而沉淀下来的外国文学经典，从构成各民族文化土壤的经典中汲取精神养分，研究外国文学经典的生成、演变与传播，总结经验，弥补缺憾，汲取教训，展现外国文学研究领域的辉煌成就，为进一步发展提供必须的研究资源，显得十分重要。

总体来说，借助于西方文艺理论，国内学术界对外国文学经典的研究由浅入深：从单一地研究内部因素或外部因素转向综合地研究各方面因素，从感性式论断转向理论式分析，从传统的诗学研究转向文化研究和跨文化研究，从静态的经典建构观转向动态的经典建构观等。② 这些丰硕的研究成果，肯定了外国文学经典研究的价值，即"文学具有超越时代的永恒魅力，无论是科技还是商业的发展都不能完全削弱文学对人类的吸引力：东西方的文学经典代表着人类精神文明的高峰，值得现代的读者反复地阅读与研究"③。

当前，外国文学研究中存在的值得深思和亟待解决的思想问题有：一是面对席卷而来的全球化浪潮，如何立足本土文化，整合中国思想资源，建构中国的外国文学研究格局，重铸民族文化精神、重塑文化中国形象；二是如何避免和纠正盲目的"拿来"主义和唯"新"主义，使外国文学研究

---

① 《温家宝总理在中欧文化高峰论坛上的致辞》，中华人民共和国中央人民政府网站 2010 年 10 月 7 日，http://www.gov.cn/ldhd/2010－10/07/content_1716439.htm。

② 王秋艳、宋学智：《外国文学经典研究在中国》，《外国语文研究》，2012 年第 2 辑。

③ 张隆溪、梁建东：《文学从来都不是很"重要"》，《江苏大学学报》（社会科学版），2010 年第 4 期。

重新聚焦具体问题和经典阐释;三是外国文学研究的价值立场和学术边界,其中包括:立足文本还是关注文本之外的社会文化现象,如何理解和开展跨文化的外国文学研究,"外国文学史"写作的观念、标准和方法,翻译文学相对独立性中的主体性介入,如何整合世界各国的外国文学研究资源等。具体到外国文学经典研究,应在原有基础上注重四个方面的转向和拓展:首先,外国文学经典研究应从原有的文本研究转向文本生成渊源考证与生成要素的研究;其次,外国文学经典研究应从文学翻译研究转向翻译文学研究;再次,外国文学经典研究应从纸质文本的单一媒介流传转向音乐美术、影视动漫、网络电子的复合型的跨媒体流传;最后,外国文学经典研究应从"外向型"研究转向关注中外文化交流和民族文化身份建构与民族形象重塑。[①] 现阶段,在继续深入外国文学经典研究的同时,应该努力创新学术理论、拓展研究领域,逐步摆脱对西方文艺理论的过度依赖,走出一条具有中国特色的、真正具有对话价值的外国文学经典研究之路。[②]

中华人民共和国成立以来,经过几代学者的共同努力,外国文学研究取得了巨大的发展,为社会主义精神文明建设作出了卓越的贡献,所取得的辉煌成就也是中国社会主义文化建设事业中的一笔宝贵的财富。六十多年的外国文学研究,凝聚着中国几代外国文学学者的心血和奉献。六十多年的历程,既是曲折也是辉煌的历程,同时也折射了中华人民共和国成立后六十多年间民族文化振兴和国民精神成长的历程。应该看到和肯定外国文学研究在中华人民共和国成立后的30年和改革开放后的四十多年里对建构意识形态、调整发展方向、解放思想、构建和谐社会等方面的重要意义与促进作用。同时也应该看到,中华人民共和国成立后前17年的外国文学研究基本上沿袭了苏联的模式,对英美为代表的西方文学及文化传统存在较大的偏废,对中华民族优秀学术传统基本冠以"封建主义"的标签而埋没;后30年又基本上改用了西方模式,放弃了一些本该坚守的优秀学术传统尤其是本民族的优秀学术传统。所有这些,都是应该在以后的发展中汲取教训的。

从外国文学学科发展以及国家精神文明建设、文化建设的高度审视问题,既要弘扬五四运动以来外国文学研究的优良传统,又要力求避免盲

---

① 吴笛:《谈谈外国文学经典研究的转向和拓展》,《中国社会科学报》,2011年11月15日。

② 王秋艳、宋学智:《外国文学经典研究在中国》,《外国语文研究》,2012年第2辑。

目和片面，力争及早澄清与纠正外国文学研究领域的某些片面认识。应该立足于中华民族的主体性，从中国人自己的学术眼光出发，注意总结中国学者在外国文学经典研究中所发出的自己独特的声音，从而服务于建立外国文学经典研究中的中国体系。中国的外国文学经典研究，应当成为加深中外文化交流、化解可能的文化冲突的排头兵，应当成为推动中华民族伟大复兴的文化原动力。

然而遗憾的是，外国文学经典研究长期以来处于学术研究中的边缘位置，即使是在20世纪80年代“文学热”大潮中，外国文学研究的空间也未曾有多少扩展；改革开放后的“出国热”，启动的仅仅是国民学外语（作为交际工具和安身阶梯的语言）的热情，与外国文学研究的关涉不大。再加上多少年来的制度惯性与利益现状，外国文学研究分处于中文系和外语系：中文系的外国文学研究像一根鸡肋，又像一个摆设，学科建设与资金投入都处于明显的劣势和人为的边缘化；外语系的外国文学研究终究难以摆脱以语言研究为中心的传统格局，而这种“语言中心”是作为交际工具的语言，而非海德格尔所说的“栖居之所”的语言。也就是说，中文、外语的分家，使本来就势单力薄的外国文学研究队伍得不到明显的充实与提高，根本不能与中国文学研究的其他学科——譬如现当代文学——相提并论，更遑论活力四射了。①

由此看来，在当今整个文学研究界都处于边缘化地位的时代，外国文学经典研究更应该利用自己外来信息优先接收、封建主义干扰较少的有利条件，及时调整研究视野和学术立场，扩大研究领域，创新研究方法，在积极推动现代化与全球化进程的中国，担当起应有的责任：中外信息的交流、中外思想的沟通、中外人文的互补以及人类精神的提升……

当代的外国文学经典研究，应该自觉融入人们的日常生活，不能再像以往那样画地为牢，人为制造一种狭小的、精英型的研究疆域，应该走出“纯文学”的象牙塔，关注民生、民情和民趣，走普及中提高的道路才有可能实现知识阶层的启蒙理想。外国文学经典研究应该转变传统的文学研究模式，超越文本细读式的研究，广泛借鉴哲学、社会学、人类学等学科的研究方法和学术立场，将新时期的外国文学研究塑造成真正具有世界主

---

① 傅守祥：《外国文学经典的跨文化沟通与跨媒介重构》，《淮阴师范学院学报》（哲学社会科学版），2012年第1期。

义情怀的崭新学科。

二、跨媒介重构与经典研究的文化诗学

显而易见,新媒体正以其强烈的替代性依存理念影响着当下社会。以互联网为代表的网络新生力量急速发展的同时正改变着当下中国社会格局,亦不同程度地影响着现实社会的媒介文化。互联网时代的传播方式已然发生了重大的改变,人际传播、大众传播、分众传播、交互传播、沉浸传播的发展过程推动了传播学理论的思考与创新。不仅如此,互联网等新技术变革支撑的传播实践,正在改变当前人类社会的基本逻辑,各种领域的社会关系进入一个持续的重塑过程。科技的发展使民众不只是信息的消费者,相反,在一些突发性事件中普通民众可以把自己的所见、所想以最简短、快捷的方式传递给他人,网络民意由此走进现实,呈现出对现实的干预能力。在此背景下,完全依附于传统媒体报道的时代已然褪色,新媒体以其强烈的替代性依存理念影响着当下社会。当下的网络化社会是一个崭新的社会形态,而不是以往媒介功能的扩大。新媒体不仅从根本上改变了信息的生产与传播方式,而且日益深刻地改变着人们的生产与生活方式,提高着人们的思维与变革的能力。

从印刷媒体的兴衰到新媒体给世界带来的冲击,每次传媒革命都带来了社会、文化、政治的巨大变革;毫无疑问,大众传媒成为现代人类文明发展背后最重要的推动力之一,大众传媒也成为影响所有人生活的文化样式。[①] 由于信息科学的迅猛发展,纸质文本和纸质文献难以适应时代进步和学科发展的需要,同样,研究外国文学经典局限于纸质文本的范畴,已经很难适应时代的发展,以跨媒体研究的视野来介入外国文学经典的研究,介入新的外国文学经典传播载体的研究,既是一个崭新的研究领域,也是外国文学学者的历史使命和服务于社会与国家文化建设的刻不容缓的责任。

在当今的数码时代,忽略电子媒介的新兴文学样式是一个令人难以置信的事实。我们不光要研究根据西方文学经典改编的欧洲文艺片,也应该关注包括好莱坞大片在内的商业性的文学经典的电影改编,最起码不能忽略好莱坞类型片譬如科幻、侦探、情爱、恐怖、战争、家庭伦理等类

---

① 查尔斯·斯特林:《媒介即生活》,王家全等译,北京:中国人民大学出版社,2014 年版,第 8 页。

型片所蕴含的集体无意识与民族特色，以及它们所融合与集纳的经典文学叙事技法和故事范型；不光要研究法国最经典的电影《红与黑》，也应该关注各种流行的电视肥皂剧。总之，21 世纪中国的外国文学经典研究尚待大力开拓的领域还包括外国影视文学和外国网络文学创作研究。

毋庸讳言，以媒体技术本体化与视觉文化审美化为表征的新意识形态的弥散，深刻影响着当代文化的发展。数字媒体技术的发展所带来的由话语文化形式向形象文化形式的转变，在摧毁传统的文化等级秩序的同时，也消解着艺术传统的对意义的深度追求。将高科技定义为文化的物质性存在基础，并提升到本体论的高度来分析，无疑具有一定道理；但是应该看到，"媒体形式"毕竟只是文化艺术存在的物理基础，并不构成它的根本性质，将物性材料和媒介手段等同于文化艺术完全走到了另一个极端，从"唯科技主义"的立场出发粗暴地抹杀了"文化"的精神内涵与本质。物质性存在的强势与观念性存在的低限之间的博弈，是数字艺术以及电子视觉文化无法回避的现实，数字艺术的发展亟待解决唯技术主义的迷瘴与意义场的虚设等现实难题。"数字化生存"的技术和"艺术化生存"的人文相互协调，才能实现数字艺术的平衡发展。[①] 因此，对于外国文学经典的视觉化生存与数字化发展绝不能忽视，也不能过度拔高；在当代研究中，应该将时新的媒介高科技运用与传统的人文意义追索结合，构建立体型、纵深性的人文谱系，以适应时代新变化、接续人文老根系。

同时，在这个由互联网科技及其新兴社交媒体为主体构成的媒介化生存的"大数据时代"，外国文学经典研究也不能忽略艺术的跨媒介重构现象，即各种艺术如何处理、使用同一题材并辨析其中的变通与神遇。譬如跨媒介的艺术名作《戴珍珠耳环的少女》，始自 17 世纪荷兰著名风俗画画家杨・维梅尔的经典画作，中经美国女作家特蕾西・雪佛兰的流行小说，再到英国导演彼得・韦伯的成名电影，三位艺术家分别以颜料、文字和影像等不同艺术材质，以不同的时空艺术表现形式，生动展现了交织着青春、爱情、欲望、诱惑、退却与隐忍的人性故事。在光影交织的空间艺术画作里，戴珍珠耳环的青春少女，珍珠上流转着女性光芒；而小说文本与电影作品共同塑造的主人公葛丽叶，映现出女性追求人格独立的刚毅与保持个体尊严的自觉。[②]

---

① 傅守祥：《数字艺术：技术与人文的博弈》，《社会科学战线》，2008 年第 3 期。

② 傅守祥、李馨：《跨媒介流传的艺术沟通与女性光芒——〈戴珍珠耳环的少女〉的女性主义探析》，《妇女研究论丛》，2011 年第 6 期。

随着经济全球化步伐的加速与信息化革命的到来,文化领域包括人文研究领域交流对话的进程显得更加紧迫。可以这样说,世界市场的扩大,使得各国人民经济与文化的交流变得从未有过的迅捷与频繁;而网络技术的出现,更是打破了海关与出版的疆界,使得各种思想、观点、信息得以跨越时空地交流。世纪之交以来,中国人文学界倡导综合性的"文化诗学",把文学这种文化现象放在整个社会的文化系统中来考察,从而拓展了文学艺术的研究视野,直接推进当代人文研究向纵深发展。[①]

"文化诗学"脱胎于西方的"文化研究"和"跨文化研究"。"文化研究"是跨学科研究,并非文化哲学或文化美学,它关注文化世界中丰富多彩的具体现象。当今时代的文化世界错综复杂,对文化的最宽泛理解,广及所有"人文化成"的人工之物,包括一切物质文化、精神文化、制度文化,常说的经济、政治、文化(狭义)等所有社会现象都在其内。西方曾经流行的"文化研究",就是对这些社会现象的文化评论或文化批判。这样的文化研究,几乎跨越了所有学科。再缩小一些范围,有些"文化研究"主要注目于精神文化领域,但也广及哲学、宗教、道德、社会心理、流行时尚等多种精神现象。这些"文化研究"的目光并不只停留在文学艺术,但它所研究的这些精神现象,却是文学艺术和政治经济之间的中介,研究这些中介恰好是研究文学艺术的必需。过去的一些"文艺社会学"的缺失,正在于忽视这些中介环节,从政治经济直接引出文学艺术,在深层逻辑上将文学艺术视作政治经济的派生或仆从。而"文化研究"对哲学、道德、宗教等精神现象、社会心理的重视,则可以在弥补这一缺憾方面作出贡献。

作为从西方学术体制内部产生的一种反叛实践,文化研究与一般的跨学科研究有着显著的差异:它既不株守于固定的研究领域,也没有统一的研究方法,而是一个不断生成和不断扩展的知识实践领域,它的"动力部分源自于对既有学科的挑战"[②]。文化研究所关注的通常是为传统学科所忽视或压抑的原属于边缘性的问题,它所警惕的恰恰是不要让自己重新成为一门新的学科。就此而言,文化研究不仅改写了传统学术的中心与边缘观念,而且对传统的学科理念和学科建制构成了强烈的冲击。正如许多学者所概括的那样,文化研究要探求的是个体"主体性"是如何

---

① 胡经之:《文艺学多些对话好》,《中华读书报》,2002年2月27日。

② 澳大利亚学者特纳(Graeme Turner)的概括。参见 Lawrence Grossberg ed., *Cultural Studies*, London & New York: Routledge, 1992, p. 64。

由社会构建而成的;它不是到个体的理性或主体性当中,而是到社会关系、社会交往和文化政治当中去寻找意义的根源。[①] 这种跨学科的探求使文化研究必然超越传统学科的理念框架,更多触及建构个体主体性的公共文化体系和政治体制问题。这种探求不仅铸就了文化研究的政治批判维度,而且空前扩展了文化研究的问题范围。实际上,文化研究对于主体建构、政治权利和意识形态功能的关注,与现代的批判理论传统有着深刻的关系。正是由于批判理论的引入,才使文化研究不单单成为跨学科的学术实践,而且成为一块吸引各种理论的磁石,不断挪用和整合最新出现的激进理论,成为揭示社会秘密的批判性思想运动。

在"文化诗学"的视野里,单一的形式主义批评,诸如新批评、结构主义、解构主义等,都是单薄的、封闭的,即使没有窒息文学也大有盲人摸象之嫌。"文化诗学"追求视野的开放,它力图吸纳历史、哲学、宗教、美学、伦理、政治、语言、神话、人类学甚至自然科学有关领域和学科的成果与方法,以开放和综合来达到研究视野和研究方法的创新。当然,这种方法论上的综合并非是说"文化诗学"在方法论上就是大杂烩,而是表明它在研究视野上的开放性与综合性特点;与其研究旨趣相一致,文化学研究与诗学研究方法的融合贯通,应该是"文化诗学"方法论的主轴。所以,"文化诗学"既是一种文化阐释,也是一种诗学阐释,准确地说它是文化阐释与诗学阐释的一种辩证统一和有机结合。[②] 应该说,不仅是文学,就是其他艺术也都必须放在整个文化系统中来研究,正如巴赫金所说:"应该在人类文化的整体中通过系统哲学来论证艺术事实及艺术的特殊性。"[③]因为"在文化整体的理论视野中或理论背景下,文学就不再是一个封闭的系统,更不是一个独立的文本,而是一个开放的系统,一个与历史、宗教、社会、道德等文化范畴相互联系的文本,而这种文学研究上的文化整体观则明确反对割裂文学与社会文化的联系"。简言之,"文化诗学之价值指向……就是力图追究文学的文化价值属性和文学的诗学价值属性"[④]。

---

① Patrick Brantlinger, *Crusoe's Footprints: Cultural studies in Britain and America*, New York: Routledge, 1990, p. 16.

② 傅守祥:《比较文学视野中的经典阐释与文化沟通》,上海:上海人民出版社,2011 年版,第 4 页。

③ 巴赫金:《巴赫金全集(第一卷)》,晓河、贾泽林、张杰、樊锦鑫等译,石家庄:河北教育出版社,1998 年版,第 308 页。

④ 傅守祥:《比较文学视野中的经典阐释与文化沟通》,上海:上海人民出版社,2011 年版,第 4 页。

文学批评与阐释从传统的、学科界限明显的“诗学研究”转向更广泛、更少学科限制的“文化研究”和“跨文化研究”,文学批评与阐释显出它本来就应具有的独立性与自主性。由于引入了文化语境和社会物质层面,文本世界便不再是一个封闭自足的世界,而是与外部世界之间建立了互为交流的阐释空间,从而形成了一种强大的张力。这意味着文本世界不再具有稳定性,它需要在复杂的历史与文化语境中寻求定位;审美也由此成为历史性的范畴,没有普遍的永久的美感原则,审美机制是一种建构并且正在不断建构的过程。关注文化诗学,就是渴望揭示文本与历史之间的复杂性,探究文本中沉淀了什么样的文化态度和现代性取向。同时,关注“跨文化研究”,就是从“差异”出发研究人类的文化模式,探究其生存、思维、语言、行为、交流、视角等,目的之一是揭示存在于文本中的文化冲突问题,探讨各文化间可能的联系、对抗、相关性、交流和互动。当代的“文化诗学”既需要“跨文化研究”的“差异性”视角,又需要借鉴文学人类学的研究成果和研究方法特别是其“共识性”视域;“文化诗学”需要从歌德所倡导的“世界文学”的视野出发探索人类共同的“诗心与文心”,从全人类的立场寻求构建“全球化时代”的“精神共同体”与“心灵共同体”。

作为“文化诗学”来源之一的文学人类学脱胎于文化人类学,文学人类学就是将文化人类学的视野、方法及成果自觉运用到文学研究。文化人类学具有广阔的研究领域和多样的理论视角,举凡人类语言、宗教信仰、审美意识、道德行为和社会结构诸方面,都是其兴趣范围。但是,它又不像一般语言学、宗教学、美学、伦理学和社会学那样孤立地研究这些文化现象,而是在整个人类文化和人类历史的广阔背景下宏观地和深入地研究它们的本质规律,并一直追溯到它们的原始形态,从而勾勒出人、人性、人类情感、人类文化和人类精神现象的历史本来面目。秉承以上传统,文学人类学的研究视野和眼光相对于一般的文学研究来说,更关注文学艺术的全球性和全人类性。如果用这样的观点来认识文学人类学的话,它对文学的研究视野就更加开阔,开阔到超越我们以往世界艺术史中所描述的空间和时间上的范围。然而,须防范英国学者哈斯克尔·M.布洛克指出的另一种偏激现象:“大量文化人类学家都忽略了艺术作品的个人独特性,也忽视了这一事实:一部艺术作品的价值总是超越其文本记录价值……只有将人类学概念和以艺术作品审美价值为基础的研究方法结合在一起时，这些概念才有助于扩大我们的艺术经验。”[①]

跨文化交流是建立人类命运共同体的必由之路。跨文化交流往往容易走向两个极端，一个是保守主义，认为国外文化不要去碰，要保持自己的原汁原味；另一个则是激进主义，试图把自己的文化灌输给对方，实行文化单边统治。应有的状态是“平等互动”基础上的“共赢、互通”，只有充分把握自己文化的特点，对之加以现代思想的创造性诠释，并增强对他种文化的理解和宽容，才能促成各民族的多元共存，开展对话沟通，并形成全球性的文化多元格局。中国传统优秀文化的一些元素都可能对多极均衡、多元共存的世界作出贡献。

目前的“文化诗学”研究，从跨学科视野出发，超越语言学的工具性传统，融汇中外与文史哲，沟通雅与俗、平面文本与数字文本（譬如影视网络），为21世纪的文学艺术研究开拓新领地，也为中国的文学研究领域走出“文本转述”与“思想平面化”、实现“文化转向”与“深度阐释”提供探索，对文学研究在新的层面上重新“走向生活”“干预现实”“改造世界”大有助益。

对于当代中国的文学经典研究，需要的不是包打天下的批评理论，而是面对文学实践时能够从容相待的“应用诗学”——摆脱理论的形而上“预设”的、对文学现象进行艺术诠释的一种经验性归纳与实践论提取，重视具有代表性的具体事例的“范例”作用。[②] 用热奈特在其《批评与诗学》一文里的话说：“文学研究的未来实质上属于批评与诗学间的交流和必要的杂交。”[③]我们应当终结那种以抽象代替具体、以搬弄大词代替具体事情具体分析的“理论作派”，就像胡塞尔要诸位未来的哲学家们“不要大钞票，要小零钱”那样，真正回到具体而实际的“生活世界”的语境，以一份负点责任的态度而不是哗众取宠之心，作出“实事求是”的言说。[④] 所以，人文思想领域应该明确提出“改进理性”而“告别理论”。哗众取宠不再有多少市场，极端褊狭不再被认为深刻，粗口相向不再被视为勇敢，舆论场上的这种转型见证着观念引领的舆论进步，人们试图在观点交锋中寻找文

① 哈斯克尔·M. 布洛克：《文化人类学与当代文学批评》，《神话与文学》，潘国庆等译，上海：上海文艺出版社，1995年版，第10页。

② 傅守祥：《外国文学经典的跨文化沟通与跨媒介重构》，《淮阴师范学院学报》（哲学社会科学版），2012年第1期。

③ 热奈特：《批评与诗学》，《文学研究参考》，1987年辑刊。

④ 徐岱：《批评美学——艺术诠释的逻辑与范式》，上海：学林出版社，2003年版，第8页。

明共识。

在今天的学界,文化诗学已经成为一种世界观,而非仅仅是一个学科或一种方法。作为一种世界观而存在的文化诗学,其意义早已突破了方法论层面,它更是一件打破僵化的学术体制的锐器。21 世纪的文学经典研究与批评,只有不断吸收文化研究/文化诗学的新方法、新成果,才能像鲁迅先生当年所说的那样成为"引导国民精神的前途的灯火"。

现代以来,文学在中国大地上曾多次承担了社会公共议题的设置,发挥了促成舆论交锋从而达成社会共识的功能。这种"公共性"使文学获得了广泛的社会意义。而 20 世纪 90 年代以来,文学"公共性"的衰减与文学"边缘化"的窘境构成了恶性循环,使文学应有的思想文化功能变得相当微弱。要改变文学在消费时代的"颓势",必须让文学重新走入民众的生活,并成为他们精神世界的一部分。[①] 同时,重新思考文学研究"公共性"的重建问题,促进文学研究发挥应有的社会功能,成为振兴中国人文学术事业的当务之急。

三、大数据分析与经典传播的文化增殖

人类进入互联网时代后,网络空间在经济发展、文化传播和国际关系中发挥着越来越重要的作用,深刻影响着一个国家的整体安全和发展利益。人类历史上,从来没有一个时代像今天这样与信息数据紧密相连,各种各样的智能终端设备使得数据生产无处不在。随着移动智能终端的急剧增长,社交媒体、即时通讯和视频网站的普及,信息数据以几何级数的方式产生和累积,数据开始作为一种现实的力量发挥作用和影响。2011 年 6 月,美国的麦肯锡咨询公司发布了《大数据:下一个竞争、创新和生产力的前沿领域》的研究报告,"大数据"(Big Data)这一概念成为互联网、通讯等相关业界竞相解读的对象;2012 年,牛津大学教授维克托·迈尔-舍恩伯格(Viktor Mayer-Schönberger,1966—)与《经济学人》数据编辑肯尼思·库克耶(Kenneth Cukier,1967—)合著的《大数据时代》[②]一书出版,顿时掀起一股大数据风潮,宣告了"大数据时代"的来临。被公认的"大数据"特征是:"海量的数据规模、快速的数据流转和动态的数据体系、

---

① 李云雷:《重建"公共性",文学方能走出窘境》,《人民日报》,2011 年 4 月 8 日第 24 版。

② 维克托·迈尔-舍恩伯格、肯尼思·库克耶:《大数据时代:生活、工作与思维的大变革》,盛杨燕、周涛译,杭州:浙江人民出版社,2013 年版。

多样的数据类型、巨大的数据价值”[1]。

对于普通人来说，在互联网上的每一次搜索、每一次购物、每一次敲击键盘，甚至是离开网络，随便在大街上的每一次露面、不经意的“留痕”，都会被永久地储存在“大数据”中，总之，人们的衣食住行、喜怒哀乐、吃喝玩乐都以数据的形式存在。这个大数据是开放的，从理论上说，任何人只要愿意都可以轻易或不轻易地“发现”或“分享”人们的生活“痕迹”。人的记忆可以删除，但是大数据上的“留痕”却无法删除，人们被动且必须在这个大数据中留下自己永远的痕迹。“大数据”正引领着人们的生活，成为人们实现满足、希望、欢乐和健康的“向导”和“引擎”。基于互联网尤其是基于移动互联网的媒介形态，以交互性与即时性、海量性与共享性、多媒体与超文本、个性化与社群化的优势吸引着众多使用者。大数据时代的来临，就是得益于信息技术与数据处理能力的发展，任何一个行业要发挥大数据的作用，都必须拥有或获取巨量的数据的能力，包括本行业内外一切可用的数据资源，避免成为“大数据汪洋”中的一座座“数据孤岛”。

大数据是人们获得新的认知、创造新的价值的源泉，还是改变市场、组织机构以及政府与公民关系的方法；大数据已经成为了新发明和新服务的源泉，而更多的改变正蓄势待发。大数据将为人类的生活创造前所未有的可量化的维度，只要收集大量数据就可以预见未来的事。大数据带来的信息风暴正在变革我们的生活、工作和思维，开启了一次重大的时代转型；其中，最大的转变就是放弃对因果关系的渴求，转而关注相关关系，也就是说只要知道“是什么”，而不需要知道“为什么”，这颠覆了千百年来人类的思维惯例，对人类的认知和与世界交流的方式提出了全新的挑战，只有掌控大数据背后真正的思维变革才是决胜未来的关键。迈尔-舍恩伯格教授认为，大数据要求人们改变对精确性的苛求，转而追求混杂性；要求人们改变对因果关系的追问，转而追求相关关系。这种思维的转变将是革命性的，如果企业不能认识到这一思维方式转变的重要性和迫切性，将会面临“数据鸿沟”的挑战。大数据时代已经来临，如何从海量数据中发现知识，寻找隐藏在大数据中的模式、趋势和相关性，揭示社会现象与社会发展规律，以及可能的商业应用前景，都需要我们拥有更好的数据洞察力。《大数据时代》一书认为，大数据的核心就是预测；同时，如

① 赵国栋、易欢欢、糜万军、鄂维南：《大数据时代的历史机遇——产业变革与数据科学》，北京：清华大学出版社，2013年版，第21页。

何防止因预测而被惩罚、防范居心叵测的人借助大数据侵害个人隐私等也成为时代难题。

没有分享与开放,就没有互联网无所不能的强大力量;大数据时代的真正价值来自于"有效"使用数据做出决策,以使个体人和社会整体更充实、更自如、更完善、更和谐。大数据分析能够创造巨大的物质财富和社会价值,也改善了人们的生活,然而数据在大量聚集的同时,信息泄露也如影随形、无处不在,使得个人信息安全面临严重威胁。近几年,大规模数据泄露事件时有发生,令人心有余悸。可以说,大数据时代既为我们带来了巨大的经济潜力,又对公民个人信息安全和就业保障等提出了严峻的挑战,更可能进一步挑战人类的自由意志、道德选择和人类组织等,这其中既有大数据的取舍之道也有公民信息亟须法律保护的问题。

以互联网科技、云储存/计算、移动终端为代表的电子化、比特化、智能化的现代大众传媒,为当代人提供了无限便利和海量信息,我们被各种大众传媒包围,空气中弥漫着信息的味道;各种信息数据、事件、言论、影像等集合而成的"大数据"滚滚而来,没有时间和空间能把"事件""言论""影像"等与我们分隔开,每天媒体使出浑身解数,人人都在抢着发言,大量信息和影像互相挤撞。[①] 正因为媒介渠道多种多样、媒介内容铺天盖地,媒介化生存的"大数据时代"混杂了无数"干扰信息""垃圾信息""无效信息"甚至"错误信息""有害信息",那么,如何去甄别有价值的信息与聒噪的杂音、妥善处理数据利用与个人信息保护的关系进而准确把握时代的律动就成为"大数据时代"媒介素养的基本主题。

各种数据与影像集合而成,互联网和社交媒体,明星私照(譬如好莱坞影星艳照门[②])被盗取并被病毒式传播,这是对于个人隐私充满恶意的暴力侵犯;这种娱乐化的表达与狂欢,扭曲了大众的视线,模糊了道德的界线,施放了人性的卑劣,侵蚀了文化的精神。而由美国中情局前雇员爱德华·斯诺登(Edward Snowden,1983—)揭露的"棱镜门事件"为代表的对公民、国家、政治领袖等信息权、隐私权的恶意盗取以及潜伏性侵害,

---

① 查尔斯·斯特林:《媒介即生活》,王家全等译,北京:中国人民大学出版社,2014 年版,第 8 页。

② 2014 年 9 月初开始,在近一个月间,好莱坞爆发了史上最严重的艳照门风波。有黑客利用苹果手机 iCloud 云端漏洞,窃取影星、歌手和名模裸照,搞得影星们人人自危,据说有百余名女星中招。人们关注和思考的是:在"互联网时代"或曰数字文明时代,我们还会有隐私吗?

更启示人们思考：如果无隐私的开放性与开放性的分享成为互联网时代的客观规律，那么，应该建立一种什么样的互联网规则以及相应的法律与制度呢？大数据时代人人“被裸奔”，已经成为不争的事实，时间再也无法治愈一切。我们也许不得不接受这样的现状，但并不意味着我们要放弃安全、默认风险，也不意味着数据使用者可以不承担任何责任。

通过相关报道而得知，利用数据库可以更好地研究和传播古老手稿和经典文本，数字化能够使人类更接近经典。[1] 大数据通过事物的整体数据化，实现了定性定量的综合集成，使外国文学经典研究等类人文社会科学曾经难于数据化的领域像自然科学那般走向了定量研究，譬如文学经典创作中的言语倾向、褒贬风格、词语使用以及文学经典接受中的受众类型、阅读方式、接受态度和全媒体增殖延展等。随着大数据、云计算、图像检索等技术的发展，外国文学经典信息化的重点应当由数据检索向数据分析、数据挖掘转型；在图像处理领域，针对疑难文字的OCR技术与利于版本校勘的图像检索，都是值得期待的方向。

使用电脑算法来分析外国文学经典文本不是让电脑复制人脑的功能或者更大规模地完成人脑擅长的任务。人脑和电脑在阅读文本的时候所用的方法和关注的重点不一样，读出来的东西也可能截然不同。不过人脑和电脑在阅读阐释文学的时候也往往可以互为体用，互补短长，外国文学经典的“大数据分析”和学者个人的“小阅读”之间存在着许多交融与合作的可能。正因为如此，借助电脑进行文本分析是近年来不断升温的“数字人文”[2](digital humanities)的一个重要分支。不能说它已经全然被文学研究界的主流所接受，但是人们原先持有的误解和怀疑正在慢慢消散。

人脑在阅读小说或诗歌的时候，不太会注意冠词、介词、代词等与“意义”并无直接联系的词，即便注意到了，也很少能够记住它们出现的方式或频率，更不要说理解它们在文学作品的语言结构中所起的作用了。人脑在进行文体分析(即文笔风格)的时候力量是很微弱的。因此，语言学学者早就已经运用电脑来研究这些封闭类词语(closed class words)。借助计算机的研究方法在语言学中逐渐壮大，从而成为一个独立分支，即语料库语言学。近年来，语料库语言学已经逐渐成为一种能够为其他学科服务的工具；利用语料库技术来进行文体分析，这就是语料库文体分析

---

① 张小溪：《科技能破解人文研究困境吗?》，《中国社会科学报》，2015年5月27日A03版。

② 作为新型的文理交叉研究领域，“数字人文”将现代计算机和网络技术深入应用于传统的人文研究与教学，科技的介入为人文发展带来新机遇，而人文想象力也为科技创新带来新动力。

(corpus stylistic)。

用电脑进行文体分析让我们有可能回答一连串与文学史休戚相关的问题,也能启发一些新型问题。譬如同样是英语文学,美国小说和英国小说在文体上最显著的差别是什么?怎样用电脑来甄别这两个国别的小说?同理,怎样快速甄别小说和诗歌?怎样快速区别男性作家和女性作家的作品?一般来说,研究者可以进行不同的实验,比如统计"the"一词在英美小说中出现的不同频率。也就是说,这个冠词可以作为区分小说文本国别的一个特征。同理,英国小说用表示肯定的词的频率大大高于爱尔兰小说,后者更多用"可能""或许"之类的词,这可能与两国文化历史有关,需要研究者对数据提供的信息做进一步阐释。初步找到一类文本的形式规律之后,可以让电脑按照这个特征去判别新的文本。当然,一个特定的文本形式特征可以与许多因素有关,譬如文学体裁、出版年代或是作者的个人习惯、性别、其他身份特征。研究者已经开始使用不同算法来测量这些不同因素与形式特征的相关度大小。

这样的电脑甄别法有一些很实际的用途,譬如说对大量已经电子化但尚未进行人工处理的文本进行分类,也可以运用于对疑似假托或作者身份不明的作品进行鉴定,根据其文体特征判别其真实作者。用电脑分析文本的形式特征还给了我们一个更深层次的启示。文学研究的一个基本任务就是描绘和解释文学形式的变迁,而一般研究者在解释文学形式变化的时候大多无法证明自己的观点,只能按照研究者本人有限阅读量做出印象性判断,所依据的信息也多是"情节"和意象等人脑比较容易识别的信息。应用大数据分析可以给自己的假设提供系统的数据支持,也可以通过电脑把注意力放在人脑难以追踪的语言元素,包括介词、冠词、标点符号等。

文学研究的另一个基本任务就是判定"影响",即文学史上特定作品的影响力,解决这个问题也可以借助电脑操作的文本形式分析。目前的方法是判别不同文本之间的相似度,由此断定一部作品到底与后世的哪些作品具有比较显著的形式重合。加拿大麦吉尔大学学者派珀(Andrew Piper)正着手统计歌德的《少年维特的烦恼》中出现的文体特征(比如说作品中出现的比较独特的辞藻),再利用现成的电子文学数据库(如Hathi Trust)用相关算法测量出数据库中同时代的欧洲小说和歌德作品在形式上的相似度,以此来考察精细阅读所无法勾勒的"散落"的文学影响。因为牵涉的文体特征可能有几十个,计算同时代文本和歌德诗歌的距离就意味着想象一个几十维的空间，而这些不同的文本在这个空间中的距离也就只能通过电脑来测量并转化成人脑能够理解的图像了。①

用电脑来分析“影响”问题不仅是为了追求更高的精确度，更是基于一种对“影响”的非人文主义理解。一般的人文主义者，如哈罗德·布鲁姆，认为虽然“影响”是发生在两个文本之间的过程，作者或诗人只是这种影响过程发生的媒介，但作为媒介的作者主观上也感受到了这种影响，经常会使用防御和否定的对策遮盖自己的文学渊源，而大数据分析所认为的影响与作者的主观感受全无关系。一个文本中大多数形式特征并不是作家有意识的选择，而是由文化无意识所决定，文学形式的传承和演变遵循着任何个体都无法控制的路径，即使是天才作家的传世经典也建筑在大量重复现成语料和语言规范的基础上。也就是说，虽然人脑并不是机器，但与机器有着相似的特点，两者都会很机械地模仿固有的语用习惯，而一个语言文学共同体也会在社会历史因素的影响下有规律地改变这些习惯。这些习惯也就是所谓的文化“模因”，即文化的基本单元。

由此可见，大数据分析这个概念所包含的不仅是一套技术手段，还有一种与传统人文精神相抵牾的文学生成理论。也可以说，大数据分析和小阅读代表了两种不同的文学史观，用不同的方法来证明各自的观点，构筑各自的文学史。归根结底，大数据分析和小阅读都是阅读体验，只不过一个是电脑的，一个是人脑的；它们得出的结论也在不同层面上触摸到了关于文学的一些“真理”，但这里的真理只能是相对的。

当然，电脑与人脑之间、大数据分析和小阅读之间并非绝对的“各执己见”。大数据分析并不能完全支配外国文学经典研究，外国文学经典中所包含的创作和阅读活动经常不能被完全数据化，同时数据本身的提取就具有价值倾向和审美需求差异；要在强化技术重要性的积累上，更加突出人文因素对技术选择的导向作用，从手段转向意义。大数据进入外国文学经典，只能对其将来会怎样进行预测，但不能单方面对其本身的终极意义进行追问。从最深层次来说，小阅读中包含的思维方式和问题意识是“大数据”分析的重要导向。换句话说，用电脑来进行数据处理经常需要研究者“告诉”它们如何进行分类。电脑需要研究者来“引导”，同时也给研究者带来许多新的便利和发现。这就说明在文学研究中如果能把数据分析与小阅读结合起来，可以让好的研究者如虎添翼。

---

①　金雯、李绳：《“大数据”分析与文学研究》，《中国图书评论》，2014年第4期。

文学研究长期以来注重经典和对个别作品的解读,而从统计学角度来说,经典就是"逸事"——小概率或随机事件——的同义词。小概率事件或许是最有意义的事件,但只有在一个广阔的背景中才能看到它们的意义。研究者在各自的书斋里进行"小阅读"是永远不会过时的。用电脑进行大数据分析可以帮我们发现某一个体裁(譬如19世纪小说)普遍的形式特征,但被人们公认的"好"文学区别于"普通"文学的最关键因素并不在这些特征里面,也正是这些难以捕捉的小因素才是文学阐释的核心焦点。每个阐释者对"好"文学的认识都不一样,他们的判断如何决定一个文本在历史中的地位和持久力也因事而异。好的文学为什么"好",凭什么得以传播?取决于什么审美特点,什么样的阅读习惯、文化环境和文学评价机制?这是文学研究的一个终极问题,需要把文本数据分析、个人化的文学阐释和历史性思索结合起来,才有望发现一些有价值的研究路径,更重要的是它开辟了更多带我们离开当前结论的道路。为了打造新的文学史和新的文学价值理论,职业阅读者必须学会让电脑为人脑所用,学会发现人脑中本来就蕴含的电脑程序。①

斯坦福大学文学实验室的创办人佛朗哥·莫雷蒂②(Franco Moretti,1961—)认为,过去对文学经典的研究是随意而不成体系的,文学研究已经成为所有人文学科中"最落后的领域",他决意借助大数据分析改变人们一直以来谈论文学的方式。美国小说家乔纳森·弗兰岑(Jonathan Franzen,1959—)③指出:"经典只有那么几部,而一代又一代人都在努力从中解说出新的来。所以,谈论普鲁斯特如何伟大总是用那些方式……使用新的技术,把文学作为一个整体看待,要比专注于复杂和特出的单个作品,更会是将来文化批评的一个方向。甚至,新技术可能是文学经典的解放者,让经典们回到当时被写作的那个语境里让人阅读。"④

---

① 金雯、李绳:《"大数据"分析与文学研究》,《中国图书评论》,2014年第4期。

② 意大利的马克思主义批评家佛朗哥·莫雷蒂以《远读》(*Distant Reading*)获全美书评人协会2014年度颁发的评论奖,是其借助大数据分析进行文学研究的创新性著作,内含10篇论文;其学术著作还有《欧洲文化中的成长小说》(*The Bildungsroman in European Culture*)等。

③ 美国小说家乔纳森·弗兰岑的主要作品有《偶尔做做梦》《第二十七座城市》《强震》《自由》等,被评论界誉为最出色的美国小说家之一。2010年,其第四部小说《自由》(*The Freedom*)一面世即引发抢购热潮,迅速登上各大畅销书榜,被评论界誉为"世纪小说",并因此成为《时代》周刊的封面人物。

④ 黎文编译:《大数据时代的文学研究》,《文汇报》,2013年6月24日。

大数据技术让复杂性科学思维实现了技术化,使得复杂性科学方法论变成了可以具体操作的方法工具,从而带来了思维方式与科学方法论的革命。大数据技术通过智能终端、物联网、云计算等技术手段来“量化世界”,从而将自然、社会、人类的一切状态、行为都记录并存储下来,形成与物理足迹相对应的数据足迹。这些数据足迹通过互联网络和云技术实现对外开放和共享,因此带来了我们以前从未遇到过的伦理与责任问题,其中最突出的是数据权益、数据隐私和人性自由等三个重要问题。[①]

随着全球互联网技术的创新和广泛应用,基于网络新媒体的思想文化交流大大拓展了信息传播的领域和渠道,成为文化和意识形态交锋的主战场,也充斥着利益的博弈、权力的角逐乃至强权的肆虐。信息技术革命的日新月异,网络应用技术的层出不穷,深刻地改变着世界的面貌,造就了虚拟但客观存在的网络社会与网络空间。在其中,任何人都可以成为信息生产、整合、发布的主体;大量社会热点在网上迅速产生、发酵、扩散,先进文化与落后文化、文明与丑陋、真善美与假恶丑在网络空间的交锋异常激烈,直接关系到网络空间的文明程度、价值导向甚至网络主权、国家安全。

外国文学经典在生成过程中与生成后,必然产生对内与对外传播,文化辐射就此形成。这种文化传播与文化辐射通过经典作家的意义输出与读者受众的符号互动,繁衍出新的文化意义与符号价值,实现了一种“文化增殖”(cultural proliferation)。任何一种文化传播都会产生文化增殖和价值观念的衍生,作为精神象征的文学经典在推广过程中也因传者、受者及大众传媒各自的需求和理解而产生新的意义;人们根据自己的经验和价值观重新界定文化和认识文化,不仅估计和确定某种文化的价值,而且还会增殖和繁衍出新的文化意义。社会发展程度越高,信息量越繁杂时,文化增殖的现象就越普遍。传播者不仅是客观地把这种文化介绍给别人,通常还会加上自己对它的理解,为了引起人们和社会的注意,传播者甚至有时极尽夸张之能事;接受者则会根据自己的主观需要和经验对其进行“选择性理解”;传播媒介本身也会产生文化增殖现象,它可以对传出的信息加以整理加工,从而产生新的意义。文化增殖是文化传播过程中文化的意义和价值不断扩大和增殖的现象,良性的文化增殖是人类社会文化形成、演进的形态之一。当然,文化增殖在放大文学经典艺术价值

① 黄欣荣:《大数据时代的哲学变革》,《光明日报》,2014年12月3日。

和精神意义的同时,也有使其被异化的可能,譬如外国文学经典的被误读、被遮蔽和被歪曲等。

在文化传播领域中,文化生产领域中所提供的价值是初始性的,在之后的传播中,初始性的价值不可能被完整地保留下来,它的内容可能被增加,也可能被减少。文化在质和量上的一种放大,是一种文化的再生产和创新,是一种文化的原有价值或意义在传播过程中生成一种新的价值和意义的现象。文化增殖是文化的放大和同质量积累,它是在原有文化的基础上,在传播的过程中产生出新的价值和意义,或者是文化的进一步拓殖。另一方面表现为质量的放大,即原有文化的质的升华,它从本质上将仍然是原有文化的放大。文化在传播中能否增殖,取决于传体文化本身的价值和影响程度。文化增殖取决于传播的方式、频次、途径、范围,取决于文化受体的承受力、宽容度、政治环境、宗教信仰、文明程度等状况。落后的、消极的文化也能传播,也会有市场,也会增殖,但只是量的增加,并会逐渐被文明所代替。

对于原文化来说,文化增殖的积极方面是文化得到更广泛的传播,文化的价值与意义得到更深的拓展和挖掘,增强了文化的整合性;消极方面是文化增殖会有虚假的现象,或背离原文化的现象。大量的虚假文化的增殖会破坏原文化,侵蚀文化母体甚至导致原文化的毁灭。翻译是跨语言文化交流的重要媒介,具有文化传承和延伸的特点,文化的意义和价值在交流互动中能够得到提升,最终形成文化的增殖;在文学经典的译介中,保持原语的异域性能够给目标语读者新的文化体验,丰富世界文化的多元性。文化增殖受受体环境的影响很大,受体环境轻松则有利于文化传播、有利于文化的开发和拓展、有利于原文化价值与意义的拓殖;封闭落后的文化环境生命力不强,不容易吸收营养,也无法抵制不良文化的侵入。受众的文化欣赏口味和审美水平也很重要,长期浸润于文学经典自然能够自觉抵制“三俗”文化。

当代传播中的文化增殖,一般从时间和空间两个维度展开。在时间维度方面,文化增殖主要表现为由于大量先进的现代电子传播媒介的使用,使传播的时间大为缩短,效率大大增加,促进了不同文化的交流与繁荣。在空间维度方面,文化增殖主要表现为某种文化经传播溢出了原文化发源地,甚至溢出了民族国家的疆界,衍生出一种新的价值和意义。但是,不是任何时空中的任何文化都必然是增殖的,只有那些开放和创新的文化才会在传播交流过程中,在“扬弃”异质文化的同时重构出一种全新的文化，这完全取决于文化传播的力度和文化传播的方式是否符合社会的需要。自觉的文化超越性和主体的文化理想构成了外国文学经典传播活动中文化增殖生成的内在机理。

两个世纪前托克维尔著名的发问：为什么当文明扩展时，杰出的个体反而减少了；为什么当知识变得每个人都能获得时，天才反而再难见到；为什么当不存在较低等级时，较高等级也不复存在了。原因固然与物质、技术有关，但更在于人避却思考、耽溺安乐的自甘平庸与自我放失，在于不能擅自利用物质技术造成的心智的慵懒与偷惰。在这种慵懒偷惰中，那种对深邃思想的卓越追索，对人类整体性精神出路的关切渐渐消退和淡忘，甚至被嘲笑和放逐。说到底，现代文化的悲剧症结是一种思考的悲剧。本来知识是供人思考、讨论的，以纳入生活的经验当中。而今，思考到处都在堕落，即使在人文文化中磨坊也是在空转，已经不能从科学文化中撷取材料来进行思考了；沟通已经变得非常少见，即使在哲学和科学之间的沟通也已经很少。由于获取专门的科学知识很困难，所以人文文化已经起不到对世上人的知识进行反省的作用。而在科学文化中，知识在无名的数据库中积累，计算机的使用越来越多，也有可能剥夺人对知识的掌握，使人担心会在知识的积累中出现新的愚昧。[①] 因此，重视大数据分析并不意味着放弃对观念和思想的执著追求，人文文化的特长在于反省，外国文学经典研究必须搭建起人文与科技沟通的桥梁，诠释经典与"活用"经典并举。

《外国文学经典生成与传播研究·总论卷》细分七章，立足于全方位的外国文学经典的文化阐释与深度研究，主要运用文学人类学、文化哲学、艺术哲学与比较文学的综合研究方法，从外国文学经典的生成要素、成形标识、建构方式、演变过程、传播途径、译介转换、影视改编、时代重构、影响研究以及当代意义等10个方面入手，站在考察精神生成、思想化育的知识社会学立场，立体审视与系统反思外国文学经典生成与传播中的精神基因、生命体验与文化传承。

"总论卷"涉及的领域和范围很广，错谬之处只源于作者才疏学浅，唯愿书中提出的一些思想与艺术问题能引起更多人的关注，起到抛砖引玉的作用。大文豪莎士比亚有这样的诗句："给美的事物戴上宝贵的真理的

---

① 傅守祥：《泛审美时代的快感体验——从经典艺术到大众文化的审美趣味转向》，《现代传播》，2004年第3期。

桂冠,她就会变得百倍的美好。”让真理与美相伴,学术论著就能“激发人们的思想活力,启迪人们的哲理智慧,滋养人们的浩然之气”。这就不仅需要“做学问”的学者在思想上、论证上“跟自己过不去”,而且应当在叙述上“跟自己过不去”,以便让读者阅读到深刻、厚重、优雅的学术论著。此种情怀和境界,虽不能至却心向往之。

第一章
外国文学经典的生成要素

世界上任何一种文化都拥有自己的经典，任何一个民族的经典文化都是由一系列经典文本组成的。经典是联结既往、关乎未来的人类共同的价值资源，文学经典更是将精神存在、人生智慧、思想场域、人性细节、艺术呈现等相对完美地凝合在一起的民族语言的综合体。

外国文学经典研究，无法回避的问题有两大类：一类是从静态的历史哲学角度，以“美学的”“历史的”尺度，追问诸如“何谓经典”以及“经典的特征/传播/影响/意义/重构”等以“审美原创性”与“文明/思想史贡献”为核心的，涉及“经典性”与“永恒性”的系统问题。另一类是从动态的艺术发生学角度，以“现象还原”“博弈生成”的姿态，追问诸如“何以经典”以及“经典的标准/生成/建构/演化/阐释”等以“精神鲜活性”与“交互主体性”为核心的，涉及“经典化”与“文化权利”的系统问题。同时，这两类问题又常常纠缠在一起，静态中有动态的成分，动态中有静态的元素，共同形成外国文学经典的艺术神韵、历史文明、时代精神和民族特色。这里面，既要有“面向事情本身”的艺术细节辨识力，也要有直面芜杂、拨云见日的精神化合力。由此可见，文学经典既有绝对性也有相对性，既是多样的也是流动的。无论审视、评判、研究外国文学经典的视角、维度有多少，审美理想与艺术创新却是文学经典审定的核心要素。

毫无疑问，任何一部外国文学经典起码同时具有相对不变的“经典性”与变动不居的“经典化”两方面。简单来说，文学经典是一个多面体，经典性是其内核，经典化是其呈现；经典性即“好”的成色，经典化即通过各种“阅读”呈现、展示其“好”和“优秀”，让读者/人们“知道”“认识”其“好”；经典性有时因“陌生”与“先锋”会被埋没、未被人识，经典化有时也会出现时代的错讹与政治的扭曲。从马克思主义“美学的”“历史的”立场审视,真正的经典是客观存在的,而不是自封的或他封的。真正的文学经典既不是文学批评家捧出来的,也不是文学批评家所能轻易否定的,各种“读者”(包括文学批评家)只有在不断地“阅读”和“思量”中“发现”或者“相遇”经典。诚然,文学经典蕴藏着族群的传统和习俗,而族群对其传统和习俗并非一直是墨守成规,他们经常会做出调整,以适应那些典型的和不断重复的情况;相应的,文学经典常常细腻呈现了传统/习惯与创新/实验之间相互作用的博弈过程,这种文化更生与文明进化的逻辑渗透延展至文学史的沉淀,可以清楚地看出,历代外国文学经典的自身生成也属于“经典性”与“经典化”的正合博弈。

对于已有公论和共识的“伟大作品”或“经典”,我们需要将“去蔽”“还原”的现象学功夫做足;对于那些尚有争议、尚未达成基本共识的“著名作品”或“杰作”,历史哲学和美学双重维度的思考必须坚守。在世界文化交往史上,由于种种原因,确实存在“墙内开花墙外香”的有趣现象,继而抬高外国文学经典在源语国的艺术地位。因此,本书论及的“外国文学经典生成与传播研究”中的“生成”,理应侧重其在源语国的生成即“经典化”过程,因其代表了源语国民族语言艺术和精神领悟的最高水准,而汇入世界文明的洪流;“外国文学经典生成与传播研究”中的“传播”,理应侧重将这种源语国的先进文化人性高度即“经典性”的内核,传播、介绍到世界各地,包括作为接受者的中国面向本国国民的主动引介与多层次传播。因此,就“传播”的内容而言,主要是蕴含异域先进文化的“经典性”和中国视野中的“经典化”。其实,这中间包含了非常明显的中外学界、读者关于“文学经典”理论与实践的对话、互动与博弈关系。

以下各章节展开的关于“外国文学经典生成与传播研究”的论述,都是基于以上“共识”,它也是本书的“思想总纲”与“价值底色”。

鉴于外国文学经典研究的复杂性、丰富性和多样性,细致考察“经典”一词的知识谱系,就成为进一步展开相关问题讨论的前提。根据《美国传统词典》的解释,英文“canon”具有两层基本含义,一层含义是“教规”,即由教会确定的法律或法典;另一层含义是“标准”,即判断的依据或原则。在中文当中,“经典”具有非常相似的意思。经的本意是织布的纵丝。《说文解字》里面说:“经,织从丝也。”段玉裁的注解说:“织从丝谓之经。必先有经,而后有纬。是故三纲五常六艺,谓之天地常经。”织布要有横线和纵线,经和纬起到了规范的作用,从这层意思出发,“经”被引申用来指代儒家的经典。没有圣人的言教,就没有天纲人常,正如没有经纬就无法织布,或者没有规矩就不成方圆。"典"的本意为常道、法则。《尔雅·释诂》:"典,常也。"《圣经》是上帝的言说,经过教会的勘正和确认,具有普遍性的价值和不变的权威性,因此英文"canon"与汉语"经典"一样,同时具有"规范"和"恒久"两层含义。正如刘勰[①](约公元465—520)在《文心雕龙·宗经》里面所说:"经也者,恒久之至道,不刊之鸿教也。""至道"突出了权威和规范的意味,"恒久"与"不刊"则说明经典的意义永在,不可改变,不容置疑。

在当代思想、艺术界,"何谓经典"不再是一个"不言自明"的共识,而更多的是一个见仁见智的问题,是一个人文谱系不断拉长的歧义群落。譬如列奥·施特劳斯(Leo Strauss,1899—1973)称经典为"伟大的书"(《什么是自由教育》),南非作家库切(John Maxwell Coetzee,1940—)谓之"历经最糟糕的野蛮攻击而得以劫后余生的作品"(《什么是经典?》),意大利作家伊塔洛·卡尔维诺(Italo Calvino,1923—1986)则认为:"经典作品是这样一些书,它们对读过并喜爱它们的人构成一种宝贵的经验;但是对那些保留这个机会,等到享受它们的最佳状态来临时才阅读它们的人,它们也仍然是一种丰富的经验。"(《为什么读经典》)

在当今时代,尽管在文学经典的"认定"上分歧多多,甚至有"道不同,不相为谋"的极端与隔绝,但对于大多数人来说还是能够达成一些基本共识,譬如"文学经典是指具有极高的美学价值,并在漫长的历史中经受考验而获得公认地位的伟大文本"等。由此延展,文学经典一般具有四个主要品质特性:一是具有内涵的丰富性,二是具有艺术原创性,三是诉诸独特的审美体验,四是民族性与世界性、特殊性与普遍性的统一。文学经典因诗性正义而厚德载物,其价值与内涵需要透过各式各样的"读者"(特别是人文学者们)加以阐发与印证,成为有效"介入"生命历程的"秘笈"与"宝典"。或者说,文学经典就是那些对人的处境有真切的关心、对人生在这个世界上的命运有深刻周彻的肯认、对人内心经验有感同身受的体谅,并在思考和传达上精骛八极、鞭辟入里的文字作品。

时间是最好的试金石。正如唐代诗人白居易《放言》诗云:"赠君一法决狐疑,不用钻柜预祝蓍。试玉要烧三日满,辨材须待七年期。周公恐惧流言日,王莽谦恭未篡时。向使当年身便死,一生真伪有谁知。"这首富

---

① 刘勰,南北朝时期的南朝梁代人,著名的文学理论家,一部《文心雕龙》奠定了他在中国文学史和文学批评史上不可或缺的地位。

有理趣的好诗,以极通俗的语言说出了一个道理:对人、对事要得到全面的认识,都要经过时间的考验,从整个历史去衡量、去判断,而不能只根据一时一事的现象下结论,否则就会把周公当作篡权者,把王莽当成谦恭的君子了。在文学经典的"认定"上,除了在"经典性"层面强调其"美学价值"外,在"经典化"层面则强调其"历史性价值",突出其历经时间的考验。也就是说,文学经典是在时间中形成的,任何经典都经过了时间的淘洗,只有在漫长的文明史和文学史中经得起人们反复质疑和推敲的作品才可能成为文学经典。正因为如此,历时短暂的文学作品较难成为或者"公认为"经典;有些作品即便被封和自封为"经典",却难以获得普遍性的认同,特别是那些被狭隘的国家意识形态所推崇的作品和作家。时间会淘汰很多曾经喧哗一时的"名作",时间也会发掘出很多曾经被埋没的无名之作,正所谓"千淘万漉虽辛苦,吹尽狂沙始到金"[①],文学史上生前寂寞身后留名的作家不可胜数,这也是时间成就了他们。文学经典是时间锤炼出来的,是跨越时空给人生以指导和借鉴的东西,也是特定时代、特定人群、特定地域的文化记忆、共识性体验与延展性想象,是作家、批评家与读者长期磨合的共同创造。尽管有不少文学批评家担心当代文学"经典化的滞后"和"被悬置"[②],但是一般来说,一个共识度较高的"文学经典"必须要经过时间的检验与历史的考验。只有那些经得起反复细读和品鉴的作品,才有可能真正实现经典化而非人为的"命名"或"造就"。

文学创作的个体特殊性,或许导致评定文学经典的标准难以统一和固化,但至少有一点可以肯定:唯有经过岁月淘洗和时间考验的文学作品,才有可能成为经典。或者换个角度,借用美国学者哈罗德·布鲁姆(Harold Bloom,1930—)的话说:"一项测试经典的古老方法屡试不爽:不能让人重读的作品算不上经典。"[③]文学经典如果有生命力,这种生命力就在于不同时代的读者愿意对其进行反复阅读和阐释。恰如布鲁姆所说,批评家并不能(单独)"造就"经典之作,"对经典性的预言,需要作家死后两代人左右才能够被证实"[④]。倘若没有足够的耐心,难免会有失偏颇甚至贻笑大方。而经典之所以是经典,就在于它既塑造了经典的人物形

① 唐代诗人刘禹锡《浪淘沙》诗句。

② 吴义勤:《当代文学"经典化":文艺批评的一个重要面向》,《光明日报》,2015年02月12日。

③ 哈罗德·布鲁姆:《西方正典:伟大作家和不朽作品》,江宁康译,南京:译林出版社,2005年版,第21页。

④ 同上书,第412页。

象，譬如莎士比亚笔下的哈姆雷特和麦克白，巴尔扎克笔下的葛朗台和高老头等；又积淀了丰富的思想，譬如塞万提斯的《堂吉诃德》和福克纳的《喧哗与骚动》等；还体现了独特的审美追求，譬如陀思妥耶夫斯基的复调小说和马尔克斯的魔幻现实主义小说等，从而达到了文学性、思想性和审美性的相对完美的统一。

总之，只有通过多层次的不断阅读，人们才能认识文学经典、发现文学经典、确认文学经典，通过文学经典的深刻领悟进而发现自我、主体觉醒，并构建起各层面的文化共同体和精神共同体，实现最广泛、最细腻的民众启蒙与人性完善。外国文学经典向世人源源不断地提供了灵魂锻造、精神丰富的营养，能够称得上“文学经典”的“伟大作品”是人类共同的文化遗产和精神财富。文学经典之所以成为文学经典，在于它对人类共同拥有的美好愿望的展示和对生命价值与意义的不懈探索与追寻，在于它在直抵人的内心世界、触摸心灵深处最柔软的地方时产生的共鸣：它对人的世界观、价值观潜移默化的影响，对人的精神世界的精确描绘与塑造，对不同国家和地区历史、人文的展现与把握，以及一些作品中对民族精神、族群意识和英雄主义的讴歌与赞美等。正如文化批评家朱大可(1957—)所说：“经典就是那种能够扛住时间磨损的钻石文本，它以自身的存在告诉我们，有一种东西叫做永恒。它犹如金字塔的尖顶，体量微小，却标定了整个金字塔的高度。就其本质而言，经典无意占有广阔的空间，却掌控了空间中最核心的部位。”①

仔细审视三千多年的世界文学史，不难发现以下事实：外国文学经典的建构、解构与重构，确乎离不开特定的时代、人群、环境以及特定的意识形态等诸多因素的“合力”之功，但是，无论有多少因素介入了外国文学经典的生成与延展，从文学人类学和艺术发生学的双重视域综合分析，“英雄崇拜与理想之火”“宗教信仰与灵魂救赎”“原欲升华与文化认同”这三个层面的内容属于最核心的“思想语义”要素。

第一节 英雄崇拜与理想之火

每个时代有每个时代的英雄，每个民族有每个民族的英雄。一个英

① 朱大可：《什么是经典》，《长江日报》，2015年6月2日第15版。

雄辈出的民族,肯定大有希望;一个有希望的民族,不能没有英雄。英雄属于整个民族,是族群的杰出代表,他既能创造民族历史、改变民族历史的进程,又能引领全民族前进;在全球化的当今世界,英雄/杰出人物既属于整个民族又属于全人类,他们引领着全世界某方面的发展,改善了人类的生活状况与精神品质。英雄对民族发展的巨大作用,在生产力还不发达、生产方式还很落后的古代尤其明显,譬如古希腊神话与英雄传说中的"盗火者"普罗米修斯、大英雄赫拉克勒斯、智慧勇毅的奥德修斯等;即使是在当代生活中,各行各业中的英雄/精英也起着举足轻重的示范和引领作用,有时"拯救者""终结者"或者"超人"等一锤定音的角色依然是英雄的标签与大旗,譬如"互联网+时代"的风云英雄乔布斯(Steve Jobs, 1955—2011)、斯诺登(Edward Joseph Snowden, 1983—)、马云(1964—)以及反"物质主义"的特蕾莎修女(Blessed Teresa of Calcutta,1910—1997)、特立独行的先知诗人布罗茨基(Joseph Brodsky, 1940—1996)等。显然,英雄崇拜代表了普通民众对英雄/伟人/精英的无限敬慕与由衷感激,更昭示了某个时代全民族的"共同理想"或全人类的"未来希望";英雄情结的时代回响与群体记忆,也不断激励着人们克服种种艰难险阻砥砺前行。

关于英雄与世界的关系,尽管自古以来历史学家一直都有"是时势造英雄还是英雄造时势"的争论,但是,留存于文学经典中的英雄基本上都是造时势的真英雄,时势被他造得成与不成,于他的英雄本色并无妨碍,事情的成败不足以成为衡量其是否英雄的准度,这与政治斗争中的"成王败寇"大相径庭;在大量的外国文学经典中,甚至常常会出现以"现世的失利成就道德的完善"的经典佳作,譬如莎士比亚(William Shakespeare, 1564-1616)戏剧《哈姆雷特》中王子的"延宕"情节等。固然,战争抑或伏虎降龙可以成就英雄,同样,苦难也可以磨炼英雄,悲苦的命运也可以考验英雄的成色,譬如古希腊悲剧《俄狄浦斯王》《安提戈涅》中的主人公等。正所谓:"天将降大任于斯人也,必先苦其心志,劳其筋骨,饿其体肤,空乏其身,行拂乱其所为,所以动心忍性,增益其所不能。"[1]中外古今莫不如是。

---

① 《孟子·告子下》,《十三经注疏》,北京:中华书局,1980年版。孟子(前372—前289),名轲,字子舆。战国时期鲁国人,鲁国庆父后裔。中国古代著名思想家、教育家,儒家代表人物,著有《孟子》一书。孟子继承并发扬了孔子的思想,成为仅次于孔子的一代儒家宗师,有"亚圣"之称,与孔子合称为"孔孟"。

真英雄是不受时势所左右的。因为他是一个“形全于外，心全于中”的人，他的主见真而正，他的毅力恒而坚；他能时时检察自己，看出自己的弱点，而谋划可以做出改善的步骤。事业的成败不是他所计较的，唯有正义与向上是要紧的。譬如普鲁塔克（Lucius Mestrius Plutarch，约46—120）《希腊罗马名人传》[1]中的传主、英雄史诗《伊利亚特》中的英雄们、《熙德之歌》中的主人公熙德等。今日我们所渴望的仍然是这样的英雄；面对强敌的侵略，我们所希望的抗敌英雄也要属于这一类的人物。战争在假英雄的眼光里是赌博的一种，但在真英雄的心目中，这是正义的保障。为正义而战，虽不胜也应当做。譬如海明威（Ernest Miller Hemingway，1899—1961）小说《丧钟为谁而鸣》里的美国青年罗伯特·乔丹就是这样的为人景仰的真英雄。这类真英雄包括了从屠杀怪兽的勇士到起义的矿工，从波斯最伟大的将领到“大萧条”时代阿拉巴马州极度穷困的家庭；这群男人和女人，即使直面惨淡的人生、没有什么值得微笑面对，他们仍然以坚定的意志和勇气面对自己的命运[2]——受压迫的人会反抗，最低贱的阶层也会拒绝屈服或投降。

在现实政治中，常有“河无大鱼，小虾称王”的现象出现，意指在一个没有特出人才的时境，有小本领便可做大事。这也是时势所造的一种英雄。还有些是偶然的成功，他对于自己的事业并没有明了的认识，也没有把握，甚至本来是要保守，到头来却变成革命，因为一般的倾向所归，他也乐得随从。这是时势所造的一种英雄。譬如西汉史家司马迁（公元前145—前90）《史记·高祖本纪》中的汉高祖刘邦。还有些所谓“英雄”是剥削或榨取他人的智力或体力来制造自己的势力和地位，其成功与受崇敬是完全站在欺骗和剥削的黑幕前面。这种人有时自己做不够，还要自己的家人亲戚来帮他做，揽到国家大权，便任用私人，培植爪牙。可怜的是混混沌沌的群众不会裁制他，并不是他真有英雄的本领。这也是时势所造的一种英雄。譬如英国历史学家爱德华·吉本（Edward Gibbon，1737—1794）《罗马帝国衰亡史》中的尼禄等。

---

① 普鲁塔克：《希腊罗马名人传》，席代岳译，长春：吉林出版集团有限责任公司，2009年版。普鲁塔克的《希腊罗马名人传》，简称《名人传》或《传记集》，是西方纪传体历史著作之滥觞，对后世影响巨大，莎士比亚的三部历史剧的很多情节根据该传的内容。

② 迈克·德达：《悦读经典》，王艺译，北京：生活·读书·新知三联书店，2011年版，第38页。

一、民族精神的隐喻与存在境况的先觉

作为西方文明的最早的艺术结晶和文学样式,希腊神话和传说[1]对西方的思想文化和社会生活有着难以估量的深远影响,其中所描述的奥林匹斯山上的"神界英雄"以及希腊诸岛上的"人间英雄",代表了人类对驾驭、掌握自然界能力的热切渴望,也代表了洪荒时代关于人性成长、人际协调的思考与理想,是史前时代人类精神生活的主要内容和主要表现。希腊神话中的神或英雄"具有更大的驾驭自然界的能力,他们逐渐在漠然的自然界以外形成了一个无所不能的群体"[2]。神话并非某一独立于神话的客观现实的反映,而是真正创造性的精神行为的产物,它既是一种积极的表达力,也是一种独立的精神形象世界。神话是精神解放过程的最初表达,也是解放在其实现过程中从魔法—神话的世界观演变到真正的宗教观。[3] 有人曾形象地比喻道,"两希文化"(即古希腊文化和希伯来文化)是哺育西方文明成长的两只丰硕的乳房。而以希腊神话为主要研究对象的现代神话学,在20世纪随着西方现代文学艺术中非理性神话的复活又勃然获得了新生,日趋发展成为一门横跨多学科的综合性国际显学。[4]

作为早期文学的主要类型,希腊神话和传说具有惊人的艺术魅力,它以丰富的想象力叙述了动人的情节,以优美的描写创造了美妙的意境。在古希腊人的幻想中,晚霞是给女神吻过的牧童的赤颊;山中回响是因为失恋而隐居深山洞穴的女神,她往往听到人声便长吁短叹;池沼里的水仙花,原来是个顾影自怜、抑郁而死的美男子;颀长而窈窕的月桂树,是给太阳神阿波罗追逐而无处藏身的美女的变形;第一个模仿苍鹰翅膀飞天的代达罗斯的大胆幻想,终于使他逃出迷宫、飞向自由的天空……这类想象丰富、意味深长的故事,在希腊神话和传说中举不胜举。还有许多千古流传的故事已浓缩成生动的比喻和成语,广泛融入当今的社会文化生活,譬如斯芬克斯之谜、俄狄浦斯情结、阿喀琉斯的脚踵、潘多拉的盒子等。在那个人神一

---

① 斯威布:《希腊的神话和传说》,楚图南译,北京:人民文学出版社,1978年版。

② 诺思罗普·弗赖伊:《文学的原型》,《神话与文学》,潘国庆等译,上海:上海文艺出版社,1995年版,第57页。

③ 大卫·比德内:《神话、象征与真实性》,《神话与文学》,潘国庆等译,上海:上海文艺出版社,1995年版,第181页。

④ 叶舒宪编选:《结构主义神话学》,西安:陕西师范大学出版社,1987年版,第1—7页。

体、万物皆灵的世界里，有许多神化了的英雄和史实，反映了人类的童年时代人与社会、人与大自然之间的各种矛盾和抗争。走近它，你会惊奇地发现：在那个古老的年代，人的想象力竟是如此奇特，性灵是如此自由，大自然是如此神秘；而奥林匹斯山上的诸神却并非圣贤，他们竟然有那么多可爱的弱点，爱恨情仇均惊天动地。后世艺术家根据这些传说，演绎出惊心动魄的史诗与悲剧，创作出具有永恒魅力的造型艺术珍品。

希腊神话和传说以诗性想象表达了远古希腊人力图诠释纷繁复杂的自然现象和社会现象的原始观念，曲折地反映了从蒙昧时期到野蛮时期、从母权制过渡到父权制的史前史，是对人的存在和人生意义的一种早慧型、前逻辑的思考和诠释。马克思曾说："希腊神话不只是希腊艺术的武库，而且是它的土壤。"[1]希腊神话不仅揭橥了历史上的人类童年时代发展得最完美的阶段，而且充满了美妙绮丽的幻想和清新质朴的气息，至今"仍然能够给我们以艺术享受，而且就某方面说还是一种规范和高不可及的范本"[2]。因此，希腊神话是整个西方文明的历史摇篮和精神源泉，是躁动不安的西方思想文化超越性发展模式的内驱力。

美国文化学学者伯恩斯（Edward McNall Burns，1897—1972）、拉尔夫（Philip Lee Ralph，1905—2002）说，古希腊人是"这样一个人文主义者，他崇拜有限和自然，而不是超凡脱俗的崇高理想境界。为此，他不愿使他的神带有令人敬畏的性质，他也根本不去捏造人是恶劣和罪孽造物的概念"[3]。所以，希腊神话和传说中的神和英雄具有很强的世俗性。古希腊人创造的以追求世俗自由为特征的文化，形成了他们特有的"自由人"概念；"自由人"不仅享有世俗自由，而且在现实世界能实现自己的价值与尊严（包括欲望、幸福、利益和权利等）。这种以世俗个体自由为重心的人文精神，就是古希腊文化的根本精神。[4]

希腊神话中的诸神与英雄具有理想人物的自然形体与自然人性，珍视和热爱感性的现实生活。"在古希腊人眼里，理想人物不是善于思索的头脑或者感觉敏锐的心灵，而是血统好、发育好、比例匀称、身手矫健、擅

---

① 马克思、恩格斯，《马克思恩格斯选集》(第二卷)，北京：人民出版社，1995年版，第28页。

② 同上书，第29页。

③ 爱德华·麦克诺尔·伯恩斯、菲利浦·李·拉尔夫：《世界文明史》第一卷，罗经国等译，北京：商务印书馆，1987年版，第216页。

④ 傅守祥：《西方文明的历史摇篮和精神源泉——试论希腊神话和传说的民族性与现代性》，《中南民族大学学报》(社科报)，2006年第1期。

长各种运动的裸体。"[①]"希腊人竭力以美丽的人体为模范,结果竟奉为偶像,在地上颂之为英雄,在天上敬之如神明。"[②]古希腊诸神与英雄不仅在形体上都强壮、健美,具有一种令人陶醉的肉感与风韵,而且具有人的各种欲望。奥林匹斯诸神大多是风月场上的老手,具有强烈的性爱冲动,希腊传说中那些半神半人的大英雄如赫拉克勒斯、忒修斯、阿喀琉斯等就是神灵们思凡恋俗的风流产物;而这些大英雄们也难逃情欲的诱惑,毫不掩饰自己对美丽肉体的占有欲望。荷马史诗里的特洛伊战争就起因于对神界与人间"最美丽"荣誉的争夺和占有,十年你死我活的民族战争正是起源于对人的自然形体即肉体之美的极力推崇和欲求,以致将其升格为一种民族荣誉加以维护。

在希腊神话中,除少数神祇和传说(如普罗米修斯及其故事)外,行为的动机都不是为了民族集体利益,而是满足个人对生命价值的追求:或为爱情、或为王位、或为财产、或为复仇;他们的"冒险",是为了显示自己的健美、勇敢、技艺和智慧,是为了得到权力、利益、爱情和荣誉。在他们看来,与其默默无闻而长寿,不如在光荣的冒险中获得巨大而短暂的欢乐。希腊史诗《伊利亚特》历来被认为是经典英雄史诗的顶峰[③],其一号人物阿喀琉斯正是这种民族精神的最充分的代表。他那丰厚热烈的情感、无敌无畏的战斗精神,特别是明知战场上等待他的是死神也决不肯消极躲避的人生价值观念都是典型希腊式的。对古代希腊人而言,战死沙场与其说是悲剧,不如说是一种宿命,他们还不习惯用善恶苦乐的现代伦理观念考虑人生,他们更坦然地面对强弱的纷争、生死的转换和神或命运的任意安排,他们更含混地看待苦难;同时,他们留出更多的时间关注自己的耻辱和尊严,关注自己的行为是否具有神的品性或具有神一样的高贵气派。[④]

对于阿喀琉斯的形象,俄国文艺批评家别林斯基(Виссарио́н Григо́рьевич Бели́нский,1811—1848)曾做过这样的评述:"长篇史诗的登场人物必须是民族精神的十足的代表;可是,主人公主要必须是通过自己的个性来表现出民族的全部充沛的力量,它的实质精神的全部诗意。

① 丹纳:《艺术哲学》,傅雷译,合肥:安徽文艺出版社,1991年版,第89页。

② 同上书,第92页。

③ E. M. 梅列金斯基:《英雄史诗的起源》,王亚民等译,北京:商务印书馆,2007年版,第391页。

④ 潘一禾:《故事与解释——世界文学经典通论》,上海:学林出版社,2000年版,第10页。

荷马笔下的阿喀琉斯便是这样的。”[1]忘我的战斗精神、温厚善良的情感和捍卫个人尊严的敏感意识，作为三个顶点构成了阿喀琉斯的性格三角形，其中对于英雄荣誉的理解与追求则是这个三角形的核心。

在全世界的史诗作品中，对英雄挖掘最深的要数阿喀琉斯这个形象。阿喀琉斯式的“愤怒”已成了史诗的一种主旋律。阿喀琉斯已经不是原始史诗中吉尔伽美什、阿米拉尼、巴特拉德兹之类与天神抗争的人物，他狂放不羁，与权势作对，与迈锡尼王阿伽门农抗争。然而，在史诗中这种对抗的结束与荷马史诗的结局相同，尽管他确实无辜地受到了阿喀琉斯的伤害，他的英雄气概依然如故。这种冲突的“史诗式”（而并非“戏剧式”）结局未包括阿喀琉斯在内的英雄的个人情操，他们的情操还分明打着氏族造就的烙印。阿喀琉斯的朋友帕特洛克罗斯之死使得阿喀琉斯重返战场与亚该亚人搏斗，这种复仇是亚该亚民族的一种自尊观念，也正是这种精神力量摧毁了特洛伊城。[2]

希腊神话和传说既富有情趣又极其深刻，许多故事都寓意颇丰、发人深省，成为后世人类共同的精神财富，包孕着不朽的现代性内涵，譬如潘多拉的盒子的故事、不和的金苹果的故事、赫拉克勒斯选择人生道路的故事、西绪福斯的故事、安泰俄斯的故事等。希腊神话认为，人类的不幸是由两方面原因造成的：一谓“天灾”，二谓“人祸”。所谓天灾是指普罗米修斯盗火给人类后，天神之父宙斯为了惩罚人类，派美女潘多拉带礼品盒子下到人间，打开盒子从中放出各种灾祸，使数不清的形形色色的悲惨充满大地，唯独把“希望”关闭在盒子里面。所谓“人祸”则是指人类的各种情欲。潘多拉所以降灾人间，也是因为人类被她的美色所惑而接纳了她。所以情欲实在是“万恶之源”；但另一方面，人活着就要追求各种情感和欲望的满足，所以它又是“万乐之源”。幸福与罪恶、快乐与灾祸就这样相伴相随，希腊神话深刻揭示了人的欲望冒险带给人们的悲剧性与喜剧性的人生体验。

希腊神话里有关“金苹果”的争夺则是另一个颇具象征意味的传说，这里的“金苹果”代表着古希腊人对色欲、财欲、物欲、权力欲、个人荣誉等等生活欲望的追逐，他们为了得到自己想得到的东西往往是全力以赴，犹

---

① 别林斯基：《文学的幻想》，满涛译，合肥：安徽文艺出版社，1996年版，第466—467页。

② E.M.梅列金斯基：《英雄史诗的起源》，王亚民等译，北京：商务印书馆，2007年版，第392—393页。

如飞蛾扑火一般拼命,即便自己死掉或招致灾难也在所不惜,而由此带来的纷争与杀戮便具有一种盲目的性质。近乎完美的希腊英雄阿喀琉斯独自一人静坐在营帐中拒绝出战的日子里,曾就战争与荣誉问题作过深入的反省:这个从来自信天下无敌的勇士,自己虽不惧怕战场上的残酷激战,但他一想到战场上无数生命的无谓夭折,对战争的必要性和死亡的含义发生了从未有过的怀疑,对自己视若性命的荣誉和高贵也产生了质疑。正是有了这种深沉思考和自觉意识,才使战场上凶猛残忍的阿喀琉斯转瞬之间被特洛伊老王的跪求所感动,显示出富于人性光辉的同情心对暴戾"愤怒"的强大消融力。①

希腊神话中有许多天才的臆测和机智的隐喻,譬如在有着健美身躯与高强武艺的民族英雄阿喀琉斯身上留下一个致命的弱点——阿喀琉斯的脚踵,将无畏的性格与致命的弱点相统一,体现了古希腊人对自己民族精神的辩证认识和深沉思考:"阿喀琉斯的愤怒"作为西方古典文化的一个重要特征,体现了古希腊人重视生命对于个人的价值,曾极大地促进了西方社会的发展,但阿喀琉斯式的自由放任、漫无矩度的个人主义也给西方社会带来难以治愈的社会痼疾;对于个人权利、个人能力、个人智慧的体悟与运用一直都是西方社会前进的助推力,但是个人本位思想又像一把"达摩克利斯的剑"始终悬在西方人头上,影响和制约着西方社会的发展与人际关系。在希腊神话中还有一个美少年那喀索斯,他只钟爱自己而蔑视周围的一切,爱神阿佛洛狄特为惩罚他,使他爱恋自己水中的倒影,最后憔悴而死;这则神话作为一种隐喻,同样表现了对狭隘的自我中心主义的批判。由此可见,希腊神话和传说本身既是民族的,又包含着普遍的人性内容;民族的特性展现得越充分,它所显示的人性内容也越发深刻。因此,希腊神话不仅构成希腊艺术的土壤,而且为世界文学的发展提供了若干重要的母题,后来的许多文学经典都在不同时代、不同条件下讲述着古希腊讲述过的一些故事。

希腊神话和传说中经常表现的一个主题就是人与命运的冲突,其中虽有神祇对命运的主宰,却并不宣扬对所谓唯一真神的虚幻信仰而把人引向彼岸世界,而是通过对现实的抗争把人(神)引向理想的现实;神灵也并非是与人不同的另一种存在,他们过的也是现世中的生活,也和人一样

---

① 傅守祥:《比较文学视野中的经典阐释与文化沟通》,上海:上海人民出版社,2011年版,第79页。

受到高悬在头顶上的命运的支配，譬如乌刺诺斯、克洛诺斯和宙斯都是通过反抗建立了自己的神界。希腊神话里有对命运的妥协，但主要是颂扬与注定的命运进行抗争的顽强不屈的崇高精神。希腊神话中的许多神祇和英雄都具有这种反抗精神：小埃阿斯亵渎雅典娜神庙，被雅典娜用雷电击毁航船落入海中，临死前仍不肯屈服，声称即使全体神祇联合起来毁灭他他也要救出自己；西绪福斯智斗死神，敢于欺骗宙斯和坦塔罗斯，结果被打入万劫不复的地狱；山林女神绪任克斯为了维护自己的尊严，宁肯变形为草木也决不为人妻，为此付出了青春乃至生命的代价；至今还震撼着人们心灵的俄狄浦斯悲剧故事，则向人们揭示了人类从必然走向自由是一个艰险多难的历程。用有限的生命抗拒无限的困苦和磨难，在短促的一生中使生命最大限度地展现自身的价值，使它在抗争的最炽烈的热点上闪耀出勇力、智慧和进取精神的光华，这是希腊神话和传说蕴藏的永恒性启示和现代性价值。①

简言之，希腊神话和传说注重世俗个体的自由和人间英雄的荣誉，具有鲜明的民族性特征，体现了古希腊民族在追求生活欲望的满足或与命运抗争中所表现出来的最完整的人性和最浪漫奔放的自由精神；同时，它始终关注人类的存在境况，展示了生命的个体性存在的意义和价值，揭示了人类的欲望冒险带给人们的悲剧性与喜剧性的人生体验，蕴藏着深刻的现代性价值，至今依然启示着世人。

人类从远古走向现代的过程，也是包含进步与失落的双向过程。理性驾驭和升华着情感，而情感总想摆脱理性的控制，一旦理性露出破绽，情感便如脱缰野马奔腾而出。文艺复兴以来科学的发现，曾使近代人坚定不移地认为整个宇宙是按照一些简洁公式、定理来运转的，因此，理所当然地，人的生活（包括内心生活）都应当遵循某种理性的秩序，就像地球必然围绕太阳旋转一样。文艺复兴时期的人道主义思想体系同自然科学相结合筑起了理性的审判台，维护着从自然到社会乃至内心生活的秩序。但是，古典人道主义的虚幻性很快被社会矛盾所戳破，两次世界大战的无情现实，摧垮了理性的堤坝，西方人发现自己被现代科学所异化，失去了自己。在这种情况下，希腊神话所反映的古代人自由奔放的感情生活犹如一束强光重新照亮了现代人贫乏苍白的内心世界。他们发现，希腊神

① 傅守祥：《比较文学视野中的经典阐释与文化沟通》，上海：上海人民出版社，2011年版，第80—81页。

祇或英雄的那种为所欲为的自由人性,都是人类欲望的隐喻表现。现实主义文学近似现实生活的描写,使得人们被压抑的欲望远不如在神话中表现得集中和强烈。因此,神话艺术"恰恰为现代的畸形与片面化提供了最好的补偿"(荣格语)。人们在贫乏的现实生活中得不到的情感和欲望的满足,在神话艺术世界中得到宣泄和满足。[①]

二、命运重压的抗争与认识自己的永恒

古希腊悲剧终极性地生存着原始的真理语言,是宗教、艺术、哲学还没有分裂之前的意识形态的母体,是无法被后世的概念性语言相消融的原始意象。但是在很长的历史时间内,我们却由于天性的轻浮而漠视它的存在,以为人类自身的理性力量可以克服一切命运的制约,"只有当我们被迫进行思考,而且发现我们的思考没有什么结果的时候,我们才接近于产生悲剧"[②]。当现代人发现科学和知识的普遍有效性和目的性只是一种妄念,因果律并不能到达事物的至深本质,科学乐观主义便走到了尽头;反传统的人文主义哲学思潮应运而生,从亚里士多德开始的西方两千多年的形而上学,在20世纪遭到了的怀疑与深刻的反省。

古希腊悲剧往往被人们称为"命运悲剧"。所谓"命运悲剧"是指主人公的自由意志同命运对抗,其结局则是他(她)无法逃脱命运的罗网而归于毁灭。自由意志与命运的冲突,向来被认为是古希腊悲剧的主旋律,古希腊三大悲剧家都涉及了自由意志与命运冲突的主题。但纵观古希腊悲剧,可以发现,埃斯库罗斯(Aeschylus,约前525—前456)和欧里庇得斯(Euripides,前485—前406)的悲剧实质其实是人暂时还没有能力认识和主宰的自然现象、社会现象或事物发展的必然规律,只有索福克勒斯(Sophocles,约前496—前406)的《俄狄浦斯王》和《特拉基斯少女》中的俄狄浦斯和伊阿涅拉的悲剧真正缘于无法逃脱的命运罗网。正如罗念生(1904—1990)所说,只有《俄狄浦斯王》和《特拉基斯少女》才是命运悲剧。[③] 那么,如何理解命运便成了阐释《俄狄浦斯王》意义原型的关键。

人们都认为俄狄浦斯是无辜的,因为还在他出生之前,杀父娶母的悲剧就已经安排好。他的智慧,他的求知求真,他的诚实勇敢,他的责任感,所有的一切,不仅没有使他逃脱命运的魔掌,相反使他陷入命运的怪圈中。

---

① 徐葆耕:《西方文学:心灵的历史》,北京:清华大学出版社,1990年版,第34—35页。

② 朱光潜:《悲剧心理学》,合肥:安徽教育出版社,1989年版,第279页。

③ 索福克勒斯:《索福克勒斯悲剧二种》,罗念生译,北京:人民文学出版社,1961年版,第16页。

既然俄狄浦斯没有选择的机会，就不应该为罪恶承担责任。所以，严格地说俄狄浦斯不是凶手，而是这场杀父娶母悲剧的受害者。那么，谁该为这出悲剧承担责任？答案只有一个：命运！当然也包括阿波罗或神灵。在悲剧中，命运与阿波罗、神灵是一组可以交替使用的概念。在原始人看来，这个世界没有偶然的事件，任何事物的发生都是由某种神秘的看不见的力量引起的。[1] 他们把那种自己无法控制又难以解释的力量归属于神灵。命运则常常以神灵意志的面目出现，它既神秘又强大，是一种外在于人类的异己力量。它或体现人与自然的矛盾，比如风雨雷电造成的灾难，生与死；或是人与社会矛盾的象征，比如暴力流血、阶级对立和社会动荡等。

然而在《俄狄浦斯王》里，命运似乎还有更多的意味。阿波罗再三以神谕的方式警示杀父娶母的悲剧，给人一种印象，好像他是悲剧的制造者。但仔细推敲，阿波罗并没有为灾难的发生与发展做过任何事情。阿波罗的神谕充其量只是一种预言。预言既不是事件发生的缘由，也不是悲剧产生的动机。这场可怕的毁灭是在俄狄浦斯自以为理性的举止中，一步一步向前推进的。俄狄浦斯不明真相，不知道自己的行为将导致可怕的毁灭，这不能证明他是无辜的。就像我们无法把艾滋病、疯牛病出现的原因推给神灵一样。至于俄狄浦斯的高尚勇敢，为拯救城邦，无私无畏地追究事情的真相，这与灾难之因也是两码事。而剧终时，俄狄浦斯甘愿接受惩罚，表明他对自己承担责任是认同的。假如把悲剧的原因定格在俄狄浦斯身上，命运就意味着人的有限性，意味着人性的某种缺损。它也是一种异己力量，不过是涌动在人的内心深处，支配着人的行为，而不被人所意识。我们说性格决定命运，就是把命运与人的自身关联起来。命运是人性某种缺损的外化形式。当它带着冷漠的微笑注视可怜的俄狄浦斯时，具有很强的反讽意味。

具体说来，人的有限性和人性的缺损至少包含两方面的含义：一方面是人性中潜在的野性冲动和本能欲望的笼罩。比如乱伦。“人类文化中再也没有什么观念能比乱伦这个观念更长久更繁复精臻的了”[2]，它是一种发自于人类性本能的行为，是导致灾难的直接原因。然而，俄狄浦斯的无辜吸引人们关注的眼光，使得乱伦行为与灾难之间的关系有些模糊，责任落到神灵头上。颇有意味的是，弗洛伊德根据《俄狄浦斯王》构建起来

---

① 列维-布留尔：《原始思维》，丁由译，北京：商务印书馆，1981年版，第350—358页。

② 露丝·本尼迪克特：《文化模式》，王炜等译，北京：生活·读书·新知三联书店，1988年版，第43页。

的“恋母情结(即俄狄浦斯情结)”,被现代心理学证明并非是无稽之谈。也就是说,在意识层面,俄狄浦斯绝对不会接受乱伦行为,但在潜意识中,这个卑劣罪恶的念头确实存在。俄狄浦斯不再是清白无辜。没有人能够排除这种潜伏在人性深处的乱伦欲望对灾难发生的关系与影响。事实上,要说俄狄浦斯和伊俄卡斯忒对杀父娶母之事一无所知是很可疑的。比如,俄狄浦斯成为忒拜国王十余年,关于前国王拉伊俄斯的情况,他的死、他的长相、他的品性等等,不可能没有人告之。拉伊俄斯毕竟是忒拜城的重要人物,他的死是非同小可的事件。聪明的俄狄浦斯完全有可能根据零星的事实推断出事情的真相,比如,伊俄卡斯忒与俄狄浦斯的关系。她与俄狄浦斯以夫妻的名分朝夕相处这么久,为什么没有注意到他脚跛和脚踵上的伤疤?或者注意到了,但为什么没有去查询?甚至她与俄狄浦斯之间年龄上的显著差距,也不能激起她的好奇心?当然,最暧昧的是,她在真相即将大白于天下时对俄狄浦斯的劝解:“最好尽可能随随便便的生活。别害怕你会玷污你母亲的婚姻;许多人曾在梦中娶过母亲;但是那些不以为意的人却安乐的生活。”[①]到最后,她几乎是再三地苦苦哀求俄狄浦斯:“看在天神面上,如果你关心自己的性命,就不要再追问了。”[②]

不能说两位当事人对事件的来龙去脉非常清楚,但他们对这场灾难的降临充满了预感。这种预感来自神谕,来自灾难发生的征兆。但他们为什么视而不见?为什么不在瘟疫发生之前抓住线索追查下去?如果能排除索福克勒斯的疏漏,排除是情景设置的需要——整部戏建立在俄狄浦斯一无所知的基础之上,那么我们可以说,是人性深处那些非理性的欲望蒙住了俄狄浦斯的眼睛,使他对种种可疑的迹象缺乏敏感,使他有意无意地对那些征兆视而不见。他既自欺又欺人。这种被潜意识缠绕的情景,正如别尔嘉耶夫描述的:“人不但欺骗其他人,而且还欺骗自己。人自己常常不知道同他自己所发生的是什么,并且错误地向自己和别人解释所发生的事情。”[③]

另一方面是人有限理性与无限世界斗争所形成的悲剧性处境。索福克勒斯生活在一个张扬理性的时代;同时代的苏格拉底把人定义为:“一

① 罗念生译:《古希腊悲剧经典》(上),北京:作家出版社,1998年版,第163页。
② 同上书,第166页。
③ 别尔嘉耶夫:《论人的使命》,张百春译,上海:学林出版社,2000年版,第90页。

个对理性问题能给予理性回答的存在物"[1];对《俄狄浦斯王》倍加赞赏的亚里士多德则认为人是"理性的生物"。在剧作中,索福克勒斯那狡黠的微笑闪烁着理性的光芒。然而,作者对俄狄浦斯那点可怜的理性,却是极尽嘲讽之能事。可以毫不夸张地说,俄狄浦斯正是在自己的思考与判断指引下走向灾难。他过分夸大主体性的作用,过分相信和依赖理性的力量。他将经验形态的一切——智慧、力量、勇敢、对神的信仰、自由意志与世俗化的价值规定——正直、诚实、民主、信守诺言、爱护人民、有责任感等,看作世界的终极尺度,妄图通过它们穷尽世界的奥秘,摆脱人悲剧性的处境,寻找到人的解放、自由与幸福。在他看来,只要自己用自由意志反抗这一厄运,只要遵循了一切世俗化的价值规定,就可以摆脱悲剧性的处境。然而,人企图通过主体的力量走出封闭性自我,就如同用自己的手托起自己的身体一样不可能,人性中的魔性也势必在这种精神的迷误中显现。当拉伊俄斯阻挡了他追寻主体性之途时,他就杀死了拉伊俄斯;当王后有利于他通往主体性之途时,他就娶王后为妻。就在他企图通过主体的力量走出封闭性的自我,通过自由意志反抗杀父娶母的厄运时,厄运却降临在他头上;就在他负起道德责任,宣布他对杀死前任国王的人的诅咒时,他也就宣判了自己的罪行。正如罗念生先生所说:"他之所以遭受苦难,与其说是由于他自身的过失,毋宁说是由于他的美德。"[2]他用智慧解开了斯芬克斯之谜,自以为是世上最大的智者;然而他只解开了斯芬克斯之谜的谜底是人,而并未弄清人是什么,既没有认识自己,也没有真正认识和主宰外部的世界。在"人是什么、世界是什么?"的问题上,他是无知的。他面对自己的父母,却不认识,做了杀父娶母的事也不知晓,不知道神谕为什么会降临在自己身上。

中国古代先哲老子说:"知人者智,自知者明。"在西方哲学中,"人被宣称为应当是不断探究他自身的存在物,一个在他生存的每时每刻都必须查问和审视他的生存状况的存在物。人类生活的真正价值,恰恰就在于这种审视中,存在于这种对人类生活的批判态度中"[3]。可是,俄狄浦斯从来没有怀疑自己的智慧,也从来没有意识到理性的局限性。他反而自恃理性与智慧的力量,粗暴多疑、自负而容不得别人的意见。先知忒瑞西阿斯拒绝说出杀死老国王的凶杀,迫不得已才暗示俄狄浦斯是城邦的

---

① 恩斯特·卡西尔:《人论》,甘阳译,上海:上海译文出版社,1985年版,第9页。
② 索福克勒斯:《索福克勒斯悲剧二种》,罗念生译,北京:人民文学出版社,1961年版,第7页。
③ 恩斯特·卡西尔:《人论》,甘阳译,上海:上海译文出版社,1985年版,第8页。

罪人。恼怒的俄狄浦斯先是指责先知是罪恶的策划者,继而又嘲讽先知的才智。追查凶杀时,其发展趋势与俄狄浦斯的判断出现差距,他就无端怀疑是克瑞翁出于妒忌搞的阴谋诡计。甚至伊俄卡斯忒善意的劝解,也被他看作是在“玩赏她的高贵门第”[①]。他意识不到人们不愿意揭开真相是出于对他的爱,对他的敬重。片面的理性扭曲他的判断力,使他陷入非理性的迷宫。他想否定的恰恰就是事实,就是真相;他竭尽全力寻找的,是他最不愿意看到的结果。理性引导他朝着与目标背离的方向走去,一切都事与愿违。

据说在德尔菲神庙里镌刻着阿波罗著名的神谕“认识你自己”。曾到德尔菲神庙求助神谕的拉伊俄斯、俄狄浦斯和克瑞翁全都对它熟视无睹。如果把“杀父娶母”和“认识你自己”这两条神谕联系起来,弄清楚悲剧的谜底就会容易许多,他们的视而不见折射出理性的局限性。为什么这么说?因为:第一,理性包含着为达到实际目标而对最有效手段的选择,有很浓的功利色彩。那条看起来似乎与自己无关的神谕,当然不会引起他们的注意。第二,理性的张扬最初是以征服自然与外部世界为起始点,人类的自我本质一直处在理性认识的盲区。就像俄狄浦斯,他才华横溢,能洞悉自然,能破解斯芬克斯之谜,能观察别人的妒忌与阴谋。但是,当他辨认自己的身份,审视自己的行为时,他的智力与理性显得有些捉襟见肘。有限的“理性和道德都不是精神的最后宿地”[②]。对于那些企图以理性执著地追求自己所肯定的价值和穷尽世界的无限与永恒的英雄们,悲剧的命运是注定的,人的理性不是解决一切矛盾的良药。

既然人不能完全凭借理性精神与自由意志把握主宰自己的命运,那么面对悲剧性处境,人应该怎么办?怎样才能求得解放与自由呢?俄狄浦斯对待灾难的态度极具启示性。在追查灾难的根源时,俄狄浦斯隐约预感到事情的真相,他完全可以在追查的任何一个环节停止,或拖延或阻碍真相的出现,但他没有这样做。他的内心也有恐惧,但更多的是那种为解除城邦灾难而不怕牺牲的英雄豪气。“俄狄浦斯之所以伟大是因为他不停地寻找真相,尽管找出的真相会损害他。无知是毁灭性的,知识也是毁灭性的,这是无论行动者还是思考者终极的困境。”[③]作为一邦之主的

---

① 罗念生译:《古希腊悲剧经典》(上),北京:作家出版社,1998年版,第166页。

② 尼古拉·别尔嘉耶夫:《人的奴役与自由》,徐黎明译,贵阳:贵州人民出版社,1994年版,第6页。

③ 大卫·丹比:《伟大的书》,曹雅学译,南京:江苏人民出版社,1998年版,第117页。

俄狄浦斯，执行神的旨意，积极寻找城邦灾难之因的行为是具有崇高道德含义和高尚人格色彩的。“我是为大家担忧，不单为我自己。”[①]俄狄浦斯一丝不苟地独自审查整个案件，执拗地要严惩凶手：“我不许任何人接待那罪人——不论他是谁——，不许同他交谈，也不许同他一块儿祈祷、祭神，或是为他举行净罪礼；人人都得把他赶出门外，认清他是我们的污染。”[②]总之，俄狄浦斯是一个对国家抱有强烈责任感、对民众怀有急切同情心的英明君主。最后当毁灭降临时，俄狄浦斯的悲惨处境惨不忍睹。歌队曾劝说他：“你最好死去，胜过瞎着眼睛活着。”[③]俄狄浦斯拒绝了。他恪守诺言，刺瞎自己的双眼。他的拒绝固然是为活着赎罪，但也包含这样一种启示：以死逃避灾难，并不能消除灾难，并不能改变人的悲惨处境。他不回避责任，没有选择更加轻松些的一死了之，更没有任何为自己开脱的企图，而是勇敢地承受来自精神和肉体的“双重的痛苦”，让自己余下的生命重新确立一个起点、一个双重痛苦的起点，也是重新证明自己清白、崇高和勇敢的起点。正如雅斯贝尔斯所说，人类只有“面临自身无法解答的问题，面临为实现意愿所做努力的全盘失败”[④]时，他才会去“认识自己”。

中国先哲老子说：“知人者智，自知者明。胜人者有力，自胜者强。”（《道德经》第三十三章）意思是说，能认识别人的叫做机智，能认识自己的才算高明；能战胜别人的叫做有力，能克制自己的人才算刚强。或者说，了解别人是智慧，了解自己是圣明；战胜别人是有力量，战胜自己才是强大。在社会生活中，一个人首先要认识自我，但认识自我非最终目的，认识到自己的劣根性之后，就要抑制，认识自我是为了战胜自我，管住自己才算强者。

人类恰似遭受毁灭的俄狄浦斯，灾难与悲剧性处境注定要与之相伴。那么，最重要的不是有没有灾难，不是灾难会造成什么样的后果，而是如何面对灾难。对待灾难的态度就是人类的生存态度，就是人类对生存方式的选择。面对灾难与厄运，俄狄浦斯自始至终力排众议，坚持追查真相；他毅然决然地做出自己的选择，决不放弃对生命和对人生悲剧的理性思索。古希腊哲学家苏格拉底（Socrates，前469—前399）认为，“没有经

---

① 罗念生译：《古希腊悲剧经典》（上），北京：作家出版社，1998年版，第137页。

② 同上书，第141页。

③ 同上书，第175页。

④ 卡尔·雅斯贝尔斯：《悲剧的超越》，亦春译，北京：中国工人出版社，1988年版，第10页。

过思考的人生是不值得过的”,他非常推崇“认识自己,方能认识人生”;“想左右天下的人,须先能左右自己”。剧作主人公俄狄浦斯没有被恐惧和沮丧所压倒而随波逐流,任凭命运的捉弄和摆布,而是依靠自己的顽强意志、在与命运的抗争中提高了自己的力量,以其毁灭的形式,把悲剧“悲哀”的效果化成“悲壮”。在现实生活中,伟大的哲学家苏格拉底因触犯统治者的利益,被判处死刑,然而他并没有选择出逃,而是从容就死、慷慨就义,以“苏格拉底之死”成就了人们历时三千年的“认识自己”(know yourself)。

索福克勒斯不同于前辈作家,他虽然写命运,但强调的是对命运的怀疑,指出它的不合理性、肯定人与命运斗争中的主观意志,即人物所表现出的“知其不可为而为之”的精神。俄狄浦斯勇于行动和承担责任的态度为我们现代人昭示了一条认识自己、完善自己和拯救自己的途径。在这个痛苦抉择的过程中,人显示了自己的尊严,体现了人生的价值。正如别林斯基所说的:“高贵的自由的希腊人没有低头屈服,没有跌倒在这可怕的幻影前面,却通过对命运进行英勇而骄傲的斗争找到了出路,用这斗争的悲剧的壮伟照亮了生活的阴沉的一面;命运可以剥夺他的幸福和生命,却不能贬低他的精神,可以把他打倒,却不能把他征服。”[①]俄狄浦斯作为人类的原型,他所昭示的这一启示意味,被后人反复实践,也在后来的文学作品中反复呈现,德国文豪歌德(Johann Wolfgang von Goethe,1749—1832)笔下的浮士德、法国作家加缪[②](Albert Camus,1913—1960)笔下的西绪福斯、美国小说家海明威[③]笔下的桑地亚哥等人物都是不同时代的

---

① 别林斯基:《智慧的痛苦》,罗念生译,《古希腊悲剧经典》(下),北京:作家出版社,1998年版,第445页。

② 阿尔贝·加缪,法国声名卓著的小说家、散文家和剧作家,“存在主义”文学的大师。1957年因“热情而冷静地阐明了当代向人类良知提出的种种问题”而获诺贝尔文学奖,是有史以来最年轻的诺奖获奖作家之一。加缪在他的小说、戏剧、随笔和论著中深刻地揭示出人在异己的世界中的孤独、个人与自身的日益异化,以及罪恶和死亡的不可避免,但他在揭示出世界的荒诞的同时却并不绝望和颓丧,他主张要在荒诞中奋起反抗、在绝望中坚持真理和正义,他为世人指出了一条基督教和马克思主义以外的自由人道主义道路。他直面惨淡人生的勇气,他“知其不可而为之”的大无畏精神使他在第二次世界大战之后不仅在法国,而且在欧洲并最终在全世界成为他那一代人的代言人和下一代人的精神导师。

③ 海明威一向以文坛硬汉著称,是美利坚民族的精神丰碑。海明威的写作风格以简洁著称,对美国文学及20世纪文学的发展有极深远的影响。他很少用装饰性的字眼,而是以简明的句子讲述一些人在生活上所表现出的勇气、力量和尊严的故事,其中最著名的有《永别了,武器》《丧钟为谁而鸣》及《老人与海》等。

俄狄浦斯式的“行动而受难的英雄”[1]。

三、精神世界的英雄与理想品格的文学

除了古希腊的《伊利亚特》和《奥德修记》之外，作为记录英雄行传和英雄崇拜的文学经典，世界文学史中还有三大著名史诗，他们包括古巴比伦的《吉尔伽美什》、印度的《罗摩衍那》和《摩诃婆罗多》。另外，欧洲在中世纪也曾出现过大量较成熟的民族史诗，歌颂维护民族利益的伟大英雄。具体来说，中世纪早期英雄史诗主要作品反映的是民族大迁徙时期甚至更早时期的历史事件和部落生活，对部落之间的血仇关系有鲜明的表现，有较多的神话传说成分，最有代表性的有日耳曼人的《希尔德布兰特之歌》、盎格鲁-撒克逊人的《贝奥武甫》、冰岛的《埃达》（神话诗和英雄史诗）和《萨迦》（散文体叙事文学）、芬兰的《卡勒瓦拉》等。中世纪中后期英雄史诗都是以骑士的征战生活为主轴，中心主题是爱国主义，强调忠君和爱国的统一性；诗中的英雄勇敢善战、忠于祖国、忠于君主，表现了在封建关系下人民理想中的爱国英雄，最有代表性的有法国的《罗兰之歌》、德国的《尼伯龙根之歌》、西班牙的《熙德之歌》、俄罗斯的《伊戈尔远征纪》等。

毫无疑问，世界各国的“英雄史诗”在忠实留存各民族的“创世传说”和“英雄业绩”的同时，也艺术地呈现了人们的“英雄崇拜”与“英雄情结”；更可贵的是，少数“英雄史诗”的流传者譬如《伊利亚特》和《奥德修记》的署名人“盲诗人荷马（Homer，约前 9—前 8 世纪）”以“英雄知音”的高度一并名垂青史，跃升为精神世界的英雄或导师，较完美地为世人重现了英雄们的性格、品行、理想、业绩等，开创了“事功”型英雄与“通灵”型英雄并立、行动者与记录者同品的先河，大幅度提高了文学经典的思想境界和人性情趣。

英国思想家托马斯·卡莱尔（Thomas Carlyle，1795—1881）在其名著《论英雄、英雄崇拜和历史上的英雄业绩》（*On Heroes and Hero-Worship, and the Heroicin History*，1841）一书中，详细论述了什么是真正的英雄，剖析了神明英雄（奥丁）、先知英雄（穆罕默德）、诗人英雄（但丁、莎士比亚）、教士英雄（路德、诺克斯）、文人英雄（约翰斯、彭斯、鲁索）、帝王英雄（克伦威尔、拿破仑）等六种不同类型共 11 位不同时代的英雄人

---

① 傅守祥：《〈俄狄浦斯王〉：命运主题与悲剧精神的现代性》，《世界文学评论》，2006 年第 1 期。

物的历史地位及历史真相,认为"世界历史是伟人的历史",凸显了伟人的作用。卡莱尔在开篇讲道:"世界历史就是人类在这个世界上所取得的种种成就的历史,实质上也就是在世界上活动的伟人的历史。可以恰当地认为,整个世界历史的精华,就是伟人的历史。"[①]卡莱尔感佩伟人的功勋,歌颂英雄的业绩,其英雄史观充分彰显了历史伟人、当代精英对社会发展的巨大推动作用,他以鲜明的态度、宽广的胸怀承传着人类文明史上的"英雄崇拜",并将其延展与深入到精神世界和文学领域。

卡莱尔对"英雄"的取舍颇为考究。首先,他能公正地对待与基督教文明长期冲突的伊斯兰文明的缔造者穆罕默德(Muhammad,约570—632),对其毫不吝啬地赞誉。卡莱尔说:"这些阿拉伯人,这位穆罕默德及其一个世纪的活动,——好似一个火花落九天。这个火花落到了不被人们注意的茫茫沙漠世界。看哪!那荒沙却成了引爆的炸药,火光照亮了从德里到格林纳达的高空!我说过,伟大人物总是像天上的闪电,普通人只是备用的燃料,有了伟人这个火花,他们才能燃烧发光。"[②]其次,卡莱尔从人类文明演进的视野将"英雄"的定义和范围进行了扩张,将主宰人类精神世界的人物——诗人、文人——也放在了英雄的领域,将但丁、莎士比亚和彭斯等推崇为英雄、伟人。在很多人眼里,英雄必定是统治者、领军者、主宰者,譬如古罗马时代的恺撒大帝、东汉末年鼎定三国的曹操等,但是,在卡莱尔的眼里,诗人、文人也是英雄,这是古今少有的。

在卡莱尔眼里,诗人是属于一切时代的英雄人物,诗人一旦产生,就为一切时代所拥有;只要上天降下一个英雄的灵魂,这个灵魂不论在哪个时代都完全有可能被塑造成一个诗人。[③] 拉丁文"vates"一词,兼有先知(预言家)和诗人之意。实际上,先知和诗人这两个词的含义在所有时代显然是相通的。从根本上说,它们二者都深入到宇宙的神圣奥秘,即德国文豪歌德所谓的"公开的秘密"[④]之中。诗人英雄是生活于事物的内在境界,也就是生活在真实、神圣和永恒的境界之中,而大多数的凡夫俗子是

---

① 托马斯·卡莱尔:《论英雄、英雄崇拜和历史上的英雄业绩》,周祖达译,北京:商务印书馆,2005年版,第1页。

② 同上书,第86页。

③ 同上书,第87页。

④ 歌德这样阐述艺术和自然的关系:"自然起始对谁揭开它的公开秘密,谁就感到一种不可抗拒的渴望,向往那最可贵的解释者——艺术。"歌德认为诗人在作品里所创造的世界也是公开和秘密并存,好像成为"第二个自然"。歌德常把一件完美的艺术品称为"自然的作品""生动的高度组成的自然物"。(歌德:《歌德谈话录》,爱克曼辑录,朱光潜译,北京:人民文学出版社,1978年版。)

看不到这些深层次东西的存在的。[1]

先知和诗人为什么是相通的？其一，不论他是先知或诗人，已经洞察了这个神圣的奥秘，他是被派来教育人们加深对它的认识，其使命就是要向人们揭示这个神圣的奥秘。其二，他的认识不是来自于道听途说，而是凭直接的洞察力和信仰。任何人都可能生活在对事物的表面认识中，而先知和诗人的本性要求他必须生活在事物的真正本质中，并诚挚地对待世上的一切，而其他人却对此极不严肃。因此，作为真诚的人和"公开秘密"的洞察者，诗人和先知是同一的。在精神世界里，伟大的诗人无不有着上天入地、千变万化的"神通"；当一个诗人变得越有才识、越有智慧时，他就越是能够放得下。

卡莱尔强调，英雄必须具备真诚的品质，而文人/诗人英雄"从心发出的语言就会有诗的性质"[2]。这也与中国经典文学中所谓"修辞立诚"[3]与"法天贵真"[4]的传统相吻合。任何事物都有真伪之别，诗人、文人也有真假。如果从真实意义上来谈论英雄，诗人、文人英雄对人们所尽职责永远是光荣的，永远是最崇高的，而且一度被公认为最高尚的人。[5] 对于诗人、文人而言，艺术的成长永远先于经验的成长；他以其特有的方式表达

---

① 托马斯·卡莱尔：《论英雄、英雄崇拜和历史上的英雄业绩》，周祖达译，北京：商务印书馆，2005年版，第179页。

② 同上书，第90页。

③ "修辞立诚"意谓撰文要表现作者的真实意图，不可作虚饰浮文。语出《易经·乾卦·文言》："脩辞立其诚，所以居业也。"南朝梁刘勰《文心雕龙·祝盟》："凡群言发华，而降神务实，修辞立诚，在于无愧。" 明王守仁《传习录》卷下："凡作文字，要随我分限所及，若说得太过了，亦非修辞立诚矣。"清陆以湉《冷庐杂识·撰述传信》："其章疏，无溢言费辞以累其实，此则所谓修辞立诚，可为撰述者法矣。"近人章炳麟《文学总略》："气非窜突如鹿豕，德非委蛇如羔羊，知文辞始于表谱簿录，则修辞立诚其首也，气乎德乎，亦末务而已矣。"

④ 《庄子·杂篇·渔父》有言："真者所以受于天也，自然不可易也，故圣人法天贵真，不拘于俗"。意思是：圣哲效法自然，看重本真。"真者，精诚之至也，不精不诚，不能动人，所以强哭者虽悲不哀，强怒者虽严不威，强亲者虽笑不和。真悲无声而哀，真怒未发而威，真亲未笑而和。真在内者，神动于外，是所以贵真也。"意思是：所谓真，就是精诚的极点。达不到精诚，就不能感动人。所以，勉强啼哭的人，虽然外表悲痛，其实并不哀伤；勉强发怒的人，虽然外表严厉，其实并不威严；勉强亲热的人，虽然笑容满面，其实并不和善。真正的悲痛没有哭声而哀伤；真正的怒气未曾发作而威严；真正的亲热未曾含笑而和善。自然的真性存于内心，神情的流露溢于外表，这就是看重本性真情的原因。

⑤ 譬如古典主义盛行时期，提倡"文如其人、风格即人"，人品与文品是合一的，故诗人、文人被想当然地视为先知、英雄或者最高尚的人。

他那富有灵感[①]的心灵,在任何情况下,都能尽一个人的应尽职责,以“冬天来了,春天还会远吗?”[②]的心态,坚定而持续地带给人类理想之火与“希望”之光。

继卡莱尔高调颂扬“诗人、文人是真英雄”之后,英国诗人雪莱(Percy Bysshe Shelley,1792—1822)宣称:“诗人是世间未经公认的立法者”[③],其后承传这种思想的大有人在,最著名的有法国作家罗曼·罗兰(Romain Rolland,1866－1944),其所著《名人传》[④]紧紧把握住这三位有着各自领域的艺术家的共同之处,着力刻画他们在忧患困顿的人生征途上历尽苦难与颠踬而不改初衷的心路历程,凸现他们崇高的人格、博爱的情感和广阔的胸襟,从而为人们谱写了另一阕“英雄交响曲”。这本书里的英雄,不是走遍天下无敌手的江湖豪杰,也不是功盖千秋的大伟人,这里面的英雄具有一种内在的强大的生命力,使他们勇敢地与困难作斗争,不屈服于命运并最终改变了命运,他们不愧为精神世界的英雄和文学艺术界的巨人。

将“英雄崇拜”和“理性品格”内化为一种“责任”和“荣耀”,是20世纪世界文学在经历了两次人类大屠杀、多元化思潮的撕裂、市场化与高科技冲击等社会大转型后依旧经典迭出的内在性因素和主体性因素。即使对于亲历了第二次世界大战而倍感“在奥斯维辛之后,写诗是残忍的”[⑤]的英国诗人群体“奥登一代”来说,他们的心智追求使其仍然不满足于有限的“自我表达”和狭小的个人空间,他们坚持寻求的是“公共领域”里的传达和交流,认为“诗歌的首要功能在于让我们对自身以及周围的世界有着更为清醒的认识……”诗人W. H.奥登(W. H. Auden,1907—1973)说:“诗歌不是魔幻,如果说诗歌,或其他的艺术,被人们认为有秘而不宣的动

① 这里说的“富有灵感”,就是指所谓的创造性、真诚、天才以及人们难以给予美名的英雄品德等。

② 英国诗人雪莱《西风颂》(1819)中的著名诗句。人们常说黎明前是最黑暗的时候,说明在希望和曙光到来之前,势必要经过一番磨难和煎熬。冬天来了,一年之中最难熬的季节来了,但度过冬天就是春暖花开,万物复苏的时节,希望和生命力回归大自然,只要坚持春天就不会远了,希望和成功近在眼前。

③ 雪莱:《为诗辩护》,《西方文艺理论名著选编》(中卷),伍蠡甫、胡经之主编,北京大学出版社,1986年版,第81页。

④ 罗曼·罗兰:《名人传》,傅雷译,南京:译林出版社,2001年版。又名《巨人三传》,是《贝多芬传》《米开朗琪罗传》和《托尔斯泰传》的合称。

⑤ 语出德国思想家泰奥多·阿多诺的名言:奥斯维辛之后,写诗是野蛮的,这就是为什么在今天写诗已成为不可能的事情。

机，那就是通过讲出真实，使人不再迷惑和陶醉。"[①]当然，20世纪后期以来，在一个缺乏信仰的、平庸的时代里，也曾有过诗人、文人/知识分子的身份从"立法者"转为"阐释者"继而成为"零余者"[②]的"天使坠落"的世俗经历。

毋庸置疑，理想让生活变得美好，人类的心灵需要理想甚于需要物质；理想之于人类的意义，犹如"飞蛾扑火"般地本能化、自然化。作为当今世界最有影响力的文学奖项，诺贝尔文学奖[③]的"颁奖原则"是：给"在文学方面创作出具有理想倾向的最佳作品的人"。那么，"具有理想倾向的最佳作品"成为当代外国文学经典"认定"的必备要素。综合起来看，所谓"最佳作品"起码包含三方面：其一，对人性有最深刻的揭示，展现人类生存的真实状况；其二，无论人生多艰难、现世多磨难，总带有一种超越现实的方向感和信仰，使人在面对最绝望的现实时仍然怀有希望；其三，体现语言的最高表现力，作品具有相当的艺术高度。简单地说，就是人性深度、理想品格、艺术高度共同成为品评"最佳作品"的三个核心标准。文学可以最艺术地揭示深刻动人的人类现实，其特殊作用也许更在于呈现绝望中的美感、悲剧中的希望、苦难中的坚强。因此，诺贝尔文学奖的美学原则，总是关联着人道主义、理想主义、激情、意志、自由、纯洁、生命等。[④]这一原则的贯彻，也可以视为对卡莱尔"诗人、文人英雄"思想的一种继承和发扬。正如美国作家威廉·福克纳（William Faulkner，1897—1962）在诺贝尔文学奖获奖演说[⑤]中提到的那样：

---

① Auden's introduction to *Poems of Freedom*, in W. H. Auden, *The Complete Works of W. H. Auden. Vol. I, Prose*, 1926—1938, ed. Edward Mendelson, Princeton N. J.: Princeton University Press, 1996, p. 470.

② 齐格蒙·鲍曼：《立法者与阐释者：论现代性、后现代性与知识分子》，洪涛译，上海：上海人民出版社，2000年版。

③ 根据瑞典化学家阿尔弗雷德·诺贝尔（Alfred Bernhard Nobel，1833—1896）的遗言，诺贝尔文学奖奖金授予"最近一年来，在文学方面创作出具有理想倾向的最佳作品的人"，因此，瑞典文学院的评选委员严格遵守纯文学的评选标准，并明确声称拒绝受政治、商业等因素的影响。

④ 1901年，法国诗人苏利·普吕多姆（Sully Prudhomme，1839—1907）成为诺贝尔文学奖的第一位获奖者，其获奖理由："是高尚的理想、完美的艺术和罕有的心灵与智慧的实证。"2015年，白俄罗斯女记者兼散文作家斯韦特兰娜·阿列克谢耶维奇（Svetlana Aleksijevitj，1948—　）获诺贝尔文学奖，其获奖理由："因为她丰富多元的写作，为我们时代的苦难和勇气树立了丰碑。"1913年，印度诗人泰戈尔（RabindranathTagore，1861—1941）成为第一位获得诺贝尔文学奖的亚洲人，其获奖理由："赞扬他的文学作品中的高尚的理想主义和他在描写各种不同人物时所具有的同情和对真理的热爱。由于他那富于灵感的诗歌以精美的艺术形式展现了整个民族的精神。"

⑤ 福克纳1949年获得诺贝尔文学奖，1950年12月10日领奖并发表获奖演说。

> 我深信人类不但会苟且地生存下去,他们还能蓬勃发展。人的不朽,不只是因为他在万物中是唯一具有永不衰竭的声音,还因为他有灵魂——有使人类能够同情、能够牺牲、能够忍耐的灵魂。诗人和作家的责任,就在于写出这能同情、牺牲、忍耐的灵魂。诗人和作家的荣耀,就在于振奋人心,鼓舞人的勇气、荣誉、希望、尊严、同情、怜悯和牺牲精神,这正是人类往昔的荣耀,也是使人类永垂不朽的根源。诗人的声音不应仅仅是人为的记录,而应该成为帮助人类永垂不朽的支柱和栋梁。[①]

福克纳所强调的诗人和作家的“责任”和“荣耀”,使得诗人和作家成为精神世界的英雄,使得他们的作品有可能成为具有理想品格的文学。人类的一切信仰和智识性活动的努力,包括文学与各种艺术、宗教、哲学以及其他一切人文社会科学,也许都是试图为人类“描绘”“呈现”或“释义”一种更为理想的状态、方向和可能。追求真善美,或者追求人性的不断完善,是人类的永恒理想,也是当代外国文学作品“经典化”的内在品质与思想底色。

关于理想,简单地说,就是人对自己美好生活的欲望、目标与追求。世界上最快乐的事,莫过于为理想而奋斗。古希腊哲学家苏格拉底告诉我们,“为善至乐”的“乐”乃是从道德中产生出来的,为理想而奋斗的人,必能获得这种快乐,因为理想的本质就含有道德的价值。[②] 哪怕是一个最英勇的人,一经夺去了他珍贵的理想,都会落到生活空虚的境地里去,并最终颓废下去。讴歌理想,讴歌理想之于人的价值,曾是无数外国诗歌经典的母题,譬如美国诗人惠特曼(Walter Whitman,1819—1892)的《草叶集》、英国诗人雪莱的诗歌、匈牙利诗人裴多菲·山陀尔(Petöfi Sándor,1823—1849)的民歌体诗作[③]等。人的生活好比旅行,理想是旅行的路线,失去了路线,只好停止前进了;生活既然没有目的,精力也就枯竭了。正因为有了各种理想,生活才可能变得甜蜜;正因为有了各种理想,生活才可能显得宝贵。哪怕理想如辰星,人们可能永远都触摸不到,但可以像航海者一样,借助星光的定位而航行。如果一个人不能确认理想之

---

① 福克纳诺贝尔文学奖获奖演说,搜狐网 2012 年 12 月 9 日,http://cul.sohu.com/20121209/n359920566.shtml。

② 柏拉图:《理想国》,郭斌和、张竹明译,北京:商务印书馆,1986 年版,第 91 页。

③ 譬如,裴多菲的著名箴言诗《自由与爱情》(1847):“生命诚宝贵,爱情价更高;若为自由故,二者皆可抛!”即体现了理想的复调性和多层面。

于他的价值，那么，不妨反向思考——“人类失去理想，世界将会怎样？”尽管当代思想界对“乌托邦”或“理想主义”有深入的批判和反省[①]，但是“理想”的合理的人性价值和理性实践并没有因此而受损，反而因这种细致的甄别而愈益生辉。

作为当今世界的一种难得的共识，文学要能给人希望、文学要具有理想品格——无论是直白的还是隐晦的——已经深入人心，深刻影响着外国文学经典的生成与传播。任何时代的现实总是有问题的，不满现实是人类生活的常态。那么，理想的生活在哪里？借用捷克作家米兰·昆德拉（Milan Kundera，1929—　）的话说，生活总是在别处。所以，批判应该是文学的重要功能，批判也是作家/诗人/知识分子的重要职责。尽管如此，文学是要能给人希望的。我们之所以需要文学，因为我们需要温暖、理想、希望，也需要呐喊，文学呈现生活时必然渗透着思索、孤愤和期望。所谓“英雄不问出处”，指望通过文学直接推进社会进步无疑是痴人说梦，但是，任何人都不能否认通过文学可以打动人心、反思现实进而影响社会走向、提升族群凝聚力等，因此，现时代文明中仍然需要并存在着大量的诗人/文人英雄，往往在意想不到处、意想不到时发声，为民众打开一扇能够呼吸到新鲜空气的窗或者别有洞天的门。

当然，无论是作为族群的杰出代表的“事功”型英雄的开疆拓土，还是作为人类的灵魂代言的“通灵”型英雄的超凡脱俗，其“理想”人格虽各有所重却都是同时代的榜样与模范，代表了同时代人的向往、苦乐、思考与困惑。“事功”型英雄的伟业大多被历史洪流卷走，只有少部分被“通灵”型英雄的妙笔以“文学经典”的形式长留青史，而青史留名的缘由就在于它“灌注”了“理想”，“关注”了“灵魂”，“升华”了“本能”，并最终为人类“留存”了“希望”。

---

① 譬如，20世纪世界文坛上最经典的“反乌托邦三部曲”（苏联作家扎米亚京的《我们》、英国作家阿道司·赫胥黎的《美丽新世界》和乔治·奥威尔的《1984》）因其预见性地“忧虑一个不美好的未来世界”，对后世有着深远的影响。这些富有洞见的作品无一不揭示了集权主义的危险——无论是技术集权还是政治集权，而这两者又都是现代社会工具理性崇拜的结果。如果说哈耶克的《通往奴役之路》在学术上厘清了自由被消减的危害，那么，《1984》则用更加通俗的方式戳穿了各种虚假和有害的乌托邦。

第二节 宗教信仰与灵魂救赎

作为历时最为久远、分布最为普遍、影响最为深广的人类现象之一，宗教与人的世界紧密相连。人类文明的各个部门，人类活动的各个方面，从哲学思想到文学艺术，从政治经济到文化教育，从道德伦理到惯例习俗，从科学理论到音乐美术，无论是社会的价值取向和共同素质，还是个人的心态结构和行为模式，都同宗教有着初始是浑然一体，尔后又相互渗透的关系。

在很多现代中国人眼里，科学与宗教之间是格格不入、难有融通的，其实不然。多年前，联合国曾经用世界著名的盖洛普民意测验方法进行了一项调查，调查最近 300 年间的 300 位最著名的科学家是否相信神。结果是：除 38 位因无法查明其信仰而不计以外，其余 262 位科学家中，不信神者仅 20 人，占总数的 7.6%；信神者则有 242 人，占 92.4%，其中包括几乎所有曾对科学发展做出过重大贡献的科学巨人。更令人惊奇的是，诺贝尔奖获得者中信神者竟占 93.27%。这长长的信神科学家的名单中，有不少我们耳熟能详的名字，譬如物理学之父牛顿、发现相对论的爱因斯坦、大天文学家哥白尼、近代力学之父伽利略、电报之父莫尔斯、火箭之父范伯郎、女科学家居里夫人、诺贝尔奖创办人诺贝尔、第一位诺贝尔奖获得者(X 射线发现者)伦琴、发明无线电通信的马可尼、发明种植牛痘的琴纳、发明飞机的莱特兄弟、火箭之父冯·布劳恩、现代实验科学创始人培根、量子论创始人普朗克、昆虫学界泰斗法布尔、生物学界泰斗巴甫洛夫、现代原子能科学家普赖特等。除了上述伟大的科学家相信造物主的存在之外，当今世界各国科学家信神者亦非罕见。在这些科学家看来，科学与宗教并非是排斥关系，他们可以一方面探讨世界的奥秘，一方面赞叹神的伟大。[①] 有些人想用科学作武器来铲除宗教信仰这个“赘疣”，却发现这么多的大科学家虔心信奉宗教——主要是基督宗教。

是什么原因使这些在常人中的佼佼者走上了信神之路？或许现代天文物理学家、法国科学院院士勒普兰斯·兰盖(L. Leprince Ringuet,

---

① 许茹：《难以置信，众多大科学家竟然都信神》，爱微帮 2015 年 2 月 3 日，http://www.aiweibang.com/yuedu/13185713.html。

1901—2000)所言可以提供一个答案："信奉基督的科学研究人员，在现代科学的两个主要特征前面——注视世界和拥有世界——感到非常舒服自在……因为这两个特点符合其信仰的深层反响，正属于其科学家使命的范围之内。具体说来，这是基督徒有幸所参与的天主创造世界巨大工程的延伸。"他在1976年出版的自传《个人忏悔》中阐述了自己的感受："我一直是个有信仰的人……我没有丧失过宗教信仰，但我对基督的忠诚不是静止的，也就是说，对基督的信仰不是一经接受就一劳永逸了……我愿坦率地说出，什么东西在指引我前进而不弄虚作假；我在基督给我们的信息中找到了这么多的崇高和伟大……我在福音中吸取力量以打碎我自私自利、陈规守旧、怯懦卑鄙和果敢进取的潜能，更能看到生活的意义，这对我来说，就是真理的标志。"

法国启蒙时代的思想巨人伏尔泰(François-Marie Arouet，1694—1778)曾说，从"迷信"到宗教应该是社会公正和宽容的体现，基础是人的人性和理性；神明无所不在，相信神明就必须相信理性。如果神明竟与理性相悖，那么前者必须向后者调整。被称为"伟大的自然科学改造者"(列宁语)、20世纪最著名的科学家爱因斯坦(Albert Einstein，1879—1955)，也信仰一个创造宇宙的神，他说："我相信上帝，他通过万有之间的秩序井然的和谐来显示自己。"他坚信宇宙不可能凭机会来运转，"因果律非存在不可"①。也许，这些大科学家们的信仰和见证，让迷茫中的民众对这个未知的世界多了敬畏，让民众真正思考"我们是从哪里来的，将到哪里去"。用现代宗教思想家蒂里希(Paul Tillich，1886—1965)的话说："宗教是人的终极关怀。"人有种种关切和追求，但人不同于世间万物，因为人有精神性的、超乎自然和超越自我的关切和追求；人不但有对自我的意识，有探索人生意主的愿望，而且有探索终极存在或宇宙本源(尽管对之有不同的理解)的意识以及与之和谐一致的愿望。

中国优秀文化传统中有所谓"此心安处是吾乡"②的说法，故此关注"养心"；西方文明因为宗教信仰的缘故，也有近似的关于"灵魂安宁"的追求，故此讲求"怡神"。二者落实在文学艺术中，均强调美是发自内心的感动、是从灵魂深处发出的，而优秀的文学经典一般具有灵魂救赎的

---

① 《重新发现爱因斯坦》，《时代周刊》，1979.2.19第1期。

② 宋人苏轼《定风波·常羡人间琢玉郎》中的名句。

特效。关于“灵魂”问题,被誉为“20世纪最纯净的心灵”的印度哲人克里希那穆提(Jiddu Krishnamurti,1895—1986)曾指出,文明是众人的欲望与希望集合而成的,任何一种文明都是共同意志造成的结果。这个共同的意志在灵魂这件事上认为,人除了死亡、会毁灭的肉体之外,一定还有一个更大、更深,一个不会毁灭、永恒存在的东西,因此就制造了灵魂这个观念。那些真正想要知道在时间的范围之外,是否还有另一种境界存在的人,就必须从文明的束缚中脱离,也就是说,他必须脱离群众的共同意志而独立思考。只有当你对自己说:“我不要盲目地接受,我要研究、探索”,也就是说,你不害怕单独面对任何事物,然后你才会发现永恒的境界。灵魂这个字眼暗示着超越形态存在的东西,它一定是精神性的,有永恒的特质。①

一、宗教超越的皈依与基督爱心的信仰

中国现代思想家梁漱溟(1893—1988)曾指出:两希(希腊、希伯来)乃西方文明之两翼,带动着西方文明的前进。② 也就是说,西方文明植根于希伯来精神与希腊理性主义。然而,在很长一段时间里,西方文明在中国人的视野中却只是由希腊文明带动的一部独轮车,这势必造成对西方文明理解上的偏颇,因此,研究西方文学经典必须要对渊源于希伯来精神的西方宗教(特别是基督教)思想进行细致分析。同样的道理,研究印度文学绕不开印度宗教、研究伊斯兰文明也绕不开《古兰经》等。

宗教是人对于神明的信仰与崇敬,是对宇宙存在的终极解释,通常包括信仰与仪式的遵从,它是人类最早的由信仰思维认识自己和世界的思想体系。当代宗教思想家贝格尔(Peter Berger,1929—)说:“宗教是人建立神圣世界的活动。”世界是人所理解的世界,要理解世界就要理解人,要理解人就必须考察其一切活动,其中包括人为世界立法、寻求或建立意义世界的活动、思考生命意义或方向的活动。按德国现代宗教哲学家马丁·布伯(Martin Buber,1878—1965)在《我与你》③中的说法,生命的意义就在于构建一种“我与你”的关系——爱情是这样,信仰也是这样。布伯坚持认为生活于世,必须面对上帝,但这一上帝不是外在于我们世界

① 克里希那穆提:《人生中不可不想的事》,叶文可译,北京:群言出版社,2004年版,第113页。

② 梁漱溟:《人心与人生》,上海:学林出版社,1984年版,第183页。

③ 马丁·布伯:《我与你》,陈维纲译,北京:生活·读书·新知三联书店,1986年版。

的、超然的上帝。他认为上帝无所不在，拥有一切事物，渗入所有世界，甚至体现在当下、感性的事物中。这种带有神秘主义的学说摈弃了只是礼仪上对上帝的遵从，强调日常生活中上帝的存在，而人则是一种居间力量，是世俗和神圣之间的桥梁。如何实现人的这种使命，如何与神圣、崇高相联系？布伯认为这不存在于人内心的反求诸己、孤寂沉思的体验中，而是存在于一种相遇，一种对话，一种在人际中的超越，因为“与人的关系本是与上帝关系之本真摹本”[①]。世俗与神圣间的重新结合，不是体现为一种实体，而是体现为一种关系。

布伯说：“凡真实的人生皆是相遇。”[②]在布伯看来，“我”与“你”的相遇，“我——你”之间的纯净关系既超越时间又羁留于时间，它仅是时间长河中永恒的一瞬。人注定要厮守在时间的无限绵延之中。因之，他不能不栖息于“你”之世界，又不可不时时返还“它”之世界，流连往返于“我——你”的唯一性与“我——它”的包容性之间。此种二重性便是人的真实处境。此是人生的悲哀，此也是人生的伟大。因为，尽管人为了生存不得不留存在“它”之世界，但人对“你”的炽烈渴仰又使人不断地反抗它，超越它，正是这种反抗造就了人的精神、道德与艺术，正是它使人成其为人。“人呵，伫立在真理的一切庄严中且聆听这样的昭示：人无‘它’不可存在，但仅靠‘它’则生存者不复为人。”

布伯的学说，目的是力图阐释宗教哲学的核心概念——超越——的本真涵义，澄清基督教文化的根本精神——爱心。超越本于人对存在（自身的存在与宇宙的存在）之绝对偶然性与荒诞性的恐惧，对生存意义的反思。超越要求发端于对无意义的反抗，但自失说只是断定表面看来无意义的宇宙秩序具有某种神圣的目的性，而对此目的或意义本身的内容却无所说。另一方面，它对道德哲学的影响简直是毁灭性的。如果宇宙的必然进程正是道德境界的展开过程，那么我们即在肯定一切皆是善的，一切皆是合理的。如果价值或超越指向既不在人之外的宇宙中，又不存在于主体内，那么它可能栖于何处？此问题可指引我们进入布伯思想最微妙精深之处。他的回答是：价值呈现于关系，呈现于“我”与宇宙中其他在者的关系。关系乃精神性之家。蔽于主客体二元对立的种种学说皆滞留在表面世界，“它”之世界，惟有关系能把人引入崇高的神性世界，惟关系

① 马丁·布伯：《我与你》，陈维纲译，北京：生活·读书·新知三联书店，1986年版，第128页。
② 同上书，第27页。

方具有神性,具有先验的根。当《圣经》昭示人要“爱上帝,爱他人”时,人不仅领承了通向神性世界的钥匙,且同时也领略了价值的本真内容。爱非是对象的属性,也非是“我”之情感心绪的流溢,它呈现于关系,在关系中敞亮自身。正是在这里,“我”与“你”同时升华了自己,超越了自己。人于对“它”之世界的反抗中走向超越,人于关系中实现了超越!

布伯认为自由的本质是皈依。对上帝的皈依,可以使人以沉静的力量改造世界,扭转乾坤。而相信宿命则斩断了通向皈依之途。[①] 皈依“永恒之你”不是要离弃世界,而是要转换对世界的态度,由视万物为我的对象,转而视万物为“你”。从“我一它”转而为“我一你”。“执着于世界者,无从接近上帝,离弃世界者,无从承仰上帝。唯有以生命整体走向‘你’,并把世间生存者视为‘你’,方可接近无可寻觅的‘上帝’”[②]。上帝只在关系中。执着于世界,离弃世界都是对本真关系的放弃。“人的生活不能划分为与上帝的本真关系和与世界的非本真关系,不能既虔心祈祷上帝,又无情地利用世界。把世界当作利用之对象的人,对上帝也一定作如是观”[③]。反之亦然,与上帝保持本真关系,才能与世界保持本真关系。

“上帝莅临人,其目的不是要人向往他、渴慕他,而是为了让人确信世界具有意义。”[④]意义只在这种本真的关系中存在,这正是人寻找的家园。上帝的启示从来不是对生命简单的答案,而是一种力量的馈赠,帮助人拂去生命中不能承受之轻,使生活有意义地沉重。此“意义不是来世的,而是此生的”[⑤]。所以一切都必须从此时此地的你自己开始,去爱,去投入,以自己的方式去揭示生存的意义,在与你相遇的每一日常事物中,揭示其神圣意义。当你用你全部的存在同世界相遇时,你就与上帝相遇。布伯呼吁人们投入“你”,感悟关系世界,走出时代危机。[⑥]

布伯以上所论,与以《希伯来圣经》(即基督教《圣经》中的“旧约”部分)中的《约伯记》《箴言》《传道书》《雅歌》四卷“智慧书”为代表的“智慧文学”[⑦](Wisdom Literature)关注的问题也有相通之处。“智慧书”呼吁人们在生活中寻求智慧,从而认识到“敬畏耶和华是智慧的开端”;而“智慧”

---

① 马丁·布伯:《我与你》,陈维纲译,北京:生活·读书·新知三联书店,1986年版,第77页。

② 同上书,第101页。

③ 同上书,第132页。

④ 同上书,第141页。

⑤ 同上书,第135页。

⑥ 孙向晨:《马丁·布伯的“关系本体论”》,《复旦学报》(社会科学版),1998年04期。

⑦ 克利福德:《智慧文学》,祝帅译,上海:华东师范大学出版社,2010年版。

则被人格化为上帝之“道”——智慧存在于宇宙的创造之先，并且以一种独特的方式参与到了上帝对于世界的创造的过程之中。因此，智慧文学的许多主题是人类永恒的追问，对于今天希望反思人生存在的意义的读者（无论是否宗教信徒或何种宗教的信徒）仍然有现实的意义。

“诗”在现代世界已决然不止是一种文体形式，而有了一种形而上的含义，有了本体论的意义。现代哲学家海德格尔（Martin Heidegger，1889—1976）后期干脆把“诗”视作“思”的源头，把“诗”视作“存在”自身的声音，把“诗”的形式视作对传统形而上学语言的突破。布伯早于海德格尔十多年便已在实践“诗”的本体论功能了。布伯用诗体表达自己思想的原因还在于，布伯关于“对话人生”的思想不是来自哲学的思辨，它完全来自信仰的体验。

海德格尔在阐述德国天才诗人荷尔德林（Friedrich Hölderlin，1770—1843）时有一个说法：只有把“天、地、神、人”聚集为一体，人才有可能“诗性地栖居”[①]。就此，海德格尔提出了关于“诗人的天职是还乡”的诗学命题。波兰诗人米沃什（Czesław Miłosz，1911—2004）的名言是“如果不是我，会有另一个人来到这里，试图理解他的时代”，“不是我们目睹了诗歌，而是诗歌目睹了我们”。爱尔兰诗人谢穆斯·希尼（Seamus Heaney，1939—2013）的一句话：“锻造一首诗是一回事，锻造一个种族的尚未诞生的良心，如斯蒂芬·狄达勒斯所说，又是相当不同的另一回事；而把骇人的压力与责任放在任何敢于冒险充当诗人者的身上”[②]。曾被苏联领袖斯大林（Joseph Stalin，1878—1953）誉为“无敌元帅”的林彪（1907—1971）对宗教的分析评价最出彩：佛教“修”，基督教“信”，言简意赅。他提倡：“话要少说，书要多读。不明白的事情，不应该说；真正明白了，就没有必要说了。所以，能说的话大都是无聊的重复。”

二、心灵导师的宗教与讽喻经典的《天路历程》

在人类创造的各种文化形式中，宗教和文学恐怕是历史上最能潜移默化大众心灵的两种形式，两者的关系更是密不可分。从荷马到托尔斯泰，从《神曲》到《荒原》，文学里边都有宗教；从基督教的赞美诗和圣剧，到佛教的梵呗和变文，宗教里边也有文学；更值得重视现象是，《圣经》《古兰

---

① 马丁·海德格尔：《荷尔德林诗的阐释》，孙周兴译，北京：商务印书馆，2000年版。

② Seamus Heaney, “Feeling into Words”, *The Poet’s Work*, Boston: Houghton Mifflin Company, 1979.

经》《吠陀经》以及许多的佛经和儒经，既是各大文化传统的宗教经典，也是他们的文学经典。可以说，宗教与文学，从起源到发展都一直互为表里、相互交融；好的宗教信仰不但滋养人心、救赎灵魂，也自始至今伴随着各国文学经典的成长与传播。

被誉为“20世纪最卓越的心灵导师”的克里希那穆提说：“真正的宗教是一种至善的境界，那份爱就像河水一般，不停地流动着。”[①]他曾细细辨析过“何谓宗教”，认为：如果你能从教条、迷信、形式等当中解脱出来，你就会发现什么才是宗教。宗教仪式显然不是宗教，因为当你在进行仪式时，你只是在重复着别人传给你的东西。你可能在进行宗教仪式时得到某种程度的喜悦，就像有些人在吸烟或喝酒时得到的快感一样。上帝从来不存在于形象中，因此，膜拜象征或形象并不是宗教，要破除偶像。盲目的信仰也不是宗教，它还会带来仇恨、分裂和毁灭。如果你停止表面上的宗教仪式，放弃所谓的信仰，停止盲目追随任何领袖人物或灵性上师，然后你的心就像这面窗子一样，是干净的、明亮的，你就能从其中看得清清楚楚。如果你的心不被形象、仪式、信仰、符号、言辞、重复诵念的咒语及所有恐惧占据，那你所见到的就是真实的、永恒的、不受时间限制的东西，你可以称它是上帝。但是这种境界需要极大的洞察力、了解及耐心，只有那些真心想探索什么是宗教，并且夜以继日追根究底的人才能知道。什么是宗教？其他的人只是滔滔不绝地说说而已，所有表面的装饰品、祭供和摇铃等，都不过是毫无意义的迷信。你的心必须革新一切所谓的宗教，然后你才能找到真相。[②] 克里希那穆提被印度的佛教徒肯定为“中观”与“禅”的导师，而印度教徒则承认他是彻悟的觉者；他穷尽一生的教诲，旨在帮助人类从恐惧和无明中彻底解脱，从而体悟慈悲与至乐的境界。

克里希那穆提认为，宗教情怀就是对万事万物敏感，而缺少了内心的善意，这一切美的外在附属品就只能带来肤浅的、世故的生活，是一种没有多大意义的生活；开放的心灵，如果你没有偏见、没有歧视，如果你是完全开放的，那么所有环绕你的事物都会变得非常有趣、非常活泼。真正的教育是教导你“如何”去思考，而不是教你去思考些“什么”；如果你知道如何思考，如果你真的有那种能力，你就是一个自由的人。克氏直面人生的

---

① 克里希那穆提：《生命之书》，胡因梦译，南京：译林出版社，2011年版，第380页。

② 克里希那穆提：《人生中不可不想的事》，叶文可译，北京：群言出版社，2004年版，第31—34页。

终极意义和生存智慧的诸种问题，心中充满了对人类前途的担忧、悲悯。克氏的演讲和谈话常常从两个主题切入：一个是世界的暴力、失序和沉沦，一个是人心的欲望、混乱和焦虑。如何解决这两个日渐沉重的难题？克氏认为："个人的无明、恐惧和贪婪，会形成集体的无明、恐惧和贪婪，只要个人还耽溺在无明、贪婪和怨恨里，世界就会落入同样的境况。个人一旦发展出觉知及诚挚审慎的精神，便能脱离那些会制造出痛苦的肇因。凭着这份理解，就能带来世界的安定与和平。"重点是个体的重新学习和转变。对克氏而言，这样的教诲反复重申，就如同一口余音不绝的钟，时时警醒人们以一颗赤子之心去重新发现爱、美与自由。[①]

克里希那穆提关注的这两大主题也是19世纪后外国文学经典的核心议题，特别是在尼采说出"上帝死了"[②]之后，人们更加明晰地感受到可靠的、共同的宗教信仰日渐沦丧，对人类理性力量的信心也已动摇。反映在现当代外国文学经典中常见的就是幻灭感、迷惘感、荒诞感、虚无感的弥散和深入，代表性的文学思潮/流派有表现主义、荒诞派戏剧、黑色幽默等。这些文学经典以自己的方式细腻、多样地呈现了克氏所关注的"世界的暴力、失序和沉沦"和"人心的欲望、混乱和焦虑"两大主题。其实，仔细梳理，文学经典里呈现这种深刻的危机意识与忧患意识并不鲜见，特别是在社会"大转型"时期，譬如揭开"文艺复兴"序幕的但丁(Dante Alighieri，1265—1321)《神曲》、以不同视角反映英国"清教徒革命"的弥尔顿(John Milton，1608—1674)"三大史诗"和约翰·班扬(John Bunyan，1628—1688)小说《天路历程》等。

对于那些喜欢沉溺于现实生活中的人来说，直面现实、渴望答案就易于接受心灵导师的开示或精神导师的引导；而对于那些思维跳跃、乐于想象的人来说，跳出现实、贯通历史地俯瞰人生就更易于接受文学艺术的洗礼。在后一类人看来，有时候感觉文学比生活更真实，因为文学不是简单的镜子，文学在观察生活的同时有思考、有情感且更打动人；如果文学作品给人虚假的感觉，错的不是文学本身，而是创作这文学的作家手法有问

---

① 肖平：《克里希那穆提——最纯粹的声音》，《华西都市报》，2015年5月10日。

② F. Nietzsche, *Saemtliche Werke* 3, Berlin: Deutscher Taschenbuch Verlag, 1988, p. 467. "上帝死了"这一惊心动魄的话语，为尼采早在20世纪前夜先知般地揭示，在《快乐的知识》一书中，尼采以寓言的形式，借"狂人"之口宣称："上帝死了！上帝真的死了！是我们杀害了他……你和我，我们都是凶手！"在尼采那里，这一血淋淋的事件并不意味着上帝通过耶稣的受难、惨死与复活揭示出永恒的启示真理，也不意味着由于上帝对于人性的遗弃而在物质时空中的隐退、不在场所导致的自我意识的"苦恼"，而是上帝的彻底完结及其随之而来的彻底绝望和绝对的恐怖。

题。那种极度夸张、极度荒诞的手法写就的文学作品,也许更能反映生活的真实,那是因为此类文学把生活某些方面的特征抓准了、调动了人类有审美经验的艺术手法,令人信服。

当然,除了宗教劝善式的说理、感化与文学表现式的以情动人、形象示美的分别,还有兼为宗教经典和文学经典的一类作品,譬如英语宗教文献中的钦定版《圣经》《公祷书》、约翰·班扬的寓言体小说《天路历程》及一些经典赞美诗、传统布道词等。这五种经典作品的共同特点是一种震颤派[①](Shaker)平实朴素的语言,就是以最直白简单的方式表达深刻坚定的信仰和强烈的情感。就像《圣经》中很多段落一样,16世纪的《公祷书》中"掩埋死者的顺序"(Order for the Burail of the Dead)一段以深切可感的高贵和庄重使人着迷:

> 人被女人生出来之后只活了很短的时间,却充满烦恼。他生长又被砍下如一朵花儿;他如幻影般飞过,却从不在一个地方停留,还在生命的正当年,我们就死去了。

这段极其庄重、忧郁的文字,最终发展为英语文学的巅峰作品之一:

> 瞧,我给你看一个谜团。我们不会都在睡觉,但我们都会被改变,而且在刹那间,在最后审判的目光闪烁中。因那审判将狂风大作,死者会复生,而我们都会被改变……死神你在哪里作恶?地狱哪里有你的成功?

对于有些读者来说,小说《天路历程》结尾提出的上文那些哀伤的问题可能更熟悉一些。小说中的盼望先生(Mr. Valiant-for-Truth)来到死亡之河并说出了相同的意思,不过他用"坟墓"代替了"地狱"[②]。在英国戏剧家萧伯纳眼里,班扬写下了最完美的英语,既清晰又有力。《天路历程》中的文字[③]和主人公已经理所当然地进入人们的日常用语和典故,譬如"逃离四周的愤怒"(Fly from the wrach to come)、"我已经手扶着犁"(I have laid my hand to the plough)、"怀疑巨人"(The Giant Despair)、"揭丑人"(Muckraker)、"绝望的泥潭"(The slough of despond)、"耻辱山谷"

---

① 震颤派:基督教公谊会中信奉基督复临的一个教派,大约在1750年成立于英国,活跃于美国,主张在男女混合社区过单身简朴生活。

② 迈克·德达:《悦读经典》,王艺译,北京:生活·读书·新知三联书店,2011年版,第113—114页。

③ 《天路历程》对语言的熟练运用,明显受到了英王钦定版《圣经》的影响。

(The valley of humiliation)、“快乐山”(The Delectable Mountains)、“名利场”(Vanity Fair)等。除了那些寓言人物如“基督徒”“世故先生”(Mr. Worldly-Wiseman)之外，班扬有时也会令人惊讶地用上一些现代语言，譬如“你是个行动者，还是个空谈家?”(Were you doers, or talkers only?)

《天路历程》是一部写给一般人看的通俗的讽喻体小说，集合了宗教文学、民间文学、骑士传奇故事等多种因素，描写人的属灵生活不断成长，并用异常简单的答案回答了那个令人生畏的问题——“我该做什么才能得到救赎?”这一作品以其简单、清晰、幽默、生动的人物和环境而著称，从整体文化上与奥古斯丁(Aurelius Augustinus，354—430)和但丁相去甚远，但该书与这两个人的作品在某些方面又有相似之处。该书信奉那种严格的道德准则，呼吁强烈的虔诚(尽管班扬本人善良而宽容)，提倡勤劳朴素的生活，克服自身弱点和人世诱惑，实现自我和人类的救赎。《天路历程》不仅影响了上百万对于上帝心存恐惧的普通人，而且同样能感动作家和知识分子。它的散文风格是天生而非人为的，强劲、坚硬如钉、有力甚至是睿智的。对于商人道德的描述，还有比那个安逸舒服的“私心先生”描述得更简明吗?“可我的曾祖父不过是个水手，眼睛看一边，船划向另一边，我绝大多数财产也是靠同样手段获得的。”如果我们对于神学无动于衷，那么作品达到胜利的高潮时的节奏和不加掩饰的真诚也很难打动我们，“当他走的那天到来之时，很多人伴着他来到河边，他走下河去，说道，‘死亡，你的尖刺在哪里?’他越走越深，说道，‘坟墓，你的胜利在何处?’然后他就死了，所有的小号都在河的另一边为他奏响”[①]。《天路历程》与《圣经》一样，以伟大的传道者那洪亮的声音，促使人们去思考人生、思考该如何实践自己的一生以及该如何做正确、善良的事情。

自从《天路历程》第一部发表于1678年至今的三个多世纪里，这本书在英语国家恐怕是除去《圣经》以外阅读人数最多的书籍。对于神学家而言，这部作品道出了拯救的途径;对于人文学者而言，它更是一部英文创作的典范。《天路历程》以独特视角、场景化地表达了生命体验的深度，生动而形象地反映了典型的清教徒观点，萧伯纳推崇它是对人生最精湛的解释;它对人性弱点的观照尖锐而深刻，理想主义的热情震撼人心，因而超越了时间的局限成为双重经典。可以说，除了《旧约》和《新约》，没有任

---

① 约翰·班扬:《天路历程》，王汉川译注，北京:中国工人出版社，2007年版。

何宗教文本比《公祷书》和《天路历程》更能影响英语口语的创造力。19世纪英国作家萨克雷的代表性长篇小说《名利场》,书名就是来自班扬的这部宗教讽喻经典。

三、时代良知的《双城记》与上帝仁爱的宽恕

"这是一个最好的时代!这是一个最坏的时代!"[①]狄更斯(Charles Dickens,1812—1870)在《双城记》的一开篇就激情澎湃地写道。作为一部忧患之作,《双城记》以法国大革命为背景借古喻今,形象再现了法英两国尤其是巴黎和伦敦两座城市尖锐的阶级对立和激烈的阶级斗争;通过各种人物的遭遇及其人性剖析,展示了人道主义视野下革命的合理性与复仇的疯狂性,极力提倡用仁爱和宽恕的精神来化解仇恨、感化和抚慰那些受伤的或被扭曲的心灵。

《双城记》全书分为"复活""金钱"和"暴风雨的踪迹"三部分,讲述了法国医生梅尼特从1757—1789年期间的一段曲折的人生经历及下层革命者德伐日太太一家的悲惨遭遇。1757年12月的一个深夜,寓居巴黎的外科医生亚历山大·梅尼特突然被绑架到厄弗里蒙地侯爵府,为一位美丽的青年农妇看病。在这里他偶然地了解到一桩令人发指的罪行:侯爵的弟弟为了霸占这位新婚不久的美貌农妇,残酷地害死了她的丈夫、气死了她的父亲、刺死了她的弟弟,只有她幼小的妹妹(即后来的德伐日太太)侥幸逃脱;最后,这位农妇不甘凌辱,含恨而死。正直的梅尼特写信给一位大臣告发侯爵府里发生的罪恶,不料信却落到侯爵兄弟手里。为了灭口,侯爵兄弟将梅尼特医生投进了巴士底狱。梅尼特年轻的妻子因为丈夫莫名其妙的失踪,两年后忧郁而死;在他入狱后才出生的女儿路茜则被梅尼特的好友、英国银行家劳雷接到伦敦抚养。梅尼特在狱中被单独囚禁了18年,逐渐由一个年轻有为的医生变成了一个满头白发、神志不清的人,每天只知道机械地做鞋来打发时光。为了控诉侯爵兄弟的暴行,他在丧失理智之前,用铁锈和着眼泪写下了一份控告书。18年后的1775年,梅尼特的仆人和好友劳雷等人设法将他营救出狱,逃离法国并定居伦敦。厄弗里蒙地侯爵的侄子查理斯·代尔那由于厌恶家族的罪恶,主动放弃了爵位和领地,隐姓埋名来到伦敦自食其力,并与梅尼特的女儿路茜

---

① 狄更斯:《双城记》,石永礼等译,北京:人民文学出版社,1993年版,第1页。以下所引均出自此书。

产生了爱情。在举行婚礼的那天早上，代尔那单独向梅尼特说出了自己的真实身份。为了女儿的爱情幸福，梅尼特超越了巴士底狱 18 年的苦难，宽容地同意了他们的婚事。1789 年法国大革命爆发，代尔那为了营救一名无辜的老仆人返回巴黎，却因受到家族的牵连而被革命政权逮捕并判处死刑。外表酷似代尔那的英国律师卡尔登，由于深爱着路茜、甘愿为她牺牲一切，为了使路茜不失去丈夫，卡尔登设法潜入监狱、救出了代尔那，而自己则坦然地走上了断头台。

小说的另一条线索是：在血海深仇中成长起来的德伐日太太与贵族阶级势不两立，她积极参加反对封建专制的秘密活动，以顽强的毅力在黑暗中迎来了大革命。在大革命高潮中，广大群众用极端化的暴力手段对贵族阶级进行了狂热的镇压，整个法国社会尤其是首都巴黎像汹涌澎湃的复仇海洋；而浸润着深仇大恨的德伐日太太则变本加厉，为了彻底、痛快地复仇，她不仅一心要把无辜的代尔那送上断头台，甚至还想把代尔那的妻子和幼女，以及为营救代尔那而奔走的梅尼特医生等等统统置于死地。当她得知代尔那已被判死刑，兴冲冲赶到代尔那处想亲手杀害代尔那的妻女时，被路茜的女仆普洛斯在扭打中失手杀死，结束了她恶意复仇的一生。

《双城记》是一部历史题材的小说，但狄更斯的着眼点却紧紧地瞄准在现实生活上。作品对 19 世纪后期法国及英国社会生活的广泛描绘，对法国大革命爆发根源的探索，都是为了把法国大革命时期的种种社会危机与现实的英国社会联系在一起，以一种借古喻今的方式，告诫英国资产阶级统治者：不要被歌舞升平的表面现象迷惑，应该正视现实、积极从事改革；如果听任社会矛盾不断激化，人民会奋起以更加残酷的暴力对加诸他们的剥削、压迫和苦难实行报复。残酷的剥削与压迫、百姓的极度贫困就是革命的根源，如果不能减轻平民的苦难，那么当前的英国爆发革命就不可避免。小说把法国大革命前的社会矛盾展现得十分细致与真实，无论在城市还是在乡村，“饥饿到处横行”，广大百姓以“桑叶草”为食，而贵族阶级则穷奢极欲、欺男霸女，他们在全国当中看不到“一张面孔带有任何敬意”，不堪压迫的人民群众正准备着“用绳子和滑车来吊死仇敌”。狄更斯满怀同情地描写了法国平民的悲惨遭遇，愤怒地谴责了封建贵族的为非作歹和为所欲为。他明确指出，法国大革命的爆发是贵族阶级的腐朽残忍与飞扬跋扈的结果，是下层人民长期仇恨的总爆发；小说通过厄弗里蒙地侯爵和“朱古力爵爷”的荒淫奢侈与残暴狠毒、梅尼特医生和德伐日太太一家的苦难遭遇雄辩地说明了这一点。

像同时代的作家那样,狄更斯学会了在自己的小说里直接质疑社会的优先权和不平等现象,表达对某些制度,特别是那些僵死的、已失去作用的制度的怀疑,急切呼吁行动和真诚。从人道主义立场出发,狄更斯在《双城记》中首先肯定了法国大革命的历史必然性和本质上的正义性,肯定了它摧毁法国强固封建堡垒的赫赫伟业;他一定感觉到了法国革命在欧洲释放出来的民主精神,它仍未实现的“自由、平等、博爱”的诺言——英国反动派具体塑造出狄更斯所痛恨的那个社会,他们极为野蛮地反对这一诺言的实现——对他的时代具有独特的重要性。同时,狄更斯又对积蓄起来的革命力量的爆发充满恐惧,在他看来,一旦革命爆发,群众的兽性就将一发不可收拾,必然会把国家投入无政府、无秩序的深渊;杀戮必将毁灭人类固有的本性,最终将导致人类的自我毁灭,因此他强烈谴责革命中的过激暴力行为,反对失去理智的革命冲动。

《双城记》描写城市暴动,通篇将其比作海水、人的海洋、人声的波涛,像海水冲击堤岸,砰訇大作;乡镇暴动,狄更斯着重描写了火:府邸着起了火,万家点燃了灯火,星星之火,顷刻燎原。这两层描写,用意颇深,旨在说明:革命的激情达到顶峰,会泛滥成灾、不可收拾;大规模的群众运动是失控的,运动中的群众是疯狂的、盲目的和丧失理智的。于是,从德伐日太太在市政厅前手刃老弗隆开始(第二卷第二十二章),场院内磨刀石霍霍飞转(第三卷第二章),革命法庭将无辜者判处死刑(第三卷第六章),大街上囚车隆隆前进,刑场上断头机吉洛汀嚓嚓操作(第三卷第十五章)。这一切是那样的阴森可怕、野蛮凶残。狄更斯认为,暴力并不能改造社会,反而伤害了无辜——不仅代尔那、路茜、卡尔登等无辜者受到失控了的革命暴力的伤害,连真心拥护革命的孤苦伶仃的女缝工也被送上了断头台。嗜血成性的疯狂,像瘟疫一样在法国传开,这种革命暴力的失控现象在各个时代的各个地方屡见不鲜,狄更斯生动地描绘出革命中危险而血腥的日子。[①]

狄更斯以法国大革命为载体来反映社会尖锐的阶级对立和激烈的阶级斗争,展现在这种阶级对立和阶级斗争中各式各样的人和所表现出来的人性,表达一种超越具体事件而又有更加宽泛意义的东西,恰如中国现

① 傅守祥:《论〈双城记〉浪漫现实主义的仁爱精神》,《山东师范大学学报》(人文社会科学版),2004年3期。

代作家梁实秋(1903—1987)所说:“(狄更斯)捕捉那一时代的气氛,用一个故事来说明流血只能造成更多的流血,仇仇相报无有已时,只有仁爱的心才能挽救浩劫。”[①]《双城记》的矛盾冲突主要是以厄弗里蒙地侯爵兄弟为代表的贵族统治阶级与以德伐日太太为代表的被统治阶级构成的。作家通过德伐日太太和梅尼特等人的悲惨遭遇控诉了统治者惨无人道的暴行,揭示出正是由于这种非人道的罪恶统治导致了被压迫者的激烈反抗。德伐日太太就是在这种压迫下成为一个复仇者的典型。但是,当复仇一旦丧失理性而成为盲目、偏狭、疯狂的报复时,德伐日太太成为一名苦苦追索的复仇者和野蛮疯狂的嗜杀者时,作家的感情就由同情、肯定变为怀疑、否定了。

狄更斯并没有简单责备德伐日太太的过激行为,他一再强调正是“由于德伐日太太自幼受到郁结的受害感和不共戴天的阶级仇恨的影响”而泯灭了任何怜悯心和人道主义精神。德伐日太太如此,那些在大革命暴风雨中被强烈的复仇欲驱使的群众也是如此。作家这样描写狂热的群众:“那时由阴沉沉的凶险的海水,由能摧毁一切的滚滚波涛组成的海,它有多深,还没有探测过,它有多大的威力,也不知道。那时由一个个猛烈摇摆的形体,由一片复仇的声音,由一张张因受尽苦难已磨炼得怜悯之情无法留下任何痕迹的铁面,组成的无情的海。”狄更斯从疯狂压迫和疯狂复仇的两极对立中,既批判了残酷压迫又否定了盲目复仇:残酷的压迫制造罪恶、摧残人性,褊狭的复仇又产生新的压迫,“如用相似的大锤,再次把人性砸变形,它就会自己扭曲成同样歪扭的形象”。狄更斯主张以仁爱和利他之心化解矛盾冲突,坚决反对革命激进主义一厢情愿的所谓彻底的、破旧立新式的报复性革命,认为那样并不能真正解决社会深层问题而只会造成冤冤相报、仇恨相袭。德伐日太太的形象表现了作家对压迫与反抗问题的理性思考、对轮回式的阶级斗争的忧虑和对美好人生的企盼。

《双城记》被誉为“书里有上帝的真理”,“更能表达那个时代的良知”,“所塑造的人物比人们本身更为深刻”,“使人奇妙地感觉到了人的深度”。狄更斯在小说中塑造了路茜、梅尼特医生、代尔那和卡尔登等人道主义的理想人物,在他们身上体现了一种以仁爱为核心的圣诞精神。这种圣诞精神强调用仁爱和宽恕的精神来对待敌对的阶级,它不仅能使敌对的阶级、敌对的人们互相谅解,而且可以改变被人们扭曲的心灵、使人们在精

---

① 梁实秋:《英国文学史》(第三卷),台北:台北协志工业丛书出版股份有限公司,1985年版,第1661页。

神上获得再生。小说第一部描写梅尼特医生入狱18年而丧失了理智,是女儿路茜用爱的力量使之恢复。后来为了路茜的幸福,梅尼特不计私怨,同意了仇人之子的求婚;又是这种仁爱精神,促使他顶住重大的精神打击、千方百计地营救代尔那。但是,最能体现这种仁爱精神的要属英国律师卡尔登,纯粹为了爱,他无条件地实践着"我愿意为你和你所爱的人而做出一切牺牲"的诺言,帮助路茜的丈夫逃出监狱、安排路茜一家远离险地,而自己却代替他人上了断头台。当小说写到卡尔登从容就义时,反复引用《新约·约翰福音》中的一段话:"主说:复活在我,生命也在我;信我的人,虽然死了,也必复活;凡活着信我的人,必永远不死。"意在强调卡尔登的仁爱和利他精神永存人间。

宽恕一度被视为是一个宗教而不是科学研究的命题,20世纪后期在哲学和心理学领域得到深入探究。在不同时期人们对宽恕主题的理解也会有所不同。从经验的角度出发,人们对宽恕的理解是:受另一个人严重伤害的个体通常会与这个人抗争,宽恕就是个体停止对这种人的抗争,并无条件地把对方作为人来认同和接纳。也有从宽恕的这一特点来阐明宽恕的内涵:宽恕只发生在人与人之间,在造成持续而深重的身心伤害之后,宽恕是个体的一种选择,而不是外部强加的结果;宽恕需要时间,它是一个漫长而艰难的过程。

关于宽恕主题的提出,正是在当时的那个社会背景下,通过对人物的描述来深化主题,用宽恕和丑恶的时代作对比,因而"宽恕"的主题就更加凸显出来。整篇小说的主要人物梅尼特和代尔那,虽然二者的身份有天壤之别,一个是贵族象征,另一个是贵族残暴的受害者,但是二者有一个共同之处,他们都主张仁爱,宽容为怀。也正因如此,才有了后来发展的种种情节。在二者之间,更有一个重要的纽带——路茜。路茜是梅尼特医生的女儿,但是也是达尔内的妻子。梅尼特医生不仅作为受欺压的代表人物,同时也是实施宽恕的主体,作者这样来展开描述,无疑就是借古讽今,通过对恶行的宽恕来升华小说的主题。梅尼特医生的宽恕和仁爱正是狄更斯的人道主义。通过对梅尼特医生的描述,来进一步深化小说的主题。反映在作者身上,就是他认为的爱比恨伟大,革命有革命的理由,但是人与人、阶级与阶级之间的和解比对立更加可贵,因此小说中对德伐日太太那种非理性的报仇态度作者始终持反对态度。从一个角度来看,也是对小说"宽恕"主题的进一步升华。

狄更斯是一位正义的卫士、伟大的人道主义者,他疾恶如仇、对社会的罪恶势力冷嘲热讽，暴露它们的丑恶面貌、出它们的洋相，无限同情受到社会不公苦难的各阶层人民；同时，他用温暖的笔调与喜剧性的手法赞美英国人民在日常生活中间，特别是在困难面前所流露出来的乐观主义精神。善良正直、富于风趣的狄更斯，在这些场合就成为英国的一位民间诗人，表达了一种英国的民族精神。狄更斯无情地暴露了社会黑暗，描绘了形形色色的社会罪恶及其代表人物，同时又温情地展示他所喜爱的人物的善良美好心灵；在他展现的善与恶的冲突世界里，总是充溢着对未来的希望，给读者留存的常是一种巨大的道德纯洁性和美感。

第三节 原欲升华与文化认同

人们熟知的、来自佛经上的一句话叫做“无欲则刚”。意思是说，一个人如果没有什么欲望的话，他就什么都不怕，什么都不必怕了。对于任何一个修行人来说，没有欲望是大德行，不受欲望约束就可以认识上帝、彻底“觉悟”或其他所谓的终极目标。印度哲人克里希那穆提说：“欲望是我们生命中最急要最强劲的驱动力——我们这里谈的是欲望本身，而非对某具体事物的欲望。”[①]“对欲望不理解，人就永远不能从桎梏和恐惧中解脱出来。如果你摧毁了你的欲望，可能你也摧毁了你的生活，如果你扭曲它、压制它，你摧毁的可能是非凡之美。”[②]他还曾就“如何消除欲望”做过开示说：当你看见一件吸引人的东西，你想要它。你看见一部车子、一艘船，然后你想拥有它，或是你想要达到有钱人的地位，或成为灵性上师，这就是欲望的源头。眼见、身触都是感官的刺激，在感官的刺激中升起了欲望。只要你存有获取成就或是变成什么的欲望，不论程度的深浅，你不可避免地一定有焦灼、懊恼及恐惧。你一直存在着变成有钱人的野心，以及想得到这样或那样东西的期望，只有当你看见野心的腐化与败坏的本质时，你的野心才会消除。一旦我们看见追求权力的欲望在各种形式上产生——譬如成为政府首长、法官、传教士、灵性上师等——我们看见这种欲望的根本是恶的，我们就不会再有求取权力的欲望。[③] 他提出：欲望必须被了解，而不是摧毁。如果一味地摧毁欲望，很可能把生命本身也毁掉

---

① 克里希那穆提：《关系之镜：两性的真爱》，常霜林译，北京：九州出版社，2010 年版，第 27 页。

② 克里希那穆提：《人生中不可不想的事》，叶文可译，北京：群言出版社，2004 年版，第 37 页。

③ 同上。

了。如果你去塑造欲望、控制欲望或是去压抑它,都可能毁掉生命不可思议的美。[①]

对待欲望本能,提倡正视、疏导而非相反的厌弃、压抑,在现代心理学家中不乏其人。譬如奥地利心理学家、精神分析学派的创始人弗洛伊德(Sigmund Freud,1856—1939)就用"原欲升华说"来解释文学艺术的本质。弗洛伊德认为,人的心理结构包括意识、潜意识和无意识三部分,意识和无意识是隔绝的,二者借助潜意识得以转化和沟通;无意识系统是指人的心理结构的深层,包括各种原始的本能、欲望,性欲即性本能是各种本能欲望的核心,也是人类行为的原始根源和内驱力。本能欲望(对应人格结构中的"本我")只有依照享乐原则释放其能量储荷才能得以满足,但本能欲望总是受到"自我"和"超我"不同程度的压抑,因而总要转向其他途径寻求无害的间接满足。在弗洛伊德看来,尽管文艺术活动是受本能欲望驱使的非理性的直觉活动,但艺术家能够在理智的控制下构建一个象征体系,使本能欲望及其引起的种种冲突以社会公认的形式表现出来,正是文学艺术使被压抑的本能欲望在想象中得到能量释放和升华,因而艺术品给人以美感。简言之,弗洛伊德认为,艺术和美根源于人的本能欲望,文学艺术创作就是无意识压抑与升华的产物,艺术美的本质在于对本能欲望的升华;正是这种升华作用,才导致了文化的产生和发展,理所当然地也导致了文学艺术的产生和发展。

弗洛伊德认为,被压抑的本能欲望需要释放,主要有三个途径:一是日常生活中的一些不经意的言行,如口误、笔误等;二是做梦,梦是无意识欲望释放的主要渠道;三是升华,如全身心投入工作或从事文学艺术创作,转移被压抑的东西。关于文学艺术创作过程中的欲望升华补偿的问题,弗洛伊德指出:"作家通过改变和伪装而软化了他的利己主义的白日梦的性质,他通过纯形式的——亦即美学的——乐趣取悦于我们,这种乐趣他在表达自己的幻想时提供给我们。"[②]当然,向人们提供这种快乐,也是为了使产生于更深层次精神源泉中的快乐的更大的释放成为可能。

欲望升华说注意并探讨了审美活动和艺术活动的生理心理机制,对审美本质和艺术本质的深入探讨不无益处,并引发了现代派艺术从形式到内容的发展。但弗洛伊德把人的所作所为皆归因于本能欲望,其"原欲

---

① 克里希那穆提:《生命之书》,胡因梦译,南京:译林出版社,2011年版,第103页。

② 西格蒙德·弗洛伊德:《论文学与艺术》,常宏等译,北京:国际文化出版公司,2001年版,第107—108页。

升华说"把美和艺术的根源说成是人的本能欲望尤其是性本能，其片面性不言自明，其消极影响尤其明显，诸如性解放、本能解放艺术思潮的泛滥。

正是看到了弗洛伊德学说的明显偏执，瑞士心理学家荣格(Carl G. Jung，1875—1961)在充分吸纳弗洛伊德学说合理之处的基础上开创了自己的心理分析学。[①] 与弗洛伊德相比，荣格更强调人的精神有崇高的抱负，反对弗洛伊德的自然主义倾向。荣格认为精神病患者的幻想或妄想是建立在自古以来的神话传说、童话故事等共通的基本模式上的，因此提倡所谓"原型"[②]的观点。以此观点为基础，他广泛着眼于全世界的宗教，反对欧洲中心主义，不断努力促使支撑欧美文化的基督教与自然科学两者相对化。在荣格的理论里，本我才是整体心灵的调节中心，而自我不过是个人意识的中心而已；本我是真正能协调心灵领域、发号施令的中心，而且它也是个人自我认同的原型模板。"本我"一词可以进一步用来指涉心灵作为一个整体的意思。

如果说欲望本能问题带有鲜明的个体色彩，那么，"文化认同"(Cultural Identity)问题则具有强烈的群体色彩，指涉的是群体凝聚的根本原因和吸引力。"文化认同"是指人们在一个民族共同体中长期共同生活所形成的对本民族最有意义的事物的肯定性体认，其核心是对一个民族的基本价值的认同，是凝聚这个民族共同体的精神纽带，是这个民族共同体生命延续的精神基础。因而，文化认同是民族认同、国家认同的重要基础，而且是最深层的基础。在当今经济全球化的时代，作为民族的认同和国家的认同的重要基础的文化认同、价值认同不仅没有失去意义，而且成为综合国力竞争中最重要的"软实力"。

---

① 瑞士心理学家荣格开创的心理分析学，提出了"集体无意识"和"原型"等现代精神分析中的重要概念。按照荣格的解释，"集体无意识是心灵的一部分，它有别于个体潜意识，就是由于它的存在不像后者那样来自个人的经验，因此不是个人习得的东西。个人无意识主要是这样一些内容，它们曾经是有意识的，但因被遗忘或压抑，从意识中消逝了。至于集体无意识的内容则从来没有在意识里出现过，因而不是由个体习得的，是完全通过遗传而存在的。个体潜意识的内容大部分是情结，集体无意识的内容则主要是原型"。原型是人心理经验的先在的决定因素，它促使个体按照他的本族祖先所遗传的方式去行动。人们的集体行为，在很大程度上也是由这无意识的原型所决定的。由于集体无意识可用来说明社会的行为，所以荣格的这一概念对于社会心理学有着深远的意义。

② 荣格认为原型有许多表现形式，但以其中四种最为突出，即人格面具、阿尼玛、阿尼姆斯和阴影。人格面具是一个人个性的最外层，它掩饰着真正的自我，与社会学的"角色扮演"这一概念有些类似，意指一个人的行为在于投合别人对他的期望。阿尼玛和阿尼姆斯的意思是灵气，分别代表男人和女人身上的双性特征，阿尼玛指男人身上的女性气质，阿尼姆斯则指女人身上的男性气质。阴影接近于弗洛伊德的伊底(本能)，指一种低级的、动物性的种族遗传，具有许多不道德的欲望和冲动。

文化认同是一种群体文化认同的感觉,是一种个体被群体的文化影响的感觉。进入全球化时代以来,随着民族—国家概念的日益不确定和民族文化身份的日益模糊,大规模的移民潮和流散现象越来越引人注目,这种现象所导致的一个直接的后果就是流散写作/文学的方兴未艾,而伴随流散写作/文学而来的另一个现象就是作者民族和文化身份认同。由于伴随"流散现象"而来的新的移民潮的日益加剧,一大批离开故土流落异国他乡的作家或文化人便自觉地借助于文学这个媒介来表达自己流离失所的情感和经历,他们的写作便形成了当代世界文学进程中的一道独特的风景线:既充满了流浪弃儿对故土的眷念,同时又在字里行间洋溢着浓郁的异国风光。由于他们的写作是介于两种或两种以上的民族文化之间的,因而,他们的民族和文化身份认同就不可能是单一的,而是分裂的和多重的。也即他们既可以以自己的外国国籍与原民族的本土文化和文学进行对话,同时又在自己的居住国以其"另类"面孔和特征而跻身当地的民族文学大潮中。在阅读流散作家的作品中,往往不难读到一种矛盾的心理表达:一方面,他们出于对自己祖国的某些不尽如人意之处感到不满甚至痛恨,希望在异国他乡找到心灵的寄托;另一方面,由于其本国或本民族的文化根基难以动摇,他们又很难与自己所定居并生活在其中的民族国家的文化和社会习俗相融合,因而不得不在痛苦之余把那些埋藏在心灵深处的记忆召唤出来,使之游离于作品的字里行间。[①] 其实,这是一种精神价值上的两难之境:故土文化与异国生活之间,物质求新与精神恋旧之间的尖锐冲突,使生存的异化,转化为灵魂的异化。以上这种"文化分裂症"以及"文化共同体"的建构尝试与精神张力,形成了文学经典生成与传播中的另外一种"变"与"不变"的风景线;而流散文学(Diaspora Literature)的坚实成长,也为多元文化的落地生根提供了强大助力。

一、经典童话的原型与隐秘欲望的投射

童话是人类智慧的结晶,是文学中的瑰宝,是世界文化的丰富载体之一,多已流传千年,起源甚至早于《圣经》与希腊神话。[②] 童话常常赋予无生命的东西以生命,大多涉及超自然因素的神怪鬼灵;童话中的形象有时是从生活中来的,但并不是生活中实际存在的,甚至也不是生活中可能存

---

① 王宁:《流散文学与文化身份认同》,《社会科学》,2006年第11期。

② 徐璐明:《童话故事起源可追溯到几千年前》,《文汇报》,2016年1月29日。

在的，它具有一定的象征性和极大的夸张性。脍炙人口、耳熟能详的世界十大经典童话故事有：《灰姑娘》《白雪公主》《木偶奇遇记》《爱丽丝漫游奇境》《卖火柴的小女孩》《豌豆上的公主》《三只小猪》《小红帽》《小王子》和《拇指姑娘》；最著名的童话集有《安徒生童话》《格林童话》《鹅妈妈的故事》《王尔德童话》《爱罗先珂童话》《阿拉伯童话》《一千零一夜》等。

童话是一种小说题材的文学作品，通常是写给小孩子的，文字通俗，像儿童说话一样，是儿童文学的重要体裁。一般童话里有很多超自然人物，像会说话的动物、精灵、仙子、巨人、巫婆等。对于很多成年人来说，童话只是在小孩子床头讲的故事，那些催眠的开头都是"从前"或"很久很久以前"，而结尾都是绝非人类真实生活的"他们永远幸福地生活在一起"或者"从此他们过上了快乐的生活"。毫无疑问，那纯洁、明朗的幸福结局，让人们只能把童话当作小孩子的幻想和梦境。在现代西方文学的写作方法中，"童话故事的结局"(fairy tale ending)通常指的也是快乐的结局，就像大多童话故事中公主和王子一般。

童话以口述或写作的方式存在，但仅有写作的方式得以流传下来。童话最初是传统口述民间故事的一部分，由神话、传说演变而来，通常会被讲述得颇具戏剧性并以口耳相传的方式世代流传。最早以文字形式流传的童话故事是在公元前 1300 年的古埃及，自此之后童话故事开始在写作形式的文学作品中出现，诸如古罗马的阿普列尤斯(Lucius Apuleius，124—约 170)所著《金驴记》(*The Golden Ass*)中出现的《爱神与美女》(*Cupid and Psyche*)或是公元 200—300 年间印度的《五卷书》。许多证据显示，许多之后童话故事集里的故事都是根据民间故事重新编写而成的。这些故事合集通常根据更古老的民间故事而来，像是《一千零一夜》《吸血鬼的故事》(*Vikram and the Vampire*)及《彼勒与大龙》(*Bel and the Dragon*)。而在较广泛的定义中，《伊索寓言》(公元前 6 世纪)是西方世界第一本著名的童话集。

童话以典故的形式被引用，出现在乔叟(Geoffrey Chaucer，1343—1400)的《坎特伯雷故事集》、斯宾塞(Edmund Spenser，1552—1599)的《仙后》以及莎士比亚的舞台剧之中，其中《李尔王》被认为引用了大量的童话典故。在 16 及 17 世纪期间，意大利的乔万尼·弗朗切斯科·斯特拉帕罗拉(Giovanni Francesco Straparola，1480—1557)在《愉快的夜晚》(*The Facetious Nights of Straparola*)一书中包含了大量的童话故事，而吉姆巴地斯达·巴西耳(Giambattista Basile，约 1575—1632)的那不勒斯故事集《五日谈》(*Pentamerone*)则全部是童话。卡洛·戈齐(Carlo Gozzi,1720—1806)在他的意大利歌剧场景中用了许多童话故事的典故,例如他的歌剧其中有一幕取自于意大利童话的《橘之恋》(*The Love for Three Oranges*)。童话故事本身在17世纪末叶的法国上等阶层中开始逐渐风行,寓言诗人拉封丹(Jean de La Fontaine,1621—1695)和另一位知名作家夏尔·佩罗[1](Charles Perrault,1628—1703)两人所编纂的童话故事是其中受欢迎的代表。虽然夏尔·佩罗等人的童话集中包含了许多童话故事最早的形式,但这些编者也重新诠释这些故事以符合文学的效果,最著名的是德国的雅各布·格林(Jacob Grimm,1785—1863)和威廉·格林(Wilhelm Grimm,1786—1859)兄弟。

童话的最初听众除儿童之外也包括成人,但19世纪及20世纪之后,童话故事开始渐渐变成儿童文学的一部分。为儿童而制作的童话改编,在20世纪之后依旧持续进行着,譬如迪斯尼的白雪公主就是以儿童为主要对象的,而日本动画《魔法小公主》也是改编自童话。

现代童话大体上分为民间童话、文学童话和科学童话三类。民间童话是民间创作和流传的适合儿童阅读的幻想故事,其故事情节奇异动人,具有浓厚的幻想和丰富的想象。民间童话的常见主题有对劳动和劳动者的颂扬,对未来美好生活的追求,使美好生活和胜利的结局跟劳动、智慧联系在一起。在情节发展中,经常出现神奇的宝物或动物作为主人公的助手和武器。民间童话的主人公并不限于劳动者,有时还有仙女、国王、公主、王子等等。他们往往被描绘成勇敢、多情的善良人物,时而和人民一起去战胜妖魔,时而成为人民的伙伴。在他们身上,常常看到一些好的品质,表现出人民的憧憬和希望。民间童话的结构有单纯型和复合型两种,前者只讲一个线索单一的故事,表现一个单一的主题;后者多为复合连缀体,有情节事件的多次反复,如三个难题、三次考试、三层对照等,一层进一层,最后在高潮中结束,故事紧凑有趣,便于记忆和流传。有时还有固定韵语的运用,适合儿童接受能力。

许多民间童话已进入作家文学中,成为一个重要的儿童文学体裁,出现不少伟大的童话作家和不朽的杰作,譬如格林兄弟、安徒生(Hans Christian Andersen,1805—1875)、王尔德(Oscar Wilde,1854—1900)等。民间童话为作家提供了多方面的营养,童话作家也大大地提高了民间童

---

① 《睡美人》及《灰姑娘》的作者。

话的表现力。

文学童话又称创作童话(相对于民间童话而言)、品德童话(相对于科学童话而言),它是由作家个人创作的童话,具有文学作品的书面色彩。文学童话的创作方法一般分为两种:一是以民间流传的童话为素材,进行加工、改写或再创作,如普希金的《渔夫和金鱼的故事》等。有的作家在创作童话时,从民间童话吸取营养,但很大成分上仍是个人创作的,仍属创作童话,如俄罗斯作家谢·弗·米哈尔科夫(1913—2009)的《狗熊捡了一个烟斗》等。二是完全从现实生活中取材创作的作品,如美国作家特琳卡·艾纳尔的童话《赫伯特变魔术》等。

童话是一种具有浓厚幻想色彩的虚构故事,多采用夸张、拟人、象征等表现手法去编织奇异的情节。幻想是童话的基本特征,也是童话反映生活的特殊艺术手段;象征、隐喻之美几乎是其与生俱来的美学特质。童话创作一般运用夸张和拟人化手法,并遵循一定的事理逻辑去开展离奇的情节,造成浓烈的幻想氛围以及超越时空制约、亦虚亦实的境界。童话主要描绘虚拟的事物和境界,但其中的种种幻想都植根于现实,是生活的一种折光;它常常采用象征手法塑造幻想形象以影射、概括现实中的人事关系,渗透着现实生活的哲理和思想情感。无论是安徒生所创造的海底"人鱼世界"(《海的女儿》),还是张天翼笔下的"唧唧王国"(《大林和小林》),或是郑渊洁所畅想的"魔方城"(《魔方大厦》),都具有很深刻的现实象征寓意。

其实,童话与古代神话及荣格学说①所谓的"原型"一样,描述的都是人类存在的主流,它们以各自独有的方式暴露出人们隐秘的欲望,教会人们理解世界及其生存的空间。当今的爱情故事仍然追随着"灰姑娘"(Cinderella)、"睡美人"(Sleeping Beauty)和"青蛙王子"(The Frog Prince)的路数,探险小说和电影还是无穷无尽地重复着"勇敢的小裁缝"(The Brave Little Tailor)的模式,而大多婚姻依然是"美女与野兽"(Beauty and the Beast)的变体——在某些情况下,野兽要么外表上彬彬有礼,要么内心的善良最终被欣赏;在另一些情况下,则美女本人必须放弃少女的矜持,并发现她自己内心情欲的野兽。与此同时,人们还在自己

---

① 荣格的意识心理学研究的是心灵的结构和动力,分为意识和潜意识两部分,后者扮演补偿意识形态的角色,如果意识太过于偏执相对的,无意识便会自动地显现,以矫正平衡。潜意识可以透过内在的梦和意象来调整,也可能变成心理疾病,它的内容可以外显出来,以投射作用的方式出现在我们的周遭生活。

的家中不断体验着这些古老模式的家庭浪漫史、这些心灵深处的核心样本。每个有同性别兄弟姐妹的人都会理解“灰姑娘”或者“生命中的水”(The Water of Life)中三兄弟的故事,其实所有的家长都会偶尔希望能够摆脱汉斯尔和格莱特尔,只不过如今的孩子们都起名叫杰森和詹妮弗。在一个离婚的年代,白雪公主仍然能够感受到胜利的新妻子的仇恨和嫉妒。法国作家佩罗的驴皮继续抵挡着乱伦的行为,“小红帽”(Little Red Riding Hood)随时可以被解释为一个关于恋童癖的故事,而蓝胡子则有可能是任何被隐藏着的秘密生活揭穿婚姻谎言的丈夫。[①]

总体而言,绝大多数童话要么是关于家庭生活的紧张状态,要么就是关于社会的不公平和不公正。孩子们从中学会独立,而家长们要学会放孩子们走出家门闯荡世界。这些故事最令人困惑的推动力一般都是傲慢自负、强有力的女人——巫婆,仙女教母,爱冒险的女孩,贪婪的妻子或者是超越生死界限的、疼爱孩子的母亲等。童话中的姐妹关系往往是很强烈的,有时甚至是很致命的。另外,与现实生活中一样,以貌取人通常也是大错误。从那些奇迹和魔法中,人们不但得到快乐,也在不知不觉中学会了以怜悯、高尚、善良的心对待他人与动物,而才智和真诚的感情会使人们梦想成真。

欲望主题是经典童话绕不开的话题之一。所谓“欲壑难填”,反映人类欲望无止境膨胀的故事很多,最精彩的要属《格林童话》中名为“渔夫和他的妻子”(The Fisherman and His Wife)的那篇。在精神上永不满足的妻子希望自己成为皇帝,后来要当海上霸王,随着她的要求越来越高,竟像亚当和夏娃般地,想要成为上帝;最后,她和她可怜的丈夫被打回原形,还是那间小茅屋和当初的生活。《格林童话》中的大多数借用古老的隐喻,内容其实非常恐怖,譬如虐待儿童、施虐狂、肢解、食人等,但即使是最让人齿冷的“杜松树”(Juniper Tree)也以邪恶被战胜、正义得到伸张为结局。这些童话故事在很大程度上以一种梦境般的文字使人们产生距离感——“在古代的时候,当愿望还能够变成现实……”所以那些令人毛骨悚然的恐怖故事能够看似老套又不真实,像会说话的动物一样,都是主人公成长过程中象征性的台阶而已,甚至可能因其巨大的象征意义而普遍化为“人类”的成长。

---

① 迈克·德达:《悦读经典》,王艺译,北京:生活·读书·新知三联书店,2011年版,第131—132页。

安徒生创作的、更有文学色彩的童话故事就不是原本民间流传的那种。《安徒生童话》中的故事实足地多愁善感又恭敬虔诚，但其中的男女主人公都更加个性分明。在安徒生比较著名的一些故事的结局中，那些主人公能够活下来就已经很幸运了，根本没有什么幸福可言。回想一下前迪斯尼时代的“小美人鱼”，或者冻饿而死的“卖火柴的小女孩”：生活是残酷的、不幸的，经常毫无希望可言。就此而言，安徒生堪比任何一个有力度的现实主义作家，尽管是以一种“温言细语”的方式而不是以一种或恐怖、或超然、或呆滞、或琐细的方式展示。

大部分成年人都是精明的现实主义者，他们非常注重实际，精打细算于养家糊口；然而，他们内心深处的某一部分又在渴望着另外一个世界，那是《仲夏夜之梦》(*A Midsummer Night's Dream*)里那个奇妙的王国，是济慈(John Keats，1795—1821)笔下荒凉的仙境。很多童话、民间故事、诗歌、戏剧等都召唤人们去重新发现“失落的世界”(The Lost World)与“秘密花园”(The Secret Garden)[①]。

二、哈姆雷特的疯癫与恋母情结的痕迹

著名翻译家黄灿然(1963—)曾谈及：最近阅读莎士比亚的《麦克白》，说莎翁是精神分析大师一点不算为过。在麦克白那些黑暗而幽深的欲望和恐惧中，每个人都可以看到自己的影子。这种深谙笔下人物心理的写作，“懂得怎样把人物动作的动机解释得头头是道，使听众几乎总是站在最后一个发言人一边”。他认为：“莎士比亚是一个伟大的心理学家，从他的剧本中我们可以学会懂得人类的思想感情。”[②]

其实，更能体现莎士比亚(William Shakespeare，1564—1616)作为精神分析大师的作品还是《哈姆雷特》。哈姆雷特以他特有的延宕最终为父复仇，其中曲折的心理斗争和他疯狂的行为等都成为读者议论争议的对象。这部剧作是莎士比亚的代表作之一，它把西方对于不可抗拒的命运

---

① 著名美籍英国女作家弗朗西斯·霍奇森·伯纳特(Frances Hodgson Burnett，1849—1924)的代表作，是个以大自然的力量治愈心灵创伤的明证。这本书非常明显地包含了20世纪西方文学从传统向现代转型的几个重要主题：一是对内心世界的关注，二是提倡回到自然，三是神秘主义。它一经出版，很快就成为当时最受关注和最畅销的儿童文学作品，在整个20世纪，人们一直在再版这本书，全世界的大人和小孩都热爱《秘密花园》。它曾经先后十几次被改编成电影、电视、卡通片、话剧、舞台剧。1993年，《秘密花园》被波兰电影大师霍兰德再次改编为电影，这部经典影片再次使霍兰德获得巨大声誉。

② 黄灿然：《歌德的智慧及其他》，《必要的角度》，沈阳：辽宁教育出版社，2001年版，第165页。

与个人追求之间的冲突推向了极致,被命运控制着去做自己不愿意做的事,同时又感无力反抗,哈姆雷特在剧中处处体现了这种悲剧精神。

“人类是一件多么了不起的杰作！多么高贵的理性！多么伟大的力量！多么优美的仪表！多么文雅的举动！在行为上多么像一个天使！在智慧上多么像一个天神！宇宙的精华！万物的灵长！”这是哈姆雷特人文主义思想的真实体现。也许,在哈姆雷特遇见鬼魂之前,在王后未嫁给克劳狄斯之前,他的叔父克劳狄斯在他心目中正符合这一形象,他父母的爱情也正如他所想的那么忠贞不渝。可是,母亲的匆匆改嫁令哈姆雷特蒙受了继父亲去世后第一个难以接受并且不愿面对(“我宁愿在天上遇见我最痛恨的仇人,也不愿看到那样的一天”)的打击。后来在露台,鬼魂的一番话,着实激怒了哈姆雷特,“赶快告诉我,让我驾着像思想和爱情一样迅速的翅膀,飞去把仇人杀死”。在面对父亲的亡魂,哈姆雷特已经下定了杀死叔父为父亲报仇的决心。面对残酷的现实,“倒霉的我却要负起重整乾坤的责任”！这个责任已不仅仅局限于一个家庭或者皇室,而是这一系列事实所代表的整个社会。

剧目一开始,主人公哈姆雷特就面临三大猛烈打击:父王的猝死,母亲的改嫁,王位的丢失。这些把一个对未来充满美好梦想的年轻王子置于一个不堪的现实,于是他发出了这样的感叹:“或者那永生的真神未曾制定禁止自杀的律法！上帝啊！上帝啊！人世间的一切在我看来是多么可厌、陈腐、乏味而无聊！哼！哼！那是一个荒芜不治的花园,长满了恶毒的莠草……这样好的一个国王,比起当前这个来,简直是天神和丑怪……只有一个月的时间,我不能再想下去了！脆弱啊,你的名字就是女人！短短的一个月以前,她哭得像个泪人儿似的,送我那可怜的父亲下葬;她在送葬的时候所穿的那双鞋子还没有破旧,她就,她就——上帝啊！一头没有理性的畜生也要悲伤得长久一些——她就嫁给我的叔父……只有一个月的时间,她那流着虚伪之泪的眼睛还没有消去红肿,她就嫁了人了。啊,罪恶的匆促,这样迫不及待地钻进了乱伦的衾被……”从哈姆雷特剧目一开头的独白中可以看到,面对人生突然出现的三大打击,对其最有力的打击不是父王的死去,也不是王位的丢失,而是母亲的改嫁。哈姆雷特的这段独白中有一半以上是对母亲改嫁而发出的愤慨,看得出来这件事对他来说比另外两件事更难以接受。

奥地利心理学家弗洛伊德根据自己多年的综合研究,认为人在儿童时期稍懂事起,便因社会的压力,力比多冲动不能得到随时满足,常常被压抑，在无意识中形成“情结”。这是一种带有情感力量的无意识集结。所有的男孩都有恋母嫉父、弑父娶母的心理倾向，即具有“恋母情结”。多数人都能将力比多冲动转移方式释放出来，比如撒谎、斗殴等。哈姆雷特在上面那段独白里有句名言：“脆弱啊，你的名字就是女人！”这句话几百年来有各种各样的诠释，其实这是哈姆雷特的恋母情结的一个明显的力比多冲动的释放。

根据现代精神分析法创始人弗洛伊德的学生琼斯的角度来看，哈姆雷特的潜意识中蕴含着“杀父娶母”的原始欲望，自己的父亲即是自己的假想敌。对于其叔父克劳狄斯来说，杀死哥哥迎娶嫂嫂是一种可以实践的行为(先不讲求其道义性)，但是对于哈姆雷特来说，叔父的行为是自己想做却做不到的，于是他的内心分化为不同的精神领域。从道义角度来说，他要杀了叔父为自己的父亲报仇，从某种角度来说，也可以说是未遂者对成功者的嫉妒，所以他立下了复仇的誓言。同时，由于克劳狄斯的行为是他所一直想实现的，所以克劳狄斯在这种意义上来说是他的同类，他的心中必定怀有对同类的钦佩与赞同，于是两种矛盾的心理的胶着不分导致他无法确定自己的行为，所以必然的没有一个坚定的决心来杀死叔父。

剧中一个非常著名的场景就是哈姆雷特面对正在做祈祷的克劳狄斯，放弃了一个绝好的刺杀他报仇的机会，这也是延宕性在剧中最明显的一次体现。他说：“现在我正好动手，他正在祷告。我现在就干，他就一命归天，我也就报了仇了。这需要算一算。一个恶汉杀死了我的父亲，我这个独生子把这个恶汉却送上天堂。”弗洛伊德认为：“哈姆雷特可以做任何事情，就是不能对杀死他父亲篡夺他王位并娶了他母亲的人进行复仇，这个人向他展示了他自己儿童时代被压抑的愿望的实现。这样，在他心里驱使他复仇的敌意，就被自我谴责和良心的顾虑所代替了，它们告诉他，他实在并不比他要惩罚的犯罪好多少。”[①]之所以迟迟未能痛下决心，动手杀死他的仇敌叔父克劳狄斯，乃是因为哈姆雷特本人也有弑父恋母情结，这种情结终于把他束缚得失去了行动的能力，他对叔父的复仇行动的犹疑延宕乃是对自我本能的认识和态度的表征。

该剧主要刻画哈姆雷特要完成加之于他身上的报复使命时所呈现的犹豫痛苦，原剧并未提到他犹豫的原因或动机，而各种不同的解释也均无

① 弗洛伊德：《梦的释义》，张燕云译，沈阳：辽宁人民出版社，1987年版，第55页。

法令人满意。就整个剧本的情节来看,哈姆雷特绝非用来表现一种无能的性格。由两个不同的场合,可以看到哈姆雷特的表现:一次是在盛怒下,他刺死了躲在挂毯后的窃听者;另一次是他故意地,甚至富有技巧地,毫不犹豫地杀死了两位谋害他的朝臣。那么,为什么他却对父王的鬼魂所吩咐的工作犹豫不前呢?唯一的解释便是这件工作具有某种特殊的性质。哈姆雷特能够做所有事,但却对一位杀掉他父亲,并且篡其王位、夺其母后的人无能为力——那是因为这人所做出的正是他自己已经潜抑良久的童年欲望之实现。于是,对仇人的恨意被良心的自谴不安所取代,因为良心告诉他,自己其实比这杀父娶母的凶手并好不了多少。

哈姆雷特在通过与父亲灵魂的对话中知道了父亲的死因进而开始了其复仇的过程,在情节的一路发展过程中,哈姆雷特处处体现了他性格中孤独多虑的缺点,因过多的思考而缺乏果断的行动力,导致多次错失了杀死克劳狄斯的良机。他总是在行动前思考一些与复仇没有直接关系的事情,例如这段著名的独白:"生存还是毁灭,这是一个值得考虑的问题。""To be or not to be"的问题一再困扰着哈姆雷特,当然这里所述不仅仅是生存与死亡的问题,而是连带着每件事的价值评判——到底做还是不做、去还是不去、牺牲还是不牺牲?理性的思维能够指导行动,但是过多的思虑就会延误时机,多虑的人内心往往是懦弱的,对后果太多的顾虑导致其不愿付诸行动。

弗洛伊德对《哈姆雷特》的解释,至少在他自己划定的范围内是合乎情理的;其理论既无法被证实也无法证伪,这不仅是心理学也是许多人文学科共有的特点。正如德国哲学家狄尔泰(Wilhelm Dilthey,1833—1911)所说的那样:阐释永远只能把自己的任务完成到一定程度,因此一切理解永远只是相对的,永远不可能完美无缺。[①] 布鲁姆认为,弗洛伊德实质上就是散文化了的莎士比亚,因为他对人类心理的洞察是源于他对莎剧并非完全无意识的研读。[②]

弗洛伊德还指出,《俄狄浦斯王》《哈姆雷特》《卡拉马佐夫兄弟》这三部世界名著,分别出现于不同的时代和国度,可反映的主题都是一个,即"为一个女人进行情杀",也即恋母仇父、弑父娶母的俄狄浦斯情结。可

① 威廉·狄尔泰:《阐释学的形成》,《二十世纪西方文论述评》,北京:生活·读书·新知三联书店,1986年版,第51页。

② 哈罗德·布鲁姆:《西方正典:伟大作家和不朽作品》,江宁康译,南京:译林出版社,2011年版,第305页。

见，在弗洛伊德看来，俄狄浦斯情结不仅适合于说明每一个作家的童年经验及其与文学创作的关系，同时，俄狄浦斯情结对于说明整个人类童年时代的普遍精神倾向也很有意义，人类的一切文化创造无不发源于俄狄浦斯情绪。弗洛伊德在《图腾与禁忌》一书中宣称："我可以肯定地说，宗教、道德、社会和艺术之起源都系于伊底帕斯症结上。"

在现实生活中，人们往往过低而非过高估计了恋母情结的影响。恋母情结如果不受控制而进一步发展的结果很可能就是杀父娶母，这就是为何弗洛伊德要借用俄狄浦斯的故事来揭示这一情结。在弗洛伊德提出这一概念时，人们起先对这一情结不但嗤之以鼻，而且感到难以接受。但弗洛伊德说："人们应该接受这个被希腊神话所揭示的事实，就像俄狄浦斯接受不可避免的命运一样接受它。"现在，这一概念确实渐渐为人们所接受。俄狄浦斯情结虽然被压抑在潜意识里不为个人所知，但是，在现实生活中，它多多少少会以各种各样的方式表现出来，如年轻的女孩会喜欢上比自己年龄大很多的男性，男孩也乐意跟与自己母亲秉性类似的女性交往。很多时候，人们也会以俄狄浦斯式的方式思想，如父亲更偏爱女儿，母亲更宠爱儿子，或在夫妻情感冷却后这种偏爱代替了配偶之爱。

其实，如果多多留心，在文学艺术领域中，恋母情结也大量地见于诗歌、绘画、小说当中。在奥地利作家斯蒂芬·茨威格（Stefan Zweig，1881—1942）《一个陌生女人的来信》这部小说中，女主角将自己所有的爱都倾注在儿子的身上，以此来补偿对爱人的无尽思念；一旦儿子死去，她也就没有了继续活下去的支撑，只好随之而去。这是一个在儿子身上倾注全部爱人之爱的极端形象。譬如张艺谋执导的电影《满城尽带黄金甲》里，涉及了母子私情的异常情感。我们没有必要否认俄狄浦斯情结的存在，也无须对它感到震惊和愧疚。每个男孩、女孩会经历三四岁时，度过恋母情结、恋父情结阶段。这是人格发展的最重要的阶段，如果儿童能够顺利地解决恋父、恋母情结，就会促使超我逐渐形成和发展，就会形成与自己的年龄、性别相适应的人格特征，长大以后就能很好地与异性相处、发展良好的恋爱婚姻关系。

三、精神故乡的灯塔与流散文学的漂泊

随着全球化浪潮的推进，流散现象已成了一种世界性的现象，而伴随这一现象出现的流散写作与流散文学也越来越引起人们的关注，流散文学研究已成为学术界一个热门课题。流散作家们往往身处两个甚至多个

世界之中,游离于全球与本土之间,特有的双重身份赋予了他们独特的视角。在作品中,他们着重描述了流散族群失落、焦虑,以及徘徊于不同文化之中的尴尬处境,并不同程度地关注了文化身份与文化间的冲突和融合等问题。流散族群的生存体验及文化心理在流散文学中得到了的充分体现。

流散文学(Diaspora Literature)作为对"流散"(Diaspora)现象的历史文化内蕴进行诗性表征的文学样式,滥觞于希伯来圣经正典和次典(Apocrypha),近代犹太文学就是一种典型的流散文学。"流散"虽然最初指犹太人散居世界的历史事实,但并非为犹太人所独有。尤其在全球化的今天,流散已成了一种世界性的现象,流散族裔运用居住国的语言,书写在异质文化条件下的文化境遇和文化困惑,从而涌现了大量流散文学作品和流散作家。"20 世纪那些伟大的英国作家,他们几乎都是跨越了两种或多种民族文化。"[①]盘点 20 世纪流散作家,我们可以列出一长串名单:阿伊·克韦·阿尔马赫、钦努阿·阿契贝、布奇·埃默切塔、本·奥克利、纳丁·戈迪默、威尔逊·哈里斯、维·苏·奈保尔、萨尔曼·拉什迪、卡里尔·菲利浦、迈克尔·翁达杰、韩素音、提摩西·莫、鲁思·普拉热瓦·杰哈布瓦拉、维克拉姆·塞思、石黑一雄、克里·休姆、巴里·昂斯沃斯、艾·巴·辛格、索尔·贝娄、伯纳德·马拉默德、本罗姆·戴维·塞林格、约瑟夫·海勒、菲利浦·罗斯、莫里森、卡夫卡、贝克特、昆德拉、纳科博夫、奈莉·萨克斯、谭恩美、白先勇等。

上述作家及其作品虽然风格各个不同,但都呈现某些类似性的文化表征:首先,他们挪用居住国的语言同时又将本民族的母语渗透其间;第二,他们对居住国和本民族的文化传统都有深刻的领悟,其文本具有文化间性(intercultural)的特质;第三,他们在白人主流社会之外的少数族裔边缘社区中生活,具有强烈的民族意识、自强不息的心态,其文本贯穿着一种独特的社会文化秩序、故事情节、人物命运,这些因素的互动使他们的作品平添了一种文化间性的艺术魅力。

流散文学生成于异质文化土壤上,在两种或两种以上不同文化因素的交互作用下而衍生。拉什迪的小说《午夜的孩子们》素材是印度的,表达语言是英国的,技巧是拉美的魔幻现实主义。正是三种因素的互动,才

---

① 伊格尔顿:《理论之后》,《中外文论与文化》(第 13 辑),成都:四川大学出版社,2006 年版,第 197 页。

使他的作品绽放出绚丽的色彩。这种文化因素之间的交互作用、交互关联就是文化间性。吉卜林和拉什迪二者同样流淌着印度的血液,同样以印度生活为题材,同样以英语为表达手段,但是两人作品中所洋溢的情感基调却是迥然不同。关键的原因在于吉卜林是从殖民地白人统治者的视域出发的,单一的视域使他看到的只是东方人与英国人之间的对立,拉什迪以“他者”的身份反观印度的历史、宗教、传统、社会和政治,从而给了他独特的视域与感受,看到了吉卜林看不到的东西。文化间性也是一个当前视域与过去视域、自我视域与他者视域相融合的过程。拉什迪以“他者”的眼光审视印度的历史与文化,就是“双重视域”的融合过程。对故国而言,他是代表西方视域的“他者”;对西方而言,他又是代表非西方视域的异己。他在再现印度的历史、神话、幻想与传奇时,这两种视域互相融合进行了文化对话。

要揭示文化间性的特质,就必须厘清它与“多元文化”“文化杂合”(cultural hybridity)、跨文化(transcultural)之间的区别。“文化间性”不同于多元文化。多元文化是在政治、社会背景中被定义的。文学研究中的多元文化是从对形象研究到后殖民文学种种研究路径的一种统称。它力求在相对统一的社会环境中使不同的文化群体共存。[①] 多元文化所宣称的不同文化传统互相交融和渗透,几乎是双语混合、文化混合的同义词。它将弱势文化、边缘文化上升到正统文化的地位,这是一种道德和伦理实践,一种意识形态。

后殖民理论家霍米·巴巴提出的“文化杂合”指的是不同种族、种群、意识形态、文化和语言互相混合的过程。“杂合化”理论作为殖民地颠覆殖民地文化霸权地位的一种策略在历史上发挥了积极作用。但是,所谓的“文化杂合”“多元文化”所追求的是文化的并存,将不同的文化并置在一起,漠视了文化之间存在着等级和力量的差异,从而把差别消泯在一个大混合体内,使本来应该多样化的世界文化融为一体。文化间性也不同于跨文化。跨文化只是单纯地指相遇在一起的不同文化,仅指文化的自为存在本身,仅指参与到互动中去的各自文化部分。文化间性指的是不同文化际遇时发生意义重组的相互作用及其过程,指一种文化与他者的关联,它克服了“文化杂合”“多元文化”等概念的缺陷,从而致力于不同文

---

① 乔莹莹:《多元文化与文化间性——形象学大师达尼埃尔·亨利·巴柔的复旦演讲》,《中华读书报》,2006年11月12日。

化之间的相互理解、相互尊重、相互宽容,以文化间的相互开放和永恒对话为旨归。

文化的诸因子及其诸因子之间无时无刻不在进行创造性的对话。流散作为文化存在发生于异质文化之间,流散文学突出地昭示了异质文化之间以不同文化态势(强势或弱势)而进行的文化互动及交互关联。因此,文化间性是流散文学不可或缺的本质特征之一。

生成于异质文化土壤上的流散文学,始终存在着两种或两种以上不同文化之间的对话。文化对话充满了张力,其中关涉文化价值、身份认同、文化属性等。但在实际创作中,流散作家对异质文化交互作用的张力关系的把握是极为困难的,从而衍生出种种问题。如谭恩美的《喜福会》,汤亭亭的《女勇士》等呈现出来的对"新世界"的渴望与抗拒,居住地文化与传统文化之间的迷惘与困惑等。这说明流散文学把握异质文化碰撞的关系,即文化间性的张力关系至关重要。[①]

在当今全球化的语境下,随着后殖民主义批评的深入,学界对流散现象格外关注,流散者批评也应运而生。美国文论家赛义德从自身的流亡经历出发,对流散现象作了深入的研究。他在《流亡的反思》一书中指出:流散者通常会陷于一个中间状态;他们既不能与本土文化完全分离,也不能完全融入新的文化中去。人们会觉得流散者是他所处环境中的一员,但他总是格格不入,始终徘徊于两种文化的夹缝之中。出生在美国的小说家、评论家亨利·詹姆斯是西方历史上一个具有一定代表性的"流散"作家。早在19世纪70年代,亨利·詹姆斯就选择了自我流散的生活方式,受到了欧洲文化的熏陶。"越界"一方面使他摆脱了狭隘的民族意识,具有了双重视角;另一方面与本土的分离以及与寄居国之间的隔膜使他成了边缘人,始终徘徊在两种文化的夹缝之中。自我流散的经历在很大程度上影响了亨利·詹姆斯的文学创作。他的小说最常反映的就是国际主题,独特地描写和反映了欧美文化间的碰撞与融合。而不同时期的作品则体现了他在不同的流散阶段对两种文化的态度。

2001年的诺贝尔文学奖获得者、英国作家维·苏·奈保尔有着复杂的文化背景。印度是他的祖先之邦,特立尼达是他的出生之地,英国是他定居之国。他游走于各国之间,创作成果丰硕。奈保尔的作品主要关注居住在不同文化交界的边缘地带的人的文化身份以及在这一地带所发生

---

① 蔡熙:《文化间性与流散文学》,《广西师范大学学报》,2008年第6期。

的文化现象。《毕司沃斯先生的房子》是奈保尔的成名作，小说通过记述印度移民图尔斯家族文化身份的变化，体现了移民原有文化身份在文化环境变化后必然走向解体的主题。在奈保尔的另一部后殖民小说《河湾》中，小说人物寻求西方文化身份失败，同时，原殖民地国家在照搬西方发展模式后，也变得一片狼藉。作者在小说中对文化帝国主义进行了严厉的批判。这些主题都反映了作者对于文化身份与文化认同的思考与认识。奈保尔还著有三部印度旅行游记。在第一部游记中，透过他对印度文化的评论中采取的审视立场，可以看到他对印度文化的隔阂与误解，他笔下的印度是"东方主义"中的异类"他者"形象。在第二部游记中，奈保尔对印度文化展开了犀利的批判，其中带有明显的个人偏见。但是在时隔多年后的最后一部游记中，奈保尔隐匿了自己的文化态度，他以客观的审视立场记述了不同文化的冲突与差异，并且他对于印度文化也开始有了更理性的认识。在奈保尔的书信集中，他记述了在伦敦居住的种种好处以及英国文化的发达和先进，但因为他无法完全融入英国社会，就也时常有一种边缘感，并且时间愈久精神上的孤寂感愈强。由此可见，奈保尔的文化身份与文化认同是混杂的、不确定的，他的文化身份是由印度文化、英国文化在他身上相互作用、混杂、渗透得到的，最终形成了他"新混血儿"的混杂性文化身份与文化认同。他文化观念上的矛盾，揭示出他对祖辈故土印度、出生地特立尼达和现定居地英国的文化都持既认同又疏离的立场，这种矛盾态度导致了自身文化观念上的冲突。移民的客观事实，后殖民时代宗主国对殖民地的影响，强势文化对弱势文化的侵袭和作者本人旅行生涯都使奈保尔形成了一种混合文化身份，而这正是他持有矛盾的文化立场和文化观念的主要原因。

奈保尔是当今世界文坛最有争议的作家之一。他或多或少的文化缺失，或者混杂几种文化身份于一身，不再眷恋故土，自愿四处漂泊，成为世界公民，一直寻找着自己的中心，寻找着自己想象中的精神家园。不同于很多涉及后殖民问题的作家，奈保尔把小说中心放在个人的描写上面，着重关注后殖民人如何重建自己的身份。殖民者在独立之后反而觉得失去了依靠，特别渴求能找到属于自己的身份定位。殖民国家的独立并不意味着殖民的结束，殖民思想通过各种方式仍然侵蚀着殖民地。小说《河湾》描写了在后殖民社会里像主人公萨林姆一样的"边缘人"和"无根人"的生活状态以及他们寻求家园、寻求文化身份归属的过程。在小说《河湾》中每个人物都在杂糅的文化环境下，寻求着属于自己的身份。文化的杂糅使后殖民社会里的人对自己的本土文化产生质疑,面对处于优势地位的西方文化,身份缺失及重新构建便不可避免。作者通过对萨林姆的身份寻求之旅,表达了他对后殖民社会中边缘人的精神状态的极大关注,同时也对自身复杂的殖民困境重新进行了审视。

全球化发展到今天,族群内部和族群之间的种种差异正在日渐扩大。而少数族群在日常社交生活和实践中,日渐形成明确清晰的身份和文化社团组织。如美国有非洲裔美国人社团、亚裔社团等。然而,二元对立的结构看似僵化简单,但雅克·德里达认为,在二元模式中,几乎不存在中性、绝对的对立,通常二元中的一极,处于支配地位,把另一极纳入其掌控之下。所以这二元对立的两极始终存在着某种权力争斗关系。非洲裔美国知识分子精英站在本民族文化的立场上对美国白人主流文化提出了挑战,对本民族文化进行反思的同时,对自我的形象进行了新的塑造。他们都在美国接受白人教育,在自身身份认同被撕裂的心理矛盾中提出文化上的反殖民策略。

非洲裔美国人可以作为是一个文化流散民族来看待,因为非洲裔美国人构成了一种新的、后殖民的、杂交的文化流散模式。他们都不是美国土生土长的民族。美国现在所有的黑人都是从别的地区输入的,都被迫永久离开家园。大多数来自非洲,有来自欧洲的,有来自亚洲的,有来自加勒比地区的,以及在美国奴隶制废除后,从印度输入的契约劳工。美国黑人有着相同的肤色和种族,是在过去遗传而来的生物学特征,但有着不同的语言、文化也不信仰相同宗教的黑人,在北美种植园相遇,在几个世纪的磨合中,形成了自己独特的杂交的文化身份,即他们使用了共同的民间传说、行动方式、价值框架和一种集体的自我形象。在白人统治下,黑人民族文化是个被否认的文化,且继续受到系统的催促。在种植园里,白人奴隶主禁止奴隶说自己的母语,正如特瑞·伊格尔顿所言:"人类比老虎更具毁灭性,因为最重要的是,我们进行抽象的符号能力允许我们无视对物种内部的杀害的感性顾虑。如果我试图徒手把你扼死,我也许只能做到让你呕吐,这对你可能不好受,却难以致命。但是语言允许我在很远的地方毁掉你,在那里身体的抑制不再适用。"[①]所以白人奴隶主这样做的目的是很明显的。

部分非洲裔美国作家就通过重构边缘文化叙事,言说边缘历史体验,

---

① 伊格尔顿:《文化的观念》,方杰译,南京:南京大学出版社,2006年版,第114页。

重写现代历史。一种叙述方式代表一种文化，一种言说方式，同样也可以体现言说者的文化身份。所以语言的问题是非常重要的问题，正如弗朗兹·法农所言："……说话，就是能够运用某种句法，掌握这种或那种语言的词法，但尤其是承担一种文化，担负起一种文明。"[①]托妮·莫里森曾说过语言对一个民族的重要性。她说："语言，仅仅是语言。语言必须仔细推敲，看上去又信手拈来。它不能流汗。它必须含而不露，同时撩人心扉。它是黑人们如此喜爱的东西——说话时，文字在舌尖上逗留、揣摩、玩味。它是一种爱，一种激情。它的作用和布道士一样：它使你离开座位站起来，使你忘记自己，倾听自己。世界上最可怕的事情便是失去那种语言。"[②]因为语言是一个民族文化的符号象征和文化承载，是该民族特有的文化样态的凝结。一个民族的语言（母语）往往携带着该民族的集体记忆，包括神话、传说、宗教情感和深层的生存经验。要彻底征服一个民族，首先就得摧毁该民族的母语（语言）。然而，长达几个世纪的奴隶制使得来自世界各地区的黑人民族的子孙丧失了其文化源头的联系，他们失去了自己的母语，无法用自己的母语来表达自己的思想。即白人文化和语言使得黑人奴隶处于脱语禁声状态，无法脱离特定的语言去形成关于自身独特性的意识，无法去树立自己的价值。本尼迪克特·安德森曾说过："关于语言，最重要之处在于它能够产生想象的共同体，能够建造事实上的特殊的连带（particular solidarities）。"[③]因此，母语对每个民族来说非常重要，因为一个民族语言（母语）承载着该民族与生俱来的独特的精神信息和特殊的人文光芒，母语诉说着一个民族赖以生存的文化，更投射出一个民族奋斗发展的历史。约翰·歌特弗利德·冯·赫德（Johann Gottfried von Herder）在18世纪末时也说过："因为每个民族就是每个民族；它有它的民族文化，例如它的语言。"[④]但美国黑人已经失去了自己的语言，所以关键的问题是美国黑人如何在流散地创造出自己的文化及其身份。斯图亚特·霍尔敏锐指出："流散并不是指那些分散的群体，只能通过不惜一切代价回归某一神圣家园才能获得身份的族群，即便它的意思是强迫其他民族进入大海。这是旧的、帝国主义的、霸权的'种族'形

---

① 弗朗兹·法农：《黑皮肤，白面具》，万冰译，南京：译林出版社，2005年版，第8页。

② 宋兆霖选编：《诺贝尔文学奖获奖作家访谈录》，杭州：浙江文艺出版社，2005年版，第335页。

③ 本尼迪克特·安德森：《想象的共同体：民族主义的起源与散布》，吴叡人译，上海：上海人民出版社，2003年版，第125页。

④ 同上书，第66页。

式。相反流散的经验不是由本性或纯洁度所定义的,而是由对必要的多样性和异质性的认可所定义的;由通过差异、利用差异而非不顾差异而存活的身份观念、并由杂交性来定义的。流散的身份是通过改造和差异不断生产和再生产以更新自身的身份。"①

作为在中国长大、后落户美国的流散作家哈金,当面临两栖身份的文化矛盾时,他选择用"他者"的眼光看待和想象心目中的中国,用自己的童年记忆来代替集体无意识,并基于这样的立场来表达一个"流散"知识分子的民族根基感,以求找到精神归宿,实现个人价值。哈金的"中国想象"具有人文体验性、艺术创造性等特点,但同时亦存在个人想象与集体记忆的落差、流散身份与本土生活的隔膜和外文写作之于他国读者期待视野的迎合与误读等局限。

① 罗钢、刘象愚主编:《文化研究读本》,北京:中国社会科学出版社,2000年版,第211—222页。

第二章
外国文学经典的成形标识

文学应该有一种精神的传承,人类文明的发展应该有一条内在的线索,这种传承和线索就是由经典构成的。经典的界定和文学精神的传承是每一代人都要面对的问题。一方面,经典文学作品隐含了丰富的人生体验和智慧,基本都有固定不变的审美标准,是一代又一代人的艺术共识,体现了文学家艺术家的原创性,譬如当代国际文坛久负盛名的诺贝尔文学奖、普利策文学奖、龚古尔文学奖等就基本继承了这种传统。正如美国学者哈罗德·布鲁姆(Harold Bloom,1930—)所说的那样:"作家、艺术家和作曲家们自己决定了经典,因为他们把最出色的前辈和最重要的后来者联系了起来。"[①]另一方面,每一部文学作品都有一定的时代特征,意识形态的建构和权力话语的塑造也是文学经典生成过程中不可或缺的重要支撑,譬如美国文学经典化的完成曾经是各种力量的博弈,英国文学经典的确立曾经受文化输出需要和国家地位变迁的左右。[②]

美国文论家韦勒克、沃伦说:一种艺术品"既是'永恒的'(即永久保有某种特质),又是'历史的'(即经过有迹可循的发展过程)"[③]。外国文学经典的生成,从文学人类学等宏观层面看,由外部因素和内部因素两方面决定。回溯历史,从人类文明沉淀角度分析,文学经典生成的内部因素主

① 哈罗德·布鲁姆:《西方正典:伟大作家和不朽作品》,江宁康译,南京:译林出版社,2005年版,第412页。

② 刁克利:《诗性的寻找:文学作品的创作与欣赏》,北京:中国人民大学出版社,2013年版,第220页。

③ 韦勒克、沃伦:《文学理论》,刘象愚等译,北京:生活·读书·新知三联书店,1984年版,第36页。

要是指经典之所以为经典的“审美原创性”或者叫“经典性”,具有相对稳定的客观性和永恒性;外部因素主要是指经典之所以能够成为经典的“机缘/过程”或者叫“经典化”,具有主动谋划、集体合谋、多方博弈的特征。“经典性”偏重于静态的、历史文明的客观性描述,“经典化”偏重于动态的、时代精神的主体性博弈,恰当的“经典化”的时代成果最终将汇入“经典性”的审美谱系。“经典化”是时代的调弦,努力造就文学历史;“经典性”则是文学艺术的标尺,努力守卫人类心灵。简言之,在一部文学经典的生成即“经典化”过程中,诗人、作家的审美创新是内在基础,意识形态的建构和权力话语的塑造是重要支撑,学者精英的评阅与阐释是重要动力,平民大众的接受与阅读是重要条件,四方面相互结合、相互妥协,再加上时间的沉淀,共同作用于文学经典的生成过程。

尽管以诠释为业的文学评论家不能单独决定哪些文学作品是或者不是经典,但在文学经典诞生的过程中他们可以发挥重要作用也是不争的事实。首先,文学经典在最广泛的阅读和阐释中发生变化,甚至还会出现莎士比亚的《哈姆雷特》在最广泛的阅读和阐释中发生成百上千的变化这种现象。任何时代任何阶级都有自己特殊的精神需要,既不可能完全满足于那些历史上流传下来的文学经典,也不可能完全满足于同一时代其他阶级所创造的文学经典,都会对以往文学经典各取所需。那些历史上流传下来的文学经典,虽然它们今天仍然能够给人以文学享受,并且在一些方面上可能还是“一种规范和高不可及的范本”,但它们在历史的接受过程中也会发生不同程度的变化,后人的接受绝不可能是原封不动的。人类对这种文学经典的接受是批判地接受,即在突破各种限制和克服各种偏见的过程中吸收和发扬那些还没有成为过去而是属于未来的东西。因此,文学评论家甚至可以帮助有些经典有效地“增值”。

其次,文学评论家不但可以帮助人们正确地甄别经典和非经典,而且可以促使人们准确地认识经典。因此,夸大文学评论家在经典诞生中的作用固然不对,但是,也不能漠视文学评论家的作用。文学评论家不但可以发现经典和推广经典,而且可以帮助作家创作经典。文学评论家应该着力研究经典的内在特质并在这个基础上把握一些经典是如何产生的以及它们产生的条件,促进一些经典的诞生,而不是相互攻讦。优秀的文学评论家只是指出一些文学作品的不足是不够的,还要积极发现和挖掘一些遭到遗漏或埋没的优秀文学作品。[①]

本书“外国文学经典的生成要素”与“外国文学经典的成形标识”两章，重在探讨作为“文学性”标尺的“经典性”问题；“外国文学经典的建构方式”与“外国文学经典的演变过程”两章，重在探讨作为时代调弦的“经典化”问题。其实，除前两章外，其他章节所讨论的问题均与“经典化”有关，差异只在侧重点不同而已。

经典的概念来自拉丁文 classicus，意为“第一流的”，指“公认的、堪称楷模的优秀文学和艺术作品，对于本国和世界文化具有永恒的价值”。显然，这一定义反映了一般人对于经典的理解，它主要从实在本体论角度来看待经典，将其视为因内部固有的崇高特性而存在的实体。近代以来，许多理论家更倾向于从关系本体论的角度来看待经典，将它视为一个被确认的过程、一种在阐释中获得生命的存在。辩证地看，文学经典既是一种实在本体又是一种关系本体的特殊本体，亦即是那些能够产生持久影响的伟大作品，它具有原创性、典范性和历史穿透性，并且包含着巨大的阐释空间。[②] 其内涵和特征至少应该从如下三个方面把握：

首先，从本体特征看，是原创性文本与独特性阐释的结合。文学经典通过个人独特的世界观和不可重复的创造，凸现出丰厚的文化积淀与人性内涵，提出一些人类精神生活的根本性问题。它们与特定历史时期鲜活的时代感以及当下意识交融在一起，富有原创性和持久的震撼力，从而形成重要的思想文化传统。同时，文学经典是阐释者与被阐释文本之间互动的结果。经典只有持续不断地被解释、接受、传播，它内在的潜力才能得以开发。如“说不尽”的莎士比亚即离不开一代又一代人的重新解释，又如“不朽”的歌德也是此意。可以说，富有原创性的文本也需要富有原创性的阐释对之进行塑造和定位。因此，文学经典的本体特征呈现于经典文本与独特阐释的结合中。对文学经典的独特的读解系统与阐释空间，是它得以持续延传、反复出现、变异衍生，真正成为经典的必由之路。

其次，在存在形态上具有开放性、超越性和多元性的特征。文学经典作为人的精神个体和艺术原创世界的结晶物，它诉诸人的主体性的发挥，是公众话语与个人言说、理性与感性，以及意识与无意识相结合的产物。如果说对文学经典的阐释大多借助上面三对关系的前项，那么，这些关系

① 熊元义、李明军：《文艺经典与文艺评论》，《中国艺术报》，2012 年 6 月 8 日。

② 黄曼君：《中国现代文学经典的诞生与延传》，《中国社会科学》，2004 年第 3 期。

的后项,即个人的阅读、感性经验和无意识(包括集体无意识和个人无意识)则是文学经典具有超越性、开放多元的重要途径。特别是文学经典的审美把握,通过主题内蕴、心理情感、意境营构、人物塑造、修辞方式等努力,容纳了丰富多彩的心灵世界与鲜活丰满的本真生命,这样创造出来的文学经典既具有自身的特质,又包含了文化、人性的内容,从而使不同时期的文化和文学得到深层沟通,在文化和文学生命信息的传递中实现对话、互通和互动。惟其如此,文学经典才能出现"共鸣"现象,成为多数人的共识。

再次,从价值定位看,文学经典必须成为民族语言和思想的象征符号。如莎士比亚之于英语与英国文学,普希金之于俄语与俄罗斯文学,鲁迅之于中国与中国新文学,他们的文学经典都远远超出了个人的意义,而富于民族的精神气质。也是在此意义上说,鲁迅被称为中国的"民族魂"。无论是所谓古代"轴心期"文明,或是在古代向现代转型期的文明,伴随着经典的出现和阐释,往往会出现能体现中国文化特有的人生体验结构、价值观念和审美风尚的"意义场"和"意义空间"。这里具有双面性:一是在社会文化"长时段"的深层结构中形成了经典阐释的土壤和背景;二是经典阐释又反过来推动社会和文化变革。

需要说明的是,文学经典除具有一般的经典特质外,还有自身的特点,因为与历史和哲学经典相比,它更具有文学性,更富有心灵的感动,更具有审美的内容,所以,文学经典更强调从艺术和审美的角度来理解"人"。从这个意义上说,文学经典一方面作为实在本体,是文学艺术的高峰;另一方面又是关系本体,意味着一种新的文学传承阐释关系,从而也就意味着一段新的历史。因此,它是一个国家、民族,一个历史时段的文学取得合理性存在价值,并形成独特的思想艺术传统的根本依据和保证。[①] 文学经典是在一代代读者的接受过程中不断展开和呈现的历史性审美存在,是实在本体和关系本体的复合体。

那么,文学经典的艺术奥秘究竟在哪里?或者说,文学经典的成形标识是什么?文学经典为什么说不尽、为什么具有永久的魅力?这个难题应该从三方面分析:

第一,马克思在《〈政治经济学批判〉导言》中提出的"物质生产的发展

---

① 黄曼君:《中国现代文学经典的诞生与延传》,《中国社会科学》,2004年第3期。

例如同艺术生产的不平衡关系”[①]的重要论断，是马克思主义文艺理论的基本原理，它首次揭示了艺术发展与社会发展、精神生产与物质生产之间具有明显的不平衡性，文学的发展进步与科学技术、某些社会科学的发展进步并不相同。在文学领域里，不是简单的一部作品代替另一部作品、一个时代的作品代替另一个时代的作品——况且，一个作家的创作不一定越写越好、一个时代的创作也不一定都能超越过去时代的创作——正相反，过去时代的文学和当今时代的文学之间，始终具有生气勃勃的历史联系、交融和传承，用李白诗句“抽刀断水水更流”来形容其关系非常贴切。而科技和某些社会科学的发展进步，基本上是一个代替另一个、新的代替旧的、先进的代替落后的、从不完善的形式走向更加完善的形式，譬如从四轮马车发展到蒸汽机火车、电气火车和今日之“高铁”等。在当今世界的很多国家里，随着科学技术的日新月异，四轮马车和蒸汽机早已进入历史博物馆，但是四轮马车和蒸汽机时代产生的文学经典却因具有永久的生命力和很高的艺术水平而广泛流传。

第二，不同于一般文学作品的单薄、扁平，文学经典具有明显的多层次性且底蕴丰厚。有人曾就此把文学经典比喻为“葱头”，提出“葱头有七层皮。好的文学作品大约也是多层次的……有的读者不会从第一层往里走，有的可能达到第二层，如果他对书作长时间的思考，可以达到第三层和第四层。可是有的作品甚至还有第六层和第七层。有时候作者本人对自己的书也只能理解到第六层，他也和读者一样，感觉得还有点藏而不露的东西”[②]。正是文学经典中的这种“藏而不露的东西”，为历代读者提供了广阔的阐释空间。这与宋代诗话家范晞文在《对床夜语》中所说的“咀嚼既久，乃得其意”十分相似。美国著名作家海明威在《午后之死》那部关于西班牙斗牛的著作中，曾经生动地把优秀作品比喻为“冰山”，认为它在海里移动十分壮观，但是露在水面的只有八分之一，而水下部分却占了八分之七。这就是说，一部优秀作品除表面层次以外，还有很多内在的层次，需要历代读者按照自己的生活经验和体会去领略、去重组、去想象、去扩充。

第三，文学经典所具有的各种多义性，是它说不尽的源泉之一。文学作品的多义性不仅是客观的存在，而且也十分复杂多样。具体来说，起码

---

① 马克思、恩格斯：《马克思恩格斯选集》(第二卷)，北京：人民出版社，1972年版，第112页。

② 北京师范大学苏联文学研究所：《苏联当代作家谈创作》，北京：北京师范大学出版社，1984年版，第10页。

有四个层次:一是艺术形象的多义性,拿俄国诗人莱蒙托夫的名诗《帆》(1832)来说,"帆"是诗中的主要形象,但是历来的人们由于生活经验和眼光的不同,对它却有几种不同的理解:心情不安的象征、反叛者的形象、浪漫者的形象、作者本人的形象等。二是艺术世界的多义性,一部经典作品尤其是诗词的艺术世界,其概括的内容十分广泛丰富,包括众多不同的生活现象,使读者对此可以有不同的感受、联想和理解,如"两岸猿声啼不住,轻舟已过万重山"等。三是语境的多义性,这不仅指语言的细节(词、词组、句子、语音,尤其是双关语、隐喻、象征、悖论和反讽等)和语言的上下文相关,也指一部作品同它的哲学、社会、历史、宗教等的上下文相关;这就有可能使一些读者认为上下文应该如此,而另一些读者则认为它不应该如此。四是科学中的语言与文学中的语言完全不同,前者永远是单义的,而后者则是多义的,这是语言艺术的奥秘之一。文学语言的多义性,特别是诗歌语言的多义性,其中包括它的空灵性、含蓄性和模糊性,对于文学至关重要[①],中国古人对此早就有"诗无达诂""言外之意,弦外之音""不著一字,尽得风流"等艺术体悟。

歌德曾提出"说不尽的莎士比亚",别林斯基也谈到"说不尽"的普希金,他认为:"普希金不是随生命之消失而停留在原有的水平上,而是要在社会的自觉中继续发展下去的那些永远活着和运动着的现象之一。每一个时代就这些现象发表自己的见解,不管这个时代把这些现象理解得多么正确,总要给下一代说一些什么新的、更正确的话,并且任何一个时代都不会把一切话都说完。"[②]俄国学者巴赫金依据他著名的"对话理论",曾经指出:一部好的作品既可以与过去时代和当今时代的人们对话,也能够与未来时代的人们对话,因为它除了具有"现实内容"外,还具有"潜在内容"。而"潜在内容"则是一种在作品中刚刚涉及的具有胚胎或萌芽形式的东西,是作家本人在作品中尚未完全实现的,但可以被未来时代的作家和读者接受,并创造性地加以发展。另一位俄国文学理论家什克洛夫斯基,论述了文学经典的"多结构和多声部"的意义和价值。他在谈到陀思妥耶夫斯基的"对话小说"时,认为其小说的内容从本质上看是难以结束的,"只要作品还是多结构的和多声部的,只要人们还在争论"。对于陀思妥耶夫斯基,"小说的结束意味着新巴比伦塔的倒塌"。这表明对话小

① 吴元迈:《也谈文学经典》,《文艺报》,2010年4月19日。

② 别林斯基:《别林斯基选集》(第三卷),满涛译,上海:上海译文出版社,1980年版,第278页。

说内容的“难以结束”,或者说它的“未完成性”,是它的艺术奥秘之来源。

莎士比亚和普希金之所以“说不尽”,之所以“拥有取之不尽的可能性”,原因自然很多,但其中一个重要原因,在于他们的杰作具有巨大的艺术概括力和极为深厚的内涵,使得同一时代或不同时代的读者能够对世界、对生活、对人做出多种复杂深入的联想、对比、想象和预见。美国学者布鲁姆就毫不掩饰地夸赞莎士比亚“在认识的敏锐、语言的活力和创作的才情上都超过所有其他西方作者”①。整整四百年来,莎士比亚一直坐在文学殿堂的王座上睥睨众生。他被海明威称为文学史上的“两大冠军”之一(另一个是托尔斯泰),在历代读者中有人爱其哲理意蕴、有人取其文章气魄、有人爱其文辞华美。读莎士比亚的作品,可以说完全是一种从灵魂到语言上的全面熏陶。

基于以上综合分析,我们认为文学经典的成形标识起码包括三个方面:一是历久弥新的精神空间,二是千人千面的诠释体验,三是民族语言的艺术榜样。可以说,文学经典往往代表了某一段文学时期的最高成就,并且是其他作品竞相仿效的对象、依据和奋斗目标。文学经典因为优秀的品质和伟大的价值被保留下来、载入史册,成为后人了解这个时期文学成就的凭据;而一般作品往往是过眼云烟,迅速地遭到历史的淘汰、抛弃和遗忘。②

第一节　历久弥新的精神空间

文学是人类文明成果不可或缺的组成部分。一部文学作品,特别是一部经过时间和实践考验的文学经典,它所蕴含的客观真理、社会内容、丰富知识、生活经验、人性层面、道德价值和审美价值等,不仅能够使我们认识与了解社会、时代、世界和人自身,给我们以生命启迪,也能够给我们以无尽的艺术享受。同时,在需要的情形下,文学艺术可能以自己特有的方式发声,成为抵抗政治压迫和社会异化、保全人性健康成长的主导力量。可以说,所有伟大的文学经典,其最大的意义在于较完美地表达了人们的困惑、描摹了人们的真情实感、再现了人们的白日梦幻。文学本身有

---

① 哈罗德·布鲁姆:《西方正典:伟大作家和不朽作品》,江宁康译,南京:译林出版社,2011年版,第35页。

② 谭旭东:《文学经典的生成及其价值》,《文艺报》,2008年3月15日。

梦想的品质,人们之所以要学习文学,就因为每个人的心中还有梦想,因为敢于去梦想才有希望;人类最可贵的是有梦想,一个有梦想的人才是一个完整的人,而有梦想的人生往往是比较"温暖的"比较"柔软的",所以文学在梦想的意义来说是软化人心的。

文学经典能够让人分享更多。法国作家、哲学家阿尔贝·加缪(Albert Camus,1913—1960)说过:"文学不能使我们活得更好,但可以使我们活得更多。"从现实意义来说,每个人只能有一种人生,只能经历一种现实,但是通过阅读文学经典人们可以分享他人的人生,可以过"许多种"人生。有一句著名的话叫"生活在别处",也就是说文学把别处的生活、把人们不能看见的世界呈现在他们面前。读《悲惨世界》《日瓦戈医生》使人们借助阅读仿佛回到那样的时代,好像也在经历那样的生活。

文学经典还能够让人认识死亡、直面死亡甚至超越死亡。所谓"除却生死无大事",但现在的人大多沉溺于世俗享乐,基本上已经不太思考死亡这个无法逃避的问题。一种不思考死亡、不了解死亡的人生注定是肤浅的人生,文学却不断提醒人们死亡随时可能来临、人是会死的,而死亡来临之前如何活出意义就成了每个人都要思考的延伸问题。从这个层面说,文学经典的永久魅力在于不断拓建和重构人们的精神空间,无论是涉及永恒的生死主题、生命意义主题,还是时新的性别倒错话题、文化身份话题等。

不同于荷兰学者佛克马(Douwe W. Fokkema,1931—2011)所说的"文学经典……是精选出来的一些著名作品,很有价值,用于教育,而且起到了为文学批评提供参照系的作用"[①],美国普利策奖得主迈克·德达(Michael Dirda,1931—2011)提出:"经典之所以成为经典不是因为它们具有教育意义,而是因为一代又一代、一个世纪又一个世纪的人们发现这些作品值得阅读。伟大的作品比其他任何事物都更能替我们表达出情绪和弱点,所有关乎我们人性的梦想和困惑。"[②]人们总是会为塞林纳笔下人性的狂暴与愤怒感到震惊,为青年时代的弗雷德里克·道格拉斯所经受的残酷遭遇而胆寒。多年来,谢里丹·勒·法努的鬼怪故事、布拉姆·斯托克的《德拉库拉》,以及洛夫克拉夫特的星际恐怖传奇都会使人深深

① 佛克马、蚁布思:《文学研究与文化参与》,俞国强译,北京:北京大学出版社,1996年版,第50页。

② 迈克·德达:《悦读经典》,王艺译,北京:生活·读书·新知三联书店,2011年版,第1—2页。

地陷入令人战栗的幽冥当中，那里面充满着人们能够认知的恐惧和莫名的困惑。在很多个夜晚，当人们觉得这个世界过于喧嚣的时候，伦敦贝克街221B号门内，福尔摩斯先生和华生医生的家中总是可以提供一个温暖的火炉和一处令人安心的庇护所。当4、5月份到来的时候，人们总是会在某个周六的清晨醒来，为春天的美丽而惊叹，就像《秘密花园》中的玛丽·蓝妮克丝……

一、古老母题的活力与生命回响的启示

希腊神话和传说的无与伦比之处就在于，无论什么时候它都是真实而质朴、隽永而深刻的；它精炼的内容、完整曲折的故事情节对于各个时代都是取之不尽、用之不竭的素材。后人对这些素材的每一次创造性使用，都为古老的神话和传说注入新的活力，使之散发出绚烂多彩的光芒。在这些为人们所熟知的希腊神话主题中，俄瑞斯忒斯（Orestes）主题无疑是最为璀璨的主题之一，它与普罗米修斯、俄狄浦斯、安提戈涅等主题一样被历代戏剧家反复地采用和再创造，是西方戏剧家们使用最多的神话题材之一。历代许多戏剧家们尽管在人格信念和美学趣味方面各有特点，但许多人都在震撼人心的俄瑞斯忒斯神话主题中寻找创作灵感、挖掘人物类型和故事题材，并以自己的生命体验和自身的艺术理念对其进行再创造，巧妙地演绎着希腊神话传统，既始终如一地继承了不少核心情节，又大量地增删、易形了一般情节，使俄瑞斯忒斯主题随着希腊神话的历史之根一次又一次地发芽、长大、更新从而被主题化。

俄瑞斯忒斯的故事最早见于荷马史诗中的《奥德修纪》。荷马对它的处理十分简单概括，只在零星的几次希腊人对话中，谈及了俄瑞斯忒斯为父报仇杀掉母亲的英勇事迹，称颂他为“勇敢的”“英雄的”[①]俄瑞斯忒斯，除此之外我们对这个故事别无所知。这个故事第一次较为翔实、系统、完美地再现于“悲剧之父”埃斯库罗斯的《俄瑞斯提亚》（*Oresteia*）三联剧中。埃氏所采用的俄瑞斯忒斯题材很可能来自斯忒萨科罗斯（Stesichorus）的同名戏剧（现已失传）[②]，而不是荷马的只言片语。其后，索福克勒斯和欧里庇得斯也以这个故事为题材创作了多部戏剧。可以说古希腊时期是俄瑞斯忒斯主题的古典高峰期。

---

① 荷马：《奥德修纪》，杨宪益译，北京：中国工人出版社，1995年版，第27、30、47、131页。

② Carroll Moulton, *Ancient Greece and Rome*, New York: Charles Scribner's Sons, 1998, p. 30.

在中世纪,俄瑞斯忒斯主题销声匿迹。到了文艺复兴时期,湮没已久的古希腊罗马世俗文化重新被发现。一批人文主义者高举"复兴古典"的大旗,用具有理性精神和人本意识的古典文化反击极端压制人性并已成为人的异己力量的基督教文化。就文学而言,文艺复兴运动复兴的主要是古罗马文学,这一时期真正接受古希腊文学影响的作品甚为寥寥。也许是历史的巧合,也许是懵懂的隔代相传,文学巨匠莎士比亚的哈姆雷特,这位传说是从12世纪丹麦史中走出来的王子却与俄瑞斯忒斯在人生境遇上有着惊人的相似性:首先,他们都是国王的独子,都有一个伟大的父亲和美貌的母亲,都在国外度过自己的青少年时代;其次,他们都遭遇父亲被谋杀,王位被篡夺,母亲改嫁凶手的家庭剧变;第三,他们都必须承担大义灭亲、为父报仇的重任,并且为了复仇他们都体验过发疯的痛苦。

古希腊时期和伊丽莎白时期是古典悲剧的两大高峰期,当古希腊和英国的伟大戏剧家把俄瑞斯忒斯和哈姆雷特的故事写成悲剧时,俄瑞斯忒斯和哈姆雷特就成了悲剧世界最著名的英雄人物。没有资料表明莎士比亚曾受到过埃斯库罗斯和欧里庇德斯的影响,但相隔久远的两位王子的境遇竟如此相同,那么姑且存疑而将《哈姆雷特》视为"准俄瑞斯忒斯主题"。对于这个有趣的现象,英国著名的古典学家 G. 墨雷(Gilbert Murray)从原型批评的角度,指出两者的相似源于"遍及全世界的仪式故事"。俄瑞斯忒斯和哈姆雷特的故事都源自于夏冬、生死斗争的原始仪式,只有伟大的戏剧家才能自然地表现出隐藏在原始仪式中的戏剧潜力。对于两者相似之处原因的精辟阐释,可参见墨雷的讲演稿《哈姆雷特与俄瑞斯忒斯》①。

如果说文艺复兴时期,俄瑞斯忒斯的主题并没有向前发展,那么到了新古典主义时期,俄瑞斯忒斯主题又将如何演变?新古典主义以标榜、提倡和仿效古典主义而得名,它以笛卡尔的唯理主义作为自己的哲学基础,提倡人的思维上的理性精神。但这个时期的理性精神与强大的封建专制王权紧密相连,并受制于王权思想,这种人的理性精神与真正古典的以世俗人本意识为基础的理性精神有相同的一面,但更多的是不同。反映在文学上,尤其是戏剧领域,新古典主义的戏剧大多写个人、家庭和国家之间发生利益冲突时,最后的胜利者总是服从于王权或国家利益,所揭示的主题也总是国家和民族的利益高于一切。新古典主义者为了体现"古典

---

① 叶舒宪选编:《神话—原型批评》,西安:陕西师范大学出版社,1987年版,第245—260页。

性”，从题材内容到形式都采用古希腊的，最著名的是他们恪守从亚里士多德《诗学》中推导出的所谓“三一律”。尽管这一时期提倡采用古希腊题材，但经过单一性主题要求和刻板的“三一律”形式的双重筛选，真正能进入戏剧家视野的题材也就所剩无几了。

杀君弑母的俄瑞斯忒斯故事题材没有被拥护王权的、理性至上的新古典主义悲剧家所看好，但一个全新的俄瑞斯忒斯走进了拉辛的《安德洛玛克》。在这部杰出的悲剧中，阿伽门农·俄瑞斯忒斯以希腊盟国的最高使者身份出现。他出使盟国爱庇尔国的任务是杀掉特洛伊人的后代——安德洛玛克与赫克托耳的儿子。但被爱情所困的俄瑞斯忒斯，在心仪已久的斯巴达公主面前，忘记了自己前来此地的任务，却听从公主的命令，杀死了这里的国王皮洛斯。俄瑞斯忒斯最终也没能赢得公主的芳心，她因皮洛斯之死而自杀。面对这种惨剧，俄瑞斯忒斯又一次疯了。在这部悲剧中，拉辛只是借用俄瑞斯忒斯这个人们熟悉的英雄的名字来传达他最钟情的爱情心理主题。俄瑞斯忒斯是情欲与理性相冲突的牺牲品，是拉辛的独创性人物，不属于俄瑞斯忒斯神话故事中的人物范畴，因此拉辛的俄瑞斯忒斯不能进入俄瑞斯忒斯主题。

俄瑞斯忒斯主题在18世纪启蒙时代得到了复兴。这个时代的理性精神既继承了从笛卡尔以来的唯理主义，又关注人的价值和自然本性，是一种闪烁着美好人性的理性精神，内蕴着一种人道的道德理性。“母题和技巧有时代的特征”[①]。18世纪是现代文明秩序开始构建的时期，启蒙思想家充满乐观和自信，他们相信理性，相信人类可以借理性而建立自由、公正、人道的人间秩序。因此，在这个时期，俄瑞斯忒斯主题呈现出一种新的人道主义内化倾向。同时，这一时期的启蒙思想家又与古典主义有着千丝万缕的联系，因此俄瑞斯忒斯主题在美学上又呈现出“单纯性”的审美特征；从本质上说它是对17世纪新古典主义理性的突围，它更接近古希腊文化的精髓。因此，在这个时期古希腊题材备受人们青睐。远古的俄瑞斯忒斯故事题材重新浮出历史的地表，受到人们的特别关注：法国的克雷比荣(1674—1762)，这个当时唯一能与伏尔泰相抗衡的悲剧家著有《厄勒克特拉》(1708)；意大利著名悲剧家阿尔菲耶里(Vittorio Alfieri，1749—1803)创作了《俄瑞斯忒斯》(1778)；德国的文学巨匠歌德(1749—1832)创作了悲剧

---

① 韦勒克、沃伦：《文学理论》，刘象愚等译，北京：生活·读书·新知三联书店，1984年版，第244页。

《伊菲革涅亚在陶里斯》(1786)等。启蒙主义大师借用和改编这个原本充满暴力和仇杀的题材,挖掘出其中所潜藏的人性美因子,呈现出一种新的人道主义倾向,这是启蒙主义者价值观的审美体现。

克雷比荣的《厄勒克特拉》(1708)最先代表着道德的转变。剧中俄瑞斯忒斯竭力避免杀母,甚至几乎想放弃对埃癸斯托斯的复仇。但是他犹疑的行为反而被埃氏怀疑,遭捕入狱。其母克吕泰墨斯特拉则由此悔悟,走向了埃氏的对立面。在这部悲剧中埃癸斯托斯才是真正的罪犯,俄瑞斯忒斯只是在刺杀埃氏的时候不小心误杀了前来劝阻的母亲而犯了弑母罪,这场意外之死促成了母子和解。克雷比荣对俄瑞斯忒斯故事题材的改编,使人道与理性悄悄地占了上风,避免了母子之间的血腥残杀,剧中的克吕泰墨斯特拉是无罪的。阿尔菲耶里用"三一律"的形式创作了《俄瑞斯忒斯》(1778)。这部剧作人物较少、情节简单,主要通过激动人心的对话或简短的独白来表现人物性格,让人物的激情合理地流露出来。阿尔菲耶里在借用俄瑞斯忒斯故事题材时,也进行了类似克雷比荣式的变形:俄瑞斯忒斯并不是故意而是不小心误杀了母亲。在这部剧中埃癸斯托斯成了风情万种的国王,俄瑞斯忒斯忍无可忍地将其杀死,不小心中也杀死了母亲。歌德的《伊菲格涅亚在陶里斯》是对欧里庇得斯同名剧的改编,两剧的外部事件相似,但在歌德的剧中,杀母罪已不再是中心事件,其焦点转变为对启蒙主义者价值观的考验。这些剧作家虽然在题材的选取上有所不同(题材分属于俄瑞斯忒斯故事中不同的两个基本情节),但他们都将新的道德倾向内化到人物性格之中,从而通过恐惧和怜悯使观众得到人性的道德净化。俄瑞斯忒斯主题呈现出明显的启蒙时代特征。

19 世纪是一个诗歌和小说体裁占主流的世纪,除了少数诗人(比如拜伦的长诗《恰尔德·哈洛尔德游记》)零星涉猎俄瑞斯忒斯故事以外,最适合用悲剧体裁来表现的俄瑞斯忒斯主题再度沉寂。沉寂孕育力量,俄瑞斯忒斯主题终于在 20 世纪以井喷之势爆发,迎来了它的繁盛期。从世纪之初到世纪之末,从欧洲本土到美洲大陆、从西方到东方都有人写它:奥地利剧作家霍夫曼斯塔尔的《厄勒克特拉》(1903)、美国剧作家奥尼尔的《悲悼》三部曲(1931)、法国让·吉修杜的《伊菲格涅亚》(1937)、英国 T. S. 艾略特的《全家团聚》(1939),法国萨特的《苍蝇》(1942)、德国豪普特曼的《阿伽门农家族四部曲》(1943)、日本剧作家铃木忠志的《厄勒克特拉》(1996)等等。在整个 20 世纪,俄瑞斯忒斯主题就像陈年的老酒散发出诱人的醇香,吸引了世界各地的戏剧家、诗人和思想家。

两千多年来，俄瑞斯忒斯这个充满永恒魅力的文学主题走过了自己的古典高峰期（古希腊时代）、古典蛰伏期（古罗马到17世纪）、发展期（18世纪）、现代蛰伏期（19世纪）和现代繁盛期（20世纪），形成了两头高、中间低的变形"山"字状路径。在现代，它没有走向枯竭和衰落，而是走向了繁荣，并且一直被现代人关注着。两千多年来，这个主题几经沉浮，到20世纪又一次走向繁盛：以俄瑞斯忒斯故事为题材的现代"希腊悲剧"，无论在数量上还是在质量上都要远远胜过同类悲剧。俄瑞斯忒斯主题为什么会繁荣于古希腊时期和现代社会？

亚里士多德早已看出"悲剧都取才为数不多的家族的故事"，像俄瑞斯忒斯为父报仇杀母、俄狄浦斯杀父娶母、阿尔克迈翁（Alkmaion）遵父嘱杀母、墨勒阿格洛斯（Meleagros）因杀父而被母亲杀死等等。他是这样解释这一现象的："诗人们在寻找题材时，找到这种事件来作情节，并不是由于技术知识，而是出于碰巧；他们至今还是不得不依赖那几个碰巧受过这种苦难的家族。"果真是"碰巧"吗？用他自己在《物理学》中所说的一句话，就可以把他的"碰巧"论完全驳倒，"但当一件事永远那样发生或经常发生的时候，它就不是偶然的，或出于偶然的了"[①]。其实这些"苦难的家族故事"中所包含的古老成分是显而易见的：它们都源自母系氏族，并经历了由母系氏族到父系氏族再到氏族解体的历史过程，这一过程必然充满了激烈的血腥仇杀。所以血缘关系、仇杀关系在当时社会生活中占据着十分重要的位置。古希腊悲剧以这些重大事件作为题材是历史的必然要求。

人类早期苦难的血腥的历史使俄瑞斯忒斯故事进入悲剧，但这只是俄瑞斯忒斯主题形成的外部原因，只是一个契机；它的繁盛，尤其是在现代社会的再次繁荣更得归因于其自身所固有的美学规律。第一，俄瑞斯忒斯主题呈现了一个最重要的主题因素——复仇母题，它主要讲述的是一个复仇故事。复仇能把特定的人物及其之间的关系推向一种极端状态，因而复仇本身就蕴涵了一种剧烈的冲突、一种特定的叙事结构和一种复杂的情感逻辑。因此，复仇故事最容易被叙事类文学所采用。第二，俄瑞斯忒斯复仇对象的特殊性——自己的母亲和当今的国王，决定了这个故事比一般的复仇故事更残酷也更令人震惊。这与自波德莱尔以降，现

---

① 北京大学哲学系外国哲学史教研室编译：《古希腊罗马哲学》，北京：商务印书馆，1982年，第258页。

代艺术家为了超越平庸陈腐的现实而追求一种反常、震惊甚至恐怖的审美体验不谋而合。从波德莱尔的《恶之花》到毕加索的《阿维农少女》,从斯特拉文斯基的《火鸟》到阿尔托的"残酷戏剧"无不充溢着一种对极端情境和极端事物的迷恋,这是一种典型的极端体验倾向,内含着某种个性主义和英雄主义,包蕴着内在的"越轨"冲动和尼采所说的"破坏的快感"。俄瑞斯忒斯主题自身所固有的极端体验正是它备受现代作家青睐的重要原因之一。第三,俄瑞斯忒斯主题的价值多元性使这个主题呈现出开放性和生成性特质。这个主题的多价性首先体现在俄瑞斯忒斯复仇事件的性质上。古典作家埃斯库罗斯和索福克勒斯把俄瑞斯忒斯的复仇基本视为正义之举、是苦难英雄的神圣使命;具有理性精神的作家却把它看作是非正义的。如何描述和体现这种"非正义",给现代作家留下巨大的想象空间。这个主题的多价性还体现在人物形象的歧异性上。俄瑞斯忒斯、厄勒克特拉、克吕泰墨斯特拉和阿伽门农既是有罪者又是无辜者,他们在亲情与职责、理智与情感、惩罚与救赎之间如何进行选择,每一位戏剧家都可以根据自己的审美倾向和价值判断提供一种选择方案。戏剧家们根据自己的想象和选择不停地重新演绎着这个故事,他们的每一次演绎都促成了俄瑞斯忒斯主题新的意义的生成。

俄瑞斯忒斯主题自身所具有的极端审美体验、价值多向性与开放性等特征,与现代文学追求新奇与个性、反对传统、反思现代的现代性精神十分吻合,这也正是俄瑞斯忒斯主题在两千多年后重新繁盛于20世纪的根本原因。俄瑞斯忒斯主题的多价性,尽管在现代主义的男性作家手中已开掘了很多,甚至走向了两个截然相反的极端,但这个主题中有一个事实始终未变——俄瑞斯忒斯最终杀了母亲,无论是有意还是无意。正如亚里士多德曾告诫的:"流传下来的故事(例如克吕泰墨斯特拉死在俄瑞斯忒斯的手中……)不得大加变动。不管诗人是自编情节还是采用流传下来的故事,都要善于处理。"[①]在追求颠覆中心为己任的后现代社会,这个"始终不变的事实"很可能会被边缘的"他者"所颠覆,而皮拉得斯和俄瑞斯忒斯的友谊向着茜莉与莎格的友谊方向发展也是可能的。[②] 两千多年来,俄瑞斯忒斯主题一直与悲剧体裁为伍,这种因袭性的传统也有可能会在后现代社会被打破。所以俄瑞斯忒斯主题在20世纪走过了它的繁

---

① 亚里斯多德:《诗学》,罗念生译,北京:人民文学出版社,2002年版,第79页。

② 茜莉与莎格为美国黑人女作家艾丽丝·沃克(Alice walker,1944—)的代表作《紫色》中的女主人公,她俩的友谊带有同性恋倾向。

盛期后不会马上衰败,它将继续繁荣于后现代社会。

二、浮士德精神的自强与永恒女性的引导

诗剧《浮士德》取材于德国中世纪的民间传说,艺术地再现了诗人歌德的内心感受、精神感奋、思想追求和时代的政治生活等。第一部写主人公浮士德作为一名学识渊博的学者,要探求、解决人类生活的终极意义。从渊博的学问中,特别是书本的死知识,他找不到满足;在魔鬼靡菲斯特帮助下,他追求私欲的享乐而害了别人,使他受了良心严厉的责备,更无从说到满意了。在这两个过程中,浮士德只活动在所谓"小宇宙"——即指狭隘的环境内;第二部写浮士德在所谓"大宇宙",即指广大的社会里的活动。浮士德出现在一个宫廷里,虽然名利双收,但是替没落的封建统治者服务,他仍然感到失落。于是,浮士德便走向古典文化艺术的研究,可是,所谓古典美的生活遗留下来的只能是躯壳、只能是形式,这条路也是走不通的。最后一个阶段,浮士德由于替那个国家平息了内乱,在海边获得了一块封地,他在这里实现他填海开荒的伟大理想。当时浮士德已经百岁,双目失明,仍然操劳不息地指挥工作。在为人而不为己的改造自然的宏伟事业中,他方始感到人类生活的真实意义。浮士德内心怀着无限的愉快和满足死去,灵魂被赶来的天使送入了天堂。这部悲剧内容庞杂、头绪纷繁,幻想、现实、神话、历史交织在一起,主人公在魔鬼靡菲斯特帮助下时而上天、时而入地,故事情节可谓光怪陆离,场面变化叫人眼花缭乱,思想内涵似乎难以捉摸。其实,主人公浮士德对宇宙奥秘和人生意义的探索、对理想和真理的不断追求就是贯穿全剧的红线。

《浮士德》对人类命运的探问和回答都是歌德时代以至今天人类哲学思索的天才成果,浮士德的经历表明:人类的命运既是因果的又是宿命的,既是自主的又是他主的,既是乐观的又是悲观的,最终还是乐观的。在艺术形象上,歌德的浮士德是莎士比亚的哈姆雷特的发展:哈姆雷特只肯定了人的价值,但对于人生的意义、人的作用只是用怀疑哲学的方式提出"存在与不存在"是一个值得考虑的问题,却未予以解决。浮士德则肯定人的作用,认为人生的目的在于行动、在于做出有益于社会的实践。所以浮士德开始就明白说出"泰初有为",即认为通过实践而不断追求真理,最后领悟到人生的真谛;或如剧中所说"智慧的最后结论"是:"人要每天每日去争取生活与自由,才配有自由与生活的享受。"

近两个世纪间,人们只要一提起歌德,自然会想到"浮士德精神"。鲜

明而突出的“浮士德精神”使这部诗剧在众多同一题材的作品中脱颖而出、独树一帜,在世界文学史上占据着难以撼动的历史地位。“浮士德精神”的具体内涵,一直受到歌德研究者乃至普通读者的关注;国内外对此问题的回答,可谓异彩纷呈,但也有较为一致的地方,即:“浮士德精神”代表了西方人的现代精神,“永不满足现状”“不断追求真理”“重视实践和现实”[①]是浮士德性格的内核,也正是理想生命的特质。具体说来,“浮士德精神”就是对现实永不满足、对理想和真理永远不断地追求,在理想与现实的矛盾中不断发展,在追求真理的过程中辨明进取的方向,并不断通过实践来检验真理,克服各种障碍和困难,最终实现人类的自我拯救。歌德具有坚定的启蒙主义的信念,相信人类一旦从中世纪的桎梏中解放出来就能无限地完善;而浮士德就具有永不止息地追求完善的欲望,在他身上“集中了一切伟大的发展倾向”[②],浮士德“所走的荆棘丛生迷路纵横的道路,是人类发展本身的一个缩影”[③]。在歌德笔下,浮士德具有古希腊神话中的英雄西西福斯般的毅力,却又比西西福斯具有更高的理想和自由。浮士德用自己不断的奋斗提出了新时代的人生命题:自由是人的本质,而自由的含义是欲望的永不满足和毫不间歇的追求;没有终极意义上的理想,只有永恒意义上的追求。这充分体现着歌德自身的精神特征;歌德认为:人的“自我的源泉、活力和根本核心仍然是那欲无止境、永葆青春的原始激情”[④]。人靠着这种原始激情,保持着丰富完整的个体;同样,也靠着这种原始激情,个人行为才可能是个不断更新的整体,才可能与社会的行为相一致。它是自我实现的真正动力,而正是在无数个个体的自我实现中,带动了整个人类的进步。近现代西方文化的主流是反对消解情欲的,它追求欲望与理性的和谐发展,并且认为这种追求应该是无限的、无止境的。浮士德精神的出发点就在于寻求生命的最高限值和全部奥秘,即使明知“有限永远不能成为无限的伙伴,也依然要走向生命毁灭的终点”[⑤]。

歌德在浮士德身上实现着关于自由的理想时也揭示了自由的矛盾性,与康德关于人的自由的认识“人是自由的又是不自由的”异曲同工。

---

① 董问樵:《〈浮士德〉研究》,上海:复旦大学出版社,1987年版,第41—45页。

② 卢卡契:《〈浮士德〉研究》,《卢卡契文学论文选》(第一卷),范大灿编选,北京:人民文学出版社,1986年版,第297页。

③ 同上书,第235页。

④ H. M. 卡伦:《艺术与自由》,张义彬译,北京:中国工人出版社,1989年版,第286页。

⑤ 阿尼克斯特:《歌德与〈浮士德〉》,晨曦译,北京:生活·读书·新知三联书店,1986年版,第136页。

从浮士德一生的五个奋斗阶段来看，我们不难发现，浮士德的意义蕴含在他对自我的否定中：凭着他那不安的激情，他从经院书斋中走出，投身到火热的现实生活中。他先是否定了死气沉沉的书本知识，意识到人生意义在书斋之外、在自由的求索中；接着他便在品尝爱情的醇美中酿出苦酒；他有政治抱负，却为腐朽的封建王朝服务；他狂热地追求古典美，结出的硕果却早早夭折；他要建立赫赫功勋，却把对自然的征服建立在非人道的基础上。浮士德一生五次奋斗都以悲剧告终，但是他的不断否定与不断进取，表现的正是人的追求与发展的必然过程。浮士德的经历表明：人类总是给自己提出难以企及的高尚目标，而每向这目标靠近一步，人类都要以自己的错误甚至牺牲为代价；这种庄严的悲剧性，决定了人类进步的道路曲折而又漫长，决定了人类必须一刻不停地努力向上。启蒙主义者提倡用理性去提高人的道德水准，对人类前景怀有乐观的信念，试图培养人自身的完整及人与环境的和谐；为实现这一理想，人类不可避免地要经历苦闷、彷徨，人类正是通过对自我的一次次否定，才最终实现了对自身的超越。浮士德一生经过了知识悲剧、爱情悲剧、政治悲剧、美的悲剧及事业悲剧，他在不断否定旧我的过程中确立新的自我，从而使他的生命具有存在的意义。浮士德虽然经历了一次次失败，但是他的理想却始终没有幻灭；虽然他的理想超出他的实践能力使他成为一个悲剧人物，但是在他的悲剧里面却充满着鲜明的乐观主义色彩；他对自我的一次次否定成为追求新目标的起点，他的追求和努力最终使他的灵魂获得了拯救。歌德说："浮士德身上有一种活力，使他日益高尚化和纯洁化，到临死，他就获得了上界永恒之爱的拯救。"[①]歌德所说的浮士德身上有一种"活力"就是后人一再研修参详的"浮士德精神"。浮士德惊心动魄的一生并不旨在表明生命是一个毫无意义的循环，而是要宣告生命应在超越中获得升华；不旨在表明生命的行为是外在力量压迫下的无赖的选择，而是要宣告内在的灵与肉的需求才是生命之水奔涌向前的原动力。

浮士德的不满、骚动、欲求与五个奋斗的悲剧同时也构成了深层的隐喻和象征，它展示的是人类历史的发展现状与永恒的二律背反规律。人类正是因为具有那种出于本能的原始激情，具有那种虽是盲动却始终坚持不懈的努力，才使进步与发展成为可能；人生的意义并不完全体现于善本身，还在于趋向善的过程和行为。浮士德在现世生活的大海中畅游，痛

---

① 歌德：《歌德谈话录》，朱光潜译，北京：人民文学出版社，1978年版，第244页。

饮生活美酒,遍尝人生的酸甜苦辣,历经无数种欲望的满足、造善的初始、罪恶的滋生、成就与荣誉的获得等。这里既不是至善的天堂,也不是至恶的地狱,而是包容了这两种属性的多极世界;浮士德身上兼有双重人格,他把天帝的意志与魔鬼的品行融为一身,天帝所代表的善和魔鬼所代表的恶一同发挥作用。由此,也引出了西方文学中那个有名的"浮士德难题":怎样使个人欲望的自由发展同接受社会和个人道德所必需的控制和约束协调一致起来,即怎样谋取个人幸福而不出卖个人的灵魂?从哲学上讲,就是康德所探讨的"自然欲求与道德律令"之间的矛盾。康德认为,道德必须脱离人的动物本能(去苦求乐)而诉诸超人性的纯粹理性;在他看来,道德与情欲的冲突是绝对的,而道德的崇高是在扼制人的情欲中实现的。浮士德面临的正是这种两难心态,即"紧贴凡尘的爱欲"与"先人的灵境"之矛盾,而他的追求就是实现两者结合的"新鲜而绚烂的生命"。然而,这种两难境地往往预示着探索的结局可能是一无所获。歌德能够意识到把握宇宙并非易事、实现自我超越何其艰难。

如果说"哈姆雷特式的忧郁"是个体独立意识刚甦醒并意识到自身的软弱的标记,那么"浮士德难题"则是对人类刚走向成熟时对情感与理智、自然欲望与精神追求、个人发展与社会改造等矛盾的严峻思考。浮士德是人类精神困境的完美阐释者与体现者,作者安排他在双目失明后实现理想、体验了满足感,说明歌德清楚人类存在的困境、清楚睁开双眼的浮士德或者清醒着的人类并未找到解决自己存在悖论的办法。人类一直在希冀以有限抗衡无限,于是产生了痛苦,也激发了创造力;就个体而言,这种反抗是失败的,就整体而言则仍在继续。《浮士德》的这种悲剧意识反映了歌德的深刻,也反映了不断进取的奋斗者们共同的历史命运。浮士德的悲剧是由于其性格所致。浮士德经过所有失败之后,不断重新开始,又不断跌落下去,直到最后又重新抬头。这只有在无限中才能实现,他被魔法在有限中带到他自己必须占有的一切东西,但又必须越过这一切。然而持久的东西他不想要,也不能要。这基于他的悲剧性的天性,因为他不可以停留,尽管他想要停留,他自己不能完成他想要完成的东西。他向前的渴望,越过任何停顿,而不顾一切,向前直奔,于是他失去安宁,生活中屡犯过错,而展望将来,只有在憧憬中的一瞬间,才达到与宇宙一致。[①]《浮士德》的丰富与复杂使其成为一部"说不尽"的作品,人们可以从不同

---

① 董问樵:《〈浮士德〉研究》,上海:复旦大学出版社,1987年版,第173页。

角度对它做出新的解释以获得新的启示。

对真善美不屈不挠的追求是《浮士德》中所体现的“浮士德精神”，它概括了从文艺复兴到启蒙运动的西方近代精神历程，构成了西方人文主义精神的传统；而“浮士德难题”所体现的歌德对这种追求的悲剧性预感和对人类存在悖论的隐忧，则使《浮士德》穿越西方人文主义传统、超越启蒙时代形成了一种非常可贵的现代洞察和现代反省。从根本上说，浮士德是积极、善良、肯定的化身，但在其进取的路上，他也常常流露出对追求本身的怀疑。浮士德的所有行为，其实质是指向一个终极目的，包蕴着形而上的追求，但是他却在追求的中途从太阳得到启示：目标是不可及的，生命不可能趋向目标，人生本是在目标引领下的反复与回旋。这种感受在现代主义文学中比比皆是，卡夫卡的“K”们就是代表。启蒙主义的中心命题是对人自身力量、自我价值的信任，而20世纪的失落正是从对人自身的失望开始的，歌德通过浮士德与魔鬼签约时说的“我从前把我自己吹得过分，/我其实只能和你（指靡菲斯特）品衡”将“人”降到了“魔”，几乎预先宣告了现代主义对人文传统的颠覆；并且让两者联手入世，通过浮士德的嘴玩世不恭地喊出了：“让我在那感官世界的深处，/疗慰我这燃烧着的一片热情！”颇像20世纪着意破坏传统、挑战道德的“垮掉的一代”的言行。以启蒙理性为支撑的“浮士德精神”，虽然根子上有一种对永恒的向往和追求，但是又常常表现出深深的迷茫；与魔鬼签约，表明了浮士德对自己的彻底否定和对人生的无奈——生也有涯而永恒无边。

魔鬼靡菲斯特虽然是作为至善的对立面出现的，但是他却常常语出惊人，代表了洞察宇宙奥秘、尽知一切枉然的冷酷与真实，歌德通过他传达出一种非常可贵的现代洞察和现代反省。单从开篇他和上帝打赌来看，其必胜的把握就是建立在对人本身、对世界的绝对否定上。在他看来，人不过是“长足的阜虫”，人世间只有“苦厄”和“古怪”；而且他认定这种状态即使是上帝也无法改变。这种对人生和世界的根本认识，几乎与20世纪现代主义文学的见解如出一辙；卡夫卡作品中的变形、荒诞派戏剧中人类的猥琐和丑陋等几乎就是这种认识的细节注解。靡菲斯特以一种完全独立于启蒙主义者之外的视角，审视和评判所谓的“启蒙理性”和“人性力量”：当纵观社会时，他说“强权就是公理”；当俯察生存时，他说“人总是盲目的”；当洞察人性时，他说“神明把自己放在永恒的光中，/把我们恶魔放在暗窖，/你们人呢，是一明一暗的相交”。当浮士德陷入困境无力自拔时，靡菲斯特以其强悍、凶险的行动推动浮士德前进，这个“否定的精灵"每每成为关键时刻的创生动力。"对浮士德来说,靡菲斯特是不能撇开的同伴,他挫败他的自我而同时又用意志来煽动他的激情之火。他把自己称为生命疾患的痛苦医师,本质上就是一种灾难的存在救星,是产生光明和所有事物并给这些事物带来非存在宁静的原始罪恶的一部分;是'不可理解的力量的一部分,它总是欲恶而从善'。"[①]然而,特别有意味的是,作为人类的象征、上帝所肯定的浮士德却总是"欲善而从恶"。无论对人类整个生存的蔑视、否定,还是显示人性本身的缺陷与不完满,都是现代主义在20世纪的深切感受。歌德笔下的靡菲斯特,富有力度地立足于生存之上,以自己的强力全面、彻底地将人类的生存玩弄于股掌,成为20世纪现代主义文学中常见的、人类难以把握的"存在"或"造化"的化身。歌德在他四面开拓的漫长生涯中,在他作为大臣与诗人的夹缝中,在他沉稳的风范与激荡不羁的心灵冲突中,在他极力赞叹"浮士德精神"的同时,竟然创造出一个靡菲斯特,以之与20世纪遥遥相通,显示了一种卓越高超的洞察力。

剧中女性甘泪卿没有过人的聪颖和才智,却富有无私的奉献精神,是作者心目中的理想女性。她天真纯朴而又美丽善良,在与浮士德相遇后不久,甘泪卿全然不计后果地献身于爱情,给自身带来了一连串的灾难:为了与浮士德幽会而不让母亲知道,她用了过量的安眠药,致使母亲中毒而亡;哥哥华伦亭也是为了她,在与浮士德的决斗中丧生;为了避免更多的羞辱降临,她溺死了自己与浮士德的私生婴儿,又被关进死牢。当浮士德奔赴监狱营救她时,甘泪卿在种种巨大的精神刺激下,神智已处于半错乱状态,这个"无罪的罪人"(卢卡契语)因爱情的无望而拒绝逃走、甘愿领死,一心忏悔自己的罪行,最后得到上天的赦免。甘泪卿的形象在歌德笔下充满了抒情色彩,作家不无用意地让她唱出了忠贞爱情的颂歌"图勒王"、坐在纺车前的动人心弦的诉情曲(即著名的"纺车旁的甘泪卿")以及对圣母满怀激情的祈求。悲剧的最后一场更是悲酸凄婉、回肠荡气:甘泪卿神智错乱的呓语揭示了她极为纯洁的灵魂的全部悲剧所在,惊心动魄,催人泪下。"造成她的罪行的是她善良的痴心!"[②]连浮士德都深深懂得:甘泪卿对他的爱情(即"善良的痴心")造成了她如今凄惨的结局。最后,浮士德跟着靡菲斯特离去时,甘泪卿呼喊出充满感情、恳求、警告、叮嘱的

---

① H. M. 卡伦:《艺术与自由》,张义彬译,北京:中国工人出版社,1989年版,第401页。

② Goethe, *Faust*, kommentiert von erich trunz, München: C. H. Beck Verlag, 1994, V. 4408.

微弱的“亨利！亨利！”(即浮士德的名)。她的两声令人心肺俱裂的“亨利！”表达了甘泪卿对浮士德依依不舍的恋情和凄凄惨惨的诀别，是她临死前对浮士德最后的劝告和叮嘱：“亨利！你要警惕，你的伙伴(即靡菲斯特)要引你毁灭！”表达了甘泪卿对浮士德前途的担心，要浮士德珍重与自爱，不要堕落沉沦的恳求，表达了甘泪卿对在靡菲斯特伴随下浮士德前程的恐惧。第一部最后一场的最后这两句“亨利！”和《浮士德》第二部最后一场的最后两句诗：“永恒的女性/引导我们前进！”(意即：女性的爱使人奋发向前)遥相对照，达到了内容上的统一和结构上的呼应。甘泪卿这位“永恒的女性”充满恳切和感情的警告从此将引导浮士德的一生前进。歌德以莫大的内在激情、真实的情感窥探着受伤害女人的心灵，创作了世界文学中震颤人心的悲剧。

《浮士德》是一个寓言，写出了人类理性的一种普遍的“悲剧性”宿命：人类由于拥有理性而永远不会像动物一样满足于现实，一方面人类的追求永无止境，一切都不过是有始无终，未来总是一种幻想和不可言说之境，因此追求之人必然感到孤独和忧伤；另一方面人类既渴望向善飞升又永远受物质世界牵引，既拒绝靡菲斯特又接受靡菲斯特，因此每一次追求又总与自身内部的“恶魔”相伴，每一次超越都不过是唤起更高的追求。面对这样一种“贪得无厌”、有加无已的悲剧性理性，歌德笔下的浮士德义无反顾、大胆进取、乐享人生，体现了一种无限开放的性格和积极健康的人格。浮士德精神并不能证明他会在除旧布新的人生探索中愈来愈从善如流、摆脱遗憾进入辉煌，浮士德是人类精神世界的一种写照：既乐观又迷茫，既冲动又沉着，既肯定又神秘。所以歌德的《浮士德》既是对“浮士德精神”的颂歌，也是对浮士德式追求的反思；既是对人的自信，也是对人的怀疑；既是对现实生活的肯定，更是对理想生活的呼唤。① 如果说浮士德对真善美不屈不挠的追求构成了西方人文主义精神的传统性，蕴含了一种时代意义，那么歌德本人对这种古典精神的俯视和超越则形成一种现代洞察，使《浮士德》具备了诸多现代甚至后现代的气息；这两种价值视角的交叉贯穿，形成了《浮士德》宏阔的生命空间和深邃的生命时间，显示出一种永恒的生命之光和艺术魅力。②

① 潘一禾：《故事与解释——世界文学经典通论》，上海：学林出版社，2000年版，第203—204页。

② 傅守祥：《启蒙精神的高度与限度——试论理性悲剧〈浮士德〉的启示意义》，《思想战线》，2004年第2期。

三、米里哀精神的德厚与向善迈进的心灵

维克多-马里·雨果(Victor-Marie Hugo,1802—1885)是法国浪漫主义文学杰出的领袖和导师,更是世界文学史上第一流的文学巨匠,被称为“法兰西的莎士比亚”。他那鸿篇巨制的小说创作、思如泉涌的诗歌珍品、激情横溢的浪漫戏剧和洋洋洒洒的理论雄文,把一代浪漫主义文学艺术推向了新的高峰。

雨果的代表小说《悲惨世界》(*Les Misérables*,1862)“有托尔斯泰的《战争与和平》那样伟大的气魄,那样多方面的生活描写,那样多的篇幅”[①],是法兰西文学王冠上一颗耀眼的明珠。小说共分五部,冉阿让一生的经历贯穿全书;作品从他出狱之日写起,一直追溯到他入狱的1796年,往下涉及1832年的巴黎街垒战。小说人物活动的背景相当广阔,包括拿破仑当政、波旁王朝和七月王朝三个时代。作品对贫苦人民的不幸遭遇表示深切同情,对当时的社会进行了揭露和控诉。主人公冉阿让被监禁19年并为社会所不容,起始原因是他打碎橱窗玻璃偷了一块面包给饥饿的外甥们吃;芳汀本是个天真善良的姑娘,被巴黎浮浪男子诱骗后有了私生女,她不仅受到房东、店主的诈骗,还受到所谓绅士的欺凌,为了养活唯一的女儿,她不得不出卖自己的金发、门牙乃至肉体,最终含恨而死;小珂赛特悲惨的童年遭遇更令人同情。雨果在作品的序言中说:“只要法律和习俗所造成的社会压迫还存在一天,在文明鼎盛时期人为地把人间变成地狱并使人类与生俱来的幸运遭遇不可避免的灾祸;只要本世纪的三个问题——贫穷使男子潦倒,饥饿使妇女堕落,黑暗使儿童羸弱——还得不到解决;只要在某些地区还可能发生社会的毒害,换句话说同时也是从更广的意义来说,只要这世界上还有愚昧和困苦,那么,和本书同一性质的作品都不会是无用的。”这些话道出了造成这个悲惨世界的根本原因。雨果认为,在文明鼎盛时期造成了地狱般生活和人民苦难的根源在于社会压迫,尤其是法律的不公道;世俗的偏见与社会的不平等是造成犯罪的真正原因。小说通过米里哀主教和冉阿让宣扬了以“仁爱”“慈善”为核心的人道主义理想,歌颂了光明战胜黑暗的伟大力量。雨果认为,只有像米里哀主教那样以德报怨才能淳化人心,才能最终消除社会弊病;米里哀不仅把冉阿让感化成为一个济困扶危、乐善好施的人,而且通过冉阿让

---

① 茅盾:《世界文学名著杂谈》,天津:百花文艺出版社,1980年版,第170页。

的仁慈感动了顽固的警探沙威，证明人间法律必定服膺于上天的正义。小说还通过滑铁卢战役和1832年的巴黎街垒战探讨了人道主义与战争暴力的关系。小说将真实刻画与大胆想象相结合，具有十分鲜明的浪漫主义特色；其史诗般的叙述风格与高昂、激烈、热情的语言格调，再加上强烈的政论性，共同构成《悲惨世界》丰富多彩的艺术空间。

雨果说："生活有两种，一种是暂时的，一种是不朽的；一种是尘世的，一种是天国的。它还向人指出，就如同他的命运一样，人也是二元的，在他身上，有一种兽性，也有一种灵性，有灵魂，也有肉体。"①在雨果看来，一个人身上同时寄寓着黑暗和光明，黑暗属于尘世、光明属于天国；雨果坚信人的光明面可以战胜黑暗面，一个人如此，一个社会也如此。他对人的这种信念，表现为人性思想和人道主义，对社会的这种信念则化为乌托邦社会理想。

在《悲惨世界》里，人性中的黑暗面转化为光明面是主人公冉阿让一生最重要的界标。这个本性善良的农民，因为偷了一块面包便身陷囹圄19年，即使被释放仍不见容于社会；社会地位不平等、分配不公正、审判不公允、处罚不得当以及习俗陈见结合在一起，促使他犯罪又促使他仇视一切人。恶意报复社会的冉阿让身上主要体现出"兽性"，他的灵魂浸没在黑暗中，是米里哀主教的"仁慈"与"博爱"感化了他，使他恢复被遮蔽的人性、开始改恶从善。冉阿让的转变体现了一个人心灵中光明与黑暗的生死搏斗。偷走银器后被抓回来的冉阿让，面对米里哀主教的巧言掩护和一对银烛台的加赠，感受到了"仁慈"和"宽容"的善的力量，灵魂受到空前的震慑，使本已决心作恶到底的他深感不安；经历了侵吞小孩40铜子的反复后，米里哀精神终于在他身上取得了决定性的胜利，从此冉阿让义无反顾地将这种精神发扬并传承了下去，成为一个维护人的尊严、追求博爱和理想、善良宽厚甚至具有舍己救人的牺牲精神的人间"天使"与"正道的化身"。雨果认为，整个世界是美与丑、善与恶、真与伪、光明与黑暗的搏斗场，但是他深信善能胜恶、人性能够汰除污秽而不断地自我完善。

《悲惨世界》里的人道主义精神不仅体现在"善能胜恶"上，更凝聚在"爱能消恨"方面。雨果认为，人与人之间应该具有一种纯朴的爱惜、同情、怜悯的"心灵关系"，即"恻隐之心"；在他看来，被侮辱和被损害的人只

---

① 雨果：《〈克伦威尔〉序》，《雨果论文学》，柳鸣九译，上海：上海译文出版社，1980年版，第26页。

要得到怜悯和同情、得到爱的滋润,生命力便会旺盛、灵魂便能得救。出于对外甥们的真爱,冉阿让才在无奈之下偷了面包;但长期无情的苦役生活扼杀了他的爱心,是米里哀主教的嘉言懿行消除了他积聚的仇恨、重新点燃起他心中早已熄灭了的爱,使他从一个善心汩没的恶棍变成了择善而从的正派人。米里哀主教的博爱精神传递到他身上,使他也成为爱的源泉,并促使他将这种同善结伴而生的爱施于芳汀、割风以及他工厂里的工人们身上;成为海滨小城蒙特猗的市长后,又广施厚爱于市民身上,营造了一个理想的"蒙特猗乐土"。在解救和抚养珂赛特的过程中,爱逐渐上升为冉阿让生命的第一需要。他与珂赛特的父女之爱净化了他的灵魂,充实了他的生活内容,使他的善行有了物质力量,推动他坚定地走完为善的道路。在冉阿让性格发展的阶梯上,起点是苦役犯,然后是"感悟向善"的慈善家马德兰市长——高尚的逃犯冉阿让——慈爱的"割风"老爹,终点是真善美的极致、超凡出世的圣人冉阿让。在《悲惨世界》里,雨果用一节的篇幅和诗一般的语言阐明了爱的真谛,他认为爱是同高贵与伟大相联系的,爱就是心灵的火炬,"人间如果没有爱,太阳也会灭";一个人心中有了爱,任何邪恶都不能滋生。雨果阐明的这种爱是浪漫主义的至上之爱、理想之爱,他正是把这种爱赋予了小说人物。因此,冉阿让与珂赛特的父女之爱,珂赛特与马吕斯的男女之爱,都具有更广阔的意义空间。起义领袖安灼拉曾在街垒上向即将赴难的战士们说:"爱,你就是未来。"这句话代表了作家对爱的最明确的概括:对爱的追求就是对未来的追求,就是对光明的追求。

警探沙威的放人与自杀,也许是最能体现"爱能消恨"的仁爱万能的事例。作为法权的盲目信徒和忠实执行者,沙威顽固地追捕冉阿让;但是事实告诉他,法律冤判了冉阿让,这个他向来视为下贱的囚犯原来是一个圣人,就连自己的苟活竟也出于这个敌手的宽容。以德报怨的善良与无私无畏的爱心使人性僵化的沙威幡然悔悟,他被迫承认指向天国的人性之爱而背离了现世法律;良心的苏醒促使他放人,而动摇了的信仰又无法叫他释怀,他只好选择自杀。雨果在描述沙威残酷的正直时,一再将其比作"岩石"或"花岗石",但在仁爱面前,它们还是熔化了。雨果并没有不切实际地期望彻底消除黑暗,他在小说中说:"减少黑暗中的人数,增加光明中的人数,这就是目的。"因此,雨果的人道主义思想中含有理性的成分。小说里那个恶贯满盈、以怨报德却死不悔改的德纳第就代表了作家的现实判断与理性思维。在雨果看来,社会的法律只惩罚那些表面的犯罪,人民的起义也只变更了朝代，因此他主张“既不要专政主义，也不要恐怖主义。我们要的是舒徐上升的进步”。受圣西门、傅立叶等空想社会主义者反对法国大革命的暴力行动、认为暴力革命使文明制度的社会沦于野蛮状态的影响，雨果认为人民的反抗并不是敌对力量的冲突，而仅仅是一种“朝着理想境界前进的骚动”，一种预示着到达未来天堂的赎罪性的献祭。

雨果是一个把精神救赎看得至关重要的人道主义作家。巴尔扎克或许对冉阿让发迹的方式很感兴趣，但雨果并不去描写人们激烈的征服，而是断然宣布了人的突如其来的变化；雨果并不强调主人公的社会成功，而是着重描述主人公的精神得救，所以在他笔下，人的心灵向善迈进的史诗取代了社会前进的故事。雨果并不致力于描绘世人对物质财富的攫取，而是竭力描写黑暗世界中的光明的种种化身；雨果的小说不像巴尔扎克的作品那样描写具体现实事物，而是倾向表现精神价值的史诗。《悲惨世界》表现了“从恶到善，从非正义到正义，从假到真，从渴望到觉醒，从腐朽到生命，从兽性到责任，从地狱到上天，从虚无到天主”的精神进化。[①]

对雨果而言，艺术家的职责不是描述或记录生活，而是像上帝一样去创造这个世界，让这个活着的世界洋溢着清新、自由、高尚、圣洁的空气和阳光，所以他不是用笔去模仿现实，而是用想象力、用激情和理想在梦幻般的情景中创造一切。雨果本质上是一个浪漫主义作家，《悲惨世界》中的现实主义成分虽然比较多，但艺术风格上总体属于浪漫主义；因为他是“为使人相信十足的浪漫主义故事而采用了巴尔扎克的创作手法”[②]，从而把变幻莫测的浪漫主义的跌宕起伏的故事情节放在了社会底层，尽管冉阿让、芳汀和小珂赛特的悲惨经历以及滑铁卢战役、巴黎街垒战斗等都有厚实的生活基础。雨果的小说是人道主义的经典教材，是浪漫主义精神的集中体现，更是将浪漫主义与现实主义进行某种结合的最初尝试。

《悲惨世界》是一面人生的三棱镜，它使这世界上的人和事或多或少、不同程度地变了形。理想夸张的性格形象，在《悲惨世界》里比比皆是。譬如冉阿让理想的天赋——非凡的品性、非凡的才智、非凡的臂力和非凡的勇气；像苦行者一样严于律己，又有普罗米修斯式的坚韧和仁慈；他既有“直登陡壁”、独自顶住倾塌屋柱的奇特本领，又能改变整个蒙特猗社会

① 皮埃尔·布吕奈尔等：《19世纪法国文学史》，郑克鲁等译，上海：上海人民出版社，1997年版，第90页。

② 米歇尔·莱蒙：《法国现代小说史》，徐知免、杨剑译，上海：上海译文出版社，1995年版，第109页。

的风俗面貌。米里哀主教、珂赛特、马吕斯、安灼拉、芳汀、伽弗洛什、马白夫、彭眉胥男爵等都具有类似这样的不可思议的理想个性。通过这些理想形象,雨果试图说明人性世界的精神进化:恶人感悟从善而变成好人;好人净化陶冶,道德纯化、灵魂超生,臻于完人。《悲惨世界》中善的形象极尽理想,恶的性格也着意夸张。德纳第夫妇就是恶的化身,他们一生作恶、一恶到底;尤其是德纳第,他集人间虚伪阴恨之大成,其嘴脸的丑恶、行径的卑污世间难找。此外,像维持"世道人心"的刁钻婆维克杜尼昂夫人、咖啡店门口寻开心的绅士、拔去芳汀门牙的江湖郎中等都属于这类滑稽丑怪的魔鬼形象。通过这些漫画式的人物,雨果试图表达他对现实社会的清醒判断。

《悲惨世界》是时代的作品,更是精神的总和;它反映了19世纪上半叶法国社会的丑陋与偏见,表现了人世的苦难与悲哀,更阐明了光明战胜黑暗的信心和对未来的希望。《悲惨世界》既有对战争暴力的全景式描绘,对家庭生活与风俗场景的工笔写照,又有对人物内心的斗争与变化的细致刻画,这一切带给小说以包罗万象的瑰奇雄伟的气势。

第二节 千人千面的诠释体验

文学经典像自然科学、社会科学的经典一样,都具有原创性,这是一切经典不可或缺的共性,也是它们的第一品格。但是,文学经典还具有既不同于自然科学也不同于某些社会科学的独特品格。众所周知歌德的那句名言"说不尽的莎士比亚",其实不仅是莎士比亚,古往今来所有文学大家都"说不尽"。可以说,"说不尽"既是文学经典的独特品格,也是国内外过去和现在的作家与批评家对它的一种共识。[①] 同时,正因为有了"说不尽"的伟大作家和不朽作品,才更加需要后世读者的"重读"和"重评",藉此寻获更多的启示。

美国学者哈罗德·布鲁姆曾提出一项测试经典的"屡试不爽"的古老方法——"不能让人重读的作品算不上经典"[②]。作为一位伟大的作家、天才的鉴赏家,意大利人卡尔维诺对于经典作品提出过三个类似的定义:

① 吴元迈:《也谈文学经典》,《文艺报》,2010年4月19日。

② 哈罗德·布鲁姆:《西方正典:伟大作家和不朽作品》,江宁康译,南京:译林出版社,2005年版,第21页。

其一,一部经典作品是一本每次重读都好像初读那样带来发现的书;其二,一部经典作品是一本即使我们初读也好像是在重温我们以前读过的东西的书;其三,一部经典作品是一本永不会耗尽它要向读者说的一切东西。[①] 换言之,中外文学经典之所以成为经典,是因为它们确有常读常新、散发永久魅力的一面,是那种从来不会耗尽它所要诉说的东西,同时又深深扎根在滋润和养育我们的文化传统中,使我们觉得它们独特、新颖和意想不到;它们对读过并喜爱它们的人构成一种宝贵的经验,对那些等到享受它们的最佳状态来临时才阅读它们的人,它们也仍然是一种丰富的经验。因此,要"更好地理解"这些经典,既需要专业读者的系统诠释也需要普通读者的个体体验。

作为专业读者的系统诠释,西方解释学[②]经历了神学和法学解释学、语文解释学和哲学解释学三个发展阶段,大体上分为独断型诠释学和探究型诠释学两种类型。独断型诠释学"认为作品的意义是永远固定不变和唯一的所谓客观主义的诠释学态度,按照这种态度,作品的意义只是作者的意图,我们解释作品的意义,只是发现作者的意图。作品的意义是一义性,因为作者的意图是固定不变的和唯一的。我们不断对作品进行解释,就是不断趋近作者的唯一意图"。其主要代表人物是施莱尔马赫,理解和解释的方法就是重构或复制作者的意图,而理解的本质就是"更好理解(besserverstehen),因为我们不断地趋近作者的原意"。探究型诠释学"认为作品的意义只是构成物(Gebilde)的所谓历史主义的诠释学态度,按照这种态度,作品的意义并不是作者的意图,而是作品所说的事情本身(Sachenselbst),即它的真理内容,而这种真理内容随着不同时代和不同人的理解而不断进行改变。作品的真正意义并不存在于作品本身之中,而是存在于它的不断再现和解释中。我们理解作品的意义,光发现作品的意义是不够的,还需要发明。对作品意义的理解,或者说,作品的意义构成物,永远具有一种不断向未来开放的结构"。其主要代表人物是伽达默尔,"理解和解释的方法是过去与现在的中介,或者说,作者视域与解释

---

① 伊塔洛·卡尔维诺:《为什么读经典》,黄灿然、李桂蜜译,南京:译林出版社,2006年版,第2—5页。

② 解释学(国内学术界又译作"诠释学""阐释学"和"释义学")在西方来源于神学家对《圣经》的理解和解释,但作为一种理论和方法则诞生于西方近代。进入20世纪中期以后,以德国著名的美学家伽达默尔为代表的现代解释学异军突起,迅速成为西方当代美学和文艺理论批评的一种重要流派。

者视域的融合,理解的本质不是更好理解,而是‘不同理解’(Andersverstehen)”[①]。

西方解释学中的“视域”,或可称为身处历史传统中的解释者“前识”或“前理解”。海德格尔在讨论经典解释时指出:“把某某东西作为某某东西加以理解,这在本质上是通过先行具有的、先行视见与先行掌握来起作用的。解释从来不是对先行给定的东西所作的无前提的把握。准确的经典注疏可以拿来当作解释的一种特殊的具体化,它固然喜欢援引‘有典可稽’的东西,然而最先的‘有典可稽’的东西,原不过是解释者的不言而喻、无可争议的先入之见。任何解释工作之初必然有这种先入之见。”[②]伽达默尔说:“一切诠释学条件中作为首要的条件总是前理解,这种前理解来自于同一的事情相关联的存在。正是这种前理解规定了什么可以作为统一的意义被实现,并从而规定了对完全性的先把握的应用。”[③]海德格尔和伽达默尔的“前见”或“前理解”,是已形成的思维方式、知识结构和判断力。“实际上前见就是一种判断,它是在一切对于事物具有决定性作用的要素被最后考察之前被给予的。”[④]

按照西方解释学,理解与解释既不是文本意义的复制和再现,也不是解释者的自我理解。换言之,文本的意义固然重要,它规定了解释者理解和解释的向度,但它不是固定的、唯一的,理解与解释不完全取决于文本。而解释者的“前见”或“前理解”是理解和解释的前提,若没有这样一个前提,理解和解释就不会发生。但若过分凸显解释者“前见”和“前理解”的作用,认为任何理解与解释皆依赖“前见”和“前理解”,忽略了文本在解释中的意义,把解释仅仅局限于解释者的心理活动和创造行为,这种解释必然流于虚空。简言之,解释是解释者与文本、历史与现实、客观与主观视域的融合。伽达默尔指出:“每一时代都必须按照它自己的方式来理解历史留传下来的本文,因为这本文是属于整个传统的一部分,而每一时代则是对这整个传统有一种实际的兴趣,并试图在这传统中理解自身。当某个本文对解释者产生兴趣时,该文本的真实意义并不依赖于作者及其最初的读者所表现的偶然性。至少这种意义不完全从这里得到的。因为这

① 洪汉鼎:《何谓诠释学》,《理解与解释:诠释学经典文选》,北京:东方出版社,2006年版,第18—19页。

② 马丁·海德格尔:《存在与时间》,北京:生活·读书·新知三联书店,2012年版,第176页。

③ 汉斯-格奥尔格·伽达默尔:《真理与方法》,洪汉鼎译,上海:上海译文出版社,2004年版,第378页。

④ 同上书,第347页。

种意义总是同时由解释者的历史处境所规定的,因而也是由整个客观的历史进程所规定的。"[①]按照伽达默尔的解释,文本是客观的,也是历史留下的。而解释者的"前见"和"前理解"是现实的,却又是基于历史传统形成的。当解释发生时,历史与现实、主观与客观、解释者与文本相互交感,形成一种新的视域。"如果没有过去,现在的视域就根本不能形成……理解其实总是这样一些被误认为是独自存在的视域的融合过程……在传统支配下,这样一种融合过程是经常出现的,因为旧的东西和新的东西在这里总是不断地结合成某种更富有生气的有效的东西,而一般来说这两者彼此之间无需要有明确的突出关系。"[②]

如今,西方现代解释学的许多成果和方法被大量运用和融汇于文学研究,形成了相对有效的文学解释学。[③] 譬如基于文学解释学的"语境"说就在一定程度上弥合了文学解读与阐释中的"内部研究"和"外部研究"之间的分歧。文学的"内部研究"强调文学审美特性,"外部研究"重视文学文本中隐藏的意识形态,二者的对立可以说是审美性与意识形态的对立。要解决文学研究的"钟摆"现象,必须解决审美与意识形态之间的对立。文学语境的虚拟性使它自身得以与文学外部的文化语境相疏离,是它们之间产生一种奇特的距离感;文学语境的审美性使得它与文学内部研究保持本质性的联系。文学语境作为介于文学内部语境和文学外部文化语境之间的特殊场域,使得文学内外有机地衔接起来。[④] 当然,对于伽达默尔提出的"理解就不只是一种复制的行为,而始终是一种创造性的行为"[⑤]的现代阐释学理论的最好的现实回应,也许是所谓的"一千个观众,就有一千个哈姆雷特"的阅读史奇迹。对文学经典的任何诠释可能都属于一家之言,但只要这种诠释是圆融无碍、自圆其说的就有可取之处;驳杂而充满张力的诠释,也许正对应了文学经典充满想象力的语义空间和

---

① 汉斯-格奥尔格·伽达默尔:《真理与方法》,洪汉鼎译,上海:上海译文出版社,2004 年版,第 380 页。

② 同上书,第 393 页。

③ 譬如,金元浦的专著《文学解释学》(东北师范大学出版社,1997 年版)不仅对西方阐释学及相关的现象学、交流理论、接受美学理解透彻,多有创见,而且尤为可贵的是,它还广泛调用中国古代文化与文论中与解释学思想相通的、可资利用的资源,并在此基础上融通中西,力图建构中国自己的文学解释学。作者对于文学解释学的一系列重大问题,如语言论转向问题、文学活动中的对话与交流问题、主体间性问题、阅读进入本体问题、文学作品的空白与未定性问题、阅读活动中的游移视点、接受度与视野变化问题等,都做了深入细致的、富有创见的分析阐述。

④ 徐杰:《文学内部和外部研究的"断裂"与"弥合"》,《殷都学刊》,2011 年第 1 期。

⑤ 汉斯-格奥尔格·伽达默尔:《真理与方法》,洪汉鼎译,上海:上海译文出版社,2004 年版,第 380 页。

精神世界。

一、复仇延宕的谜团与经典诠释的开放

在世界文学史上,威廉·莎士比亚被公认是西方最伟大的诗人和戏剧家。古往今来,没有一个作家能与莎士比亚媲美,他对后世文学家的潜移默化也是无可估量的。在他之后几乎所有的英国文学家都在艺术观点、文学形式及语言技巧方面受到他的影响。他被本·琼生称为"时代的灵魂"。而作为一位伟大的诗人,其十四行诗打破原有的诗体的惯例,独树一帜,被誉为"莎体",也被称为奉献给世界的"不朽的绝唱"。马克思称他和古希腊的埃斯库罗斯为"人类最伟大的戏剧天才"。进入 20 世纪以来,他的文学声誉超过了世界上任何一个作家,经常被人称为"文学的巅峰""诗坛的奇迹"。迄今为止,以莎士比亚诗句为书名的文学作品,单是英美两国就有一百多种,著名小说如毛姆的《寻欢作乐》、赫胥黎的《短暂的烛光》和《美丽新世界》、福克纳的《喧哗与骚动》、陶乐赛·派克的《没有一口井深》等。四百年来,莎士比亚一直受到许多国家读者的喜爱,他的作品早已成为世界文学宝库中的无价珍宝。莎翁在世界文学史上的崇高地位、其作品具有的惊人艺术魅力和深入人心,都值得认真研究。

被誉为"经典中的经典"的莎剧《哈姆雷特》使用的材料是 12 世纪丹麦历史学家格兰玛狄克的《丹麦史》,可能也参考了另外几种《哈姆雷特》版本,而莎翁版《哈姆雷特》的特色就是"延宕"——犹豫不决、行动拖延,这也是莎翁匠心独运之处。面对一个无法逃避的、与神圣"脱节"的时代,人人都在为目的不择手段,哈姆雷特不得不进行"生存还是毁灭,这是个问题"(To be or not to be, that is the question.)的严肃思考,意味着他从别人看到自己,发现人性的深渊同样存在于自己身上,于是他苦苦挣扎以至于忧郁、疯癫。刘小枫(1956—)认为:西方诗人这场"人的觉醒"的真正内涵,并非我们长期以为的那样,是什么离开上帝之后的欢乐颂,人性战胜神性的凯歌,而是对人的本性及世界之恶的意识,以及对恶无法做出说明、找不到力量来克制的无措感。[①] 俄罗斯思想家舍斯托夫(Lev Shestov,1866—1938)认为:这意味着——先前的、无意识的、不花任何代价就为我们每个人所拥有的、对人类生活的合理性和可理解性的信仰破灭了,必须现在、立刻就寻找新的信仰,否则生活就会成为不间断的、无法

---

① 刘小枫:《拯救与逍遥》,上海:华东师范大学出版社,2007 年版,第 36 页。

忍受的酷刑。[①]

莎学史上最著名的问题"为何哈姆雷特一再延宕?"是理解该剧的一把万能钥匙，了解哈姆雷特复仇延宕就成为深入探讨其命运悲剧的关键。围绕着它，历代文学家、思想家有诸多解读，各有偏重；随着各学科的交流和渗透，《哈姆雷特》已经成为一个跨界文本，覆盖了哲学、心理学、伦理学、宗教等诸多领域。最为经典的说法大约有二十多种，反映了《哈姆雷特》作为伟大经典的巨大精神空间和思想场域。以下是一些经典说法：

(1) 汉莫自己提出"剧情需要说"。他认为如果哈姆雷特一上场就杀死叔叔，戏就没法往下演了。为了剧情需要，莎士比亚要哈姆雷特一再拖延，这是一种常规化的戏剧手法。

(2) 歌德在《威廉・迈斯特的学习时代》提出"气质禀性说"。他认为："莎士比亚的意思，是要表现一个伟大的事业承担在一个不适宜胜任之人身上的结果。在我看来，全剧似乎都是由这种看法构成。这是一棵橡树种植在一个高贵的盆子里，而这花盆只能种植可爱的花卉，于是树根一伸展，花盆便破碎了。一个美丽、纯洁、高贵而道德高尚的人，其实缺乏成为一个英雄的魄力，却在一个他既不能负担又不能放弃的重担下被毁灭了。"[②]

(3) 英国诗人柯尔律治 1818 年提出"思想过剩说"。他认为哈姆雷特过于深思熟虑，想得过头，就不能积极行动[③]，思虑过多而错失行动的良机。

(4) 俄罗斯文艺批评家别林斯基于 1838 年、马克思于 1855 年提出"性格忧郁说"。他们认为哈姆雷特的延宕主要是自身性格忧郁带来的，所以，大家一说起哈姆雷特就称他为"忧郁的丹麦王子"，一个性格过于忧郁的人缺乏行动能力。

(5) 德国批评家卡尔・魏尔德尔在 1875 年提出"暴露罪恶说"。他认为哈姆雷特不只是杀死叔叔，还要在杀他之前暴露他的罪恶，让他的罪行大白于天下，这样复仇比较名正言顺。

(6) 1847 年，伊撒克・罗艾在《莎士比亚关于疯狂的描写》提出"精神失常说"。他干脆认为哈姆雷特不是装疯，而是真的疯了，一个疯子缺少

---

① 舍斯托夫：《舍斯托夫集：悲剧哲学家的旷野呼告》，方珊编选，上海：上海远东出版社，2004 年版，第53 页。

② 孙家琇：《论莎士比亚四大悲剧》，北京：中国戏剧出版社，1988 年版，第 51 页。

③ 杨周翰编选：《莎士比亚评论汇编》(上)，北京：中国社会科学出版社，1979 年版，第 146—147 页。

前后一贯的行动能力。[①]

(7) 德国哲学家叔本华提出“厌世主义说”。他认为哈姆雷特既没有勇气自杀,又打不起精神复仇,根源在于他是一个厌世主义者。

(8) 法国评论家丹纳在19世纪下半叶提出“机缘命运说”。他认为哈姆雷特“是一个艺术家,倒霉的机遇使他成为一个王子,而更坏的机遇使他成了一个向罪恶进行复仇的人,可是命运注定他陷入疯狂和不幸”。

(9) 屠格涅夫在19世纪末提出“自私怀疑说”。他认为和堂吉诃德相比,哈姆雷特过于自私,翻来覆去只想到自己,对一切都加以怀疑,因此,他永远不会像堂吉诃德那样勇往直前、不顾一切去行动。

(10) 弗洛伊德和琼斯等人提出“恋母情结说”。他们认为哈姆雷特潜意识里有“杀父恋母”的愿望,而他叔叔替他实现了这个羞于启齿的愿望,叔叔就成了他的另一个“自我”,杀死叔叔等于杀死自己。

(11) 1960年,奈兹提出“囚笼压迫说”。他认为周围环境像囚笼一样压迫着哈姆雷特,根本不允许他随心所欲。

(12) 20世纪中叶,英国学者锡孙在编订的《莎士比亚全集》(1954年)中提出“没有延宕说”。他认为在读者看来是延宕,但对剧中人来说是一环扣一环,并无延宕。

(13) 苏联最负盛名的莎学专家阿尼克斯特1954年提出“人文主义说”。这是中国莎学界最为流行的观点,他认为“哈姆雷特是个人文主义者,他所生活的世界很像莎士比亚时代的英国”,“哈姆雷特的形象是一个艺术的概括,他典型地体现了先进的人们,这些先进的人们为了把人类从压迫中解放出来,热烈地寻求途径和方法”,“哈姆雷特事实上是位战士,是一场解放人类的光荣战斗中的一员战士”,他不能找到“改造世界的现实途径”,再加上他身上的弱点,都是“由于时代条件所局限”,所以造成他的延宕。

(14) 美国的欧文·白璧德认为人文主义(humanism)不同于人道主义(humanitarianism),他说莎士比亚是人文主义者而不是人道主义者。人道主义对人性的升华和扩张过于乐观,莎士比亚前期比较接近这种观点;而人文主义则比较强调信念、纪律对人性的约束力量,对人性的看法比较悲观,后期的莎士比亚认同的是这种观念,《哈姆雷特》正是写于前期到后期思想转变的时候。白璧德认为列夫·托尔斯泰是一个典型的人道主义者,而人道主义完全无法容忍人文主义,所以托尔斯泰才会猛烈攻击

① 孙家琇:《论莎士比亚四大悲剧》,北京:中国戏剧出版社,1988年版,第51页。

莎士比亚的戏剧。

(15) 舍斯托夫干脆认为莎士比亚在1601年思想发生了"断裂",从前期对人性的乐观看法,转入后期对人性的悲观看法,他发现了人性的幽暗,从而产生"悲剧的哲学"。人生存的根基消失了,大地裂成深渊。面对深渊,莎士比亚感到不安,哈姆雷特就有了延宕。从剧本来看,哈姆雷特的叔叔克劳狄斯心狠手辣,为了目的不择手段,似乎毫不顾及信仰和亲情。但他并非没有雄才大略,对弑兄也感到忏悔和不安,对嫂子表现出的爱情更不全是虚情假意。按照中国学者对人文主义的定义,克劳狄斯才是一个人文主义者,是新型历史人物,不像哈姆雷特那样放不开手脚。在他身上,彻底体现了功利原则对信仰原则的胜利,证明工具理性对价值理性的得胜。相比之下,哈姆雷特就守旧、犹豫多了,他不愿像叔叔那样为了目的而不择手段,为了王位就不顾一切。他不敢自杀,因为死后还有审判。在叔叔忏悔时,他不愿杀他,因为他相信叔叔死后还有灵魂,如果在他祈祷时下手,就会送他进天国而不是下地狱。这种对死后灵魂的考虑,确实使他放不开手脚。而且,他的叔叔竟然杀死亲哥哥,母亲在父亲死后才一个月就立刻嫁给叔叔,大臣们以前那么爱戴父亲,如今又争先恐后效忠新王,自己以前的同学好友,如今竟成为新王的密探,他所爱的女人被用来试探他是否真疯了……这些都使他看到信念的脆弱、人性的软弱和世界的黑暗。

(16) 中国学者袁宪军根据弗雷泽的《金枝》提出"怕当国王说"。他认为哈姆雷特是因为怕当国王,才迟迟不动手杀死现在的国王。

(17) 中国学者罗文敏提出"思维对接说"。罗认为:"延宕是哈姆雷特以旧视角审视新秩序时的思维对接过程","新旧秩序之间对接的困难,实际上是《哈姆雷特》所要展现的主题思想之一。我认为,莎士比亚痛恨这种新旧秩序的胶着和混乱的产生。从他的诸多悲剧中可以看出:他喜欢的是齐整统一秩序的维持和遵守,而非有些学者所认为的人文主义理想的打破并重建。《哈姆雷特》中一切肮脏、矛盾、腥臭的东西,皆因秩序被打破而来,皆因白天与夜晚的交替而产生"。

(18) 中国学者从丛提出"封建王子说"。她认为哈姆雷特不算是一个人文主义者,他是一个地道的封建王子,"一个封建王子比较完整的封建宗法宗教观念在现实面前的两难冲突,是其延宕行为最根本、最主要的原因;次要或副线原因是其作为一位封建王子的野心与其受挫失意心理的冲突"。

对于哈姆雷特的审慎性格和复仇行为的延宕,各方面关注的重点不同,由此形成了不同的看法。列举以上代表性观点,不是为了解决学术公案,而是希望引起人们的兴趣。经典名著的无穷魅力,吸引一代代人去读、去评、去想象,因此"有一千个读者,就有一千个哈姆雷特"并非虚言。借用艾柯的话,任何一个经典都是一个"开放的作品"[①]。因此,有学者曾对经典文本《哈姆雷特》发出由衷的感叹,称"这出悲剧真像一座迷宫",里面包含着"一个激发思想而永远不被思想解说清楚"[②]的秘密。

最伟大的作品总是最大限度地提升、尊重、宣扬人的尊严,不是把人当成手段,而是当成目的本身。莎士比亚的伟大之处在于他在一个充满欺诈的世界中深刻领悟并充分肯定了人对于真理的渴求和探索。在很多人看来,16 世纪末 17 世纪初的英国是人类少有的高歌猛进期,但在莎翁眼中却是一个 out of joint 的时代,一个和神圣"脱节"的时代。哈姆雷特要做的不只是复仇,而是一件不可能的事,即把"脱节"的时代和神圣再"接起来",要重整乾坤;要避免复仇的意义不被曲解也不容易,因此,最后一幕哈姆雷特才祈求好友霍拉旭不要自杀,务必要把自己的故事向人说清楚,"要是世人不明白一切事情的真相,我的名誉将要永远蒙着怎样的损伤!"其实,莎翁很清楚哈姆雷特的故事很容易被时代误解成冤冤相报、狭路相逢、仇人相见之类的故事,所以才特意安排这一情节。哈姆雷特不相信灵魂、上帝、审判和意义都死去,因此,莎士比亚才安排哈姆雷特一再延宕,既不自杀也不愿意为了目的不择手段去杀人,正如黑格尔指出:"哈姆雷特固然没有决断,但是他所犹疑的不是应该做什么,而是应该怎么做。"[③]哈姆雷特的选择指向永恒,这才是他痛苦与坚持的价值所在。法国哲学家让-保罗·萨特说:"当一个人对一件事情承担责任时,他完全意识到不但为自己的将来作了选择,而且通过这一行动同时成了为全人类做出抉择的立法者——在这样一个时刻,人是无法摆脱那种整个的和重大的责任感的。诚然,有许多人并不表现有这种内疚。但是我们肯定他们只是掩盖或者逃避这种痛苦。"[④]在莎士比亚晚年创作的那些美丽的传

① 安伯托·艾柯:《开放的作品》,刘儒庭译,北京:新星出版社,2005 年版。

② 梁旭东:《遭遇边缘情境:西方文学经典的另类阐释》,北京:北京大学出版社,2004 年版,第 43 页。

③ 黑格尔:《美学》第一卷,朱光潜译,北京:商务印书馆,1982 年版,第 310—311 页。

④ 让-保罗·萨特:《存在主义是一种人道主义》,周煦良、汤永宽译,上海:上海译文出版社,1988 年版,第 10 页。

奇剧中，他终于让幽暗的人性和崇高的神圣再次接上，到达宽容、忍耐和悲悯的大境界。

二、成功进身的于连与时代冒险的争议

法国作家司汤达（Stendhal，1783—1842）的代表作《红与黑》（*Le Rouge et le Noir*）直接取材于当时的两则社会新闻：一则是1828年10月他在《司法公报》上看到的神学院学生出身的贝尔泰为贵族做家庭教师期间情杀这家主妇的事；另一则是他在《罗马漫步》中谈到的巴黎木匠拉法格杀死其不忠实的情妇的案件。小说家使之改变，并提高到一个形象命运的高度。

小说以主人公于连的遭遇为线索，以维立叶尔市、贝尚松神学院和巴黎木尔侯爵府为活动舞台，形象地展现了法国"后拿破仑时代"即波旁王朝复辟时期广阔的社会生活和错综复杂的阶级矛盾。小说的主人公于连是法国复辟王朝时期平民自我奋斗者的典型。他仪容俊秀、身材颀长、记忆力好、才智超群而且生性敏锐、毅力过人又志向远大，他性格的主要特征是以个人名利为前提、满怀为出人头地而敢于冒险的英雄主义热情和虚荣心。于连幼年时受过法国大革命精神的熏陶，崇拜拿破仑和卢梭。他最爱读的书是卢梭的《忏悔录》和拿破仑的《出征公报节略》《圣赫勒拿岛回忆录》。卢梭的学说激起他不安于被奴役的思想和对社会不公平的反抗意识，拿破仑的经历激起了他的英雄梦，更激发了他狂热的功名进取之心。出身寒门的他曾打算像拿破仑时代的年轻人那样凭勇敢和才干建功立业，却生不逢时，门第与血统阻挡了他实现自我价值的正途。他发现教会势力盛极一时，就有意隐藏自己的理想，投靠教会、扮演伪君子以实现自己的飞黄腾达。为此，他伪装成虔信宗教，凭着超人的记忆力，把拉丁文《圣经》和《教皇传》背得滚瓜烂熟。为了向上爬，他以虚伪为武器，开始了个人奋斗的冒险历程。在这一过程中，真诚与虚假、自尊与虚荣共同铸就了于连的性格。于连在短暂的一生中，以非凡的热情投入个人奋斗，以惊人的聪慧去实现自己的抱负和野心，以反抗和妥协的方式同上流社会周旋，以少有的勇气去克服心理上的障碍和现实中的凶险。然而，这一切并不能改变其命运。于连虽然有对统治阶级的反抗意识和行动，但他终究不是大革命时代的英雄，不幸只能成为与当时整个社会作战的"社会公敌"。

小说原名《于连》，1830年出版时改为富有象征意义的《红与黑》，并

加副标题“1830年纪事(Chronique de 1830)”。司汤达根据对复辟时期社会阶级矛盾的认识,在小说的爱情线索中有意插入许多政治斗争、阶级斗争的材料和有关社会生活与时代风貌的材料,巧妙安排成小说故事情节的灵魂与核心,从而在爱情故事的框架下反映了当时的政治斗争情形。作者也特意说明作品要描写的是复辟王朝时期的“社会风气”[①],因此说这是一部通过爱情故事而写成的政治小说。《红与黑》更是作家对大革命以来的法国社会,特别是对人的处境及心灵进行历史的和哲学的研究的成果,他将两个多世纪以来资产阶级思想家关于“人”的学说与反封建的革命意识融合在一起,熔铸成于连的形象;他将自己对法国革命和拿破仑时代的深刻理解和坚定信念注入于连的头脑,将自己强烈的爱憎和敏锐的判断力赋予于连的灵魂,细致入微地揭示出面对庸俗于连内心狂妄的自尊与奴仆式的自卑的冲突。总之,司汤达成功地使他笔下的这个人物成为时代精神的高度概括,深刻地反映着法国社会新旧交替时期的观念更新。

《红与黑》是极其现代化的,它被20世纪视为具有超前意识的作品,因此是一部争议很大的小说。毫无疑问,《红与黑》的艺术魅力主要来自于连这个人物,而人们争议的焦点也集中在于连这个人物身上,尤其是如何认识作为正面主人公的于连同时带有某种人性的“恶习”,譬如“虚伪”“欺诈”“两面派”等。

于连是一个具有贵族性格的人物。他所到过的地方、所遇到过的人大部分都使他轻蔑,他颇为自己的天资才智与身份境遇不相称而苦恼。他最关心的是确切地证明自己优越,相比之下对于获得权力和财富并不太关心。于连最重视个人尊严并将“人格”视为高于一切的品质。于连一生崇拜力量,奉拿破仑为神明;他给自己树立了一个很高的楷模,因此常常采用战斗的词汇来表达他的选择与行为。在他身上,有一种经常挨打的孩子所特有的对外界的不信任感,时时处于警惕状态;有时又会出现年轻人的冲动,往往一下子突然激昂兴奋起来、无法自制。他有一颗善感的心灵,容易为别人的仁爱所动,常常被他人的严酷害得哑口无言。于连自己承认有“一颗容易激动的心”,他在谢朗神父的慷慨大度面前哭泣,在彼拉尔神父的严峻瞩目下晕倒。由此看来,于连在本性上并不虚伪,他内心

① 柳鸣九:《司汤达论》,《外国文学研究集刊》(第三辑),北京:中国社会科学出版社,1981年版,第31页。

充满着真情。在许多场合，于连尽管想自我克制、做出“虚伪”的举动自欺欺人，来满足时行的道德需要，但他的真诚总要“情不自禁”地流露出来，以至于做出反叛的行径。所以只有当他独自在森林中散步时，他才感到真正的自由，才从心底里本能地意识到无须强迫自己干“违心”事的快乐。在监狱里，当他抛弃一切杂念、抹去灵魂的污秽以后，显得格外真诚和自在。

《红与黑》“走上断头台”的结尾是颇具匠心的，它渗透着作家对主人公真诚品格的肯定，表达了作家对美好人性的企盼，完全符合于连性格发展的逻辑。作为法国大革命以后成长起来的青年才俊，于连早在心目中粉碎了封建等级的权威，而将个人才智视为分配社会权利的唯一合理依据。他在智力与毅力上大大优越于在怠惰虚荣的环境中长大的贵族青年，只是由于出身微贱，便处在受人轻视的仆役地位。对自身地位的不满，激起于连对社会的憎恨；对荣誉和功名的渴望，又引诱他投入上流社会的角斗场。毫无疑问，于连“英雄梦”里的核心成分是自我实现，同时也不可避免地夹杂着世俗野心与名利欲望。鉴于社会的不公正，于连的一生虽然被迫参与了种种肮脏的“游戏”，但他在经历了人生种种考验之后，最终还是明白了生活的真理：他看到到处都是虚伪、到处都是阴谋，意识到过去自己所追求的一切正是对自己良心和意愿的背叛，所以，他悔恨不已，并最终找到了符合自己性格的归宿——抛弃逢场作戏的象征玛蒂尔德小姐、投入纯洁真诚的代表德·瑞那夫人的怀抱。于连向往真诚、厌恶虚伪，即使在他与上流社会最为融洽的时候，他也“本能地不尊重”（木尔侯爵语）他们；他最终没有向他所痛恨的阶级低头，满怀勇气地走向断头台，达到真善美的完满结局。

为了出人头地，于连“按照时代的精神行动”，曾有意仿效伪君子的伎俩、耍过两面派的手法，也犯有虚伪的行径，但是这个人物的魅力在于他最终保持了心灵的纯洁。于连的慷慨赴死，在人文意义上就是人类自身的自我拯救；现实人生的悲剧，赢得的是在生命激情中完善的高贵人性。司汤达曾把于连比喻为从顽石下面弯弯曲曲生长起来的一株美好的植物，并用于连自己的话对其一生作了总结：“我动摇过，我受过颠簸……但是我并没有被风暴卷去。”“我有的只是内心的高贵。”正是经历了恶的磨难以后，于连才更加坚定了对真善美的信仰，出乎常人所料地选择了死亡，这实质上是在否定生命的无价值中肯定了有价值的生命。

另外，虚伪也是于连与上流社会周旋的一种手段，是获得自由、达到真理彼岸的桥梁。司汤达认为，在丑陋卑鄙的社会里，到处充满虚伪和欺骗，因此人们为了实现美好的愿望，就得使用两面派的手法来对抗社会；只有将自己与众不同的性格隐藏起来，表面服从这个社会，才能保持纯洁的心灵和精神的独立。于连的恶，基本上是作为一种自我实现的手段而存在的，他与巴尔扎克笔下拉斯蒂涅式的彻底出卖灵魂的"以恶抗恶"不同。有论者认为，到了巴黎以后，于连的纯朴感情已经荡然无存，是个十足的伪君子。其实不然，在巴黎这个阴谋和虚伪的中心，于连的本性并没有改变，而是因为情况更加复杂、环境更加险恶，他求生自存的方式也更加隐蔽、巧妙罢了。在巴黎，于连首先感到自己是个"陌生人"，既觉孤独又不自在；就是在最受重视、参加阴谋黑会时，他也从未感到自己是上流社会的一员。他意识到，处在这样一个"豺狼相咬"的环境里，除了提高警惕之外，还必须以"欺诈""权术"和"假面具"来对待周围的一切。由此可见，于连的虚伪和两面派并非目的本身，而是他与上流社会进行较量的手段。

毋庸讳言，于连有强烈的世俗野心与名利欲望，但是他始终没有改变自己的本性，他平民的自尊心和善良的品格阻止他与上流社会相容。尽管有时于连也曾这样想过："我应当遵照给我勋章的政府的意志行动"，但他始终不愿做有损于他自尊心的事情。于连太自尊又不够卑鄙，主观上又始终与上流社会始终保持一定距离，使得他对上流社会总是怀有二心。之所以说于连的虚伪是一种非本质性的、求生自存的手段，还因为于连有更高的人生目标和理想，他并非一个纯粹的利欲熏心之徒，他将他的"事业"与"荣誉"看得高于一切。于连崇拜拿破仑，不只是看到拿破仑发迹这一表面现象，不只是羡慕拿破仑全凭军刀从一个下级军官一跃成为主宰世界的伟人，更应看到，他同样崇拜拿破仑给人类、给社会带来的前所未有的变革、道德的纯化及情操的升华，他立志要像拿破仑一样凭一己之力负起拯救社会和人类的重任。司汤达说，于连所考虑的是"自己的荣誉和人类的自由"。由此可见，于连完全是一个从时代恶习中走出来的精神英雄。

关于《红与黑》的争议，除了主人公于连的复杂性格之外，还有一个一直吸引人们的话题就是《红与黑》中的爱情冒险，这也是最终理解于连性格之谜的必经之路。

司汤达在 1822 年写就的《论爱情》一书中，详细地讨论了爱情的产生及其自然属性，并把爱情分为"热烈的爱情""趣味的爱情""虚荣的爱情"

和"肉体的爱情"四种。他还着重分析了"热烈的爱情",认为恋爱着的男女精神上的默契和互相的交流,可以给人们带来无穷的幸福;这种"热烈的爱情"充满激情,是一种纯真的爱情、高尚的情操,一种完美的、精神境界的默契。在《红与黑》里,于连与德·瑞那夫人的爱情即属于这种类型。司汤达不回避肉体的爱情,但是他更重视爱情的精神价值;他特别注重男女之间的情爱所带来的幸福,认为"爱情是一切快乐的总和",它能使人净化和崇高起来。作为一部形象的爱情哲学,《红与黑》出色的爱情心理描写是其艺术魅力之一,它所塑造的两位个性鲜明的女性形象给人们留下了深刻印象;而司汤达在小说中通过对"脑袋里的爱"与"心坎里的爱"的取舍,甄别出虚荣与激情在生命中的地位与价值,辨明了幸福的本来内涵。因此可以说,这部小说的爱情冒险具有一种形而上的象征意蕴,它代表了主人公于连对生命的体悟和对真诚的皈依。

于连的第一个情人是已婚的、长他十几岁的德·瑞那夫人。她真挚纯朴、不虚荣不矫饰,有一颗对子女忘我的爱心,是一个美妙的腼腆而温柔的人物。她之所以爱于连是因为于连的智慧才能和他的清白、高尚。而于连起意占有德·瑞那夫人并非只为了爱情,主要是为了满足自己的虚荣和骄傲,为了试验自己的意志力量,为了完成一个"英雄"的"责任"。在这里,爱情主要是他用来衡量自我价值和实施报复的一种手段,他把这场爱情看作是对德·瑞那夫人的征服,是对于她所属的那个阶级的报复。于连最初是以挑战感、复仇感和征服感来对待这场"爱情"的,也就是说它首先是一种理智支配下的"脑袋里的爱"。但不可否认的是,这场爱情冒险中于连也有对德·瑞那夫人的深厚同情和真挚感情。后来,当他感受到德·瑞那夫人热烈的真情时,于连往往会"回到他本来的面目,两眼充满了眼泪",进入"一无所思,一无所欲"的甜蜜幸福的境界,此时于连的爱情就从"脑袋里"沉浸到"心坎里"了。德·瑞那夫人对待爱情的态度是严肃的、情感是真挚的,她所追求的是爱情双方的"相互满意和爱慕",事实上,她把自己年轻的情人看成理想的英雄,所以于连给德·瑞那夫人带来的主要不是肉体的爱情,而更主要的是精神上的满足。于连对德·瑞那夫人热情的追求,唤醒了这个贵族妇女沉睡的爱情,打开了她紧闭的爱情心扉,滋润了那即将枯死的贵族少妇的心灵,带给她人生的欢悦和享受。因此说,于连对德·瑞那夫人的爱情是高尚的,也是强有力的。

于连的第二个情人是贵族社会的千金玛蒂尔德小姐。与德·瑞那夫人完全相反,她聪慧娇嗔、任性冷酷、耽于幻想,是一个只关心"自己在生命的每一瞬间去做轰轰烈烈的事业"的、渴望惊世骇俗、爱好虚荣的人物。她之所以爱于连只是因为被他那种高傲冷漠的态度所慑服、所驯化;在她的心目中,他象征着一种冒险、一个挑战。她需要的不是真正的、现实生活中的爱情,而是完全符合自己幻想的爱情,是接连不断的冒险游戏。而于连对玛蒂尔德小姐的爱情则完全出于利害的深谋远虑,他将征服玛蒂尔德小姐看作满足虚荣心、证实意志力、达到飞黄腾达目的的必要手段,是"一种业务上的事情"。在这场爱情游戏中,二人共同的东西不是真情与融洽,而是虚荣的竞赛与权术的比拼。因此,于连的第二次爱情冒险自始至终是一种理智支配下的"脑袋里的爱",而非温情的、自发的"心坎里的爱"。

在司汤达的作品里,激情是虚荣的对立面。真正的爱情,像于连最终认识到的他对德·瑞那夫人的爱,是从对方身上发现优秀品质,他们所期待的爱情幸福也不是虚幻的。爱情、激情总伴随着敬重,建立在理智、意志、情感和谐无间的基础之上。与德·瑞那夫人的爱是激情,与玛蒂尔德的爱是虚荣。在叙述于连对玛蒂尔德的爱情征服时,作家将其比作饲虎:"一个英国的旅行家叙说他怎样和一只老虎亲密地生活在一起的故事。他饲养它,常常抚摸它,但是在他桌子上总是预备好一把装上子弹的手枪。"在同德·瑞那夫人的交往中,于连产生了越来越强的恻隐之心,而与玛蒂尔德相处他预备的是饲虎之道。

司汤达认为,追求幸福是人的基本欲望,人们除了"自我的利益"即对"享乐的期望"和对"痛苦的畏惧"之外,没有别的动机和目的;他认为,人们在追求幸福包括追求爱情幸福时,只有带着满腔的激情、坚持不懈地努力,才能显示出无穷的力量,实现美好的愿望,而这种坚持不懈的激情就叫"意志力"。在他看来,人的激情既有好坏之分也有内在与外在之别。"欲望出于自身而且竭尽全力满足欲望的人便是高贵的人。因此,从精神意义上讲,高贵和激情完全同义。高贵的人以其欲望的力量而超越一般人。在本源上,必定先有了精神意义的高贵,才有社会意义的贵族。"[①]即便是在最优秀的人物身上,真实的激情也出现在虚荣的疯癫之后,和人物在崇高时刻登上顶峰时静穆的心境相融合。在《红与黑》里,于连临死前的宁静与过去病态的躁动恰成对照。从虚荣向激情的过渡,在以明智和

① 勒内·基拉尔:《浪漫的谎言与小说的真实》,罗芃译,北京:生活·读书·新知三联书店,1998年版,第122—123页。

坚定为基本特征的于连身上，有时可见一种濒临疯狂的热情因素，有时则出现一种达到自我牺牲顶峰的温柔因素。

于连虽然曾经利用过女人作为进身的阶梯，但他毕竟对女人有过真情并终归以真诚的回归结束了自己的人生历程。现实生活的压抑，曾迫使他在自我实现的过程中奋力反击，在反击中又不得不着意伪装自己，并因此玷污了自己的英雄梦和人格理想；同时，因为他的清醒和天分，所以他一直处在精神紧张与心理焦虑之中。只有跟德·瑞那夫人在一起，他的猜疑才马上被追求幸福的自然倾向所取代。他曾经追求过许多幻景，最后却在与德·瑞那夫人的崇高爱情里净化了心灵，找到了宁静的幸福和满足。这种结局是非常有意味的。

《红与黑》摆脱了18世纪以来的流浪汉小说的传统，把人物性格作为情节故事的基础，自觉地把人物置于具有典型意义的环境中，运用出色的心理描写刻画人物性格，并带有某种神秘的、震慑人心的气质。《红与黑》情节紧凑、结构严谨，以于连的个人奋斗史为经线，以他的恋爱生活为纬线，经纬交织、不枝不蔓；唯利是图的维立叶尔市、阴森可怖的贝尚松神学院和阴谋与伪善的中心巴黎这三个典型环境的转换衔接自然顺畅。《红与黑》的人物、情节和环境都严整清晰，形成一个有机的艺术整体，是欧洲现实主义长篇小说成熟的标志。

司汤达生前文名寂寞，死后却赢得一致好评，特别是《红与黑》深受各国读者的喜爱和文学史家的赞赏。从许多方面说来，司汤达都是极其现代化的，他曾预言："大约到一八八〇年，人们将要读我的作品了。"这话已经准确应验。波兰文学史家勃兰兑斯评价司汤达："我不仅把他看作一八三〇年代的主要代表之一，而且还是十九世纪伟大文化运动中一个必不可少的环节。"[①]19世纪后期尤其是20世纪20年代以后，司汤达得到充分肯定，并在西方形成了"司汤达热"。作为成长小说的《红与黑》，在中国几代读者情感与心灵深处引起共鸣与畅想；它的意义已经超越了司汤达创作时的时代预设与文化传承，成为新时期中国读者精神成长与心灵充实的高级营养品，成为他们做出理性判断和审美想象的艺术中介物，从而应验了司汤达当初所作的"为未来的人们"写作的预言。

---

① 勃兰兑斯：《十九世纪文学主流》（第五分册·法国的浪漫派），李宗杰译，北京：人民文学出版社，1982年版，第271页。

三、自由不羁的卡门与经典演绎的流行

法国作家普罗斯佩·梅里美(1803—1870)的小说因为好看、刺激、独特而受到广大读者的青睐。他与雨果、巴尔扎克是同时代人,在当时的文坛上齐名。不过,从作品的数量和深度来看,如果把雨果、巴尔扎克的著作比作"大型超市"的话,那么梅里美的小说就是"精品小屋"。梅里美的小说篇幅不长、数量不多,反映社会的深度和广度也远不及雨果、巴尔扎克、司汤达等,但因其人性深度、见识卓然而呈现永恒的艺术魅力,成为"梅里美现象"。

梅里美的经典之作《卡门》(*Carmen*,又译作《嘉尔曼》),讲述了生性无拘无束的吉卜赛(又称波希米亚)女郎卡门走私冒险与情爱冒险的故事,这个桀骜不驯、热爱自由的女子以其强烈的感情飓风、独特的个性光彩和艺术魅力,成为超越时代历史和民族国境的艺术形象。故事发生在1830年的西班牙塞维尔城,性感美丽泼辣的卡门(15岁)爱上了已有未婚妻的龙骑兵班长唐·何塞。在卡门的诱惑下,唐·何塞坠入了情网,并被拉入走私集团。后来卡门又移情于斗牛士埃斯卡米洛,而对唐·何塞的劝告和恳求置若罔闻。唐·何塞妒火中烧,在卡门为埃斯卡米洛斗牛胜利欢呼时,将卡门杀死。1845年,小说《卡门》发表后便成为经典之作;1874年,法国著名作曲家乔治·比才(Georges Bizet,1838—1875)倾尽心血为《卡门》插上了音乐翅膀,将其搬上歌剧舞台,以热烈的旋律和出色的乐章,使这部同名歌剧成为世界歌剧中的经典并获得世界性声誉;在后来的一百多年里,该小说又被话剧、舞剧、电影[1]等不同艺术媒介无数次地演绎,使"卡门"成为经典中的流行。

翻阅梅里美的作品,不由想起文学评论家勃兰兑斯的一段话,那是描述19世纪30年代法国浪漫派文学群体的点睛之笔——"别的作家身披华丽的铠甲,头戴镶金的头盔,矛头飘着燕尾旗,纵马驰人竞技场",而梅里美呢,"他在壮观的浪漫派比武中是一名黑衣骑士"[2]。梅里美那种古典雅致的希腊化风格,以及冷酷的艺术才情,的确使之成为浪漫派潮流中的异数。梅里美小说给人的印象,大致可借用《卡门》中这样一段话来描述:

---

① 譬如华人圈里有王家卫的电影《旺角卡门》。

② 勃兰兑斯:《十九世纪文学主流》(第五分册·法国的浪漫派),李宗杰译,北京:人民文学出版社,1982年版,第325页。

> 晚祷的钟声敲响后几分钟，一大群妇女聚集在河边高高的堤岸下。没有一个男人敢混进她们当中。晚祷钟声一响，说明天已经黑了，钟敲到最后一下，全体妇女便脱衣入水，于是一片欢声笑语，闹得不亦乐乎。男人眼睛睁得大大的，从堤岸高处欣赏这些浴女，却看不到什么。但暗蓝色的河水上，影影绰绰的白色人形使有诗意的人浮想联翩，只要略微思索，就不难想象出狄安娜和仙女们沐浴的情景……

这种印象，既不像看雨果《悲惨世界》那样真切，也不像看巴尔扎克的《人间喜剧》那样清晰，而是朦朦胧胧，望见那白影憧憧的浴女，恍若狩猎女神和仙女们在沐浴。也可以说，就仿佛在异常的时间、异常的地点，如同神话一般，又不是神话，而是发生在人生的边缘。

梅里美小说的背景不是人们所熟悉的巴黎等大都市，也不是人群密集的场所，虽不能说与世隔绝却也是化外之地，是社会力量几乎辐射不到的边缘。梅里美偏爱原始的强力，他在《伊勒的维纳斯》中写道："强力，哪怕体现在邪恶的欲望中，也总能引起我们的惊叹和不由自主的欣赏。"不过，性格的原始动力[①]，在现代文明社会中已不复存在，只有到社会的边缘、时空的边缘去寻觅。

梅里美往往选取和现代文明社会尽可能没有联系的题材。他不愿像巴尔扎克那样通过描述周围生活的边缘去寻觅稀有现象，寻找具有发聋振聩的冲击力，能使多愁善感的市民热血沸腾的奇人奇事。他舍弃规矩自成方圆，塑造了卡门这样一个神话般的女性形象。卡门的美带有一种邪性，"她笑的时候，谁都会神魂颠倒"，美色和她的巫术、狡诈都是她的武器。她靠美色将唐·何塞拉下水，成为强盗和杀人犯；唐·何塞骂她是"妖精"，她也说自己是"魔鬼"——"不许我做什么我立刻就做。"当她不再爱唐·何塞时，无论唐·何塞怎么哀求，甚至拔出刀来威胁也没用，她绝不改口或求饶，连中两刀，一声不吭地倒下了。卡门不择手段，蔑视和反抗来自社会和他人的任何束缚："宁可把整个城市烧掉，也不愿去做一天牢。"哪怕拼了性命，她也要维护个人的自由、保持自我的本色。

卡门是个黑美人，她的容貌的每一个缺点都是为了将她的美丽的优点衬托得更为动人。这个自由放纵的吉卜赛女郎好像一团火焰，世界上

---

① 勃兰兑斯：《十九世纪文学主流》(第五分册·法国的浪漫派)，李宗杰译，北京：人民文学出版社，1982年版，第297页。

也许没有一个女人的个性比卡门更加灿烂夺目,她似乎不是普通女人,而是一位梅里美创造的女神,这位女神风情万种,集浪漫、邪恶、聪慧、神秘、忧郁、诡诈、忠贞、放浪、疯狂于一身,为了自由而宁死不屈。真正的浪漫主义是动人心魄的,主人公大都有极端的气质,现实的大地上无论如何也找不到这样非凡的女人,天生的尤物、天生的桀骜不驯,而创造这样的浪漫女神也是法国文学的传统,譬如在司汤达笔下的女人以及著名的曼侬·蕾斯戈身上都可以窥见卡门的影子。在梅里美冷静的笔下,一个女人的邪恶行为具有那样的美感,真可谓滴血成花。

从表面看,卡门卖弄风骚,打架斗殴,走私行骗,甚至卖弄色相,鸡鸣狗盗的营生几乎无所不为;但实际上,她不过是罪恶土地上开出的一朵"恶之花"。小说集中体现了梅里美创作的基本特征,以一个有着强悍个性的人物与文明社会的道德规范之间所产生的激烈冲突,表达了作者对人类生活的自然状态的欣赏和对资本主义文明所持的一贯的否定态度。出于对七月王朝时代法国资产阶级平庸生活的不满,梅里美特别喜爱从较少受资本主义文明侵蚀、具有几分野性的人物身上,发掘某些不平凡的、动人的东西,以一种貌似冷静的态度和调侃的笔调来加以肯定和赞赏。小说家把这个粗犷任性的吉卜赛女郎的强悍个性与苍白、虚伪的上流社会对照起来,把她的非法活动、惊世骇俗的生活态度与社会法律、传统观念对立起来,让她勇敢地、"忠于自己"地死来拒绝那个"循规蹈矩"的文明社会的召唤,塑造了一个极为鲜明突出的叛逆者形象。

卡门以"恶"的方式来反抗社会,她的一切价值准则和人生原则与普通人的观念有着那么深刻、鲜明的冲突。她粗犷放任、桀骜不驯,自觉地站在社会的对立面,对异己的"商人的国家"的道德规范表示公开的轻蔑,并以触犯它为乐趣。卡门独立不羁,不愿忍受社会的任何束缚,热爱自由和忠于自己;她想干啥就干啥、想爱谁就爱谁。她可以毫不犹豫地用切雪茄烟的刀划破女工的脸;她敢于参与走私和抢劫活动;当情人提出要与她一起逃走时,她却坚决地拒绝。为了自由和反抗社会,卡门具备了吉卜赛民族放肆、狡猾乃至邪恶的特点。

卡门的最大亮色就是"热爱自由"。"你杀了我吧,卡门永远是自由的!"骄傲的宁可死也不愿意听从他人。卡门的热爱自由和忠于自己的精神体现在:当她爱上另一个人时,她在死亡面前始终不肯退让一步,并为此付出了整个生命。文艺经典中的吉卜赛女郎形象如卡门、普契尼的经典歌剧《波西米亚人》里的绣花女咪咪、雨果的《巴黎圣母院》里能歌善舞的艾丝美拉达、墨西哥经典影片《叶塞尼亚》中的叶塞尼亚以及印度电影《大篷车》里的小辣椒等，因热爱自由、敢爱敢恨的迷人性格而大放异彩、摄人心魄。

梅里美笔下的人物，根本不负任何使命，与世人所诠释的命运无关；他们处于人事的边缘，游离于社会之外，犹如荒野的芜草、丛林的杂木，随生随灭。他们生也好，死也好，无所谓悲剧、无所谓逻辑、无所谓意义，不能以常人常理去判断。他们有的只是亡命的冲腾勃发，以及生命所呈现的炫目的光彩。梅里美的故事结尾都是冷酷无情的毁灭、鲜血淋淋的场面，譬如《卡门》中就有许多人惨死。然而，梅里美并没有把这种悲剧题材写成悲剧，至少没有写成真正意义上的悲剧。

卡门不愿意改变自己的生活，不愿意失去自由是她的本能使然。她的死在作者的笔下显得非常突兀，仿佛不应该那么快地死去，却两刀就砍死了，随意埋进了山林里，从此消逝。这样的结尾当然是作者的艺术技巧的高度表现，这样简单省略地处理她的死，可以使卡门的艺术形象获得整个复杂过程的紧张感和故事情节的强烈照应，死亡的回响带着人们重又回到卡门的命运本身中去：这个神秘而复杂的女人为什么要完全屈从于命运的安排，而不做丝毫改变？自由和爱情对她而言为何是尖锐对立而完全不可调和的？死亡是一个句号，它的意义在于使整个的故事意义集中在卡门这个人物身上，她的性格、命运、爱情以及天性的自由，她将永远活在梅里美的小说文本里，与歌德的维特、托尔斯泰的安娜·卡列尼娜、易卜生的娜拉、小仲马的茶花女以及福楼拜的包法利夫人一样，与文学的生命同寿而永恒。

依据梅里美创作的吉卜赛女郎形象，法国作曲家乔治·比才把炽烈如火的卡门的故事谱写成音符，让歌剧舞台盛开一朵永不凋谢的“毒玫瑰”。世界歌剧史上鲜有歌剧能像《卡门》[①]一样红遍全球，它具有强烈的戏剧性和西班牙风范，其中的三首最著名的曲子《爱情像一只自由鸟》（又叫《哈巴涅拉》）、《斗牛士之歌》《卡门序曲》早已通过各种途径传遍所有爱

---

① 四幕歌剧《卡门》，是根据法国剧作家和短篇小说大师梅里美的同名小说改编，由法国作曲家乔治·比才作曲、法国亨利·梅拉克和吕多维克·阿莱维作词。1875 年 3 月 3 日首演于巴黎喜歌剧院。比才卓越的音乐创作使《卡门》中的人物极为逼真地展现在听众眼前，这是比才最优秀的作品，也是他歌剧创作中的顶峰。歌剧《卡门》就像一部生动的音乐版小说，鲜明地刻画了不同的人物形象。从梅里美的小说到梅拉克和阿莱维的剧本，再到比才的歌剧，虽然载体不断变换，但卡门这朵魅力四射的“邪恶之花”却总会引起当代人对于自身生活方式的再思考，从而得到某种启示。

乐人的耳朵。剧中女主角卡门性感奔放的形象和摇曳魅惑的歌声早已家喻户晓,可以说,卡门的名字已成为爱情与自由的代名词。爱情是最能体现吉卜赛人自由观念的生活领域之一,这其中最让人注意的是他们的对爱情的态度。比才在歌剧《卡门》中,全面阐释了吉卜赛民族的哲学和生活,写出了充斥在吉普赛人生活观念中的自由以及他们心中的爱情。

天才作曲家比才把《卡门》上升到歌剧艺术,以华美曲调陶冶世人的情怀,其中的《卡门序曲》(又名《斗牛士进行曲》)获得人们的广泛认可和喜爱。它强烈的节奏,把人们引入西班牙的斗牛场面,张扬、热烈、欢快;激烈的场面,欢腾的人群,惊险的战局,无不引人入胜,斗牛士的步伐踩在重重的鼓点之上,有如敲在人们的心上,曲调反复重复加强,仿佛让人们看到了,英勇的斗牛士曲折迂回的身影在不停逗引着发怒的公牛,漂亮华丽的转身,优雅高傲的姿态,一切都那么充满挑战,其间的勇气把残酷与危险一同掩盖。卡门自己何尝不是一名爱情"斗牛士"?剧中这首人们心目中的歌——卡门的宣言——直抵底线:

爱情不过是一种普通的玩意一点也不稀奇
男人不过是一件消遣的东西有什么了不起
什么叫情什么叫意
还不是大家自己骗自己
什么叫痴什么叫迷
简直是男的女的在做戏
是男人我都喜欢
不管穷富和高低
是男人我都抛弃
不怕你再有魔力
你要是爱上了我
你就自己找晦气
我要是爱上了你
你就死在我手里。

它直抒胸臆又放肆无忌,既是挑衅又那么决绝,却触动了人类内心深处的隐秘和潜能,即原始本性中追求强力和渴望自由的欲望。这是一种气魄,一种迷离,要么逃离,要么死无葬身之地。剧情内外的生死差别,并不妨碍人们心里的向往和喜爱,这也是歌剧之于生活的升华和掀动。卡门之死是个完结,但这位狂放不羁且反复无常的江湖女子如此令人着迷,卡门也因其性格的超凡魅力而被赋予了经典意义。

弗拉明戈舞剧版本的《卡门》是依据西班牙家喻户晓的故事和音乐精心创编的,用身体塑造了一个热情勇敢、风情万种、向往自由、放浪不羁、浑身充满野性美的吉卜赛女郎卡门。它没有任何的歌词和语言,舞者用舞动的身体向观众清晰地讲述一个经典故事,缠绵、愤怒、伤感……这些情感被弗拉明戈舞者们用舞蹈的肢体语言表现得淋漓尽致。舞剧《卡门》用西班牙舞蹈激情四溢的表演风范,完美地将古典艺术与现代浪漫结合起来;编导用弗拉明戈特有的语言融合其本人独有的方式,巧妙地运用舞者的身体,讲述着永恒的爱情主题。

在极简的舞台上,一幅幅西班牙风情的幕布带观众回到了19世纪30年代。喧闹的安达卢西亚街头,在人声鼎沸的斗牛喝彩背后,演绎着一出令人惊叹的爱情悲剧。一袭红色长裙的卡门转身、撩裙、扭腰,手中的响板随着雨点般的舞步铿锵捻响;随着音乐节奏的加快,她的舞步也愈加繁缛复杂、充满了爆发力;一阵连续击踏动作之后,她的动作突然定格——颔首微笑的舞姿,长久的停顿,时间仿佛也为之凝固——没有男人可以克服她的诱惑,她制造一切,也摧毁一切,她始终忠于自己,为了自由可以丢弃生命和爱情。这个让人又爱又恨的女人在热烈的弗拉明戈舞曲中成为西班牙的"国宝",像一枚罂粟似的浓艳而危险。

弗拉明戈舞(Flamenco Dance)是一种生活态度也是最女人的舞。弗拉明戈不仅是歌(cante)、舞(baile)和吉他音乐(toque)的三合一艺术,也代表着一种慷慨、狂热、豪放和不受拘束的生活方式,特指那类追求享乐、不事生产、放荡不羁并经常生活在法律边缘的人。吉卜赛人总爱说:"弗拉明戈就在我们的血液里!"它是豪放的吉卜赛人表达自己内心喜怒哀乐的即兴乐舞形式,是那些黑发吉卜赛女郎身穿花色多褶裙、肩披带流苏的手织披肩、打着响指的深情起舞。的确,在外族人眼里,弗拉明戈就是吉卜赛就是卡门,是那些来自遥远异乡的、美丽而桀骜不驯的灵魂。在所有舞蹈中,弗拉明戈舞中的女子是最富诱惑力的。她不似芭蕾舞女主角那样纯洁端庄,不似国标舞中的女伴那样热情高贵。她的出场,往往是一个人的,耸肩抬头,眼神落寞。在大多数双人舞中,她和男主角也是忽远忽近,若即若离。当她真的舞起来的时候,表情依然冷漠甚至说得上痛苦,肢体动作却充满了热情,手中的响板追随着她的舞步铿锵点点,似乎在代她述说沧桑的内心往事,那动人的体态瞬间凝成一幅最性感、最富有活力的油画。[①]

经典舞剧《卡门》[②]无疑是最具艺术魅力和生命张力的,因此有人说是弗拉明戈舞把卡门全面推向世界。弗拉明戈舞被称为当今世界最富感染力的流行舞种,是吉卜赛文化和西班牙的安达卢西亚民间文化的结合。其音乐极富激情,舞者身体和手臂的大幅度弯曲、张开的手指、快速的转身、脚板的鼓点打击节奏;独舞的霸气、群舞的热烈,踢踏作响的鞋跟与忽高忽低的响板,舞者的每一次蹬踏都声声入耳,将全部的情感用力地表现在手上、脚上和脸上。有行家说:"弗拉明戈是最能享受音乐,将音乐掌握得最精确的舞蹈。"在弗拉明戈舞蹈中,除了歌曲、吉他和响板的伴奏外,舞者时而配合节奏拍手,时而脚踩地加强韵律。随着音乐表现的变化,舞者的肢体表现也随之哀凄、欢愉,仿佛做着灵魂最深处的展现,与观众寻求一种心灵相通。

关于卡门,除了梅里美的小说、比才的歌剧、弗拉明戈舞剧之外,还常被改编为银幕作品,在整个20世纪约有八十多个改编版本,著名的有1910年的最早长片《卡门》、雅克·菲德尔(Jacques Feyder)1926年拍摄的《卡门》、奥托·普明哥(Otto Preminger)的《卡门·琼斯》(*Carmen Jones*,1954)、卡洛斯·绍拉执导的影片《卡门》(*Carmen*,1983)以及法国与塞内加尔合作拍摄的影片《卡门·吉》(*Karmen Gei*,2001)等。

不同于小说版和歌剧版的《卡门》,在西班牙著名导演卡洛斯·绍拉的爱情歌剧电影《卡门》中,戏里戏外的两个卡门,都是复杂矛盾又有着非凡魅力的角色,而独特的电影语言又赋予观众更多的想象。戏里的卡门就像一个谜团,接近的人就越发的不想离开,她对于男人具有超凡的掌控力,她忽冷忽热的相处方式也让人变得零抵抗力,利用男人达到自己的目的;谜一样的卡门从人们的视线里消失后,却永远鲜活在观众的记忆中。这个火一样的神秘女人,如同那一抹不羁的红,成就了电影史上的又一经典。卡门,之所以被许多人喜爱,也许就是那种向往自由的情怀、不为世俗羁绊的爽朗、敢做敢为的洒脱,鲜明而随意、恣情而悲伤;它是终日奔波

---

① 敏糊糊:《弗拉明戈和灵魂对舞》,《新民晚报》,2004年11月30日。

② 经典舞剧《卡门》有很多演出版本,大多遵循梅里美小说的风范。而西班牙传奇弗拉明戈"舞后"玛利亚·佩姬于2014年推出了全新舞作《我,卡门》。她拒绝接受人们对梅里美笔下"卡门"的表面印象,试图通过深邃的思索拨开迷雾,塑造一个更为柔软、坚定、真实的女性形象。在这个男性权利为主导的世界,她用舞蹈告诉人们,"卡门"生命中的自由不羁存在于每个女人身上,而每一位女性都应当拥有"卡门"所追求的生命欢愉、自由和爱情。2016年1月中旬在北京首演。

忙碌的都市人心中一个可望而不可即的梦——流浪、自由、放荡不羁、颓废……

戏里的卡门，精明、好斗、善变、魅惑……你既可以用龙舌兰来形容她的诱惑，也可以用大丽花来形容这个女人的狡黠，她从小就知道自己想要什么。一个在身体和思想上都完美无缺，并且熟练使用其中任意原始武器的女人是最让男人觉得胆颤的，你玩不过她的情感和智商，你只会沉沦在她所给你描绘出的那种完美梦幻中无法自拔。“想要让我爱你，那么请马上杀了我，要不我绝对不会再爱你，永远不会。”所以，死亡也是对这个放荡女人的最好善终了。卡门，一朵妖艳的野玫瑰，无论是绽放还是凋零都带着自己的美，生时妖艳美丽，向往自由，死时不羁不受约束，也许这就是卡门的生活与命运。

卡门永远是自由的，无论是身体还是心灵，她都不可能只属于一个男人。卡门是天空中的飞鸟，除非你将其射落，否则，你永远无法捉住它。当匕首插入卡门的胸口，红色的鲜血渗了一地，人们仿佛看到卡门跳弗拉明戈舞时火红的身影，那么欢快却又那么凄艳。对于感情炙热的“自由的爱神”卡门来说，死亡既是无奈也是解脱。这也许正印证了鲁迅在《爱之神》一文里所说的：“你要是爱上谁，便没命地去爱他。你要是谁也不爱，也可以没命地去自己死掉。”[①]永远的女神卡门，用她短暂的、轰轰烈烈的人生历险完成了对爱欲与死亡的永恒诠释。

第三节　民族语言的艺术榜样

以艺术形象来传达审美信息是一切艺术共有的特点，并非为文学所独具。文学用语言这种媒介塑造文学形象，用语言这种材料来完成对艺术形象的创造。美国文论家韦勒克、沃伦说：“语言是文学的材料，就像石头和铜是雕刻的材料，颜色是绘画的材料或声音是音乐的材料一样。”[②]高尔基(M. Gorky，1868—1936)说：“文学的第一个要素是语言。”“语言把我们的一切印象、感情和思想固定下来，它是文学的基本材料。文学就

① 鲁迅：《集外集·爱之神》，《鲁迅全集》(第七卷)，北京：人民文学出版社，2005年版，第173页。

② 韦勒克、沃伦：《文学理论》，刘象愚等译，北京：生活·读书·新知三联书店，1984年版，第10页。

是用语言来表达的造型艺术。”[1]文学的创作实践表明,语言是作家物化审美意识的唯一材料。他对生活的理解、认识和评价,要借助于语言;他进行艺术思维,孕育艺术形象,也不能完全离开语言;最后,当他要把内心的审美感受与体验表现出来,给它以物质的外壳,使其物化为可供他人欣赏的艺术形象,也只能依赖语言。因此,文学是作家借助语言塑造艺术形象,以表现他对人生的审美感受和理解的一种审美意识形式。人们常常把优秀的作家称为语言大师,把优秀的文学作品称为语言艺术的珍品。

语言是人类交流和思想的工具,是人们进行沟通交流的各种表达符号,人们借助语言保存和传递人类文明的成果。在人类所有的创造物中,语言恐怕要算是最神奇的一种了。它捉不住、摸不着,什么也不是,然而却能幻化为一切,正如俄罗斯民族的一句谚语所说,语言“不是蜜,却可以粘住一切东西”。因此,如何运用语言材料塑造形象,将那些“不可言说”的审美感受“说”出来,就成了文学创作的一个关键。运用大家所共有的、意义固定的词语,去表现个人感受所独具的情调、色彩、意境、韵味和心境,亦即把社会性的语言转变成个体性的言语,这是文学运用语言的一个奥秘和原则。简言之,文学就是以语言为媒介并以语言的方式存在的一种艺术样式,语言不仅是文学作品的知觉结构,也是文学作品所蕴涵的思想、感情和人生以及自然图景等全部意义的唯一载体。

按照传统的看法,文学用语言塑造艺术形象的主要手段是描摹,即运用种种修辞手法,尽可能准确、生动、具体地描绘对象的形态和神态,努力达到绘声绘色、惟妙惟肖、形神兼备的程度。事实上,文学传达审美感受的方式并非仅此一种。文学还常常发挥语言的非描摹功能,不仅靠词语,而且还很重视用语感、语境和特殊的句式结构来塑造艺术形象,尤其是那些以心象形态为主的艺术形象,从而达到把潜藏于内心深处的审美意蕴比较完美地表达出来的目的。语感、语境和特殊的句式结构的运用,可以促成社会性的语言向个体性的言语的转换,使语言常用常新。在这个意义上可以说,有无个体性言语,是文学语言和非文学语言一个根本区别。

文学语言是一种情境化和个性化的语言。现代语言学认为,人类的语言现象有两种类型,即语言与言语。语言是具有支配意义的系统和总的模式,它在某一特定语言的使用群体中约定俗成了全部抽象规则,如语音、词汇、语法规则等等。言语是特定情境下人们在交流中所使用的语

---

① 高尔基:《和青年作家谈话》,《论文学》,北京:人民文学出版社,1983年版,第16页。

言，是一种具体的个人说话。语言与言语是相互依存的，语言是在言语的基础上形成的，言语要让人能够理解，进而实现它的效果，就必须遵循语言的规则。文学作品的语言显然是一种言语，作为一种言语的文学语言具有最为典型的情境化和个性化的特性，这就使得文学语言有充分的条件成为文学作品这样一个完整的审美体系中的"关系项"，成为作品这个艺术结构中的构成因素之一。

同时，文学语言还具有形式美的价值。从表面上看，文学语言与绘画语言（色彩和线条关系）、舞蹈语言（形体运动关系）、音乐语言（音响关系）相比，其形式美的意义并不突出，但实际上，文学语言形式美的意义与其他艺术样式的"语言"一样重要，它们只有表达方式的不同，而没有表现力上的差别。语言作为文学作品的知觉层面，本身就具有独特的审美价值。德国哲学家恩斯特·卡西尔曾指出："欣赏莎士比亚剧作的情节——热衷于《奥塞罗》《麦克白斯》或《李尔王》中'剧情细节的安排'——并不必然意味着一个人理解和感受了莎士比亚的悲剧艺术。没有莎士比亚的语言，没有他的戏剧言词的力量，所有这一切就仍然是十分平淡的。一首诗的内容不可能与它的形式——韵文、音调、韵律——分离开来。这些形式成分并不是复写一个给予的直观的纯粹外在的或技巧的手段，而是艺术直观本身的基本组成部分。"[①]这就是说，文学作品的语言并不仅仅是一个表达意义的技巧和手段，它本身就是"艺术直观"这种形式美意义的组成部分。

德国思想家马克思、恩格斯在《德意志意识形态》一文中指出："语言是思想的直接现实。"[②]语言同人类的思维活动有着极为密切的关系，是人类表达思想感情的主要工具。因此，作为语言艺术，文学要比其他艺术更适宜反映人们的思想活动和感情活动的完整过程与具体内容。一方面，文学可以用语言塑造艺术形象，把那些难以言尽或不可言说的心理感受尽可能地表现出来；另一方面，文学又可以直接运用语言本身，利用语言是思想的直接现实这个特点，去传达那些只能用语言才能确切表达的思想认识，展示思维活动的过程。从这个意义上讲，文学似乎有着两种传达信息的媒介和手段，它能使思想感情的表现既保持了感性的生动与细腻，又具有理性的深刻与复杂。这一特点极大地丰富了文学对思想感情

① 恩斯特·卡西尔：《人论》，甘阳译，上海：上海译文出版社，2004年版，第198页。

② 马克思、恩格斯：《德意志意识形态》，《马克思恩格斯全集》（第三卷），北京：人民出版社，2002年版，第525页。

的表现力,使文学在一定程度上克服了其他艺术因形象的直观性和表现媒介的单一性造成的局限,成为思想性最强的一种艺术形式。荒诞派戏剧经典《秃头歌女》[①](1950)深刻地揭示了人与人之间相互隔绝和无法沟通,这种具有存在主义哲学倾向的人生认识,是通过分为11场的剧本语言、主要是4个人物的对话语言获得表现的。这说明语言不仅是文学的物质结构或知觉形式,而且语言成为文学的全部意义的唯一载体。

对语言艺术的不同领悟层级,奠定了一个充满原则与秩序的文学世界。对于一个初学乍练的诗人,无非是用诗歌语言表达一些非常庸常的观念,他并没有意识到自己是在侮辱诗歌艺术;而一个成熟而敏锐的诗人,却懂得语言不是随便可以使用的,因为一个好的诗人首先懂得何为好的诗歌,也更加尊重诗歌语言,他让语言引导自己,而不是让自己引导语言。在这个意义上,很可能是语言在带动艺术的成长,而不是诗人在处心积虑地运用语言。好的诗歌语言是可遇而不可求的,非一般的人力所能穿凿,从某种层面上说,它有赖诗人对语言的高度敏锐、对诗学的深刻洞见以及对历史文化的透彻悟解力。诗人的使命就是用语言诉诸记忆,进而战胜时间和死亡、空间和遗忘,为人类文明的积淀和留存作出贡献。俄裔美国诗人布罗茨基极力推崇诗歌的力量,他认为语言文字具有绝对的教化作用,强调诗的语言比内容、思想更重要,"所谓缪斯的声音,其实是语言的指令"[②]。语言表明的是一个诗人的文化传统和立场,它和诗人之间是一种亲密的、私人的关系;调动语言所有的音、义力量,感受词语和声音是时间可触知的载体,通过语言形式和时间的粘连来表现生活的丰富性,使其诗歌从众多的声音中独立出来,成为"粗鄙时代的优雅文字"。伟大的诗人/作家从来不一味地模拟现实,而是创造现实,或更准确地说,是伸手去拿现实;而次一等的诗人/作家,把人生视为唯一可获得的现实并巨细无遗地复制现实。

---

① 《秃头歌女》于1950年在巴黎首演,是法国剧作家尤金·尤内斯库(Eugène Ionesco,1912—1994)的处女作和代表剧作。20世纪60年代,英国戏剧理论家M.艾斯林发表专著,把他称为"荒诞派戏剧奠基人"。1970年,他当选为法兰西学院院士。其他著名剧作还有《不为钱的杀人者》(1958)、《犀牛》(1959)、《空中行人》(1962)和《国王死去》(1962)等。尤内斯库的戏剧荒诞曲折、风格独特,但反映的仍是现实社会中客观存在的弊端;他深刻揭示出第二次世界大战后西方社会思想空虚、恐惧绝望的严重精神危机。

② 约瑟夫·布罗茨基:《论W.H.奥登的〈1939年9月1日〉》,《小于一》,黄灿然译,杭州:浙江文艺出版社,2014年版,第265页。

一、莎化原则的魅力与语言艺术的典范

德国思想家马克思、恩格斯非常喜欢莎士比亚的戏剧，不仅在他们的著作中经常引用莎士比亚的戏剧作品和人物，而且在论及戏剧艺术时，充分肯定莎士比亚在戏剧发展史上的地位，指出他在艺术创作上的杰出成就，并提出了"莎士比亚化"的创作原则。[①] 这一原则含义丰富，核心要求是：作家不以抽象概念而是从现实生活出发，通过生动丰富的情节，塑造性格鲜明的典型人物，用形象化的艺术来描绘和再现社会生活。莎士比亚的戏剧首先是反映生活真实的戏剧，他的创作与他所生活的时代有不可分割的血缘关系。

莎士比亚也在《哈姆雷特》第二幕第二场和第三幕第二场，通过哈姆雷特和伶人的谈话，提出了他对戏剧创作的看法。他称戏剧演员为"时代的缩影"，认为"自有戏剧以来，它的目的始终是反映自然，显示善恶的本来面目，给它的时代看一看自己演变发展的本来面目"。这说明莎士比亚把戏剧看成是反映当时社会生活的一面镜子，客观反映现实世界是其根本。

莎士比亚在反映生活的真实时，又受到时代的先进理想的鼓舞。在他的戏剧中，现实主义的描绘往往与浪漫主义的抒写浑然融合。诗人有时偏重于抒写理想，以大胆的想象创造高远的意境，抒发奔放而粗犷的激情，表现出浪漫主义的热情和乐观精神；他有时又偏重于描写现实，通过对人物性格和习俗的深刻而透彻的观察，用精雕细琢的写实手法描绘生活，勾画出人物内心世界最细微的心理特征，以强烈的爱憎揭露社会的不合理现象。他的戏剧既有现实的深度，又有理想的光辉，二者相辅相成，做到了幻想与现实奇妙地结合。

莎士比亚的戏剧用高超的艺术技巧，令人惊叹地表现了他那个时代的精神面貌，表现了人文主义者的理想。李尔在暴风雨中对当时社会罪恶的控诉（《李尔王》三幕二场）、哈姆雷特在生死问题上的独白（《哈姆雷特》三幕一场）、泰门对资本主义社会黄金罪恶的谴责（《雅典的泰门》四幕三场），这些著名诗章都是人文主义思想的精彩表达，思考深刻且文笔生动、感情充沛且语言锋利，都是那个时代精神的高度艺术化的反映。莎士比亚艺术地表现了人文主义者的爱情、友谊、生活、理想，歌颂了理想君主

---

① 马克思、恩格斯：《马克思恩格斯选集》（第四卷），北京：人民出版社，1995 年版，第 554 页。

和理想人物,谴责了封建暴君、马雅维利主义者和各种社会罪恶,反映了文艺复兴时期英国的社会现实。

现实主义的情节是性格发展的历史,情节的丰富和生动又是与人物的性格刻画分不开的。莎士比亚的戏剧善于通过激烈的冲突刻画丰富而鲜明的性格,塑造了许多丰富多彩的、具有鲜明个性特征的人物形象。莎剧中的人物不仅数量多、范围广,从帝王将相到凡夫走卒,各色人物俱全,而且这些人物一般都是活活生生的、富有鲜明个性的。莎剧的故事差不多都发生在古代,他笔下的人物虽然穿着古代的服装,却富于现实生活气息,在思想、感情等方面都是个性化的,反映了他同时代人的性格特征。其重要悲剧里的主人公,都有雄才大略和奔放的感情,言语行动上流露出英雄气概,表现了高尚的情操和时代精神。莎剧里的一些著名人物如哈姆雷特、奥赛罗、伊阿古、麦克白夫妇、李尔、罗密欧、朱丽叶、夏洛克、福斯塔夫等都已成为欧洲文学中杰出的艺术典型。莎翁在塑造这些形象时,有两个重要特点:一是既突出了人物性格中的本质特点,如夏洛克的贪婪、麦克白的野心等,又不忽视他们性格中的其他方面,因而这些人物的形象既鲜明又丰富;二是既通过人物同周围人物之间的冲突又通过人物自身的内心冲突来揭示他们的性格,因而这些人物的性格随着情节的展开而有所发展,个性特点更加突出、人物形象丰富鲜活,决无简单化、概念化的毛病。

莎士比亚最高的原创性体现在人物表现上,他在证实多变的心理上超越了所有人,这也是他成为经典核心的关键原因。[①] 以《亨利四世》中的约翰·福斯塔夫爵士为例,美国学者布鲁姆认为莎翁在他身上改变了创造文学人物的全部意义。这一形象也使莎翁背负了唯一真正的文学欠债。[②] 他指出福斯塔夫这一人物与乔叟在《坎特伯雷故事集》中刻画的巴思妇人有着奇特的关系,这一发现颇为有趣。从人物形象看,这两个人物都是享乐主义者和利己主义者,否定道德,追求自我享受。而有意思的是,巴思妇人和福斯塔夫连同堂吉诃德,他们都孩童式地沉浸在游戏之中。[③] 这一观点出自塔尔博特·唐纳德森。布鲁姆接受这一说法,但他更进一步地发掘人物心理,指出巴思妇人以及赎罪券商在倾听自我和他人的故事时摒弃了游

---

① 哈罗德·布鲁姆:《西方正典:伟大作家和不朽作品》,江宁康译,南京:译林出版社,2011年版,第37页。

② 同上书,第36页。

③ 同上书,第37页。

戏和欺骗。莎士比亚巧妙地抓住了乔叟给出的这一启示，从福斯塔夫开始广泛地拓展主要人物自我倾听的效果，并在自我倾听的基础上开创了对自我变化的描写，由此完成了所有文学创新中的最非凡之举。[①] 在哈姆雷特身上这一特质更为明显。自我倾听并不全是心灵与自己的对话，或内在心理斗争的反映，它更是生命对文学必然产生的结果的一种反映。莎翁从福斯塔夫起就在想象性写作的功能之外加上了更沉郁的诗艺训诫：如何对自我言说。[②] 可以说，文学中的"自我言说"自莎士比亚之后一直在延续和发展。从简·爱的心理斗争，普鲁斯特《追忆似水年华》中的自我意识流动发展到胡安·鲁尔福在《佩德罗·巴拉莫》中鬼魂自白。

莎士比亚戏剧里的人物往往包括社会里的各个阶层，反映各种社会关系，一些次要人物有时甚至比主要人物还要活跃。即便是普通人物，莎士比亚在塑造其性格时也是不遗余力。《李尔王》中的肯特并不是全剧最主要的人物，诗人通过一些给人深刻印象的典型事件(例如他在李尔盛怒时敢于忠言直谏，他在李尔受难时想尽方法拯救保护李尔)，极其深刻地刻画了肯特的忠贞不贰以及疾恶如仇、耿直高朗。除此之外，莎士比亚戏剧中对女性和小丑的性格描绘都别具一格，在艺术上有很高的造诣。在他早期的喜剧中，女性的正面形象占着很突出的地位。她们既美丽可爱，纯洁得像张白纸，又机智勇敢；在争取个性解放、恋爱自由、婚姻自主的斗争中，她们勇往直前、无比刚毅。这些女性是新时代的新女性，她们有新的道德准则，对婚姻和爱情有自己的理想，在剧中以与男人完全平等的身份出现，有些女性聪明才智更胜男人一筹，如《威尼斯商人》里的鲍西娅等。莎士比亚戏剧中的小丑可分为三类：一类是职业小丑和宫廷弄人，如《皆大欢喜》里的试金石，他们善于玩弄字眼，拿人开玩笑，讲话富于幽默感，甚至富于智慧和哲理；另一类是乡下佬之类的傻瓜，如《仲夏夜之梦》里的织工波顿和《无事生非》里的警道格培里，他们讲话傻里傻气，是被取笑的对象；介于这两类之间的是《维洛那二绅士》中傻仆兰斯一类的小丑，既傻里傻气，但傻气中又含有幽默感和智慧。这些小傻不仅能渲染喜剧气氛，而且能在装疯卖傻中表达出作者对生活和社会的各种看法和批评意见。总之，莎士比亚戏剧中所描绘的人物性格不仅生动鲜明，而且像生活本身一样丰富多彩。

---

① 哈罗德·布鲁姆：《西方正典：伟大作家和不朽作品》，江宁康译，南京：译林出版社，2011年版，第38页。

② 同上。

为了描绘多种多样的性格,展开广阔的社会画面,莎士比亚戏剧里通常都有两个以上的故事线索平行或交错发展,互相衬托补充,最后融合在一起,在《仲夏夜之梦》中甚至有四个平行交错的故事线索。恩格斯就特别肯定了莎士比亚戏剧"福斯塔夫式的背景"描写的成功。此外,莎剧情节的发展,完全打破了古代希腊悲剧"三一律"中的情节统一律,在五幕的范围内,戏剧人物可以由少而壮而老而死,也可以由一地到另一地、由一国到另一国。莎士比亚擅长于把幻想与现实统一起来,用两个或两个以上平行的情节线索展开戏剧冲突。悲剧《李尔王》有两个完全平行的情节,交错进行,最后两个情节合成一个,戏剧冲突集中在以李尔王和考狄利娅等人为代表组成的正义集团与以李尔的长女、次女等人为代表组成的罪恶集团的斗争上面。至于喜剧,线索则往往更多,都服从于广泛反映生活的要求。他把悲剧和喜剧、现实主义和浪漫主义结合在一起,在悲剧中常常出现喜剧情节的穿插,譬如《哈姆雷特》中插进"墓园"一场,李尔身边出现弄臣这样的人物等。

莎士比亚的戏剧语言丰富而富于形象性。他的剧作主要是用无韵诗体写成,但也结合了散文、有韵诗句和抒情歌谣,不同的文体在剧中起着不同的作用。伊丽莎白时代讲究修辞的浮艳诗风很盛,在莎士比亚早期的诗歌和戏剧里辞藻比较雕琢,诗体也过于绚丽,还有单纯追求辞藻华丽的倾向,但随着艺术水平的提高,他的语言也日趋朴实准确、生动精炼,显出很深的锤炼功夫。当时英国的民族语言正处在一个丰富发展的重要阶段,莎士比亚一方面运用书写语言和口语,一方面也广泛采用民间俚语和谚语,有时还自己创造新词,因此他的语言丰富广博、灵活有力、形象生动,可以从人物的谈吐和声音里表现出温柔、凶狠、狡猾、快乐、忧郁、犹豫等性格特征。莎士比亚按照人物身份与处境不同而使用不同的语言,文雅或粗俗,哲理或抒情,目的都是为了更有助于表现人物的性格。

成熟时期的莎剧,语言生动丰富、达到了高度的形象化和个性化。譬如充分展示其内心世界的哈姆雷特的几次独白,作家创作时或用韵文或用散文、语气或急促或缓慢、意义或明朗或隐晦,以表现人物思想上的矛盾和变化,被公认为英国文学中形象化语言的典范。

布鲁姆认为没有一个作家在语言的丰富性上能够与莎氏相提并论。

他以《爱的徒劳》为例说明此剧一劳永逸地触及了许多语言的极限。[①] 但布鲁姆并未深入展开论述莎翁语言的丰富性。其实，这部喜剧中充满文字游戏和双关语，不同的人说的话甚至流露出的语气都各不相同，符合各自的身份。公主、国王、大臣的用语高雅庄严，时不时掺杂诗歌，比如在第四幕第三场中那瓦尔国王吟诵情诗："请不要以我的泪作为你的镜子/你顾影自怜，我将永远流泪/啊，风致韵绝的王后，你的容貌/超越一切想象，凡人无法描绘"[②]；而侍女等仆从的语言多用口语体，轻快但又有些啰嗦、叫嚷。莎翁在运用语言时灵活自如，戏剧中顺手拈来的诗歌不仅能咏叹、抒情还发挥戏剧作用，格律上也具有伸缩性，这些都充分显示莎翁的语言天分。布鲁姆没有提及莎士比亚对近代英语的发展做出的突出贡献，但学界公认莎翁生活的那个时代正好处于中古英语向近代英语过渡的阶段，传统英语语法和词汇受到对外贸易发展的影响，莎翁用敏锐的眼光捕捉到这些变化并吸收融化于他的创作中。

莎士比亚从不用枯燥乏味的说教来教训读者，他十分善于运用各种各样幻想极其丰富、色彩极为鲜明的艺术形象感染、打动读者，在不知不觉间被剧中人物的悲欢离合、喜怒哀乐感动。譬如描写睡眠，麦克白在谋杀了国王邓肯后寝食不安、备受失眠痛苦的折磨。他说：

> 我仿佛听见一个声音喊着："不要再睡了！
> 麦克白已经杀害了睡眠。"——那清白的睡眠，
> 把忧虑的乱丝编织起来的睡眠。
> 那每日生活中之死亡，疲劳者的沐浴，
> 受伤心灵之香膏，大自然的主菜。
> 生命盛筵上的主要营养。

这里，麦克白这个被失眠折磨得痛苦不堪的人，经过自己的深刻体会，通过种种形象的比喻，把睡眠的作用说得生动而具体。再看，在莎士比亚历史剧里另一个国王亨利四世，也曾被失眠折磨过，也谈到了睡眠，他说：

> 啊，柔和的睡眠啊！
> 大自然温情的乳母，我怎样惊吓了你，

---

① 哈罗德·布鲁姆：《西方正典：伟大作家和不朽作品》，江宁康译，南京：译林出版社，2011 年版，第 36 页。

② 陈才宇校订：《朱译莎士比亚戏剧 31 种》，杭州：浙江工商大学出版社，2011 年版，第 43 页。

使你再不愿替我闭上我的眼皮,
把我的知觉浸沉在忘河里?
为什么,睡眠,你宁愿栖身在烟熏的茅屋里。
在不舒服的草荐上伸展你的肢体。
让嗡嗡做声的蚊虫催你入梦,
却不愿偃息在香雾氤氲的王者之宫。
在富丽华贵的宝帐之下
让具有最甜美旋律的声乐将你催眠?

亨利四世把睡眠比作“大自然温情的乳母”,给人以营养,可是他却惊吓了这位乳母,使自己从此不能安眠。莎士比亚通过亨利四世之口,用了一系列极其生动的形式和贴切的比喻形容睡眠,来说明一般穷苦老百姓无忧无虑、安享睡眠的幸福,而亨利四世自己贵为国王,生活那样豪华舒适,环境那样幽静优雅,却因思虑重重被剥夺了安眠的福祉。这种形象化的语言,诗意盎然、优美生动,极大地增强了诗句的艺术感染力,是千古不朽的名篇。

同样,在《李尔王》《麦克白》等剧中,莎翁对“虚空”有无人能及的令人信服的表现。譬如在《麦克白》的第五幕第五场中主角的独白:

明天,明天,又一个明天,直到最后一秒钟的时间;我们所有的昨天,不过是替傻子们照亮了去黄泉的道路。熄灭了吧,熄灭了吧,短促的烛光!

人生不过是一个行走的影子,一个在舞台上指手画脚的拙劣的演员,登场片刻,就在无声无息中悄然退下;它是一个愚人讲的故事,充满着喧哗与骚动,却找不到一点意义。[①]

莎翁对虚无的描绘可谓丝丝入扣,动人心弦。后世作家福克纳直接援引“喧哗与骚动”作为自己长篇小说的标题,而加缪、陀思妥耶夫斯基等人对虚无的抒写或多或少受到莎翁的影响。

在运用各种鲜明生动的形象表现主题的同时,莎士比亚有时还采取一种特殊的手法,以反面来衬托正面事物。《第十二夜》里薇奥拉女扮男装,成了公爵奥西诺的仆役,她受公爵之命去见奥利维娅小姐,当她看见

① 莎士比亚:《麦克白》,朱生豪译,北京:中国对外经济贸易出版社,2000年版,第149页。

了奥利维娅的美貌时,她这样赞美道:“那真是美的精美调剂。那红红的白白的,/都是造化亲自用他的甘美巧手敷上去的。/小姐,你是当今活着的女性中最残忍者。/要是您甘心让这种美埋没在坟墓里,/而不给人世留下一本副本。”特别是最后两句诗不从正面写奥利维娅的美丽,而从反面谈,说如果她不把“副本”留在世上,那就是当今女性中的最残忍者。由此足见诗人的想象丰富和手法高妙。

莎士比亚的形象化语言,任何时候都没有与其作品内容分开,诗人正是通过其形象化语言来表达其作品的深刻思想内容,才使得莎士比亚作品的诗句震撼人心、感人肺腑,具有极大威力。在《雅典的泰门》一剧里,主人公泰门有一段批判黄金在资本主义社会里支配一切的危害,极为深刻。泰门由于过分慷慨,把自己的钱财全部施舍净尽,没有了钱,他便尝尽了人间世态炎凉,被迫住在洞穴中。有一次他在掘地时突然在土里发现了金子,他说:“咦,这是什么?金子?橙黄的,发光的,宝贵的金子!”(《雅典的泰门》第四幕三场第25—26行)接着,他便满腔义愤地控诉起黄金在那个社会的罪恶来:“这东西,只一点儿,就能使黑的变白,丑的变美,/错的变对的,卑贱变尊贵,老的变年轻,懦夫变勇士,/哈哈,众神啊,为什么要给我这种东西呢?……”在这里,莎士比亚通过泰门之口,对“金钱万能”“钱能通神”的种种罪恶作了深刻的揭示。诗人不但深刻地触摸到问题的本质,而且用极其生动活泼、尖锐有力的形象化语言表达出来。

莎士比亚戏剧主要是用素体诗写成的诗剧,不仅有音韵节奏之美,而且善于使用譬喻,描绘生动的形象,抒写热烈的理想。戏剧里的许多佳句,已经成为英国语言的精华,经常被人引用,有的甚至成了格言和谚语。莎士比亚有时只用一句话,就能使观众或读者进入作品所描写的环境,体会到剧中人物的思想感情。譬如悲剧《麦克白》里的语言运用,当麦克白看见班柯的鬼魂坐在自己的座位上,在惊恐之下只说了句:“The table is full.”(席上已经坐满了。)这些充分说明了莎士比亚戏剧语言艺术简单朴素、生动鲜明的巨大魅力,毫无疑问,他的语言大大丰富了英国的民族语言、提升了英国语言艺术的水准。

使莎剧直抵经典中心的是一种普遍适用的表现方式。[①] 莎士比亚在一部作品中往往能同时展现艰深和浅显的艺术,这使得他能抓住上层和

① 哈罗德·布鲁姆:《西方正典:伟大作家和不朽作品》,江宁康译,南京:译林出版社,2011年版,第46页。

下层阶级中的绝大多数观众,“一千个读者眼中有一千个哈姆雷特”是对这句话的最好阐释。不同的人看莎翁的剧作能看出不同的东西,而恰恰他的作品中有读者喜欢看的生活百态,又能发人深省。

二、讽刺喜剧的丰碑与娱乐正弊的底蕴

17 世纪的法国是一个戏剧繁荣的国家,剧坛上群星灿烂、人才辈出,高乃依、拉辛、斯卡隆、莫里哀等一系列光辉的名字,放射出耀眼的光芒。但是,在喜剧方面,只有莫里哀(1622—1673)才称得上是泰山北斗。他把毕生精力献给了法兰西民族戏剧事业,他的作品达到了当时欧洲喜剧的最高水平,堪称法兰西民族语言的艺术典范。

在莫里哀的诸多作品中,最为人们称道的是讽刺喜剧《伪君子》。富商奥尔贡在教堂巧遇形容枯槁的达尔杜弗,为其虚假的虔诚所触动,把他领回家中。笃信宗教的奥尔贡及其母亲白尔奈耳夫人,一时对达尔杜弗奉若神明,甚至到了顶礼膜拜的程度。奥尔贡强迫女儿毁掉婚约,嫁给达尔杜弗,并立下字据,要把全部的家产送给他,最后,还把一个政治秘密也告诉了他。谁知这个“上天意志的执行者”,原来是一个十足的伪君子,他不但想夺得奥尔贡的家产,还想占有奥尔贡的妻子。这一切,最先被女仆道丽娜察觉。为了让奥尔贡觉悟,她与奥尔贡的妻子艾耳密尔、妻舅克莱昂特等设下圈套:事先把奥尔贡藏在桌下,让艾耳密尔约达尔杜弗单独见面。结果,奥尔贡亲眼看见了达尔杜弗对自己妻子的放肆,因此而怒不可遏,叫达尔杜弗立即滚蛋。但达尔杜弗却逼迫奥尔贡搬家,声称自己是奥尔贡全部家产的主人,并到国王那里告发奥尔贡窝藏一个叛逆者的黑匣子,欲把奥尔贡置于死地。幸好国王对达尔杜弗早有觉察,奥尔贡被赦免无罪,达尔杜弗锒铛入狱。《伪君子》对当时的反动宗教势力进行辛辣的嘲讽和沉重打击。中心人物达尔杜弗的形象集中体现了当时法国社会中宗教卫士虚假、伪善的恶习,具有高度的典型意义,“达尔杜弗”也由此成为法语中“伪君子”的同义词。

达尔杜弗本是一个由外省流落到巴黎的没落贵族,穷得一文不名却伪装成最虔诚静修的苦修士,骗取了奥尔贡的信任,被奥尔贡当作良心导师和精神上的圣徒请进了家门。其实,这个人从外表到内心,没有一点虔诚信士的样子。达尔杜弗口头上宣扬苦行主义,实际上却贪恋人世的各种享受和乐趣。他好吃贪睡,表面上像苦行的修士一样备着鬃毛紧身和抽身的皮鞭,但是一餐就能吃掉两只鹌鹑加半只羊腿,然后一觉睡到第二

天清晨。达尔杜弗对财富更加贪婪。他落魄巴黎时，奥尔贡见他可怜，给他一点钱，他总说太多，并当着奥尔贡的面把钱分给其他穷人；后来他却打着上帝的名义毫不犹豫地接受了奥尔贡赠送的财产契约，并在伪善败露后驱赶奥尔贡一家、图谋其家产。剧中人物克莱昂特曾一针见血地指出："这些利欲熏心的人们，把侍奉上帝当作了一种职业、一种货物，想用骗人的眼风、矫作的热诚当作资本去购买别人的信任，去购买爵位。"达尔杜弗矫揉造作、伪装慈善，捏死一只跳蚤也认为罪孽深重、后悔不已，然而就是他几乎逼得奥尔贡倾家荡产、家破人亡。

达尔杜弗还是一个灵魂丑陋的淫棍，但总是以"圣徒"的面目出现。直到第三幕第二场才第一次登台亮相的达尔杜弗一看见女仆道丽娜穿着低胸的衣服，马上掏出手绢要她把胸部遮上，说是"看了灵魂会受伤"。实际上，达尔杜弗极其好色，本来他已经诱使奥尔贡把女儿嫁给他，却还要勾引奥尔贡年轻貌美的续弦艾耳密尔。在《伪君子》中，莫里哀为达尔杜弗选择的中心动作就是对美色的追求；莫里哀瞄准他好色这根软肋、顺着他勾引艾耳密尔这条线索，设计展开了"大密斯揭发"和"桌下藏人"两次喜剧桥段。

作为一个伪善的邪教士，达尔杜弗运用"貌似虔诚"的法宝：他伏地祈祷，施舍刚刚乞讨到的钱财，装模作样地忏悔自己不小心弄死了一只跳蚤……作为一个贪食贪睡者，他"心安理得"地大肆享用美味佳肴，明目张胆地吃吃睡睡，全然不把所谓苦行修炼当回事；作为一个好色者，他有色心也有色胆，一方面要奥尔贡小心看管娇妻，别让人家向她抛媚眼，另一方面自己却急煎煎地向她示爱。事情败露后，不仅不慌乱，反而以退为进，高高在上地将自己打扮成一个接收厄运考验的"圣徒"、被别人陷害而不图报复的正人君子，直骗得奥尔贡对他更是佩服得五体投地，从而变本加厉地对待家人：赶走儿子大密斯，坚定了将女儿嫁给达尔杜弗的决心，慷慨地将全部财产馈赠给他。作为一个贪财者，达尔杜弗面对这笔飞来横财摆出一副却之不恭的姿态，声称："这是上帝的旨意，应该遵从"，毫不客气地据为己有，并大言不惭地说："恐怕这份家业落到坏人手中；怕的是有些人分得了这笔钱财拿到社会上去为非作歹，而不能照我计划的那样拿来替上帝增光，来替别人造福。"李健吾先生在分析达尔杜弗时说："他狡猾，甚至于油滑，随着情节的发展，还显出毒辣的恶棍本质。不过他缺乏修行人的克制功夫。冷静在他不是'天赋'。他本来可以马到成功，但是他的‘弱点’一经对方掌握,他也只有束手就擒了。”[1]正是由于达尔杜弗无耻和露骨的好色弱点,才被艾耳密尔等人以“桌下藏人”计逮个正着,并使奥尔贡母子等人最终认清了他的本来面目和真实嘴脸。

达尔杜弗不仅表里不一、品性恶劣,而且是一个心怀叵测、奸险恶毒的恶棍。他披上宗教外衣混进良心导师的队伍,目的是为了侵吞别人的财产、勾引别人的妻子;在“遵照上帝的意旨办事”的幌子下,将“凡是世人尊敬的东西”当成挡箭牌,他什么坏事都做得出来。当宗教还不够用来掩饰他的恶行时,他又搬出王法。莫里哀在撕破达尔杜弗伪善画皮的时候,着重暴露他的恶棍本相,揭露他未能得逞的、奸险恶毒的用心以及这种伪善罪恶所必然产生的严重危害。当达尔杜弗在伪善骗不了人们的时候,干脆撕破脸皮,拿出流氓恶棍的招数,他利用法律、串通法院,还进宫告发,亲自带领侍卫官来拘人。在剧中,莫里哀不惜违背古典主义的戏剧的戒律,在喜剧中加入悲剧因素,显示奥尔贡一家几乎落到家破人亡的结果,把邪教士伪善的严重后果写得触目惊心,以激起人们对宗教伪善的痛恨和警觉。

在《伪君子》这部戏里,莫里哀使用的主要喜剧手法是讽刺。他把社会人生中无价值的丑陋邪恶的东西撕破给人看,使人们在贬斥、否定丑陋邪恶之中获得审美的精神愉悦。莫里哀总是强调喜剧要通过笑来打击恶,笑对于喜剧艺术来讲是打击社会恶习的最好的武器。他说:“喜剧的责任既是在娱乐中改正人们的弊病,我认为执行这个任务最好莫过于通过令人发笑的描绘,抨击本世纪的恶习。”[2]“一本正经的教训,即使最尖锐,往往不及讽刺有力量;规劝大多数人,没有比描画他们的过失更见效的了。恶习变成人人的笑柄,对恶习就是重大的致命打击。”[3]由此可见,他既强调喜剧具有惩恶扬善的战斗作用,又强调必须把笑当作打击恶习的有力手段。莫里哀喜剧的讽刺性和民主倾向,不仅得力于对传统的继承,而且是他长期深入民间、学习民间戏剧艺术的结果。他曾漂泊民间12年,大量接受了法国民间闹剧和意大利即兴喜剧的影响;回到巴黎进

---

① 李健吾:《〈莫里哀喜剧六种〉译本序》,《莫里哀喜剧六种》,上海:上海译文出版社,1978年版。

② 莫里哀:《第一陈情表·为喜剧〈伪君子〉事上书国王》,《莫里哀喜剧选(上)》,赵少侯等译,北京:人民文学出版社,1981年版。

③ 莫里哀:《〈达尔杜弗〉的序言》,李健吾译,《文艺理论译丛》第4期,北京:人民文学出版社,1958年版。

入宫廷后也没有脱离广大的池座观众。莫里哀创作的显著特色是他与民间文学日趋紧密的联系，他特别喜爱在露天广场表演那些愉快、俏皮和辛辣的闹剧，因为它们让莫里哀强烈感受到民间创作中生气勃勃、乐观幽默的艺术氛围，包括其中仿佛出自天然的技巧，这使他的剧作进一步贴近了人们习焉不察的日常生活。

毫无疑问，莫里哀是以喜剧著称于世，他的作品勾出的笑声一直延续了三百多年。笑是莫里哀喜剧的灵魂，莫里哀常用机械重复手法让观众在人物还没开口之前就知道他要说什么，让观众在看见人类愚蠢的、自命不凡的和别扭的行为时发出理性的笑，这种理性的笑使观众在感情上与被笑的对象保持距离，而在意识层面又对这些可笑的对象进行了思考。当然，莫里哀喜剧激起的何止是笑声？人们在大幕徐徐落下之后，便会扪心自问：奥尔贡一家真能在太阳王的庇护下逃脱达尔杜弗的欺骗与诬告吗？莫里哀的喜剧具有一种"乐极生悲"的效果，他把社会的不平、人性的变态、伦理的堕落展现在人们面前，观众在这种无情的鞭笞中不禁落下悲伤的泪水。莫里哀喜剧的悲剧性日益为人们所认识，19世纪的一位评论家曾经指出过："莫里哀只是努力以悲哀来娱乐我们，他的每一个疯狂的细节都是其苦涩的哲学思索的产物，毋庸置疑，人们可以坦率地说，他的作品常常叫你笑得泪水夺眶而出。"[①]这就一语道破了莫里哀喜剧中包容着相当深刻的悲剧性意蕴。莫里哀虽然以创作喜剧闻名世界，但是生活的艰辛、社会的不公、贵族的堕落、资产者的残忍都融入了他的喜剧，所以，这种喜剧绝非轻松的幽默与无聊的调侃，而是渗透着悲戚与凄凉。

《伪君子》具有强烈的喜剧效果，它既有民间闹剧的那种插科打诨，尤其是利用屏风偷听和藏到桌子底下的场面都会招致满场哄笑，同时它又具有传奇喜剧的艺术手法，譬如伐赖尔与玛莉亚娜的爱情争执、奥尔贡藏匿秘密政治文件的小箱子等，在情节上环环相扣、引人入胜。《伪君子》的第一幕第一场被歌德称为"现存最伟大和最好的开场"：白尔奈耳夫人与一家人吵架，一下子就揭开了矛盾、吸引了观众，同时交代了每个人物的身份以及他们在这场冲突中的地位与态度，真是单刀直入、一举数得。第一幕第四场也是有名的场次。奥尔贡从乡下回来，不关心正在生病的太太，一个劲儿地追问达尔杜弗的情况。他四次重复"达尔杜弗呢？""真怪可怜的！"这样两句话，造成强烈的喜剧效果，同时把他对达尔杜弗的入迷

① 比埃尔·高里耐汇编：《莫里哀论集》，巴黎：瑟伊出版社，1974年版，第134页。

之深,表现得淋漓尽致。当然,最富有喜剧趣味的还是伪君子达尔杜弗的形象。莫里哀使用那种突出并夸张人物身上构成喜剧性矛盾的某一主导性格的聚焦透视法,将达尔杜弗贪财好色的举动定格在伪善上。当达尔杜弗出场时,莫里哀用一个小小的动作——“要手帕”就揭穿了他伪善的嘴脸和卑污的内心,手法之简练,真是惊人。后面的几幕,莫里哀顺着达尔杜弗勾引艾耳密尔这一情节线索,让达尔杜弗自己一层一层地剥下了外衣、露出了本性。另外,《伪君子》的人物语言具有个性化、点墨成金的特点,譬如道丽娜的明晰、朴素、生动,达尔杜弗的矫饰、造作、辞藻堆砌等。英国小说评论家福斯特曾经指出:类似莫里哀围绕着单一品质塑造出来的“扁平人物”较之多面性格的“圆形人物”“在制造笑料上能够发挥最大的功效”[①]。

莫里哀打破古典主义把喜剧和悲剧决然分开、不得交错的“风格整一”法则,在《伪君子》这出喜剧中穿插一些悲剧性因素,如奥尔贡女儿婚姻遭破坏、奥尔贡濒临家破人亡的险境,喜中含悲,加速了喜剧矛盾的发展,收到了较好的艺术效果。莫里哀是一位对现实人生有着极其深刻理解的喜剧家,在他看到事物可笑性的同时,能够相当清醒与敏锐地捕捉和透视到可笑性背后深刻严肃的理性内涵与悲剧底蕴。歌德曾说:“莫里哀是很伟大的,我们每次重温他的作品,每次都重新感到惊讶。他是个与众不同的人,他的喜剧作品跨到了悲剧界限边上,都写得很聪明,没有人有胆量去模仿他。”[②]单纯的喜剧往往流于闹剧,不重性格刻画、单纯以逗哏发噱为目的,而最高的剧体诗总是悲喜剧渗透,令人啼笑皆非。伟大的剧体诗人莎士比亚就是另外一个打破了悲剧和喜剧的传统界限的典型实例。歌德对莫里哀的这段评论可谓切中肯綮。

《伪君子》以其高度的思想性与艺术性赢得了世界性的声誉,它不仅是莫里哀的代表作,也可以说是欧洲古典喜剧中成就最高的作品。在欧洲戏剧史上,莫里哀是继莎士比亚之后成就最大、影响最深的戏剧家,他把欧洲的喜剧提高到真正近代戏剧的水平,为后来的作家开辟了前进道路。意大利喜剧家哥尔多尼、法国戏剧家博马舍等都是直接效法莫里哀,写出了富有时代精神的优秀作品,哥尔多尼为此而被誉为“意大利的莫里哀”。巴尔扎克的作品与莫里哀有着明显的血缘关系,

---

① E. M. 福斯特:《小说面面观》,苏炳文译,广州:花城出版社,1984 年版,第 59 页。

② 歌德:《歌德谈话录》,爱克曼辑录,朱光潜译,北京:人民文学出版社,1978 年版,第 86 页。

歌德、雨果、果戈理、托尔斯泰、狄更斯、萧伯纳等也都把莫里哀当作他们学习的榜样。

三、英式幽默的风雅与语言艺术的智性

幽默作家乔治·麦克尔斯曾经说过,英国人是世界上唯一为其幽默感自豪的民族。相对于美国自我吹嘘式的热幽默,英国人的幽默是一种冷幽默,其喜剧效果不在于插科打诨,而是借语言的文雅机智,以浑然超脱的态度进行自我嘲讽。英国人这种呼之即来的自嘲能力成就了英国独特的文化。英国人的幽默似乎无所不在,在最不可能的地方也能生根发芽,最惨痛的经历和最严肃的事情都能被他们拿来幽默一番,他们可以把简单的事情说得生死攸关,也能把复杂的事情一笑处之。在英国,幽默的火花随时随地在撞击、在闪现,幽默的言语随处可闻、包罗万象。在文学作品、影视媒体、日常生活里,都会见到英国人机智风趣的描写、轻松调侃的表演。自嘲看似自我贬低,却是英国人深层自信心的体现,因为这种自我嘲讽的背后,蕴藏着生活的智慧、沉淀的修养以及豁达宽容的生活态度,这些也正是英国人为之深深自豪的地方,甚至成就了他们自傲的民族性格。

毫无疑问,幽默感是一种智力上的优越感,更是一种超越性的人生态度,在文学经典中有丰富多样的表现。幽默与开朗、豁达、机智、阳光的心态相连,与阴郁、病态、小肚鸡肠、反应迟钝无关。人人喜欢幽默、羡慕有幽默感的人,但不是人人喜欢表现出自己的幽默、不是人人有能力表现幽默。幽默不仅仅是嘲笑别人,也包括毫无保留地自嘲。在英国人的自我描述中,幽默是其民族性格的一个重要方面,也是昔日的"日不落"帝国在智力上的优越感的体现。人们通常认为,英国人的笑很有节制,不如美国人放得那么开,不会开怀大笑,他们常常莞尔一笑、点到为止、彬彬有礼。现在很多人认为,流行影视中的"憨豆先生"①是英式幽默的典型人物,他内敛、沉默、怪异,憨态可掬,创造了英国式的无厘头,似乎英式幽默就是"自我贬低,以自负为大敌,其最终目的就是自嘲,嘲笑自己的缺点、失败、窘境乃至自己的理想"。其实,在英国文学经典中,从莎士比亚、斯威夫

---

① 《憨豆先生》("Mr. Bean")是 Tiger Aspect(老虎电视)出品的时装喜剧,由英国影视演员罗温·艾金森(Rowan Atkinson,1955—　)主演,1990 年 1 月 1 日在英国首播。该剧讲述了傻乎乎的憨豆先生过着倒霉而又有趣的生活的故事,大受欢迎。其后,艾金森又主演了多部"憨豆"电影作品,赢得了更多观众的喜爱。

特、狄更斯[①]等伟大作家的不朽作品中更可以见到英国式幽默的风格。

从英国文学来看,英国人的幽默感更加复杂,有情景幽默和语言幽默两种类型。所谓情景幽默就是在一个特定的情景中发生的喜剧,幽默由情景引起。在莎士比亚的《威尼斯商人》中,鲍西娅女扮男装,以律师鲍尔萨泽博士的身份出庭,为安东尼奥辩护,拯救了他的性命。安东尼奥的朋友巴萨尼奥,也就是鲍西娅的丈夫,并不知情,上前去感谢她,要送她一件礼物以示感谢。她选择了巴萨尼奥手上的戒指,即她自己送给他的定情物。巴萨尼奥一开始很为难,但是经过一番掂量之后,他给了她那只戒指,违反了他对妻子(即女扮男装的她)许下的诺言。这种幽默也叫身份错位的幽默,即由于不知道对方身份而说出了错误的话或者做出错误的事而引起的幽默。人们可以想象,巴萨尼奥回家后将会受到鲍西娅怎样的惩罚。

英国情景幽默的另一个重要特点是文体错位,即用与描写对象不协调的文体来呈现他、描写他。约翰·德莱顿在《麦克弗兰诺》一诗中描写了一场声势浩大的加冕仪式,用史诗般的语言描写了一个三流作家C成为"愚蠢之王"的经过。加冕仪式始于父王(一位老的三流作家)的退位演说,他说:时光不饶人,国家需要新鲜血液。作为国王,他不过是开路人,为更伟大的傻瓜铺平道路。正当他历数C的愚行,证明他是最伟大的傻瓜时,他脚下木板脱落,他掉了下去,身上的袈裟随气流飘到了空中,正好掉在C的身上。读者都明白,这个史诗般的场面与这位三流作家的形象极不协调,它的幽默就在于将这个愚蠢的典型放进了一个根本不适合他的场面,用一种高贵的文体来讲述一个庸人的故事。通过创造不协调的情景,使描写对象变得荒唐,从而达到了挖苦和奚落的效果。[②]

英国的情景幽默更多的是使用时空错位的手法。所谓时空错位就是指将一个人物从一个环境移植到另一个环境中,或者从一个时代移植到另一个时代,从而产生误会、奇遇等等喜剧因素,乔纳森·斯威夫特(Jonathan Swift,1667—1745)的《格列佛游记》就属于这一类幽默,它运

---

① 狄更斯是一个了不起的讲故事的大师,他体现了英国人发自内心的快乐和幽默,代表人物是匹克威克;同时,狄更斯体现了英国人自觉的反思和批判精神。中国作家刘震云曾说:"狄更斯的过人之处,在于他对所处的时代充满情感,其中最伟大的情感是怀疑,他带着幽默的态度,把怀疑渗透在他的人物和故事中。"(《莫言、刘震云、李洱共读狄更斯》,腾讯网 2014-07-23,http://cul.qq.com/a/20140709/049083.htm。)

② 张剑:《英国文学与英式幽默》,《光明日报》,2012年01月16日09版。

用夸张、对比、反语和含蓄等多样手法，对当时英国统治集团的争权夺利、党派纠纷和宗教分歧等丑恶现象加以讽刺，作品中闪烁着嘲讽的智慧。格列佛在海上遇难，漂流到一个海岛。当他醒来时，他已经被一种微缩人类所控制，被当成奇观拖到了都城，成为观赏对象。然而，当小人国与邻国发生战争时，他被当成了秘密武器，帮助小人国取得了战争的胜利；当小人国的王宫意外发生了火灾时，人们手脚慌乱，无所适从，他又用一泡尿液浇灭了大火。《格列佛游记》中的幽默是由情景置换所引起的，格列佛也因被放到了一个不同寻常的环境中而引起了各种误会和奇遇。他从一个时空被移植到了另一个时空之中，他的身份和特征与新的环境完全不能相匹配，因此产生了不协调感或者不融合的情景。这样的技巧在现代西方的电影中也常常被使用，如根据马克·吐温小说改编的电影《康涅狄克州的扬基在亚瑟王的朝廷》就是将一个现代美国人送回到中世纪，其结果是他所掌握的简单的科技知识在亚瑟王的时代都是奇迹，在朝廷引起巨大的轰动。在好莱坞大片《回到未来》中，男孩乘坐时间机器，回到了他父母恋爱的时代，企图干预父母的婚姻。这种时空错位常常能够产生诸多喜剧性效果，从而在读者心中引起强烈的幽默感，产生了所谓的"穿越剧"的效果。

斯威夫特是以生动多趣、运思深刻的讽刺见长的作家，也是英国式幽默的大师。《致斯特拉》一诗是他献给友人(情人)的一首生日诗，他多年来一直追求她，从 16 岁追到 32 岁，仍然没有追上。在诗歌中，他首先恭喜她年龄翻了一番，身材也翻了一番。这里读者感到话中有话，但是他笔锋一转，继续说道，虽然你的年龄和身材翻番，但是你的智慧和魅力也翻了一番。他希望她不是 32 岁，而是两个 16 岁的姑娘，而他自己也希望上帝能够把他劈成两半，正好与两个 16 岁的姑娘配对。在这里，斯威夫特没有刻意讽刺，更多的是逗乐。他将"翻番"这个概念进行了仔细的玩味，翻来覆去对它进行考察，从而使它产生神奇的效果。

如果说斯威夫特是以针砭时弊的尖锐嘲讽见长，那么奥斯卡·王尔德(Oscar Wilde，1854—1900)则是嘲讽英国上流社会的高手。王尔德曾经说过："对英国人而言在上流社会里，可厌；在上流社会外，可悲。"王尔德的各种剧作中也充满了讥讽和幽默，经典金句如"男人经常希望是女人的初恋对象，女人则希望成为男人最后的罗曼史""结婚是幻想战胜了理智，再婚是希望战胜了经验""我可以抗拒一切，诱惑除外""如今是这样的时代，看得太多而没有时间欣赏，写得太多而没有时间思考"等。这些轻描淡写的自嘲、含蓄克制的言语背后,深藏着浓厚的文化修养,是极度的自信和自傲。他的剧作涉笔成趣、笔中带刺、意味深长,而整体看来相当优美温良、精妙从容,毫无尖酸刻薄之气。他的著作在20世纪40年代后被陆续搬上了银幕,如《道连·格雷》《莎乐美》《温德米尔夫人的扇子》《认真的重要性》等,高雅的艺术风范、独特的语言技巧和幽默的人生智慧深受观众喜爱,也在英国影坛掀起了一股声势浩大的文学电影热潮和电影创作热潮。

语言幽默常常表现为语言运用的机智性,或对语义的延展、扭曲和挤压。英国作家、批评家塞缪尔·约翰逊(Samuel Johnson,1709—1784)曾经与一位有女权主义倾向的女士交谈,女士大谈特谈女性的优秀品质,责备男性对女性的不公,谴责社会对女性的压迫。约翰逊对此有些反感,他回答说:"你的观点也许很有意思,但是作为男人,夫人,我无法想象。"后半句的英语原文是"but as a man, madam, I cannot conceive."也可以理解为"但是作为男人,夫人,我无法怀孕"。言外之意,我没有女性的体验,因此无法想象女性在社会中所受到的不公正待遇。同时,这也是对女士激进的女权主义思想的反唇相讥。由此可见,约翰逊对"想象"(conceive)一词的选择很有用心,对它的运用充满了机智,挤压出该词"一语双关"的含义,从而达到了一种词义延展和扭曲的幽默效果。[①]

从以上这些英国经典文学中的例子可以看出,英国式幽默比较含蓄、细腻,不是那种粗俗、下流的玩笑。英国式幽默的特点常常是莞尔一笑而非开怀大笑,但并不是说英国人只会开这样的玩笑。实际上,其他的各种幽默技巧英国人都使用过,如故意曲解、戏仿、戏谑、惊喜等。有一个顾客在餐厅里吃饭,发现汤里有只苍蝇,叫来侍者,对他说道:"汤里有只苍蝇。"侍者回答道:"是嘿,它好像在游泳,还是游的仰泳。"另有一位英国人开车出游,在一个乡间迷路,问农夫:"请问我这是在什么地方?"农夫看了他一眼,说:"你在车里呀。"读者都明白,在这两则幽默里,听者故意曲解了说话人的意思。看惯了美国简单直接的喜剧,英国的喜剧让人笑到流泪,却是醍醐灌顶的笑,耐人寻味。

文学是一个国家的历史、文化、价值观的载体,从文学中看一个民族的性格应该是合理、可靠的。当然英国同其他国家一样,是一个不断发展的国家,其民族性格也在不断建构之中。英国《金融时报》2011年3月刊

---

① 张剑:《英国文学与英式幽默》,《光明日报》,2012年01月16日09版。

登的一篇题为《英式幽默见证英国衰落》的文章说,大英帝国的衰落使英国人更容易自嘲,拿“没落”来开心。美国的党派政治常常充满了怨恨,在任总统常常被谩骂,而英国政治常常是以奚落、嘲笑来对付对手。作者说:“随着美国也与英国一道坐上了‘下行’的电梯,相信两国都将迎来库克式讽刺喜剧的复兴。”英国人是语言的高手,反应之迅速、言辞之俏皮令大部分民族自愧不如。幽默有时能使火爆的场面在一笑中化解,譬如一个经典例子:伦敦巷口有疯汉演说,声言要烧掉白金汉宫,绞死首相。看热闹的人很多,交通阻塞。警察过来:“诸位,赞成烧掉白金汉宫的站到这边来,赞成绞死首相的站到那边去,留出中间的路让行人通过!”全场大笑,人群一时烟消云散。

在英国,幽默是传统,是国粹,是民族特色,享有崇高的地位。按照作家乔治·麦克尔斯的说法,在其他国家,如果人们看谁不顺眼,或者恨谁,他们会骂你愚蠢或粗鲁;然而英国人则会说你没有幽默感,这是最严厉的谴责、最彻底的轻蔑。英国文学作品的语言幽默有五种最为常见的手法:反语、讽刺、荒诞、机智和涉及性的笑话。同时,在表达力相当丰富的英语中有很多的同义不同音和同音不同义的词语、一词多义、一语双关等,由此产生了许多文字杂耍的高手。英式幽默绝不是快餐文化,从来不以夸张的表情和粗俗的语言来赚取别人的笑,他们的幽默,是一种语言的艺术,它讲究克制含蓄,运用大量的双关词、荒诞的情节、机智的反语与讽刺自嘲。面子上是冷静的温文典雅,骨子里是辛辣的讽刺,背后却蕴藏着深厚的文化修养以及高雅风趣的品位;这种自我嘲讽和嘲讽他人的外衣下是深层的自豪与自信,也有英国人遮不住的自傲。源远流长的文化底蕴以及曾经称霸世界的辉煌历史,使得英国人拥有一种内敛的优越感,他们敢于讽刺、乐于嘲讽,英国人含蓄地张扬自己的幽默文化。高雅如经典艺术,低俗至街头小贩,严肃至政治经济,轻松至餐桌话题,无不折射出幽默的影子,英国式的自嘲和自傲完美结合是英国生活当中的掠影。更难能可贵的是幽默的意义,它是一种达观的生活态度,是宽容和理性,是面对人生困境的最大法宝。因此,英式幽默在彰显本国文化的同时,也在不断地影响着世界。

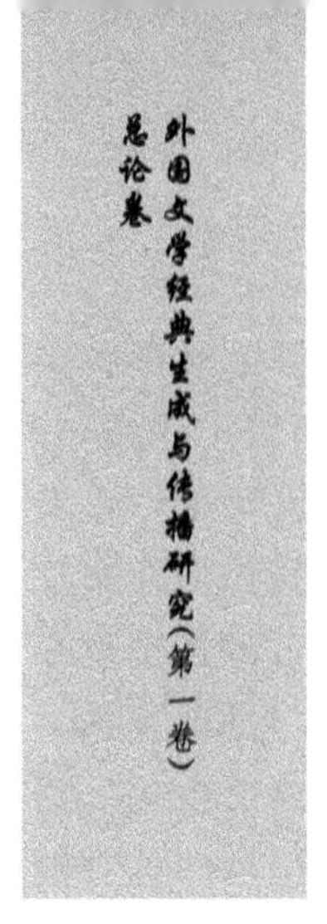

第三章
外国文学经典的建构方式

就世界文学史而言,“经典”既是一个约定俗成的概念,指人类历史上那些杰出、伟大、震撼人心的文学作品,又是一个无法精确检测和证明的修辞性概念,因为在不同的人看来,所谓“杰出”“伟大”“震撼人心”等词汇也各有含义。应该说,经典既有客观性、绝对性的一面,也有主观性、相对性的一面,经典的标准不是僵化、固定的,政治、经济(譬如赞助人)、思想、文化、历史、艺术、美学等因素都可能在某种特殊的历史条件下成为命名经典的原因或标准。任何一部文学作品绝非天生就是经典,它从产生到被奉为经典都有一个过程,这个过程就是“经典化”。许多作品在成为经典之前,甚至遭遇过被冷落、被查禁、被毁灭等,但它们经过时间的洗练和时代的选择而逐渐被奉为经典,这个过程令人玩味。

毫无疑问,外国文学经典蕴藏着世界各个族群的传统和习俗。多数时间这些传统和习俗是稳定、持续和墨守成规的,有时也会根据实际情况做出调整,以适应那些典型的和不断重复的情况,呈现出传统、习惯与创新、实验之间相互作用的博弈过程;相应的,外国文学经典则是一种“经典化”与“经典性”的博弈过程,二者相互促进时属于正和博弈,相反则属于负和博弈,这种逻辑关系同样存在于“经典化”与“去经典化”之间。当然,在经典化与经典性的博弈关系中,从历史哲学与文明进化角度看,经典性是“根源”,经典化则是“枝叶”,但有时“枝繁叶茂”未必就一定意味着“根深源远”。

由此看来,外国文学经典是时常变动的,它不是被某个时代的人们确定为经典后就一劳永逸地永久地成为经典,外国文学经典也是一个不断的建构过程。所谓“建构”,强调的是累积的过程,不是某个人的一次性的决定。[1] 不同时代拥有不同观点的人，常常对某种外国文学经典不以为然，认为不是经典；相反，他们可能提出另外一些作家的作品作为经典。然而，问题的另一面是，为什么有些作家及其作品，譬如意大利的但丁和他的《神曲》、英国的莎士比亚和他的剧作、法国的雨果和他的诗歌小说、德国的歌德和他的《浮士德》成为文学经典的"常青树"，在不同的历史时期，在意识形态和文化权力有了很大变动的情况下，他们的作品仍然被承认是文学经典，难道意识形态和文化权力无法操控它们吗？如果承认上述问题，那就不能不说，在外国文学经典建构的问题上，认为意识形态和文化权力可以决定一切、操控一切的观点是不尽妥当的。

著名学者童庆炳(1936—2015)指出，文学经典建构的因素是多种多样的，起码要有如下几个要素：(1)文学作品的艺术价值；(2)文学作品的可阐释的空间；(3)特定时期读者的期待视野；(4)发现人；(5)意识形态和文化权力变动；(6)文学理论和批评的观念。就这六个要素来看，前两项属于文学作品"内部要素"，这里蕴含"自律"；后两项属于影响文学作品的"外部因素"，这里蕴含"他律"。其中，第三项"读者"和第四项"发现人"处于"自律"和"他律"之间，是内部和外部的"连接者"，没有这两项，任何文学经典的建构都是不可能的。[2] 在这诸多因素中，文学作品"内部要素"对于建构文学经典具有至关重要的意义，是不可或缺的本源性因素。尽管在某一时代、某一地域"意识形态和文化权力变动"可能成为文学经典建构的决定性力量，但是一味强调文化权力的外部要素的作用而忽略内部要素的观点仍然是片面的；殊不知，时过境迁与政权更迭的力量，仍然会将那些"内部要素"不足的所谓"文学经典"沉入人类文明的水底。

外国文学"经典化"的完成及经典作家作品的树立，不仅与作者、读者、批评、阐释等因素密切相关，还离不开意识形态、时间等其他多种要素共同且持续的作用。外国文学经典的建构注定是一个复杂的变动不居的过程，并非凝固不变的绝对化的终极化概念，它应该是一个开放性的、多元性的体系，因此需要以开阔的视野，多重的视角，历史的、辩证的眼光对此进行观照与审视。"经典化"不是简单地呈现一种结果或对一个时代的文学作品排座次，而是要进入一个发现文学价值、感受文学价值、呈现文学价值的过程。所谓"经典化"的"化"，实际上就是文学价值影响人的精

---

① 童庆炳：《文学经典建构的内部要素》，《天津社会科学》，2005年第3期。

② 同上。

神生活的过程,就是通过文学阅读发现和呈现文学价值的过程。正是通过不断地阅读文学经典,德国诗人歌德和美国作家海明威后来在自己的写作生涯中才悉心体悟到,任何一个认真的当代作家,都不是同自己的同辈人竞争,而是同古代的伟大人物和死去的优秀人物一决高下。美国作家爱默生亦曾说过:"只有传世之作才值得继续流传下去。"同时,文学经典不是一个孤立的文本,而是一个过程、一种历史的编织物,是在不断衍生的后续文本中不断生长发展自己的。经典的普遍性价值与文化的多元性并不矛盾,而是相辅相成、互动互补的。经典的普遍性价值正是在它的跨文化传播过程中显示出来并得到强化和增殖的;而具有不同文化身份的经典后续文本,也正是从各自的文化立场出发,通过对古代经典的阐释和改写,借助其话语权和传播力量而得以"增势",从而建立起自己的经典地位的。[①] 可以说,文学"经典化"过程,既是一个历史化的过程,又是一个当代化的过程[②];既是一个审美定型化的过程,又是一个审美拓展化的过程。外国文学经典建构的"经典化"时时刻刻都在进行,它需要各个时代、各个族群的积极参与和实践,特别是已经步入"开放社会"的当代中国人。

外国文学经典不会自动呈现,其产生有其特殊性;它不是一个"标签",一定是通过阅读才会产生意义和价值,也只有在"持续阅读"与"开启民智"的意义上才能实现价值。外国文学经典的建构,关键是要建立一个既立足文学史又与时俱进,并尽可能与当代外国文学发展同步的认识评价体系和筛选体系,即"经典性"的明晰。从某种意义上说,时间的确会消除文学的很多污染和杂音,让人们更清楚地看清真相,但时间也会使文学的现场感和鲜活性受到磨损与侵蚀。外国文学经典的价值是逐步呈现的,对于一部经典作品来说,它的当代认可、当代评价是不可或缺的,否则,就无法从浩如烟海的文本世界中突围出来,就可能永久地被埋没。[③] 从共时态上来看,与"经典"相对应的应该是"时尚"。虽然"时尚"未必都能够成为经典,但"经典"却都是曾经的"时尚"。这些曾经的"时尚"经过时间的淘洗,终以相对稳定的形式固定下来,进而更是在相当长的时间中得以不断的绵延和流行,成为广受尊奉的典范。所以,经典又一定是在一个历时态的过程中产

---

① 张德明:《经典的普世性与文化阐释的多元性——从荷马史诗的三个后续文本谈起》,《外国文学评论》,2007 年第 1 期。

② 吴义勤:《当代文学"经典化":文艺批评的一个重要面向》,《光明日报》,2015 年 02 月 12 日。

③ 同上。

生的，而且经典的产生更成为特定文化传统的凝聚。对于经典遭际的追踪，可以清晰地呈现出该文化传统的价值取向与历史际遇。

对于那些传世的文学艺术经典而言，在共时的空间播撒与纵向的历史绵延中，有其属于艺术自身的一些内在根据。诚如海德格尔所指出的，真正的艺术作品具有它的“真理要求”，但这种“真理”并不是传统的“内容”与“形式”的“符合一致”，而是一种存在与本质的“澄明”。他在《艺术作品的本源》一文中分析说：“在作品中发生着这样一种开启，也即解蔽，也就是存在者之真理。”[①]艺术经典之所以成为经典，更重要的一方面是因为它所具有的内在的“真理要求”；另一方面也是因为在受众的接受与选择中实现了经典的历史性延续。

除去文学经典内蕴的“真理性”要素(即经典性)之外，决定“经典”产生的外部要素(即经典化)主要与各种“权力”及“利益”相关。事实上，历史中任何经典的形成，必然都与一定社会的文化权力乃至其他权力的形式及运作相关，也与权力斗争及其背后的各种特定的利益相牵连。这也就是所谓的文化的权力场。可以说，经典便是这种文化权力场中各种权力聚焦、争夺与角力的产物。法国文化社会学家皮埃尔·布迪厄认为：文化生产的场域同时也就是一个充满了利益(虽然这个利益常常以经济利益的“颠倒的”方式表现出来)斗争的场域。在这个场域中，不同的知识分子掌握了数量不等、类型不同的文化资本，因而在文化场域中占据了不同的地位。知识分子的文化或艺术立场与姿态选择实际上更多的是为了改善或强化自己在场域中的位置所采用的策略。在这个意义上说，文化与知识利益同时也是“政治”利益。在布迪厄看来：“那些似乎只是为科学进步作出贡献的理论、方法以及概念，同时也总是‘政治’花招，是尝试确立、强化或颠覆符号统治的业已确立的关系结构的政治花招。”[②]其实，处于这样一个文化的角力场中的某种文化形式(不一定为知识分子所掌控)一旦形成传统也便具有权威性与控制力。而文化传统的本质就体现为主体活动的延续及其活动产品的传承，其权威性便是通过诸多的文化经典而赋予主体活动以中心价值及典范意义。

具体来看，构成这个文化权力场并制约着经典的形成的主要因素有三方面：第一，社会的主流意识形态和现实政治权力应该是影响经典构建的

---

① 马丁·海德格尔：《林中路》，孙周兴译，上海：上海译文出版社，2004年版，第25页。

② 关于布迪厄的理论均参见大卫·施瓦茨：《文化与权力：布迪厄的社会学》(David Swartz, *Culture and Power*, *The Sociology of Piere Bourdieu*, Chicago: The University of Chicago Press, 1997.)。

一个重要因素。经典之成为经典,在相当程度上是因为它所体现与倡导的价值观念与主流意识形态相切合而得到现实政治权力的推行。现实政治权力往往会利用自身的影响,将这种经典上升为建立社会价值规范的依据,使这些经典作品中符合意识形态的价值观念突显出来,使读者或观众在认同艺术作品的同时也潜移默化地接受这种价值观念。第二,知识分子或称专业人士的介入与推崇也是经典形成的一个关键因素,由于他们的专业眼光和权威地位往往对经典的形成发挥着更大的作用。这一方面是通过知识分子或专业人士的高文化的介入,使得那些原本"草根"状态的文化形式得到精炼;另一方面也可能通过对于经典的重新阐释与价值重估,而使经典得以广泛传播并被人们所普遍认同。第三,广大受众的热情投入与持续追捧更是经典流传的一个必不可少的因素。历史上,经典的形成当然并非完全出于群选,但是大众的趋奉却是经典产生的一个最显著的表征和必要的途径。特别是在当前市场经济条件下,接受广大受众之于文化产品更是形成了一个看不见的市场之手,推动着一浪又一浪的时尚,并进而左右着经典的产生[①],譬如外国文学经典的影像改编的接受度等。

简言之,外国文学的经典化意味着经典的形成是一个不断被接受、传播、评价、认可的动态历史进程,其中必然包含着人的自我建构指向,也就是说,经典的形成最终要回归"人"并反映"人"的理想、价值和情感指向。因为在人类文明演化的历史长河中,没有宗教可以在虚伪中光大,没有文化可以在愚昧中灿烂,没有现实可以在肮脏中幸福,无论文化权力和特殊利益曾经多么强大,文学成为经典的过程多么艰难曲折,它都需要接受时间与历史的淘洗和检验,以及不同历史情境下众多读者对作品的不断接受、印证和生命体验。同时,人类的叙事本能是文学经典存在的根本理由,它决定了文学经典研究是永无完结的历时性过程,并使文学经典研究在学习中展开。

第一节 人神沟通的天赋神圣

所谓"一沙一世界,一花一天国",在具有神性情结的人看来,花草中隐含了"神"(譬如上帝、佛陀、真主、湿婆等神灵)的灵光;而在世俗常人看

① 施旭升:《论戏曲的"经典化"与"去经典化"》,《戏曲艺术》,2011年第1期。

来，花的魅力首先来自它的鲜艳、芬芳、姿态以及由这色、香、形勾起的人们当下的感官欲望与现实想象，然后才可能推及历代积淀的美丽传说、风闻逸趣和文化传承。常人的耳目所及、感官所触和生存境遇是他们的文化之根，玄远的沉思、系统的推理或神秘的体悟往往与他们不沾边，即便有所思也越不出随物感兴、触景伤情之类。因此，文化艺术的胚胎往往孕育于生活中的日常实用——譬如鲁迅先生提及的音乐的“杭哟”派，而诞生于天赋神圣的祭神、颂神中的祭祀仪式或巫术——所谓“三尺之上有神明”；古人以为神明掌握着人的命运，只有虔诚地讨好神明、揣度其深意并投其喜好才可能有幸福的生活。美国著名学者埃伦·迪萨纳亚克(Ellen Dissanayake，1938—)认为：“在中世纪，艺术主要服务于宗教，和它从一开始在人类社会中一直起的作用一样。它们并没有‘从美学上’被看作本身或其中具有意义和意味的某种东西，而只是因为它们揭示了上帝才受到重视。文艺复兴时期的艺术家们逐渐用以人为中心的关系取代了末世学的关系，但是，从一种以上帝为中心的艺术到一种以人为中心的艺术的转变中，他们的作品描绘的要么是一个熟悉的理念的/神圣的领域，要么是他们生活在其中的现实世界。这些艺术家们的‘艺术’包括用手艺人似的美、和谐和杰出的标准来准确地表现题材。”[1]正是在日常实用与神明祭祀的双重影响下，人类文化艺术才得以衍生并发展起来，而审美活动也由此具备了功利性与非功利性的两副面孔以及真、善、美、乐、用的五项功能。由日常实用衍生出的功利性审美倾向因专业化不够而发展缓慢，而由神明祭祀衍生出的非功利性审美倾向则因专业化的不断深入以及与人类智慧尤其是形而上学的息息相关而源远流长。[2]

就外国文学经典生成与传播中的“人神沟通”而言，主要是指文学创作中的“通灵天才”或宗教文士于其创作中的“神迹”展现或“神念”贯通，他们或“代神发言”，或探寻国族灵魂的神秘，或笃定生死秘境；他们以各自独特的方式，或发挥文学的抚慰功能，或见证人类“因思而成”的高贵，或不遗余力探究本原世界的复杂与单纯。总之，能成就经典的作家/诗人/剧作家绝非常人可比，要么是“天纵英才”的早慧少年，要么是心思笃定的恒心信士，间或二者兼有，能言人所不能言、能言人所不曾思，以先知

---

① 埃伦·迪萨纳亚克：《审美的人——艺术来自何处及原因何在》，户晓辉译，北京：商务印书馆，2004年版，第271—272页。

② 傅守祥：《欢乐之诱与悲剧之思——消费时代大众文化的审美之维刍议》，《哲学研究》，2006年第2期。

式的智慧或静心人定式的无我状态,自顾自地言说着宇宙、人生、情感、心性、生死与世间枯荣的永恒话题,不管时人是否领悟。

一、抵抗孤独的内省与诗意栖居的神性

从最深层的本质意义上讲,作为语言艺术的文学是“物质主义”的对立面,因为它有着安静的品质,其介质是文字,大多时候是供一个人静心体味,这种方式本身就有远离尘嚣的意思。正所谓“非宁静无以致远,非淡泊无以明志”。安静,不是无所事事,更不是百无聊赖,而是寻觅并享受心灵的澄净,提升和完善灵魂的底蕴;在纷纷扰扰、光怪陆离的大千世界里,用一颗素简平静的心灵孕育出最繁盛的绚丽与丰硕,当是人生的至高追求。不管是谁,差不多总要在某一时刻面对“自我”,面对“个人”,因为人的内心结构规定了这种特性。你可以在某些时候生活得很放纵,其后还是会发现一些根本性的人生问题需要解决,而这些在经济生活中恐怕是找不到的,因为经济生活是由欲望驱动的,是浮华、热闹的。尽管人生存在种种现实性、精神性的困境,文学、艺术、哲学等可能直接解决不了那些生计问题,但文学艺术又确实具有一种抚慰人的力量,在人生惊惶失措的时刻,给人们以安慰、认同和温暖。

著名学者刘小枫(1956—)在其著作《沉重的肉身》中讲过一个关于文学的抚慰力量的例子,他讲了一群在“文化大革命”中“斗架”的孩子。在某个停电夜晚,黑暗让孩子们陷入恐惧与孤单之中。这时,有人开始讲述故事了,讲福尔摩斯的故事,讲传奇的梅里美的故事,讲悲伤的雨果的故事。孩子们都安静下来,恐惧慢慢地消失了,而那些故事以温暖的方式,让孩子们摆脱了对黑暗的恐惧。他们手挽着手,感受到因为这些故事而产生的人生暖意。这个夜晚很像人类原初的时候,那时的人类没有那么多科学知识,面对广大而神秘的天空和自然的更替,祖先们经常会感到恐惧与孤单。于是,人类第一个“故事”诞生了,也许是一个神话,也许是一次奇遇,他们试图通过故事对世界做出一种猜想和解释。“故事”在这里起到的作用和那个停电之夜于孩子们的作用是一样的。故事让恐惧与孤单消退,使明天的艰辛和孤单变得可以承受。人们何以在听故事的时候会感到温暖和安慰呢?这是因为人们在故事里看到了别人的人生经验。每一个人都是孤独的,人与人之间其实很难沟通,误解倒是普遍现象;现在,人们通过小说或故事,看到了别人的人生,窥见在这个世界上还有另外一个人和我们的经验是如此相似,他碰到的人生问题和我们一样,

于是那种孤单感会在阅读时慢慢褪去。因此，现代叙事艺术是容纳及拓展人类经验和生命感觉的容器，它模拟人类生活、虚构人类经验、想象神圣与向往美好，即使是其喃喃自语也相当于教堂里的祈祷，能够帮助人们抵抗无边的孤独与虚无。文学叙事中常见的"虚构"(fiction)并非"离谱"的瞎编乱造，它往往是感觉与体验的忠实，而不仅仅是对事件的表面现象的忠诚。

美国学者哈罗德·布鲁姆认为，没有经典，我们会停止思考，经典赋予了我们认知的能力，它们往往渗透着一种面对孤独、死亡的自我拷问和强烈的内省意识。他比较认同安格斯·弗莱彻在论崇高时对雪莱的新阐释："崇高会让我们放弃轻松愉快而去追求更难得和痛苦的快乐。"[①]在布鲁姆看来，写作是一种让灵魂战栗或安宁的力量。布鲁姆批评畅销书作者斯蒂芬·金的一个重要理由即认为他完全不懂得人生的认识论终极价值，只是迎合大众部分浅薄的需要。他引用过蒙田作品中的这样一个句子："不过，你不会因病而死，你因活着而死。死亡无需借助疾病即可利索地杀掉你，疾病却拖延了某些人的死亡，这些人因为老想着自己正迈向死亡而活得更久些。"[②]"因活着而死"勾勒出一种浑浑噩噩的生命状态。这里，布鲁姆借用蒙田的文句指点着人们不断地寻找那个充满美国个人主义精神的具有宗教意味的终极自我。在布鲁姆看来，"经典是具有宗教起源的词汇"[③]，因此，他用来界定"经典"的"canon"一词不同于"classic"，在后者的等级感之外是带有浓厚宗教意味的。美国学者曾评论布鲁姆的经典阅读理论："这种指导就是一度归于宗教的职责范围的，从根本上来讲布鲁姆是在世俗的写作中寻找宗教体验：因为我本人偏好在莎士比亚或爱默生和弗洛伊德的文本中寻找上帝的声音，根据我的需要，我对但丁戏剧的神性可以毫不费力地注意到。"[④]

西方先哲们认为，人类智慧根源是来自上帝全能智慧创造宇宙万物，上帝全能智慧是人类智慧来源的总根。人的形象是上帝按照自己的形象制造的，人性纯洁的灵体（灵魂）都隐藏着上帝的智慧潜能、基因与能量。

---

① 哈罗德·布鲁姆：《西方正典：伟大作家和不朽作品》，江宁康译，南京：译林出版社，2005年版，第230页。

② 同上书，第117页。

③ 同上书，第14页。

④ Gray Paul, "Hurrah for Dead White Males!", *New York Times*, Oct. 10, 1994, Vol. 144, Iss. 15, p. 62.

东方先哲们则认为,宇宙万物一切真理的源头都是来自神的宇宙天道法则的定律和戒律。宇宙中一切事物顺应天道法则而行,都是永久昌盛的天道定律。凡是叛逆神的天道法则的定律和戒律而逆行,最终都是自取灭亡的天道定律。

作为人群中的"通灵者"或者"先知",作家/诗人通过预感去创作,描绘万事万物,如同"世界对于拜伦是通体透明的",从这一点来说,作家/诗人无需成为大哲学家、思想家,却能拥有独特的前瞻性和穿透性,如同卡夫卡的作品先人一步预见了20世纪人类的生存境遇,如同奥威尔的《1984》在人们还懵懂无知时提前将极权主义搞得"通体透明"。作家的预感来自天生的敏感、领悟力,更有赖后天的勤奋向学。拜伦说:"做诗就像女人生孩子,她们用不着思想,也不知怎样就生下来了。"诗人凭预感创作犹如女人凭自身孕育生命。[1]

在文学艺术领域,我们不否认有少数天赋极高的"通灵天才"或"立地成佛"者,但是更多的是那些虔敬、本分、守仪规的宗教文士或诗僧、艺道。英国著名浪漫派诗人华兹华斯就是这样的宗教文士,他写过不少优美的并有影响的自然山水诗,其中有一首《在海边》:

那是个美丽的傍晚,安静,清澈,
神圣的时光,静如修女一样,
屏息着在崇奉礼赞;阔大的太阳
正在一片宁谧中逐渐沉落;

苍天的安详慈悲君临着大海:
听啊!那伟大的生命始终清醒,
用他那永恒的律动发出了一阵阵
轰雷一般的声音——千古不改。

跟我同行的孩子呵,亲爱的女孩!
假如你仿佛还没有接触到圣念,
你的天性不因此而不够崇高;

你整年都躺在亚伯拉罕的胸怀,
你在神庙的内殿里崇拜,礼赞,

① 黄灿然:《歌德的智慧及其他》,《必要的角度》,沈阳:辽宁教育出版社,2001年版,第167页。

上帝在你的身边，我们却不知道。[①]

诗中写了夕阳下的海潮，但也写到了“崇奉礼赞”的“修女”“圣念”和“崇拜”“礼赞”“上帝”。这位“桂冠诗人”开创了英诗写自然山水的新纪元，同时也承继了英诗中不离“神念”的传统，在诗中引入了宗教的蕴含。朱光潜指出，这种“泛神主义，把大自然全体看作神灵的表现，在其中看出不可思议的妙谛，觉得超于人而时时在支配人的力量”[②]。

因为鲜明提出“人，诗意地栖居在大地上”而青史留名的德国诗人荷尔德林，以其独有的人神沟通的方式、用诗句呈现了他天赋神圣的思想流：

如果生活纯属劳累
人还能举目仰望说：
我也甘于存在？是的！
只要善良，这种纯真，尚与人心同在
人就不无欢喜/以神性度量自身。
神莫测而不可知？
神如苍天昭若显明？
我宁愿信奉后者
神本来是人之尺度
充满劳绩，然而人诗意地
栖居在这片大地上，我要说
星光璀璨的夜之阴影
也难与人的纯洁相匹
人乃神性之形象。
大地上可有尺度？绝无。

荷尔德林认为我们纯洁的人性才是最宝贵的，人需要生活在自己内心的纯真与善良之中，也就是“诗意地栖居”在大地上。存在主义哲学大师海德格尔认为这句诗道出了生命的深邃与优雅，认为只有“诗使人栖居于这片土地上”。

海德格尔认为：“诗是一切事业中最纯真无邪的”，诗的本意是以有限

---

① 弗·特·帕尔格雷夫原编，罗义蕴、曹明伦、陈朴编注：《英诗金库》，罗义蕴译，成都：四川人民出版社，1987年版，第1419页。

② 朱光潜：《中西诗在情趣上的比较》，《诗论》，北京：北京出版社，2005年版，第92页。

语言表达不可言说之奥秘。海德格尔认为诗人之天职就是帮助人们寻找到存在的依托和心灵的家园,完成诗意地栖居;引导人们还乡、回到精神的故乡和语言的家园,使世界重归"诗意地栖居"。诗人为天命所驱,他必须言说存在。然而诗人的业绩,往往伴随了诸多艰险。在精神贫瘠、语言粗鄙的时代,诗人如何为诗?海德格尔认为荷尔德林是最好的诗人,是"诗人中的诗人"。海德格尔说:荷氏贫病交加,却能以诗语追怀往事,于绵绵悲伤中祈求神的昭示,帮助人民渡过漫漫长夜。如是,他得以"重新奠定诗的本质,为我们确立一个新时代"。海德格尔认为:"诗也是一切事业中最危险的事业",诗人的工作充满危险。他说早年荷氏云游四方,追寻神的踪迹;最终回到母亲身边时,他已疯癫失明却说自己是因盗取天火,被太阳神的光箭击伤双目。

海德格尔告诫诗人做诗时不要重复自己和别人的喋喋不休,主张诗人的语言要有智慧,以含蓄的方式给人以启发,他说:"就像匠工一样,雕刻家以他自己的方式使用石头,但雕刻家不把石头用罄。那种情况只以某种方式在作品失败时才出现,诚然,画家也用颜料,然而只这样使用的:颜色没有被用罄而是开始熠熠生辉。诗人也用语言,但他和一般的作者和说话者不同,诗人也不把词语用罄,正因为如此,语词才真正作为语词而且一直就是语词。"[①]

二、思想芦苇的高贵与美国灵魂的神秘

许多西方作家、诗人、学者都曾思索、研究过宗教中的"天使""梦"与"复活"问题。他们对于人类灵性中的复活形象怀有深深的敬意,认为这些形象见证了人类的需要和欲望,它们既代表着人类的局限,也意味着一种超越的可能,对人类在宇宙中的孤独境遇有深入的体悟。17 世纪的法国哲学家布莱斯·帕斯卡尔曾经留下了一个著名的比喻——"人是一根会思想的芦苇",意为人是自然界最脆弱的东西,宇宙间有太多东西可以轻而易举地摧毁他,然而,即使宇宙毁灭了他,他却依然比所有毁灭他的东西更高贵,因为他知道自己的命运——哪怕是必然毁灭的命运。相比之下,宇宙却一无所知,因而人即便是脆弱的,却也同时是崇高的。这种论述一方面让人感到那种深重的脆弱与孤独感,认为生存是严酷的,人类

---

① 海德格尔:《人,诗意地安居——海德格尔语要》,郜元宝译,上海:上海远东出版社,1995 年版,第 103—104 页。

置身的这个世界是知识的反面的产物，它远离爱和关怀，代表着一种无序、邪恶、统治与压迫，宇宙并非像希腊哲学家所认为的那样具备理性甚至神圣的法则而值得被膜拜与虔诚地沟通，它所做的一切不过是在阻碍人的自由。人因为具有知识而决定了他只能是这个无知世界之中的异端，于是他不可避免地感到一种对周遭环境的怀疑、疏离与孤独。人有着一颗高贵的灵魂和澄明的内心，然而正是这种优越性决定了他被离弃的命运。另一方面，作为动词的“思想”很轻盈，也可以很沉重，足以压断一根苇草；思想实践有底线，精神洁癖要控制，更要寻求一种积极和热忱的精神性、智性的“友爱共同体”，否则易于倒向重度“抑郁症”而“自杀”。

人生的意义，不是问出来的，不是讨论出来的，更不是一厢情愿式的“理想”出来的，而是“活”出来的，是在丰富的生命实践中“觉悟”到的，特别是立根于普通的世俗生活，不断积累、不断体悟出来的。尽管说“除却生死无大事”，对于普通人来说，“生”不由己，其实“死”也未必随心，真实的人生大约像但丁《神曲》中“炼狱”所描述的那样——甚至可以说很多人来世间走一遭是来“还债”的。因此，关怀世界和他人的同时，更要不断给自己补充“精神能量”以抵御人世间的“重压”或者“生命中的不可承受之轻”。

人们还常常将“灵魂”拆解为“灵”与“魂”两个不同的部分，认为“魂”受制于肉体，代表着无可逃离的规定性和自然秩序的一部分，而“灵”则代表着自我存在的精神核心，它不可被定义，也拒绝臣服于任何预先决定的本质，是一种自由的、自我决定的力量，它最优越最古老，而且并未沦为堕落的受造物的一部分，它从根本上怀疑任何权威的合法性。美国民族诗人沃尔特·惠特曼(Walt Whitman，1819—1892)就是其中的代表。

独立战争的胜利，使美国走上了一条崭新的发展道路，但独立后的几十年里美国却在文化上、精神上严重依附于英国和欧洲大陆。19世纪初，爱默生首先在思想界倡言精神独立，尔后有惠特曼等一些人在文学创作上加以响应，从而形成了美国历史上的“文艺复兴”。这其中，沃尔特·惠特曼的功绩是显赫的：当同时代其他诗人对美国仍以“外国人的眼光”观察、以“过去的声音”发言时，惠特曼却坚持以他“自己的眼光”观察、以“现代的语言”说话，从而赢得了“最伟大的现代歌手”[①]的称号。

惠特曼以其伟大作品展示的是一个民族的勃勃生机与旺盛生命力，一种波涛汹涌、前仆后继、长江后浪推前浪式的不可遏止、不可阻挡的迅

---

① 罗伯特·斯皮勒：《美国文学的周期——历史评论专著》，王长荣译，上海：上海外语教育出版社，1990年版，第81页。

猛发展势头;这其中虽有阴暗面,比如生老病死等人生痛苦,比如不公、欺诈、暴力、战争等泥沙俱下的社会邪恶现象,但是诗人眼里见了、心里有了却不为其所困,他所持的是一种包容态度;所谓"水至清则无鱼",正像前辈诗人歌德、后世伟人恩格斯一样,惠特曼认为痛苦和邪恶正是人生进取和社会发展的鞭策力量。更难能可贵的是,惠特曼在其诗作中首次塑造和展现了一个多维度的"美国神话",一个人们久违了的、关于成功与幸福的"地上乐园"形象,开启了"美国梦"(the American Dream)的世间神话。

《草叶集》[①]于1855年第一次出版后,到1891年共出了九版,诗歌数量随着增长。这部诗集不但忠实记录下美国在那个时代的发展与壮大,而且反映了诗人惠特曼心灵的成长历程。这部以诗意神秘主义的现代观念创作的诗歌集,其核心意象是"草叶",它是宇宙间最平凡、最伟大的生命的象征,它是"神的手巾",宣告着宇宙的神秘;它是"坟墓未经修剪的美丽的头发",死亡像生命一样必要,也像生命一样美好。诗人惠特曼借"草叶"表达了超越个体生存的、对宇宙间浩荡不息的生命洪流的彻底信仰和神秘信念。《草叶集》中处处都能让人感受到神秘的宇宙生命的存在。

惠特曼崇仰的英国思想家卡莱尔,曾在《论英雄与英雄崇拜》中指出:"诗人的基本特性,就在于他发现现实中一切事物的神秘性和无限性的那种天才。借助自己的作品,诗人向人们呈现出神圣之物和她的象征。"在《草叶集》的前几页,屹立着两行诗,综述了惠特曼对自己有限但却重要的成就的看法:

> 我自己将只写下一二指示着将来的字,
> 我将只露面片刻,便转身急忙退到黑暗中去。
>
> (《未来的诗人们》)

到现在还没有一个人能确定他的"一二指示着将来的字"究竟何所指。然而,惠特曼也说过:

> 我将我自己遗赠给泥土,然后再从我所爱的草叶中生长出来,
> 假使你要见到我,就请在你的鞋底下找寻吧。
>
> (《自己之歌》第52节)

---

① 惠特曼:《草叶集》,楚图南、李野光译,北京:人民文学出版社,1987年版(文中引诗均出自此书)。

于是，百余年来，人们从他提供的有限文字中，寻找其中包含的一切线索。他曾经被定为"民主诗人""自我诗人""科学诗人""性诗人""神秘诗人""唯物诗人""爱国诗人""宇宙诗人"等等。而令人大为惊讶的事实是：他的作品像《圣经》一样，可以引用来支持这些说法中的任何一个。他容许这种复杂性与包容性，因为他说：

> 我自相矛盾吗？
> 很好，我就是自相矛盾吧，
> （我辽阔广大，我包罗万象。）

（《自己之歌》第51节）

惠特曼可以轻易地接受各种矛盾，但是他对自我的专注和忠诚却保持前后一致，丝毫不肯马虎，他发表看似矛盾的见解，以便对内在的幻象保持忠实。惠特曼历经少小、老大，历经喜乐、失望，而一直保持的幻象，乃是未受侵犯的"自我"，是强不可撼的自我意识——这是生命最可贵的财产。《草叶集》开宗明义，第一行就说得清楚：

> 我歌唱一个人的自身，
> 一个单一的个别的人。

（《我歌唱一个人的自身》）

惠特曼以自我意识的主题作为基础，在上面构筑他的诗的上层建筑。他特别关注自己的本性与时代，在其中充分发掘自我个性与民族精神，并且以气势雄浑、具有独特生命的语言，把他的发现加以戏剧化。照他晚年在《回顾》一文里面的解释，他的策略的来源很简单："这是一种感情或雄心，要以文学或诗歌的形式表现并忠实、不妥协地表明我自己的身心、道义、智力以及美学上的个性，从中记下当时的和当今的美国的重要精神和事实——并在比迄今为止的诗和著作更加真实、更加完整的意义上来开拓这种与地点和时间一致的个性……（我）只唱关于美国和当今的歌。现代科学与民主政体似乎已向诗歌提出了挑战，要求在诗歌中得到表现，以示与过去的诗歌和神话截然不同。"[①]所以有人说，《草叶集》的主题是：为新大陆的民主塑造的典型个人。[②]

---

① 惠特曼：《惠特曼散文选》，张禹九译，长沙：湖南人民出版社，1986年版，第190—191页。

② James E. Miller, Jr. , *Leaves of Grass: America's Lyric-Epic of Self and Democracy*, New York: Twayne Publishers, 1992, p. 1.

一言以蔽之,惠特曼认为发现他自己便是发现美国,他想借特立独行的自我与鲜活诱人的现世探索美利坚民族的个性与灵魂的永生。这种假设的根据,是他体会到美国的自我意识并不存在于它们的地理形势——它的山岳与湖沼,它的平原与海岸——而在于它的新式民主人物的内心。惠特曼明白他自己正是这种人物,因此他的单纯信念便是:探索他自己的存在迷宫,他就会在其中发现美国灵魂的神秘。[①] 他在《草叶集》的首行"我歌唱一个人的自身,一个单一的个别的人"后面补充一句:"然而倡言民主,倡言全体。"(《我歌唱一个人的自身》)点明了诗集的基本主旨。因此,著名的惠特曼研究专家詹姆斯·E.米勒认为《草叶集》是歌唱自我与民主的美国抒情史诗。[②]

惠特曼的民主是建立在平等、自立的独特"个人"(a Particular Individual)基础上的,民主是协调人际关系、建立良好的社会秩序和国家制度的原则,"民主"甚至也是处理世界上、宇宙中一切问题的依据,因为在惠特曼看来,所有的一切都有"灵魂",他们都是上帝(或超灵)在世间的体现,他们也是绝对平等的。实质上,惠特曼所说的民主不仅是一种政治和社会事务意义上的民主,他更强调的是一种"精神民主"。正因为惠特曼坚信"个人"也即"个性"的独立与完善,所以他对世界的看法是乐观的,认为世界将会越来越美好,由此引发出他开拓、扩张的无限激情和超越具体的生存时空的探索——死亡、宇宙交流、神秘的对话。

以探索自我的存在之谜、发现美国灵魂的神秘为起点,便产生了惠特曼带有神秘色彩的创作与博大深邃的诗歌。著名诗评家布鲁克斯曾说:"沃尔特·惠特曼的真正意义在于他破天荒地赋予我们生活中某些有机内容的意义……美国人性格中迄今为止水火不相容的事物在他那里融为一体。"[③]著名诗人艾略特曾称赞过惠特曼"将现实变为理想的才能"[④],更有许多人注意到惠特曼"热情而模糊的追求"[⑤]。盖·威·艾伦曾称惠特

---

① 柯恩:《惠特曼的〈自我之歌〉》,《美国划时代作品评论集》,朱立民等译,北京:生活·读书·新知三联书店,1988年版,第268页。

② James E. Miller, Jr. ,*Leaves of Grass: America's Lyric-Epic of Self and Democracy*, New York: Twayne Publishers, 1992, p. 1.

③ 刘树森:《重新解析惠特曼与文学传统的因缘——〈惠特曼与传统〉评介》,《外国文学》,1995年第2期。

④ 李野光:《前言》,《惠特曼研究》,桂林:漓江出版社,1988年版,第13页。

⑤ 同上书,第11页。

曼为“孤独的歌者”[1]，女诗人艾·孟肯则认为他远远超越了时代，一个人“逆水而游，找不到同伴”[2]。至于惠特曼本人则说：

> 一只无声的坚忍的蜘蛛，
> 我看出它在一个小小的海洲上和四面隔绝，
> 我看出它怎样向空阔的四周去探险，
> 它从自己的体内散出一缕一缕一缕的丝来，
> 永远散着——永不疲倦地忙碌着。
>
> （《一只无声的坚忍的蜘蛛》）

如此精当的自我写照，将一个孤独而顽强的灵魂探险者、在茫茫大地甚至苍苍宇宙中寻求存在之“真”的诗人形象展现在我们眼前。美国学者布鲁姆对惠特曼评价甚高，认为惠特曼是我们这个时代氛围的诗人，无可取代也无法匹敌[3]。作为美国经典的核心，惠特曼如同摩西率领信徒开辟家园一样，在美国文学贫瘠的时代里开拓出一片新天地。惠特曼的经典性在于他成功地永久改变了美国的声音形象。[4]

三、直面死亡的笃定与本原世界的探险

在星光灿烂的世界文学史上，美国作家埃德加·爱伦·坡（Edgar Allan Poe，1809—1849）可以说是遗世独立的存在。在那个移民后的欧洲人正如火如荼地开荒拓野、掠夺积蓄着庞大财富与物质力量的新大陆，在那个回荡着“唯理性至上”宣言的思想界，在那个响彻着惠特曼激昂、奋进歌声的文坛，爱伦·坡却“从一个贪婪、渴望物质的世界的内部冲杀出来，跳进了梦幻”[5]。作为第一个坡所真正企盼的读者，波德莱尔一针见血地道出了坡在当时的美国文坛不为承认的尴尬处境之因——他如先知般决然地抛弃了由真实世界、物质世界构筑的外在理性领域，转身义无反顾地“跳进了梦幻”，跳进了自我，跳进了迷雾笼罩的内心世

---

① Gay Wilson Allen, *The Solitary Singer: A Critical Biography of Walt Whitman*, New York: Oxford Univ. Press, 1987, p. 152.

② 埃·哈罗威：《自由而孤独的心》，纽约：凡蒂奇出版社，1960 年版，第 110 页。

③ 同上书，第 235 页。

④ 哈罗德·布鲁姆：《西方正典：伟大作家和不朽作品》，江宁康译，南京：译林出版社，2011 年版，第 223 页。

⑤ 夏尔·波德莱尔：《浪漫派的艺术》，郭宏安译，上海：上海译文出版社，2009 年版，第 293 页。

界,跳进了生命、宇宙那微观而庞大的本原世界。坡将盛行于欧洲哥特小说的恐怖因子真正打入了读者的心灵,带来发自内心的战栗;坡将文学的现实意义抛下,不断地追求实践着"纯诗"的诗论为后来欧洲唯美主义"为艺术而艺术"的文学观初试啼声;坡在人类心理领域孜孜不倦的探究,为半个世纪以后风靡世界的精神分析理论提供了最佳的阐释文本;坡在作品中对于人类内心各种情感的纤毫毕现的展示,甚至奏响了20世纪表现人类孤独本质主题的现代主义先声。正是这所有被后世视为巨大成就的一切,使得坡与当时的美国文坛主流相背离,在他那不长的文学生涯中,为了践行文学信仰而抛弃了一切的坡,始终难以在国内获得与其成就相应的肯定与赞誉,甚至在其身后还为曾经的友人葛瑞斯伍德(Rufus Griswold)所恶意诽谤,使坡的文学声名跌到谷底。然而时间却是世间最公正的力量。坡的文学光彩并不会因为恶意的污名所遮掩,也不会因为其遗世独立而为世界文坛所抛弃,不到半个世纪,远在大洋彼岸的波德莱尔便首先读懂了坡,并在坡的影响下将文学的历史翻到了现代的篇章。

除却生死无大事。爱伦·坡对自己文学成就的笃定,实际上来自于对贯穿其人生与文学创作的主题——死亡哲学体系的笃定。著名的斯芬克斯之谜是古希腊人对于生命与死亡问题的一种困惑,一种拷问。可以说,人类尚在幼年时期就认识到生命是一个由充满活力与憧憬的生命逐渐走向衰老、走向死亡的过程。因此"死亡不是游离于人生之外的东西,而是内在于人生之中的东西"[①]。生命与死亡之间是相互联结的,对死亡迷恋表象的背后正是"对生命的眷恋和对现实世界的生命意义的尊重"[②]。而爱伦·坡正是站在生之上,举目眺望着存在于生命之中的、终将来临的死,对于死亡的迷恋与思索便是坡对于生命意义与价值的一种尊重和信仰。尽管命运之神从没有善待过坡,他的一生都与死亡紧紧捆绑在一起,然而正是在这样的阴影中生活的坡,却始终对生命的意义保存着最初的赤子之心。在不断的磨难、不断的思考、不断的表达中,坡通过一行行诗句、一幅幅意象图景或直接或委婉地告诉后人——死亡是另一种生,进入死亡是进入另一种超然、安宁的永恒之境中。因此,在坡的作品中对死亡的思索犹如对罂粟的迷恋,实际上是诗人对于永恒的生的境

---

① 段德智:《西方死亡哲学》,北京:北京大学出版社,2006年版,第5页。

② 吴笛:《比较视野中的欧美诗歌》,北京:作家出版社,2004年版,第80页。

界的执着追寻。坡用尽一生的时间,在身边的亲人、爱人不断死亡的苦痛中跌跌撞撞地追寻精神解脱的出口——探索生命与死亡的价值和意义,并将这一不断丰富、完善的哲理思索融入文学创作——在诗作中勾画出一幅幅骇人神秘的死亡图景、在小说中展现一场场生死交织的死亡场景,最终在《我发现了》中完成了坡凝铸了一生血泪苦痛所追寻的生命——死亡的历险旅程。在那一刻,坡便如同战役中浑身鲜血的战士于胜利的最后一刻在墓碑上疲惫而骄傲地写下了那最后的宣言:"我不在乎我的著作是现在被人读还是由子孙后代来读。既然上帝花了六千年等来一位观察者,我可以花一个世纪来等待读者。我赢了。我已经偷了古埃及人的黄金秘密。"[①]一个伟大的诗人拥有永恒的诗作,对生命与死亡的思考便是贯穿爱伦·坡全部文学创作的唯一主题。暮年的爱伦·坡坚信自己的作品不会为时间所淹没,执着地"等待一个世纪后的读者",当时在世人眼中的狂妄之语,如今却一语成谶。如迷雾般神秘的诗作等待着世纪后无尽的读者投入到对坡的诗歌阐释、研究中,共同将坡推上了美国伟大诗人之列。

英国作家D.H.劳伦斯曾这样评价过爱伦·坡:"坡与印第安人和大自然没什么联系。对黑人兄弟和他们的小木屋毫不在意。他只醉心于他心灵的崩溃……坡的命运是悲惨的。他注定要在崩溃中剧烈抽搐而停止心灵的活动,同时他命中注定要记录下这一切。"[②]正是由于坡对美国文学所普遍关注的自然世界以及社会问题的漠不关心,他只专注于自我那片微小而庞杂的内心世界的挖掘,并如同一个自残的病人般,面带诡谲的微笑,将残酷命运所给予他的心灵伤口以诗笔记录下来。可以说,坡的一生从未走出自己那个震荡、抽搐的精神领域,并在这样梦幻的心灵世界中获得了专属于自我所有的"伊甸乐园的一切美和一切爱"(《梦》34)。

正是这样一位沉湎于内心崩溃的"孤独"诗人,其诗作中的意象谱系则必然区别于传统诗人于自然万物等客观世界中找寻诗意、承载诗情的意象建构方式。爱伦·坡不关心外在世界的变化,在他的诗歌中所突显

---

① 奎恩编:《爱伦·坡集——诗歌与故事》,曹明伦译,北京:生活·读书·新知三联书店,1995年版,第1370页。本论文所引用的爱伦·坡所写的诗作、小说以及文学评论等中文译著,如无特别注明,皆出自曹明伦译《爱伦·坡集——诗歌与故事》,下文如引用只在括号内注明页码,版本信息则不再赘述。

② D.H.劳伦斯:《灵与肉的剖白——D.H.劳伦斯论文艺》,毕冰宾译,桂林,漓江出版社1991年版,第111页。

的意象多是由诗人内心所幻化而出的景象:“我们所见或似见的一切都不过是一场梦中之梦”(《梦中之梦》)。曾有评论说:“坡的中心在那样一个地方,用但丁笔下伟大人物的话来说就是——‘在那里太阳也沉默’。因为坡拒绝观看自然,他命中注定看到的只是虚无……坡就像上帝一样坐在黑暗的沉默之中。”[①]坡的诗作中意象谱系的那种非真实感,很多专属于坡的意象,如夜半出现的乌鸦、华丽与腐朽并存的古堡、湖心海水中的巨大漩涡,抑或是深夜里荒林僻野中的小径、孤坟等,它们事实上并不是真实存在的,而仿佛是于诗人无尽黑暗的自我世界中所幻化而出的景象。坡在自我的世界中便如同上帝一般高贵而孤独地坐在王座之上,书写、展示着自我心灵震颤下所构建起来的一幅幅意象图景,表现诗人那个充满迷雾如迷宫般复杂的精神领域。爱伦·坡的意象谱系的构建,可以说是在自我情感与客观世界之间架起了“转换性”[②]的桥梁,将这些来自于客观世界的普通事物纳入诗人的精神领域中,经过诗人颤动的情感与心灵的消融与整合,使之具有更为深层的容量与结构能力,它们组成一个专属于坡的意象谱系被上升到隐喻或象征层面,共同指向了诗人庞杂的精神世界与思想领域。

作为西方文学传统与现代之间桥梁的爱伦·坡,除了在意象构筑方式上的“孤独”之外,在意象的选择上也具有特殊的审美特质。波德莱尔说:“埃德加·爱伦·坡喜欢让他的形象们活动在透出腐尸的磷光和风暴的气味的发紫的、发绿的背景上。”[③]确实如此。纵览坡的全部诗作不难看出,那些指向诗人精神世界的意象在坡的有意选择与编织下,共同构筑一副阴暗、颓废、腐朽、恐怖的,带有强烈死亡气息的诗歌图景。无论是海边的坟冢、月光下的裹尸布、吸血蠕动的爬虫,还是如同睡眠般死去的美人,这些在传统诗作中绝不可能被描绘的意象全部以一种丑陋、可怖、令人冷颤的样貌出现在爱伦·坡的诗歌之中。事实上,坡对诗歌意象的这

---

① Allen Tate, “The Angelic Imagination: Poe and the Power of Words”, *The Kenyon Review*, Vol. 14, No. 3 (Summer, 1952), p. 475.

② 评论家约翰·达扬(Joan Dayan)在其论著《从浪漫主义到现代主义:坡及其诗作》中便敏锐指出:“在《我发现了》中,坡创造了一种我称为‘转换性’(convertibility)的方法。坡在诗歌中将物质与精神结合在一起去表达一些言语难以言说的事。”在注解中,达扬更进一步解释了“转换性”的内涵,认为这是“将上帝那完美的对等性的策略实施到人类的文本中”,“它作为一种风格的表现方式是理解坡的思想及其小说实验的关键”。(Dayan Joan, “From Romance to Modernity: Poe and the Work of Poetry”, *Studies in Romanticism*, Vol. 29, No. 3(Fall, 1990), p. 431.)

③ 夏尔·波德莱尔:《浪漫派的艺术》,郭宏安译,上海:上海译文出版社,2009年版,第289页。

种偏好背后深藏着特殊内涵,“在坡留下不多的诗歌中,他将死亡的场景寓言化了,诗中描写的情景印证了语言与死亡之间不可割舍的关系”[①]。坡的一生经历了不计其数的死亡事件,他的母亲、养母、他所仰慕的年长女性以及他深爱的妻子都没逃过死亡的纠缠,很少有人像坡那样生活在死亡的阴影之下,无限贴近于死亡。然而死亡使坡感到恐惧的同时,却又对他产生了一种诱惑之美,死亡吸引着坡用诗人的情怀去感受、去表达、去书写。作为诗人内心世界具象化的意象谱系,则必然在诗人的编织下完整地呈现自我对于死亡问题的哲学思索。

爱伦·坡生命的40年,是短暂的爱恋、残酷的死亡与肆意的放纵相交织的40年;这个生来便伴随着无尽孤独的灵魂,一生在酗酒、吸毒以及死亡体验的引诱下游荡在生与死、梦与醒、现实与幻想之间的无人地带。既然生时难以逃离现实世界的悲苦,那么在灵魂深处所构建的梦境世界则是诗人心灵获得短暂喘息之所。对梦境的这种迷恋倾注于诗笔之上,爱伦·坡的诗歌王国便呈现出波德莱尔所形容的特征——“似梦一般深沉,似水晶一般神秘”[②]。

沉入梦境之中,不仅能够为诗人带来苦苦乞求的平和、宁静,更重要的是,摆脱了醒时对于死亡的浅层情感体验之后,诗人能够在这个绝对沉静的领域之中,去体味、思索死亡的意义与价值。当黑夜的梦境遮住诗人尘世的眼睛之时,人类与自然一起在这样一个绝对领域中回归到了宇宙最原初的状态,此时,神秘宇宙中生命与世界亘古永恒的运行法则便在诗人面前显露出来。正如诗人瓦莱里所说,坡是创造世界的上帝,是“唯一没有缺憾的作家,他从不失误,他不是靠本能引路,而是靠洞烛幽暗的澄明引路。他从虚空中创造形式”[③]。正是由于坡在这种绝对之境所获得的如神谕般的启示,指引着坡在文学的领域开疆拓土,在宇宙人生的神秘国度创造着新世界。在爱伦·坡的诗学观中,诗歌无疑是将天国之美带到尘世之间的伟大创造,诗人通过一系列的诗学实践为灵魂创造“美的体验”,暂时缓解灵魂对于“远方的不朽”所孜孜追求的那种焦渴。

作为将诸如坟墓、棺材、爬虫、骷髅等极端丑陋事物纳入诗歌意象谱系的第一位诗人,爱伦·坡为人所津津乐道的便是其着迷般地描绘这些具有强烈死亡气息的丑陋事物,形成了神秘、诡异、恐怖、怪诞的诗歌风

---

① 任翔:《爱伦·坡的诗歌:书写与死亡的生命沉思》,《外国文学研究》,2004年第2期。

② 波德莱尔:《波德莱尔美学论文选》,郭宏安译,北京:人民文学出版社,1987年版,第41页。

③ 王逢振:《美国文学大花园》,武汉:湖北教育出版社,2007年版,第24页。

格,为世界诗坛开启了一种全新的审美范式,即与死亡紧密联系在一起的一种美的效果——恐怖之美、悲郁之美。可以说,是坡真正在诗歌中还原了死亡的本来面貌,并在对这种根本性的恐怖感的描绘中创造了一种悲郁的极致情感体验,反而使之具有美的效果;当死亡与美真正结合在一起时,死亡便为美带来了一种特殊的情调,而美则为死亡的苦痛带来了超脱的可能。这些都为坡的诗作提供了一种强烈而纯洁的情感震动,达到坡所追求的美感的终极体验——在身处死亡的悲郁情调中获得灵魂的解脱和升华。

对死亡的迷恋实际上正是爱伦·坡对于永恒的生命的迷恋,对于身后世界——宇宙的迷恋,而这种永恒之境则表现出"天国之美"的特点。在坡的思想体系中,死亡不是毁灭,而是一种超越,它是不朽、永恒的生的可能,是通向神圣之美的境界的唯一方向。诗人在苦痛艰难的尘世(Earth)人生中唯有借助诗歌或音乐的力量才得以一瞥永恒的"天国之美",而通过死亡,通过由统一性主宰的回归进程,灵魂却能够最终摆脱种种痛苦与不完美,而在与上帝的合一中获得"新生",重新回归到"天国之美"中并与之融为一体,从而获得真正意义上摆脱了时间的永恒而无限的生命。事实上,"对坡来说,自我和宇宙的最高目标是摆脱个体性和多样性,离开我们所熟知的自然与生命,而变成一个将神圣的合一性与神圣之美相统一的存在"[①]。死亡是进入"天国之美"的必经之路,尽管它与不幸、痛苦等情感冲击紧密相伴,但是人类却能在这种如同破茧而出的痛苦中重获新生,回归到诞生前的浩瀚宇宙中,投入到蕴含着美与真之光芒的伟大宇宙法则之中,获得真正意义上的永恒与无限。

爱伦·坡以自己"走味的欢乐与忧伤"的人生经历以及如同"枯黄秋叶"(《序曲》69—70)般的精神世界敲响了刺耳的钟声,尽管这些刺耳的乐音迫使人去直面死亡的痛苦,却能够让人在这种极度恐怖的直接体验背后领悟到些许生命与死亡的真谛。由于坡如先行者般舍弃自我微小的苦痛,执着于对死亡的关切与思考,才能够真正叩响生命宇宙的奥妙之门,那声如洪钟般的灵魂之音便将幽幽回荡在每一个对生命与死亡感到困惑的读者心中。

---

① Robert Shulman, "Poe and the Powers of the Mind", *ELH*, Vol. 37, No. 2 (Jun., 1970), p. 247.

第二节　族群认同的经验分享

近些年来，“族群”(ethnic group)研究越来越受到国内学者的关注，“族群”概念的界定、族群的形成、族群认同和族群关系等问题都得到广泛的讨论和思考。“族群”概念的界定不可避免地要与“民族”概念的界定发生联系。在某种程度上，“族群”概念的提出是对原有的“民族”概念的剥离和重塑，由于“民族”概念的界定本身面临着困境，在对某些人群进行分类和描述时需要新的概念工具，而“族群”以极大的灵活性与适用性很快得到了学术界认可。虽然在概念的使用上仍存在争议，但以族群为议题的研究却不断推陈出新，许多学者以个案研究为基础对族群的形成、族群认同的建构、族群关系进行了详细的解读。族群和认同研究是当今人文社会科学最为关注的主题之一，近年来更因族群问题与国际政治、战争动乱的叠合共生关系，成为关乎世界和平与发展的一个重大考虑因素。“认同”(identity)是复杂的社会过程的结果，个人和集体认同都是在复杂的社会语境中建构的，并且随着社会结构的变迁而不断重塑。认同可以理解为记忆和当下之间的动态平衡。随着全球化及其文化上的深刻变化，随着文化旅行和交往日益增多，文化的多元性和混杂性越来越显著，“我(们)是谁”的认同问题被推上了理论前沿。

通俗地说，“族群认同”(ethnic identity)就是一种族群的身份确认，是指族群成员对自己所属族群的情感认知和依附。从现实发展来看，任何族群的维系与认同都离不开文化的土壤。而文化因素作为一种长时段、历时性的沉淀与积累，在族群认同的过程中常常占据着重要地位。从一定意义上来说，因文化上的普遍认同，往往就会形成最终的族群认同。而这种文化的认同更为主要的是基于族群成员有着共同的祖先、历史和文化渊源等先决条件，也就是说，形成族群认同的基础是基于该族群成员的一种共同性的历史记忆(或者是经历)。每一个族群的构建都是在漫长的历史过程中不断形成，并最终得到确认的，因而对于在族群形成的过程里，那些有着标志性和典型性意义的历史记忆则在塑化该族群成员的族群认同意识之中起到了重要的作用。因此，历史记忆对于族群认同无疑是有着较大影响的。

文学作为族群认同的一个文化载体，为族群的自我认同提供了基础，诸如归属感、表达记忆的文本和认同共同的祖先等。每个民族都有自己的文学史,尽管它们内容和形式上千差万别,但是都会形成或生产出特定的经典作品,即便没有经典也一定会筛选或制造出经典。这些经典作品通常是长时段中重复性最高的文本,而重复往往是保持与过去连续性的通道,那么,通过经典作品的反复解读,一代又一代人被建构成一个复杂的"想象共同体",形成许许多多的共享的体验和观念,最终沉淀为一种族群认同的文化"传统"。正如米歇尔·福柯所言:"传统是指赋予那些既是连续的又是同一的(或者至少是相似的)现象的整体以一个特殊的时间状况;它使人们在同种形式中重新思考历史的散落;它使人们缩小一切起始特有的差异,以便毫不间断地回溯到起源模糊的确定中去;有了传统,就能把新事物从常态中区分出来,并能把新事物的长处移交给独特性、天才、个人的决策。"[①]因此,文化传统对每个民族来说非常重要,如果一个人没有了传统文化素养,他将会得不到自由。正如特瑞·伊格尔顿所言:"某个完全脱离文化传统的人,不可能比某个受文化传统奴役的人更自由。"[②]

就外国文学经典生成与传播中的"族群认同"而言,主要是指经典文学中的"文化认同"和"身份认同"。这里面最起码包括三部分内容,一是在多元文化并存的国家内部如何定位少数族裔文学与主流强势文学(即族裔认同问题);二是在消费主义盛行的时代文学如何对待底层平民与性别、种族、宗教(即社会歧视问题);三是在全球化日益深入的当下如何定位"移民/流散文学"与"孤岛文学"(即族群文学的融合与封闭问题)。当然,"族群认同"中可能有"经验分享"而沉淀为"集体记忆",也可能因"族群偏见/拒斥"而留下"精神创伤",这些均是文学人类学所关注的热点话题。其实,从语言到文学,从新闻到媒体,从节庆到日常生活,种种象征方式都对人们的族群认同具有建构作用;而独具族群特色的寓言、文化传统或者文学形象,对于人们族群/社群认同的经验分享作用尤其突出。因此,以托妮·莫里森为代表的非洲裔文学对美国文学经典的重构、以马尔克斯为代表的拉美亡灵对世界文学的"吹风"和以卡佛代表的"底层写作"对"美国神话"的另类诠释,便对当代人族群认同的经验分享具有特殊意义和示范效应。

---

① 米歇尔·福柯:《知识考古学》,谢强、马月译,北京:生活·读书·新知三联书店,1998年版,第23—24页。

② 特瑞·伊格尔顿:《文化的观念》,方杰译,南京:南京大学出版社,2006年版,第5页。

一、非裔文学的经典族群记忆的寓言

20 世纪非洲裔美国文学(Afro-American literature)可谓"星光灿烂",非裔文学已经成为美国文学及美国文化不可或缺的重要组成部分,因为"美国文学本来就是种族文学,种族话语深入美国文学的精髓之中"[①]。美国文学是生活在美利坚这块土地上的多民族文学共生的结果。正如爱德华·萨义德所言:"所有的文化都是彼此关联的;没有任何文化是单一的、纯粹的,所有的文化都是混杂的、异类的、不统一的。"[②]而非洲裔美国作家涉足各种题材,他们的作品已经成为美国文学各个领域的普通或经典文本。托妮·莫里森(Toni Morrison)指出:"美国文学之所以能作为一个和谐的实体而存在,主要应归功于这个动荡不安、难以安居下来的非洲裔美国人。正如这个国家的形成必须要有能让人读懂的语言和有目的的限制措施才能对付种族不诚实现象和内心深处的道德脆弱,美国文学也一样。美国文学的特征在该国家建立时就已经存在,而且一直延伸到 20 世纪,再次要求必须有这样的语言和限制措施。通过重要的但往往被人低估的删略,令人震惊的冲突、由诸多细微差别所引起的矛盾,以及作家以各种方式把非洲裔美国人的方方面面写进他们的文本这些事实,人们可以看出一个真正的或伪造的非洲黑人的存在是形成这种'美国性'的关键。"[③]

理查德·赖特(Richard Wright)是美国文学史上第一位赢得大批白人读者的非洲裔美国小说家,他也成为让非洲裔美国人喊出自己心声的第一位非裔美国作家和非裔美国人的种族的传道者。他发表的《土生子》(*Native Son*,1940)中,作者用愤怒的笔触深刻地表现了非洲裔美国人在白人社会中惶惑、恐惧和仇恨的复杂感,揭露了美国的种族歧视现象和种族隔离政策,开了美国"抗议"文学之先河,《土生子》也是 20 世纪 40 年代城市现实主义最出色的代表作,它标志着 20 世纪非洲裔美国文学的成熟。赖特的《土生子》常与德莱塞的《美国的悲剧》相提并论,因为赖特也在小说中证明黑人别格并非天性的暴力,而是社会逼他走上杀人的绝路。第二次世

---

① William Boelhower, "A Modest Ethnic Proposal," in Gordon Hutner(ed.), *American Literature, American Culture*, Oxford: Oxford University Press, 1999, p. 452.

② Edward W. Said, *Culture and Imperialism*, London: Vintage Books, A Division of Random House, 1993, p. xxix.

③ Toni Morrison, *Playing in the Dark: Whiteness and the Literary Imagination*, New York: Vintage Books, 1993, p. 6.

界大战后的非洲裔美国作家继承了理查德·赖特开创的批判传统,继续探讨与思考非洲裔美国人所面对的种族与社会问题。拉尔夫·埃里森(Ralph Ellison)的小说《看不见的人》(*The Invisible Man*,1952)在美国文学界以致整个美国社会引起了巨大反响,堪称美国文学的经典之作,通过一位无名无姓的非洲裔美国人青年表现了在以白人为中心的美国社会中的非洲裔美国人被无视现实,它被许多评论家认为是美国战后"最杰出的一部作品"。詹姆斯·鲍德温(James Baldwin)是战后非洲裔美国文坛另一位具有影响力的作家,他集小说家与政治家于一身,是当时很有影响的黑人民权运动领袖人物。处女作《向苍天呼吁》(*Go Tell It on the Mountain*,1953)取材于作者少年时的经历,中心事件是约翰·格兰姆决定继承父业,从事神职工作。这部小说是詹姆斯·鲍德温最优秀的小说,其诗一般抒情的语言对托妮·莫里森产生过影响。他的作品《下一次将是烈火》(*The Fire Next Time*,1963)里《我的地牢震荡起来》和《十字架下》两封信强烈抨击了白人至上理论,并分析了肤色给非洲裔美国人带来的种种不公和恐惧。

托妮·莫里森的第三部长篇小说《所罗门之歌》(*Song of Solomon*,1977)被评为当年全国最佳小说,并获得了美国的国家图书奖,标志着她作家生涯的一个突破性进展。《所罗门之歌》也是继赖特的《土生子》和埃里森《看不见的人》之后的最佳小说,标志着非洲裔美国文学已经发展到了一个新的阶段。艾丽丝·沃克(Alice Walker)的《紫色》(*The Color Purple*,1982)一经发表便轰动美国文坛,1983年接连获得了三个美国最高文学奖,即普利策图书奖、国家图书奖和全国书评家协会奖,她也是第一个获得普利策奖的非洲裔美国女作家。

1988年托妮·莫里森的《宠儿》(*Beloved*)在出版当年即获得普利策图书奖,1993年她又荣获诺贝尔文学奖,成为非洲裔美国作家唯一获此殊荣的人物,也是继赛珍珠之后第二位获得诺贝尔文学奖的美国女性和世界上第八位获得诺贝尔文学奖的女作家。其获奖促使全世界文学评论家的目光转向这个曾被遗忘的非洲裔美国人,非洲裔美国文学成为当代国际学术界关注的新焦点,其所引发的学术问题已经跨越了地区和学科的界限,成为比较文学、文化人类学、民族学、宗教学以及文化边缘政治等学科研究的对象,并产生了"跨学科的科际整合效应"①。非洲裔美国文

---

① 张德明:《流散族群的身份建构——当代加勒比英语文学研究》,杭州:浙江大学出版社,2007年版,第5页。

学在积累到一定规模后，作家们更注重在艺术上的精益求精与开拓创新，为当代美国文学的发展注入了强大活力。同时，非洲裔美国作家对语言的节奏和音乐的美感受敏锐，他们的创作实践大大丰富了美国英语的表现力。

托妮·莫里森的作品具有很高的艺术造诣和深刻的政治意义。瑞典文学院在授予她诺贝尔文学奖的授奖决定中说："在她的以具有丰富想象力和充满诗意为特征的小说中生动地再现了美国现实中一个极为重要的方面。"她的作品反映了非洲裔美国人在美国社会中，在他们各自生活的环境和集体中，在被种族歧视扭曲了的价值观的影响下，对自己生存价值及意义的探索。托妮·莫里森通过人物的命运表明，非洲裔美国人只有保持自己的文化传统和价值观念，才能有真正属于自己的生活。因为白人主流文化的渗透和冲击对非洲裔美国传统文化的保存、扬弃和继承始终是一个严重的威胁。她的作品植根于黑人文化传统，同时在创作技巧上又广泛运用现代手法，十分讲究叙述角度的运用。她既追根求源去寻觅民族文化知识的起源，又去讴歌宏大的历史文化叙事。她把黑人特有的传统表达方式和精湛的叙述技巧相结合，使紧扣非裔美国人历史和现实的作品具有强烈的感染力。诺贝尔文学奖的授奖决定中指出了她的这一特点："人们喜欢她无与伦比的叙事技巧。她在每本书里都使用不同的写作方法，形成了自己独特的写作风格。"托妮·莫里森的作品在内容上反映了美国社会中非洲裔美国人自我意识的觉醒与发现，表现了对非洲裔美国女子命运的关切，继承了非洲裔美国文化传统和独特的语言使用，她已成为享誉世界的文学大师。

在托妮·莫里森的作品赢得更广泛认可之后，人们不得不重新反思何谓真正的"美国文化"或"美国"；重新反思美国白人文化与非洲裔美国文化的关系，以及与其他少数族裔文化的关系；反思对于文化与美学、社会与政治来说，种族的相关性与重要性。她的小说标志着 20 世纪非洲裔美国文学的高峰。作为一名非洲裔美国女作家，托妮·莫里森致力于保护和弘扬非洲裔传统文化，其作品也始终以表现和探索非洲裔美国人的历史、命运和精神世界为主题，体现了思想性和艺术性的完美结合，对美国文学乃至世界文学发展作出了巨大贡献。托妮·莫里森关注非洲裔美国人的命运，更关注人类道德精神的成长、人类未来命运和世界前途。

托妮·莫里森小说《所罗门之歌》中的女性，尤其是奶娃母亲这一辈的女人，在父权主义、种族主义的压制下基本丧失了主体地位与言说权力,即没有话语权,沦为"工具性客体和空洞的能指",而作家却给予她们充分表达的自由与畅快,展示不同于主流文化的少数族群传统。譬如尽管小说中的主人公不是女性,它是以男性为主人公,但男性主人公是在女性(派拉特)的引导下成长起来的,女性是黑人男性的拯救者,没有女性的支持或指导,黑人男性无法在主流社会下很好的生存,他们找不到自己的文化身份,所以黑人男性必须要向黑人女性学习。由于非洲裔美国人的生存境遇,白人文化对于他们是一种强势话语,在社会上打拼的男子与下一代自觉或不自觉地模仿主流话语,他们以主流标准与理论去审视和批判事物的可能性更大,即部分黑人认同美国白人的文化,他们看待一些事情的时候往往不自觉地套用白人审视和评定事物的标准和理论。因此,"文化原质失真"的程度就更深。如小说中的主人公奶娃的父亲麦克·戴德的命运,虽然他有很多财富,但他没有朋友,在他生活的城市里,他的名誉非常不好,他完全被白人同化了,他把金钱看得比什么都重要,他完全模仿白人的价值标准,而没有自己独立的价值判断。他完全抛弃自己的"黑人性"(Blackness),失去了所有生活的乐趣,譬如性爱、与人(黑人)交往交流的能力等。他的自我白化看似无害他人,但实际上却祸及了他的孩子和黑人社区中的人们。托妮·莫里森想通过麦克·戴德的命运告诉黑人同胞:以白人文化和生活方式作为价值取向,会给黑人带来困惑和错乱;如果放弃黑人文化,迷失在白人的文化冲击中,只能造成人生的悲剧。因此,黑人只有保持自己的文化传统和价值观念,才能有真正属于自己的生活。

部分黑人为了掌握白人压迫者的文化,他们不得不以白人有产阶级的思想方式变成自己,但又不能完全融入白人有产阶级群体,甚至很难被其接纳和认同,游离、拒斥和无所归依之苦可以想见。在小说中,麦克·戴德不知道如何定位自己的文化身份,最后被白人"同化";这是麦克·戴德违背个人的兴趣、压抑自己的本性以及忽视本族群文化、一味模仿白人主流文化的模式而造成的。然而,他的黑人身份哪怕是黑人中最富有的人,也无法真正进入白人主流社会并与之平起平坐,相反多数白人都不尊重他,这些因素决定了麦克·戴德的悲剧心理,即他借财富成为上流社会的一分子,但白人主流社会却不会认可他这种人,依旧因其黑人肤色而低人一等。白人价值标准的内化和个人族群身份的放弃是白人种族主义对他造成的伤害。正如弗朗兹·法农所言:"一切被殖民的民族——即一切由于地方文化的独创性进入坟墓而内部产生自卑感的民族——都面对开化民族的语言，即面对宗主国的文化。被殖民者尤其因为把宗主国的文化价值变为自己的而更要逃离他的穷乡僻壤了。他越是抛弃自己的黑皮肤、自己的穷乡僻壤，便越是白人。"[①]麦克·戴德原先认同自己的民族文化，后来他对黑人文化产生了疏离感，不愿意主动认同自己的黑人文化，他把白人主流文化当成自己的文化来认同，但最终得不到白人文化的认同。他弃绝自己的黑人性，与黑人社区格格不入，结果将自己置于孤独、隔离状态。他离群索居、行为变态，变成了"白人的他者"和"黑人的他者"。

麦克·戴德的现实遭遇是白人主流文化中的糟粕造成的，他错误地以为幸福在于财富多寡，甚至为此而冷酷无情。白人种族主义者意图永远有效地控制黑人意识形态，使黑人接受自己劣等的地位，然后使黑人身不由己地加入到白人种族主义中并伤害自己。麦克·戴德曾是一个勤劳、勇敢、善良和有责任心的人，他年少时常常和父亲一起劳动、乐于照顾自己的妹妹派拉特。16岁那年，白人侵占了他父亲的农场"林肯天堂"，他亲眼看到父亲被白人开枪打死，他们家所有的一切都被罪恶的白人侵占，他失去了父亲、家园和美丽的农庄。这些遭遇使他产生了一种极端的想法，他试图用白人主流文化去重构自己的命运模式，避免父亲那样的悲剧；他没有简单地为父报仇，却错误地认为拥有更多的金钱才是免遭迫害的关键——只要有钱就能控制别人，其他的亲情、爱情等都可以置之度外。他拥有很多房产，租给那些黑穷人。他已经变成一个冷酷无情的拜金主义者，完全被白人文化而且是其中的糟粕同化了。安吉拉·麦克罗比说："恐惧和爱好，或者权力(power)和快乐的机制又会产生这样的一种效果，它们使刻板成为一种偶像。通过赋予他者某些客体品质，殖民者身上的恐惧就减少了。偶像尺度代表着一种争斗，它夺走了他或她如此不同的品质。"[②]

非洲黑人传统文化主要通过宗教、语言、民俗、音乐、舞蹈等富于表现的文化形式在美国存续下来，同时又总是处于殖民文化的重重围困之中。非洲文化因受到压制而变得越发不纯，并处于非洲裔美国人的文化潜意识之中，是一种不自觉的文化实践。非洲黑人传统文化是非洲裔美国传统文化的重要组成部分之一。非洲裔美国民间传说构成了绝大多数非洲

---

① 弗朗兹·法农：《黑皮肤，白面具》，万冰译，南京：译林出版社，2005年版，第9页。

② 安吉拉·麦克罗比：《文化研究的用途》，李庆本译，北京：北京大学出版社，2007年版，第136页。

裔美国文学的基础,他们不仅影响了非洲裔美国人的音乐、宗教,也影响了非洲裔美国作家的创作。语言是文化的载体,可以说没有语言就没有文化。在没有文字时候,非洲黑人依靠口头文学来讲述和传递自己族群的故事。非洲裔美国民间传说也是通过口头来传输知识与信息的,在非洲裔美国传统文化中已经形成了不可替代的文化的功能。民间传说中的歌谣、故事等所表达的主题常常是非洲裔美国人寻求自由、对抗邪恶强权、保护弱者。所以,弗朗兹·法农说:"对过去民族文化的张扬不仅恢复了民族原貌,也会因此对民族文化的未来充满希望。"[①]在小说《所罗门之歌》中,托妮·莫里森使用了非洲裔美国民间传说来支撑整部小说的结构,即小说将黑人家族历史、民间故事、神话传说穿插在一起,形成了一部史诗性的作品,她反对把现实主义与寓言、神话、传说分离。《所罗门之歌》对非洲裔美国民间文化的运用和对民间人物形象的塑造,使小说对非洲裔美国人生活的描写自然逼真、生动而充满活力。托妮·莫里森在创造中利用寓言的方法是一种跨文化的方法。她或给西方寓言中的角色冠以黑人的名字,或给非洲寓言中的角色冠以西方人的姓名,但她讲述的却是非洲裔美国人的故事,是不同于非洲黑人文化和西方文化的第三种人的故事。这并不是说非洲裔不是美国人,而是说非洲裔有他们自己的关注,有他们自己的历史文化,以及他们自己的问题。所以非洲裔美国作家创造中的历史文化一般都有跨文化视角的特点,并非那些仅懂一种文化的人所能洞悉。由于他们被边缘化的社会地位,他们往往比主流作家多出一种族裔意识和反对种族歧视的语气。

非洲的文化记忆提供了美国黑人的生活资料,但是,要把它同美国的变革分割开来,那是不可能的事。因此,黑人作家如果想发掘他那正统的文化传统,就应该从黑人在这个国家的感情史观出发,即作为它的牺牲品和记录者,充分利用全部的美国经验方能办到。[②] 有鉴于此,托妮·莫里森在此作品以及随后的系列作品中,始终把说话的权利给予非洲裔美国女性,特别是带有更多非洲裔美国传统印记的女性,在小说的世界中改变女性作为弱势群体的地位,不断在叙说中传承失真率相对较小的非洲裔传统文化,突出美国社会中他者文化载体的作用。《所罗门之歌》中的派拉特是非洲裔美国传统文化的代言人,她知道并且守护着家族的历史。

---

① 罗钢、刘象愚主编:《后殖民主义文化理论》,北京:中国社会科学出版社,1999年版,第278页。

② 伯纳德·W.贝尔:《非洲裔美国黑人小说及其传统》,刘捷等译,成都:四川人民出版社,2000年版,第98页。

非洲黑人文化传统及价值观在她身上得到很好的体现。她把坚持自己本民族的文化传统当作自己生存的关键。她也具有典型的多元文化主义观点，对身份认同保持一种开放的心态，是因为她拥有一个广阔的生活空间。在一个足够广阔的生活空间内，她不恨白人种族主义，只做她应该做的事，她具有双重身份。她告诉人们：各民族或男女两性间应该学会相互尊重和共存共荣。由此可知，虽然黑人对白人来说是作为他者的存在，但非洲裔美国人仍然顽强地保持着自己的固有文化，这种文化深深地影响着其他被剥削民族群体的文化，并最终在居于统治地位的美国白人的文化上打上了自己的鲜明印记。

为了更好地寻找具有非洲裔美国人特征的语言和结构，托妮·莫里森提出必须要重新审视和解释美国的经典作品。她说："建构经典就是建构帝国。保卫经典就是保卫民族。无论哪个领域、哪种性质、哪种范围（批评、历史、知识的历史、语言的定义、美学原理的普遍性、艺术社会学、人类的想象等），关于经典的辩论都是文化冲突的体现。所有的利益都有归属。"[①]因为此前的美国经典一直是满足白人主流社会兴趣，其目的确保征服和屈服的实现，特别是19世纪的那些奠基作品，所以托妮·莫里森强调文学的美学功能与政治功能同等重要。

二、拉美文学的鬼魂与亡灵吹风的族群

20世纪60年代，沉默已久的拉美文坛迎来了文学上的"爆炸"，诞生了大量魔幻现实主义小说作品。作为一种共同的创作倾向，魔幻现实主义作家将印第安人的传统观念、拉美的神奇现实以及西方宗教文艺思想熔为一炉，以象征、怪诞、寓意、神话典故等方式描绘了一个人鬼混淆、时空交错的具有鲜明族群特色的拉美世界。

在这个神秘变幻的世界中，鬼魂四处游荡于人间，或多或少地参与了一个个"布恩地亚家族"的百年故事，展现着拉美这片神奇土地上的生命与死亡、魔幻与现实。作为拉美小说魔幻性的重要体现之一，鬼魂的形象频繁出现在众多拉美作家的作品中，包括阿斯图里亚斯的《玉米人》、心理小说家萨瓦托的《地道》与《英雄与坟墓》，富恩斯特的《我们的土地》等。在这些"鬼气"弥漫的魔幻性作品中，不难看出拉美文学独立于世界文学

---

① Toni Morrison, "Unspeakable Things Unspoken: The Afro-American Presence in American Literature", in Gordon Hutner (ed.), *American Literature*, *American Culture*, Oxford: Oxford University Press, 1999, p. 542.

之林的文化传统与创作意识,即将深沉的现实内容寄于神秘、缥缈的魔幻性氛围中,抹去现实与幻想之间的界限。正如加西亚·马尔克斯所说的:"对我来讲,最重要的问题是打破真实的事物同似乎是令人难以置信的事物之间的界限,因为在我试图回忆的世界中,这种界限是不存在的。"[①]

作为拉美魔幻现实主义的奠基之作,墨西哥作家胡安·鲁尔福在《佩德罗·巴拉莫》中以充满魔幻性特征的鬼魂世界表达深沉的现实思想的这种独特创作风格,拉开了拉美魔幻现实主义小说以"爆炸"姿态登上世界文学舞台的帷幕。小说以胡安·普雷西亚多去科马拉村寻找父亲佩德罗·巴拉莫为故事开篇,引领读者逐渐进入、认识这个充斥着鬼魂的神秘世界,慢慢触摸、了解小说主人公佩德罗·巴拉莫的一生。作品在艺术创作上具有意识流小说的特点,情节主要由各个人物的意识与话语交谈来推动,这种艺术手法能够给读者带来一种极具真实感、生命感的错觉,然而当读者在阅读过程中,逐步将人物散乱交叉的话语、意识片断拼凑成一个完整故事后才惊觉,科马拉这个村子早已是一个死人国,整部小说里的所有人物形象都是一群鬼魂,而这个故事也正是由一群鬼魂的对话与回忆构成。正如胡安·鲁尔福自己所说:"所有的人物都是死人。这是一本独白小说,所有的独白都是死人进行的。就是说,小说一开始就是死人讲故事。他一开始讲自己的故事就是个死人。听故事的人也是个死人。是一种死人之间的对话。村庄也是死去的村庄。"[②]

伴随着普雷西亚多通过鬼魂们散乱的言语逐渐揭开这个看似宁静的村庄下掩盖着的父女、兄妹乱伦,佩德罗·巴拉莫为已私利所犯下的重重罪孽,其子米盖尔的跋扈暴行时,读者也慢慢理解普雷西亚多所看到的科马拉的灼热、荒凉与其母亲幼年时所见的美丽的科马拉之间强烈对比的原因,正是这一群有罪的人的所作所为使科马拉最终同这些鬼魂一起变成了人间地狱。在这个现实与非现实、人间与地狱交织的世界中,四处游荡的鬼魂们便是这个舞台上唯一的主角。与中国传统文化观念中的厉鬼形象所截然不同的是,鲁尔福笔下的鬼魂给作品所带来的绝非恐怖惊悚的气氛,而是渲染了作品中的魔幻氛围。尽管死亡笼罩着科马拉,所有的科马拉人都早已化成了孤魂野鬼,但他们却如同生前一样可以自由活动,能够回忆、言说、交谈,甚至具有思想和性格。事实上,作品中所出现的这

---

① 加西亚·马尔克斯:《两百年的孤独——加西亚·马尔克斯谈创作》,朱景冬等译,昆明:云南人民出版社,1997年版,第225页。

② 胡安·鲁尔福:《佩德罗·帕拉莫和我》,转引自崔道怡等编:《"冰山"理论:对话与潜对话》,北京:中国工人出版社,1987年版,第47页。

些鬼魂都是绝对真实的墨西哥人，科马拉也正是墨西哥的一个典型化缩影，作者只是以一种独特的艺术视角将本民族中的魔幻意识赋予了绝对形象化的文学处理，将墨西哥人的性格特征与现实处境推向了极致。

作者之所以选择以鬼魂的形象来表达真实的墨西哥人的这一艺术创造，事实上与其本民族——即印第安人的传统文化观念是分不开的。在印第安人的文化中有着死人国（又称"米特兰"mictlan）这一存在，它与天堂相对，但又不同于基督教中的地狱。这是一个没有痛苦、没有黑暗的存在，是一种永久的回归。人死之后，从人间到米特兰之间还有一段漫长的旅程，而科马拉便正是鬼魂们在这一旅程中难以到达永恒的米特兰滞留在人间时的聚居地，它们为其生前所犯下的种种罪行在科马拉苦苦地煎熬，寻求赎罪、走向解脱的道路。另外，正如著名诗人奥克塔维奥·帕斯所说的："墨西哥人并不给生死划绝对的界限，生命在死亡中延续……"[①] 在墨西哥人的观念中，生与死之间是没有绝对界限的，死亡也并不意味着结束而是生命存在的另一种形式。另一方面，从小说艺术的角度来看，以鬼魂作为唯一艺术形象来推动故事情节的发展，更有利于作者摆脱固定逻辑与模式的限制，鬼魂的存在、行为和话语本就无逻辑可言，故作者能够更加自由地将看似完全不加整理的散乱回忆、对话等片段拼贴在一起，将线性的时空顺序打碎，引领读者进入一个具有魔幻氛围的时空的迷宫中。同时，受印第安文化中循环的时空观的影响，在拉美作家的意识中广泛存在着一种命运循环、难以逃脱的思想观念，而这便集中体现在《佩德罗·巴拉莫》的环形艺术结构中。小说的结尾部分阿文迪奥将佩德罗杀死的情节与开篇阿文迪奥的灵魂带领其儿子普雷西亚多进入科马拉村的场景之间相互衔接起来，使得整部小说构成了一个环形，而由于鬼魂艺术所形成的破碎的时空场景使得读者在这个圆环上的任何一点开始阅读都能在最终拼凑出一个完整的故事。

哥伦比亚作家加西亚·马尔克斯在《百年孤独》中继承和发扬了胡安·鲁尔福等前辈开创、以魔幻的艺术手法来表现深刻的拉美现实这样一种高度凝练且极具艺术性的表现方式。正如小说题名所示，布恩地亚家族与马孔多最终一起消失的命运，正是由于其家族乃至整个拉美民族的"百年孤独"所造成的。孤独是整个拉美千百年来最普遍、本

---

① 奥克塔维奥·帕斯：《孤独的迷宫》，转引自陈众议编：《魔幻现实主义》，沈阳：辽宁大学出版社，2001年版，第68页。

质的生存状态与精神状态，是拉美人在印第安传统文化与西方现代文明强烈碰撞下的思考与矛盾的表现。而正如评论家所说的："推究马孔多孤独的根源，在于缺乏爱。没有能力爱别人，是一种死。没有能力相爱的生命，会使人孤立、寂寞。这是人类被逐出伊甸园之后的必然现象。"[①]正是由于爱人能力的失去，注定了这个家族的孤独，而这些失去爱人能力的马孔多人便正如同科马拉中的鬼魂一样虽生犹死地游荡在人间，在孤独的世界中苦苦挣扎。因此在诺贝尔奖授奖仪式上，瑞典学院常任秘书拉尔斯·吉伦斯坦便有这样一番表述："在加西亚·马尔克斯独创的世界中，置身于一切事物幕后的总导演也许就是死亡。整个情节围绕着死亡——一个已经死亡、正在死亡或即将死亡的人展开。"[②]死亡是这些一辈子孤独的马孔多人所能想到的终结孤独的唯一方式，他们中的一些人甚至是怀着解脱的喜悦在期待着死亡的到来，投入死亡的怀抱。同科马拉一样，马尔克斯笔下的马孔多也是一个充斥着鬼魂的人鬼混杂的魔幻世界。

在这个人物繁多的魔幻世界中，贯穿布恩地亚家族六代人始终的是作为一个神秘性预言功能存在的吉卜赛人墨尔基阿德斯。小说以墨尔基阿德斯带领吉卜赛人闯入马孔多作为开端，而后早已被证实"在新加坡沙滩上死于热病，他的尸体被抛往爪哇海最深的地方去了"的墨尔基阿德斯，其幽灵又回到了布恩地亚家族中，写下了一部关于马孔多历史的梵文羊皮书，小说便以布恩地亚家族三代人最终破译其所写的羊皮书为结束。正如墨西哥人一样，以传统印第安文化观念作为整个民族文化之源的拉美民族在其思想观念中，生与死之间并没有太大的区别。死亡并不意味着永久的离去，死亡只是另一种生命方式，只要死者愿意，他的幽灵仍然能够随时回到活着的人之间，自由地勾连着生与死之间的桥梁。因此，墨尔基阿德斯能够在死后回到马孔多，完成自己预言的宿命，又仿佛以一种再次死亡的方式离开。

不仅已死之人的鬼魂时常出现，布恩地亚家族中人的死亡也体现了拉美民族独特的生死观，看似离奇、难以置信的死亡方式使得作品极具魔幻氛围。由于对母亲的眷恋，霍塞·阿卡迪奥死后的血液竟一路穿越重重阻隔，曲折迂回地流回乌苏拉的身边；"俏姑娘"雷梅苔丝的死亡是随着

---

① 赵德明主编：《我们看拉美文学》，昆明：云南人民出版社，2000年版，第20页。

② 朱景冬：《马尔克斯：魔幻现实主义巨擘》，长春：长春出版社，1995年版，第332页。

一阵闪着光的微风将她与床单一起飞升，永远地消失在天空之中。而家族第二代阿玛兰塔之死也十分奇特，这个孤独了一辈子的女人在死神的通知下开始为自己织裹尸衣，当她织好后便向大家宣布自己将于傍晚去世。之后她便如同准备一次长途旅行一般，有条不紊地收理、记录好邻居托她寄给已故亲人的信件及口信，清理干净自己，然后宁静地等待死亡的来临。在阿玛兰塔这里，死亡就是另一种生的方式，仿佛如同出门旅行一样平常，并不具有任何恐惧感。不仅如此，在这里就连传统观念中阴森恐怖的死神也"并没有任何令人毛骨悚然的地方，它是一位身穿蓝衣服的长发妇女，样子有点古气，同早先帮她们在厨房里干活的庇拉·特内拉的模样有点相像"。死神仿佛就是作品中为具有预言功能而存在的一个普通的人物形象，它在生死的世界中自由地来去，"那样的实在，那样的富有人性"。事实上，在拉美人的世界里，关于幽灵、鬼魂等神话传说都是他们生活中最自然的组成部分。

无论是《佩德罗·巴拉莫》还是《百年孤独》都可以看出，拉美作家以一种魔幻意识去表现深刻的拉美现实，从而开创被称为"魔幻现实主义"的文学流派，事实上都是拉美人思考现实的一种独特的视角与方式，这些看似神奇的事物"是我们拉丁美洲的现实，而不像历来的理性主义和教条主义那样，受到条条框框的限制"[①]。拉美文学中所突现的这种魔幻意识，来源于拉丁美洲的现实，亦是拉美作家们表现拉美独特现实的最佳方式。它是拉美人丰富独特的文化内涵的重要表现，也是拉美文学以爆炸姿态震撼并屹立于世界文学之林的重要原因。

不同于男性作家在魔幻现实主义小说艺术上强烈的悲壮感与震撼力，"爆炸后"颇受瞩目的智利女作家伊莎贝尔·阿连德以一种优雅、含蓄的女性魔幻现实主义风格创造了第二个布恩地亚家族——《幽灵之家》。在作品中，"魔幻性"集中体现在克拉腊一个人的身上，她的神秘是与其丈夫埃斯特万的"理性"截然相对的，是一种质疑与颠覆后者"理性"的存在。克拉腊天生有着遥控物体的特异能力，能够预知未来，猜中人的心思。她还专与幽灵、鬼魂交往，整天地与他们闲聊。在生下双胞胎兄弟后，克拉腊还常与专门探索招魂术与各种超自然现象的默拉三姐妹往来，她们以心灵感应联系彼此、聚会或以精神力量来传达彼此的思想。沉浸在这种

---

① 加西亚·马尔克斯、门多萨：《番石榴飘香》，林一安译，上海：上海三联书店，1987年版，第84页。

神秘精神世界的克拉腊,她的感情世界沉静、恬淡,与埃斯特万强烈、澎湃的情感形成鲜明的对比,而始终爱着克拉腊的埃斯特万也明白这个一直待在自己身边的妻子,她的灵魂活在另一个超自然的世界中,那是崇尚理性的埃斯特万永远到不了的地方。

马尔克斯曾说:“妇女们能支撑整个世界,以免它们遭受破坏,而男人们只知一味地推倒历史。”[①]马尔克斯笔下的女性们面对人生的痛苦大多有着坚忍的态度,犹如乌苏拉以一己之力勇敢地肩负起了整个家族注定痛苦的宿命。这种坚韧的女性形象在阿连德的《幽灵之家》中也得到了完整的体现,正如小说题词所言,这部作品是“献给我的母亲、外祖母和故事中其他不同寻常的女人们”。因此,从更深层的角度来看,这个“幽灵之家”主要是由家族中的女性们构成的,是以克拉腊、布兰卡与阿尔芭三代人为代表的女性幽灵们支撑起的世界。在阿连德的笔下,这些女性都尊重并顺应自我心灵,有着超越家族中男性的那种勇敢而宽容地面对苦难人生的坚韧“魔力”,作者将她们比作幽灵,并赞美、歌颂这种魔力。在作品中,阿连德通过她们的存在表达:“温柔的希望,永恒的家园,公正的历史,随和顽强的生命。”[②]

统观拉美魔幻现实主义小说中的鬼魂形象,它们的存在并不具有渲染作品恐怖氛围的作用,更不带有善恶等道德批判意图。从《佩德罗·巴拉莫》《百年孤独》《幽灵之家》等一系列作品中的鬼魂身上都可以看出,这些鬼魂都是“人鬼同形同性”的形象,它们虽死犹生地飘荡在人间,飘荡在这些家族中,它们一般与家族中的某个人物相联系、交流,对作品的情节起着一定的预示与推动作用。而生者在见到这些鬼魂时所持的态度也不是惊惧或害怕的,而是以死仍是另一种生的态度去面对家中飘荡着的这些幽灵。将鬼魂出现在人世间这种不合逻辑常理的事看作一种仿佛再正常不过的现实来加以平静叙述的这种方式,是拉美文学的重要特征,更加突出了作品的魔幻氛围。阿连德在回答记者关于一些现实问题自己是如何得知真相时,曾说过这样的话:“是死者的亡灵在给我吹风。”[③]这句看似玩笑的回答实际上代表了拉美民族关于鬼魂等超现实问题的看法与态度,即在拉美“神奇的现实”下形成的世界观。来源于拉美“神奇的现实”

---

① 加西亚·马尔克斯、门多萨,《番石榴飘香》,林一安译,上海:上海三联书店,1987 年版,第 110 页。

② 赵德明主编:《我们看拉美文学》,昆明:云南人民出版社,2000 年版,第 163 页。

③ 赵德明:《20 世纪拉丁美洲小说》,昆明:云南人民出版社,2003 年版,第 552 页。

的魔幻现实主义事实上是拉美作家“一种审视现实的方式，即是一种或多种文化积淀在特定历史条件和环境中体现的近乎幻想的真实”[①]。拉美的这种神奇正是基于其特殊的历史发展轨迹之上的，是多种截然不同的文化之间相互碰撞、混合的结果。总的来说，形成拉美“神奇的现实”的多种民族文化在其文学中突出表现为本土印第安人的原始观念、非洲黑人的民族文化以及欧洲民族的文化内涵。拉美文化的多元性与丰富性正如同评论家所说的：“印第安美洲的文化犹如一条彩虹，在这条彩虹中可以分辨出在这个印第安－非洲－拉丁美洲大陆国内同时并存着的七种文化的颜色，即西班牙文化、葡萄牙文化、印第安人文化、黑人文化、印第安伊比利亚人文化、美洲黑人文化和全面混血人的文化。”[②]

在拉美这个神奇的国度中，崇尚理性的科学活动与印第安人的原始巫术活动并行不悖，印第安人古老的神话传说、非洲民族的民间传说与基督教的《圣经》故事在拉美人口中同时流传，最现代的西方文明与最原始的本土信仰习俗同样为人们所接受，这里的一切现实都被多元文化蒙上了一层光怪陆离的色彩，如同万花筒一般绚烂、神奇。在印第安人的生死观念和宗教信仰中，生命与死亡之间是没有界限的，死亡只是另一种生的方式；人死后的灵魂也不会消亡，而是游荡在通向死人国的路途中。这种观念正如人类学家布留尔在《原始思维》中所表述的那样：“死的确在我们这里和他们（指原始人）那里是不相同的。我们认为心脏停止跳动和呼吸完全终止，就是死了。但是，大多数原始民族认为，身体的寓居者（与我们叫做灵魂的那种东西有某些共同的特征）最后离开身体的时候就是死，即或这时身体的生命还没有完全终结。”[③]在原始人的思维中，生和死并不是一种生理现象，他们从自然界万物枯荣、日夜交替的规律中推想出人类也能同万物一般死而复生的循环生死观，从而认为死亡不过是从一种生命形态转变成另一种生命形态，两者之间没有绝对的界限。因此，在印第安文化影响下的拉美人眼中，死亡与鬼魂并不值得恐惧害怕，它们只是每个生命存在的另一种阶段，是每个人都要经历的再正常不过的事。甚至在每年十月的某一天，拉美人还要郑重其事地过死人节，带着祭品来到墓

---

① 陈众议编：《魔幻现实主义》，沈阳：辽宁大学出版社，2001 年版，第 115 页。

② 欧亨尼奥·陈-罗德里格斯：《拉丁美洲的文明与文化》，白凤森等译，北京：商务印书馆，1990 年版，第 328 页。

③ 列维-布留尔：《原始思维》，转自陈众议编：《魔幻现实主义》，沈阳：辽宁大学出版社，2001 年版，第 122 页。

地,与逝去亲人的鬼魂交谈,或是将家族中的死人请回来一起过节,借以悼念逝去的亲人,抚慰四处游荡的鬼魂。当然,这样的思想在《佩德罗·巴拉莫》《百年孤独》《幽灵之家》等一系列魔幻现实主义小说中都得到了最全面的表现。

魔幻现实主义小说以拉美"神奇的现实"为来源,以魔幻意识来表现拉美几百年来最深刻的现实。而作为小说中魔幻因素之一的鬼魂的频频出现,正是拉美作家们以印第安人传统文化观念为积淀,以拉美民族特殊的集体无意识去观照拉美深刻的现实。正如帕斯所说:"在一个封闭的、没有出路的世界,一切都是死亡,死亡是唯一有价值的东西。"[①]无论是科马拉、马孔多,还是智利,它们都是整个拉美几百年来命运的缩影,在过去拉美那样封闭、孤独的姿态中,所有的人与物都只有死亡这一条唯一的出路,而死亡也是拉美"唯一有价值的东西",是苦痛命运的解脱。因此,在魔幻现实主义小说中,死去的鬼魂飘荡在每个封闭、孤独、痛苦的百年家族中,生人与死魂相伴,死亡以一种吊诡的姿态围绕在每个拉美人的身边。拉美作家们借着文学艺术在提醒拉美人民曾经伤痛的历史,告诫拉美人不能忘却历史,不能继续孤独地沉睡在封闭、落后的世界中,不能无视本民族最宝贵的古老的美洲文化。拉美作家们正是借着这些凝聚着拉美民族文化的"死者的亡灵"在给拉美人民"吹风",在给世界"吹风"。

三、底层族群的绝望与美国神话的冷峻

雷蒙德·卡佛(Raymond Carver,1938—1988)是美国文学史上最出色的短篇小说家之一,是"继海明威之后美国最具影响力的短篇小说作家"[②],《伦敦时报》称他为"美国的契诃夫"[③],被誉为"美国 20 世纪下半叶最重要的小说家"[④]"新小说的始创者"[⑤]和"极简主义小说之父"[⑥]。卡佛

---

① 奥克塔维奥·帕斯:《万圣日,死人节》,转引自耿占春编选:《唯一的门——时间与人生》,北京:东方出版社,1996 年版,第 243 页。

② 雷蒙德·卡佛:《雷蒙德·卡佛短篇小说自选集》,汤伟译,北京:人民文学出版社,2009 年版,简介第 1 页。

③ 卡萝尔·斯克莱尼卡:《雷蒙德·卡佛:一位作家的一生》,戴大洪、李兴中译,北京:龙门书局,2011 年版,序言第 3 页。

④ 雷蒙德·卡佛:《我打电话的地方》,汤伟译,北京:人民文学出版社,2012 年版,前言第 1 页。

⑤ 雷蒙德·卡佛:《大教堂》,肖铁译,南京:译林出版社,2009 年版,译后记第 239 页。

⑥ 卡萝尔·斯克莱尼卡:《雷蒙德·卡佛:一位作家的一生》,戴大洪、李兴中译,北京:龙门书局,2011 年版,序言第 1 页。"极简主义"一词,源于赫辛格(Kim Herzinger)《论新小说》的引言部分。

的文学成就主要体现于短篇小说与诗歌领域，另有部分记叙日常生活、谈论写作心得的散文随笔。其作品致力于“描绘美国的蓝领生活……生活的变质和走投无路后的绝望”[①]，表现中下层民众的“无助和不知所措”[②]，因而被评论家们视为“肮脏现实主义”[③]流派的代表人物之一。比照其作品，曾经辉煌绚烂、无比诱人的“美国梦”成了可笑的幻景，对于新大陆的“拓荒者”们、“地上乐园”的社会中坚——底层白人族群来说，美国神话像是一个辛辣、残忍的讽刺；卡佛笔下的他们被现实击垮，迷失在无边的黑暗之中——孤独、悲伤、意冷心灰以及彼此淡漠、隔阂却不自知。卡佛笔下的大多数底层白人面临着相似的问题：酗酒、失业、破碎的家庭、贫穷的物质生活、淡漠的人际关系。正是这些看似繁琐而又难以避免的现实困境，述说着“愤怒的白人”(angry whites)的无奈、焦灼与绝望。

卡佛之所以钟情这些“关于贫困劳动者生活的冷峻故事”[④]、擅长描绘底层人民的晦暗人生，因为他对此有着深切的体会与感受。他的生命历程几乎就是一部贫穷、荒诞的苦难史，酒精、暴力、永无休止的劳作构成他童年的全部记忆，高中毕业即外出打工，一生的大部分时间几乎都在贫穷、苦难与失望中度过，失业、酗酒、破产、离婚、背叛等接踵而至的打击将他抛入命运的谷底，他在现实的重压下苟延残喘。卡佛非常熟悉底层民众绝望而迷惘的生活境况，了解他们内心那种难以言说的焦虑感与危机感，因为他就是其中一员：“自己归根到底，不过是美国的一名普通百姓。正是作为美国的平民，自己才有那些非吐不快的东西。”[⑤]他是个“写失败者的失败者，写酒鬼的酒鬼”[⑥]。正是因为拥有如此真切而痛彻的体验，卡佛的作品才会蕴藏着一种深刻、厚重的力量，直指人心，带给读者意想不到的震撼效果。他笔下的人物生动而真实地存在着，映照出人们灵魂深处最为隐秘、晦暗的角落。借助卡佛的作品，人们得以直面冷峻的现实、思考苦涩的人生，在其中寻觅情绪的宣泄与精神的洗练。正如日本作

---

① 雷蒙德·卡佛：《需要时，就给我电话》，于晓丹、廖世奇译，南京：译林出版社，2012年版，前言第1页。

② 胡秀芳：《解读雷蒙德·卡佛的短篇小说》，《青年文学家》，2012年第10期。

③ 王中强：《从沉沦酒精到自我救赎——解读短篇小说〈我打电话的地方〉》，《外语研究》，2011年第5期。

④ 卡萝尔·斯克莱尼卡：《雷蒙德·卡佛：一位作家的一生》，戴大洪、李兴中译，北京：龙门书局，2011年版，序言第1页。

⑤ 村上春树：《雷蒙德·卡佛：美国平民的话语》，肖铁译，《中国企业家》，2009年第5期。

⑥ 雷蒙德·卡佛：《大教堂》，肖铁译，南京：译林出版社，2009年版，译后记第242页。

家村上春树所言,卡佛的作品中"处处隐藏着超越日常生活的奇妙意外,有着一种让人忍俊不禁的痛快幽默和刺痛人心的现实感"①。

卡佛具有"超凡的洞察力",其作品往往"有所控制却又意蕴绵长"②。卡佛善于发现且乐于写作那些日常生活中的"俗事儿",认为"在我们过的生活和我们写的生活之间,不应该有任何栅栏"③,所以被亚瑟·塞尔茨曼称为"寻常事物的鉴赏家"④。卡佛在《关于写作》一文中也提到:"在诗或者短篇小说中,有可能使用平常然而准确的语言来描写平常的事物,赋予那些事物……以很强甚至惊人的感染力。也有可能用一段似乎平淡无奇的对话,让读者读得脊背发凉——这是艺术享受之源……我最感兴趣的,就是那种写作。"⑤卡佛重视对平凡生活的提炼,更重视对语言力量的发掘,他相信清晰、具体、使用得当的字词能够将文本所承载的信息表达得淋漓尽致。卡佛喜欢在短篇小说中营造"某种威胁感或者危险感"⑥,以避免沉闷,他常常借助省略、空缺等手法来达到这一效果,杰弗里·伍尔夫就直截了当地称其为"减法者(taker-outer)"⑦——对待作品能够毫不留情地削冗剔繁,这种留白也给了读者更多思考、演绎的空间。戛然而止的结尾、悬而未决的疑问、刻意忽略的情节,都让人多少有些困惑甚至恼怒,却有着一种独特的艺术魅力。卡佛的语言简练、质朴,却有着褪尽铅华后的凝重,蕴含着一种穿透人心的巨大力量。

出生于监领之家的卡佛一生坎坷起伏,大半辈子几乎都在难以摆脱的贫困和接踵而至的失望中度过:过早地负担起家庭责任,两次破产,屡次因酗酒住院,破裂的婚姻等。然而,无论境况多么窘迫,他从未放弃对文学的追求——即便四处漂泊、居无定所,他始终笔耕不辍,这种信念是"令人费解,甚至不可想象的"⑧。他的作品重在描绘美国社会底层民众困窘、艰辛的生活境况,表现他们迷惘、无奈的心理状态,那些失落的人

---

① 村上春树:《雷蒙德·卡佛:美国平民的话语》,肖铁译,《中国企业家》,2009年第5期。

② 于晓丹:《雷蒙·卡佛:人与创作》,《外国文学》,1994年第2期。

③ Gentry, Marshall, *Conversations with Raymond Carver*, Jackson: University Press of Mississippi, 1990, p.49.

④ 雷蒙德·卡佛:《雷蒙德·卡佛短篇小说自选集》,汤伟译,北京:人民文学出版社,2009年版,译后记第414页。

⑤ 雷蒙德·卡佛:《火》,孙仲旭译,南京:译林出版社,2012年版,第35页。

⑥ 同上书,第37页。

⑦ 雷蒙德·卡佛:《大教堂》,肖铁译,南京:译林出版社,2009年版,译后记第242页。

⑧ 同上书,译后记第240页。

群、破碎的家庭、黯淡的前景勾勒出残酷而又无奈的现实。卡佛有13年的酗酒史，酒是他用以暂时逃避现实重压的有效工具——在沉重的生存压力下能够带给他片刻的愉悦与解脱，也是不断侵蚀他生命活力的慢性毒药——对他的婚姻、健康、事业甚至写作造成了极为严重的负面影响；尽管他清楚地知道沉湎于酒精意味着最终的毁灭，却总是无法抵抗这副“麻醉剂”的致命诱惑。这段迷醉于酒精之中的消沉生活给卡佛留下了深刻的烙印，“酒”和“酗酒者”也成为他作品中几乎无处不在的两个典型意象。卡佛的作品不吝笔墨地书写“酒”与“酗酒者”，不只是因为二者与他本身有着千丝万缕的密切联系而单纯地记录下他那“足够多的酗酒故事”；他在访谈录中提到，自己的目的不是坦白，而是“要证明……每一首诗或每一篇小说都可以被视为……作者的一部分，被视为他对他那个时代的世界的见证的一部分”[①]。隐藏在这两个典型意象背后的，是作家对“无望之乡”的凝视与守望。[②] 这是一个蓝领的世界，是一个冷酷却真实的世界，“失败不是故事的开始，也不是故事的结束，而是他们故事的全部”[③]。然而，卡佛绝不是一个甘于屈服、甘于认输的人，正如他在访谈中所言：“在大部分小说中，人物的麻烦得不到解决。人们的目标和希望枯萎了。但有时，而且恐怕是经常，人们自己不会枯萎，他们把塌下去的袜子拉起来，继续走。”[④]透过自己艰难生活的镜像和消极情感的体验，卡佛沉重的词句背后隐约透露出一缕黯淡的光芒，虽然微弱却在无尽的黑暗里显得格外温暖、珍贵——那是作家对生存的思考、对人性的关怀、对绝望的超越。

无论是卡佛本人还是他笔下各式各样的酗酒者，大都过着贫困、艰辛的日子，面临着一系列无法优雅地予以解决的问题。他们是“被生活淹没的人”[⑤]，在奔腾而去的滔天巨浪中惊慌失措、随波逐流，找不到出路。酗酒是他们生命的一部分，是他们糟糕的生存境况的缩影，是“他们的身份

---

① 卡萝尔·斯克莱尼卡：《雷蒙德·卡佛：一位作家的一生》，戴大洪、李兴中译，北京：龙门书局，2011年版，第405—406页。

② 王晨：《“无望之乡”的凝视与守望——雷蒙德·卡佛小说论》，2011年江西师范大学硕士学位论文。

③ 雷蒙德·卡佛：《大教堂》，肖铁译，南京：译林出版社2009年版，译后记第242页。

④ Alton, John, “What We Talk about When We Talk about Literature: An Interview with Raymond Carver”, *Chicago Review*, Vol. 36, No. 2, 1988.

⑤ Gentry, Marshall, *Conversations with Raymond Carver*, Jackson: University Press of Mississippi, 1990, p. 49.

象征”和那个时代“蓝领的符号”[①]。卡佛作品中的“酒”不是人们休闲、享受的选择,而是被赋予了浓厚意味的特殊意象——象征着空虚中的迷惘、沉重中的无奈、孤独中的落寞、困境中的绝望。通过对底层民众真实生存镜像的描摹和展现,卡佛挖掘生活的本质,向人们“揭示出日常生活背后的深层意蕴”[②],传达出一种敢于直面无望的勇气。

卡佛立足于自己的切身之痛,通过小说“还原了一个真实的平民世界”[③],揭露了人们在日常生活中普遍面临的生存问题,展示了普通民众琐碎、无聊的现实生活。这些挣扎在社会底层的小人物没有理想、没有希望,整日庸庸碌碌、恍恍惚惚,无力也无心把握自己的命运,充满未知的路途令他们感到消沉、无助,日复一日的机械劳动令他们深感倦怠、乏味。他们心灵脆弱、精神空虚,由于信仰支柱的坍塌,甚至失去了奋斗的动力。他们如同行尸走肉般活着,却不知如何去改变现状、创造生活;他们沉沦于虚度光阴、醉生梦死的泥沼,却从未意识到灵魂正被一点点地蚕食、侵吞,生命在不断地消耗、磨损。酒不仅是人们空虚生活的主要表现形式之一,还暗喻了人性因此而生的扭曲和异变。持久的空虚令人产生一种近乎绝望的感受,而这种消极情绪往往会通过酗酒者的一系列行为及其恶果展现出来:有的人变得狂躁易怒、不可理喻;有的人变得麻木、冷漠,显露出自私、残酷的一面。沉闷无趣的生活给人们的思想与情感带来了缓慢而深刻的影响,酒作为一个典型的日常意象,正意味着现实与理想的双重空虚,物质与精神的共同失落。

卡佛在作品中创造了一个“灰色的世界”[④],展现了“美国梦/美国神话”的彻底破碎。他笔下的蓝领阶层“每天要面对各种各样的问题,无时无刻不在为生存而挣扎”[⑤]。他们游离在社会的边缘,承受着种种突如其来的打击,扮演着永无脱身之计的悲剧角色,为生活几乎耗尽了力气。这些被充满危险与威胁的现实折磨得精疲力竭的人“看不到任何未来”[⑥],

---

① 王中强:《从沉沦酒精到自我救赎——解读短篇小说〈我打电话的地方〉》,《外语研究》,2011年第5期。

② 王晨:《“无望之乡”的凝视与守望——雷蒙德·卡佛小说论》,2011年江西师范大学硕士学位论文。

③ 同上。

④ 邱小轻:《卡佛笔下的美国——解读卡佛的〈大教堂〉》,《四川外语学院学报》,2001年第1期。

⑤ 胡秀芳:《解读雷蒙德·卡佛的短篇小说》,《青年文学家》,2012年第10期。

⑥ 雷蒙德·卡佛:《需要时,就给我电话》,于晓丹、廖世奇译,南京:译林出版社,2012年版,第96页。

唯有借酒浇愁、饮鸩止渴，以期从生活的沉重压迫下暂时逃离，偷享片刻欢愉。酗酒是他们对挫折、苦难的消极反抗，无可逃避的负担和责任令他们喘不过气来。这是一个循规蹈矩的弱势群体，他们怯懦又脆弱、平凡甚至平庸，缺乏对于意外的想象力，麻烦一旦降临，轻而易举地就能将他们打倒。现实的重压消磨了他们的意志，摧毁了他们的梦想，将他们抛入绝望的深渊。卡佛笔下的人物大多面临交流困境：他们或是笨口拙舌、不善言辞，无法清晰、明确地表达自己；或是听不懂，也不愿意聆听对方的讲话，常常随意敷衍、答非所问。这种"有口难言"与"听者无心"的对话导致人际关系逐渐疏离、恶化，人与人之间充斥着陌生、冷漠的气息，语言沦为一种空洞的符号。卡佛认为："缺乏相互理解和无法沟通是他所关心的人群失败的主要原因之一。"[①]沟通障碍使他们陷入难以自拔的孤独境地，一道无形的隔阂横亘在彼此之间，沉默与酒取代了一切。

卡佛书写和揭示无望而痛苦的生活"不是为表达一种末世的悲哀，而是为了更好地反思家庭与社会的种种危机"[②]，以此唤醒人们内心深处潜藏的希望和信念。他在访谈中提到："我从来没有觉得我所写的人物不可救药……美国到处都是这些人。他们是善良的人，是竭尽所能在奋斗的人。"[③]卡佛的作品让人们明白：活着并非易事，但既然无可回避，就应当直面困境，努力朝着高地而不是深渊迈进；哪怕希望只是一点将息未息的残焰，都足以给黑暗中的人们带来慰藉。卡佛天性善良、宽厚，且有着一种近乎偏执的执着，即便到了生命的最后阶段，他仍然坚信"奇迹和复活的可能"[④]，坚信人们实现自我救赎的可能。他的力量是《水流》一诗中那种受了伤也要迎难而上的奋不顾身，他的希望是萌发于绝望土壤的稚嫩幼苗。

卡佛以敏锐的洞察力发现了酗酒者陷入精神危机的真正原因，在揭示他们绝望境况的同时也给他们留下了一扇希望之窗。日本作家村上春树曾经说过："卡佛的宝贵之处在于，他告诉我们人生仿佛已耗尽，却又收

---

① 雷蒙德·卡佛：《我打电话的地方》，汤伟译，北京：人民文学出版社，2012 年版，译后记第 468—469 页。

② 黄仲山：《人生百态，冷暖交集——以〈我打电话的地方〉为例解析卡佛短篇小说的色调对比》，《名作欣赏》，2007 年第 23 期。

③ 卡萝尔·斯克莱尼卡：《雷蒙德·卡佛：一位作家的一生》，戴大洪、李兴中译，北京：龙门书局，2011 年版，第 384 页。

④ 于晓丹：《雷蒙·卡佛：人与创作》，《外国文学》，1994 年第 2 期。

拾起勇气。”[①]卡佛是一个敢于直面绝望、超越绝望的作家，就像一团不熄的火焰，象征着永恒的热情与动力。透过卡佛削繁至简的文字，那些残酷、荒凉的现实境况常常令人不寒而栗，而他对生存的思考、对人性的关怀、对希望的执着又给人以温暖的抚慰。在生活中，卡佛就是一个敢于直面无望、注重把握当下的人，同时也是一个执着追寻希望的人；其创作理念无限接近存在主义所强调的：“现代艺术不是宣传而是揭示，它显示出我们存在的现实的本来面目。它并不把我们生活在其中的现实掩盖起来。”即萨特所说：“一切文学作品要服从于再现‘人的本质’，揭示人的‘真正现实’。”[②]卡佛写平凡人的日常生活，写他们琐碎而普遍的焦虑和烦恼，让文学回归现实，蕴含着一种深切的人文情怀。克尔凯戈尔说：“正是细微的捉弄令生活痛苦异常。”[③]显然，卡佛持有与此相同的认知与体悟，展现了美国下层民众艰辛的生活状态和绝望的精神困境，其中还隐藏着积极的生命底蕴和深刻的人生反思，正如存在主义哲学从绝望走向希望一般。

卡佛传承海明威简约隽永的艺术风范，是美国“极简主义”文学的领袖人物；他直面底层白人群体的生存困境与“美国神话”的冷峻一面，是“艰难时世的体验者与观察者”。他对文学创作的终生执着与热爱以及他人生后期终能成为“不喝酒的酒鬼”的人生超越，从另一维度说明了“美国梦”的现实可行性与主体实践性，印证了“上帝帮助自助者”的美国常识。卡佛作品所关注的美国中下层白人族群，在2016年美国总统候选人初选中，以群体姿态制造了令人大跌眼镜的“特朗普现象”，反映出底层白人选民长久以来在自己日渐衰落的经济、社会地位得不到主流政界关注和解决时表现出的沮丧、愤怒和焦灼。被主流媒体描述成“粗鲁”“野蛮”和“低能”的这一群体，常常被冠以“红脖子”(red neck)、“白垃圾”(white trash)等侮辱性用词，底层红脖子白人特别是劳工阶层更是易于被妖魔化。没有卡佛为其代言的当下，他们只有自己发声并采取行动维护本族群的切身利益，不惜以美国社会族群分裂为代价。

---

① 雷蒙德·卡佛：《大教堂》，肖铁译，南京：译林出版社，2009年版，前言第2页。

② 王克千：《萨特存在主义剖析》，《哲学研究》，1984年第2期。

③ 索伦·克尔凯戈尔：《克尔凯戈尔日记选》，晏可佳、姚蓓琴译，上海：上海社会科学院出版社，2002年版，第3页。

第三节 意识形态的世俗权威

意识形态(英文 ideology,意为“观念的科学”)是指一种观念的集合,属哲学范畴,可以理解为对事物的理解、认知,它是一种对事物的感观思想,是观念、观点、概念、思想、价值观等要素的总和。在广义的意识形态概念的谱系上,其可追溯至柏拉图《理想国》中的“高贵谎言”(the noble lie)的思想。意识形态不是人脑中固有的,而是源于社会存在。人的意识形态受思维能力、环境、信息(譬如宣传、教育)、价值取向等因素影响。不同的意识形态,对同一种事物的理解、认知也不同。意识形态有很多不同的种类,有政治的、社会的、知识论的、伦理的等。意识形态的核心内容是价值观。意识形态可以被理解为一种具有理解性的想象、一种观看事物的方法(譬如世界观),存在于共识与一些哲学趋势中,或者是指由社会中的统治阶级对所有社会成员提出的一组观念(即马克思主义定义下的意识形态)。

每个社会都有意识形态,作为形成“大众想法”或共识的基础,而社会中大多数的人通常都看不见它。占有优势地位的意识形态以一种“中立”的姿态呈现,而所有其他与这个标准不同的意识形态则常常被视为极端,不论到底真实的情况为何。哲学家福柯就曾经写过关于意识形态中立性的这种观念。努力追求权力的组织会去影响社会中的意识形态,将它变成他们想要的样子。政治组织(包括政府)与其他团体(譬如说在议会外游说通过议案的团体)试图透过传播他们的意见来影响民众,这也是为何社会中的许多人通常看起来都有“类似的想法”(think alike)的原因。当社会中绝大部分的人对于某些事情的想法都很类似,甚至忘记了目前的事务可以有其他的选择,这就变成了哲学家葛兰西(Antonio Gramsci)所说的霸权(Hegemony)。关于“团体迷思”(group think)这种小概念,也有部分要归功于他的著作。

在任何时候,文学经典都是变动不居的,都是被某种机制认定和推介的,都是意识形态复杂运演的结果,正如美国文论家 E. 迪安·科尔巴斯所言:“所有的文本都产生于特定的政治语境,并因此不可避免地包含了特定的政治内容——不管是直接的还是暗含的——即使作品的作者原意并非如此。到了现在,这已经成了文学理论中一个不证自明的道理。”[①]西方的文化研究已经揭示出,西方以往的文学经典隐含的是西方的、欧洲的、白人的、男人的价值观。即使有人天真地排除了经典话语背后隐藏的权力关系,也不能由此就得出经典是因其艺术价值的卓越和恒定而不朽的,因为何为“艺术”及其“价值”同样是一种价值判断,对一部作品艺术性的理解从来都不是孤立的,总是与社会的、文化的、历史的或经济的基本原因相关涉的,在这个意义上可以毫不含糊地认定:不存在真正恒定的文学经典。由此推演至批评细节的转向,E.迪安·科尔巴斯提出:“这些基本的原因可以解释为什么批评重点在19世纪时候落在了《哈姆雷特》剧中的人物性格上,而到了20世纪却又转向了剧中准确的语言上。”[②]因为20世纪整个西方哲学的语言学转向不能不影响到对《哈》剧的艺术阐释。

综合起来看,外国文学经典与其说是其本身的审美内涵或读者青睐所决定的,还不如说是多种社会力量共同作用的结果。首先,文学经典自身所呈现的写作水平、生命视野、情感层次、想象空间与语言艺术等非同凡响是最重要的因素,而历代读者对其理解、体悟、互动与欣赏的程度则是其被埋没与否的决定性因素。虽然有不少诗人/作家号称“为后世读者而作”,甚至提出五十年或百年的期许,但终归与“酒香不怕巷子深”的心理一样,期盼“知音”不断。当然,从另一个角度说,只有好酒才“香”、只有“佳作”才配称为“经典”,这是文学“经典化”的内因。其次,文学经典的变化可能是由政治形势或意识形态的力量促成的。佛克马、蚁布思在《文学研究与文化参与》一书中,就指出过经典可以成为一种政治工具的事实,他说德国在1859年就利用席勒的百年诞辰之机来达到国家主义目的的企图,国家上层政治集团对席勒和歌德的经典化已具有一种向心力,人们确信它是为一个德意志民族国家的形成而服务的。再次,经典的形成也离不开教育制度、文学评奖制度及经典遴选机制、新媒体的新式传播与介入。在中世纪欧洲,《圣经》及宗教文学之所以延续了上千年并渗入后世欧美文学经典中,是因为教权高于一切、经院教育以及民主时代的信仰自由对这些文本的不断推崇。在中国,四书、五经等之所以延续了上千年,是因为科举考试的不断强化,而唐诗宋词、四大古典名著和五四文学等经

① E.迪安·科尔巴斯:《当前的经典论争》,阎景娟、贺玉高译,《文学前沿》,左东岭主编,北京:学苑出版社,2005年版,第11页。

② 同上。

典地位的确立也与政治意识形态和国家考试制度密切相关。同时，文学评奖制度及经典遴选机制也有效地推动了作家作品的经典化。在以往的权威社会里，经典的遴选和阐释权利操持在权力机构和社会精英的手中，权力机构通过制定文化政策、奖励制度以及直接提供资金资助，社会精英（主要包括大学教师、文学批评家、文学编辑、重要文学奖项的评委等）通过阐释、宣讲、制定规则等方式推举和普及经典。这个时期的经典虽然可能是上流社会和知识界大多数人的共识，但未必是全社会的共识。因为社会大众没有权利参与到经典的遴选机制中去，相比于沉默的大多数，官僚和精英毕竟是少数，在这个意义上的文学经典可能是权威的，但却不是共享的。当历史发展到现代，民主制度和多元文化保证了社会大众参与公共事务的权利，在文学经典的形成中，读者大众的声音越来越响亮，他们的审美趣味越来越成为一种强劲的潮流影响着文学价值的判断。所以，由于遴选机制的变化，以往被认为是无可争议的文学经典，在后来不可避免地要面对一次又一次的价值重估。[①] 文学经典的确立和崩溃的过程，在一定程度上反映了意识形态的兴起和死灭。另外，莎士比亚、雨果、托尔斯泰、简·奥斯汀、梅里美等人的作品之所以被大家所认可，还与他们的作品被话剧、舞剧、歌剧、电影、电视剧、动漫、电竞等艺术形式的改编呼应和新式传媒的广泛推广密不可分，不能忽视这些外部力量对文学经典的建构和强化。

的确，文学经典的生成是由诸多因素构成的，它在很大程度上取决于特定的批评话语、权力机构及其他一些外在性的人为因素。由于“欧洲中心主义”和其后的“西方中心主义”意识的作祟，包括中国文学在内的东方文学的大量优秀作品长期以来被排斥在世界文学经典范围之外。文化研究虽然在这方面有所突破，但终因长期未能突破“英语中心主义”的思维模式，中国现当代文学在世界文学的大背景下仍处于“边缘”地位，因而从跨东西方文化的宽阔视野下对既定的“西方中心式”的世界文学经典进行质疑乃至重构是完全可能的，这也是比较文学、文化研究和文学理论研究者在今后相当长的时期内一个主要的研究课题。[②]

马克思主义唯物辩证法认为，事物的发展由内因决定，并受外因影响；而“外因是变化的条件，内因是变化的根据，外因通过内因而起作

① 张浩文：《文学经典：时间的朋友和敌人》，《文艺报》，2010 年 2 月 24 日。

② 王宁：《文学经典的形成与文化阐释》，《文艺报》，2010 年 2 月 24 日。

用"[①]。由此看来,文学经典不仅是意识形态的产物,而且是人类文明发展进程上的路标,是人类文明史的里程碑;人类文明史上真正的文学经典是绝不会受控于各种意识形态的,其精神贡献和艺术风范才是决定它价值的内因。有批评家说:"文艺作品要靠历史品位和美学品位去吸引、感染受众,要有引领性、指向性,而不是一味迎合受众的时尚需求,一味强调所谓的观赏性是没有指向性的,观赏性因人而异、因时而变、因地而迁,只有保证历史品位、美学品位,才能够真正具有吸引力、感染力。"[②]在文学史家的眼里,真正的文学经典是客观存在的,而不是自封的或他封的。因此,真正的文学经典既不是文学批评家捧出来的,也不是文学批评家所能轻易否定的。在文学史上,很少有文学经典(包括文学大师)没有经历过严厉批评甚至诋毁。有些文学经典即使存在一些瑕疵,也仍难掩其伟大。王元化曾指出:"如果我们要从巴尔扎克作品中寻找形式或表现手法的缺陷,以致事件上的出入和情节上的漏洞,那是并不困难的。至于陀思妥耶夫斯基作品中的某些段落,更是写得拖沓、累赘、繁冗。但是,能够说巴尔扎克和陀思妥耶夫斯基不是伟大的作家么?能够说他们的作品没有自己的风格和作为伟大作家标志的独创性么?"这类作品是真正的深山大泽,而不是人工修饰的盆景。因此,真正的文学经典不可能在文学批评家过分的挑剔与苛刻中遭到抹杀。有些文学经典即使一时遭到遮蔽,也不可能永远被埋没。[③]

主要是源于国族振兴的饥渴,发展中国家广泛存在着的国家主义情结有其历史与现实的合理性,然而,承认这种合理性并不意味着无保留地接受这种国家主义。事实上,随着全球化进程的加快和相互依存的深化,无论是资源、经济发展、政治事务都打上了深刻的国际化烙印。简单化地理解主权的绝对性已无法解释现实,更难于应对现实。所以,发展中国家的国家主义必须反省。同时,更要警惕打着"引导社会、教育人民、推动发展"等"五彩"大旗的各种"极权主义"行径,防范重蹈"国家恐怖主义"的覆辙与深渊。正如捷克作家米兰·昆德拉在其著名小说《玩笑》中所担心的:"受到乌托邦声音的诱惑,他们拼命的挤进天堂的大门,但当大门在身

① 毛泽东:《矛盾论》,《毛泽东选集》(第一卷),北京:人民出版社,1991年版,第302页。

② 刘慧:《浙产剧讲述中国好故事——访中国文艺评论家协会主席仲呈祥》,《浙江日报》,2016年3月14日。

③ 熊元义、李明军:《文艺经典与文艺评论》,《中国艺术报》,2012年6月8日。

后砰然关上时，他们发现自己是在地狱里。”①

不可否认，真正的文学经典，对于社会大众有着极强的精神引领作用。作为时代导向和民族文化结晶的经典，不可避免地以“希望”或“理想”的形式留存下国家主义所倡导的国族共荣的思想和实践，成为民族精神的源泉和动力，有些甚至汇入人类文明的总体成果——哪怕它浸透了鲜血和苦难——并通过经典的不断阅读而代代相传。每个国家都有几部经典家喻户晓，渗透到一个民族每一个人的心灵深处。就文学经典而言，英国的莎士比亚、俄国的普希金与托尔斯泰、德国的歌德、法国的雨果、美国的惠特曼等，都是进入国民基础教育、扎根在青少年心上，成为他们民族年青一代的精神的“底子”。因此，经典的“现象学还原”式的阅读，实在是民族精神建设和现代文明分享中的一件大事。外国文学经典的生命力在于不同时代的读者，愿意对其进行反复阅读、还原和阐释。而经典之所以是经典，就在于它既塑造了经典的人物形象，譬如莎士比亚笔下的麦克白夫妇与福斯塔夫、巴尔扎克的葛朗台与高老头；又积淀了丰富的思想，譬如贝克特的《等待戈多》和福克纳的《喧哗与骚动》；还体现了独特的审美追求，譬如陀思妥耶夫斯基的复调小说和马尔克斯的魔幻现实主义小说等，从而达到文学性、思想性和审美性的较为完美的统一。

一、性别政治的博弈与女性写作的天空

简单地说，性别政治(gender politics)是指两性之间的关系属于一种支配与从属的关系，是一种政治关系。当今时代，人们在对革命、解放、平等、自由这些最为重大的政治概念的理解“失去归属感”的同时，必须重视一个极为重要的理论问题：妇女解放是否仅是从传统社会的文化桎梏中解脱出来，其自身却未获得某种先验的价值依托，并在政治层面为解放与自由找到最终的国家理由？答案显然是否定的。这种哲学上的缺失，或许恰恰是女性在现实生活中无法走得更远的深层原因。如果妇女解放只是从传统的社会、文化，特别是夫权(甚至包括子权)的桎梏中解脱出来(如出走的娜拉)，而其自身并未获得某种先验的价值依托(天赋的、本能的、与生俱来的，或女性气质的)的话，再加上把妇女解放以后也纳入到了与男性一样的民族革命、国家建设(自强)的洪流之中，那么所谓的妇女解放就只能走入一个死胡同之中。也许作为一个最为直观的事实性的也是

① 米兰·昆德拉：《玩笑》，景黎明、景凯旋译，北京：作家出版社，1993年版，自序第2页。

理论性的前提,妇女解放就是要意识到身体并不是一个自然生理的存在,比自然需要多出来的身体权利,既联系着自然,又联系着精神;而就身体的存在而言,"女性原则"的存在,永远会显示出某种"伤口"的存在,所以要击毙人性的普遍性是不可能的,而"伤口"的存在又会永远向我们昭示出其不完备的一面。[①] 性别政治的博弈将自由国家与自由女人凝结成一体两面,"女性—公民"意味着一种自由的方向,同时期盼着"国家"的重生。

人们生活在这样一个男性旗帜高昂的世界中,很少质疑过创造了这个世界的法则和秩序,人们所做的不过是在各自的人生中懵懂地意识自己作为女性的那种差别性遭遇与不公平的命运,发出一声"If I were a boy"的叹息,然后继续顺从地接受自己的未来,满足于世人目光下的那种有限的成就,随后转身走进那油烟四溅的厨房中继续为全家的晚餐和牛肉努力奋斗……大多数女人接受了这种命运,并开始渐渐将其内化为思想中根深蒂固、天经地义的存在,最后再将这样的思想传授给下一代。于是,男性话语书写下的关于女人的神话与历史就在这样的运作下得以一代代地延续下去。

以"女性的眼睛"审视这个世界(to observe this world with the girl's eyes),在传统的男权文化书写中,女性形象几乎都是按照男性的欲望创造出来的。从这个意义上说,文学同样是男性压迫女性的意识形态,而女权主义者创作的目的正是通过对人性欲望的书写,冲破传统男权意识支配之下女性创作的各种束缚。在这类作品中,女性常常是在两性权力较量中处于败者地位,这也正是她们所认为的最为真实的女性生存状态的反映,在现实中她们深刻地体会到男性还在试图为了自己而继续创造他们关于女性的神话。

无论女性主义理论出现与否,每一个生活在由男性声音主宰之下的女性肯定都曾经懵懂地意识到自己那无奈的命运与劣势。然而,时代总是不乏一些眼光深邃、富有卓见的思想者。从1929年女性主义先驱弗吉尼亚·伍尔夫(Virginia Woolf,1882—1941)在《一间自己的屋子》中对于女性的命运倾力关注开始,到1949年法国存在主义思想家西蒙娜·德·波伏娃(Simone de Beauvoir,1908—1986)在其《第二性》中对女人的

---

① 陈家琪:《性别注册中的政治诉求》,《性别政治与国家》,张念著,北京:商务印书馆,2014年版,"序"。

命运、历史、神话及其形成、发展的生命过程做出了最全面、最完整的梳理与阐释。在这部被尊为西方女性“圣经”的著作中，波伏娃以其智慧而深邃的目光站在了几千年来的女人的背后，犀利地审视、细致地勾勒着女人最完整的命运轨迹，为每一个曾在暗无天日的铁屋子中朦胧地意识到自己命运的女性，打开了一扇窗，让灿烂耀眼的光线得以照亮整个屋子，让其中的女人们那一直昏暗、模糊的视线开始澄明起来，跟随着波伏娃的思想一起慢慢地开始认识一直膜拜的世界秩序是怎么样一点点地发展为现在这个样子的，女性命运与思想是如何一步步形成并慢慢内化的。

波伏娃在《第二性》中为几千年来的女性命运做了一个最准确、最有力的定位——他者(the other)。波伏娃指出，为世界普遍承认的第一性是男人的性别，这个世界也是男性的世界，男人与女人根本没有所谓的两性关系可言，女人一直都是第二性的，是次于第一性的，是他者的存在，是处于客体(the object)地位的，是作为映照男人的世界与能力的镜子而存在的存在。那么他者何以存在？女性又是怎样陷入他者的境遇中，并在他者的位置上过着怎么样的生活？波伏娃在整本书中以女人的历史、神话与命运等详细内容为女性的他者地位拼贴出了一幅最完整的画面。作为一个存在主义思想家，波伏娃正是根据存在主义的观点来指导这本书的写作，审视女人的命运。她认为，“在某种程度上任何特性都是取决于处境的一种反应。”[①]将这里的“处境”联系到人类的生存境遇之中，便能够明白波伏娃的他者概念是怎么样形成的。伍尔夫在《一间自己的屋子》中指出，人类的生存是一个永恒的挣扎与奋斗的过程，正是在这样一种“处境”之下，人类需要通过他人来确定自己，在比较中为自己建立生存的勇气与信心，因此便开始将自己树立为主体，将他人定位为他者或客体。波伏娃指出：“他性(otherness)是人类思维的基本范畴……主体只能在对立中确立——他把自己树为主要者，以此同他者，次要者，客体相对立。”[②]很不幸的是，女人作为一个群体，正是在这样的对立思维中，在历史发展的过程中被男人给一步步地树立为他者，作为映照男性力量的一面镜子而生活着。

在自然的改造与社会的建设中，男人作为一个生存者的价值以其有力的超越性而得以实现。他所做的工作不仅妥善地保存了这个世界(意

---

① 西蒙娜·德·波伏瓦：《第二性》，郑克鲁译，上海：上海译文出版社，2011年版，第2页。

② 同上书，第6页。

识到自己在人类物种的延续中所起的重要作用),而且还能够冲出世界的既定秩序,为未来奠定基础。他的这种超越性,就使其足以拥有肯定自己作为唯一主体地位的理由。而女性则由于其特殊的分娩、哺育后代等生理特点,而限制了女性的行动,“找不出任何高度肯定她的生存理由的原因——她被动地服从她的生物学命运”[①]。由于女人先天被禁锢在生命的神秘过程中,因此她没能与男人一起去分享具有超越性意义的工作,被男人排除在了人的伙伴关系之外,滑入了他者的生存境遇并将此延续下去。由此,最初以亚里士多德为代表的西方几千年的思想体系中,“人就是指男性”,关于人的定义也是根据男性的一切特征而得出的。而所谓的女人,“并不是根据女人本身去解释女人,而是把女人说成是相当于男人的不能自主的人”[②]。作为他者,女人是根据男性来定义的,女人之所以是具有劣势的性别也正是在这样的思维逻辑之下得出的定语。而正是这样的定语将几千年来的女性钉在了写着“劣等”二字的耻辱柱之上,女性所独有的区别于男性的行动力,她那丰富细腻的情感、敏锐的感觉等一切具有超越性意义的能力也都被牢牢钉在了这根柱子之上,女人们只能嗫嚅地、压抑地,最后顺从地亲手将它们掩埋。

在存在主义思想的指导下,波伏娃首先对女人在历史与神话上如何一步步地变成他者做了详细分析与阐释,即处于他者地位中的女人在历史、文学中的形象与境遇。由于女人是他者,在古代父权制社会中,她是男人世袭财产的一部分;由于是他者,女人在男人话语书写下的思想与文学中,可以是一种梦想,可以是引起恐惧的化身,可以是衬托男性阳具骄傲的肉体存在物,可以是真、美、诗,但却始终不是她自己,不是一个“人”。随后,波伏娃便对女性在这种他者地位下的生命发展轨迹与命运中的各个重要阶段做了细致的梳理与探讨,并对女性在他者位置上所做的或可笑、或可悲的挣扎做出了犀利的评论,最后,波伏娃在宏观上对于女人如何走向解放提出了自己的观点。值得注意的是,波伏娃在著作的最后以马克思关于男女关系的评论作为结束语,这似乎预示了未来西方女性主义洪流的发展最先以马克思主义作为其理论基础,迈向了追求妇女解放的第一步,揭开了历史的新篇章。

在关于女性的出路与解放问题的探讨上,19 岁就宣称“我绝不让我

---

① 西蒙娜·德·波伏瓦:《第二性》,郑克鲁译,上海:上海译文出版社,2011 年版,第 71 页。

② 同上书,第 4 页。

的生命屈从于他人的意志”[①]的波伏娃，强调了女人要摆脱这种他者的依附性，就必须要在经济上具有独立地位。只有当她能够成为生产性的、主动的人的时候，她才能具有真正意义上的超越性，才能获得主体地位。而这也正是当初女人如何失去了作为人的特征而逐步沦为他者的原因。波伏娃关于女人如何摆脱他者命运、走向解放的这种设想，令人想起了美国浪漫主义作家霍桑所著的《红字》中女主人公赫丝黛的境遇。在19世纪美国清教徒式的社会环境中，女性在政治上、经济上是绝对地依附于男性的，而柔顺服从、虔诚贞洁正是她们这种依附命运的代价（即所谓的“美德”）。然而，出于对自我意志与人性欲求的尊重，小说《红字》的女主人公赫丝黛在犯下“通奸罪”为社会所唾弃、孤立之时，她凭借自己在针线活上赚取的微薄收入坚强地支撑起了女儿与自己的生活。她可以在不向任何男性低头以及不向社会屈服的情况下，做到了经济上与人格上的独立。同时由于这种超越性，使她逐步由他者回到了主体的位置之上，回到了人类世界之中，使其能够在思想上独立——不以男性话语权力所构建的视角，而是在女性作为主体的视角下去重新审视这个僵化的清教徒社会，重新审视妇女的生活与命运，热烈地追求人性的解放与自由。

另外，波伏娃在关于女性解放问题上所做的理论探讨，即女性摆脱他者地位，向主体存在回归的这种转变，可以在高尔基的《母亲》中看到这种生动的文学阐述。从小说的艺术手法上来看，作家在作品的一开始对母亲的视线作了一种植入式的描写。当小说中的母亲仍然是传统意义上的愚昧无知，默默忍受丈夫暴力，顺从于自己苦难命运的女性时，她的视线是昏暗混浊、模糊不清的。她对于儿子的信仰和行为所能看到的、所能理解的，也正如她对于自己几十年来的客体命运、对于男性世界、对于人类命运一样的混沌无知，毫无思考能力与理解能力。但随着母亲在儿子的启发下开始具有自我思想之时（这里或许也可以理解为波伏娃所提倡的当女性拥有超越性的主体能力之时），母亲（女人）的视线开始变得清晰起来，她开始能够睁开眼睛去看清楚自己的生活，思考自己的命运，努力去认识这个由强权话语（男性话语）主宰的世界，并有意识地参与到人类命运的历史革新之中时，她便能够如波伏娃所阐述的那样一步步坚定地走出几千年来女性的他者命运，走出男性话语声音笼罩着的世界的阴影，走

---

① 乔治·迈尔森：《波伏娃与第二性》，丁琳译，大连：大连理工大学出版社，2008年版，“内容简介”。

进人类世界。

女性从事写作却始终是一项异常艰难的工作。正如肖沃尔特所说的，女性的思想与情感在男性话语构建下的语言体系中有着一片难以表述的荒地。因此，"感知、沉默、压制声音等本来就是探讨女子文学活动时所用的主要概念"。尽管如此，在文学创作的长河中，仍有许许多多默默无名的或是早已将自己的名字镌刻进文学史的女性作家们，凭借着她们的文学天赋与强烈的感受力、捕捉力，努力地在男性语言体系中发出女性的声音，以尽量贴切的词语描摹着自己那丰富细腻而敏感多情的内心世界。正如埃莱娜·西苏在《美杜莎的笑声》中所说："几乎一切关于女性的东西还有待于妇女来写：关于她们的性特征，即它无尽的和变动着的错综复杂性；关于她们的性爱，她们身体中某一微小而又巨大区域的突然骚动。不是关于命运，而是关于某种内驱力的奇遇，关于旅行、跨越、跋涉，关于突然的和逐渐的觉醒，关于对一个曾经是畏怯的既而将是率直坦白的领域的发现。"[①]

社会规范下的"女性"是在他者的境遇下形成、发展的，因而女性内心始终是孤立的、封闭的、向内的、复杂的，正如波伏娃在探讨少女时期的女性内心世界时所认为的那样，"少女是内向的，骚动的，是严重冲突的牺牲品，但这种复杂性使她丰富，她的内心生活发展得比她的兄弟们更有深度；她更注意自己的情感，所以它更微妙地富于变化……她有更强的心理顿悟能力……""她超然于僵化的男性世界之外而走到了孤独的极限，成为真正的自由人。"[②]由于他者的处境，女性给予自己的内心世界以极大的关注，她那敏感细腻的内心中有着许多具有强烈表述欲望的东西，急于突破束缚从女性那早已沙哑的喉咙中冲出来，而文字则是被锁在封闭家庭中的女性唯一能够发出自己内心世界声音的工具。如今呈现在世界面前的这些女性作家，如艾米莉·勃朗特、艾米莉·狄金森、克里斯蒂娜·罗塞蒂等人的作品中，都在文字中保留了女性成长过程中在他者境遇下所感受到的世界的强烈激情，大多都展现了女性那独特的内心世界观照下所呈现出的情感的细腻、丰富以及思想上的封闭性、内向性与复杂性。

女性主义理论家在关于女性写作及女性内心世界的独特性问题上达成了基本一致的观点。伍尔夫在《一间自己的屋子》里说道："她像女人那样写，但是像一个忘记自己是女人的女人。所以她的书里充满了那种奇

---

① 张京媛主编:《当代女性主义文学批评》,北京:北京大学出版社,1992 年版,第 194 页。

② 西蒙娜·德·波伏瓦:《第二性》,郑克鲁译,上海:上海译文出版社,2011 年版,第 414、415 页。

怪的性的性质。那只有在性忘却自己的时候才会有的。”[①]正如波伏娃在探讨女性形成的一开始就指出，女人并不是生就的，而是逐渐形成的，是整个文明将女性塑造成了社会意义上的“具有女性气质”的一个性别。因此，伍尔夫所认为的女性写作就是在“性忘却自己”，抛弃了文明与社会塑造下的“女人气质”而以一个纯粹女人所具有的那种独特性来从事写作，表述自我。波伏娃在《第二性》的最后一章《独立的女人》中也谈到女性的写作：“她们若是从事写作，就会对文化世界感到不知所措，因为那是一个男人的世界，于是她们只能结结巴巴地去说。另一方面，若是女人愿意按照男性的方式去推理和表达自己，她便会一心想窒息她本来就有理由不相信的独特性；她和女学生一样也容易变得谨慎和迂腐；于是她会去模仿男性的严密和气魄。她可以变成优秀的理论家，可以取得名副其实的能力；但她将不得不放弃她身上的任何一种‘与众不同’的东西。”[②]随后，西苏也在其女性主义论文《美杜莎的笑声》中，强调了女性写作是一种女人独有的飞翔的姿态。他者的境遇促使女性去关注自己的内心世界，促使女性从事文学创作以发出自己的呐喊。然而也正由于他者的境遇，如几千年来女性的全部命运一样，女性写作也是在极其艰难的尝试与跋涉中去努力完成的。男性作家能够很熟练地运用他们自己构建起来的这种语言体系去表达他们在超越性的生存实践中所凝聚的思想，从而得以完成一部伟大的文学作品，而女性却必须首先要努力突破男性主宰声音的捆绑才能开始表述自己，她们在男性语言中苦苦挣扎、突破，努力寻找能够描写自己内心世界的一切语汇；她们被困在封闭的世界中，无法具有超越性的生存实践来肯定自己，观察社会，因而她们只能被锁在那个小小的内心世界中，反复端详着那里的每一个角落，因此难以拥有男性在确立自我为主体的基础上去观察世界的那种广阔视野，而难以创作出如《卡拉马佐夫兄弟》《审判》《老人与海》或《尤利西斯》这样的关于世界、关于人的处境的伟大作品。在俄国经典文学的大森林里，从普希金到托尔斯泰，再到现当代文学中的帕斯捷尔纳克和索尔仁尼琴，这些男性作家们常常把中心女主人公置于其他主人公尤其是男主人公的思想关照与考量之中，使女性人物形象的刻画居于作品的核心。正是强烈的比照艺术，凸现了俄国经典文学经久不衰的深邃的思想意义和艺术价值，使文学文本中的“她世

① 弗吉尼亚·伍尔夫：《一间自己的屋子》，王还译，上海：上海人民出版社，2008年版，第145页。

② 西蒙娜·德·波伏瓦：《第二性》，郑克鲁译，上海：上海译文出版社，2011年版，第802页。

界”成为作家们对人的存在境遇所写的最佳注释。[1]

他者境遇促使女性以写作发出自己的声音,而男性话语权力的笼罩又捆绑住了她们的喉咙。女性作家始终被捆绑在他者的境遇下从事写作,她们的思想、她们的呼喊也都是在不断挣扎与反抗下所发出的嘶哑而微弱的声音。因此,带有先天偏见的男性评论家便可轻蔑地拿出女性在关注宏观问题上的局限性来批评女性写作,从而再一次确认自己作为男性的优越的主体地位。而女性写作的出路在何方?是否如伍尔夫所设想的以一种雌雄同体的姿态去从事写作,又或是努力去表述游离于男性话语之外的那片荒地?这个问题或许又回到了前文所探讨的改变女性命运的唯一问题之上——他者命运。女性没有改变他者命运,没能走出封闭的家庭,没能拥有经济上的独立,没能具有超越性意义的生命实践,没能确立自己的主体地位,那么,她所从事的女性写作终将是被困在他者泥沼中所发出的那一声声微弱而嘶哑的呼喊。

二、种族主义的无良与诗学正义的疗治

种族主义是一种自我团体中心的态度,认为种族差异决定人类社会历史和文化发展,认为自己所属的团体,譬如人种、民族或国家,优越于其他的团体。种族主义起源于19世纪末列强瓜分非洲的年代,当时非洲的资源被大量掳掠到欧美各国,包括人力资源被当作奴隶售卖。种族主义的基本内容是:种族歧视、种族隔离、极端的种族灭绝。种族主义经常是对科学的“种族”概念的误解,经常被政客作为一个政治工具来使用。有一种观点认为种族间存在行为上的差别,诸如国民性格、精神、性情等概念都是这种观点的产物,这些很含糊的观念却与生物学上的种族概念毫无关系。这种颇具争议的观点只要被别有用心的人利用,就会造成不幸的后果。另一个种族主义者经常提到的观点是不同的种族存在着智力上的差异。但科学家认为智力测验只能应用于特定的文化环境,只有对特定的文化环境进行详细的考察,这些智力测验的结果才有意义。更多的研究表明,智力确实受到基因的影响,但是环境同样对智力的发展有很大的影响,即智力是基因和环境相互作用的结果。到目前为止,人类种群间是否存在智力方面的差别还没有得到证实。

种族主义历来既是歧视的手段,也是剥削的工具。它常常体现为一

---

① 冯玉芝:《孤独与卓越:俄国经典文本中的“她世界”》,《中华女子学院学报》,2015年第5期。

种文化现象，容易受到文化解决方案（如多元文化教育和强调民族特性）的影响，但文化不平等的问题得到解决并不意味着经济不平等的问题也能自然而然得到解决。种族主义由经济需求决定，但要通过文化来化解，这包括宗教、文学、艺术、科学和媒体等。在资本的原始积累阶段，西班牙征服者对新世界的掠夺奠定了资本主义的基础；天主教会认可了这样一种观念，即土著印第安人是"劣等人种"，是天生的奴隶，因此可以随意奴役或消灭。在商业资本主义阶段，这些种族主义观念在通俗文学和教育中变得世俗化，成为黑奴贸易的"正当"理由。随着工业资本主义及其必然结果——殖民主义的发展，种族主义观念僵化成了一种有体系的种族主义意识形态。这种意识形态认为，所有的"有色"人种在种族和文化上都是低劣的。时至19世纪末，在帝国主义投机活动的高潮时期，种族优越性的意识形态开始借助卡宾诺伯爵和张伯伦的社会达尔文主义学说，披上了伪科学的外衣，从而进一步普及了种族等级观念。

妖魔化言论是种族主义的主要体现之一，但其排外的政治主张却源于经济原因——这是建立浪迹天涯的国际劣等人下层群体的前奏。种族主义者一度将黑人妖魔化，为实行奴隶制进行辩解；将"有色人种"妖魔化，为实行殖民主义进行辩解。如今，他们将寻求庇护者妖魔化，为全球化的手段进行辩解。在新媒体时代，妖魔化确立了大众文化的新天地，排外情绪找到了自己的理由——通常以"恐外症"（即对外国人的恐惧）为掩饰，这一术语包括了从东欧涌来的白人难民和寻求庇护者。一方面是惧怕陌生人，另一方面是捍卫和维护"我们的"人、生活方式、生活标准和种族，同时它在隔离或驱逐别人之前先加以诋毁。这种恐外症包含了旧种族主义的所有印记，只有一点除外——这不以肤色为标志，只以贫富为区分。

处于帝国主义鼎盛时期的英籍波兰裔作家约瑟夫·康拉德（Joseph Conrad，1857—1924）是19世纪末20世纪初极为重要的英国作家，他受到当时殖民主义和社会达尔文主义思潮的影响，不可能彻底摆脱殖民主义和种族主义心理。其代表作《黑暗的心》《吉姆老爷》不仅是一部反殖民小说，同时也是一部充斥"种族优越论"观点的小说。康拉德在《黑暗的心》中描写非洲时所使用的意象深深地打上了白人文化的烙印，他把非洲贬为野蛮原始之域，充满神秘色彩，是作为"他者"而存在的，非洲的原始衬托了欧洲的文明与开化。因此，在小说中，非洲被描画为一块黑暗地带、蛮夷之地。他对非洲土著居民的描写也是居高临下的，虽然包含同情，但是非洲人的意象被严重扭曲：他们的人性是丑陋的，他们不是完整的、活生生的人,而是由骨头与关节拼凑在一起的没有感情的物体。非洲土著居民是原始人、野蛮人、食人动物,被剥夺了说话的权利。康拉德在描绘小说中库兹的黑人情妇与白人未婚妻这两个重要女性角色时,使用了截然不同的意象描写,使这两个女性形成鲜明的对比。在康拉德笔下,库兹的白人未婚妻是高贵的、文明的、有思想的,而黑人情妇则是一种涣散精力的诱惑,她的肉体性感是库兹走向堕落的部分原因。

欧洲人对黑非洲进行奴隶贸易和殖民统治的思想基础是种族主义,与此针锋相对的是黑人作家倡导民族独立的旗帜"黑人性"。黑非洲传统文学主要是口头文学,其主题往往是部落史和家族史。产生于20世纪的黑非洲现代文学,形式上由传统的口头文学转变为现代的书面文学,内容上由传统的部落传说转变为现代的民族启蒙,与白人殖民文化压制下黑人的民族认同密不可分。当黑人拥有了书面表达方式和民族自信时,黑非洲现代文学就诞生了。欧洲人的种族主义思想及其殖民统治,使宣扬"黑人性"的现代诗歌,一开始就歌颂着觉醒的自我意识、急迫的民族启蒙。非洲民族在20世纪获得巨大的成就,用暴力革命迎来前所未有的民族独立,与此同时,现代非洲文学从没落的口传文学传统迅速走到了世界文学的前沿。

南非遭受种族主义之苦最深,从某种层面说因祸而得益也最大——种族主义给南非造就了六位诺贝尔奖获得者,四位和平奖和两位文学奖。一个国家有这么多人获得诺贝尔奖,这在非洲是头一份;一个国家因反对种族主义而有这么多人获得诺贝尔奖,这在世界上是头一份。种族主义是与殖民主义共生的一种社会历史现象。欧洲白人15世纪末侵入南非,17世纪建立殖民统治。他们倡导种族主义,即以肤色为标准,将人分成不同的等级:白人至上,是统治者;有色人种,特别是黑人,属劣等人种,是被统治者。1910年,南非联邦成立,占人口不到5%的少数白人掌权,对占人口绝大多数的土著黑人实行残暴统治。黑人本是土地的主人,但87%的土地却被白人攫取。1909年通过的南非第一部宪法规定,国家的立法、执法和司法权力均由白人控制,黑人没有选举权和参政权。这样,种族主义思想在南非逐渐演化为一种社会政治制度。1913年通过的《土著人土地法》,严禁黑人在"土著人保留地"之外占有或购买土地。1923年通过的《土著人(城市地区)法》规定,在白人聚居的城镇周围划定黑人居住区,白人与黑人严格分离。这个法律同后来的《人口登记法》《集团住区法》和《班图权力法》,成为南非种族隔离制度的支柱。1948年,南非国民党政府执政,提出"维护白种人的纯洁,保证白种人的特权"的口号,颁布数以百计的法令,在社会生活中全面推行种族隔离政策。从此,南非进入历史上最黑暗的种族歧视和种族隔离时期。

广大黑人群众对少数白人的种族主义制度进行了顽强的抗争。1912年,全国性的民族主义组织南非非洲人国民大会(非国大)成立,宣告以维护非洲人的民族利益、反对白人种族主义统治为己任。此后,反对种族隔离政策的群众运动在南非各地风起云涌。1959年,非国大中的一些"非洲主义者"另行组织泛非主义者大会(泛非大)。翌年的3月21日,泛非大在黑人聚居的城镇沙佩维尔发动反对种族歧视的和平示威。示威者遭到南非当局的血腥镇压,69人被打死,180多人被打伤。沙佩维尔惨案引起南非全国黑人更大规模的反抗。南非当局遂宣布实行"紧急状态法",取缔非国大和泛非大。这两个组织被迫转入秘密活动,并开始进行武装斗争。正是在这场群众性的反对种族主义统治的斗争中,涌现出一大批英勇无畏的斗士,受到国际社会的赞扬,先后有四人获得诺贝尔和平奖的表彰。

与种族主义的现实斗争,不仅在政治领域成绩斐然,在文学创作领域也有上佳表现。第一位获得诺贝尔文学奖的是女作家纳丁·戈迪默。戈迪默于1923年出生在约翰内斯堡的一个犹太人家庭,她从小就接受种族平等思想,同情广大黑人的悲惨处境。她是白人,但很早就参加以黑人为主体的非国大。她从15岁起就进行小说创作,关注的焦点始终是广大黑人群众争取平等与自由的斗争。她在1958年出版的《陌生人的世界》,真实地描写了南非黑人的苦难生活;1974年出版的《自然资源保护论者》,既揭露种族隔离制度给黑人带来的灾难,也描绘黑人的觉醒和斗争;1979年出版的《博格的女儿》,则描写一个怀有进步思想的白人女性,因为同情黑人而遭受种种迫害,最后成为种族隔离制度的牺牲品。1980年之后,随着南非民族解放运动的高涨,戈迪默的思想认识进一步升华。她不再满足于对现实生活的逼真描写,而是采取"预言现实主义"手法,对未来的生活大胆设想。1981年出版的《朱利的子民》,描述在未来爆发的种族战争中,一对开明的白人夫妇同他们的黑人仆人一起战斗。1987年出版的《天性使然》,以一个白人女郎投身黑人解放事业为线索,预示将来在南非必将建立由多数黑人掌权的新生活。戈迪默坚定不移地站在黑人大众一边,毫不留情地抨击种族隔离制度,被南非种族主义当局视为"白人的叛徒"。从1953年开始,她的作品多次遭到查禁;但是,她怀有坚定的政治信念,从未屈服和妥协。1991年,她因为"在其作品中深入地考察和描绘了南非的历史进程,同时又推进了这一历史进程”,被授予诺贝尔文学奖。

2003年,约翰·马克斯韦尔·库切成为南非获得此奖项的第二人。库切1940年出生在开普敦的一个白人牧农之家。他先是在英国和美国从事电脑工作,后在美国拿到英语文学博士学位。2001年,他移居澳大利亚,同时在南非和美国的大学教授文学课程。从1974年至今,他出版十多部小说和多部文学理论专著,两次获得英国文学布克奖。他的代表作是小说《迈克尔·K的生活和时代》(1983)和《耻辱》(1999)。他与戈迪默不同,没有直接参与反对种族主义的斗争,没有正面描述种族主义的罪恶。但是,他同情长期受压迫的广大黑人,同时也担心白人在种族主义被铲除后的生活处境和心理承受力。他认为,种族歧视制度虽不复存在,但其“精神遗产”将一时难以消解:许多黑人仇视白人,而不少白人则抱有一种永难摆脱的负罪感和恐惧感。他的作品主要揭示种族主义在人们心灵中留下的“深刻创痛”,被称为“后种族主义时代”文学的代表作。

南非的六位诺贝尔奖获得者,都在不同程度上为反对与废除种族隔离制度做出了自己的贡献。卢图利、曼德拉和图图是黑人政治家和社会活动家,同种族主义政权进行了直面的斗争。德克勒克、戈迪默和库切都是白人,对种族主义的态度各不相同。德克勒克原是种族政权的代表人物。但是,他又是一位识时务的俊杰。在以曼德拉为首的南非新政府中,他曾担任第二副总统职务,开创了南非白人在以黑人为主导的政权中共掌国事的先河。戈迪默和库切是文人,在反对种族主义问题上,前者态度鲜明,后者稍显暧昧,但都不失为“坚持社会正义的良心”。记得先贤有言:罪恶造就哲人,愤怒造就诗人。肆虐近一个世纪的种族主义思想和制度,给南非人民造成巨大的伤痛,也给他们造就了无数英勇无畏的斗士。六位诺贝尔奖获得者是其中杰出的代表。他们是南非的光荣,也是时代留给后人的精神启示。[①]

美国自1776年宣布独立以来,至今不过二百多年的时间。然而,就在这不长的历史发展过程中,种族主义制度特别是对黑人的奴役和歧视就像块去除不掉的疾瘤,一直伴随其左右,美国的文学作品中有广泛的反映,其中影响最深、反应最为强烈的当属《汤姆叔叔的小屋》《飘》《根》《土生子》《看不见的人》《所罗门之歌》等经典名著,它

---

① 高秋福:《种族主义造就南非诺贝尔奖得主》,新华网2008年12月10日,http://news.xinhuanet.com/newmedia/2008—12/10/content_10483264.htm。

们从不同的立场上、不同的角度描绘了美国的种族主义制度。美国19世纪著名作家、以惊心动魄的海洋小说闻名于世的赫尔曼·麦尔维尔，虽身为白人却对黑人有着特殊感情，深切关心美国奴隶制度问题。他对人性和所谓的西方文明有更深刻的见解，对美国种族主义进行了大力的批判。对那时的大部分西方人而言，黑色象征恶与卑劣，白色代表善与优越，但对麦氏来说则不然。在其小说《玛迪》中，他不但嘲讽塔吉的种族歧视思想，而且还抗议他的殖民扩张意识，但这部小说对种族优越论的讽刺尚未成熟，没有站在殖民主义的对立面并与之完全决裂。这种情况在其创作《白鲸》时得以改善：主人公以实玛利在熟知野人隗魁纯朴诚实的为人及高尚品格后，很快与之成为知心朋友，并平等相待。整部作品暗含了各种族之间应该平等相处、关爱友好的思想，无疑是对种族主义的间接抗议。真正能体现麦氏成熟思想的作品是《贝尼托·塞莱诺》，在这部中篇小说中，德拉诺船长自始至终是一个扁平人物，是"白人优越论"和"美国文化优越论"的追随者；塞莱诺船长则身陷矛盾泥潭，郁郁而终。对于两人，麦尔维尔极尽揶揄嘲讽，丝毫不吝惜笔墨，小说也成为其抨击后殖民意识形态、反对奴隶制度的真实写照。创作伊始，麦氏沿袭了传统黑人形象的固有模式，但随着思想渐进成熟，他逐渐摒弃了这种带有偏见的刻画模式。《玛迪》见证了他对有色人种态度的转变，笔下的部分岛民呈现出多种特点，摆脱了或温顺谦卑或野蛮凶残的单一形象。代表作《白鲸》则见证了其独具匠心的刻画手法，隗魁、达格、皮普等黑人形象日渐新颖，前两者品德高尚、周游在虚伪的文明世界里，却始终保持土著人特有的淳朴和诚实；后者生性敏感，对生活充满了热爱。在麦氏眼里，他们有个共同的特点，就是具备和白人一样的正常人性。当然，最具创造性、最引人注目的黑人形象则属《贝尼托·塞莱诺》中的起义领导人巴波，他是个典型的圆形人，恭顺卑微的外表下藏着一颗冷酷无情的心，他英勇无畏，有着惊人的能力和智慧，一手策划并上演了一出好戏。正是通过凸显他的机智和邪恶，麦氏得以将巴波作为一个真正的人和独立的个体展示在读者面前。从《玛迪》到《白鲸》再到《贝尼托·塞莱诺》，麦尔维尔的种族思想逐渐成熟，他对美国社会盛行的种族主义有了自己独到的见解，经历了从无知到有知的思想蜕变，而这一思想蜕变正是麦尔维尔文学思想的永恒魅力之所在。

除了大英帝国经典作家康拉德、黑非洲文学与南非的种族主义抗争、美国文学中的种族主义批判,世界文学史中广泛存在各式各样的族群偏见,譬如经典中的经典作家莎士比亚在《威尼斯商人》中透露出来的族群偏见与排犹思想。对于犹太人备受歧视的原因,重利盘剥而不择手段只是诸多说法中的一种,但是,历史上真实的犹太教并非唯利是图,他们以耶和华神为生活的中心,轻视物质世界,直到"大流散"期间,犹太人才开始将金钱作为赖以生存的手段。犹太人善于经商虽是事实,但不应该单从负面去理解;而基督徒对于金钱的态度也并非都像剧中贤良安东尼奥那样超然,基督教义也鼓励商业贸易及财富积累,无非更强调合乎情理与"取之有道"。剧中浸透的反犹情绪和吐口水的任意羞辱,反映了世俗化时代的基督教与犹太教的信仰冲突以及当时的族群妖魔化,更可能是导致伟大作家走向流俗的主因。

欧洲历史上的反犹情绪沉淀两千多年,到20世纪三四十年代形成了反犹主义的高潮,纳粹德国的"集中营""焚尸炉""毒气室"等成为种族大屠杀的坟场。被誉为"荷尔德林妹妹"(Fritsch-Vivie)的奈丽·萨克斯(Nelly Sachs,1891—1970)是德国战后最具影响力的犹太女诗人。她的诗歌揭露了死亡集中营和焚尸场的恐怖真相,以忧郁深沉的笔调再现犹太民族的历史悲剧、用感人的力量诠释了犹太人的命运,她因此而荣膺1966年度诺贝尔文学奖。女诗人奈丽·萨克斯是德国战后"创伤叙事"的代表,她的诗歌从主题、意象、文化和宗教等层面对犹太民族的创伤记忆和创伤文化进行叙事"宣称",使人们经过心理反省和奋力穿越后挣脱创伤的梦魇,并以"诗性正义"重新获得理解生命和未来的维度。[①]

总体上看,在一个"理性""效用"和"科技"占据主流话语的社会中,包括小说在内的文学艺术还能起到什么样的作用?情感与感受还能扮演什么样的角色?想象力是否能够促进更加正义的公共话语,进而引导更加正义的公共决策和国家治理?这些"原初性"的跨界问题,都值得人文学界重新思考和评估。美国著名古典学家玛莎·努斯鲍姆(Martha C. Nussbaum,1947—)认为:文学,尤其是小说,能够培育人们想象他者与去除偏见的能力,培育人们同情他人与公正判断的能力;而正是这些畅想与同情的能力,最终将锻造一种充满人性的公共判断的新标准,一种我们

① 张帆:《奈丽·萨克斯诗歌的创伤宣称与诗性正义》,《当代外国文学》,2012年第4期。

这个时代亟需的诗性正义。[①] 她以狄更斯的小说《艰难时世》为材料，对经济学及功利主义所带来的种种弊端进行了揭露和批判，并在这种批判的基础上提出了一种诗性正义，一种建构在文学和情感基础上的正义和司法标准。努斯鲍姆提出，公民要“培育人性”(Cultivating Humanity)的当务之急是需要三个方面的能力：批判性的反思、相互认可与关心、叙事想象力。[②] 努斯鲍姆倡导，通过文学艺术的审美想象来培养自我的道德同情和伦理认知。由此可见，“诗性正义”根源于诗人悲天悯人之心，它以一种反省性的艺术精神来感染人心，使文学直接作用于人的内心，实现人的生命精神的觉醒，进而推动社会的进步和发展。古希腊哲学家柏拉图曾针对他那时文学创作内容和形式上的弊端将一部分诗人驱逐出理想国，导致后世产生了文学为政治附庸的误解；实际上，柏拉图是在强调诗性正义，以迎回他心目中的理想诗人。

人们或许可以从《诗性正义》中找到更多的启发和灵感，挖掘文学和情感更多的功能，而不仅将其看作一种建构正义标准的工具。近年来，如何在一个政治共同体中促进公共领域的沟通，避免个人私利和派系政治妨碍公共利益的实现，成为许多学术领域关注的焦点。然而，除了规范性的论证之外，很多经验性的研究表明，原本设计用来促进商议民主和派系沟通的方案不仅没有实现方案设计的初衷，反而在现实中陷入更为分裂的境地。努斯鲍姆对文学和情感的分析或许可以帮助人们从另一个角度思考，对于促进人与人之间的沟通，群体与群体之间的沟通，文学和情感可以发挥什么样的作用。文学与情感能够使人们最大限度地感受和认同他人的生活，帮助人们最大限度地开放自身。[③]

---

① 芝加哥大学教授、当代最重要的古典学家玛莎·努斯鲍姆的论著《诗性正义：文学想象与公共生活》(*Poetic Justice: The Literary Imagination and Public Life*，丁晓东译，北京：北京大学出版社，2010年版)，考察了文学想象如何作为公正的公共话语和民主社会的必需组成部分。作者以优美而犀利的文字回答了一些看似不相关的人文问题，正式提出跨界性的思想命题“诗性正义”。

② 玛莎·纳斯鲍姆：《培养人性：从古典学角度为通识教育改革辩护》，李艳译，上海：上海三联书店，2013年版，第18—33页。

③ 丁晓东：《走向诗性正义》，《法制日报》，2010年3月24日。

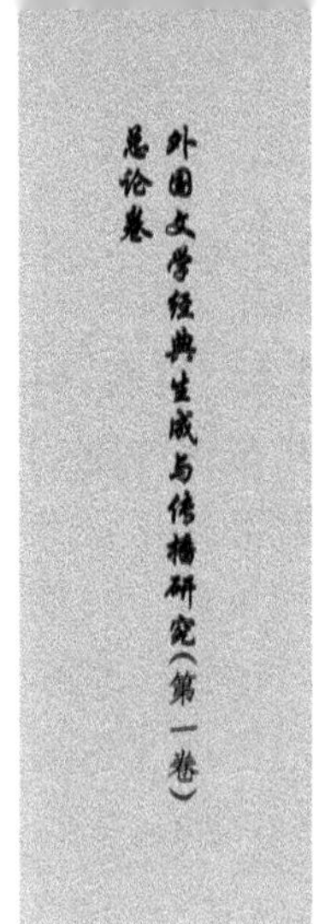

第四章
外国文学经典的历史沉浮

文学经典的出现,与近代制度的形成有关;文学经典的生成背后有时代的选择,受审美标准和理论趣味等因素的制约。如果说"外国文学经典的建构方式"一章主要讨论的是"经典化"的相关机制与过程,那么,本章所述"外国文学经典的历史沉浮"则是"经典化"的延伸或"一体两面"性问题——"去/反经典化"以及延伸性的"再经典化","去/反"已有的经典认定,进而调整、补充、拓展现有的经典体系,以完成文学经典的历史"演变"与时代重构,而具体的细节性差别只在于原因属于个体性的敏锐或先觉、群体性的政治蛊惑还是合力性的审美趣味。实际上,真正能够站在解构主义立场、彻底否定或"反对"文学经典的并不占主流,他们只是人类文明史"边线"之外一直都有的"反文明"势力或"文化无政府主义"的翻版或变种,但其存在价值和"参照系"意义不容小觑,犹如诗剧《浮士德》中靡菲斯特的存在之于上帝的价值。

在传统的文学研究中,一般认为文学经典是人类普遍而超越(非功利)的审美价值与道德价值的体现,具有超越历史、地域以及民族等特殊因素的普遍性与永恒性,而第二次世界大战后兴起的"文化研究"[①]恰恰就是要质疑经典以及经典的这种所谓普遍性、永恒性、纯审美性或纯艺术

① 传媒学者、"文化研究"风云人物约翰·费斯克(John Fiske,1939—)在他的《英国文化研究与电视》一文中,开篇就说得很清楚:"文化研究"中的"文化"一词,侧重的既不是审美,也不是人文的含义,而是政治的含义。文化在这里并不是伟大艺术形式中的审美理想,也不是超越时间和民族边界的"人文精神",用来抵挡如潮汹涌的粗鄙污秽物质主义,而是工业社会内部的一种生活方式,它包括了此种社会经验的所有意义。费斯克这里的话或许是矫枉过正,强调"文化研究"的对象是工业社会和后工业社会的日常生活方式,将致力于启蒙和人文关怀的"大写的文化"撇在了一边,突出了"文化研究"的政治性。

性，这就是所谓的“去经典化”。通过非精英化和去经典化，文化研究用指向当代却仍有着活力、仍在发生着的文化事件，来冷落写在书页中的、经过历史积淀并有着审美价值的精英文化产品，同时，通过把研究的视角指向历来被精英文化学者所不屑的大众文化甚或消费文化，对经典文化产品特别是文学艺术经典实施了致命打击。总之，文化研究削弱了精英文化及其研究的权威性，使精英文化及其研究的领地日益萎缩，从而为文学经典的重构铺平了道路。文化研究更多地秉承了知识社会学的立场，认为经典以及经典的标准实际上总是具有特定的历史性、阶级性、特殊性、地方性的；文化研究视野中的文学经典问题被还原为权力问题或从权力的角度进行理解，个体性的权力介入（譬如批评家的作用）和整体性的“权力转移”（譬如国家权力的哄抬与打压）势必极大影响文学经典的生成、演化与传播，因此，文化研究的文学经典理论必然带有极大的政治性[①]与反体制性。其理论和思想贡献在于：调整视角，注重日常，将文化生成拉回到市民社会的日常生活；为精英文化“减负”，替文明史“减压”，告诉人们一脸严肃和苦大仇深的历代“经典”其实是一种历史的“合谋”。“文化研究”以及其后的“跨文化研究”，以“上－下对冲”的方式，破除了现代主义构建的文化“板结”，与文化人类学等一道“冲决”了知识领域的“割据”与思想领域的“等级”，使文化艺术的诸领域日趋“柔和”和“融通”，并将传统经典生成的“潜规则”公之于众。

由于文化研究的冲击，对于文学经典问题以及相关的文学史的撰写问题也提出了深刻的反思与置疑，特别是女性主义与后殖民主义深刻地质疑经典化过程所蕴涵的权力与不平等。女性主义者认为西方文学史设定的经典标准深刻地反映了男性中心主义，而后殖民主义者则致力于挖掘经典化过程中存在的种族歧视与西方中心主义问题。总之，文化研究以及受到文化研究影响的学者并不把经典视作是想当然的现成物，也不认为它们是普遍的、不带偏见的审美标准的体现；他们甚至根本否定存在所谓文学作品“固有的”美学价值与文学价值，认为这种价值实际上不过是带着普遍性外衣的特殊性，是以无功利性为合法化手段的功利性（用法国哲学家布迪厄的话说就是“超功利的功利性”）。他们质询经典化过程背后的权力关系，包括所谓普遍的“审美价值”“文学价值”的非普遍性、非

---

① 陶东风：《文学经典与文化权力（上）——文化研究视野中的文学经典问题》，《中国比较文学》，2004 年第 3 期。

历史性和非地方性，揭露“经典化”中隐藏的精英掌控的等级阴谋与意识形态标准。文化研究感兴趣的问题不是“到底什么是真正的经典?”而是“谁之经典?”“谁之(经典)标准?”等带有解构和反思意味的问题。同时，“经典化”过程不止是一个单纯的文艺事件，更是一种民族国家文化认同的建构行为。然而不可能所有的文艺作品都被神圣化为经典，那么这样一种经典化行为必然包括“包含”与“排除”(它甚至比“包含”还重要)的双重过程：有些民族、阶级、群体的文化(文学)被包含在经典中，而另外一些则被排除在外，剥夺了民族文化代表的资格。[①] 英国著名文学理论家弗兰克·克莫德(Frank Kermode，1919—2010)在《经典与时代》一文中给人们透露了一些“内部”消息，他认为：经典总是与权力合谋，它为主流意识形态塑造“过去”，并将“过去”变为“现代”，因此，经典成了“反叛者”对抗权力的斗争必须占领的主要领域。[②] 也许是源于缺乏精神维度的商业冲动和物欲冲动，消费时代甚至要将所有曾经是神圣的一切不加选择地变成消费品和装饰品以供人消遣娱乐，形成了对于经典的后现代式的嬉戏态度。因此，尽管近些年大量类似“世纪经典”“大师文库”的选本相继问世，却很少能够得到学界自身和大众读者的一致认可；在一个文化范式调整未曾到位的时代，盲目叛逆和反抗权威造成了道德观念之间的冲突、非正统因素对正统因素的挑衅等。因此，经典的辨析与再造成为一个相当艰巨的文化发展课题。

据荷兰著名学者佛克马和蚁布思的研究，中西方的文学经典至少经历了下述几次重大危机：在西方，中世纪向文艺复兴过渡时期，拉丁语文学经典遭遇民族方言(俗语)文学的挑战；古典主义向浪漫主义过渡时期，古典主义戏剧经典遭遇浪漫主义小说与诗歌的冲击。而在中国，当封建时期的中国向现代中国转型时期，儒家经典也遭遇了五四新文化运动和新文学的质疑。为什么会是这样？首先是经典与当代生活的错位。也就是说，由于时间距离的久远，经典所反映的社会生活，所表达的情感范式，都与当代生活有着巨大的落差，当代人难以与其达到共鸣。远古时代的神话、史诗、歌谣且不说了，其反映的人类蒙昧时代的生活与今天有天壤之别，就人类进入文明时代之后而言，无论是欧洲的骑士抒情诗、古典主义戏剧、现实主义小说还是浪漫主义诗歌，或者是中国的唐诗、宋词、明清

---

① 傅守祥：《审美化生存》，北京：中国传媒大学出版社，2008年版，第40—41页。

② 弗兰克·克莫德：《经典与时代》，《文学理论精粹读本》，阎嘉主编，北京：中国人民大学出版社，2006年版，第56—57页。

小说，它们反映的无非是农耕文明或者是工业化文明时期的社会生活，而今天的世界已经进入了信息化时代，这是一个与以往相比翻天覆地的时代，经典反映的时代与今天我们的生活有多少可比性？如果我们承认人的心理形式包括人的情感反应方式是人在实践活动中养成的话，即是在物我之间相互作用的基础上形成的，那么今天人们的心理和情感形式肯定与经典表达的有巨大差别，在今天高度发达的通讯技术面前，年轻人很难理解古人诗歌中"心有千千结"的离愁别绪，在世界已成"地球村"的今天更别指望有多少人对着一轮皓月发思乡之幽情。[①] 除了以上提及的"历史隔阂"，当代人的"代际差别"也愈发拉大，饱读文学经典之士与80后、90后们的隔阂与差距几乎可以用"对牛弹琴"或者"鸡同鸭讲"来形容。你可以一厢情愿地认为他们浅薄，他们情感粗糙，可他们就是在这些"浅薄粗糙"的流行文化中找到了他们熟悉的社会生活和他们表达情感的惯用方式；平面媒体所承载的"经典"与"互联网时代"的大众文化、"交互式体验"愈发泾渭分明、天人相隔。这是真实的现实，我们必须面对也必须包容，因为人类文明发展正从封闭的、单一逻辑的"一元更替"进入开放的、多元并存的"多轨""复调"时代。

基于经典在当今时代的复杂遭遇，美国文学批评家莱斯利·菲德勒秉承"开放经典"[②]的理念，以"少数人文学"和"多数人文学"这两个概念来区分文学，剔除了传统上的高雅与低俗、主流与边缘（或次等）之分，颠覆了"经典"的固有标准；在他看来，固有标准经常披着"教师与批评家们的忠告"的外衣，而践行肢解经典并疏离其与大众间情感的不义之举。显然，这与美国书评人迈克·德达的观点暗通款曲，后者认为经典之为经典不是因为它们具有教育意义，而是"一代又一代、一个世纪又一个世纪的人们发现这些作品值得阅读"，"比其他任何事物都更能替我们表达出情绪和弱点，所有关乎我们人性的梦想和困惑"。在他的《悦读经典》中，人们看到了一个融文学、历史、哲学、人类学与辞典、影评、占卜、八卦为一体的经典大拼盘，作者不以阳春白雪和下里巴人区别待之，而是等量齐观、曲尽其妙，他以"愉悦"为切入点，吊起大家的胃口——原来经典不仅不深奥、难懂和无聊，反而十分好玩。德达把133本著作划分为11个单元，一个单元对应一个"愉悦"主题，每个主题下收入若干书评。主题的确定有

---

① 张浩文：《文学经典：时间的朋友和敌人》，《文艺报》，2010年2月24日。

② 莱斯利·菲德勒：《文学是什么？高雅文化与大众社会》，陆扬译，南京：译林出版社，2011年版，第2页。

时与人们的观念有出人，譬如他把伊塔洛·卡尔维诺列入“快乐意象”(幽默)之中。“虽然是很松散的分类，但可读性更强些”，他时常自出机杼的说法见出更多有意思的观点：卡尔维诺关于新鲜叙事形式的挑战，“能把枯燥无味的方式玩儿出花样儿。”[①]虽然德达看似一碗水端平似的谈说各种经典，但在细节处还是能够发现他个人的旨趣与好恶，譬如虽无T. S. 艾略特《荒原》一章，他还是在各种书籍中条分缕析地指出了《荒原》各种意象与字句的出处，其巨细无遗的劲头俨然一副狂热粉丝相。他热情洋溢地描绘《罗马帝国衰亡史》作者的讨喜形象，“吉本的外形矮矮胖胖，肥嘟嘟的脸，在我眼里很像动画片里的猪小弟”，却对亨利·詹姆斯冷脸相待，甚至不惜援引 H. G. 威尔斯作了一番苛责：“读詹姆斯的小说就像眼睁睁地看一只河马挣扎着要衔起一粒豌豆。”这本讲述快乐读书的书，不仅拓展经典并一改其苦大仇深相、拉近与人们的距离，还能加深人们投入生活的程度。

在人类文明演化的历史长河中，天才式的批评家穿透历史尘封的慧眼发掘(譬如 20 世纪著名诗人兼批评家 T. S. 艾略特对 17 世纪玄学派诗歌的发掘以及对其前辈诗人但丁和波德莱尔的重评等)抑或恶评打压(譬如维多利亚时代的《简·爱》《名利场》等)、性别权力转移(那些赤裸裸歧视与压迫女性的昔日文学经典如劳伦斯、米勒的小说被逐出经典殿堂)与政权更迭产生的政治蛊惑以及文艺创作思潮与受众审美趣味的时尚变迁(譬如 19 世纪中后期欧洲文学对浪漫主义思潮的持续反正、20 世纪后期至今世界范围的“解构”“颠覆”“戏仿”与“大话”风潮等)，都可能在外国文学经典的生成、演变与传播中起着关键性的“催化剂”效果，从而影响并决定文学经典在某一时间阶段、某一地域族群的命运或价值，完成了对于已有文学经典的“去经典化”与“反经典化”。当然，也存在着文明湮灭的考古重现[②]，譬如欧洲文艺复兴中的古希腊文明复现、古埃及《亡灵书》与中国“郭店楚简”的考古发现等极端情况。

第一节 慧眼识才与恶评打压

外国文学经典的价值本身不是固定不变的，它像一个多面体，对于不

① 迈克·德达：《悦读经典》，王艺译，北京：生活·读书·新知三联书店，2011 年版，第29 页。

② 《读点经典》编委会：《读点经典：震撼考古(世界卷)》，南京：凤凰出版社，2012 年版。

同时代的不同读者会呈现出完全不同的价值，这也是所谓文学永恒性的来源。好小说没有固定标准，文学经典也没有固定标准；它们之所以伟大，就是因为有太多的不一样和出人意料，却都能以文学的方式切中现实人性、心灵自我、时代精神的要害。文学经典讲求“多样”，而非进化式的“新陈代谢”，所以留存了人类情感与存在的多种样式。当然，经典不会自动呈现，一定要在读者的阅读或者阐释、评价中才会呈现其价值。正如善于用文学手法直切“精神真实”的“神实主义”作家阎连科（1958—　）所说：“读者对经典和好小说的理解，不是先有了读者的理解，才有了作家的写作，才有了这种与读者的好小说条件相吻合的写作。好小说是在无先决条件之下作者创造出来的，是让它和读者在十字路口相遇后热烈拥抱才成为了好小说。阅读与研究，是好小说成为好小说的开始。无论是阅读催生了研究，还是研究引领了阅读，但对作家而言，这些都是无从知道的。你只有写作，只有依着你对好小说的理解（我以为），才有可能写出好的小说来。”[①]他认为，中世纪的《神曲》、16 世纪的《堂吉诃德》、17 世纪的莎士比亚戏剧、18 世纪的《浮士德》、19 世纪太多的伟大作家和作品，都是在作家不知什么是好小说、好作品中创造出来的。他们的伟大，都各有各的属于那个时代的“好”，而且每一个属于时代“好”的标准，又都在之后的时代变化和修正，但之后又不否定之前时代的伟大和经典。尽管托尔斯泰对莎士比亚有着冷眼和冷语，莎士比亚作品的经典却丝毫不会受到损伤。但到了 20 世纪后，18、19 世纪那种人物、故事、命运、内心加时代社会的写作方法，未免有些简单和老套了，于是乎，20 世纪的作家，都在创立自己写作的“我以为”，有了林立的主义、旗帜和小说法。而 21 世纪的“好小说”，像迷宫和灯光一样引着大家的写作和探求。[②]

客观地说，文学经典先有，文学批评后随，甚至可以说批评是经典的合理延伸与适度诠释，先后、主次之位不可易；文学经典往往是历代作家/诗人呕心沥血创作出来而不是文学批评家凭空就可以吹捧出来的，但是，在文学经典生成过程中，文学批评家的作用不能忽视，却也不能因个别案例的决定性作用而普泛化地任意放大。确实，在世界文学史上，记录在案的文学批评的成功案例有不少，有时起到了“一锤定音”甚至“起死回生”

---

① 阎连科：《我的理想仅仅是写出一部我以为好的小说——在台湾“世界华文小说艺术国际学术研讨会”的演讲》，《南方周末》，2014 年 5 月 15 日。

② 阎连科：《我的理想仅仅是想写出一篇我以为好的小说来》，《文学·2014 春夏卷》，陈思和、王德威主编，上海：上海文艺出版社，2014 年版。

的关键性作用,譬如俄罗斯文学史上别林斯基和车尔尼雪夫斯基对当时的文学青年果戈理的认定与阐释、T. S. 艾略特对17世纪玄学派诗歌的发掘以及对其前辈诗人但丁和波德莱尔的重评、美籍华裔文学史家夏志清在其学术名著《中国现代文学史》中对张爱玲和沈从文以及钱锺书小说《围城》的重新发现等。这些专业批评家、作家/诗人兼批评家、文学史家以其特有的艺术天赋、生命体验、思想敏锐和理论激情,或先人一步或拨乱反正或慧眼识才,鲜明地表达了对某一作家或作品的赏识与推崇,甚至能阐发出作家本人之所未觉与未明,引领世人共同融进作家的经典文本中去,并形成一种特殊的文化"场域",使该作品与该批评成为"星月齐辉"的经典文本。在世界文学史上,既然有文学批评的极成功案例,那么就有极"恶劣"案例,因为很少经典(包括大师)没有经历了严厉批评甚至诋毁,譬如19世纪小说《简·爱》《名利场》《包法利夫人》以及波德莱尔的诗作等。

在外国文学经典的历史演变中,文学批评的作用如何定位,确实是一个值得关注的问题。尽管文学批评家不能单方面决定哪些文学作品为经典,但在文学经典生成、演变的过程中,他们确实可以发挥重要的引领、推介作用,少数优秀的批评家更可以起到率先"对接"时代精神的"先知先觉"作用。首先,文学批评家可以帮助人们正确地甄别经典和非经典,可以帮助人们准确地认识、理解经典,甚至可以帮助作家创作经典。文学批评家着力研究经典的内在特质,并在这个基础上把握一些经典是如何产生的以及它们产生的条件,促进一些新的经典的诞生。优秀的文学批评家只是指出一些文学作品的不足是不够的,还要积极发现和挖掘一些遭到遗漏或埋没的优秀文学作品,身体力行地创造一个公平的人文环境。其次,文学经典在最广泛的阅读和阐释中发生变化,甚至还会出现莎士比亚的《哈姆雷特》在最广泛的阅读和阐释中发生成百上千的变化这种现象。但是,这种变化万变不离其宗,而不是无中生有。任何时代、任何阶级都有自己特殊的精神需要,既不可能完全满足于那些历史上流传下来的文学经典,也不可能完全满足于同一时代其他阶级所创造的文学经典,都会对以往文学经典各取所需。那些历史上流传下来的文学经典,虽然它们今天仍然能够给人以文学享受,并且在某些方面上可能还是一种规范和高不可及的范本,但它们在历史的接受过程中也会发生不同程度的变化,后人的接受绝不可能是原封不动的;真正的文学经典还有着没有成为过去而是属于未来的东西。[①] 我们既需要能够扶持幼苗的文学批评家，也需要能够拾遗补缺的文学批评家。在这个多元化的时代，如果缺乏真正的文学批评，就会出现鱼目混珠的局面，那些有实力和潜力的优秀文学作品将会淹没在众声喧哗的“文学泡沫”中。当然，与文学经典相得益彰甚至可以当作“指路明灯”一般的文学批评，永远是一种幸运。人们期盼更多像别林斯基、T. S. 艾略特式的天才批评家的出现，讨厌“帮闲”式的批评、恐惧“帮凶”式的批评，因此，文学批评中的“捧杀”或“棒杀”都是大忌，会扰乱创作的心神、败坏文艺界的风气。

一、黄金时代的批评与别林斯基的风骨

民族意识的觉醒、东正教的影响及“文学成为唯一的讲坛”等作为外因，普希金的开拓、文学批评与文学创作的良性互动、文坛前辈对后学不遗余力的提携、文学传媒发挥的文学阵地作用、俄罗斯知识分子的殉道精神等作为内因，共同作用使俄罗斯文学在 19 世纪创造了难以复制的辉煌，成就了俄罗斯文学“黄金时代”的灿烂、赓续了“白银时代”的光辉。

19 世纪俄国文学能取得如此惊人的成就，文学批评与文学创作的良性互动特别是她自身诞生的天才批评家们及其呼啸激烈的声音起到了关键性的引领作用，以别林斯基、赫尔岑、杜勃罗留波夫、车尔尼雪夫斯基、皮萨列夫等为代表的最忠诚于文学和良心的生命圣徒们，为一个世纪的俄国文学匡扶着结实的现实主义之路，使文学天才们的纯洁热量不至于白白流耗虚掷，不至于无谓地浪费于伟大的祖国命运之外。维萨利昂·别林斯基(1811—1848)正是开创这种“革命”式批评的先驱者，他那充满热情、诗意和洞见的评论引领一代社会风潮。这位被保守派咒骂为“疯狗”的人，“是自己时代文学的引路人，是普希金等大师的知音，是果戈理和陀思妥耶夫斯基等人的伟大作品的助产士。他的堪称经典的文学批评，不仅极大地提高了俄罗斯民族的文学创作水准和文学鉴赏力，而且，还对世界文学，尤其是中国的发轫期的现代文学，产生了极大的影响”[②]。对别林斯基来讲，文学即生活，谈论文学就是谈论生活本身，谈论如何写作就意味着谈论如何生活，所以，一个优秀的作家，就是一个摆脱了低级的生活形态的人，就是一个鼓舞并引导人们高尚地生活的人：“是的，生活

① 杨和平、楚昆：《评论对经典的产生价值几何?》，《光明日报》，2011 年 12 月 19 日。

② 李建军：《重读别林斯基》，《小说评论》，2013 年第 4 期。

并不等于是有这么多年吃吃喝喝，为官衔和金钱奔波劳碌，空闲下来时，打呵欠，玩纸牌：这种生活比死还糟，这种人比禽兽还不如，因为动物虽然屈服于自己的本能，却还要充分利用它天生可以用来生活的一切手段，勇往直前地完成它的使命。生活就意味着：感觉和思索，饱受苦难和享受快乐；其余的一切都是死亡。我们的感觉和思想所包含的内容越是丰富，我们饱受苦难和享受快乐的能力越是强大和深刻，我们就生活得越多：一瞬间这样的生活，比麻木昏睡、浑浑噩噩、庸俗无聊地活上一百年，还要有意义得多。"[①]优秀的俄罗斯作家之所以优秀，就是因为"社会性"和"人类性"被当做灵魂性和基础性的东西，而这"灵魂"和"基础"的形成，是与别林斯基的启蒙主义引导分不开的；而对生活的"社会性"和"人类性"的自觉意识，必然合乎逻辑地指向强调文学的责任感和自觉性。确实，别林斯基、车尔尼雪夫斯基等人的文艺批评为当时俄国的文艺发展建立了标准，直接影响和推动了俄罗斯文学传统的形成；可以说，没有他们建立的标准，就没有后来俄罗斯灿若群星的文学经典。

在十几年的文学批评生涯中，别林斯基著有《文学的幻想》《论俄国中篇小说和果戈理君的中篇小说》《艺术的观念》《亚历山大·普希金作品集》《给果戈理的信》《1847年俄国文学一瞥》等评论文章。在别林斯基成熟期的文学观念里，文学不是一种属于个人的孤立的偶然现象，而是与一个民族和全人类的整体的精神生活密切相关的伟大的文化现象。他反对"纯艺术论"，要求艺术积极参与现实的改造和为社会的进步服务，认为评价艺术作品价值的首要标准是思想内容。别林斯基认为现实是文学的土壤、对象和材料，文学作品是现实的创造性的再现，"艺术是现实的复制，从而艺术的任务不是修改和美化生活，而是显示生活的实际存在的样子"。他提出"激情说"，认为激情是作家主观意识和主观情绪的反映，激情的品格越高，文学作品的思想就越强，这一理论促进了现实主义创作中主客观因素的统一。他提出"形象思维"概念，指出"诗人用形象来思考"，诗是"寓于形象的思维"，准确概括了文艺创作过程的特征。他把"典型化"提到了艺术创作的首位，主张把典型性格放在一定的生活环境中，使其体现出时代的精神特征。别林斯基第一个系统地总结了俄国文学发展的历史，科学地阐述了艺术创作的规律，提出了一系列重要的文学和美学

---

① 别林斯基：《别林斯基选集》(第二卷)，满涛译，上海：上海译文出版社，1979年版，第452—453页。

见解，这些独创性见解成为俄国现实主义美学和文艺批评的理论基石，推动了俄国现实主义文学的进一步发展，对车尔尼雪夫斯基、杜勃罗留波夫美学观念的形成有直接的影响。

在其文学批评的处女作《文学的幻想》(1834)中，别林斯基追溯了俄国文学从 18 世纪的古典主义以来的发展历程，并突出了这一历史进程中凸现出的民族性和现实主义两大问题。在《论俄国中篇小说和果戈理君的中篇小说》(1835)中，别林斯基将文学划分为“理想的诗”和“现实的诗”两大类，并肯定了果戈理作为一位“现实生活的诗人”的存在意义。《亚历山大·普希金作品集》(1843—1846)是别林斯基文学批评的代表作，包括 11 篇论文，系统论述了俄国文学从罗蒙诺索夫到普希金的发展变化过程，肯定了普希金是俄国第一个民族诗人和第一个反映现实生活的诗人。在后来的《乞乞科夫的经历或死魂灵》(1841)、《由果戈理的〈死魂灵〉而引起的解释的解释》(1842)、《一八四二年的俄国文学》(1843)、《一八四六年俄国文学一瞥》(1847)、《一八四七年俄国文学一瞥》(1848)等一系列论文中，别林斯基以果戈理的具体文本为依据，在敏锐、扎实又准确的概括和分析之上，肯定了果戈理的创作在俄国文学史上划时代的意义，也分析了以果戈理为代表的“自然派”在俄国文学史上的形成过程，提出了现实主义文学的美学原则，即：艺术不应该是“装饰”生活和“再造”生活，而是“现实的创造性再现”。别林斯基认为，果戈理、赫尔岑、冈察洛夫、屠格涅夫、涅克拉索夫和陀思妥耶夫斯基的创作所遵循的就正是这条原则。1840 年以后，他几乎每年发表一篇文学现状的综合评论，总结其经验和成就，对俄国文学的发展起着重要的指导性作用，并对文学的真实性、典型性、形象思维、人民性、天才、激情等一系列文学、美学问题进行了深刻的思考和论述。别林斯基在阐述文学创作和批评的一般规律时，首次提出了“艺术是形象思维”的著名论断，指出了想象在文学创作活动中的积极主导作用。他关于“典型性”的论述在欧洲文学史上也属先例，认为典型性是“创作的基本法则之一，没有典型性，就没有创作”，提出典型是“一个人物，同时又是许多人物，也就是说，把一个个人描写成这样，使他在自身中包括表达同一概念的许多人，整类的人”，然而他又必须是“一个人物，完整的，个别的人物”。别林斯基强调典型性在艺术创作中的重要性，认为科学是从现实中抽出其本质，而艺术则是向现实借用材料，把它们提高到普遍的、类的、典型的意义上来，使它们成为严密的整体；在一位真正的有才能的艺术家那里，他塑造的每一个人物都是典型，而每一个典型对于读者都是“熟悉的陌生人”。

第一流的批评家,如别林斯基、勃兰兑斯、鲁迅、乔治·奥威尔等,往往都具有论战家的道德姿态和精神气质。事实上,批评家也确实需要有“战斗者”的精神,因为只有具备了这种精神,他才敢于坦率而尖锐地表达自己的意见,才敢于颠覆固有的文学秩序,才敢于向文学界的权威们发出尖锐的质疑。以平等而自由的姿态向作家说真话,一针见血而又有理有据地指出问题,是别林斯基文学批评的基本原则。在别林斯基心目中,没有哪位作家是不可以批评的,也没有什么问题是不可以谈论的。他绝不讨好任何作家,无论他社会地位有多高,无论他曾经享有多高的文学威望。[①] 同时,在为《望远镜》《祖国纪事》《现代人》等杂志所写的大量的批评文章里,别林斯基深刻地分析了普希金、莱蒙托夫、果戈理、陀思妥耶夫斯基、柯尔卓夫、克雷洛夫、波列伏依等人的文学成就和局限,描述了俄罗斯文学的流变轨迹,指示出俄国文学应该前行的方向——伯林高度评价他在这一方面的伟大成就:“他传给别人一种真理神圣之感,从而改变了俄国人的批评标准……他改变了众多俄国人思想与感觉、经验与表达的品质与格调。”[②]别林斯基的文学批评不仅是一种求真的认知行为,而且是一种求善的伦理行为。他特别关注政治和社会问题,关心人类的处境与幸福。在关于德罗慈陀夫的《道德哲学体系试论》的书评文章里,别林斯基用充满激情和诗意的语言,体系性地表达了自己的文学伦理思想,阐释了“道德法则”和“对人类的爱”,甚至谈及“灵魂”的“永恒的秘密”等伦理学范畴的问题:“文学和艺术也是为最高的善服务的,而这最高的善同时也就是最高的真和美。”[③]根据这样的文学理念,别林斯基所理解的文学批评,就不再是一种狭隘的专业行为,而是近乎宗教信仰一样庄严的伟大事业。

别林斯基文学批评的典范性,他对文学真理的无条件的热爱与忠诚,近乎完美地体现于他对果戈理的肯定与否定兼而有之的批评。在世界文学史上,像果戈理与别林斯基这样的相得益彰的创作—评论的共生现象极为罕见。1835 年,年仅 26 岁的果戈理出版了《彼得堡故事》,它一反当时文坛占统治地位的逃避现实的恶劣倾向,真实而深刻地描绘了俄国面貌,人物形象栩栩如生。慧眼独具的别林斯基立即看出它对俄国文学发展的巨大意义,热情撰文向读者推荐;他赞颂果戈理“拥有着强大而崇高

① 李建军:《重读别林斯基》,《小说评论》,2013 年第 4 期。

② 以赛亚·伯林:《俄国思想家》(第二版),彭淮栋译,南京:译林出版社,2011 年版,第 222 页。

③ 别林斯基:《别林斯基选集》(第一卷),满涛译,上海:上海译文出版社,1979 年版,第 428 页。

的、非凡的才能”，甚至称这位年青作家为“文坛的盟主，诗人的魁首”[①]，其欣喜之情溢于言表。1842年，果戈理的《死魂灵》问世，它“震动了整个俄国”（赫尔岑语），在社会上产生了强烈的反响；它触痛了沙俄政府官吏和那些御用文人的神经，他们倾巢出动，向《死魂灵》和它的作者大泼污水，在一片恶评中伤声中，别林斯基挺身而出，高度评价了《死魂灵》的伟大现实主义成就。他还断言，由于《死魂灵》的出现，将使得“一切写作长篇小说和中篇小说的新作家们……都不由自主地屈服于果戈理的影响之下”[②]。而当果戈理发表《与友人书简选粹》（1846）后，其中所倡导的恭顺、调和的社会理想激起了别林斯基的愤怒，当时在德国养病的他奋笔疾书，写下了著名的《给果戈理的信》，这封充满不妥协的战斗精神的信，被赫尔岑称为别林斯基的“精神遗嘱”。在信中，别林斯基痛陈果戈理忘却了一个作家必须关切社会的职责、背叛了曾经写出《钦差大臣》与《死魂灵》等不朽之作的作家自己所开创的现实主义写作、为地主大员鞭笞农奴、协助沙皇愚民的教士阶层大唱赞歌；认为其行为不仅使果戈理之英名蒙受耻辱，更背叛了自诩基督徒果戈理所应有的德行，把基督所倡导的对人的爱忘却身后，无异于躬身为屠夫的杀戮伺候屠刀。此信一出，马上以手抄本传遍彼得堡与莫斯科之知识界，使懈怠的知识界犹闻晴天惊雷，激励并振奋了如陀思妥耶夫斯基一般的大批青年。俄国文学的健全发展和辉煌成就，与别林斯基的永不自满的尖锐批评有着深刻的因果关系。正是通过这种尖锐而正确的批评，别林斯基培养了俄罗斯作家的“世界观”，培养了他们高贵的文学气质，培养了他们对文学的庄严而朴实的态度[③]，他自己也就此成为文学批评的伟大典范。

俄罗斯民族文学的喜剧大师果戈理，其幽默和讽刺不同于欧洲文学传统中的拉伯雷和莫里哀，也不同于萨克雷和菲尔丁——他对自己笔下的人物充满温柔的怜悯，甚至深深地爱着他们，所以，他的讽刺就谑而不虐，有一种含着同情的诗意性的感伤，让人在捧腹大笑之后，顿觉悲从中来，心里别有一种酸楚而怅惘的感觉。对果戈理作品的这一特点，别林斯基的阐释准确而深刻、令人拍案叫绝，尤其是《论俄国中篇小说和果戈理君的中篇小说》（1835）一文激情饱满、酣畅淋漓，不仅提出了“熟悉的陌生

---

① 别林斯基：《别林斯基选集》（第一卷），满涛译，上海：上海译文出版社，1979年版，第200—201页。

② 同上书，第121页。

③ 李建军：《重读别林斯基》，《小说评论》，2013年第4期。

人”“含泪的喜剧”等经典性的概念,而且还在开阔的比较视野中,揭示了果戈理作品的“显著特征”:“构思的朴素、十足的生活真实、民族性、独创性”,以及“那总是被悲哀和忧郁所压倒的戏剧性的兴奋”[1];揭示了果戈理“纯粹俄国的幽默”的特点:“平静的、淳朴的幽默,作者在这里装扮成傻子的模样”,以及“诗歌的秘密”:“当你一直读到那悲喜剧的结局的时候,为什么会那么悲痛地微笑,那么忧郁地叹息呢?这便是诗歌的秘密!这便是艺术的魔力!你看见的是生活,看见了生活,就不得不叹息!”[2]他认为果戈理的中篇小说的“纯洁的道德性”,将“对世道人心发生强烈而有益的影响”。正是通过别林斯基的阐释性引导,广大读者才更深刻地认识到了果戈理的价值,才理解了其喜剧性作品的完整意义,而别林斯基的文学批评也因此有了近乎完美的典范意义。

令人遗憾的是,果戈理在后来的《与友人书简选粹》一书中自我作践、贬低自己的创作成就、否定自己昔日的文学精神,并且宣布“只有到了自己的作品获得沙皇满意的时候,您才会对这些作品感到满意”[3];还赞美俄罗斯的官方宗教,赞美落后的沙皇制度和宗法制度。果戈理的这本“极为有害的书”,“深深地激怒了和侮辱了”别林斯基。在他看来,果戈理误解了俄罗斯民族的“天性”,因为“神秘的狂热不是他们的天性”[4];这本书不仅降低了果戈理作为作家的身价,而且降低了他作为人的身价。作为一个伟大的人道主义者和启蒙主义知识分子,别林斯基认为俄罗斯“最迫切的民族问题就是消灭农奴制,取消肉刑,尽可能严格地去实行至少已经有的法律”,然而,果戈理却教导地主“向农民榨取更多的钱财,教导他们把农民骂得更凶”,别林斯基说:“这难道不应该引起我的愤慨吗?……即使您有意要谋害我的性命,我也不会比为了这几行可耻的文字更仇恨您。”[5]在《给果戈理的信》的开头部分,别林斯基说过这样一段话:“自尊心受到侮辱还可以忍受,只要一切问题都局限在这里,我在理智上还是能对这个问题沉默不语的,然而道德真理与人的尊严受到侮辱,这却是不能忍受的;在宗教的庇护下和鞭子的防卫下把谎言和不道德当作真理和美

---

① 别林斯基:《别林斯基选集》(第一卷),满涛译,上海:上海译文出版社,1979年版,第183页。

② 同上书,第194页。

③ 别林斯基:《别林斯基选集》(第六卷),辛未艾译,上海:上海译文出版社,2006年版,第471页。

④ 同上书,第468页。

⑤ 同上书,第466页。

德来宣传，这是难以沉默的。"[1]别林斯基就是这样一个为真理和正义而战的"论战家"、高尚而伟大的文学批评家。

别林斯基热爱真理和自由，富有正义感和同情心，是一个热情的理想主义者和高尚的利他主义者。他反抗权贵阶级和社会不公，同情那些受奴役与受损害的底层人。对他来讲，为了自己的利益而随波逐流，或者，因为恐惧而沉默或撒谎，简直就是可耻的堕落。他将文学批评当做追求真理和正义的事业。别尔嘉耶夫说："对他来说，文学批评只是体现完整世界观的手段，只是为真理而斗争的手段。"[2]翻开俄国中后期思想家、革命家与小说家的回忆录[3]，无不以为别林斯基乃是1835—1848年间俄国知识分子之良心。这些人中有他的朋辈巴纳耶夫及其妻巴纳那娃、赫尔岑、欧加缪夫，有其学生屠格涅夫、涅克拉索夫、冈查洛夫，甚至后来成为别林斯基思想上的敌人的陀思妥耶夫斯基在晚年回忆其人时也饱含激情与崇敬。在那个著名的"贵族知识分子"时期，对后世俄国革命青年的观念、人格、作风影响最大的不是出生阀阅世家、在法国启蒙思想与德国浪漫主义孕育下成长的赫尔岑、巴枯宁等人，却恰恰是别林斯基这个来自偏远省份、出生潦倒的军医之家且中途辍学并以文艺批评为业的短命青年。著名文学史家米尔斯基曾这样评价别林斯基："他是知识分子的真正父亲，体现着两代以上俄国知识分子的一贯精神，即社会理想主义、改造世界的激情、对于一切传统的轻蔑，以及高昂无私的热忱。他似乎成了俄国激进派的守护神，直到如今，他的名字几乎仍是唯一不受批评的姓氏……他对于那些于1830—1848年间步入文学的作家所做评判，几乎总被无条件接受。这是对一位批评家的崇高赞颂，很少有人获此殊荣。"[4]别林斯基所从事的职业不过是文艺批评，为何却发生了如此巨大的影响？这当然与后期俄国革命知识分子着力宣传别林斯基人品之高洁严正有关，但更重要的却是别林斯基的文艺批评本身，其包含的价值取向——直面政治的黑暗、民众的愚黯、知识分子的懈怠与文学批评的懦弱等——是对后世发生持续影响的关键。别林斯基善于将思想隐含于文艺批评、卑微且

---

① 别林斯基：《别林斯基选集》(第六卷)，辛未艾译，上海：上海译文出版社，2006年版，第466页。

② 尼·别尔嘉耶夫：《俄罗斯思想》，雷永生、邱守娟译，北京：生活·读书·新知三联书店，1995年版，第57页。

③ 譬如波利亚科夫的《别林斯基传》、屠格涅夫《回忆录》中的《回忆别林斯基》、巴纳耶夫的《群星灿烂的年代》和《巴纳耶娃回忆录》、赫尔岑的《往事与随想》、米尔斯基的《俄罗斯文学史》等。

④ 德·斯·米尔斯基：《俄国文学史》上卷，刘文飞译，北京：人民出版社，2013年版，第228—229页。

小心翼翼地与黑暗斗争。别林斯基积极倡导面对社会关切的文艺,将美化沙皇专制与讴歌贵胄沙龙中的风花雪月的浪漫文字全部清除于文艺之外,这本身便是一个无可奈何的卑微的斗士在无尽暗夜中所做的最大伟业。在一个只有文学才能传达尚未被俄国日常生活出卖的正义、良知与真理的时代,别林斯基将毕生的精力倾注于文学中的真理、良心与正义。别林斯基对后世发生巨大影响的正是这种无所畏惧、为天下大公而死的知识人的风骨。在一个依靠宪兵和屠刀维持统治、不允许思想生存的帝国中,当文学成为仅有的表达方式的时代,别林斯基用曲折的方式承担了一个知识人所应有的社会关切并捍卫了知识人的尊严。黄金时代俄罗斯文学家自别林斯基之后,没有一个文人不把社会关切当成作家所应负担的义务[①],并内化为俄罗斯文学的精神传统。

二、英诗经典的修正与玄学诗派的新生

T. S. 艾略特(Thomas Stearns Eliot,1888—1965)是英美文学界和思想界的一代大师,更是现代最有影响的诗人与批评家。其代表性长诗《荒原》(*The Waste Land*,1922)开一代诗风,表达了西方一代人精神上的幻灭,被认为是西方现代文学中具有划时代意义的作品;以《四个四重奏》(*Four Quartets*,1943)等作品领衔的艾略特"因为对当代诗歌作出的卓越贡献和所起的先锋作用"而获得1948年度诺贝尔文学奖,被誉为"世界诗歌漫长历史中一个新阶段的带领人"[②]。同样,作为卓越创造者的"天才式"批评家,艾略特以其"非个性化""客观对应物""诗歌的艺术视角""对其他诗人的评论与鉴赏"等理论主张成为西方后期象征主义的理论基石,也成为美国新批评的滥觞;美国著名学者雷纳·韦勒克(René Wellek,1903—1995)高度评价"艾略特是二十世纪英语世界最为重要的批评家"[③]。艾略特认为,一个伟大的作家之所以伟大在于他的作品比其他人的作品更能突出反映他所在的那个时代;作为一个杰出的批评家,他认为"永恒性"和"普遍性"是评判一部文学作品及其作者是否伟大的主要标

---

① 张晓波:《别林斯基的风骨》,《杂文月刊》(文摘版),2010年第5期。

② T. S. 艾略特:《四个四重奏》,裘小龙译,桂林:漓江出版社,1985年版,第288页。

③ 雷纳·韦勒克:《近代文学批评史》(第五卷),杨自伍译,上海:上海译文出版社,2002年版,第278页。

准。[①] 艾略特的成就简单概括为：他改变了那个时代英美诗歌的性格，使其更深沉、更优美；他为现代批评界增添了一套高水平、有活力的评判准则，正好与当时流行的趋于腐朽的印象派批评相抗衡。在一篇名为《批评的界限》的晚年讲演中，艾略特说："我最为感激的批评家是这样的批评家，他们能让我去看我过去从未看到过的东西，或者曾经只是用被偏见蒙蔽的眼睛看到过的东西，他们让我直接面对这种东西，然后让我独自一人去进一步处理它。"事实上，艾略特就是这样的批评家，其英诗评点发人之所未见，开创一代批评风气。

T. S. 艾略特被誉为现代文学批评大师，他的"共同追求正确判断"的理想一度成为颇有感召力的口号。他早在 1915 年就开始写文学评论，1920 年出版第一本文学论文集《圣林》，以后又编了《论文选集》(1932 年出版，1951 年修订)和《古今论文集》(1936)等。他最重要的文学批评文章有《传统与个人才能》(1917)、《玄学派诗人》(1921)、《批评的功能》(1923)和《诗歌的用途和批评的用途》(1933)等，此外还有关于诗剧、个别剧作家和诗人的文章和演讲。艾略特对莎士比亚并不推崇，认为弥尔顿给诗歌技巧带来了坏影响；他认为雪莱概念化，拜伦只供上流社会娱乐。他十分推崇但丁、英国文艺复兴(尤其后期)剧作家、玄学派诗人，他称颂德莱顿的诗歌技巧能给人以惊讶的快感。他的崭新批评方式使人们找回或重新认识了一整群的作家：伊丽莎白一世时代的诗人、剧作家(minor Elizabethans)，17 世纪的宗教作家(divines)，还有但丁、德莱顿、多恩等，在很大程度上修正了英国诗歌经典的已有体系。正如韦勒克所说：他对一代趣味的影响最为显著：为促进感受力的转变，脱离"乔治时代诗人"的趣味，重新估价英国诗史上的主要时期和人物，他做的努力超过任何一位。针对浪漫主义，他极其强烈地反其道而行之，他批评弥尔顿和弥尔顿诗风传统，他颂扬的是但丁、詹姆斯一世时期风格的戏剧家、玄学派诗人、德莱顿、法国象征主义诗人，誉之为伟大诗歌的"典型传统"[②]。

艾略特生活的时代，主流观点认为 18 世纪是英国文学史上最杰出的时期、浪漫主义诗人是经典诗人，但艾略特认为英国文学中不存在经典时代和经典诗人。他认为，经典品质更丰富地分散表现在不同作家作品中

---

① T. S. 艾略特：《哲人歌德》，《艾略特诗学文集》，王恩衷编译，北京：国际文化出版公司，1989 年版。

② 雷纳·韦勒克：《近代文学批评史》(第五卷)，杨自伍译，上海：上海译文出版社，2002 年版，第 278 页。

或者好几个时期的文学中。艾略特赞赏玄学派诗人和德莱顿超过时人推崇的斯宾塞和弥尔顿,他推崇的是维吉尔、但丁、伊丽莎白一世时代的剧作家、玄学派诗人、法国象征派诗人和优秀的现代作家等。实际上,艾略特排斥大多数的浪漫主义诗人和维多利亚时期的诗人。浪漫主义诗人把诗歌看作"强烈感情的自然流露",浪漫主义批评家也比成人评价诗歌有客观标准,只要真诚地反映了诗人"内心的呼声"就是好诗。而在艾略特看来,"内心的呼声"很像阿诺德所批评的"想怎么干就怎么干",这种声音低唱着虚荣、恐惧和情欲,而不愿听从他自己的声音。这与艾略特主张的"非个性化"主张大相径庭。

艾略特对浪漫主义诗人的不满还建立在对玄学派诗人的重新评价上。玄学派诗人是17世纪初文艺复兴后期兴起的一批诗人,他们写的诗在约翰逊博士看来常把"最异质的思想强行栓附在一起","玄言味太浓了",由此得名并在英国文学史上一直评价不高。但是,艾略特却力排众议地撰写了一系列文章(譬如《玄学派诗人》《安德鲁·马维尔》等),以其天才式的远见卓识重评玄学派,盛赞其"机智"品质——"不仅仅是一种技巧上的成就,或是一个时代的词汇和句法",更是"在轻快优雅的抒情格调下表现出来的一种坚实理智"[①]。他们能够精确地使用比喻、明喻或其他隽语,而典型的"玄学派"技巧是"故意将一个形象比喻发挥到智慧所能达到的最远的境界(与凝练正好相反)"。艾略特认为,在伊丽莎白时代晚期和詹姆斯一世时代早期的诗人在剧诗中表现了一种"感受力"的发展,他们能够将渊博的学识、思想和感觉融合在一起,"有一种对思想直接的质感体悟,或是一种将思想变为情感的再创造"[②]。他在《玄学派诗人》一文中提出,一般人的经验是混乱零碎的,但是在玄学派诗人的心智里,各种经验不断形成新的整体,这种能吞噬、糅合任何经验的感觉机制到了弥尔顿和德莱顿的时代已不复存在,艾略特把这一变化称作"感性的脱节"[③]。

人们一般认为艾略特是多恩声誉的传令者,而实际上他对乔治·赫伯特的评价更高,视其为伟大的语言大师、真诚虔诚的诗人、感情的剖析者、短暂一生中在通向谦卑之路上走得比多恩更远的一位人物。艾略特对克拉肖也推崇备至,即使在克拉肖十分乖谬的形象中,艾略特也发现了理智上的乐趣。考利引起艾略特的兴趣是由于他显示出新兴的科学精

---

① 王恩衷编译:《艾略特诗学文集》,北京:国际文化出版公司,1989年版,第36页。

② 同上书,第30页。

③ T. S. Eliot, *Selected Essays*, London: Faber & Faber, 1951, pp. 287—288,中译者裘小龙。

神。艾略特推崇17世纪诗歌是英国诗歌最“开化的”时代，考利则提供了进行概括的机会。艾略特推崇的那种机智是理智价值与情感价值的一种平衡和相称，是把机智“和这个字眼的其他含义，甚至和暗含着欢乐的那层含义联系起来”[1]。

艾略特并不把文学主流或大诗人当作想当然的文学标准。他认为：“我们对英诗的鉴赏品味主要建立在对莎士比亚和弥尔顿的价值的片面感知上；那仅仅是对主题和剧情的崇高性的感知。”[2]也就是说，艾略特并不从题材大小方面去看待诗歌，他注重的是诗歌本身。在艾略特看来，在某些关键的方面，做一个好的诗人要比作一个伟大的诗人更重要。[3] 他区分了“伟大的”诗人与“好”诗人，即“主要诗人”(major poet，或译为大诗人)与“次要诗人”(minor poet，或译为小诗人)以及相应的“主要诗歌”与“次要诗歌”。显然，艾略特对小诗人偏爱有加。他所称的小诗人并非二流作者，而“指的是非常好的诗人：诸如填满希腊诗集还有伊丽莎白时期的歌谣集中那些人”[4]；相应的，他的“次要诗歌”一词意在消除所有与“主要诗歌”相关联的贬损性指向。在艾略特看来，“伟大的”诗歌常常具有一种不愉快感，这是他不喜欢荷马、弥尔顿、布莱克等诗人的部分原因；他赞赏德莱顿，认为他是“为英国诗确立了至今仍不容忽视的标准的英国诗人之一”[5]。他曾宣称：“诗人必须深刻地感觉到主要的潮流，而主要的潮流却未必都经过那些声名卓著的作家。”[6]西方学者约翰·基洛瑞在《经典形构的意识形态》一文中指出，艾略特在将弥尔顿和德莱赛的比较中开启了他的批评的一个权威性工程，就是“主要的”与“次要的”之间难以逾越的界线。他认为：

> 重建艾略特心目中的经典的方法是开列那些“次要的”诗人。但是他们的次要性的基质(essential quality)，那些驱使他们从英国文学的“主流”那里离开的东西，正是艾略特所证明的他们对“传统”的忠诚。这样一种传统的概念必定既是修正的又是排除的，因为它意

① 雷纳·韦勒克：《近代文学批评史》(第五卷)，杨自伍译，上海译文出版社，2002年版，第324—326页。

② 王恩衷编译：《艾略特诗学文集》，北京：国际文化出版公司，1989年版，第52页。

③ 同上书，第140页。

④ T. S. Eliot, *The possibility of the poetic drama*. *The Sacred Wood*: *Essays on Poetry and Criticism*(1922), New York: Bartleby. Com, 1999. p. 32.

⑤ 王恩衷编译：《艾略特诗学文集》，北京：国际文化出版公司，1989年版，第60页。

⑥ 同上书，第3页。

> 味着英国文学史上的主要诗人不能也是“传统的”。艾略特终于明白了,他的经典化原则是对一种更基础的评估标准在文学上的反映,它是外在于文学的,他把它鉴定为“正统”……以同样的方式,当由正统规则确定了的时候,次要作者的经典回顾性地被建立起来。[1]

艾略特的文学批评与英国诗史修正的意义在于,他不是在“主流”和“名流”那里搜寻传统,也就是说,传统并不(至少是不一定)存在于主流和名家那里,重要的是要体现“正确的意见”;他力推一些次要诗人,认为他们才代表了“正确的传统”。可见,艾略特对传统的考察带有明确的偏倚态度和“重新调校”标准的努力,这是真正意义上的经典修正活动。[2]

艾略特以强调“传统”著称,但他理解的传统却不是一成不变的。在《传统与个人才能》(1917)一文里他精辟地表述了一种新颖的传统观:

> 如果传统的方法仅限于追随前一代,或仅限于盲目地或胆怯地墨守前一代成功的方法,“传统”自然就不足称道了……传统是具有广泛得多的意义的东西。它不是继承得到的,你要得到它,必须用很大的劳力。第一,它含有历史的意识……历史的意识又含有一种领悟,不但要理解过去的过去性,而且要理解过去的现存性;历史的意识不但使人写作时有他自己那一代的背景,而且还要感到从荷马以来欧洲整个的文学及其本国整个的文学有一个同时的存在,组成一个同时的局面。

这种共时性的传统在不断地产生新的组合,“现存的艺术经典本身就构成一个理想秩序,这个秩序由于新的(真正新的)作品被介绍进来而发生变化”[3]。这样的传统当然是生机盎然的,不过如果没有一种相对稳定的状态,没有一整套教育制度和价值观念作为支撑,这“理想的秩序”就极其脆弱。艾略特本人非常关心教育事业,他曾于1950年做题为《教育的目的》的演讲。假如在教育界“经典”的概念被彻底否定,古典文学不再为今人所熟知,那么就没有历史意识可言,传统也将因失去延续性而苍白无力。

在《传统与个人才能》一文中,他提出一个作家不能脱离传统创作,但能像催化剂那样使传统起变化,这就是作家个人才能之所在。文学批评的

---

① John Guillory, *The Ideology of Canon-Formation*: *T. S. Eliot and Cleanth Brooks*, *Canons*, ed. by Robert von Hallberg, Chicago: University of Chicago, 1984, p. 348.

② 阎景娟:《文学经典论争在美国》,北京:社会科学文献出版社,2010年版,第47页。

③ T. S. Eliot, *Selected Essays*, London: Faber & Faber, 1951, pp. 14—15,中译者卞之琳。

功能就是要把读者所未能见到的事实,摆到读者面前,提高他欣赏和感受的能力。艾略特提出"感性的脱节"和"客观对应物"两个重要的诗歌批评概念。他认为英国诗歌在18世纪以后趋向于理念化、概念化,思想与感情、思想与形象脱节,而19世纪诗歌则思想感情又趋于朦胧模糊,因此诗人应回头向17世纪前期即文艺复兴后期和玄学派的诗学习。他认为,诗人表达思想感情不能像哲学家或技巧不高明的诗人那样直接表达或抒发,而要找到"客观对应物",作家必须像古典主义作家那样用冷静的头脑,把"客观对应物"如各种意象、情景、事件、掌故、引语,搭配成一副图案来表达某种情绪,并能立刻在读者心中引起同样的感情,做到文情一致,以纠正19世纪诗歌的朦胧模糊的效果。他曾说,安德鲁斯主教沉浸在他布道的内容之中,他的感情与引发感情的事物或观念是相称的,而多恩在布道时为了表现他的个性一味把玩他的思想。[①] 艾略特的创作和评论对英美20世纪现代派文学和新批评派评论具有开拓作用,并影响了整个西方文坛。

出于一种古典主义的创作观,艾略特认为艺术家应随时不断地放弃、消灭个性,使自己依附于更有价值的东西。也许感受着的人和创造的心灵并不像艾略特想象的那样容易分离,而批评家也一再指出艾略特在创作中不是逃避个性,而是更深地进入个性或"黑暗的胚胎"[②],艾略特所阐释的非个性原则确实道出了伟大诗歌的某些基本特征。他说诗人无不从自己的情感开始写作,难的是将一己的痛苦或幸福提升到既新奇又普遍的非个人高度。但丁拥有深深的怀旧感,他为失去的幸福而悔恨,但是他并不为个人的失望和挫折感所累[③],"从个人的本能冲动中建造出永恒和神圣的东西";莎士比亚从事的也是一场艰苦的斗争,"斗争的目的就是把个人的和私自的痛苦转化成更丰富、更不平凡的东西,转化成普遍的和非个人的东西"。正是因为具有这一非凡的超越个人的能力,伟大的诗人才能在写自己的过程中反映他的时代。[④] 好文章根源于写作者对自我生命的认识,进而对容纳和形成自我生命的更为恢弘久远的精神潮流的认识,这是艾略特身为写作者最令人振奋的启示。"单靠风格起不了保鲜的作用,只有可引起永久兴趣的内容加以一流的文学风格,才能始终保持新鲜不败。"(《查尔斯·惠布利》)

---

① T. S. Eliot, *Selected Essays*, London: Faber & Faber, 1951, pp. 351—352,中译者卞之琳。

② C. K. Stead, *The New Poetic*, London: Faber & Faber, 1964, ch. 6.

③ 陆建德:《艾略特:改变表现方式的天才》,《外国文学评论》,1999年第3期。

④ T. S. Eliot, *Selected Essays*, London: Faber & Faber, 1951, p. 137,中译者李赋宁。

艾略特在《批评的功能》(1923)一文里指出:“一个作家在创作过程中的确可能有一大部分劳动是批评活动;提炼、综合、组织、剔除、修饰、检验:这些艰巨的劳动是创作,也是批评。”[①]其“非人格化”的诗歌批评理论对于现代文学本体论批评观念的确立起了先导作用,在四方文论史上也占有重要地位。这一理论彻底抛弃了近代实证主义的文学研究方法,特别强调文本意义及对文本意义价值标准的确定,构建了英美新批评的方法论原则。艾略特的文学批评是以作品为批评对象,将其放置于传统体系中,应用比较和分析的批评方法,通过“非个性化”和“客观对应物”的具体批评标准,实现在具体批评实践中对艺术品的解释和对鉴赏趣味进行纠正的目的,从而最终实现建构批评秩序体系和追求“真理”的批评目的。他认为,批评的目的是一个有关体系的问题:对艺术品的解释和对鉴赏趣味的纠正是具体批评实践中需要实现的目的,批评的最终目的则是要通过批评建构一个批评秩序体系,追求“真理”。传统观适应了这个“秩序”理论的基本内涵,“非个性化”和“客观对应物”原则是其具体批评实践活动中必须把握的具体批评标准。在具体批评活动中,艾略特将批评的焦点从诗人作者转向文本自身,将文本放置于历时与共时统一的传统中,应用比较与分析的批评方法进行考察,寻求作家文本之间的内在联系、文学规律与真理。艾略特的文学批评促成了玄学派诗歌的经典化,并为新批评倡导文学文本批评树立了榜样。在一次讲演中,艾略特曾经对自己的批评家身份做过小心的界定,他认为自己属于这一类批评家,“他的名气主要来自他的诗歌,但他的评论之所以有价值,不是因为有助于理解他本人的诗歌,而是有其自身的价值。如塞缪尔·约翰逊,柯勒律治,写序言的德莱顿和拉辛,以及某种程度上的马修·阿诺德。我正是忝在他们之列”。在将自己谦卑又骄傲地置于诗人批评家的传统行列之后,他说:“我最好的文章写的是深深影响了我诗歌创作的作家,自然以诗人居多。随着时光流逝,依然能让我感到信心十足的文章,写的都是那些让我心存感激、可以由衷赞美的作家。”[②]

三、恶评偏见的伤害与女性写作的逾矩

英国维多利亚时代的女作家夏洛蒂·勃朗特(Charlotte Brontë,

---

① T. S. Eliot, *Selected Essays*, London: Faber & Faber, 1951, p. 30,中译者罗经国。

② 乔纳森、张定浩:《T. S. 艾略特:作为创造者的批评家》,《南方都市报·南方阅读》,2012年8月13日。

1816—1855)的代表作《简·爱》[1](*Jane Eyre*,1847)是读者耳熟能详的英国文学经典。它出版时轰动伦敦,人们纷纷猜测匿名作者的真实身份。尽管它曾令作家如萨克雷"着魔"、乔治·爱略特"深为《简·爱》陶醉"、乔治·亨利·路易斯(George Henry Lewes,1817—1878)盛赞它是"灵魂与灵魂的对话"等,但总的来说却不为时人所接受,甚至被英国主流社会斥为"不良书籍",谴责它"不道德",遭到许多恶意攻击,作品及小说家遭遇长期的诋毁和非议。在所有恶评中,措辞最严厉、批评最猛烈的,要属1848年底《评论季刊》上发表的一篇署名伊丽莎白·里格比的评论文章。此文分三节,先评《名利场》,次谈《简·爱》,最后总论家庭女教师的状况。

伊丽莎白·里格比(Elizabeth Rigby)是定期为《评论季刊》供稿的首位女撰稿人,是一位出身名门的才女,她美貌聪颖,受过良好教育,精通多门语言,谙熟艺术史,曾翻译多部德文艺术著作,而且擅长绘画,现今位于伦敦的泰特艺术馆里仍收藏着她的60件作品。1849年,她嫁给后来成为国家美术馆馆长的查尔斯·伊斯特莱克勋爵,遂以伊斯特莱克夫人(Lady Eastlake,以下简称伊夫人)之名闻达于社交界,其影响力非同一般。在伊夫人的笔下,夏洛蒂的小说一无是处:语言粗俗,结构松散,趣味低级,前后矛盾。女主人公"除了自夸如何禀赋聪明,如何富有洞察力,我们从她那里听不到任何别的东西,而她说的每一个字都在冒犯我们,从中我们看不到她自夸的品质,只看到完全相反的品格:卖弄学问,愚昧无知,俗不可耐的粗鄙"。她反复使用"coarse"一词来描述她所谓的、小说反映出的可怕的"趣味",有时用来形容男主人公罗切斯特,有时指小说的语言和作者的旨趣。事实上,她也承认《简·爱》是一部"真正有力量的杰作";但她认为恰恰在这股力量中,蕴含了一些新兴的、危险的、具有极大威胁的元素。伊夫人在文章第三节对家庭教师表现出深切的同情,她说:"工人可以反抗,商人可以联合,不至于使其劳动报酬和福利降到一定水平以下。但是,女教师没有可倚靠的避难所——没有后路。她有身份,可是窘迫,而她的服务如此可贵,不好明码标价,因此,她们命运的乖蹇就要看雇主的仁慈与否了。"然而,让她放下架子,真正以平等心对待,她一百个不情愿。理由很隐晦,"英国人特有的情感、风俗和成见"必然要使雇主同女教师们保持距离;其实,这正是根深蒂固的等级观念的托词而已。她可以同情女教师,也可以帮助其改善境遇,但自己比她高一个等级,这是无可

[1] 夏洛蒂·勃朗特:《简·爱》,黄源深译,南京:译林出版社,2011年版。

改变、毋庸置疑的事实。《简·爱》在这一点上,恰好触犯了以伊夫人为代表的上流社会的禁忌。

贫寒女子嫁富家少爷,英国小说史上不是没有成例,最有影响力的当属塞缪尔·理查逊撰写的书信体小说《帕梅拉》。小说洋洋洒洒一千多页,讲述贵族家庭的一名女仆如何抗拒东家少爷的威逼利诱,誓死捍卫贞洁,最后使得对方真情感动、突破陈规,与之结为连理的故事。伊夫人认为,帕梅拉同简·爱既像又不像。据她说来,两人都是地位低下的女子,都攀高枝入了豪门;可是,帕梅拉虽然落了个“不合礼俗”的名声,在理查逊时代仍然“情有可原”,《简·爱》的粗鄙和低俗则在“我们这个时代完全不可原谅”。首先,帕梅拉虽无门第与财富,却仍有美貌、教养和温柔。她是老夫人一手调教出来的,知书达理、温文尔雅,一副贵族小姐的做派。其次,她不仅恪守门第之别,也完全认同传统的妇德观念,依凭贤淑端庄、洁身自好、温柔可人等品质才得到富家公子的青睐。简·爱则不同,她不但贫穷、低微、矮小,还蔑视权贵、深信自己的价值、反对将财产和地位作为缔结姻缘的基础,宣扬爱情的基石应当建立在“共同的志趣和平等的精神”上。正因为相信有共同的志趣和平等的精神,在简·爱的心目里,贵族罗切斯特和她成了同一类人。[①]

夏洛蒂·勃朗特的小说《简·爱》无疑刻画了一个崭新的、英国文学史上从未有过的女性形象,威胁到了温良谦卑的妇女操守和严格的等级秩序。从她身上体现的现代自我意识,让等级观念森严、性别观念保守的伊夫人深感不安。伊夫人甚至认为,简·爱比《名利场》里的丽贝卡还危险。丽贝卡聪明伶俐,才貌出众,虽然利欲熏心,有点不知廉耻,却“从来没有一个人物像她这样,如此充分地满足了我们关于女性邪恶的想象,而又丝毫不冒犯我们的情感和礼俗”。对于简·爱,伊夫人不得不承认:“不错,简·爱没有做错什么,还显示出强大的道德力量”,但她傲慢——无可容忍地傲慢。伊夫人所谓的“傲慢”,在今天看来则是维多利亚时代的女性身上极为罕见的自我肯定意识。这种自我肯定,既是浪漫主义的余音缭绕,也是在经济迅猛发展、商业极速繁荣的背景下个人主义不断得到拓展的一种表现。

英国在这个时期出现了一个奇怪的现象:一方面是个人主义在商业

① 周颖:《〈简·爱〉触动了谁?》,爱思想 2015 年 5 月 29 日,http://www.aisixiang.com/data/88459.html。

领域愈演愈烈，在政治和经济领域衍变为冷漠无情的放任自由主义(laissez-faire)；另一方面则是对女子的约束日益严苛，温顺、服从、卑屈/谦卑等妇德反复加以灌输。卑屈(humility)同谦逊(modesty)不是一回事。玛丽·沃斯通克拉夫特(Mary Wollstonecraft)在《女权辩护》里曾着意区分了这两个词："谦逊(modesty)是指一种清醒的理智，它教导人不要把自己看得太高，超过恰如其分的程度，但应该与卑屈(humility)区别开，因为 humility 是自卑自贱。"[①]然而，能够区分卑屈与谦逊，毕竟是少数人的先知先觉。《圣经》有言："敬畏耶和华，心存谦卑，就得财富、尊荣与生命"(箴言 22:4)。由于女性自古地位低微，辅以宗教的催化作用，"卑屈/谦卑"历来被视为女子应有的美德。自 18 世纪以降，随着工场手工业的兴起和工业革命的推进，英国社会结构发生深刻变化，公共领域与私人领域(家庭与工作)逐渐分离，男子进一步稳固社会事务和公共领域的主宰地位，女子则退守家庭的私人空间。到勃朗特姊妹写作的年代，公/私分离更趋明显，性别区分更形强化，要求女子无条件顺从、无私奉献的呼声越来越高。当时标榜的女子德行中，"卑屈/谦卑"和"自我否定"乃最重要的品质。伊夫人的报告发布后，家庭教师一度成为街头巷尾、报纸新闻、小说虚构的热门话题，要求社会关注其生存，改良其处境的呼声也随之高涨。人们倡导开发女性的智力，强调实施教育的重要，对于女性应当履行的职责，也有合情合理的论述。一方面，她们关注女性的进步，希望妇女的状况有所改观；另一方面，卑屈/谦卑的妇德和等级观念这两副枷锁无影无形，却又深入骨髓。对比时境，才能了解《简·爱》的进步意义和超越性，才能理解观念的更新如何艰难与复杂。[②]

实际上，将《简·爱》评定为"粗俗"，并非是伊夫人的一家之言。远在大西洋彼岸的美国费城的《格雷厄姆杂志》认为《简·爱》一书"贯穿着男子的力量、宽广和狡黠，含有男性的坚硬、粗俗和自如的表达。俚语并不少见"。1848 年 10 月发表于《北美评论》的文章也对作者的性别亦感困惑，最后认为它"是男子特有的思维""具有坚定的男子气概"。显然，这两篇评论相比伊夫人的文章，少了稍许火药味，多了一些赞赏之词，却仍然夹杂着苦涩的滋味：小说有吸引力，但它的种种优点——无论是"力量、宽

---

① 玛丽·沃斯通克拉夫特、约翰·斯图尔特·穆勒：《女权辩护 妇女的屈从地位》，王蓁等译，北京：商务印书馆，1995 年版，第 155 页。

② 周颖：《〈简·爱〉触动了谁?》，爱思想 2015 年 5 月 29 日，http://www.aisixiang.com/data/88459.html。

广和狡黠”,还是“清楚、明晰和果断”,甚至于“自如的表达”——都是男子特有的。透过这些话,不难想见当时普遍存在于人们心中的性别偏见。“粗俗”是男子的专利,女子尤其是淑女(lady)万万不可染指;粗话和俚语、激情场面、人物的粗野和放荡等一切不合女德、有伤风化的内容,女子都该尽力避免。这些都是禁忌,是意识形态里的潜规则,以上两篇评论的立场与伊夫人完全一致。所以,伊夫人严厉指责《简·爱》的作者:她竟然敢让简·爱听了罗切斯特早年的放荡行径后还神色镇静,脸都不红一下;她竟然会让英格拉姆小姐“穿着一件天蓝色绉纱晨衣,头发上扎一条淡青色纱巾”跟罗切斯特先生打台球;伯莎纵火的那天晚上,她竟然让简·爱披上“罩衫”(frock)就去救火——稍懂礼节的人都知道,一位女士完全有适合这些场合的衣服。伊夫人抓住这些生活细节,继续穷追猛打,甚至近乎人身攻击。《简·爱》《呼啸山庄》和《安格妮斯·格雷》发表时均使用笔名,勃朗特姐妹希望把自己真实的性别身份隐藏起来。个中缘由,正如夏洛蒂所说:“因为我们有个模糊的印象:人们会怀着偏见来看待女作家;我们注意到,评论家们有时以人身攻击为武器来指责她们,以虚假的奉承来褒奖她们。”[①]这番话不仅体现勃朗特姐妹的顾忌和担忧,也照出维多利亚时期女性写作处境的艰难。应该写什么,怎样写,社会有期待和限制,稍微不合规范,就会遭来指责和批评。伊莱恩·肖瓦尔特在她那本富含洞见的研究论著《她们自己的文学》里指出,社会舆论对于女性作家要求苛刻,任何不合常规的语言,都会被冠以“粗俗”之名。

可见,“粗俗”原本是伪道德家们善用的武器,不必太把它当真的。然而,身处其境的女性作家们,要做到超然洒脱,并不容易。据盖斯凯尔夫人讲,夏洛蒂访问伦敦时,有一位女作家同她打趣:“勃朗特小姐,你知道吗,你和我都写了不规矩的小说。”女作家用的是“naughty”这个词,形容人的行为时,有“不合规矩的,不道德的”意思,甚至令人联想到“淫秽”和“邪恶”。若按当时的女性行为准则论,简·爱确实是“逾矩”了。可是,夏洛蒂听了这句话后,却深感不安。盖斯凯尔夫人在《夏洛蒂·勃朗特传》(1857)里这样写道:“她老是想着这句话;而且,好像这件事沉重地压在心头似的,她找机会问了史密斯太太,《简·爱》中是否有这样严重的问题。如果她不是自幼失去母亲的话,她会这样问她的母亲。”[②]言下之意,自幼

① 杨静远编著:《勃朗特姐妹研究》,北京:中国社会科学出版社,1983年版,第6页。

② 盖斯凯尔夫人:《夏洛蒂·勃朗特传》,张淑荣等译,北京:团结出版社,2000年版,第167页。

丧母的夏洛蒂，没有机会被教导如何做一名淑女。她的“逾矩”，是无意识使然，因为她根本不懂得这些规矩。换言之，夏洛蒂原非主动反叛习俗的急先锋，只不过在特殊的成长环境下，她的诗人天性不仅没有泯灭，反而滋养出那个时代在女性身上十分扎眼的自我意识。这也正是她屡受非议的缘由。盖斯凯尔夫人也是母亲早逝，一岁便由姨母收养。只不过她的娘家是有名的赫兰家族，与英国中部的维支吾兹、达尔文、透纳等富裕的中产阶级家庭相互通婚，所以她教育环境比夏洛蒂优越，也更多地接受了淑女的那一套规范。事实上，盖斯凯尔夫人在写《夏洛蒂·勃朗特传》时，想努力根除的，正是那样一种屡屡为批评家诟病的“粗俗”形象。因此，她不惜笔墨刻画夏洛蒂对家庭责任的重视，详细罗列勃朗特姐妹们每天必须承担的家务，着意描述她如何悉心照料病父，如何为减轻家庭的经济负担，鼓足勇气从事令她厌恶的家庭教师的工作。除了这些细节，盖斯凯尔夫人还大量援引夏洛蒂的书信，以丰富的第一手资料，向读者呈现了一位值得尊敬的、具有强烈责任感的中产阶级淑女形象。什么才是真正的“淑女”？风度优雅、仪态端庄，只关乎外表，相形之下，内在品质更为重要。盖斯凯尔夫人以彼之矛攻彼之盾的反击手法果然奏效。传记于夏洛蒂辞世后两年出版，一经问世，便风行一时，继《简·爱》之后再度掀起文坛风暴。此书不仅被公认为英国文学史上伟大的传记之一，而且彻底改变了夏洛蒂在读者心目中的形象，甚至使评论界纷纷转变口风。

奥丽芬特太太(Mrs. Oliphant)在《维多利亚女王治下的女性小说家》一书中，提醒下一代女性，不要忘记夏洛蒂“追求的，不是解脱，而是更多的责任”。照顾家人和管理家庭，是那个时代的女子必须承担的首要责任，也是唯一的责任。“男主外，女主内”的观念，早已深入人心，到了维多利亚时代，更成为天经地义、无可更改的家庭格局。所以，历史学家彼特·盖伊(Peter Gay，1923—2015)讲，这个时期的女子，“她们的专属领域是家，那是她们唯一可以实现太太和母亲天职的地方。即便有些权威也承认女性拥有某些天赋，但这些天赋完全局限在感情的领域：审美的感性、母性智慧和优雅的社交天分”[①]。英国女权主义先驱玛丽·沃斯通克拉夫特在《为女权一辩》中替女性拓宽视野、开阔胸怀、健全理性寻找理由时，反复陈述的也是这种品质对于管理家庭和教育子

① 彼特·盖伊：《施尼兹勒的世纪：中产阶级文化的形成，1815—1914》，北京：北京大学出版社，2006年版，第178页。

女的必要性。因此,盖斯凯尔为夏洛蒂洗脱“粗俗”的恶名,也要刻意突出她顾家的这一面。

《简·爱》多处表现了简·爱对于家庭生活的热爱和管理家庭的才干。当她意外收获两万镑的遗产,圣约翰问她,“现在究竟有什么生活目标,什么意图和雄心”,她回答说,“第一个目标就是彻底清扫荒原庄”,要让家具闪闪发光,屋子收拾得妥妥当当,炉火生得旺旺的,还要烹调出各式各样、丰富美味的食品来。她拼命地干活,“欢欢喜喜地在闹得天翻地覆的屋子里忙个不停”,在“这一片混乱中建立起秩序”,最后心满意足地看着这个家在自己手上变成干净整洁、温暖舒适的典范,跟屋外荒凉寂寞的冬景形成鲜明的对照。毕竟在这里,女子重建秩序的努力仍然只局限于家庭。简·爱为获得独立,付出了艰辛的努力,迈出了艰难的一步。不论是当家庭教师,还是教乡村女孩,她都兢兢业业,恪尽职守。然而,在她内心深处,最终的幸福和归宿还在家庭。尽管简·爱追求的绝不只是优越的生活条件,而是精神、思想和灵魂上的平等,可是,她并没有意识到,争取独立的经济和社会地位,是女性获得真正平等的必然途径。小说依然沿袭那个时代的老套路,用从天而降的遗产来帮助女主人公摆脱困境,与她心爱的人喜结良缘。这既是作者视野的局限使然,也是女性作家与社会习俗之间既抵制又依赖的复杂局面的反映。女作家要承担的责任,既有家庭的,又有社会的,比男作家面临更大的挑战和压力。《简·爱》的成功,使夏洛蒂于家庭责任之外,又添一份社会责任——原来她只要做一名女人,现在既要做女人,又要当作家。这两个角色并不矛盾,可要调和得完美,也不是一件容易的事。[①]

① 周颖:《〈简·爱〉触动了谁?》,爱思想 2015 年 5 月 29 日,http://www.aisixiang.com/data/88459.html。

第二节 权力转移与文明共识

当代国际政治中有所谓“权力转移”(power transition)理论[①],譬如主流观点认为“世界权力正从美国转移到中国、印度等”,尽管当前的世界格局仍然是“一超多强”,但是“后西方世界”正在形成。国家间权力的变更(power shift)与权力的转移(power transition)是两个相互重叠但又彼此各有所属的概念。“权力变更”强调的是权力在国际关系中的再分配以及权力主体在所掌握的权力程度上的变化,“权力的转移”则特指国际关系的权力等级体系中最强的权力拥有者和它之后的次强权力拥有者的易位——权力等级地位的变化。因此,“权力转移”是“权力变更”中的特殊形式与极端形态,“权力变更”则是国际关系中权力再分配的常态。在权力再分配的时代变革中,如何回避“修昔底德陷阱”式的正面冲突,进而实现“双赢”式的权力转移是一个复杂的政治博弈过程。

当今时代,国际政治中的“权力转移”势必会造成权力的分散,各国将在一个更加分裂及不可预测的国际环境下运转。世界变得越多极化,其多边化倾向就会越弱。新兴国家对国家主权非常在意,而西方政客则越来越不愿意将权力让渡给国际机构。这其中主要的矛盾在于,在这种情

---

① “权力转移”理论是由密西根大学教授奥根斯基(A. F. Kenneth Organski)于1958年在《世界政治》(*World Politics*)一书中首次提出,1980年他与古格勒教授(Jacek Kugler)合著的《战争总账》(*War Ledger*)一书算是该理论的完整建构。不同于“权力平衡”认为国际体系是无政府状态的假设前提,“权力转移”认为国际体系是有层级的(hierarchy)。由于国际体系中的国家确实是大小有别的,所以“权力转移”理论认为国际政治权力集中于少数国家之手,而战争则源自体系内主要国家间综合国力之差异、成长速度之快慢及对现况之满意程度。敌对的国家或集团的政治、经济、军事等综合实力呈现均势时,战争的几率会增加;而国际霸权(老大)的综合国力领先次权国家(老二)越多,战争发生的概率越低。关于美中之间的“权力转移”现象,《金融时报》亚洲版主编皮林(David Pilling)认为,“这种转移以中国的崛起为代表,是资本、创新和经济影响都在向亚洲转移这一趋势的一部分。是自十九世纪末美国崛起为新兴力量以来,全球财富和实力最重要的一次再平衡。”当今时代的“权力转移”,除了上述的区域与国别变化之外,第二种常见的就是由政府到个人(中产阶层的庞大、女权的自觉等)的第二种权力转移,或者说是政府影响力的衰落,它们的影响力正在让渡给跨国公司、自由资本以及跨境网络。在新兴国家,不断增长的财富以及廉价的通讯技术,正在将上亿迄今被排除在政治之外的人们解放出来;同时,在几乎所有地方,妇女都获得了更多教育机会,并开始更多地发表政治看法。一个妇女拥有更多权利的世界,肯定要比一个国际关系完全由男性说了算的世界安全多了。在西方,数字革命应被视作民主的扩展而不是威胁。不过深受旧式政党政治及裙带政治影响的独裁者和民主国家领导人,会因为权力的丧失而感到极大的不安。

况下,政府将更难解决对本国公民构成最大威胁的种种不安定因素(不管是经济方面还是安全方面)。失去控制的移民、经济离岸化、金融不稳定、气候变化、非常规武器扩散、跨境犯罪与恐怖主义,所有这些问题都不是依靠单个国家政府就能解决的。政府为了重新获得权力将不得不采取协调行动,然而,这其中的危险之处在于,它们可能不会花大力气“协调”,反而通过煽动民族主义情绪寻找替罪羊。①

实际上,无论按照葛兰西的“文化霸权理论”、布迪厄的“场域”理论,还是“极权时代”的“文学从属政治”、女权主义践行的“走出家庭”与“姐妹情谊”、互联网时代的“交互式体验”的文化生成与传播等特殊表现,文学经典中的历史演变背后都蕴藏着“权力转移”的强势逻辑。已有的文学经典体系,往往因为女权的自觉、政权的更迭、历史文明的反正等“权力变更”而受到强力冲击,“去经典化”后进而调整、挖掘、补充,新旧文学经典藉此而得以更换,而新元素的融入标准则是基于新的“文明共识”。由此可见,作为一种文化现象,不但国际政治中一直存在暗流涌动的“权力转移”的区域变化与“文明共识”的时代重构,外国文学经典的演变过程中同样存在“权力转移”的历史浮沉与“文明共识”的不断修正,既包括不分性别的“权力变更”也包括有可能彻底颠覆现存文明史的“性政治”的“权力变更”。

文学与权力的关系体现在很多方面,在当今的民主与“个人赋权”时代里,这种关系日益复杂,而文学与现实政治、文明历史之间的关系问题仍然是一个主要方面且较有争议。英国学者迈克尔·伍德(Michael Wood,1948—)认为:“作为一个当代人,你就得将政治及历史的中心性视为必然,就算你没有一直谈论它也一样。说得明白一点,我不认为政治和历史狭义地决定了文学,但我也不认为文学是超越这两者的。”“文学与历史(的书写)距离太近了,以致无法抗拒它,而且很多时候文学就是历史,只是披上了比喻的外衣。”“文学以更加激进的形式引发历史去做再度思考。”②而法国著名思想家、社会学家皮埃尔·布迪厄(Pierre Bourdieu,1930—2002)则依据自己独创的“场域”理论,将文学艺术生产这一过程所涉及的社会结构视为“文艺场”,认为文艺场与元场域——政治经济场(权力场)具有同构关系,但又显现出不同于其他场域的独特特征。首先,文

---

① 菲利普·斯蒂芬斯:《未来20年两大权力转移》,何黎译,FT中文网2012年12月17日,http://www.ftchinese.com/story/001048048?page=2。

② 转引自李梅白:《诗心吴晓东:文学性的命运》,《看历史》,2014年第5期。

艺场虽从属于权力场，但因其自身的独立自主性，因而相较于其他子场域也表现出更强的对权力场的反抗和影响力；其次，它遵循自身运行和变换的规律，具体表现为“输者为赢”；再次，文艺场内位置占据的配置权与惯习的形成紧密相关。因此，“文艺场”作为一个历史性生成的斗争场所，经过一系列努力获得了自律性的生产原则，并在场内部形成了“纯生产”和“大生产”的两极对立格局，并朝象征资本的积累方向发展，形成一个“颠倒的经济结构”。布迪厄剥去了“文艺场”内作者的神圣外衣，使之还原为一个斗争和争取各种资本的行动者角色；“文艺场”内的读者也是文化资本的争夺者，对“文艺场”之价值具有重要影响。布迪厄进一步提出评价艺术品价值的“艺术的法则”[①]，即通过“反思性”视角，运用“实践”这一媒介，重建作品的发生公式。

文艺场是结合了主观与客观、结构与历史的空间结构，是充满了历史、现实内容的开放性结构，是不同位置之间不断斗争的产物，每一个进入文艺场的行动者的位置变动都会影响场域的结构发生变化。在等级系统中的位置空间向具有不同习性、能力的行动者开放，最终由他们占据、争夺。独立的文艺场对文学艺术至关重要，没有独立就意味着成为“奴隶”或有“死亡”的可能。文学在受到各种力量侵蚀的时候，是否保持了独立性、在多大程度上和怎样保持独立性等问题可以从文艺场的形成与独立中窥见端倪。波希米亚群体的诞生是文学艺术场形成的关键步骤，波德莱尔、福楼拜等人明确追求文学艺术自主性、反对政治经济力量干涉文学艺术；在艺术与金钱的斗争中文学场内部产生了两极之间的对立，分裂为两个次场：有限生产(次)场和大生产(次)场，一种双重结构随之产生；艺术自主标准的确立及纯粹艺术的创造成为独立文学场生成的标志。

毋庸置疑，权力是文学合法性的根本条件：权力一方面是文学得以兴盛的原因，因为文学构成了一种符号资本或话语权力、意识形态权力；另一方面又是它走向终结或失去合法性的结果，因为伴随着它在表征领域里位置的急剧下降，文学被挤压到权力的边缘。文学作为一种话语权力，其属性是通过文学在社会历史语境中所具有的文化资本的多寡来界定的。在符号资本稀缺的条件下，文学当然地获得了至高无上的强势地位；

---

① 皮埃尔·布迪厄：《艺术的法则：文学场的生成和结构》，刘晖译，北京：中央编译出版社，2001年版。

大众媒介的兴起彻底改变了文化资本的安排与配置,当书籍不再是唯一的或最重要的文化资源时,文学便从宝贵的稀缺资源过渡到充实乃至过剩的资源,这一变化导致了文学必然从中心走向边缘。所以,“文学观念由统摄一切的神祇的智慧,降而为与统治阶级同谋的‘文以载道’,再降为回归到‘为艺术而艺术’的文学自身。文学表征能力的降低以及指涉范围的缩小,意味着文学权力的逐渐衰竭,以及文学合法化的逐渐流失”[①]。这些发展动态多数情况下是有益的,尽管有可能出现短期的反复甚至倒退,特别是在很多人尚不适应而存有抵触心理的情况下。

伟大文学作品的内在力量,来自于它的世界性与普遍性价值,尽管这其中也有文明理念的“让渡”与“更新”。文学经典容易被解构或发生危机,一般是因为“意识形态和文化权力的变动”与“文学理论和批评的观念的变动”,这两项是文学经典发生变化的主要因素。事实上,我们说的“一个时代有一个时代的文学”,很大程度上,就是因为时代变了,文学社会文化语境变了,意识形态和文化权力变了,而且文学理论和批评的观念也变了,文学经典的标准和尺度也就发生了变化,对文学经典的认识也有了刷新。当前,整个世界正在以超出人类历史上任何一段时期的速度快速演变,而我们中的绝大多数人仍不愿走出现有的条条框框。所谓“识时务者为俊杰”,尽管有时“改变”意味着痛苦,但是当今时代的“变化”日新月异且势不可挡。对待文学经典的历史演变,我们应该淡然处之,对待文学经典的当代剧变,也应该有充分的心理准备——既要心存敬畏又要敢于创化。

近些年来,文学界普遍论述的经典的危机,就是因为进入电子媒介时代以后,传统的文学经典的确立已经不再牢靠,媒介所导引、所传播的大众文化文本和通俗文学文本逐渐成为阅读的中心目标,因此给传统的文学经典提出了阅读的挑战。同时,政治、经济力量干涉文学艺术的传统势力仍然强大,异化了的“政治正确”常常直接干预文学艺术生产与传播,而经济利益的诱惑或打压又常常使文学艺术尊严扫地,反人类、反人性、反文明等重大罪行在文学生产与传播中屡有发生,“诗性正义”往往只作用于精神自由的想象却在政治极权和经济重压面前脆弱不堪,唯有依靠建立在强大公义基础上的法制才能扬眉吐气,譬如在当今的德国如若有人

---

① 朱国华:《文学与权力——文学合法性的批判性考察》,上海:华东师范大学出版社,2006年版,序二。

胆敢冒天下之大不韪地替纳粹翻案必遭谴责，甚至可能触犯国家法律，而同样是对待法西斯主义和种族屠杀，日本现政府却将供奉第二次世界大战甲级战犯的靖国神社和法西斯文学家大川周明(1886—1957)视若神明，土耳其现政府却将勇敢揭露奥斯曼土耳其帝国“第一次世界大战”时期对亚美尼亚人大屠杀的著名作家奥尔罕·帕慕克定性为“诋毁国家”而判刑。[①] 正如美国学者玛莎·努斯鲍姆所说：“除非人们有能力通过想象进入遥远的他者的世界，并且激起这种参与的情感，否则一种公正的尊重人类尊严的伦理将不会融入真实的人群中。”[②]文学经典的历史演变中，正义的底线与道义的原则是根基，无论文学作品的艺术性有多么高，反人性乃至反人类都是大忌，它不可能永驻文学经典的历史殿堂。

一、性别压迫的清算与女神信仰的复兴

从词源学角度讲，“政治”一词在古希腊人眼中明显具有褒义色彩，最早的文字记载是在荷马史诗中，其最初含义是城堡或卫城，后扩展指城邦中的城邦公民参与统治、管理、斗争等各种公共生活行为的总和。古代，以思想家柏拉图、亚里士多德和孔子为代表，把政治等同于或归结为伦理道德，认为政治的最高目的是为了使人和社会达到最高的道德境界；相反，中西方也有以马基雅维里和韩非为代表，把政治视为“权术”“统治术”，认为政治是争夺权力、施展谋略和玩弄权术的活动。因此，“政治”一词便从源头上留下了两副面孔，一是光明的“至善”，与“理想”“乐园”相关；另一是阴险的“大恶”，与“谋害”“肮脏”相连。现在的“政治”这个词日趋中性化，一般多用来指政府、政党等治理国家的行为。至于中文语境中的基本语义，始自英文 politics 从日本传入中国时，孙中山认定以“政治”一词来对译，认为“政就是众人之事，治就是管理，管理众人之事就是政治”，也是倾向中性的。

其实，“政治”除了存在于人们熟知和习惯了的“公共事务治理”层面，也存在于“性别关系与权属”层面，或者说“两性之间的权力关系”，即女性

---

① 奥尔罕·帕慕克：《帕慕克：因谈及亚美尼亚大屠杀 我成为一个真正的土耳其作家》，中国社会科学网 2015 年 4 月 29 日，http://www.cssn.cn/hqxx/yw/201504/t20150429_1645271.shtml。

② 玛莎·努斯鲍姆：《诗性正义：文学想象与公共生活》，丁晓东译，北京：北京大学出版社，2010 年版，第 7 页。

主义思想家所强调的“性别政治”[①]。人们虽然一直都有关于自由独立、不受他人支配与控制的政治理想，并以各种方式为实现这一理想竭尽努力，但遗憾的是，无论在历史上还是在现实中却都未能真正实现这个政治理想，而依仗某种权力支配其他人和其他群体的现象往往比比皆是。女性主义研究在这个问题上的独特之处，是指出男女两大群体的界定，其实也是依据与封建等级制度类似的“自然”模式，在父权制社会和文化背景下由男性对女性实行全面控制与支配，这在本质上与种族、阶层、阶级间的控制与支配并无二致。如果说，种族关系、阶级关系是一种政治关系，那么性别关系同样也是一种政治关系。这便是美国学者凯特·米利特“性别政治”理论的核心观点，她还对有关两性关系的规范、制度进行了考察，发现“从历史到现在，两性之间的状况”是“一种支配与从属的关系”，即男人依据天生的生物学性别就可获得特权，并以此控制、支配女性，而且，这一统治权在父权制社会中被制度化。她认为，男权社会把生理差异作为依据，在男女两性的角色、气质、地位等方面制定了一系列人为的价值观念，并从意识形态、心理学、经济、教育、神话、宗教等方面对其进行精心的维护，使其合理化、模式化、内在化，从而实现对女性的长久统治。

在分析性别政治在文学中的表现时，米利特指出，男性作家作品在对于女性形象的塑造过程中都自觉不自觉地采用一种居高临下的强者姿态说话，并且这种男性对于女性的话语霸权也被很多女性习惯性地加以忍受。米利特重点分析了劳伦斯、亨利·米勒、诺曼·梅勒和让·热内的作品。在分析中，米利特将劳伦斯、米勒和梅勒当作反面典型加以批判。她尖锐地指出，劳伦斯是“最具天赋、最狂热的性政治家”；在他的《儿子与情人》《虹》《阿伦的权杖》《袋鼠》等作品中，劳伦斯已逐渐明确表现了男性对女性性器官和女性整体的仇视以及男性实施统治的欲望。尤其是在小说《查特莱夫人的情人》中，劳伦斯更是将男权意识推至极端，“将男性的优势转化为一种神秘的宗教，让它传播到全世界，并且很可能将它制度化”[②]。而米勒的作品亦充斥了男性的自我膨胀和对女性的亵渎；相对于

---

① 《性政治》(*Sexual Politic*，1970)是美国学者凯特·米利特(Kate Millett，1934—)的博士论文，也是女性主义理论发展过程中的经典著作之一；它通过界定性问题的政治内涵，对西方社会和文学作品中的父权制进行全面的批评。《性政治》一书中所指的政治并不是通常所指的议会开会、参与选举、政党等，而是指一群人可用于支配另一群人的权力结构关系和组合；把这个定义再扩大一点，政治就可以被理解为“维持一种制度所必需的一系列策略”。

② 凯特·米利特：《性政治》，宋文伟译，南京：江苏人民出版社，2000年版，第323页。

兼备文化和理智的男性，女性只是绝对的性的存在形式，仅仅具备简单的生物的性质，是“一团肉”“一条蛆”，是“没有脚的玩偶”。对于梅勒，米利特指出，他的作品无限彰显了暴力和杀戮，男性只有在对女性的暴力和杀戮中才能重塑英雄的自我。在批判地剖析劳伦斯等作家作品中的性别政治后，米利特则高度评价了法国作家热内作品中独特的女性视角。热内“自身流浪－偷窃－入狱－遭犯人欺凌－沦为男妓”这一坎坷的生活经历反映到他的剧作中，使其女主人公都带有明显的女性特征。米利特指出，热内的女性特征“总是假装为男性服务，实际上都是在兴高采烈地讽刺和背叛它”，并且主人公的叛逆在朝着革命的立场转变。女性谦恭卑贱的态度“变成了反抗的、毫不妥协的全新态度”，并进一步发展为“对男女两性中被压迫群体的同情和支持，这些人包括女仆，黑人，阿尔及利亚人，无产者和所有在资本、种族主义和帝国政治面前扮演女性或屈从角色的人们”[①]。米利特在《性政治》中的观点虽常有忽视作品文学性，简化作者、文本和现实之间的关系之嫌，但她以其独特的激进方式，将社会、文化、政治和作者等外在因素作为文学研究的重点，对文学文本的政治性和文化现实的联系无疑具有开创意义，对女权批评的理论和实践发展作出了巨大贡献。随着人类文明视域的调整与扩展，那些赤裸裸歧视与压迫女性的昔日文学经典正被逐出经典殿堂，相应的，女性地位上升、女性书写受到尊崇以及其中的杰出作品被推举为经典殿堂中的珍品。

关于“两性之间的权力关系”的立场、观点的尖锐对立，除了一大批女性主义理论家如玛丽・沃斯顿・克莱夫特、弗吉尼亚・伍尔夫、西蒙・波伏瓦、克里斯蒂瓦、茜克苏、伊莱恩・肖瓦尔特、朱蒂斯・菲特利、玛丽・艾尔曼、凯特・米利特、凯特・萧班、C. P. 吉尔曼、苏珊・古芭和桑德拉・吉尔伯特等之外，在当代文学创作领域也有广泛而深刻的反映，并通过这些文学作品传导给广大受众群体，形成了前所未有的思想联动和舆论场域，前所未有地动摇了现有历史观念和文明秩序，使人们在相当程度上走出固化了的思维定式、大大拓展了思想视域，最有代表性的就是美国小说家丹・布朗（Dan Brown，1964—　）的《达・芬奇密码》（*The Da Vinci Code*，2003）引导形成的舆论场域和思维延展。

20 世纪下半叶后，后现代主义小说兴起，其叙述特点可简略概括为颠覆传统和雅俗共赏。《达・芬奇密码》是近年来颇受瞩目的后现代小说

---

① 凯特・米利特：《性政治》，宋文伟译，南京：江苏人民出版社，2000 年版，第 485 页。

经典,2003年3月18日由兰登书屋出版,并以750万本的成绩打破美国小说销售记录,是有史以来最卖座的畅销书。它一反传统,采用非线性叙述策略,在引用高端文化的同时进行适当改造,雅俗共赏的叙述文本吸引了不同层次的读者,它在全球至少拥有一千五百多万读者。丹·布朗糅合历史与臆想,创作了这部全球畅销的《达·芬奇密码》,它着力渲染一些基督教历史的"未解之谜",在很大程度上消解甚至颠覆了西方正统的宗教信仰、重塑了传说中的"圣女崇拜"与女性主导。小说出版之后,轰动一时;后被拍成电影,以更为人们所乐意接受的媒体方式广泛传播。从小说发行及电影票房的影响状况来看,《达·芬奇密码》不仅获得了市场的成功,而且引起人们的深思和反省;这部惊险小说及其影片不分年龄、不分阶层、不分国籍,极大地动摇了无数读者与观众的信念,许多人认为《达·芬奇密码》曝光了基督教正统过去的真相。小说集合了侦探、惊悚和阴谋论等多种风格,激起了大众对某些宗教理论的普遍兴趣,包括有关圣杯的传说、抹大拉的玛利亚(Mary Magdalene)在基督教历史中的角色等通常被基督徒视为异端的理论,也引起文学研究者、基督教神学家和宗教史学家的广泛关注。

《达·芬奇密码》一书是关于主角哈佛大学的宗教符号学教授罗伯特·兰登解决巴黎卢浮宫声望卓著的馆长雅克·索尼埃被谋杀一案的故事。索尼埃赤裸的尸体是以列奥纳多·达·芬奇的名画《维特鲁威人》的姿态在卢浮宫被发现的,索尼埃死前在身边写下一段隐秘的信息并用自己的血在肚子上画下五芒星的符号。达·芬奇的一些著名作品(包括《蒙娜丽莎》和《最后的晚餐》等)中隐含的信息,都在解密的过程中真相大白。小说的主要冲突围绕着两个谜团而展开:一是索尼埃所保护的并最终导致他被杀害的秘密是什么?二是谁在背后策划了这一谋杀案?小说以不同的人物同时展开几条故事线,最终所有的故事线汇集在一起,并在书的结尾得到解决。要弄清楚谜团需要解决一系列的智力难题,包括单词中字母的排序和数字难题。谜题的真相最终指向圣杯可能出现的地点和两个分别叫做锡安会(Priory of Sion)和圣殿骑士团(Knights Templar)的秘密团体。

《达·芬奇密码》所描述的核心秘密,是耶稣与抹大拉的玛利亚的婚姻及其生儿育女。据认为,这个始终被天主教会为宣扬耶稣的神性一直所掩盖的秘密,却被秘密社团锡安会代代相传,而达·芬奇不仅是这个秘密社团的成员和一代盟主，还在自己的系列绘画作品中暗示了有关线索。[①] 锡安会是一个成立于1099年的秘密组织，其成员包括西方历史上诸多伟人，如牛顿、波提切利、维克多·雨果以及达·芬奇等。在美国国家地理频道（National Geographic Channel）专门制作的节目"解开达·芬奇的密码"（Unlocking Da Vinci's Code: the Full Story）中，被采访的大多数学者都认为小说所依据的材料是不可信的，但同时他们也承认："教会确实压制过一些早期的基督教文献，其中的叙述可能与我们所看到的《圣经》有所不同。比如，尽管没有证据显示抹大拉的马利亚曾与耶稣结婚，但是她与耶稣的关系可能比我们所想象的更密切。"[②]

根据小说，由锡安会保守的圣杯的秘密包括：圣杯不是一个真正的餐杯，而是个名叫抹大拉的玛利亚的女人以及她墓室中能证明耶稣凡人生活的重要文献，抹大拉的玛利亚还承载着基督的血脉；圣杯的遗迹是由用来证实血统的文件和抹大拉的玛利亚的尸骨组成。抹大拉的玛利亚有着王室血统（追溯至犹太人的便雅悯王），而且是有着大卫王王室血统的耶稣的妻子；在基督教《福音书》里，她被别有用心地污蔑为妓女，是天主教会为隐匿她与耶稣之间的真实关系而编造的谎言，以便维护耶稣死后天主教会被男性篡权的既得利益。在基督受难时玛利亚怀着身孕，基督受难后她逃到高卢，在那里受到马赛的犹太人的保护，并生下一个女儿名叫莎拉。耶稣和抹大拉的玛利亚的血统后来演变为法国的墨洛温王朝，血缘的存在是在十字军于1099年占领耶路撒冷后发现的文件中包含的秘密。综上可见，一直被主流历史认为是妓女的抹大拉的玛利亚，实际上是被认为是神的耶稣的妻子，她延续了耶稣的血脉，是耶稣的真正传人，而男性圣彼得实际上只是一个篡权者。

天主教会将有关抹大拉的玛利亚和耶稣血脉的真相隐瞒了两千年，主要是由于他们害怕被他们描述得如恶魔般的女性崇拜（sacred feminine）[③]的力量。基督教会不但对抹大拉的玛利亚的后代及家族成员长期地追捕和屠杀，而且对社会上独立和有见解的女性残酷迫害。《达·芬奇密码》揭露了历史上惨绝人寰的屠杀美丽女性的"女巫运动""巫婆之

---

① 杨慧林：《"圣杯"的象征系统及其"解码"——〈达·芬奇密码〉的符号考释》，《文艺研究》，2005年第12期。

② Stefan Lovgren, "No Gospel in Da Vinci Code Claims, Scholars Say", *National Geographic Channel*, December 17, 2004.

③ sacred feminine，意思是对女性繁殖能力的宗教崇拜。

锤”事件。天主教会向人们灌输“自由思考的女人们给世界带来威胁”的思想,将所有具有现代思想的知识女性、“涉嫌与自然世界协调一致的女性”都污蔑为“女巫”而统统杀害;在追捕女巫的三百年中,被教会烧死的杰出女性多达五百万。《达·芬奇密码》强烈控诉了基督教会对广大女性的残酷迫害,辛辣地讽刺了男权制为中心的基督教,并力图重塑女神信仰、把女性重新圣化,从而恢复更加悠久的女神宗教的信仰和观念。

关于圣杯的秘密和列奥纳多·达·芬奇的作品有如下的关联:达·芬奇是锡安会的成员,并且了解圣杯的秘密。事实上在《最后的晚餐》中揭示了这个秘密,画中桌子上没有出现真正的餐杯。挨着基督就座的人的画像不是男人,而是一个女人,即耶稣的妻子抹大拉的玛利亚。该作品的大部分复制品都是在后来一次隐匿了她明显的女性特征的改变后复制的。《蒙娜丽莎》其实是达·芬奇将自己作为一个女人来画的自画像,这种双性性格反映了耶稣和抹大拉的玛利亚神圣结合所蕴意的男性与女性的庄严结合以及两性平衡。这种阴阳的宇宙力量之间存在的对等、和谐关系,在很长一段时期里是天主教会力量的一个深刻威胁。“蒙娜丽莎”(Mona Lisa)这个名字,其实是由“Amon L'Isa”变换字母顺序而来,说的是古埃及的父神和母神(名为阿蒙和伊希斯,Amon 和 Isis),隐喻人类历史上曾有的两性平衡与权力分享。可以说,对“圣杯”之谜的大胆揭秘,几乎解构了基督神圣的基石,颠覆了基督教的早期历史,极大地满足了人们对该谜团的好奇心理。

《达·芬奇密码》通过对基督教的千古之谜的破解,还原千百年来人们顶礼膜拜的神子耶稣一个普通凡俗的人子形象,在基督教传统压抑的缝隙中发掘出更加悠久的女神宗教的信仰和观念,从而传达出丹·布朗反神信仰的思想信息。小说主要从四方面揭开了基督及其教经的神秘面纱:耶稣是个凡夫俗子,有妻有子;耶稣的神性是男权统治的需要,是强权宣扬的结果;圣经不是上帝创造的,而是由异教徒君士坦丁大帝编纂的;基督教是综合了许多异教元素的混合宗教。小说的矛头对准西方人的精神文化母体——基督教神学,并直接落向上帝之子基督耶稣及其教经本体;它批判男权为中心的基督教占统治地位的社会,着力反叛现代性及其基础——西方基督教文明和资本主义生活方式,让长久以来被压制的异教思想和观念来对抗和取代正统基督教观念,成为新世纪引导人类精神的新希望。[1]

简言之,《达·芬奇密码》以西方基督教神学为背景,通过组合排列绘画、图形、数字等文化符号形成整篇的概念隐喻,体现了小说关于"神圣女性"与"两性和谐"的主旨,在扣人心弦的情节中对基督教"圣杯"传说做出全新的解释。依照《圣经新约》记载,耶稣拿起盛着葡萄汁的酒杯,递给在场的 12 个使徒喝,并对他们说:"这是我立约的血,为世人流出来的,能使他们的罪得到赦免。"[2]在已有的历史记忆中,"圣杯"是基督徒的救赎象征,是冒险家心中的探险梦,是文学家心中的奇幻故事;它是梦想和目标的代名词,具有超越时空的认可感。小说主人公兰登说:"圣杯代表着失落的女神。当基督教产生时,所谓的邪教并没有轻易地消亡。关于骑士们寻找圣杯的传说实际上是关于寻找圣女的故事。那些宣传'寻找圣杯'的骑士是以此来掩盖真相,以免受到罗马教廷的迫害。"[3]小说中的"圣杯"代表着耶稣的血脉,是耶稣走下神坛、具备人性的表征;同时,"圣杯"代表着"神圣女性"以及重建两性平衡、和谐的伙伴关系的希望。《达·芬奇密码》体现了"神圣女性"由辉煌到妖魔化进而重生的历史是由"权力"和"抵抗"这两股此起彼落的力量作用下形成的,两性之间的关系也伴随着"神圣女性"的历史变化由平衡到失衡进而重新恢复到平衡。丹·布朗对"真相"和"玫瑰"的执著,最终还是将他引向了一个小说家的结论:由于"人类历史的危机"和"自我毁灭的危机",作者认为"有恢复神圣女性崇拜的必要";针对父权制的男性中心的价值观,让女性重新圣化,让更加古老的女神信仰得到复兴并引导未来的人类精神。因此"追寻圣杯,实际上就是要跪在抹大拉的玛利亚的尸骨前,期望能在被遗弃的神圣女性脚边祈祷"。在新的千年时代,小说家缘何费劲心思向读者传达重塑女神信仰的观念?当今战争不时打响,各种神秘组织团体泛滥,人们对于大地母亲愈发不敬,自然美好的生态环境与本真和谐的人际关系濒临危机;也许正是基于战争与杀戮的司空见惯,由宗教分歧和性别歧视引发的冲突与悲剧更是频繁发生,丹·布朗主张重塑女神精神,表达他对和平世界与和谐社会的渴望。

---

① 段静红:《〈达·芬奇密码〉:女性主义视角的重大发现》,《时代文学》(下半月),2008 年第 5 期。

② 陈汉平:《超越达·芬奇密码》,北京:国际文化出版公司,2007 年版,第 93 页。

③ 丹·布朗:《达·芬奇密码》,朱振武等译,北京:人民文学出版社,2004 年版,第217 页。

二、创伤记忆的书写与见证文学的担当

20世纪是一个充满了人道灾难的世纪。20世纪的人类经历见证了种种苦难,其精神世界伤痕累累,公共世界危机四伏。直面这些灾难,反思这些灾难,是人类走出灾难、走向精神重生、重建公共世界、修复人际关系的必由之路,是后灾难时代的人类所承担的神圣而艰巨的使命。在文学领域,直面和书写这种人道灾难的重要文学类型之一,就是“幸存者文学”或曰“见证文学”。这类作品也许并不以语言创新与“艺术水准”见长,但它们直面人间邪恶和人道灾难的勇气令人动容,冷静思考和持续追问的坚忍令人动心,其至善至真之思推动它们成为外国文学经典殿堂中的珍品。

从文化记忆的理论来看,见证文学即是创伤记忆的一种书写形式,它通过灾难承受者见证自己的灾难经历,对人道灾难进行自觉的见证。这种文学所见证的是“非常邪恶的统治给人带来的苦难”[①]。见证文学的意义不仅在于记录历史,把创伤记忆转化为文化记忆,更在于修复被人道灾难败坏的公共世界和精神世界。[②] 而“幸存者文学”的意义和价值在于它真实地保存了人道灾难的记忆,说那是“文学”,其实是在“文献”意义上说的。[③] 这里有一个艺术要求和真实性要求的矛盾。在纪实见证的写作中,刻意对记忆内容进行艺术化和文学化处理,会削弱叙述材料的原始真实感。很多优秀的见证文学为了保持真实性而拒绝虚构,甚至没有给全书设计一个完整连贯的结构,而是通过片段式的简单结构来达到纪实的目的,它们下笔简洁、克制,语调平实,也没有大段的对话。简单化的纪实写作当然不是说写作者的写作能力不高,这里的“简单”恰恰是一种自觉的选择、一种为特定目的而作的适当选择。这种选择能够让纪实的记忆叙述得到读者的信任,与读者建立一种信任关系。这是因为怎么说故事,决定了说出来的故事的性质。譬如用小说或戏剧的形式说核灾难故事,说出来的就不是一个全真的核灾难故事,因为这些叙述形式本身就含有虚构,所讲述的就只能是不全真的故事,它们不是纪实意义上的核灾难见证,因此至少就见证意义而言,这些叙述是得不偿失的。

第二次世界大战结束以后,西方出现了大量大屠杀幸存者书写的见

---

① 徐贲:《人以什么理由来记忆》,长春:吉林出版集团有限责任公司,2008年版,第239页。

② 陶东风:《文化创伤与见证文学》,《当代文坛》,2011年第5期。

③ 英语中的literature“文学”一词的含义之一就是“文献”。

证文学。见证文学是指浩劫性历史事件的幸存者，通过文字（如日记、回忆录、小说、诗歌、戏剧等）记录下自己亲身经历的“文学”形式，它主要包括“战争惨祸”“种族灭绝”和“营文学”（如“奥斯维辛文学”）三种类型，代表作家有保罗·策兰、内莉·萨克斯、普里莫·莱维、亚历山大·索尔仁尼琴、曼德尔施塔姆、凯尔泰斯·伊姆莱等，最有代表性的见证文学作品有保罗·策兰的《死亡赋格曲》、罗伯尔·昂代姆的《在人类之列》、切斯拉夫·米沃什的《被禁锢的头脑》、大冈升平的《俘虏记》等。见证文学不是流于廉价眼泪的“苦难文学”，戚戚哀哀地申诉自己的委屈，希求他人的同情，这很可能模糊真相；它记录亲眼目睹的恐怖，思考恶行产生的土壤以及自己在其中的角色。[①] 这类作品的意义不仅在于保存历史真相，还在于见证者的思考自觉和有意识的冷静观察，更在于修复灾后人类世界。正如徐贲指出的：“灾难见证承载的是被苦难和死亡所扭曲的人性，而‘后灾难’见证承载的人性则有两种可能的发展，一是继续被孤独和恐惧所封闭，二是打破这种孤独和封闭，并在与他人的联系过程中重新拾回共同抵抗灾难邪恶的希望和信心。”[②]它不仅见证了被极权灾难所扭曲的人性，而且重新找回了抵抗极权的希望和信心，并致力于“修复世界”（Mend the World）。“修复世界”指的是在人道灾难（譬如大屠杀、核灾难）之后，我们生活在一个人性和道德秩序都极度败坏的世界中，但是只要人的生存还需要意义，人类就必须修复这个世界。[③] 这是见证文学承载的人道责任。德国哲学家阿多诺在纳粹大屠杀之后说，奥斯维辛之后，写诗是野蛮的。当奥斯维辛成为衡量人类文明的尺度，幸存者的写作其意义何在？应该说，奥斯维辛之后，任何写作都回避不了奥斯维辛的存在，尤其是那些幸存者的见证文学，他们的余生都会活在这个巨大的阴影里面。见证文学的书写受厄是一件严肃而痛苦的事情，写下的文字是历史的证据，是为那些死难者建筑的永久纪念碑，是对罪行本质的反思，是对极端情形下人性所暴露的恶之思考；活下来的作家要直面良心的诘问，历史的责任在鞭策着他们。[④] 活下来只是开始，如何继续生活和写作才是最大的问题；就像德国作家君特·格拉斯（Günter Wilhelm Grass，1927—2015）用余生写作修复自己的负罪感一样，那些幸存者的写作，是用余生写作来追问自

① 鹿鸣之什：《书写受厄：20 世纪的见证文学》，《新京报》，2015 年 4 月 25 日。

② 徐贲：《人以什么理由来记忆》，长春：吉林出版集团有限责任公司，2008 年版，第 224 页。

③ 同上。

④ 鹿鸣之什：《书写受厄：20 世纪的见证文学》，《新京报》，2015 年 4 月 25 日。

己的幸存是否有意义。每个有过受厄经验的人,他们的过往都是建筑在空中的坟,埋葬着未能走出的死者。“我活下来了”这句话本身包含着羞耻:“我”为了活下来,向刽子手妥协过,那些无法活着的人们才是背负苦厄的殉道者,因此“我”有什么资格替他们申诉?也许良心是一只歪扭的鞋,这鞋固然已受过历史的摧残,但依旧应该坚持不懈地将见证之路走下去,连缀残破不堪的语言,替千千万万的死难者发声,为他们争取真相,深入挖掘这些灾难形成的根基。

美国犹太作家埃利·威塞尔(Elie Wiesel,1928—)的《夜》[①]是著名的见证文学作品。作者这样解释自己的写作:“忘记遇难者意味着他们被再次杀害。我们不能避免第一次的杀害,但我们要对第二次杀害负责。”[②]对威塞尔而言,自己的写作“不是一种职业,而是一种志业,一种义务”[③]。正是这种道义和责任担当,使得见证文学成为一种高度自觉的创伤记忆书写。没有这种自觉,幸存者就无法把个人经历的苦难上升为普遍性的人类灾难,更不可能把创伤记忆的书写视作修复公共世界的道德责任。一个人在极权状态中人性极度扭曲,变成猪狗不如的生物,为什么要通过故事保留这种令人痛苦的人类记忆?因为“这是我们这一代人和我们民族所拥有的责任,虽然令人心痛但依然不可推卸”[④]。为达到这样的目的,人道灾难幸存者的个人创伤记忆的书写必须获得普遍意义,成为人类存在状态的一个表征。

意大利著名的见证文学作家、大屠杀幸存者普里莫·莱维(Primo Levi,1919—1987)的《如果这是一个人》(*If This Is a Man*),无疑是一部不可多得的文献。这部见证文学告诉我们:不要把大屠杀当成犹太人特有的灾难,不要把对大屠杀的反思“降格”为专属犹太人的生存问题。这种反思必须提升为对这个人类普遍境遇的反思,从而把避免犹太人悲剧

---

① 埃利·威塞尔:《夜》,袁筱一译,海口:南海出版公司,2014年版。威塞尔的写作主题是关于大屠杀的记忆,已经出版57本书,其中1958年出版的自传《夜》与《安妮日记》并列为犹太人大屠杀的经典作品。

② Frunza, Sandu,“The memory of the Holocaust in Primo Levi's *If This Is a Man*”, *Shofar*. 27.1 (Fall 2008): 36(22), Academic OneFile, Gale, St Marys College-SCELC, 28 Oct. 2010 .

③ 徐贲:《为黑夜作见证:威塞尔和他的〈夜〉》,《人以什么理由来记忆》,长春:吉林出版集团,2008年版,第213页。

④ Frunza, Sandu, “The memory of the Holocaust in Primo Levi's *If This Is a Man*”, *Shofar*, 27.1 (Fall 2008): 36(22), Academic OneFile, Gale, St Marys College-SCELC, 28 Oct. 2010.

的再发生当成我们必须承担的普遍道义责任。[①] 因此，莱维个人的创伤记忆书写就不只具有一种自传的性质，而应视为一种对人类体验的书写。为此，莱维在书中坚持使用复数形式的第一人称“我们”进行叙事。这种人称一方面是群体受难者通过莱维的写作发出声音的一种方式；另一方面，通过这种语法也使读者积极地投入对事件的记忆和复述中去。这种对复数人称的使用，被视为一种集体声音和共享体验，它力求获得读者的同情并且打动读者的良知。这样的见证文学是一种寓言式的书写，与存在主义文学一样，威塞尔和莱维的见证文学以寓言的方式表现的是人存在的普遍意义和境遇。它同时具有两个特点：“第一，它如实描写了大屠杀灾难的暴力、恐惧、人性黑暗，以及与此有关的种种苦难和悲惨，它是对二战期间大屠杀的真实记忆；第二，它是对普遍人性和存在境遇的探索，这一探索揭示了与人的苦难有关的种种原型情景和主题，如死亡、记忆、信仰，等等。”[②]

法国作家皮埃尔·加斯卡尔(Pierre Gascar，1916—1997)的作品《死亡的时代》[③]虽然属于幸存者文学中的“营文学”，但与常见的犹太人集中营和政治犯劳改营稍微不同的是，加斯卡尔是一个战俘，两次出逃失败后被关入德军设在乌克兰拉瓦-罗斯卡的惩戒集中营。这本书包括获得1953年龚古尔文学奖的中篇小说《死亡的时代》和他死后出版的同名回忆文章，小说里没有惨绝人寰的迫害事件，一切都在平平常常地发生，死亡也只是生活的一部分而已。加斯卡尔每天的工作就是埋葬死去的难友，他记述劳动的细节，安静认真仿佛日常上班。集中营的生活条件很差，瘴疠横行，得不到足够的食物，但他们还能向德国牧师叙述物品的奇缺，向红十字会的调查人员要求更好的待遇。运送犹太人的火车在不远处驶过，火车是通往地狱的活的意象，“犹如一只被抛入无底汪洋的鸟儿，这些被投入无穷苦难之中的人，他们的呼声随风起落飘荡，越来越远，越来越轻，最后只剩下万里晴空，依然是一片碧蓝，纵然有千千万万惊慌的鸟和垂死的人，也永远不会因之褪色”。作为旁观者，他竟有种“比上不足比下有余的心情”。小说里写到有一个出逃失败的士兵，加斯卡尔和难友每天偷偷在墓穴里放入食物，早上就会收到他用铅笔写的感谢纸条，直到

---

① Frunza, Sandu, The memory of the Holocaust, in Primo Levi's *If This Is a Man*, *Shofar*, 27.1 (Fall 2008): 36(22), Academic One File, Gale, St Marys College-SCELC, 28 Oct. 2010 .

② 徐贲：《人以什么理由来记忆》，长春：吉林出版集团有限责任公司，2008年版，第233页。

③ 皮埃尔·加斯卡尔：《死亡的时代》，沈志明译，上海：上海译文出版社，2015年版。

一天他们突然发现墓穴里只剩下一件上衣;小说还写到一个好心的德国牧师,因为同情犹太姑娘而被调离。加斯卡尔记录下这些微末小事,人性中的信任与善意在死亡边缘闪烁着微光。

见证文学之所以在"战后"特别是20世纪后期备受瞩目、常说常新,既得益于世界范围内以阿多诺、阿伦特、哈维尔、亚历山大·尼古拉耶维奇·雅科夫列夫、安德烈·鲍里索维奇·祖波夫、以赛亚·伯林、波普尔等一大批思想家、历史学家广泛而深入、系统、全面的持续反思,也得益于荣获多项奥斯卡大奖的"大屠杀"影片《辛德勒名单》《美丽人生》的深入人心,以及一批优秀的"幸存者文学"作品、作家不断获得诺贝尔文学奖等,譬如著有诗集《星光黯淡》和诗剧《伊莱》的德国诗人兼剧作家内莉·萨克斯(Nelly Sachs,1891—1970)"由于她以卓越的抒情诗和剧作,以感人的力量阐述了以色列的命运"而与以色列作家阿格农同时获得1966年度诺贝尔文学奖。著有《夜》和《安妮日记》的美国作家埃利·威塞尔通过写作"把个人的关注化为对一切暴力、仇恨和压迫的普遍谴责"而荣获1986年度的诺贝尔和平奖。著有《伊万·杰尼索维奇的一天》和《癌症房》等经典小说的苏联作家亚历山大·索尔仁尼琴(Aleksandr Solzhenitsyn,1918—2008)"因为他在追求俄罗斯文学不可或缺的传统时所具有的道义力量"获1970年度诺贝尔文学奖。著有《拆散的笔记簿》和《被禁锢的头脑》的波兰诗人切斯拉夫·米沃什因"不妥协的敏锐洞察力,描述了人在激烈冲突的世界中的暴露状态"获得1980年度诺贝尔文学奖。著有《命运无常》和《船夫日记》的匈牙利犹太作家凯尔泰斯·伊姆莱(Kertész Imre,1929—2016)因"对脆弱的个人在对抗野蛮强权时痛苦经历的深刻刻画"获得2002年度诺贝尔文学奖。著有《切尔诺贝利的回忆:核灾难口述史》的白俄罗斯作家斯韦特兰娜·亚历山德罗夫娜·阿列克谢耶维奇(Svetlana Alexandrovna Alexievich,1948—)"因为她的复调书写,为我们时代的苦难和勇气树立了丰碑"获2015年度诺贝尔文学奖,与之相关的甚至包括1987年度诺贝尔文学奖得主布罗茨基、1999年度诺贝尔文学奖得主君特·格拉斯等。

白俄罗斯女记者、散文作家斯韦特兰娜·亚历山德罗夫娜·阿列克谢耶维奇以独特风格记录了第二次世界大战、阿富汗战争、苏联解体、切尔诺贝利事故等重大事件,主要代表作品有《切尔诺贝利的回忆:核灾难口述史》《我不知道该说什么,关于死亡还是爱情:来自切尔诺贝利的声音》《锌皮娃娃兵》等。这位白俄罗斯女作家,对人类命运的关注,对时代的苦难的书写，见证了文学的勇气和力量。这种文学的勇气和力量，也是斯韦特兰娜・阿列克谢耶维奇文学行为的精神品格。阿列克谢耶维奇曾多次获奖，包括瑞典笔会奖(1996)、德国莱比锡图书奖(1998)、法国“世界见证人”奖(1999)、美国国家书评人奖(2005)、德国书业和平奖(2013)、诺贝尔文学奖(2015)等。

西方文艺批评家在说到文学艺术的本质和目的时，借用哈姆雷特的话解释说：“不管是在过去还是现在，都像是要举起镜子直照人生：显示善恶的本来面目，给它的时代看一看它自己演变发展的模型。”(《哈姆雷特》第二幕第二场)这就是说，伟大的文学要从广度和深度上揭示生活，传达对人类命运、人类痛苦的一种认识。阿列克谢耶维奇的“文学”写作，鲜明体现了文学艺术这一本质和目的。她以纪实记者的身份，采用与当事人访谈的写作方式来创作纪实文学，用笔真实记录人类历史上的重大事件。纵观阿列克谢耶维奇的所有文学著作，关注社会的黑暗面，关注人，探索人的心灵，关注大灾难里小人物的命运，是她写作中不变的主题；重大的悲剧性事件、战争与灾难、泪水与痛苦、恐怖与阴暗、一代人的茫然和恐慌，是她作品主要的表现素材。阿列克谢耶维奇深刻认识到：“恶是一种更凶残、更适宜、更普通的东西。它比善更加完善。这是一种已经被磨平的人类机制——而关于善却无法这样定义。你刚一开始讲到善——所有人都能说出一些名字来，关于他们的事迹人尽皆知，人人明白自己不是那样的人，永远也成不了那样的人。‘我不是圣母玛利亚’，人已经为自己准备好了不在场的证明……我们就成长于刽子手与受害者之间。”[①]《纽约时报》评论其作品说，“每一页都是奇异而残忍的故事”，这也就像她自己所说的那样，所写的是“每个时代都有三件大事：怎样杀人，怎样相爱和怎样死亡”。

在著名的纪实作品《锌皮娃娃兵》中，阿列克谢耶维奇用第一人称忠实记录了亲历阿富汗战争的俄罗斯士兵、妻子、父母、孩子的血泪记忆。文字震撼人心，能让人体会到战争最真实的一面，堪称20世纪文学经典。《切尔诺贝利的回忆：核灾难口述史》是阿列克谢耶维奇另一部非常著名的纪实文学作品，“被称为这个时代的伟大作品”。1986年4月26日，当切尔诺贝利核电站的反应堆发生爆炸，邻近的白俄罗斯居民失去了一切。

---

① 柏琳：《对话阿列克谢耶维奇：我们为自由所承受的痛苦，其意义何在？》，张猛译，《新京报》，2016年5月14日第B02—04版。

一些人当场死亡,更多的人被撤离,被迫放弃一切家产。成千上万亩土地被污染,成千上万的人因 20 吨高辐射核燃料泄露而感染各种疾病。阿列克谢耶维奇用三年时间采访了这场灾难中的幸存者,其中有第一批到达灾难现场的救援人员的妻子,有现场摄影师、教师、医生、农夫、当时的政府官员、历史学家和科学家、被迫撤离的人和重新安置的人等。阿列克谢耶维奇向世人呈现了这个"中毒"世界里的惊人事实,这个世界里每个人不同的声音里透出来的是愤怒、恐惧、坚忍、勇气、同情和爱。阿列克谢耶维奇将这些人物的声音绘成一部纪实文学史上令人无法忘记的不可或缺的作品,并借此期盼同样的灾难绝不再重演。

有人曾问阿列克谢耶维奇:"你撰写这些著作,自己居然没有变成疯子?这种压力是普通人心理无法承受的。如果是一个软弱的人,那么写完你的任何一本书,肯定得进精神病院。你不是录音机,你是个活人,你得把所有一切从心里过滤一遍。这些可怕的资料,会不会改变你的心灵?"她说:"我是独自行进的,我完全是属于另一个时代的人。"她独自一人记录着这个时代的声音,她要发出"真实"的声音,虽然发现"真实"困难重重,但凭借着文学以及作家的勇气和力量,她抵达了人类生活的真实境遇。她去除那些谎言,揭示了一个又一个被有意无意遮蔽的事实真相。她说:"我收集日常生活中的感受、思考和话语。我收集我所处时代的生活。我对灵魂的历史感兴趣——日常生活中的灵魂,被宏大的历史叙述忽略或看不上的那些东西。我致力于缺失的历史。"[①]很多作家、文学评论家赞扬阿列克谢耶维奇,把她的女性身份融注在她的创作里面,并化作一种更为有力量的武器。确实,《切尔诺贝利的回忆:核灾难口述史》令人印象深刻的,是作品中那充沛的感情和强大的道德力量。她没有去用女人柔弱的一面或者感性的一面,她更多的是借助女性有力量的一面,去面对灾难,面对真实和真相。文学需要介入现实、体现时代性,这是文学的本质规律和主要使命。文学的写作属性说到底是一种精神形式的社会实践、时代记录。所以,作家应是社会的一员,是时代的参与者。对现实事务、重大事件乃至人类命运是否有热情、有参与的勇气,直接影响着文学的成败。[②]

---

① 斯韦特兰娜・亚历山德罗夫娜・阿列克谢耶维奇:《诺贝尔文学奖获得者:因为痛苦能塑造人》,壹心理 2015 年 12 月 13 日,http://www.xinli001.com/info/100304903/。

② 杜浩:《见证文学的勇气和力量》,《湖南日报》,2015 年 10 月 23 日。

第三节 审美趣味与时代风尚

英国前首相、诺贝尔文学奖得主丘吉尔(Winston Leonard Spencer Churchill,1874—1965)[1]有句名言:宁可没有印度殖民地,也不能没有莎士比亚。一部伟大的文学经典,证实了一个民族的文化心理品质和一个民族的人文性格。一个民族的文明程度,通常由其文化的底蕴支撑,而审美经验和审美趣味则是文化无形的神经中枢;从某种意义上说,一个民族的审美趣味决定了其文化心理乃至政治方式。关于审美经验和文学品位对于个体人的生命质量与自由度的影响,著名诗人、诺贝尔文学奖得主约瑟夫·布罗茨基认为:"每一新的美学真实,使人的经验更为私人化,而这种私人性时常以文学(或其他)品位的面貌出现,能够自身成为一种抵抗奴役的形式,即使不能作为保证。一个有品位的人,尤其有文学品位的人,较少受惑于那些用作政治煽动的伴唱和有韵律的咒语。善,并不构成产生杰作的保证;这个观点倒不如说,恶,尤其政治之恶,总是一个糟糕的文体家。个人的审美经验越丰富,其品位就越健全,其道德视点就越清晰,也就越自由,尽管不一定更幸福。"[2]他进一步提出:"培养良好文学趣味的方式,就是阅读诗歌","一个人读诗越多,他就越难容忍各种各样的冗长,无论是在政治或哲学话语中,还是在历史、社会学科或小说艺术中。散文中的好风格从来都服从于诗歌语汇之精确、速度和密度。作为墓志铭和警句的孩子,诗歌是充满想象的,是通向任何一个可想象之物的捷径,对于散文而言,诗歌是一个伟大的训导者。它教授给散文的不仅是每个词的价值,而且还有人类多变的精神类型、线性结构的替代品、在不言自明之处无需多言的本领、对细节的强调和突降法的技巧。最重要的是,诗歌促进了散文对形而上的渴望,正是这种形而上将一部艺术作品与单纯的美文区分了开来。"[3]由此可见,基于文学艺术作品本身的"成色",

---

① 丘吉尔,政治家和作家,于1940年和1955年两度担任英国首相,领导英国人民迎来第二次世界大战胜利;1953年"因为他精通历史和传记的艺术以及他那捍卫崇高的人类价值的光辉演说"荣获诺贝尔文学奖,著有《不需要的战争》《第二次世界大战回忆录》16卷、《英语民族史》24卷等。

② 约瑟夫·布罗茨基:《美学乃伦理之母——1987年12月8日在瑞典文学院的演讲》,张裕译,布罗茨基纪念馆文选网站,http://article.netor.com/article/memtext_15721.html。

③ 约瑟夫·布罗茨基:《怎样阅读一本书》,《悲伤与理智》,刘文飞译,上海:上海译文出版社,2015年版,第105—106页。

其审美趣味不但有雅俗之分更有高下之别,甚至部分导致了世界文学史上诗歌(包括史诗)、戏剧文体高于小说、散文文体的两千年格局。或者说,文学作品的“成色”就取决于它的审美趣味,而审美趣味就代表其“成色”。

从艺术哲学的视角分析,审美趣味也称“审美鉴赏力”,是审美主体欣赏、鉴别、评判美丑的特殊能力,是审美知觉力、感受力、想象力、判断力、创造力的综合;它是在人的实践经验、思维能力、艺术素养的基础上形成和发展的,是以主观爱好的形式表现出来的对客观的美的认识和评价。审美趣味是个体在审美活动中表现出来的一种偏爱,更是生命内在需求的表现;既有鲜明的个性特征和性别特征,又内蕴深厚的社会性、时代性和民族性。审美趣味是生命冲动的内在选择,一定的艺术思潮和审美理想通过对受众审美趣味的影响,作用于他们审美观念的形成,制约着他们审美发展的方向。审美风尚则是一个社会在一定时期中流行的审美趣味,是多数人的审美追求和文明共识,代表着一个时代里社会的普遍审美倾向和审美情趣,同时从侧面反映出大众的审美心理,是那个时期的社会美和艺术美所显示的时代特色。与之相关,审美格调则是指一个人在各个方面的审美趣味,作为一个整体就形成一种审美格调(或审美品味),格调或品味是一个人的审美趣味的整体表现。尽管有“趣味无争辩”的古老的欧洲谚语,尽管现实生活中的趣味海洋无边无际,但是由审美趣味聚合而成的审美风尚和审美格调,因分别涉及社会整体性和个体综合品质,所以依然是有规可循的,而非绝对的天马行空和“无利害性”;尽管现代主义美学曾盛行过美善对立与难以相容的主张与实践①,但是作为一种“文明共识”和“文化共同体”,“美善同一”②“美即是真”③或“美在和谐”④的主张和实践更易于汇入人类文明史中。

聚合了高雅、精致、大气、开放以及“自我—世界贯通”等审美趣味于

---

① 譬如法国诗人波德莱尔的《恶之花》、法国作家梅里美的小说《嘉尔曼》中的女主人公、美国诗人爱伦·坡的诗作和小说等。

② 古希腊哲学家苏格拉底曾说:“你以为美与善是截然不同的两回事吗?你不知道凡是从某个观点看来是美的东西,从这同一观点看来也就是善的吗?”亚里士多德曾说:“美是一种善,其所以引起快感正因为它是善。”中国古代的儒家思想更是直接提倡“美善同一”。维特根斯坦则提出了“美学与伦理学是一回事”的命题。

③ 语出英国浪漫主义诗人约翰·济慈《希腊古瓮颂》中“美即是真,真即是美”的诗句。

④ “美在和谐”是一个古老、亘久而又日新的命题。它的起源,在西方可以追溯到古希腊的毕达哥拉斯。

一身的文学经典,是永恒与常青的,却不意味着凝固与僵化。永恒性是经典本体的一个向度,指向的是经典本身所具有的普遍性人文精神价值。而事实上,经典的这个普遍性的精神价值,譬如讴歌英雄、真情、理想、希望、自然,在不同时代、不同地区、不同民族是有着具体不同的语言体式、象征意象和艺术形态的。从这个角度讲,经典是流动不居的,可以说是“江山代有才人出,各领风骚数百年”。这正是经典的历史浮沉与时代变化轨迹,但是不管如何变幻,经典本身的魅力和内涵并不曾减弱,甚至在某个时候,发生某种艺术经典的复古运动,譬如欧洲文艺复兴运动、17世纪的新古典主义。而同时,经典的艺术形态一旦确立,就同经典本身的精神内涵一样,开始恒定化、经典化,构成一个时期不可逾越的审美典范与标准,不管后人如何评说,都将以某种神圣的姿态存在,供后人瞻仰、品味、体验。中国诗学史上有所谓“李杜文章在,光焰万丈长。不知群儿愚,那用故谤伤!蚍蜉撼大树,可笑不自量。伊我生其后,举颈遥相望”[①]。以及“尔曹身与名俱灭,不废江河万古流”[②]的典故与佳话,正是经典永恒艺术魅力和人文精神价值在一代代流淌传承的最生动体现。文学经典在历史的时空里,借助于不同的艺术形态,呈现为一部部传承着道德之善、人性之美和哲理之思的书籍,构成一条从古至今绵延流动的、灿烂辉煌的经典之河。

恒定和变异,构成了经典本体的“两面”。在前现代和现代时期,文学经典的变异与更替有着某种较长时间周期性的,呈现为某种规律性。但是,自19世纪末20世纪初至今,外国文学经典出现了十几年甚或更短时间的审美风尚更替与断裂现象,文学经典的审美趣味变换的周期越来越短,审美风尚的调频节奏日益加快且有共存共荣之势,甚至在部分精英圈子之内形成了消解经典、去经典化乃至无经典化的话语势力与思想氛围。显而易见,文化经典一统山河的话语霸权时代已经一去不复返了,其在文化场域中的势力日渐萎缩也是事实,但是虎老雄风在,文学经典在当今诸种外源因素的冲击下、在文化兴替之际仍然坚守并延传了“文学自立/独

---

① 语出中国唐代诗人韩愈《调张籍》(815年)诗中的前八句。李白和杜甫的诗歌成就,在盛行王、孟和元、白诗风的中唐时期,往往不被重视,甚至还受到某些人不公正的贬抑。韩愈在此诗中,热情地赞美李白和杜甫的诗文,表现出高度倾慕之情。在对李、杜诗歌的评价问题上,韩愈要比同时代的人高明得多。

② 语出中国唐代诗人杜甫《戏为六绝句(其二)》,全文是:王杨卢骆当时体,轻薄为文哂未休。尔曹身与名俱灭,不废江河万古流。意思是:你们(守旧文人),在历史中本微不足道,因此只能身名俱灭,而四杰却如江河不废、万古流芳。

立”后的审美意蕴和艺术风尚,形成了以客观主义、形式主义、心理主义与荒诞主义为代表的四种审美风尚与现代传统。[①]

一、审美趣味的标准与精神世界的罗盘

审美趣味是人类所独有的审美评判能力,德国哲学家康德称之为鉴赏的机能。顾名思义,在美学里边,鉴赏是审美主体的一种评判机能,即审美客体符合审美主体的知解力(知性与想象力结合)时所产生的情绪愉快。它是在人类物质生活需要满足以后而产生的精神需要,反映着客体的价值属性。审美趣味是美学理论中非常重要的范畴,它不仅是人的审美感受能力最本质的特征,而且也是艺术对象本身应具备的品质;在社会学的意义上,法国思想家布迪厄又通过对趣味的分析与界定对阶级进行了区分。在西方美学史上,它曾经是18世纪英国经验主义美学家探讨的核心话题。从柏拉图到康德、桑塔耶那诸美学家,谈论审美趣味都联系到快感,而快感又有其主观感受的差异性和丰富性,因而审美趣味问题基本上属于主观性方面,西方流行的“趣味无争辩论”就是以上论者观点的集中反映。当然,像休谟、康德等大家都曾探讨过审美趣味的客观性、共通性,但最终还是将其与先验人性的一致性联系在一起,体现的仍是主观论本质特征。趣味到底有没有标准?这是美学理论和艺术分析在探讨审美趣味时必然面临的一个难题。在审美趣味这个问题中,相对性是绝对的,而绝对性却是相对的。简言之,尽管审美趣味的问题在逻辑上存有不可调解的悖论,但从感性体悟的角度来说还是存在着一条标准,否则,一切的美学史、艺术史、文学史都将是徒劳的无稽之谈。

尽管审美趣味常常因为与个体的心境情绪、爱好习惯等变动性因素相关联而呈现纷繁多样的态势,但是它也常常因为与个体的学识修养、生

---

① 时至今日,单一标准的经典与传统已难以服众。在群星闪耀的世界文学经典宝库中,主要收纳了包括“大经典”和“小经典”在内的数个“经典群落”,藉此保存人类生活和生命质量的多种样态。相对于“大经典”侧重的乌托邦话语和审美理想,所谓的“小经典”更偏重于文学性和“自我—世界贯通”基础上的精神延展,现代主义的广泛实践标志着它的成形。文学经典中的客观主义主要是指以福楼拜、海明威为代表的小说创作和以T. S. 艾略特、里尔克为代表的后期象征主义诗歌,他们摒弃浪漫主义中的感情泛滥和批判现实主义中的指手画脚,以克制、无我、冷峻的风格立于文坛。形式主义主要是指在艺术、文学上对形式而非内容的着重,理论代表有俄国形式主义、英美新批评,文学实践有布莱希特的戏剧(“间离效果”)和立体主义、象征主义诗歌等。心理主义主要是指以弗洛伊德为代表的现代精神分析和以意识流小说为代表的心理写作的广泛渗透。荒诞主义主要是指以卡夫卡小说、荒诞派戏剧、新小说、黑色幽默等广受存在主义哲学影响或与其契合的文学创作,也包括“另类”荒诞的魔幻现实主义的文学实践。

命需求等稳定性因素相关联而呈现万变不离其宗的态势。当现实中的万般趣味，一旦经受历史的检验、融人审美的时代风尚，那么，审美的尺度就会变身成为一把锋利的裁剪刀。因此，法国古典主义美学家布瓦洛认为，对于一位真正优秀的作家，除去一些"趣味乖僻的人以外"，没有人会轻视他们，并谴责那些想要怀疑优秀作家价值的人是冒昧而狂妄的。由于文艺是表现具有普遍永恒性的人性，因此文艺也具有普遍永恒标准。基于这个原因，新古典主义把时间作为衡量文艺价值的标准：只要是经得住时间考验的、无论何时何地都能为人们所喜爱的作品就是好作品。意大利美学家维科也认为，诗之所以有生命力，为广大人民所喜闻乐见，在于它能反映全民族的需要和理想。康德甚至假设了"共同感觉力"的存在，即"一切人对一个用范例来显示出一种不能明确说出的普遍规律的判断，都要表示同意的那种必然性"。因为"如果不做这种假设，认识便不可能传达，人与人就不可能互相了解"[①]。在以上这几位美学家看来，审美趣味的标准——无论是绝对标准还是相对标准——是存在的，一定程度上是大于相对性的，并且是能够为人所发现和把握的。相较于以上几位，克罗齐在承认审美趣味的差异性、相对性的前提下肯定了普遍性和绝对性。他认为，不同的人欣赏同一作品在体会上会有差别，但正确的欣赏会达到大致相同的体会。与这些观点真正不同的是笛卡尔，他认为人们对于美的判断彼此悬殊甚大，很难确定一种统一的尺度。"按理，凡是能使多数人感到愉快的东西就可以说是最美的，但正是这一点是无从确定的。"[②]换言之，笛卡尔也承认审美趣味存在一定的标准，但认为这一标准是无法确定的。对此，笛卡尔似乎没有找到确切答案。休谟也强调审美趣味的相对性、主观性："美与价值都只是相对的，都是一个特别的对象按照一个特别的人的心理构造的性情，在那个人心上所造成的一种愉快的情感。"[③]但他更主张审美趣味的普遍尺度大于相对性："尽管审美趣味是变化无常的，褒或贬的一般性的原则毕竟是存在的"[④]，并肯定这一普遍尺度的精英化标准："就连在文化最高的时代，在美的艺术领域里真正的裁判人总是稀有的角色：要有真知灼见，配合到很精微的情感，这些要通过训练去提高，通过比较研究去达到完善，而且还要抛开一切偏见，只有这

① 朱光潜：《西方美学史》，北京：人民文学出版社，1979年版，第368、369页。

② 同上书，第184页。

③ 同上书，第232页。

④ 同上书，第233页。

些条件具备,才能构成这种有价值的角色。”[①]他认为,具有“想象力的敏锐性”的人才能辨别美与丑的精微分别,并将估定文艺标准的责任摆在少数既有天资又有修养的优选者身上。

从以上诸家观点,可以得出以下结论:第一,审美趣味存在着一定的标准。第二,这一标准的普遍性和绝对性大于相对性和主观性。第三,在这一标准由谁来规定的问题上,各家产生了分歧:朗吉弩斯、维科和康德等认为由大多数人决定,布瓦罗也主张由长时间中的大多数人来判定,笛卡尔认为无从确定,而休谟则认为由少数既有天资又有教养的精英来决定。

趣味的标准是一定存在的,且这一标准的普遍性和绝对性大于相对性和主观性。换言之,审美趣味标准的相对性和主观性是建立在普遍性和绝对性之上的,后者是前者的基础,没有后者,前者无从谈起。另一方面,审美趣味的标准又具有相对性、主观性、多元性,是随时间和地理的变化而变动的,并且不同的人可能会有截然不同的标准。这倒不是说,认为莎士比亚戏剧是永恒的经典与认为英国女作家J. K.罗琳的魔幻系列小说《哈利·波特》(*Harry Potter*)好的人的标准都是值得推崇的。审美趣味标准的绝对性和普遍性必须永远摆在第一位,否则会导致价值观的混乱和失落,特别是将文学作品置于整个人类文明史的坐标系中。

众所周知,自然和艺术的形式是多种多样、千变万化的。同样是美丽的大自然,有人乐山,有人好水,有人喜欢红花,有人偏爱绿叶;同样是艺术品,有人喜欢绘画,有人青睐音乐,有人欣赏诗歌,有人偏好雕刻。是否因为人们普遍喜爱音乐胜过诗歌,就认为音乐比诗歌更美呢?显然不行。在不同种类的美的形式中,很难存在可比性,据此对美的普遍性提出质疑更是没有道理。在同种类的美的形式中,审美趣味最基本的标准便是“真善美”。如果一件艺术品拥有美丽的外在形式,并能体现真和善的内涵,便可以成为美的典范。需要注意的是,对于内容的真和善,只要不是人格和智力上存有缺陷,一般人都能有所感悟(当然,这一点也并非绝对,例如对于男权至上的人来说,表现女性个性自由的作品可能是大逆不道的。对于卫道士来说,描述同性恋情的作品也只能是腐败、淫秽的。不过,我们也不能肯定这两种人在人格上就是健全的);关键在于形式。西方的美学大师们关注和讨论的焦点往往集中在形式上,甚至将形式抬高到美学

---

① 朱光潜:《西方美学史》,北京:人民文学出版社,1979年版,第234页。

中心的地位,还是有其道理的。对于内容,大多数社会化的成人都能辨别好坏与善恶,只是因不同的人关注的焦点不同而形成差异;但形式方面的东西,往往只有通过专业的训练才能把握。

常常是因为无知、狂妄等人性缺陷,对于自己看不懂或者无力欣赏的优秀作品,大部分人不会承认自己审美能力有缺陷,而是指责那些作品不好,即便是再好的文学艺术作品也会有人嗤之以鼻;甚至对于有的人来说,一部包含了真善美的作品如果没有在快感上征服自己,甚至比不上那些假恶丑之流。所以,必须有人站出来加以引导,并确定一个审美趣味的标准。这么做不是为了建立审美霸权,而是让人知道真善美是什么,怎样的作品才是优秀的。至于知道了之后是否赞同或者信奉,那则是无法控制的事情了。问题在于:由谁来制定这个审美趣味的标准呢?这也是西方美学大师们分歧最大的一点。朗吉弩斯、维科、康德和布瓦罗认为应该交由大多数人来确定。这看似很民主、很公平、很有道理,但只要稍微联系现实,便会发现似乎并不是那么站得住脚。例如,时下大部分人认为通俗小说和流行音乐是好的,好莱坞大片是好的,那么是否就能说明这些东西比纯文学(包括文学经典)、古典音乐和艺术电影好呢?你可以承认自己更喜爱前者,但绝不能因此就否定后者的经典地位。需要注意的问题有两点:第一,文艺存在着由俗到雅、由雅返俗、因雅僵化而催生新俗的循环发展变化的规律,所以不能一味地认为俗的就差、雅的就好。在上一个世纪看来是俗的东西,在下一个世纪可能成为经典;而曾经的高雅艺术,也可能在今天失去生命力。所以,需要将"时间"这一条衡量标尺纳入进来,否则会使审美趣味的标准本身僵化、教条化。第二,通俗小说、流行音乐、好莱坞大片等皆属于大众文化的范畴,与传统意义上的俗文化是截然不同的。俗文化尚且能与雅文化并驾齐驱、相得益彰,而大众文化只能交由时间去评判了。

笛卡尔认为审美趣味的标准无从确定,但我们不能因此放弃制定标准的尝试和否认其可能性。休谟主张由少数既有天资又有教养的精英来决定,似乎有漠视人民大众的嫌疑,但却成为历来心照不宣的默认规则。包括最尊重人民大众的马克思主义美学也是由马克思、恩格斯这两位精英奠定的,恐怕没有人能否认这一点。有趣的是,并不是谁掌握了话语霸权谁就掌握了关于美的真理。例如,苏联时期所奉行的那一套文艺政策,在今天早已被人弃如敝屣。而经历了时间淘洗的那些标准,始终富有强大的生命力。这恰能证明审美趣味标准的绝对性、普遍性和永恒性。所以,姑且让我们假设存在这么一类"精英":他们并不隶属于绝对的、僵化的、与人民大众对立的那个阶层,并不都是高坐在殿堂之上的贵族,甚至也不都是站在大学课堂上的教授。对于上一个世代未获得承认的优秀作品,自有下一个世代的精英来肯定其地位和价值。这个假设的前提并不等同于康德的"共同感觉力",不是一种先验的、无法证实的、纯粹唯心的东西,而是在现实中的确存在,只是没有被概括出来罢了。

当然,也有人对文艺鉴赏标准提出质疑。一篇名为《何为高雅趣味?谁的高雅趣味?——对文艺鉴赏标准的质疑》的文章义愤填膺地质问道:"就文学鉴赏而言,几百个或几千个所谓的'专业读者'的趣味,难道就可以否定几十万或几百万'普通读者'的趣味吗?对于阅读的专业知识是不是构成阅读审美趣味的必要因素?"[①]文章指出,高雅趣味是一种彻头彻尾的虚构,"在任何一个社会中,'高雅趣味'都是那些受过良好教育,并且掌握着文化控制权(文化霸权)的人的趣味","所谓的'高雅趣味',掩盖着的就是某一政治集团和文化集团的利益"。"'专业读者'们的这种'霸道'的趣味标准,其本质是一种文化霸权","知识分子把这种不太容易读懂的艺术品看成是趣味高雅的,其目的只是为了和那些拥有较少文化资本的人区分开来,以保持自己的文化霸权地位不被'夺去'"[②]。他的结论是,无论作品怎样,只要读者获得了快感,他的人性就得到了解放,他的趣味也是真实的、人道的、值得肯定的,"专业读者"没有权力将自己的趣味确立为审美的宪法。

人们必须搞清楚四点:第一,"专业读者"的确不应该一味地轻视"普通读者"的趣味并以此为资本进行炫耀,而应该尽力对"普通读者"进行引导和规范,达到审美教育和普及的目的。例如,从师生关系来说,老师属于"专业读者",学生属于"普通读者",老师当然要对学生的阅读修养进行教育和引导。第二,对于阅读来说,专业知识的确不是构成阅读审美趣味的必要因素,但确实是最佳因素。人在满足了基本快感之后追求发展,这是不应该否定的。第三,将"高雅趣味"等同于政治集团和文化集团的某种"阴谋",似乎有欠妥当。当然,不排除一部分知识分子有利用文化霸权将自身与普通民众分隔开来的嫌疑,但也不能因此否定他们追求真善美的可能性。第四,将阅读的功能局限在快感上,认为不论怎样的快感都值

---

① 范玉吉:《何为高雅趣味?谁的高雅趣味?——对文艺鉴赏标准的质疑》,《学术界》,2007年第1期。

② 同上。

得肯定，是否过度抹杀了价值导向的意义？物质世界需要宪法，精神世界同样需要罗盘，否则便会导致价值的混乱和失落。况且，人都有自由意志，都有选择和喜好的自由，除了历史上少数集权统治之外，并不会因为坚持某种价值导向而取消人的自由。

综上可见，审美趣味的标准存在并且必须存在，其绝对性、普遍性和永恒性大于相对性、主观性和差异性，应该由“精英”（或曰远见卓识者）和“时间”这两条坐标轴同时衡量。纵观世界文学史和世界艺术史，文学经典和艺术经典的生成与传播基本遵循了这些原则。

二、唯美精神的反抗与审美风尚的延传

尼采曾说过：美是人自身的根源。因此，美学、诗学是建立在精神共享和文明分享的基础上的，譬如以卡夫卡为代表的现代主义艺术家、小说家将人类化身为一只甲壳虫或是一个符号性的人物 K，使人们体验到一种尖锐的沉重与智性；而意大利著名小说家卡尔维诺则通过自己的文学创作，使人们体验到一种后现代主义特有的平面化的轻盈与性情。[①]

被誉为“在文化理解和叙事的语境中，把历史编纂和文学批评完美地结合起来”的美国历史哲学家、文艺批评家海登·怀特（Hayden White，1928—　）曾指出：“人（用文化的象征含义）建设了一个可以生活的世界……一层文化的纱幕垂在人和自然之间，不透过这层纱幕，人什么也看不见……渗透的是话语的精髓：是超出感觉的意义和价值。除去感觉之外，支配人的还有这些意义和价值，而且它们常常比感觉对人的作用更重要。”[②]当然，这其中离不开持续地“思考”与不断地“尝试”，文学艺术的探索在最近的一百多年里走在了人类文明的前列。正当现代人不断遭遇挫折与失败而沮丧、无望之际，哈罗德·布鲁姆和理查德·罗蒂告诉我们，在文学中可以找到兴奋、希望和救赎。在罗蒂看来，对宗教的信仰与对哲学的信仰已经被对文学的信仰取代。宗教信仰是人与某种非人位格之间的关系，哲学信仰是人与某种（放之四海而皆准的）真理之间的关系，而文学信仰却是人与更多的人、人与无数“他者”的关系。[③] 虚构文学让人们

---

① 傅守祥：《欢乐之诱与悲剧之思——消费时代大众文化的审美之维刍议》，《哲学研究》，2006年第2期。

② 麦克尔·卡里瑟斯：《我们为什么有文化：阐释人类学和社会多样性》，陈丰译，沈阳：辽宁教育出版社，1998年版，第38页。

③ 理查德·罗蒂：《哲学、文学和政治》，黄宗英译，上海：上海译文出版社，2009年版，第2页。

得以最大限度地观察和认识他者,通过对他者的/别样生活的冲突、共鸣和同情,达到某种布鲁姆式的理想生活的"自律"。因为关于人类幸福不存在唯一的答案,罗蒂与莎士比亚、布鲁姆、佩索阿、博尔赫斯等人持有同样的观点,即多样性(variety)乃是生存/写作唯一正当的借口。

经过了两千年的"模仿说""镜子说"的坚守,西方文学在最近的两百多年里取得了长足发展;文学不但通过解构和隐喻宣告独立并取哲学而代之,而且以"行为艺术"的方式身体力行地全方位介入社会、改变时俗、引领审美风尚。

在19世纪的英国和法国,"纨绔子"或"浪荡子"形象受到唯美主义者的青睐与文化界的追捧。当时的文学艺术界的名流如巴尔扎克、戈蒂耶、于斯曼、波德莱尔、王尔德、马克斯·比尔博姆、约翰·格雷、阿瑟·西蒙斯等,或在自己的作品中创造了纨绔子的艺术人物;或身体力行,以纨绔子的形象昭然于世;或两者兼而有之。这固然由于作为英国贵族的孑余,"纨绔子"身上具有太多的高贵精神与非理性主义;但对于唯美主义者更有魅力的是他卓尔不群的乖僻性格与艺术气质。诚如波德莱尔所言,这些使他成为反抗中产阶级的最后一道英雄主义的闪光。[①] 福柯则认为:"浪荡子将他的身体、他的行为举止、他的感觉和情绪、他的全部存在铸造成一件艺术品。"[②]这批人大力提倡并践行的"为艺术而艺术",是审美现代性对社会历史现代性的第一次公开反抗,它表明启蒙思想家所设想的统一的现代性方案已经出现了内在的分裂;但是,单纯沉溺于艺术形式之中的唯美派并未真正面向现代人的自我观照这一审美现代性的基本主题,而首次集中表现了现代人价值危机的图景的正是波德莱尔这一现代主义的"源头"。有学者认为:"纨绔子的社会背景是贵族阶级的没落,艺术精神和理想主义的衰亡,以及世俗平民社会的发展和中产阶级现代性的兴起。纨绔子是对中产阶级意识形态和观念的挑战,是一种注定要失败的反抗。纨绔子要在弥漫于世的物质生活中辟出一块飞地,创造出一种'新型贵族'以及相应的生活方式。"[③]波德莱尔在《现代生活的画家》一文中指出,浪荡子出现在新旧交替的社会转型时期,表现出新旧两种体制

---

① 波德莱尔:《波德莱尔美学论文选》,郭宏安译,北京:人民文学出版社,1987年版,第501—502页。

② Michel Foucault, "What Is Enlightment?" in Paul Rabinow, ed., *The Foucault Reader*. London: Penguin Books, 1984, pp. 41—42.

③ 周小仪:《唯美主义与消费文化》,北京:北京大学出版社,2002年版,第49页。

的激烈碰撞及人们的文化惶恐，他们因此而故作高蹈式的骄傲和挑衅式的趣味，“浪荡子的美的特性尤其在于冷漠的神气，它来自决不受感动这个不可动摇的决心，可以说这是一股让人猜得出的潜在的火，它不能也不愿放射出光芒”[1]。波德莱尔认为，浪荡子貌似疯狂中“有一种崇高”、极端中“有一种力量”，它“代表着人类骄傲中所包含的最优秀成分，代表着今日之人所罕有的那种反对和清除平庸的需要”[2]。实质上，唯美主义者所青睐的“纨绔子”与波德莱尔所礼赞的“浪荡子”都代表了一种以唯美精神来反抗工具理性控制、以前卫创新来制衡文化产业化的趋势，他们是那个时代中产阶级成功人士的代表“英国绅士”的对立面，其后来者既有20世纪60年代的“嬉皮士”，也有当今的“雅皮士”与“先锋青年”，他们是“纨绔子”与“浪荡子”这种审美风尚的延传，尽管为数不多。但今天可悲的是，那种反对和清除平庸的需要与制衡文化产业化的异端力量也正在被文化产业所吸纳和同化，“冷漠”被时尚化为“酷”、“嬉皮”被包装成为“痞子”、“先锋”成为市场营销的金字招牌，“浪荡作风”改头换面为欲壑难填[3]，而当今时代的价值标准已经基本上被中产阶级化与白领化的所谓“成功人士”[4]全部代表了。

在法国诗人波德莱尔看来，现代诗人之使命即在于坚定地面向对当下生存的自我观照，从每一个在历史长流中无所依傍的瞬间夺取可以与永恒对话的美。[5] 作为美学现代性的辩护士，波德莱尔毕生对资本主义文明保持一种批判的姿态；然而，假如波德莱尔对现代文明的态度只此一端的话，现代性理念演进的历史就十分简单了。波德莱尔的复杂性在于：在表象上他游离于巴黎这个现代大都市所象征的现代生活世界，仿佛巴黎街头游手好闲的张望者和局外人，而在骨子里他却比任何人都深爱着现代都市生活，他从现代都市的内里所感受到的“忧郁”正是他对巴黎深深地投入和沉溺的结果。正因为如此，波德莱尔才无可替代地贡献了现代都市生活的哲学和美学；他的内在的审美的悖论，构成了美学现代性的

---

① 波德莱尔：《波德莱尔美学论文选》，郭宏安译，北京：人民文学出版社，1987年版，第500—501页。

② 王晓明：《半张脸的神话》，《在新意识形态的笼罩下——90年代的文化和文学分析》，李陀、王晓明主编，南京：江苏人民出版社，2000年版，第29—35页。

③ 傅守祥：《后现代思潮中的现代性突围与文化品味差异》，《文学评论》，2010年第6期。

④ 让·波德里亚：《消费社会》，刘成富、全志钢译，南京：南京大学出版社，2000年版，第230—231页。

⑤ 龚觅：《深渊中的救赎——论审美现代性视野中的波德莱尔》，《国外文学》，2000年第2期。

最为可贵的部分。因此,波德莱尔对文学艺术领域内“现代性”精神的思考,受到福柯、哈贝马斯、保罗·德曼等当代思想家的推崇。[①]

著名诗人布罗茨基曾对当代人中这种遗传了“唯美精神”的、稀有的“反抗人士”有过清晰的描述,他在《怎样阅读一本书》这篇散文中说:“我的建议源于这样一类人(唉,我无法再使用‘一代人’这样一个词了,这个词具有民众和整体的特定含义),对于他们来说,文学永远是一种带有上百个名称的东西;这类人的社交风度会让鲁滨逊·克鲁索,甚至会让人猿泰山皱起眉头;这类人在大的集会上感到不自在,在晚会上从不跳舞,常常要为通奸找出形而上的理由,在讨论政治时非常注重细节;这类人远比他们的诋毁者更不喜欢他们自己;这类人仍然认为酒精和烟草胜过海洛因或大麻;这些人,用温·休·奥登的话来说就是:‘你在街垒中找不到他们,他们从不向他们自己或他们的情人开枪。’如果这类人偶然发现自己的鲜血在牢房的地上流淌,或是偶然发现自己在台上演讲,那么这是因为,他们并非某些具体的非正义的反对者,而是整个世界秩序的反抗者(更确切地说是不赞成者)。他们对他们所提出观点的客观性不存幻想;相反,打一开始,他们就坚持着他们不可原谅的主观性。然而,他们这样做,其目的并不在于使自己摆脱可能遭遇的攻击:通常而言,他们完全意识到了其观点及其所坚守立场的脆弱性。而且,采用一种与进化论者相反的姿态,他们将那脆弱性视为生物的首要特征。这一点,我必须补充一句,与其说是缘于如今几乎每个写作者都被认为具有的那种受虐狂倾向,不如说是缘于他们本能的、常常是第一手的知识,即正是极端的主观性、偏见和真正的个人癖好才帮助艺术摆脱了陈词滥调。对陈词滥调的抵抗就是可以用来区分艺术和生活的东西。”[②]如此种种,确非当今的“雅皮士”或“先锋青年”可比,他们真可谓“纨绔子”与“浪荡子”的“当代版”,或苏联当局所谓的布罗茨基式“社会寄生虫”。

具有鲜明的“艺术洁癖”和“精神洁癖”的诗人约瑟夫·布罗茨基,其文学王国是一个充满了原则与秩序的世界,而不是一个“无可无不可”的模糊地带,他对文学的理解是遵循等级制的。在布罗茨基的价值谱系中,

---

① 参见福柯:《什么是启蒙》,《文化与公共性》,汪晖、陈燕谷主编,北京:生活·读书·新知三联书店,1998年版;亦可见保罗·德曼:《文学史与文学现代性》,《解构之图》,李自修等译,北京:中国社会科学出版社,1998年版。

② 约瑟夫·布罗茨基:《怎样阅读一本书》,《悲伤与理智》,刘文飞译,上海:上海译文出版社,2015年版,第104—105页。

什么是好的，什么是不够好的，什么又是坏的，可谓判然可辨。在布罗茨基的等级序列中，伟大的作家从来不一味地模拟现实，而是创造现实，或更准确地说，是伸手去拿现实；次一等的作家，把人生视为唯一可获得的现实并巨细靡遗地复制现实。布罗茨基甚至提出，文化是"精英"的，在知识领域奉行民主原则只会引向把智慧等同于白痴，因此，他认为经典的认定无须普通公众的参与。

在当今时代，权力和资本的合谋造就了时代的粗鄙，而伴随着粗鄙时代的来临，语言和文字必将在一定程度上被滥用、误用、娱用和御用，尤其是最后一项，借用爱尔兰诗人谢默斯·希尼的观点，即是对"舌头的管辖"。因此，诗人、作家、评论家等文字工作者的职责便是纯化语言、保护文字并尽力使其保持优雅。尼采将"优雅"的含义解释为生命力过剩洋溢之后适当地对之进行收敛后的结果。在一个粗鄙的时代，保持优雅有何用？布罗茨基认为，优雅的文字可以锐化我们的感官，可以激发创造的能量，可以保持批判的思维。布罗茨基极力推崇诗歌的力量，认为"粗鄙时代的优雅文字"具有绝对的教化作用；诗人不能与其人格画等号，他/她是多面的镜子，具有多重自我。敢于"以一人对抗一个帝国"的诗人布罗茨基对文学史的价值重估和对诗歌语言的推崇，为我们树立了一种典范。

从文学发展的历史来看，19 世纪文学已经在文学抛物线上达到顶点，以雨果、司汤达、福楼拜、巴尔扎克、狄更斯、托尔斯泰、契诃夫等巨匠为首的伟大作家，极大地丰富着 19 世纪的文学生态。但其中蕴含着一个悖论，这种丰富的背后潜藏着难以抹去的单调。简要地说，19 世纪文学是浪漫主义与现实主义的时代，批判现实主义在更多时候占据着文学的主潮，唯美主义不但属于"小众"而且多遭"白眼"。现实主义的作家除了表现细节的真实外，主要还是"真实地再现典型环境中的典型人物"。相比之下，20 世纪的文学却精彩纷呈，自卡夫卡为现代主义小说奠基之后，意识流、存在主义、黑色幽默、魔幻现实主义、新小说等艺术潮流和审美风尚轮番上演，形式多样、风格迥异；诗界的象征主义、戏剧界的荒诞派等争奇斗艳。无论如何，他们都以破竹之势风靡世界，其中所蕴含的神奇力量，如一道道锋利的犁铧，开垦了冰封多年的中华沃土。

在大多数读者眼里，卡夫卡是 20 世纪最伟大的作家之一。没有卡夫卡，就没有 20 世纪的文学。卡夫卡几乎没有塑造出一个形象丰满的典型人物，但他却能通过内心的敏感感受到时代的复杂和痛苦，表现出人的异化，成为 20 世纪文学的先知，甚至是时代的先知。卡夫卡的伟大之处恰恰在于,勇于跳出19世纪文学塑造纤毫毕见的典型人物的桎梏,卸下沉重的包袱,为当时的文坛贡献了19世纪不曾出现的全新元素和另类感觉。卡夫卡的小说对人性并没有多么深刻的发掘,《变形记》讲述格里高尔变成甲虫的故事,荒诞的背后是人的异化;《城堡》中主人公K费尽心机,最终也未能走进城堡,表现出当代人的荒诞、孤独和绝望感。卡夫卡对19世纪文学的反叛,恰好成就了他的伟大[①],为人类展示了一种前所未有却又不得不直面的"卡夫卡式境遇"。

英国诗人W.H.奥登自称是"流浪的犹太人"[②],而此前他曾用这组词形容过卡夫卡,那篇文章的结尾处有这么一段内容:

> 卡夫卡对我们至关重要,因为他笔下的主人公的困境就是我们现代人的困境。工业文明让每一个人都变成了那位不寻常的K的化身。卡夫卡的犹太人身份非常恰如其分,因为犹太人在很久以前就处在了无家可归的状态,而这也恰恰是我们这些现代人的处境。[③]

身为犹太人,与生俱来的无根基性和无认同感给卡夫卡的心灵打上了浓重的阴影。他以及K的尴尬处境,其实就是他的民族的难堪处境的具象体现。如果说他们的"无家可归"主要还是一个历史遗留问题的话,那么奥登所指的我们这些现代人的"无家可归"就是一种社会异化带来的后果。

可以说,以卡夫卡和马尔克斯为代表的20世纪文学,为文学提供的最好营养就是:伟大的作家一定要有"我以为"意识,没有"我以为"的意识就无法成为一个伟大的作家。文学就如中国清代诗人赵翼所说的那样,"江山代有才人出,各领风骚数百年",一个时代有一个时代的文学。今天即便有人再写出《安娜·卡列尼娜》,也许不会像当初那样引起轰动;即便有人再写出一部《战争与和平》,也许不会有当时那么轰轰烈烈的叫好声;因为时代和生活已经发生了深刻的变化。到底什么样的文学属于我们这个时代,是当前作家需要思考的。[④]

---

① 阎连科:《写一篇"我以为"的好小说》,《人民日报》,2014年5月6日。

② Auden's letter to Charles and Therese Abbott on 31 May 1946, see Smith, Stan, *The Cambridge Companion to W. H. Auden*, Cambridge: Cambridge University Press, 2004, p. 39.

③ Auden, W. H., "The Wandering Jew", in Auden, W. H., *The Complete Works of W. H. Auden. Vol. II, Prose, 1939—1948*, ed. Edward Mendelson, London: Faber and Faber, 2002, p. 113.

④ 阎连科:《写一篇"我以为"的好小说》,《人民日报》,2014年5月6日。

20世纪是一个中心离散的世纪，正如叶芝的诗歌中所写的那样："一切都四散了，再也保不住中心/世界上到处弥漫着一片混乱。"卡西尔则说这个世界的"理智中心"失落了，阿多诺称资本主义时代使小说丧失了"内在远景"，本雅明指出世界失缺了"统一性"，卢卡契则认为在我们的时代"总体性"成了难题而只是一种憧憬和向往。那些对现代人的生存经验保持关切和敏感的小说家所面对的必然是一个分裂的世界，一个支离破碎的世界，一个只有漂泊没有归宿的世界。正是在这个意义上，卢卡契认为现代小说已经成为小说家"直觉漂泊感"的写照；他认为小说家们借助小说的经验世界所呈示的更多的是异质性和差异性。现代主义艺术家们肯定意识到了混乱、多样性和相对性(譬如乔伊斯、托马斯·曼、普鲁斯特的小说等)，有些已经质疑了科学和理性的使用，并且试图用他们的艺术提供一个能够为一个实利主义的、伪善的资产阶级社会重新定位并使之再生的神话(譬如艾略特的《荒原》、斯特拉文斯基的《春之祭》以及毕加索等人对原始雕刻品的着迷)。而后现代主义者毫无怨言地拥抱了现代生活的短暂性、零散化、间断性和混乱，并不试图反抗或超越它，或者试图在它里面界定任何永恒的成分，并宣扬"艺术即阐释"的主张。[1] 20世纪的审美风尚不再是铁板一块，不再是主线分明，却像满天星斗，差别只在于大小和明暗罢了；其中有延传，更多变异。

三、喜剧艺术的沉浮与直面现实的轻盈

"喜剧"一词的包蕴性极强，既是一种艺术类型和审美形态，也是一种审美范畴，它经历了由艺术类型到审美范畴的历史过程；随着历史的发展和社会的变迁，它的外延和内涵都在不停地扩大和深化。喜剧首先作为一种艺术类型而出现，它与悲剧一样源自于古希腊，都是由宗教仪式演变而来的，这是比较确定的事实。但这两种戏剧形式本身又是如何形成的，至今不甚清楚。西方人把戏剧分为悲剧和喜剧两大类型，反映了他们对人生的不同态度和不同的理解。在美学史上，早期理论家往往是对喜剧艺术下定义，而不是对喜剧范畴下定义。例如柏拉图在《斐利布斯篇》中借苏格拉底和普若第库斯的对话表达了这样的喜剧观：悲剧与喜剧一样，都引起快感与痛感的混合；而滑稽可笑大体是一种缺陷。亚里士多德也认为："喜剧是对于比较坏的人的模仿，然而'坏'不是指一切恶而言，而是

---

① 傅守祥：《大众文化的审美现代性批判》，《哲学研究》，2007年第7期。

指丑而言,其中一种是滑稽。"[1]到了近代,喜剧开始从具体的艺术门类和艺术形象中抽象出来,开始向审美范畴过渡。作为审美的一种重要形态,喜剧美学包括文学艺术中的诸多门类和领域以及现实生活中所存在的一切喜剧性审美现象。各种笑话、狂欢仪式、相声、小品、脱口秀表演甚至是连环漫画,都可看作是狭义的剧场喜剧的变种,他们共同加入到广义喜剧的队伍。20世纪影视时代,喜剧片、贺岁片、卡通片和肥皂剧、情景喜剧等重要的影视剧类型使广义的喜剧带上了鲜明的时代标志。21世纪网络时代的到来,网络游戏和各种网络恶搞视频等使广义的喜剧开始变得日益模糊。喜剧从封闭的剧场中走出,走向小说、诗歌、绘画、影视等艺术门类,同时与更具有民间娱情遣兴色彩的广义喜剧共同构成了喜剧美学的研究对象。

在世界文学的经典文库里,"喜剧"从最初的单一的戏剧艺术门类扩展为一种审美范畴,作为一种审美形态延伸和弥散到小说、诗歌、散文、影视等领域,并在其源头艺术中不断更新和变化,或深或浅地影响着广大的受众群体,以至于当今的文学艺术均不同程度地沾染上了喜剧的气息或意味。从历时性视角粗略审视,从古希腊的阿里斯托芬、米南德和古罗马的普劳图斯、泰伦提乌斯到中世纪城市文学的《列那狐传奇》和乔叟再到文艺复兴时期的薄伽丘、塞万提斯、莎士比亚、拉伯雷和《巴特林先生的故事》,从17世纪的莫里哀到18世纪的斯威夫特、菲尔丁、狄德罗、博马舍、谢立丹、哥尔德斯密斯、哥尔多尼再到19世纪的狄更斯、果戈理、萧伯纳、易卜生、契诃夫、欧·亨利、马克·吐温再到20世纪的梅特林克、迪伦马特、哈谢克、贝克特、尤奈斯库、品特、乔伊斯、普鲁斯特、君特·格拉斯、金斯利·艾米斯、约瑟夫·海勒、塞林格、昆德拉、卡尔维诺,这些伟大的喜剧作家不仅带给人们无数欢笑和对生活的热情,而且从无数层面展示了这个尘世上真实的生活和生而为人的"意味",简言之,无论人世间的事有多么荒谬和令人失望,他们都在帮助人们来分担。这里是各种笑声的领地——诙谐的、讽刺的、风趣的、嘲弄的,有黑色幽默的、有充满想象力的、有幻想奇特的,还有超现实的等。作为文学大杂烩的各种喜剧艺术,尽管历经了各种世间沉浮,却为人们展示了从诸神难登大雅之堂的夜生活,到装模作样的小丑的滑稽表演,再到近乎疯狂的俏皮话儿,为乏味、无聊、沉闷、困苦、荒诞到近乎窒息的人生打开了一扇可以呼吸到新鲜空气的

---

① 亚里士多德:《诗学》,罗念生译,北京:人民文学出版社,2002年,第14页。

窗户。

德国哲学家黑格尔(Georg Wilhelm Friedrich Hegel,1770—1831)曾指出:“我们已经说过,喜剧性(Komisch)一般是主体使自己的行为发生矛盾,又把矛盾解决掉,从而使自己保持宁静和自信。所以,喜剧(Komoedie)用作基础和起点的正是悲剧的终点:也就是说,它的起点是一种达到绝对和解的爽朗心情,即使这种心情通过自己的方式挫败了自己的意志,导致了和自己本来的目的正相反对的事情,对自己造成了损害,仍然很愉快。但是另一方面,主体的安然无事的心情之所以是可能的,因为他追求的目的本来就没有什么实体性,或者即使有一点实体性,在本质上却与他的性格是对立的,所以作为他的目的,也就丧失了它的实体性,因此遭到毁灭的只是空虚的、无足轻重的东西,主体本身仍未遭到损害,他仍然安宁如前。”[①]按照黑格尔的见解,喜剧和喜剧性是以理念或目的的非实体性作为前提的。一旦观众把理念看作是无足轻重的东西,悲剧就被喜剧所取代了。然而,剧中人物仍然把理念作为实体性来追求,但他实际上又是心不在焉的,即使遭受挫折也无所谓。这样,在有喜剧和喜剧性的地方,也就有笑,有滑稽,有轻松,有幽默,有嘲讽,有清醒。滑稽、轻松、幽默和讽刺、清明构成了喜剧精神的重要内容。

人们常常对喜剧存在误解,认为它是不着边际的、不严肃的。实际上,喜剧的滑稽和不严肃是表面的,它骨子里却是严肃的。它运用讽刺的手法对现实进行了无情的批判,因此它恰恰是最贴近生活的。正如法国哲学家柏格森(Henri Bergson,1859—1941)所说:“喜剧越是高级,与生活融合一致的倾向便越明显;现实生活中有一些场面和高级喜剧是如此接近,简直可以一字不改地搬上舞台。”[②]与崇拜理念的悲剧精神比较起来,崇尚幽默的喜剧精神由于解构了理念的实体性而更加显得充满活力。正如柏格森所强调的:“滑稽味正是一种生命活力,是在社会土壤的硗薄之处茁壮成长的一种奇异的植物,它等待着人们去培养,以便和艺术的最精美的产物争妍。”[③]喜剧美学的核心是通过喜剧性本身来表现本质和现象、目的和手段之间的矛盾、反常和不协调等可笑之处,从中揭示和反思人类社会和人类自身的丑恶、缺陷和弱点,从而化解掉主体与客体、理想

---

① Georg Wilhelm Friedrich Hegel, *Vorlesengen ueber die Aesthetik*(Ⅲ), SuhrKamp Verlag, 1986, p. 552.

② 柏格森:《笑:论滑稽的意义》,徐继曾译,北京:中国戏剧出版社,1980年版,第83页。

③ 同上书,第40页。

与现实、自我与他者、个人与社会之间的紧张关系,最终实现对自我与现实的超越。所以,喜剧性就是生命中的狂欢精神升华为一种强烈的自我意识,在反思中以智慧实现超越和自由的喜剧精神。滑稽、幽默、讽刺、荒诞、反讽、戏仿等等是喜剧性的重要表现形态,"笑"则是喜剧显著的外部特征,从这个角度来说,喜剧美学又可称作"笑的哲学"。

传统美学对于悲剧的推崇,在某种意义上是"苦难美学"的一种延伸。用德国哲学家尼采(Friedrich Wilhelm Nietzsche,1844—1900)的话说,谁习惯于痛苦,有谁寻找痛苦,有英雄气概的人就以悲剧来褒扬他的存在。这种立论早已经不起批判美学的反思和审视。在当前这个时代,偏爱喜剧的人更多,喜剧较之悲剧的"正能量"也更大,喜剧似乎是一种比悲剧更具渗透性的人类境况,它可以闯入人类经验的两个极端:一端是人与动物几乎毫无区别的对"性"笑话或粗鄙体态的哈哈大笑;另一端则是跨入悲剧边界的"狂歌当哭"。诚如美国著名作家、诺贝尔文学奖得主索尔·贝娄(Saul Bellow,1915—2005)所说的那样:"喜剧更具有活力、智慧和男子气概。"早在18世纪,英国作家贺拉斯·沃尔波尔(Horace Walpole,1717—1797)就说过:"对于思维的人,世界是一部喜剧;对于感情的人,世界是一部悲剧。"[①]法国哲学家柏格森同样指出:"滑稽要求我们的感情一时麻痹。滑稽诉之于纯粹的智力活动。"[②]著名美学家朱光潜(1897—1986)也表示:"'喜剧的诙谐',出发点是理智,而听者受感动也以理智。"[③]显然,在人类的审美实践里悲情与喜悦各有其大展身手的舞台,两者的区别在于:"悲剧可以看作是对人的品德的考验,而喜剧则是对人的智慧的考核。"[④]因此,相对于悲剧美学核心所在的悲悯的净化,喜剧美学重在智性的清透,而非纯粹的娱乐。

如果说悲剧是以"怜悯心"作为沟通桥梁,那么喜剧则是以直接的"可笑性"来辨识和反省特定的人生境况。在此意义上,喜剧其实较悲剧更不容易被真正理解。在审美实践里,正是由于这一点,赋予了喜剧一种较悲剧更为"形而上"的精神品格。就像弗洛伊德(Sigmund Freud,1856—1939)所指出的:"并不是每个人都能具有幽默态度,它是一种难能可贵的

---

① 诺曼·N.霍兰德:《笑:幽默心理学》,潘国庆译,上海:上海文艺出版社,1991年,第6页。
② 柏格森:《笑:论滑稽的意义》,徐继曾译,北京:中国戏剧出版社,1980年版,第4页。
③ 朱光潜:《诗论》,北京:三联书店,1984年版,第27页。
④ 徐岱:《艺术新概念:消费时代的人文关怀》,杭州:浙江大学出版社,2006年版,第311页。

天赋，许多人甚至没有能力享受人们向他们呈现的幽默的快乐。”[1]在某种意义上，那种“会心的笑”不仅是人性的一个基本标杆，更是生命力的升华。在古希腊神话里，冥王哈得斯拐走了丰收女神得墨忒尔的女儿；女神的悲伤让大地一片荒芜，此时她的女仆雅姆做了个猥亵的手势将她逗乐，大地才重现生机。这是一个关于笑能增强生命力的故事，同时它让人联想到苏俄文学评论家别林斯基的一段名言：“人们明白，伪善和欺骗从来不笑，而且戴着一副严肃的假面具，笑不会制造教条，也不会变得专横霸道，笑标志的不是恐惧，而是对力量的意识。”[2]因为幽默快乐的喜剧，能够让我们从一些貌似轻浮的现象里发现其所具有的一种内在的“严肃”。比如不同于悲剧艺术的“道德规范性”，通常说来，喜剧所表现的“有趣的事多少都带点毛病”[3]。但诚如著名作家王小波（1952—1997）所说，喜剧的这种“不正经”其实是对现实世界里形形色色的“伪崇高”和“假正经”实施解构和批判，喜剧的智性之“轻”是对现实生活中道貌岸然之“重”的颠覆和反击，让我们的精神得以永远保持一种宝贵的弹性。“喜剧性是一种强烈的生命感，它向智慧和意志提出挑战，而且加入了‘机运’的伟大游戏，它的真正对手就是世界。”[4]所以，当中国作家王小波说：“我看到一个无趣的世界，但是有趣在混沌中存在”；当他提出“小说家最该做的事是用作品来证明有趣是存在的”[5]，他不仅是在对米兰·昆德拉的“小说是从幽默的精神中诞生的”这个观点做出响应，同时也是在为喜剧艺术的美学地位翻案。源于一种美学思想的清明，传统喜剧中那种笑的优越感在现代喜剧中已不复存在，现在再也见不到像堂吉诃德那样有着坚定理想和大无畏精神的英雄，代之而起的是真正的卑微宵小者，“丑艺术”和“反英雄”形象已然普遍化。显然，现代喜剧的嘲弄指向了包括自己在内的整个人类，是对处于荒谬境地的人类整体的“类的自嘲”。

20 世纪 90 年代冷战结束后，西方曾一度出现“意识形态终结”“哲学的终结”“艺术的终结”“科学的终结”“历史的终结”“宏大叙事的终结”等

---

① 弗洛伊德：《弗洛伊德论美文选》，张唤民、陈伟奇译，北京：知识出版社，1987 年版，第 146 页。

② 普罗普：《滑稽与笑的问题》，杜书瀛、理然译，沈阳：辽宁教育出版社，1998 年版，第 155 页。

③ 王小波：《沉默的大多数：王小波杂文随笔全编》，北京：中国青年出版社，1997 年版，第245—248 页。

④ 苏珊·朗格：《情感与形式》，刘大基等译，北京：中国社会科学出版社，1986 年版，第 404 页。

⑤ 王小波：《沉默的大多数：王小波杂文随笔全编》，北京：中国青年出版社，1997 年版，第345—346 页。

口号。与此同时,美国科学哲学家费耶阿本德(Paul Feyerabend,1924—1994)的名言“Anything goes”(什么都行)道出了他对科学哲学研究的看法,即被人们如此严肃地加以夸大的一些观念方面的对立或对峙实际上并不具有实质性的意义。谁都不会怀疑,一棵草就只有一棵草的价值,一双鞋就只有一双鞋的价值,何必加以夸大呢?如果所有轻飘飘的东西都被夸大为沉甸甸的东西,那最终只能导致,原本沉甸甸的东西也都变成轻飘飘的了,一切事物都将失重,进入“太空状”或“泡沫状”。因此,“轻盈诗学”的腾空而起,取代曾经拥有巨大审美感召力和震撼力的“沉重美学”,成为当代美学的主导形式,其原因正在于“沉重”自身的发展逻辑。“过分的严肃就是滑稽,普遍的沉重就是轻松,偏执的认真就是俏皮,不当的夸张就是幽默。难道这不正是生活世界每时每刻都在向我们显示的真理吗?”[①]有道是,真佛只说家常话;“一切神圣的东西都是轻轻地走”[②];所谓诗人,就是“作为使人生变得轻松的人”[③]。因为生命存在的最基本状态,就是摆脱任何干扰后,轻松、快乐、自由地呼吸。所以被奉为后现代小说家的首席代表卡尔维诺(Italo Calvino,1923—1985)表示:如同在科学中一切沉重感都会消失,“我的写作方法一直涉及减少沉重,我认为轻是一种价值而并非缺陷”[④]。法国哲学家、诗学思想家巴什拉(Gaston Bachelard,1884—1962)也说:“为什么心理学家并未考虑建立有关这种轻盈的存在的教育学呢?因为,诗人承担起教育我们的职责,将轻盈的印象结合到我们生活中,并使常被过分忽略的印象实现。”[⑤]

文艺复兴时期的英国学者菲利普·锡德尼(Philip Sidney,1554—1586),是最早为喜剧艺术的价值进行辩护的著名人士之一。虽然他强调“喜剧的正当使用是不会为任何人所谴责的”,但同时不无担心地指出:“喜剧,它确是被胡闹的编剧人和舞台老板搞得令人厌恶了。”[⑥]当前的事实表明,锡德尼的担心乃是一种高见。在当今的大众文化时代,所谓的艺术家们早已在自觉地扮演“使人生变得轻松的人”,他们的作品竞相成为

---

① 俞吾金:《喜剧美学宣言》,《中国社会科学》,2006年第5期。

② 阿诺德·豪泽尔:《艺术社会学》,居延安译编,上海:学林出版社,1987年,第239页。

③ 尼采:《上帝死了》,戚仁译,上海:上海三联书店,1997年,第155页。

④ 伊塔洛·卡尔维诺:《未来千年文学备忘录》,杨德友译,沈阳:辽宁教育出版社,1997年,第1—5页。

⑤ 加斯东·巴什拉:《梦想的诗学》,刘自强译,北京:生活·读书·新知三联书店,1996年,第261页。

⑥ 锡德尼·菲利普:《为诗辩护》,钱学熙译,北京:人民文学出版社,1964年版,第33—34页。

娱乐大众的“心灵鸡汤”，更可怕地走向另一个极端——21世纪的喜剧愈发变成“娱乐”“快感”“开心”甚至“卖笑”的代名词，除此无他。更有甚者，譬如某些小品，似“加了料”的西瓜汁，不但无益反而有害。法国著名诗人保罗·瓦莱里（Paul Valéry，1871—1945）曾说过，真正的诗人“应该像一只鸟儿那样轻，而不是像一根羽毛”。“鸟之轻”能使它更轻松、更无羁地飞向自由，“羽毛之轻”则让自己永远悬浮在渺茫的太空。喜剧之“轻”“不是回避现实逃避挑战的‘避重就轻’，而是直面现实迎接挑战的‘举重若轻’。否则‘轻盈诗学’就会只剩下‘轻’而没有‘诗’”①。就像艺术有游戏性，并不意味着艺术就是游戏；审美有娱乐性并不表明能够将审美实践划入马戏和魔术表演；诗人有让人生变得轻松的贡献并不等于诗人就是哄你开心的人。其实，被当代学界视为后现代“轻盈诗学”鼻祖的卡尔维诺早已意识到这些，所以当他推出“轻是一种价值而并非缺陷”的同时，特别强调了“重”对于“轻”的意义：“如果我们不能体味具有某种沉重感的语言，我们也就不善于品味语言的轻松感。”②轻盈诗学的实质其实就是真正的喜剧精神，即用外在轻松、滑稽、幽默等“搞笑”手段，直指现实世界中的种种乖谬和矛盾、荒诞和悖理，最终达到对现实的超越和精神的自由。用文学大师鲁迅（1881—1936）的话说，喜剧就是将那无价值的撕破给人看。著名学者钱锺书指出：“幽默减轻人生的严重性，绝不把自己看得严重。真正的幽默是能反躬自笑的。”③但遗憾的是，在当代生活中真正的喜剧精神往往被世俗娱乐享受、感官刺激和生理快感所取代，喜剧精神中直面现实、迎接挑战的“举重若轻”的“轻”往往被回避现实、逃避挑战的“避重就轻”的“轻”所置换。④ 因此，重新梳理和发现世界文学经典中的喜剧因素，不断确认喜剧精神的当代演绎是很有必要的。

---

① 徐岱：《艺术新概念：消费时代的人文关怀》，杭州：浙江大学出版社，2006年版，第319页。

② 伊塔洛·卡尔维诺：《未来千年文学备忘录》，杨德友译，沈阳：辽宁教育出版社，1997年版，第11—12页。

③ 钱钟书：《说笑》，《钱钟书散文》，杭州：浙江文艺出版社，1997年版，第25页。

④ 傅守祥：《喜剧美学的知识考古与时代精神》，《江苏行政学院学报》，2016年第2期。

第五章 外国文学经典的传播途径

伴随着技术进步以及新兴媒体的迅猛发展，读图时代特别是电子文化时代的来临已成为当前文化转型的重要标志，图像符号特别是影像符号的强势崛起改变了语言表意的霸主地位，而互联网的普及和以智能手机为代表的各式移动终端的大规模运用，都给文学带来新的发展机遇与生存困境。媒介技术的高速成长对文化生成的影响不限于此，比尔·盖茨(Bill Gates，1955—)的微软帝国、默多克(Rupert Murdoch，1931—)的传媒帝国、好莱坞的梦工厂、马化腾的腾讯公司等这些不同领域的巨头们在很大程度上已经取得了支配人们生活习惯和价值标准的权利。以媒体技术本体化与视觉文化审美化为表征的新意识形态的弥散，深刻影响着当代文化的发展；物质性存在的强势与观念性存在的低限之间的博弈，是数字艺术以及电子视觉文化无法回避的现实。[①] 早在20世纪80年代，法国哲学家雅克·德里达(Jacques Derrida，1930—2004)就在《明信片》一书中发出这样的预言："在特定的电信技术王国中(从这个意义上说，政治影响倒在其次)，整个的所谓文学的时代(即使不是全部)将不复存在。哲学、精神分析学都在劫难逃，甚至连情书也不能幸免……"[②]21世纪之初，美国学者希利斯·米勒(J. Hillis Miller，1928—)也直言不讳地说："事实上，如果德里达是对的(而且我相信他是对的)，那么，新的电信时代正在通过改变文学存在的前提和共生因素

---

① 傅守祥：《数字艺术：技术与人文的博弈》，《社会科学战线》，2008年第3期。

② J.希利斯·米勒：《全球化时代文学研究还会继续存在吗？》，国荣译，《文学评论》，2001年第1期。

(concomitants)而把它引向终结。"[1]毫无疑问,新的电子、数字媒介的出现尤其是互联网的问世,确实改变了人们的写作方式、阅读方式甚至感受方式和思维方式;以上诸种变化势必引起文化内部的巨大变迁,而全球化与数字媒介技术的不断升级则是这种文化大变迁的主要动力源。[2]

人类传播史的发展谱系大体经历了从最早的口耳传播、器物烧刻传播到旧时的手抄传播、现代的大众传媒,再到如今的新媒体传播。由于传播科技的突飞猛进,新的媒体形式正在上演"逆袭"传统媒体的大戏;尽管传统媒体依然顽强地坚守自己的地盘,却不得不逐渐融入新媒体的传播洪流、尝试着转型升级,从而形成了当下的"全媒体"传播格局。现代大众传媒确实有"以点对面""单向传播""机构主导"的缺点,与之相比,如今由搜索引擎、网络日志、即时通讯和社交网络组成的新媒体有着多点传播、多元互动和个性主导的优点。通过新媒体来临前后的对比可以看出,在新媒体环境中,人际的互动开始不受时空限制,社会动员能力也变得愈发强大,在很大程度上实现了麦克卢汉所设想的"媒介即延伸"的理念,大面积重构了人们的经验世界和感觉世界。当然,新媒体是一把"双刃剑",它天生是金石与泥沙俱下而非铁定的"天使";从网民结构、网络热词和恶搞视频等时下"爆红"的一系列新媒体现象来看,新媒体既有利于快速、全方位、大范围地传播新闻热点、思想艺术、感情感受等,也会产生网络空间的污染,也可能会激化社会矛盾等。因此,新型传播空间的开拓与净化寄希望于人们的媒介自律和媒体素养的提高,从思想上、行动上让网络空间清朗、多彩起来。

对于因传播技术的升级和传播手段的更替而产生的文化冲击与知性剧变,人们在初始阶段往往有些惊慌失措,但从人类文明的历史演进来看,这种传播方式的转型不但自古有之而且大多会推动文化发展和文明进步,譬如活字印刷之于羊皮手抄、电视之于报纸等。从深层次讲,任何媒介都是一种社交手段,传播只是社交与沟通的发起;有意义的社交必须以某种独立性为前提,传播空间与社交圈子本身并不是成全人格、化育思想的文化场所。媒体只是一种工具,仅仅与时俱进地掌握传播技巧、传播手段、传播方式,却对传播内容缺乏思想融化和生命体验,这种传播或社交是失败的,注定没有生命活力。

---

① J.希利斯·米勒:《全球化时代文学研究还会继续存在吗?》,国荣译,《文学评论》,2001年第1期。

② J.希利斯·米勒:《全球化对文学研究的影响》,王逢振编译,《文学评论》,1997年第4期。

外国文学经典的传播途径大体上经历了口耳传播、纸媒传播和电子传播三个阶段。在文学经典的传播过程中,传播媒介不仅仅是信息收集、组织和传递的物质载体,而且在很大程度上影响了传播作品的内在品质。口头文学作为文学作品的起点,在韵律性和修辞性重复方面构成了雅各布逊所认为的作为诗性本质的"回环"(recurrence),并在书面传播中得以进一步巩固发展,成为如今我们熟悉的韵律学所研究的主要内容。纸媒的发展促进了文学经典在传播中的完整性,使得细节得以清晰地呈现。在这种历史背景之下,语言差异构成了书面文学传播中最大的障碍,同时也成了新思想和新的文学形式在差异冲突与融合中生长的契机。翻译中各种有意、无意以及来自语言或者文化本源而无法避免的种种误译,在经典化过程中起到了独特的作用,铸建了一幅多层次、多理解并存的文学经典书面传播全景。随着无纸化时代的一步一步逼近,电子影像在技术和商业上的成功,对于文学经典的保存、经典化和传递提出了新的要求,也促进了新的文学形式的产生与评价标准的不断更新。而这一切,或许最初正是从巫师们的有节奏的吟诵开始的。

基于文化传播学的立场分析,外国文学经典的研究与其说是一种专业化的人文学术,倒不如说是一种广泛意义上的文化沟通和跨文化交流,它更是一种不可替代的价值传播和文明分享。因此,在全球化日益深入的时代背景下,让外国文学经典走进来、立得住并深入人心,并藉此改造恶劣的国民性、更好地融通世界文明在当今不可松懈。文学经典作为一种文化资本,在其传播过程中不可避免地历经生产、流通、消费等领域;而信息科学的迅猛发展使得纸质文本和纸质文献难以适应时代进步和学科发展的需要,所以应该主动从外国文学经典的纸质文本的单一媒介流传转向音乐美术、影视动漫、网络电子的复合型的跨媒体流传。相应的,应该以跨媒体研究的视野来介入外国文学经典的研究,介入新的外国文学经典传播载体的研究,这既是一个崭新的研究领域,也是外国文学学者的历史使命。在外国文学研究中,既应当注重探究外国古代文学经典中的纸草、泥板、陶瓷、青铜、楔形文字等独特传播媒介的使用及其意义,又应当对传统文学经典的现代传播以及传播途径予以充分重视,让新的传播媒介在传播世界优秀文化遗产方面发挥积极的导向作用。[1]

---

① 吴笛:《谈谈外国文学经典研究的转向与拓展》,《中国社会科学报》,2011年11月15日。

第一节　心口相传的生存真迹

文学经典就是那些能够改变人们生命轨迹、引领人们精神成长的伟大作品。世界文学史上那些创作年代越早、受到历史考验越久的作品，越是生命的写照、越多地保留了各式人等的生存真迹，譬如上古世代口耳相传的神话传说、英雄传奇、民间故事和诗作等。文学经典还是人类的精神支柱和心力源泉，往往经典接受得越多越不会被外在的环境所困扰，越不会被寂寞、孤独、时俗、虚无所折服；因为文学经典逐渐在人的心灵里建造了一个完全独立于外界的心力王国，这个王国被心灵完全拥有，在这个世界上栖居着令人神往的古今中外丰富而伟大的灵魂。当一个人的心灵完全拥有这样一个王国的时候，他灵魂的承受能力就会越强大，他甚至完全可以不需要依靠任何外力来支撑他的生命。

文学经典就是那些"真正有力量"的文字，它们一定能够对人们的审美进行奇异的再造，在人们对"真善美"的追求上有奇异的启示，有精神续航的感觉；那些人类最高的价值，真的、善的、美的东西就会融入人们的血液。一旦人的身体里有了"真善美"这三样东西，在现实社会中就不会轻易被世俗的、流行的、暂时的甚至非常糟糕的价值观扭转。那些文学经典、那些"真正有力量"的文字使人们对生命、审美、真理、语言与世界的关系有了更直接的感觉。生命有限，学海无涯，将有限的生命用于精读、重读、拥抱、体悟那些历经了人类历史大浪淘沙过的一流作品和伟大经典才是最有价值的。

关于心口相传，中国文化史上最著名的案例是六祖慧能创立禅宗南派，讲究心口相传、不立文字；故此，佛教禅宗才有了"心口相传得正道，执著文字乱传承"的说法。当然，文字的立否不是此处的关键，是否"用心"才最紧要。口耳相传，讲究的是嘴上说的与心里想的一致即心口相依，看似粗陋简单，而一旦"用心"细品则可能"心领神会"，颇有后世现象学哲学"去蔽""还原"的意味和功力。

无论是世界文学史上的口头文学，还是禅宗的心口相传，与当今史学界盛行的"口述史"研究在内在精神上都有千丝万缕的关联。广义地说，"口述史"始现于远古时期、历史文献大量出现之前，人们通过口头转述将历史流传下来，譬如古希腊的荷马史诗、中国藏族的《格萨尔王传》等，后来由于文献的日益丰富和后代史学家重视文献而衰落。狭义地说,“口述史”出现于20世纪40年代的美国,当时建立了哥伦比亚大学口述史研究室和森林史协会,是最早的两个口述史研究中心。国内也有不少学者因研究需要做部分口述史收集工作,但很少有学者和机构专门做口述史收集、整理工作,许多历史亲历者因为年龄过高而离开人世;目前,“口述史”成为历史研究的重要领域,其对于返还历史真相、引起大众注意有特别意义,譬如国际上的“慰安妇”问题等。“口述史”不是历史学家的专利,作为一种史学方法,它被普遍地运用于政治、历史、军事、艺术、文学、社会史等各个学科。口述史的一些重大选题,不仅是历史学家的选择,更是一种政府的行为。政府非常重视用这种方法来抢救和记录民族的历史,特别是用来抢救那些濒于失传的藏于民间的非物质文化遗产,每年在这方面都有相当比例的预算,并由政府部门直接来组织和采集口述历史资料。不仅史学家对历史规律的发现和对历史经验的总结,可以给人以深刻的启迪,口述史料同样能达到这一目的。有时纵使千言万语的文字记录,也抵不上简短的一刻钟录音、短短的一小段录像。法国政府非常重视口述史的教育功能,其采集的目的就是为了文化传播,不仅给研究者提供帮助,而且也是对国民,特别是对青少年进行教育的一种重要手段。

一、人类传播的分期与口传文学的滥觞

在整个人类社会发展过程中,没有文字的时期相当长。从现有的文献资料来看,中国现存最早的可识文字为三千多年前的殷商甲骨文,由此推论,中国文学的文字传播历史只有三千多年,而大约在新石器时代,约1.4万年至1.6万年前,口语就已经可以表达抽象事物,并且具有简单的语法结构。而西方最早的文字,也仅是距今5000年由古埃及人创造的一种象形文字——圣书字。相比起来,圣书字还远远不及我国距今约6000年的西安半坡、临潼姜寨、宜昌杨家湾等古文化遗址的陶文字来得成熟。约于公元前15世纪,其中的一支腓尼基借这种象形文字创造了历史上第一批字母文字,共22个,只有辅音,没有元音,这就是著名的腓尼基字母。腓尼基字母较早传入希腊,演变成希腊字母,希腊字母孳生了拉丁字母和斯拉夫字母,成为欧洲各种字母的共同来源。在没有文字的漫长历程当中,口头创作一直伴随着人类并创造了不可估量的精神财富,口头流传也是唯一的传播方式。经过几千年的流传、传播、磨炼,便形成了一种口头传统。任何地区、任何民族的文化传统正是发端于该地区、民族口头传统

孕育形成发展的肥沃土壤里。

从传播媒介的角度来看，人类大致经历了四个传播阶段：前语言传播阶段、口语传播阶段、文字传播阶段、电子传播阶段。其中，口语传播阶段，即原始人主要通过口头语言来传递、交流信息的时期。因为出现了口头语言，人类传播也就有别于动物传播。可以肯定，语言的产生必然与信息传播息息相关。因为语言作为有意义的形式或符号，是信息的载体，它的出现，表明人类信息交流进入了非常自觉的时代，传播发展到了较高的阶段。同时，语言的产生也意味着人类已经步入意识觉醒的时期。按马克思的说法，动物的活动与它的存在是直接同一的，因此尽管它们之间也存在着传播，但这种传播并不需要用语言这样的抽象符号来实现。口头语言传播，标志着人类步入了文明时代，开始有了文化。口语传播阶段的人类历史比起前语言阶段可能要短，但和后面几个阶段相比又是非常漫长的。口头传播时代也伴有结绳记事、击鼓传讯、实物表意和图画等补充性传播方式。

首先需要辨明，作为人类传播的前语言阶段，是无所谓文学传播的。借用马拉美对其大画家朋友德加所说过的话：进入文明时代之后，文学的口头传播也才相当普遍。写诗是要靠语言的；文学是语言的艺术，文学在本质上就是语言，海德格尔则说纯粹的语言就是诗（具有诗性），语言是存在的家，语言是原诗。意思无非是说，没有语言，则没有存在的显现，没有存在者，于是也就无所谓诗，无所谓文学。文学从语言开始，文学传播的最初阶段是口头传播阶段。原始文学不是用文字写成的，它只能依靠人的活动，通过发音、听觉和记忆之间的一个交换体系才得以保存和流传。口头传播是文学传播最古老的形式。我们今天看到的原始时期的神话传说、史诗等，即我们的先民们用来思考、理解他们自己以及他们的生活世界的方式，并且也把这种知识一代代留传下去。口头传播的文学，对于先民而言是与他们其他活动密切相关的，并不像我们今天那样把文学当作纯审美的东西来对待。讲述部族的起源和祖先的英雄事迹给小辈们听，对于部落长老来说是非常重要的事务。在特定的仪式化场合讲述的这些故事，具有神圣性、崇高感，而后代们把这些故事和仪式联系在一起，形成带有情感性的神秘化的集体表象，深深地刻写在原始人的心灵中，由此让他深切地体验到自己作为一个部落成员的责任和使命，并维系着部族的生存、延续。值得一提的是，在这个时期，巫坛扮演了原始社会的文坛，文学的很大一部分源自巫术文化。后来有了文字，这些作品有些依然在民间流传,有些则被后人载于典籍之中。以诗歌为例,“韵语自应始于生民,而文字未备,留传亦难征其所据。惟后世文人,于其载籍中,或存其目,或具其文,伏羲以下,历历可数。”[①]记载于《吴越春秋》的《弹歌》为黄帝以上之韵语歌辞,“断竹,续竹,飞土,逐肉”寥寥八字,再现了远古人类伐竹、制弓、发丸、逐兽的狩猎过程。口头文学与书面文学有明显的区别。刘魁立在《文学和民间文学》一文中对两者的差异进行较为深刻的论述。他从口头创作、接收与书写创作、接收这一角度研究,说明了二者的区别。他说:“口头文学的思维物化的过程便可以简化为一个两项的公式:形象→语言;而听众则相反,是通过接收讲述人的语言,在自己的头脑中‘复现’、‘再现’为形象:语言→形象。书面文学的写作过程则不是两项,却是三项,即:形象→语言→文字;读者的艺术认识的过程也正恰相反:是文字→语言→形象。”[②]口头文学借助讲述和演唱,体现为有声语言及身体语言;书面文学形之于文字,体现为符号。这两种语言艺术的物质存在形式的不同和创作过程的不同,使二者形成了各自独有的某些特点。当我们十分明确地指出口头文学与书面文学的差异的同时,应该肯定两者历来的密切联系。无论是口头文学还是书面文学都离不开语言,离开了语言,这种艺术本身也就不存在了;在文学史上,口头性与书面性相互交融。

口传时期的文学及其传播是原始人生活的一部分,文学活动与原始人类的生活活动始终交织在一起。在阶级社会里,文学的口头创作与传播主要在民间。这个时期口头文学传播的主体依然是广大民众,至于传播的路径,一是百姓与百姓之间的传播,传播主要的功能是娱人自娱,如大量的民间故事、传说、神话的传播即是如此;二是百姓向统治者的传播,文学传播成为人们表达民意的一种重要手段。统治者搜集民歌则是通过民歌了解民情,调整统治政策,所谓“采诗”以补察时政。这时的口头文学主要起到沟通下层百姓与最高统治者之间关系的桥梁作用,文学的口头传播起到干预时政与谏诤的作用。百姓向最高统治者的传播过程中往往有一个中介——采诗官。据《汉书》所言,古之帝王为了考察风俗的好坏、政治的得失,设采诗之官,到民间采诗,以闻于天子。采诗之官是这时期口头文学的主要传播者之一,传播的受众是最高统治者,这时的文学传播承载着重大的政治使命。汉代以后,作为搜集民歌的官署——“乐府”延

① 李维:《中国诗史》,南京:江苏文艺出版社,2008年版,第24页。
② 刘魁立:《文学和民间文学》,《文学评论》,1985年第2期。

续着这种使命。这个时期文学的特点，决定了它的口头文学传播具有如下特点：一是传播方式主要是口传心授，传播者有时伴随着身体语言，有时甚至与原始音乐、舞蹈结合在一起。二是口头传播亲切自然、易于接受，尤其是原始的文坛与巫坛几乎合而为一。巫师必须是聪明人，讲祖先故事、神仙诡异传说时要自圆其说，而且活灵活现，才能获得族人的崇拜。这也决定了原始口头文学传播的另一个特点，就是具有不稳定性、流动性，传播中文学作品被不断修改、再创作。同时，为了流传与记忆的需要，文学作品的容量较小。相比于文本语言，口头语言总是稍纵即逝的，无法长时间保存，它只能面对面传播，传播速度和力度也都不如文本。而且由于各种人为的原因，口头文学在口耳相传的"链条"中很容易中断。尽管在总体上说，东方的口头文学和传播活动始终保持着活泼的态势，世代相传而不会中断；但就一个个口头作品而言，情况就不一定了。我们应该承认，从传播手段的角度看，文本比口头先进得多。文本可以长久地保存下去，特别是印刷文本，还可以在相当大的地域范围内产生影响。口头方式是做不到这些的，至少在传统社会里，是做不到的。于是，历史上的许多口头作品，往往要凭借文本才得以保存下来。也是在以口传为传播方式的时期，东西方几乎同时诞生了各自堪称文学源泉的伟大作品——中国的《诗经》和古希腊的荷马史诗。随着文明时代的开始，神话和传说时代告终，但是作为一种丰富多彩的民间口头文学的古希腊神话，却为我们留下了全面而生动的记录；它反映了阶级社会前人类生活的广阔图景，也以数以千计的人物形象表现了当时的社会风貌和人类童年时代的自尊、公正、刚强、情感，具有不朽的魅力。然而，在《诗经》和荷马史诗之前，最早的叙事史诗当属两河流域的《吉尔伽美什》，这部长诗反映了人类早期的文学认知。

二、口耳相传的史诗与口述文学的理解

作为目前已知的最早叙事史诗，《吉尔伽美什》最初便是通过诗人们的口耳相传在两河流域逐渐成形。故事讲述的是公元前 26 世纪前后两河流域下游苏美尔地区乌鲁克城邦之王吉尔伽美什的故事。虽然没有直接证据表明吉尔伽美什的存在，但是通过考古发现找到了故事中许多相关人物的实物材料，西方学者一般认为这部史诗具有一定的历史依据。事实上，从史诗娴熟的文字和结构来看，在此之前或许有更早的叙事长诗，但因为缺乏记录方式而没有流传下来，只有《吉尔伽美什》从史实到长

诗的发展历史与楔形文字的形成过程恰好平行,因而得以流传下来。最早的楔形文字泥板中记录的故事内容不仅零散,而且与后来的版本相差甚大。

公元前18世纪左右,巴比伦王朝的繁荣使长诗的传播和发展成为了可能,同时美索不达米亚平原多民族融合与民族身份认同的需要也进一步促进了长诗的发展。一方面,巴比伦王朝作为苏美尔文化的继承者,将当时的历史和文艺典籍编译为阿卡德语,形成了一个官方标准版本;另一方面,史诗通过口耳相传以及泥板抄本的形式,以不同的语言在更加广泛的平原上流传。公元前14—前12世纪,《吉尔伽美什》经历了从巴比伦官方版到民间版的巨大转变,构成了目前所谓的标准版形式,并在公元前1300年左右通过一位书吏的整理而大致固定下来。通过梳理其形成过程便可以看出,不同于荷马史诗依赖行吟诗人传统,《吉尔伽美什》的发展离不开楔形文字的发展与知识分子的有意推动,而民间口耳相传的所产生的巨大影响,目前只能通过书面版本之间的差异才能大致推测出来。然而对于知识分子和文字记录的依赖也同样改变了史诗的面貌,例如泥板容量的限制就使得书吏们大量删去了口头传播中的重复性内容。《吉尔伽美什》标准版十二块泥板约三千行的长诗与五六百年后荷马史诗一万三千多行的容量相比,更加具有书面语凝练的特质。然而,任何字面的删改和挑选也无法掩饰长诗中渗透出来的,人类早期所特有的认知习惯。

口述文学的流传,有两个必须解决的难题,即理解和记忆。记忆是指怎样让作品朗朗上口,既便于盲诗人背诵,也便于观众进一步传播。在以荷马史诗为代表的典型口头文学作品中,这大多是通过重复回环而实现的,音韵的复现、长短句节奏上的重复、标志性句子的反复出现乃至特殊比喻的强化性重复,构成了一般口头文学作品加强群体记忆的重要手段。然而,《吉尔伽美什》在口头流传之外所经历的文字编辑,很大程度上删去了这些内容,因为泥板记录需要简练而不是重复。即使如此,《吉尔伽美什》仍然具有早期口头文学的一个重要特征,那就是在认知方式上与纸媒作品有着巨大的差异。口述文学的流传,最重要的不是记忆,而是理解。理解是指怎样把故事讲清楚的问题。早期文学作品在创造词汇、句式和人物形象等方面,如何克服地区差异使作品受到广泛的认可,是《吉尔伽美什》最大的难题,在解决这些问题的过程中,人们创造性地使用隐喻、夸张、意象并置与回归、平行句式等方式来描述不熟悉的内容,体现出诗歌所特有的认知功能。例如第一块泥板30—35行中开篇对于刚出场的吉尔伽美什的描绘：

> 乌鲁克勇敢的后代啊，暴怒中的野牛
> 在前，他是一位先锋
> 在后，值得同伴们信任
> 一道坚固牢靠的堤岸，保护着他的勇士
> 猛烈的巨浪，冲刷着那石墙！
> 卢盖尔班达的野牛，吉尔伽美什，天生神力的强者。[①]

诗行中充满了意象平行并不断叠加推高的诗性快感，"在前"与"在后"，"先锋"与后卫，通过空间意义上的平行，塑造了无所不在的吉尔伽美什；然而长诗并没有就此而至，而是顺着"值得同伴们信任"的话题，进一步创造意象，发展为"一道坚固牢靠的堤岸，保护着他的勇士/猛烈的巨浪，冲刷着那石墙"，这种从一点扩散开去的隐喻叠加方式，是早期口头作品所特有的，因为这种处理方式本质上是难以自控的情绪延伸，是诗兴无法戛然而止的痕迹，固然有可能创造诗意的闪光点，但往往会导致描述越走越远，最终脱离主题。在这个诗节中，虽然很快就通过"野牛"这个隐喻将叙事重新接入主线，但是"石墙"和"野牛"这两套隐喻体系之间的裂痕仍然无法弥补。出于认知要求而得以强化的意象叠加，讲述者的情绪流动无法完全屈服于整体结构规则的限制，《吉尔伽美什》本质上作为口头创造和传播的早期文学作品，更多地体现出文学的自发性，从而与作为传播载体的人体构成了最为直接的共鸣。

三、诗意口述的记忆与口传文学的典范

与世界上其他民族一样，古希腊上古时代的历史也都是以传说的方式保留在古代先民的记忆之中的，稍后又以史诗的形式在人们中间口耳相传。公元前12世纪末希腊岛南部地区的阿开亚人和小亚西亚北部的特洛伊人之间发生了一场10年的战争，战争结束后，民间便有了许多传说，传说以短歌的形式歌颂战争中涌现出来的英雄事迹，经过荷马的整理，西方最伟大的口述文学巨作——荷马史诗便逐渐定型了。其中《伊利亚特》和《奥德赛》处理的主题分别是在特洛伊战争中阿基琉斯与阿伽门农间的争端，以及特洛伊沦陷后奥德修斯返回伊萨卡岛上的王国、与妻子

① 李晶：《〈吉尔伽美什史诗〉译释》，2008年厦门大学硕士论文。

珀涅罗珀团聚的故事。荷马史诗其实并非一时一人之作,而是保留在全体希腊人记忆中的历史。史诗的形成和记录,几乎经历了奴隶制形成的全过程。荷马的诗作依据的是长期、纷繁而又特别丰富的口述传统,这种口述传统可以追溯到公元前12世纪。长久以来,史前希腊的传说被目不识丁的游吟诗人们根据记忆进行充满诗意的口述,以飨同样目不识丁的听众。口述史诗并不鲜见,但相比其他口述传说,荷马史诗无论在质还是量上都是无与伦比的。在柏拉图以及其后的时代,还遗存着其他吟唱英雄时代的传统史诗。人们一直认为这些史诗较为低劣,甚至怀疑此类作品究竟能够流传多久。一切都已灰飞烟灭,留下的只有残篇、概要、引述和模仿。荷马时代以降,只有赫西俄德(这位诗人大致创作于公元前8世纪末)篇幅较短的教谕诗和神话诗流传下来。这些诗歌也呈现出口头传说的特征,但叙事并不连贯,无法展现出一幅英雄主义的画卷。已经佚失的传统史诗中似乎没有一部可以和荷马史诗相比,无论是篇幅还是构思的艺术性,无论是结构与主题的一致性还是质量。

荷马史诗虽然依赖于口头传说,却并没有使用日常的口语,而是用一种高度风格化的、精致的、特殊的措辞,专用于英雄史诗的格律六步长短格,兼具格式性和灵活性,不用尾韵,但节奏感很强。这种诗体显然是为朗诵或歌吟而创造出来的,在歌吟时,大概还弹着琴来加强其节奏效果。由于这种叙事长诗是由艺人说唱,荷马史诗在措辞上同所有口述诗歌一样包含了大量的重复现象。有时是形容词的重复使用,这主要是一些描写型修饰语,如"足智多谋的""头盔闪亮的""捷足的"等等;有时是句子的重复,如"当那初生的如红指甲的曙光刚刚呈现的时候";有时甚至是段落的重复,如史诗中对传达神谕的兽类描写。《伊利亚特》第十一卷中叙述特洛伊人乘胜追击敌方时插叙了一则兽类传达神谕的细节场景:

> 一只苍鹰,搏击长空,一掠而过,翱翔在他们的左前方,爪下掐着一条巨蛇,浑身鲜红,依然活着,还在挣扎,不愿放弃搏斗。弯翘着身子,伸出利齿,对着逮住它的鹰鸟,一口咬在颈边的前胸,后者忍痛松爪,丢下大蛇,落在地上的人群,然后一声尖叫,乘着疾风,飞旋而下。

卜者普鲁达马斯解读了这则神谕,认为这是对特洛伊人的一个明确的警告:"苍鹰突然丢下大蛇,不及把它逮回家去,实现用蛇肉饲喂儿女的愿望。同样,我们,即使凭借强大的军力,冲破阿开亚人的大门和护墙,逼退眼前的敌人，我们仍将循着原路，从船边败返，乱作一团。”[1]

这则预兆交代了神话时代传达神谕的基本要素：主宰者、支配对象、神谕实现的时间和方式以及最终结果。这一细节场景演变成一种类型，多次重复出现在神话文本当中：在特洛伊战场上对战双方难解难分之时，宙斯会派遣强劲的鹰或瘦弱的鸟类传达旨意，左右人物的心理和事件的发展。

这些重复按照功能和作用，大致分为两种情形：

一是有文字意义的重复，即重复部分起着表情达意之功，缺少它，意义不完整或不准确，这样的重复对作品内容而言是画龙点睛的。史诗《伊利亚特》篇中的伊大卡国王奥德修斯英勇善战、武艺高强，更以智慧超群而著名。战争开始之初，他用计识破了躲在孤岛上与这场战争成败有举足轻重关系的联军的主将阿喀琉斯，并迫使后者参加战斗。战斗中，他不时为联军献计献策，多次拯救联军于危难之中。因双方阵营各有优势，这场战争历时十年仍然不分胜负，在双方胶着僵持之际，还是奥德修斯心生一计，特制一只巨大的木马，全副武装的勇士藏在马肚中，联军佯装撤退。特洛伊人不知是计，一拥而上把木马当作战利品推入特洛伊城。夜半时分，躲在马肚中的勇士们冲了出来，打开城门，举火为号。佯退的联军卷土重来，里应外合攻下了坚固的特洛伊城，这就是著名的“木马计”。荷马史诗之《奥德修纪》篇主要讲述奥德修斯的返乡之路，对奥德修斯主导性格的展示更加全面。奥德修斯在十年海上漂泊中多次遭遇生死危难，他总能凭借智慧化险为夷，逢凶化吉，智斗独眼巨人，勇斗女仙，到冥府会见亡灵，乔装乞丐……史诗中的奥德修斯是一个不折不扣的智多星，处处闪现着智慧的火花，史诗对他的智慧是极力颂扬的，为了突出他的智慧，每次提到他，名字前面总冠以“足智多谋的”这样的修饰语，这种修饰语的重复概括了人物的性格，它的重复可以帮助人们去更好地认识和理解这一英雄人物。与此相似，“捷足的阿喀琉斯”“头盔闪亮的赫克托耳”莫不如此。阿喀琉斯是联军的主将，以骁勇善战而闻名，史诗反复重复修饰语“捷足的”，突出了这一英雄的脚力和拼杀的速度。赫克托耳是特洛伊的主帅，他积极地为帕里斯王子的错误行为寻找补救措施，冲锋陷阵无所畏惧，史诗重复“头盔闪亮的”修饰语，让一位雄赳赳气昂昂、勇于承担责任的部落英雄的形象呼之欲出。

---

① 荷马：《伊利亚特》，陈中梅译，北京：北京燕山出版社，1999 年，第 251—252 页。

另一种是音韵意义的重复。与上一种情形有所区别,史诗中还有大量的重复传情达意的功能是不强的,完全可以用更简洁的语词替代,但还要多次重复。如提到贵族,史诗总会冠以修饰语“仪表如天神的”,这种重复完全可以换成“高贵”一词;提到智慧女神雅典娜总会冠以修饰语:“长着猫头鹰眼睛的”,这个修饰语对于表现女神的智慧没有什么实际意义,不过是要传达“目光犀利”或“睿智”而已,因为汉文化中“猫头鹰”的特殊文化指代,有的中译者干脆换成“明眸女神”。这些重复都是可以更换的,那么它们是不是多余的呢?回答是否定的,它们是史诗一种习惯性的表达,作用更多的是体现在形式上,即在音韵上起着平衡音韵、凑足音节的作用。两种类型的重复现象在史诗中都是客观存在的,要探究其成因,就要从史诗的成书过程和传播方式中去找寻。从中可以看到,史诗在形成中受到了民间说唱文学的影响。

荷马两部史诗的成书历经了十个世纪,经历了一个漫长的民间创作的过程。大致可以分为三个阶段:其一,公元前 12 世纪左右,居住在小亚细亚半岛西北部的特洛伊人和希腊半岛南部的阿开亚人之间发生了一场历时十年的战争。战争结束以后,关于战争中部落英雄的故事就在民众中流传,流传过程中英雄的故事与神话的内容相融合,这些故事成为荷马史诗的雏形。其二,公元前八九世纪,一位行吟诗人荷马对流传在民间的故事加以收集,整理润色,终于形成具有完整的情节的两部史诗。其三,公元前六世纪,雅典的执政者庇士特拉妥下令记录史诗,使史诗第一次有了文字形式。公元前二三世纪,亚历山大城的学者们再次校定,最终形成我们今天看到的两部定本史诗。从中可以看到史诗在一个相当长的时期内是在民间口耳相传的,属于民间说唱文学,也就是说今天我们看到的《伊利亚特》和《奥德修纪》两部史诗都是在民间说唱文学的基础上形成的。《奥德修纪》卷八描写奥德修斯飘落到腓尼基,国王盛情地款待他,并招来乐师,以竖琴伴奏,说唱故事。乐师先是唱战神与爱神的爱情故事,接着说唱特洛伊英雄故事。从中可以看到,战争结束不久,有关这场战争的故事就以民间说唱的形式在流传。同时也可以明了当时的民间说唱文学的基本表现形式,是在乐器伴奏下的吟唱。

既然荷马史诗的雏形是民间说唱文学,是以口耳相传为基本传播形式的,首先就要求具有通俗易懂、易讲易记的特点。从这个要求出发,上面提到的两种重复类型之一的有文字意义的重复是十分必要的,这种重复有助于讲述者的记忆,对于不同时段的听众,也能快速了解故事中的人物特征。奥德修斯以智慧见长,反复使用"足智多谋的"修饰语,可以一语概括,讲者一讲即明,听者一听即懂,重复服务于说唱,有助于理解内容和人物性格。另一方面,作为民间说唱文学,还要唱起来朗朗上口,听起来优雅和谐。荷马史诗作为六音步诗体,十二个长短音按一定的格式排列,十分整饬。为了求得音韵上和谐,重复地采用某些固定的习惯性表达形式就十分必要了,看似累赘的重复,其实起着凑足音节、平衡节奏的作用。对此,著名学者杨宪益先生这样评价:"史诗里许多重复词句一再出现,一般也并不使人感到是多余的,而是像交响乐里一再出现的旋律那样,给人一种更深的美的感受。"[①]这大概是由于古代的某些艺术手法虽然比较简陋,但有经验的说故事的诗人运用技巧非常纯熟,所以才能产生这种成功的效果。正因为这些诗歌流传于民间,故毫无例外地体现出民间说唱文学重复的特征。据统计,荷马史诗中有五分之一是由重复使用的诗句构成的,总共 28000 行诗中有 25000 个重复出现的短语。被誉为"荷马研究中的达尔文"的 20 世纪语言学家帕里发现,这些重复符合配乐咏唱的古希腊诗歌的特有规律,也便于在没有文字的条件下口头传诵和即兴创作。如此大量而固定的重复用语,显然不可能出自一个诗人的创作,那是经过世代民间歌手不断口口相传、不断积累筛选而约定俗成的。帕里的发现被学术界认为是 20 世纪荷马研究中最重要的成就。

从上述可以看出,由于《诗经》和荷马史诗相同的口传方式,使得二者在有些方面十分相似:这类文学存在于说者与听者之间,最大的特点是交流的互动性。这包括两个方面的内容。第一,说者与听者之间可以相互影响和作用,形成了亲密的面对面的接触关系。说者在传播中选择什么样的主题、语言、语气、意象来进行交流,直接受到听者的身份、地位、素养、兴趣的影响与制约,说者必须调动各种各样的方式和手段来吸引听者的注意力,引起他们对作品的兴趣。比如《诗经》中大量的赋比兴和荷马史诗中大量的比喻的运用。第二,说者与听者之间完全没了界限,每个人既是说者,又是听者,既是演员,又是听众,这往往发生于民间歌谣的演唱活动中。尤其是集体和歌,如一群人在一起劳动时,为了激发斗志,减轻疲劳,一个人领头唱歌,其他人参与齐唱,形成了相同的节奏和动作,《诗经》中大量反映劳动者生产与生活的作品就属于这种类型。中外各民族口头传统的传承、传播、历史流变表明,口头传统堪称后世文化艺术的原

---

① 杨宪益:《奥德修纪》译序,上海:上海译文出版社,1979 年版。

型酵母,它们不只是简单的各民族原始生活的机械记录,而且是人类文化与艺术的母体,从它们的形式、内容、传统、文本、表演等要素中发酵、孕育了后世的小说、戏剧(曲)、音乐、诗歌、绘画艺术、表演艺术、说唱艺术、影视艺术等多种文化形态,这种酵母作用对后世文化艺术再生具有多维度价值,同时也具有跨界、混生效应。这种原型酵母具有永久的文化再生功能与活力,只要加入不同时代的"水、温度、气候",就能发酵出异彩纷呈的艺术产品,其文化艺术审美价值不可估量。①

第二节 纸媒传播的语言曲线

书籍报刊的印刷出版业的兴起,对文学经典的形成和建构起到了不可忽视的作用。很显然,自从有了印刷术和轮转印刷机器,图书和报刊的大批量印刷和出版,使得文学文本越来越具有可得性和易得性,这就扩大了文学文本传播和接受范围。更关键的是,印刷术使文学阅读越来越大众化,而且印刷术直接推动了教育的大众化并且使学校教育基于书籍的分层分级的专门化阅读得以通行。文学文本一经发表或出版,就直接传递到了各个阶层的读者手中,可以说,文学经典的筛选已不可能是几位专家或政府机构里的官员的事情了。今天的学校教育虽依然能对经典的强化发生很大的效力,特别是一些文学专家和教授依然掌握着学校教育体系里的文学阐释权,但今天的学校教育方式和视角越来越多元化,也越来越开放并越来越鼓励不同意见和看法的出现,这也使得少数教育权威和学院批评家的力量在弱化,至少他们不可能拥有绝对的话语霸权。熟悉媒介文化发展史的人都知道,15 世纪中叶,约翰·谷登堡发明了印刷术,由于大批量印刷书籍的技术还未普及,所以在 15、16 世纪文学阅读还未能成为大众社会风尚,但随着谷登堡印刷术的普及,情形就大不一样了,而且欧洲人文主义的兴起就直接与印刷出版业的兴起及阅读的大众化紧密相关。②

翻开欧洲出版史,自从 17 世纪有了出版社,文学的格局发生了重大的变化。以儿童图书出版为例,英国儿童文学之所以大规模开出灿烂的

---

① 杨中举:《口头传统:人类文化传播与再生的原型酵母》,《文化遗产》,2015 年第 4 期。

② 谭旭东:《图书报刊出版与文学经典化》,《文艺报》,2010 年 4 月 28 日。

花朵并成为欧洲乃至世界儿童文学的“领潮者”，就是约翰·纽伯利(1713—1767)儿童图书出版事业的开创。1745 年，纽伯利在伦敦圣保罗教堂大街挂起了“圣经与太阳社”的招牌，开始了儿童图书出版事业。这是世界上最早的儿童图书出版社，他出版的书约有二百种，他的这些书与以往的儿童读物相比，在纸张质量、印刷和装订上都要好得多，而且价格上也相对便宜。这些物美价廉的儿童图书的出版使一直以来被贵族子弟垄断的图书一般平民子女也能得到，这不但推动了儿童教育，而且还直接推动了包括儿童文学著作在内的童书创作。所以，尽管人们认定世界现代儿童文学的开山者是德国的格林和丹麦的安徒生，但儿童文学最发达、经典涌现得最多的国家却是英国，在随后的 18 世纪和 19 世纪，英国的童话和儿童小说是最多最好的，涌现了《水孩子》《艾丽丝漫游奇境记》《北风后面的国家》《格列佛游记》等诸多名篇。安徒生等欧洲经典儿童文学作家在中国被接受的历史，很大程度上就是中国儿童文学出版的历史，如果考察《安徒生童话》和《格林童话》等欧洲儿童文学经典的版本的话，就不难发现中国现代儿童文学的生成，不仅仅是现代儿童观的问题，也不仅仅是文学启蒙力量的推动，还与图书出版与报刊的发行密切相关。如果没有儿童报刊的出现，如果没有出版社出版作家的儿童文学作品，就不可能有叶圣陶的《稻草人》、张天翼的《大林和小林》、陈伯吹的《一只想飞的猫》和严文井的《小溪流的歌》等经典作家作品的广为流传。今天虽然电子媒介和信息方式的变革改变了文化经典的环境，也影响了人们的阅读方式和价值取向，但图书出版在经典文化的塑造方面的力量依然不可轻视，在不断地推出新经典、淘汰旧经典的过程中，图书和报刊出版业扮演着重要的角色。

同样道理，如果没有图书出版和报刊事业的发展，外国文学经典不会有今天这么多，也不会有那么多的经典作家和作品家喻户晓，深入读者的心灵。也很难想象，如果没有图书出版和报刊的发行，外国文学经典会传递得那么多，而且具有那么大的力量？正是因为图书出版业和报刊的发行业，文学作品才有了更多的读者，文学作品才有了更大的生存空间，而文学经典才会越来越多，而且越来越被更好更快地传递、阐释和解读。文学经典的魅力才会越来越长久，越来越具有难以形象的精神建构的力量。[1]

---

[1] 谭旭东：《图书报刊出版与文学经典化》，《文艺报》，2010 年 4 月 28 日。

一、纸媒传播的文明与经典流传的便利

文学是语言的艺术,语言有两种存在形态:口头文学和文字文学,口头文学的时代早已远逝,文字文学仍延续至今。文字传播让异地、异时传播成为可能,极大提高了传播的范围和广度。往日的语言传播,是人与人之间的心记脑存、口耳相传,既不能"通之于万里,推之于百年",亦不能保证信息在传播中不被丢失、扭曲、变形和重组。因此,"盖文字者,经艺之本,王政之始,前人所以垂后,后人所以识古"。文字是对语言的记载,是语言的书写符号,是语言的视觉形式。文字的发明及其文献记录的应用,可谓是人类文明的重要标志,是人类传播史上的一大创举,对于人类文化的保留和传播起了革命性的作用。它一方面从时间的久远和空间的广阔上实现了对语言传播的真正超越;另一方面引导人类从"野蛮时代"迈入"文明时代"。

文字文学的重要特征之一在于它必须依赖媒介,与媒介共生,离开媒介,则文字与文学几乎无法存在。文字文学的传播也在很大程度上依赖于媒介,纯粹的语言如果找不到物质做依附就不可能完成交流,也就无法传播。正如马克思所言:"'精神'从一开始就很倒霉,注定要受物质的'纠缠'。"[①]多数文学研究者将视野投向文学作为精神活动的诸多特征,如艺术性、抒情性、审美性等。事实上,文学是以语言为基础要素的话语活动,并非纯精神过程,"任何文学作品都离不开一定的物质载体,无论古代的甲骨、竹简,还是纸扇、墙壁,总是以物质的方式承载文本"[②],在传播的过程中从未脱离物质。文学与媒介犹如硬币的正反面,离开媒介,文学仅仅是作家头脑中缥缈虚幻的意识,永远得不到保存和传播。

纸媒作为文化传播的传统媒介,在中国有悠久的历史,有着传达信息和记录的功能,是构建信息传播的主要物质形态。纸是中国古代劳动人民一个伟大的发明。上古时代,祖先主要依赖结绳记事,之后逐渐发明了文字,便开始用甲骨作为书写材料,后来又利用竹片和木片以及缣帛作为书写材料。但由于缣帛太贵重,竹片太笨重,于是便产生了纸。中国古代四大发明,造纸术与指南针、火药、印刷术一起,给中国古代文化的繁荣提供了物质技术的基础。纸的发明结束了古代简牍繁复的历史,大大促进

---

① 马克思、恩格斯:《马克思恩格斯选集》(第一卷),北京:人民出版社,1972年版,第35页。

② 周海波:《现代传媒视野中的中国现代文学》,北京:中华书局,2008年版,第32页。

了文化的传播与发展。文字和造纸术的发明，信息的传播跨越了时空的障碍。“文字出现之后，文学传播经历了很长时间的手抄传播阶段，然而手抄传播效率低、规模小、成本高。”[①]文学经典大规模的传播受到了一定限制，成为上层社会特享的奢侈品，而印刷术的出现，使信息的复制变得简单易行，极大地扩大了人类分享信息的能力，使得文学实现了真正的普及。随着印刷术的发明，纸张成为文学传播的固定载体，相比刻在铜器、石头、铁器、竹片上的，以及撰写在布帛、兽皮和莎草上而言成本更低廉、携带更便捷，为文学大规模的传播和流传创造了最基本的条件。大量的文化历史和文化成果，都被以文字的形态记载在典籍当中。中国的史学著作、儒家经典、诗词歌赋、作家文集、佛教道教经文等等在信息流、交通流并不十分发达的唐宋时期被大量复制，流传海外。

书籍是载荷文学信息、实现纸媒传播最重要的方式之一，使文学作品得以最完整、最忠实和最固定地保留和传承下来。纸质书籍已超越了其物质意义，成为文化和历史的象征。对历史的追忆与探究中，纸质书籍记载的文字资料是最直接，也是最真实可靠的。纸媒传播居功至伟，书籍的功劳不可磨灭。宋代雕版印刷术日趋成熟，技术臻于完善，得到了广泛应用，纸媒迅猛发展。在宋代，无论是书本印刷的数量、刻印的种类、规模和地域分布、印书的技术水准，都达到了相当的高度，呈现出兴盛发展的繁荣局面。宋代印本书籍的大量传播使宋代文化得到了前所未有的普及，提高了宋人的文化修养，扩大了宋人的文化视野。大量的图书的收藏和传播也促进了宋代文献学的形成，对经学研究产生了巨大的影响，主要表现为宋人注经、疑经层出不穷。顾颉刚先生对此曾说：“自从唐代有了佛经的雕版以后，到了五代时，刻了《九经》和《文选》等书，北宋时又刻了《十五史》和诸子等书，学者得书方便，见多识广，更易比较研究；又受了禅宗‘呵佛骂祖’的影响，敢对学术界的权威人物和经典著作怀疑。”[②]可以说，纸质媒介的风行，印刷术的普遍应用，是宋代经典文学研究的复兴及改变学术和著述风尚的原因之一。

乾隆五十六年(1791)，程伟元和高鹗将《红楼梦》前 80 回与后 40 回合成一个完整的故事，以木活字排印出来，通称“程甲本”。第二年(即乾隆五十七年，1792)，程高二人又对甲本做了一些“补遗订讹”“略为修辑”

① 郭庆光：《传播学教程》，北京：中国人民大学出版社，2002 年版，第 8 页。

② 顾颉刚编订：《崔东壁遗书》，上海：上海古籍出版社，1983 年版，序言第 40 页。

的工作,重新排印,通称“程乙本”。“程乙本”的印行,结束了《红楼梦》的传抄时代,使《红楼梦》得到广泛传播。1921年,第一部新式标点本《西游记》出版,对文本进行了严谨踏实的校勘整理,为今后的传播和研究打下了基础。在大量的经典史料当中,也以纸质书籍居多。不同时期对文学经典的出版和印刷,对经典作品的百年传承及其对外推广起了革命性变化,切切实实让文学经典从藏书阁走进普通百姓的家中。

印刷术的运用扩大了书籍的传播范围,增强了文学影响力。报刊也是一至关重要的纸质媒介,其在经典文学传播过程中的作用不容小觑。1897年,上海《字林沪报》刊出中国第一份副刊《消闲报》,以专门的版面集中刊登小品、诗词、传奇、乐府之类的消闲文字,从此文学与报刊结下了深刻的缘分。知名报刊如《新青年》《申报》《光明日报》等都因其与文学的结合在传播史和文学史上占有举足轻重的地位。著名作家梁晓声认为,没有报纸文学副刊,就不会有中国近现代文学的繁荣。再者,纯文学的期刊也为文学的传播贡献了巨大的力量。据统计,1915—1949年间,《中国现代文学期刊续录》一共收录我国各地出版的文学期刊3506种。[①] 在这些刊物中,外国文学的译介始终占据了很重要的部分,许多期刊还设立了翻译专栏。当时几乎所有进步报刊都登载翻译作品。[②] 由于期刊的周期短,包容量大,价格低,在译介外国作品和扩大文学影响方面,有时期刊的译介比译本拥有更大的读者群,影响也更大。大量的外国文学作品在此平台上得以翻译、引介入中国,对外国文学的翻译和介绍起到了极大的推动作用,这些刊物的创办,是中国翻译文学史上的大事,对翻译文学事业的发展具有重要的意义。

发表译作的译者大多是中国新文学史上的先驱和杰出作家,他们从事翻译活动都有一个共同出发点,就是通过译介外国文学,提倡新文学,传播新思想,因此大量外国经典名著得以翻译引介到中国。《新青年》的翻译文学包括了美国、英国、日本、俄国、挪威、印度、丹麦等十多个国家。翻译的作家主要有契诃夫、屠格涅夫,莫泊桑、高尔基、易卜生、安徒生、王尔德等著名作家。全国大多数作家和翻译家,如鲁迅先生,以及中外文学的研究者,都为它付出过辛勤劳动,使它在评介外国文学和整理中国古代文学、传播外国经典文学、发展新文学创作等诸多方面,都取得卓越成绩。

---

① 邓集田:《中国现代文学出版平台——晚清民国时期文学出版情况统计与分析(1902—1949)》,上海:上海文艺出版社,2011年版,第64页。

② 谢天振:《中西翻译简史》,北京:外语教学与研究出版社,2009年版,第163页。

让群众更广泛地接触到外国文学作品，伴随着翻译文学的发展，报刊上第一时间呈现大量的新鲜词汇和句法，扩充了汉语词汇和表达，加之白话新诗、白话小说和戏剧等各种文学形式丰富了中国传统文学，极大促进了中国文学的现代化。

文学作家创作的最终目的是文学书籍的出版，通过报纸副刊、文学期刊发表之后，能够将作品集结成书是每个作家的追求，是扩大其原创或翻译文学作品传播力和影响力的根本途径。鲁迅先生的小说《狂人日记》在《新青年》上连载大获成功后被收录到《呐喊》文集中出版发行，将这部具有重大文学意义的中国第一部现代白话文小说以完整稳定的形式保留了下来，使其经典独特的文学魅力能一直延续下去。中华人民共和国成立后，《人民文学》《译文》《小说月报》《十月》等许多文学刊物，是作家们第一时间发表作品的媒介。由于定期出版、发行面广、发行量大、受众群体较为固定等优势，文学刊物深深受到广大文学读者和文学创作者的喜爱。直至今日，这类纸质文学传播媒介也拥有相当数量的读者群。朱光潜先生对文学报刊做出了极高的评价："在现代中国，一个有势力的文学刊物比一个大学的影响还要更广大、更深长。"①

纸媒传播使文学作品有了固定、便捷的物质载体，也易产生广泛而深远的传播效果。人们越来越重视文学经典传播对于社会思想、文化构建、民族精神的影响。公元 8 世纪，我国已经广泛使用纸，至今已有 2000 多年的历史，纸质媒介的出现和应用为文学经典传播提供了极大便利，犹如一列"文化高铁"，将文学带进高速传播的新时代。首先，纸质传媒使得大容量、大规模的文学文本复制和发行成为可能；其次，以纸为媒，传播内容精良可靠。书籍、报刊等印刷出版过程较为严格，往往经过多次审核、校勘之后才刊印发行，提高了文学文本的准确性和稳定性；更重要的是，以纸为媒，知识能长久保存。公元 256 年用"六合纸"抄写的《譬喻经》是现存最早的纸卷写本之一。而光盘一般情况下的使用寿命是 70 年，即使采用酞菁和偶氮染料的光盘也不过才可以保存 100 年。如果处于不良环境下，光盘使用的寿命则更短，而网络信息变幻风云，稍纵即逝。纸质书籍愈加制作精良，且改进了文集的包装和装帧，更有利于经典文学的流传和传播，给读者提供了恒久的书籍阅读乐趣。

---

① 俞元桂：《中国现代散文理论》，南宁：广西人民出版社，1984 年版，第 126 页。

二、经典重述的翻译与异质传播的流失

“翻译是经典从地区走向世界,边缘走向中心的必经之途。”①在人类文化交流史上,如果没有翻译,“中学西传”便无法“传”,“西学东渐”也无法“渐”。翻译是一种跨语言、跨文化的“重述”现象,它将文学经典文本从一个历史背景转移到另一个历史背景之下,将意义从一个文化空间传送到另一个文化空间,为文学经典跨民族、跨地域的传播立下了汗马功劳。譬如马丁·路德翻译的《圣经》,不但改变了整个欧洲的面貌,并且使《圣经》的译文成为经典,促进德语的标准化,将《圣经》带入千家万户的平民百姓手中,是统一德国语言和振兴德国民族精神的伟大动力。又如,美国作家埃德加·爱伦·坡怪诞恐怖的推理小说和唯美主义诗歌起初在美国文坛并没有引起太多关注,当法国象征主义诗人波德莱尔和马拉美把他的作品率先翻译成法文后,爱伦·坡的作品犹如获得新生,受到读者喜爱,得以广泛传播,英国柯南道尔的《福尔摩斯探案集》、法国凡尔纳的科幻小说,以及今天广为流传的种种推理、罪案小说,都深受他的作品影响。

文学是语言的艺术,它具有民族化、个性化、形象化、典型化等特点,每一部文学作品都是一个丰富且复杂的文本。“文学翻译是艺术化的翻译,是译者对原作的思想内容与艺术风格的审美的把握,是用另一种文学语言恰如其分地、完整地再现原作的艺术形象和艺术风格,使译文读者得到与原文读者相同的启发、感动和美的享受。”②在翻译过程中,译者首先是读者,他的首要任务不是翻译,而是理解。而在这个理解过程中,在接触异界文化时,由于自身思维方式和文化传统的影响,译者容易根据自己熟悉的知识背景对原文信息进行切割、选择和解读,这就不可避免地造成误读,这是一种无意识的误读;从另一方面来说,译者也会在翻译过程中有意识地误读原作信息,他会对潜在读者可能的“视野”进行预测,考虑译文读者的接受能力、文学修养水平、阅读喜好、审美情趣等,有时甚至是政治环境,使译文与读者的“期待视野”融合,为此译者要根据情况改变翻译策略,甚至造成偏离原作的误读。最终,这些误读会跟随着译者的语言进入译文,进而引起误译,信息的传播就遭受扭曲甚至流失。所以说,“每个译者首先是个解释者,误译往往建立在误读的基础上”③。

---

① 张中载:《经典的重述》,《中国外语》,2008 年第 1 期。

② 郑海凌:《文学翻译学》,郑州:文心出版社,2000 年版,第 3 页。

③ 白立平:《文化误读与误译》,《外语与外语教学》,1999 年第 1 期。

造成误读的原因有很多，语言差异是首要问题，但复杂文学文本的翻译又绝不仅是一个简单的语言问题。中文着实是一种相当复杂的语言，有时候即使著名的汉学家和翻译家，也难免出错。亚瑟·韦利大概是20世纪上半叶中国和日本文学最著名的翻译家之一，他翻译的《诗经》和《源氏物语》堪称经典，他节译《西游记》中描写孙悟空的精彩篇章，题为《猴王》，也十分成功。但他也误把"赤脚大仙"误解为"红脚大仙"，可见误解其实难以完全避免。语言的"不可译性"更为主要的原因是语言文字本身的差异，也就是语言文字的物理形态和本质特征所造成的不可译性。各国文学作品中有不少修辞利用了本国语言的特点，这些独特的语言表达要被翻成另一国语言就相当困难。如语法层、词汇层、语音层。具体表现形式为：同音异义、同形异义、谐音双关、拆字游戏和谜语、绕口令、对仗、押韵等。例如"一边喜雨，一边喜风，喜风怕水，喜雨怕虫。谜底：秋"。这类谜语与汉字字形直接相关，往往利用字形结构和笔画的关系。若用英文译出汉语字形为基础的谜语，简直是登天之难。

翻译理论家奈达在谈论语言与文化差距时曾说："事实上，译者在翻译时，不同文化间的差异会引发比不同语言结构更复杂的状况。"[①]文化上的不可译是因为与源语文本功能相关的语境特征在译语文化中不存在。文化的特征和内涵在一定历史背景下形成，受地理环境、风俗习惯等的影响，由于各个国家的地域差异，文化起源不同，所表现的文化特征与表现形式也不尽相同，特别是思维方式、价值观念、审美情趣等均有很大差异，因此导致文学作品中一部分文化内容无法完全传译出来。更甚者，诗歌是极具艺术性的文学体裁，而诗歌翻译是文学翻译中最复杂的活动，因为它是各种艺术手法的集中体现，无论在语言层面还是文化层面，这意味着翻译的不可能。早有许多作家对诗歌翻译发出感叹。但丁说过，"诗的光芒会在翻译中消失"[②]。直率又委婉，严肃而幽默的，要算佛洛斯特先生了："诗就是翻译中丢掉的东西。"庞德把诗分成语言、音乐和意象，也曾发问："哪部分才不会在翻译中失去？"由此可见，文学经典在跨语言传播中，翻译是必经之路，但也会有所流失。

如今发展到信息时代，文学经典的传播方式和途径也日新月异、突飞猛进，经典不再单单以原来面目呈现，"故事新编"的异质传播成为普遍现

---

① Eugene A. Nida, *Toward a Science of Translating*, Shanghai: Shanghai Foreign Language Education Press, 2004, p. 161.

② 曹明伦，《翻译中失去的到底是什么？——Poetry is what gets lost in translation 出处之考辨及其语境分析》，《解放军外国语学院学报》，2009 年第 5 期。

象。异质传播是文学经典的非原作传播,利用文学经典的文化影响力和神圣光环进行传播,其实质就是文学经典的通俗化和商业化的扩张。"故事新编"即经典再生产,以特定的经典文本为原型,对其进行改编、续写、改写、重写、戏仿等一切利用经典文本进行再创作的生产过程,是经典的异质重现。通过异质传播,文学经典可以迅速实现文化资本向经济资本的转换。然而至于再生产出来的艺术作品到底在多大程度上还原了经典文本的艺术元素和精神灵魂,异质传播的主体显然是不会予以考虑的。

作为中国版和改编版的《哈姆雷特》,冯小刚导演的电影《夜宴》在学界和影迷中激起了千层浪,引发不少的议论。《哈姆雷特》是莎士比亚的所有悲剧中出类拔萃的一部,他把我们看来很简单的复仇行动变为复杂的思考,苦心安排了戏中戏,为人物的良心寻找铁证。敌人良心上的不公正恰好从反面证明了自己行动的正义性。以致他在克劳狄斯祈祷时,拖延甚至错过复仇时机。自始至终,复仇的主线一直占据着叙事中心,这也正是故事最引人入胜的地方。莎剧的故事是主题鲜明的,也是发人深省的。观众从剧中看到了王子忧郁的性格,看到了王子内心深处的俄狄浦斯情结,甚至看到了"活着还是死去(To be or not to be)"的哲学沉思,这部剧表现着西方文明的精华。反观《夜宴》,显然不止步于表现简单的复仇故事,故事放弃了王子这条主线,变得支离破碎,编导设定了"欲望"的主题,打情骂俏、宫廷争斗、弄权显威成了故事的主要场景。王子却成了无足轻重的配角,除了偶尔在宴会上演出一场含沙射影的剧目,乃至最后王子在夜宴上出现,也是忙于为青女的死哭泣,复仇的主题早已被抛到九霄云外。

《夜宴》突出强调了欲望的主题,反而没能体现出原著的人文主义精神,以及从精神上拯救世界的愿望的台词都没能在影片中很好地体现出来,如哈姆雷特这段经典的独白"人类是一件多么了不起的杰作!多么高贵的理性!多么伟大的力量!多么优美的仪表!多么文雅的举动!在外表上多么像一个天使,在智慧上多么像一个天神!宇宙的精华,万物的灵长!"《夜宴》表现的是什么?是真正的中国文化内核吗?表现中国文明,仅仅通过服饰、越人歌、剑术、梆子戏是远远不够的,中国文化里面的"良知"比西方文明更深入人心,中国文化讲智、仁、勇兼备,其中仁者无敌。英国的"王子"是因良知、正义而死,中国的"王子"却因复仇、欲望而死,这非常具有反讽和恶搞的效果。

文学翻译的最终目标是把外国文学引介给本国读者,把自己国家的文学介绍到其他国家。基于该目的，许多译者会有意识地误读原文，即基于对目标语读者的价值观念、思维方式和审美情趣的考虑，译者更加关注译文对接受者的作用，并期待接受者做出积极反应，译者对原作进行了一定的背离，以实现译者附着于译文中的意图。因为译者考虑到中西文化间的巨大差距而导致价值观、伦理观和世界观的不同，从而给读者对原文的理解和接受带来一定的困难，就故意对原作进行了某种“曲解”。译者的有意误译，尤其是大批译者对同一个命题在同一个历史时期的群体性误译，是中国翻译文学史上的特殊现象，集中反映了翻译文学进入目标语文学和文化并产生影响的具体方式。“朱生豪脍炙人口的莎剧全集翻译，曹禺为舞台剧《罗密欧与朱丽叶》所做的剧本式翻译，还有梁实秋具有学术价值的全集翻译，都以各自不同的形式实现了翻译文学的转向，不仅仅是语言的本土化，更重要的是对于莎剧思想逻辑的重新解读，改变了这部西方经典在中国的接收方式和程度，使之成为了中国文学不可分割的一部分。”①

其中，莎剧中“命运”观念在我国众多译者的笔下得到了新的诠释，中和了东方传统思想观念，打破了宿命论和西方宗教思想在文学中浓墨重彩的影响方式。人与命运的关系一直是莎剧中的主题之一，《罗密欧与朱丽叶》带着强烈的悲剧命运色彩，男女主角相爱了、自由了、希望了、反抗了、争取了，却始终没有摆脱悲惨的命运。剧中的命运观是复杂的，看似无数的“偶然”实质却是最后悲剧命运一步步的预兆与铺垫。然而，朱生豪、梁实秋等译者都有意将剧中命运的必然性、沉重性和悲剧性柔化甚至消解了。朱生豪将剧中所有“fortune”译为“命运”，将“fate”常译为“意外的变故”。例如，罗密欧在茂丘西奥死后感叹：“I am fortune’s fool!”他译为：“我是受命运玩弄的人。”罗密欧叹息道：“This day’s black fate on more days doth depend; This but begins the woe, other must end.”朱生豪译为：“今天这一场意外的变故，怕要引起日后的灾祸。”事实上，“fate”比“fortune”有更广的意义，既可以表示好运，也可以表示厄运，它本身含有两层意味：一是命运的不可抗拒性，二是命运无常，无法预料，捉摸不透。莎剧中的命运两层复杂的意味都有。朱生豪将“fate”译为“意外的变故”，同时忽视了“on more days”，厄运将继续下去的寓意。他的翻译强调了“fate”未知性的一面，故意避开了其宿命性的特征，是译者的倾向

① 刘云雁：《〈罗密欧与朱丽叶〉群体性误译研究》，《同济大学学报》（社科版），2014年第1期。

性误读。

再如,第一幕第四场中罗密欧参加舞会前的预感:

> I fear, too early: for my mind misgives
> Some consequence yet hanging in the stars
> Shall bitterly begin his fearful date.

朱生豪译为:"我仿佛觉得有一种不可知的命运,/将要从我们今天晚上的狂欢/开始它的恐怖的统治。"

梁秋实译为:"我恐怕还是太早;因为我有一种预感,/某种悬而未决的恶运/将在今晚狂欢的时候开始他的悲惨的程途。"

曹禺译为:"我心里总是不自在,/今晚欢乐的结果/料不定就坏。"

原文用的是"consequence"(结局),然而三位的译文都将这悲剧的"结局"译成"命运",消解了剧中宿命的意味。朱生豪采用了增译法,增加了"不可知的"来修饰命运,死亡的结局便被不可知的不安代替;梁实秋的译文最显沉重,只能以宗教获得心灵安慰而纾解宿命的痛苦;曹禺的翻译将沉重的预言化解为轻松的玩笑。三位译者都规避了原剧中的"fear",罗密欧预见死亡宿命后的恐惧变成了对于未知的迷惘与探索。两个或者两个以上主要莎剧翻译者对同一段文字所产生的共同性误译,尤其是通过冲突柔化和重心偏移所产生的误译,是中国莎剧翻译中的特殊现象,透视出一百年来穿越不同意识形态而历久弥新的中国文学深层结构与文化基因。[①]

中国现代文学的兴起,是在与传统文学决裂的立场上进行的。如果没有翻译,没有通过翻译引入的丰富多彩的西方文学,中国现代文学将如何发展,是很难想象的。可以说,翻译是为世界各国文学长河注入"新水"并使其源远流长的最重要的一条渠道。虽然翻译必然伴随着信息的流失和误读,但不可否认的是,翻译活动在文学经典的传承与传播方面发挥了举足轻重的作用,对世界上的跨地域、跨语言和跨文化的经典传播,以及各国文学的发展承担了重任。

三、价值增殖的误读与经典重读的修正

通过误读,文学作品可以实现文本价值增殖,也就是说读者或译者在

---

① 刘云雁:《〈罗密欧与朱丽叶〉群体性误译研究》,《同济大学学报》(社科版),2014年第1期。

误读某些作品时产生了灵感,引发了创作冲动,发挥其主观能动性和想象力,最终在原作的基础上自己创作产生的文学作品。美国当代著名文学批评家哈罗德·布鲁姆分析误读理论时,比较后辈诗人诗作与前辈诗人诗作,在后辈诗人误读前辈诗人诗作基础上,彰显后辈诗人的文学创造性,并认为在误读的过程中实现了文本的价值增殖。

误读是文学活动互动机制中不可或缺的活跃分子,是文学活动自身发展的需要。作者创造出文本,若是没有读者的阅读,尤其是误读,原文本就不可能得以传播、演化和发展。在这个过程中,文学经典的价值不断得到体现。在一定程度上,误读打破了"作者话语——读者接受"的单一模式,相反的,作者与读者形成了互相学习、欣赏、借鉴、监督的良好模式,读者也参与文本的创作,这对整个社会的认知水平合理化与提高不乏意义。美国学者乌尔利希·韦斯坦因说:"一本书,只要还被人误读着,就具有生命力。"[①]误读可以是文学经典信息传播的流失和阻碍,同时也可以是文学作品的再生力,恰恰因为误读,文学活动才能呈现出生生不息的鲜活感和动态感。

英国作家、翻译家菲茨杰拉尔德因翻译波斯诗人奥玛·海亚姆(Omar Khayyam)《鲁拜集》闻名于世。《鲁拜集》是波斯大诗人奥玛·海亚姆的四行诗集。内容多感慨人生如寄、盛衰无常,以及时行乐、纵酒放歌为宽解。奥玛·海亚姆在西方完全是作为一个诗人而著名。然而,在整个伊斯兰世界,尤其是他的家乡波斯(伊朗),他作为一个天文学家和数学家出名。虽然他的诗受人尊敬,但是在他那个时代,任何一个受过高等教育的人都可以做这种诗,事实上做这种诗是在特定场合即兴赋诗的能力。关于奥玛·海亚姆如何在英国成为一个伟大的诗人的故事,还应归功于菲茨杰拉尔德的英文翻译。

菲茨杰拉尔德《鲁拜集》的英译,是1859年出版的。第一版只是一本薄薄的诗册。出版者伦敦卡里奇(Quaritch)书店把它不经意地丢进四便士均一的书摊架子上,甚至减价到一便士,也无人睬。1860年诗人但丁·罗塞蒂(D. G. Rossetti)漫步街头时发现了这本小册子,立即被书中别致的诗体,独具一格的表达方式所吸引,文字间浓厚的东方色彩、异国风情以及非同一般的人生观,更是令他心醉神往;接着史文朋(Swinburne)、何通爵士(Lord Houghton)也极力称赞,由于译者菲茨杰

① 乌尔利希·韦斯坦因:《比较文学与文学理论》,刘象愚译,沈阳:辽宁人民出版社,1987年版,第62页。

拉尔德译笔生花,使得这位东方哲学家之风在西方大盛。于诗歌本身,《鲁拜集》也叫做“柔巴依”,阿拉伯语的意思是“四行”“四行诗”。这种古典抒情诗独立成篇,每首四行,第一、二、四行押韵,第三行大致不押韵,和中国的绝句相类似。“鲁拜”一词本身就很容易翻译为“诗歌”或者“四行诗”,而大多数西方读者认为《鲁拜集》是奥玛·海亚姆写的一首长诗的名字。在1859年出版该诗集的译文时,爱德华·菲茨杰拉尔德决定保留该题目的波斯文音译,这一做法被视为强调原著“异国情调”的故意选择。此外,奥玛·海亚姆现存的诗有近百首,全收在传统的波斯文集中,那是一个短诗集,诗集没有复杂的结构,也没有总述。译者菲茨杰拉尔德没有完全遵照原文翻译,他把奥玛·海亚姆的诗进行排列,从而成了一首连贯的长诗,并且给予其哲学和美学的力量,诗的连贯性便存在于分散的四行诗中。他的译文活泼自然,音调优美,创造出一个奇异芳香并且神秘想象王国。

在菲茨杰拉尔德之后,还有文费尔德(E. H. Whinfield)、朵耳(N. H. Dole)、培恩(J. Payne)等人用英文翻译《鲁拜集》,相对来说译文内容都更忠实于原作一些,但作为诗来说,却远远不及菲茨杰拉尔德的译文。荒川茂的日文译作(见1920年10月号的“中央公论”),说是直接从波斯文译出的,共有158首。把它同菲茨杰拉尔德的英译本比较,除了诗中所流贯的情绪,大体一致,它们的内容几乎完全不同。菲茨杰拉尔德翻译的功夫,真算得和创作无异了。人们将《鲁拜集》的英译本作者称为奥玛—菲茨杰拉尔德,说明了菲茨杰拉尔德译文不朽的影响力,是这位英国诗人使波斯的、伊壁鸠鲁式的诗句复活,并流传于世,经久不衰。《鲁拜集》是一种奇迹,是一个天才诗人和一个出色的翻译家的杰出的合作,在时间的距离和文化的差异间架起了一座桥梁,波斯的数学家和维多利亚时代的东方学家共同谱写了一部诗集,在我们这个时代读起来依旧令人陶醉。

从接受美学来看,译者首先作为读者进入原作,与读者有着同一民族文化背景基础上的期待视野。译者翻译时要考虑译文读者的认知水平、阅读偏好、接受能力和审美倾向等。译者经过本民族文化的再加工,可以使外国文学作品更容易与目标语读者沟通,产生共鸣,实现作品在目标语国家接受和传播,从而达到文化交流与融合的目的。最直接的例子就是严复翻译的《天演论》,他用桐城古文的方式将赫胥黎的《进化论与伦理学》翻译出来,文中不少地方还添加了自己的阐述。尽管如此,更贴近中国读者的《天演论》更是对中外文化交流做出了很大贡献,开启后面翻译外国文学作品的先河，打开了晚晴对外文化交流的一扇窗口。

林纾作为"中国翻译西方小说第一人"[①]，在中国文学界和翻译界占有重要位置。康有为一语"译才并世数严林，百部虞初救世心"[②]概括了林纾在中国近代翻译史上的地位。林纾不谙外语，不能读外国原著，只能"玩索译本，默印心中"，根据别人口译，以古文笔法描摹成篇。后来他与王寿昌、魏易、王庆骥、王庆通等人合作，翻译外国小说，曾笔述英、法、美、比、俄、挪威、瑞士、希腊、日本和西班牙等国的作品。第一部译著《巴黎茶花女遗事》（法国小仲马原作，现通译《茶花女》）与王寿昌合作译出，1899年问世。因其叙事新奇生动，译笔凄婉传神，受到读者赞誉。1901年，又与魏易合译美国斯托夫人描述黑奴悲惨境遇的小说《黑奴吁天录》（现通译《汤姆叔叔的小屋》），亦产生了广泛的影响，从此一发而不可收。自1903年在京师大学堂译书局工作，同时承接商务印书馆大量约稿后，一个以独特方式专事小说翻译的翻译家出现在清末民初文坛上。在数十年的翻译生涯中，共译述180余种（共约1200万字）西洋小说，其中包括世界名著40余种。钱锺书先生曾经赞叹道："接触了林译，我才知道西洋小说会那么迷人。"[③]作为一位如此全面系统地向国内介绍外国文学的创始人，他在近代中国文坛上影响甚大。就"林译小说"而言，其"意义是多方面的，它开创了近代翻译文学的新局面，在中西文化交流史上'林译小说'乃是西方资产阶级文化与蜕变中的中国近代文化融合的结晶。它的出现对中国近现代文学有着积极的影响"[④]。

在林纾的许多译著的序言中，一再阐明他译介外国文学的目的在于输入新学说、新思想，以开阔国人的视野，唤起民众的觉醒。不难看出，林纾鉴于晚清时期列强入侵，民族危机日益加深，希望通过翻译其他民族苦难历史的文学作品来警醒国人，激励人们发愤图强，顺应了当时"向西方学习"的社会思潮，他的不少译著，都具有救亡图存的政治目的。由此可见，由于译者自身的历史文化背景和特定目的要求而造成的某些误读与误译，从某个方面来看，有利于时代政治需要，影响人民心理，推进本民族的文化发展，特别是民族文学的进步。显然，在揭示文学作品潜在价值、丰富作品内涵、加强文化交融和促进文学经典在目标语国家传播并产生

---

① 陈福康：《中国译学理论史稿》，上海：上海外语教育出版社，1996年版，第131页。

② 郭延礼：《中国近代翻译文学概论》，武汉：湖北教育出版社，1998年版，第131页。

③ 钱钟书：《雅言俗语》，西安：敦煌文艺出版社，1998年版，第234页。

④ 郭延礼：《中国近代翻译文学概论》，武汉：湖北教育出版社，1998年版，第301页。

影响等方面上,文学误读是具有积极意义的。

然而,虽然文学史和翻译史上误读的成功案例并不鲜见,但是在文学经典的翻译中,由于意识形态和文化背景不同,译者时常会为了便于译本符合自己国家的意识形态和文化,刻意弱化文化意向,回避意识形态;同时受自己语言和文化的影响,译者难免会对原文产生误读,由此造成翻译的误导。毋庸置疑,文学经典翻译活动中还是留有不少遗憾,其对于跨文化交流产生的负面影响也不容小觑。误读,顾名思义,是一种对原作的曲解、无解、改变,不可避免地会造成文学传播中的部分信息流失、遗漏,使目标语读者看不到某些异质文学、文化的真相,从而导致文学经典传播的部分失败。文化交流的目的就是彼此了解、相互促进和共同发展,如果翻译中常常出现误读,译者肆意执笔自我创作,那么交流的初衷便荡然无存,交流的质量也会大打折扣,反而误导了目标语读者,加深译文读者对原文文化的误解,成为跨语言、文化交流顺利进行的阻碍因素。

庞德是20世纪初美国著名的意象派诗人,使他享誉诗坛的不仅是他的《诗章》,还有他对中国古诗的翻译。庞德对中国诗歌的翻译,往往带着强烈的主观色彩,加入许多自己的创作元素,甚至有些原诗在他的笔下已不是原来的面貌,他的诗译非但没有被打进冷宫,反而深得英美读者的喜爱,并引发了20世纪美国的一场新诗运动。可以说庞德创造性的翻译是误读的成功范例,但其中仍不可避免信息的流失,文学经典里的文化传播不免遗憾。如他译王维的这一首诗:

渭城朝雨浥轻尘,客舍青青柳色新。
劝君更尽一杯酒,西出阳关无故人。

这是一首送友人去西北边疆的诗。庞德将后两句这样翻译:

But you, sir, had better take wine at your departure.
For you will have no friends about you
When you come to the gates of Go.

首先,原文两行诗译成了三行,形式没有保留;此外,"西出阳关"被译成了"come to the gates of Go",也许英美人认为该译法绝妙,其实是他们不知"阳关"这个十分重要的中国文化意象。阳关处在河西走廊西尽头,是丝绸之路上中原通往西域及中亚等地的重要门户,凭水为隘、据川当险,与玉门关南北呼应,从汉代以来,一直是内地走向西域的交通关口。在盛唐人心中,从军或出使阳关,是一种令人向往的壮举。阳关和玉门关，一个在南，一个在北。名扬中外，情系古今。在离开两关以后就进入了茫茫戈壁大漠。因此，“西出阳关”成了中国一个熟悉的文化意象，被人反复咏唱，具有了丰富的蕴意。而庞德的译文“gates of Go”就丢失了中国读者心中唤起的那种遥远、广袤的大漠的联想。

从一定意义上来说，误读就是通向作品的审美本真的阶梯，因为文学经典的解读史，就是不断的错误与匡正、误读与正解的历史。不可避免的误读又引起了后辈诗人无止境的重读和复译。布鲁姆认为：“不能让人重读的作品算不上经典。”[①]意大利作家卡尔维诺也表示，一部经典作品是一本每次重读都好像初读那样带来发现的书；一部经典作品是一本即使我们初读也好像是在重温我们以前读过的书。[②]可以说，文学经典从来不会耗尽它所要诉说的东西，同时又深深根植于养育我们的优秀文化中。文学经典的“无法耗尽性”除了其自身的丰富内涵外，后代诗人、作家、翻译家对它的续写、改写、复译等也在不断挖掘和扩展其隐含的意义，在促进其文本价值增殖方面发挥了重要作用。也正是在这个意义上，我们可以说译作为原作拓展了生命的空间，而且在这新开启的空间领域中赋予了原作新的价值。在新的文化语境之中，作为原作生命的延续的译作，面对新的读者，便开始了新的阅读与接受的历史。[③] 文学经典是历史的产物，它处于一个动态的过程中，在其推陈出新的后续文本中不断生长、发展和增殖，并凸显其普适性。只有经历无数次文学误读的实践与积淀，文学经典相对恒定的价值才会在历史的过滤中凸现出来。

不可否认，异质文化的相互了解、交融是一个漫长的过程，文学翻译在这个漫长的传播过程中起着不可替代的作用，所有异质文化间的文学翻译都可能产生某种程度上“误读”，因此，对文学经典翻译中的误读现象进行研究，增进异质文化之间的对话，加强文化交流具有非同小可的意义。更重要的是，它有助于揭示不同文化的特征，让人们认识在跨语言、文化对话中，外国文学是怎样通过本土文化的“过滤”和“渗透”而传播开来并产生影响的。最后，我们仍要保持清醒的头脑，误读现象的普遍存在并不意味着读者或译者可以肆无忌惮地背叛原著思想和精神，这样人们

---

① 哈罗德·布鲁姆：《西方正典：伟大作家和不朽作品》，江宁康译，南京：译林出版社，2005年版，第21页。

② 伊塔洛·卡尔维诺：《为什么读经典》，黄灿然、李桂密译，桂林：译林出版社，2006年版，第3—4页。

③ 许钧：《生命之轻与翻译之重》，北京：文化艺术出版社，2007年版，第66页。

对文学经典的阅读很可能变为一种随意的阐释与歪曲,甚至让文本成为实现传播者特定目标的手段或工具,从而抹杀了文学经典的艺术价值。人们应该在美学的、历史的总原则的指导下,以一种艺术中的科学态度来寻求艺术中的真理。

第三节 电子影像的立体拼装

越来越多的事实说明,电子和信息技术的推广运用,对人类文化的存在形态造成了巨大冲击,文化的生产、传播和接受方式乃至人的思维和知觉方式正经历一次史无前例的变革。德国文化理论家弗利德里希·基特勒在其专著《记录系统》中提出这样一种观点:媒体形式的变化是人类文化变迁和发展的根本原因和基本动力。[①] 电子信息技术的完善和因特网的出现,带来了人类文化形态的"哥白尼式的转折",标志着"文字文化最终丧失支配地位并可能退出历史舞台"的进程的开始。在电子时代,文字日益失去其优先地位,电视屏幕和电脑网络逐渐取代书本,成为最基本、最重要的文化传播媒体,它改变了人的知觉、思维、行为和认识方式;它的全面普及和运用,将导致以文字为基本媒介的文化形态让位于以图像为基本形态的视觉文化。

美国文化理论家丹尼尔·贝尔在《资本主义文化矛盾》一书中指出:"我坚信,当代文化正逐渐成为视觉文化,而不是印刷文化,这是千真万确的事实。""目前居'统治'地位的是视觉观念。声音和景象,尤其是后者,组织了美学,统帅了观众。"[②]在全球化背景下,以数字技术为支撑的视觉文化及视觉文化传播正在成为我们这个时代越来越重要的文化现象,"视觉文化传播时代的来临,不但标志着一种文化形态的转变和形成,也标志着一种新传播理念的拓展和形成。当然,这更意味着人类思维范式的一种转换"[③]。视觉文化成为人们精神生活和文化生活的主要方式,它影响着社会意识形态的构成、改变着大批接受者的价值取向和人生目标,在青

---

① 章国锋:《信息技术与德国"构成主义"学派的文化理论》,《欧美文学论丛(第三缉)》,北京:人民文学出版社,2003年版,第206—208页。

② 丹尼尔·贝尔:《资本主义文化矛盾》,赵一凡等译,北京:生活·读书·新知三联书店,1989年版,第153页。

③ 孟建:《视觉文化传播:对一种文化形态和传播理念的诠释》,《现代传播》,2002年第3期。

少年中制造大批崇拜者；特别在思维方式上，它更多地回归到以直观、个别、具体、经验和象征为特征的审美意识中，很容易把观众带入虚拟故事人物的生活和命运之中。

在语言主导时期，文化倾向于一种语言或文学崇拜，又因文如其人、字如其人而导向一种思想或品格崇拜、一种内在性的崇拜。而在视觉主导时代，文化倾向于一种感性或表演崇拜。就拿电影来说，受到千千万万人喜爱的不是在银幕后掌握电影“思想”权的导演，而是胶片上演技娴熟的演员；电影剧本作者和导演一般只有圈内的知名度，获得专家内行们的尊敬，而电影明星却可以引出全国乃至世界的崇拜浪潮。剧作、导演与演员的二分和演员在打动、影响、迷醉观众上的绝对优势，透出的正是视觉文化对语言文化的胜利。视觉感性在生活中、感受里、心理上，在时间和空间两方面，都最大最多地吸引、占有了大众的注意，从而雄踞了文化的核心。随之而来，视觉文化最基本的美学原则——表演性——也进军和渗透到社会与文化的一切方面，成为文化的主导美学原则。思想与语言要想最大限度地面向公众，必须通过电视传媒；政治家、思想家、宣传家们一旦走上屏幕，他们自觉不自觉地就会更加注意自己的视觉表演性。公众用视觉观看思想与语言的诉说，屏幕上的视觉形象可以极大地增强也可以极大地损害思想/语言的纯度和威力。“形象设计”成了视觉主导时代最重要的美学范畴，它流通畅行于社会、文化、生活的一切方面；形象设计就是视觉文化表演性的具体落实和实施。走上花花绿绿的街道，跨进五彩缤纷的商场，去歌厅、舞厅、酒吧、KTV 包房，看电视，赏录像，听报告……无处不可以感受到有心设计或无意流出的表演性。西方文化的“风格即人”，中国文化的“文如其人”，都表达了语言主导时代的根本信仰：对真诚和本色的追求。本色与表演，既是文化主潮的历时性盛衰更替，又是文化与人性在任何时代都要面对的共时性二元对立。

显然，在文化“视觉转向”中，图像性因素彰显出来甚至凌越于语言之上，获得某种优势或“霸权”。较之于影视、广告等诸多形象产业咄咄逼人的态势，以文学为代表的语言媒介空前地被边缘化了。一个耐人寻味的现象是，如今文学常常附庸于电影来“增势”，以增加自己的“象征资本”；小说家的作品往往经电影“形象化”的“炒作”，便有可能火爆起来，进而助作家一臂之力使之功成名就。当越来越多的文学名著被改编成电影和电视剧时，看电影电视的诱惑显然超越了文字阅读的乐趣，电影人显然比小说家更“权威”、更有“影响力”。所以，不“读小说”转而“看电影”，不读名著而看电视剧,成为当今“小康文化”的一种普遍取向。这种现象不仅是当代中国文化的突出特征,亦是全球文化普遍景观。甚至有专家学者称,“语言的转向”大势已去,“视觉的转向”在所难免。这不仅因为人们爱看直观感性的图像,而且是因为当代社会有一个日益庞大的形象产业,有一个日益更新的形象生产传播的技术革命,有一个日益膨胀的视觉“盛宴”的欲望需求。在这种状况下,“形象就是资本”“图像媒体就是权力”一类的表述便不难理解了。[①] 而此时的文学经典越来越靠近美国作家马克·吐温所说的:人人都挂在嘴边却没有人认真读过的,就是经典。(A classic is a book that everybody talks about but nobody reads.)

一、电子传媒的影视与影像重生的经典

加拿大传播学家麦克卢汉曾将人类文化的演进划分为三个阶段,其一是拼音文字的发明,其二是16世纪活字印刷术的推广,其三是1844年发明的电报,预示着电子革命的来临,这三个阶段正对应着人类发展史上的口语媒介时期、印刷媒介时期和电子传播媒介时期。[②] 电子媒介时期诞生了两个十分重要的媒介,即电影和电视。

“世界电影史的发展有一个四分期说,即把世界电影史划分为四个时期:形成时期(1895—1927)、成熟时期(1927—1945)、变革时期(1945—1967)和振兴时期(1967年以来)。”[③]1895年,法国人路易·卢米埃尔(1864—1948)和奥古斯特·卢米埃尔(1862—1954)在美国人爱迪生仅供一人观看的“电影视镜”的基础上,发明了集摄影、放映、洗印为一体的“活动电影机”。1895年12月28日,卢米埃尔兄弟在巴黎卡布辛路的“大咖啡馆”里进行了电影短片的首次公映,这标志着世界电影的最终诞生。但一段时间后,人们开始对活动短片产生审美疲劳,不愿再去影院观影。法国人乔治·梅里爱(1861—1938)改变了这一局面。“他使电影成为被策划的充满特技的戏剧表演,让观众首次看到了电影制造奇幻世界的魔力,进行了最早的电影特技的实验。”[④]卓别林的无声电影在电影发展史上留

① 傅守祥:《数字艺术:技术与人文的博弈》,《社会科学战线》,2008年第3期。

② 转引自黎妮:《新世纪以来现代文学经典影视传播困境及对策研究》,陕西师范大学2014年硕士论文。

③ 峻冰:《电影的变革时期(1945-1967)——对世界电影史第三分期的描述》,《西南民族学院学报》(哲学社会科学版),2002年第S4期。

④ 峻冰:《电影的变革时期(1895-1927)——对世界电影史第一分期的描述》,《西南民族学院学报》(人文社科版),2007年第5期。

下了浓墨重彩的一笔，但由于技术的局限，从开始到结束没有一句对白。1927年10月，美国人阿兰·克劳斯兰德摄制《爵士歌王》，这部有声响、对白和歌唱的电影的公映，标志着电影进入有声电影时期。1935年，罗本·马莫里安拍出电影史上第一部彩色片《浮华世界》。随着技术的进步，现代意义上的电影日益成熟起来。20世纪三四十年代，好莱坞主流电影进入了自己的鼎盛时期，并“以它摄制的影片质量和大量的利润，称霸于全世界”[1]。20世纪三四十年代好莱坞主流电影占据了大量市场，但非主流电影仍然找到了自己的一席之地，其中，一些导演拍摄出了颇具艺术个性的电影杰作，但自1946年起，好莱坞便开始步入它的衰落期（拍片质量和数量急遽下降）。亚历山大·柯达（1893—1956）于1933年导演《亨利八世》，这部布景华丽、表演生动、场面盛大、摄影优美的电影标志着英国电影真正繁荣期的到来。用乔治·萨杜尔的话说：“《亨利八世》对英国电影来说乃是一个真正繁荣时代的开端。”[2]1929年美国爆发的“大萧条”经济危机使20世纪30年代初期的法国电影主创者们（如雷内·克莱尔、让·维果）无法完全回避日益严峻的社会现实和日常生活，加上有声电影的兴起，使电影编剧受到了前所未有的重视，让·雷诺阿、约克·费戴尔、马赛尔·卡尔内、朱利恩·杜维威尔等电影导演才于30年代中期开始有机会摄制一些较为优秀的、吸取了雷内·克莱尔和让·维果的经验的现实主义作品，从而形成“诗意现实主义”学派。用乔治·萨杜尔的话说：“诗意的现实主义是1930至1945年间把克莱尔、维果、雷诺阿、卡尔内、贝盖尔、费戴尔等人联结在一起的一条共同纽带。”[3]随后苏联等国也迎来了其电影的黄金时代。

1945年至1967年，由于第二次世界大战的影响、美国电影和苏联电影的衰落、导演创作对象的改变、反传统的电影创作手法的确立、理性观众群体的形成等，世界电影史迎来了变革时期。20世纪60年代末以后，世界电影迎来振兴时期，好莱坞电影和苏联电影开始复兴，德国、印度等国家的电影也取得较大成就，尤其是80年代中期至90年代，世界电影呈全面振兴的态势，不仅好莱坞重新取得世界影坛的霸主地位，法国、意大利、英国、西班牙、荷兰、德国、瑞典、日本等国的电影也取得令人瞩目的

---

① 乔治·萨杜尔：《世界电影史》，徐昭、胡承伟译，北京：中国电影出版社，1982年版，第372页。

② 同上书，第371页。

③ 同上书，第331页。

成就。

电视的诞生和发展较电影要晚,电视诞生于40年后。1936年11月2日,英国广播公司在伦敦市郊的亚历山大宫正式开办了世界上第一座电视台,标志着电视的诞生。“第二次世界大战后到20世纪末,电视的发展经历了由黑白到彩色、由地上波传输到卫星传输、由信号模拟到数字化的变革过程,每一次发展都大大加强了电视媒介的影响力。随着科技的发展,在21世纪的今天,电视媒介迎来了新的变革。电脑和网络技术大大提高了电视传播的双向性和互动性。卫星传输技术的普遍采用使电视传播进入了一个跨国传播和全球传播的时代。”[①]电视媒介的快速发展,使电视上播出的内容日益受到重视,而电视剧可以说是电视媒介的重要产物。“电视的吸引力来自于它的媒介特性:电视集视听手段于一体,通过影像、画面、声音、字幕以及特技等多方面地传递信息,给受众以强烈的现场感、目击感和冲击力;它不仅是人们获得外界新闻和信息的手段,而且是丰富多彩的文化生活和娱乐的主要提供者。”[②]影视的发展,让文学作品的传播除了口耳相传、纸媒传播外,还多了一个影视(电影和电视剧)传播。通过对文学经典进行相应的改编,将其搬上大银幕,由此形成了影像文学。

从电影诞生的那一刻开始,其对传统文学的主动嫁接与吸纳,就从未停止过。文学给早期的电影提供了丰富的艺术营养,帮助电影度过了最初的危机,而且促进了整个20世纪影视艺术的长期繁荣。梅里爱全盛时代的标志影片《月球旅行记》(*Le voyage dans la lune*,1902)就取材于有“现代科学幻想小说之父”之称的儒勒·加布里埃尔·凡尔纳(Jules Gabriel Verne,1828—1905)的小说《从地球到月球》和赫伯特·乔治·威尔斯(Herbert George Wells,1866—1946)的小说《第一个到达月球的人》。《悲惨世界》则出现了1958年、1978年、1982年、1998年、2012年等由多个国别不同的多位导演执导的多个电影版本。亚历山大·仲马的《基督山伯爵》是法国浪漫主义文学时期的重要作品,被认为是“西方经典的代名词,就像米老鼠、诺亚方舟、小红帽的故事一样家喻户晓”[③]。可以说《基督山伯爵》是一部当之无愧的文学经典,从1908年第一部由鲍格斯

---

① 郭庆光:《传播学教程》,北京:中国人民大学出版社,2011年版,第106页。

② 同上书,第105页。

③ Alexandre Dum as Père, *The Count of Monte Cristo*, New York: Simon & Schuster, 2004, p. 5.

导演的无声电影《基督山伯爵》到2011年由蒂姆·亨特导演的电视剧《复仇》，共有27部影视作品。即便从1939年由好莱坞著名导演威廉·惠勒(William Wyler)执导的《呼啸山庄》黑白电影算起，《呼啸山庄》迄今已在四大洲的六个国家被拍成了八部电影。从无声黑白到有声彩色、从电影到电视，《鲁滨逊漂流记》曾经先后多次被搬上银幕，改编所涉及的国家有8个以上，像美、法、意等影视发展的主流国家，在不同时代还有不同的改编版本。很多经典的英国文学作品也逐渐被改编成电影或电视剧，例如莎士比亚的戏剧《罗密欧与朱丽叶》、简·奥斯汀的小说《傲慢与偏见》、夏洛蒂·勃朗特的《简·爱》等。

影视使得文学经典以一种更为鲜活的方式重现，以一种更为有效的传播手段为更多的观众认可。而改编文学经典除了是真人电影取之不尽用之不竭的创作源泉外，同时也是动画取之不尽用之不竭的创作源泉。美国作为首屈一指的世界动画大国，其动画史几乎称得上是一部动画的文学经典改编史，绝大多数获得世界声誉的经典动画都是根据已有的文学经典改编而成的，“数据充分显示，迪斯尼市场成功的动画电影中，改编动画电影产品的比例高达74%”[①]。早期动画几乎全部取材于安徒生、格林等经典童话，从创作世界上第一部动画长片《白雪公主》(1973)开始，迪斯尼就坚定不移地走上了改编经典童话的道路，譬如1940年改编自意大利作家科洛迪的童话《匹诺曹》的《木偶奇遇记》，1950年改编自《格林童话》中《灰姑娘》的《仙履奇缘》，1992年改编自阿拉伯民间故事《一千零一夜》的《阿拉丁》，1994年改编自英国文学巨匠莎士比亚经典悲剧《哈姆雷特》的《狮子王》，1996年改编自法国文学大师雨果的长篇小说《巴黎圣母院》的《钟楼怪人》等。

当今时代的人们过着快节奏的生活，相较于拿一本文学名著在手中阅读他们更愿意去电影院或通过电视这个平台获取文学经典的信息。而这给了文学经典在现代社会一次重生的机会。如果没有“改编”这个行为，多少文学经典可能就此淹没在时间的长河里或只为少数人所知。文学经典脱离文字以电影或电视或动漫的形式呈现于观众眼前，不仅迎合了整个社会的发展趋势，也是文学经典本身在新时代的一次涅槃。

---

① 李涛：《商业动画电影的符号学解读：改编与意义再生产》，《当代电影》，2010年第8期。

二、影像文学的相映与文学经典的新生

《傲慢与偏见》出自18世纪英国女作家简·奥斯汀之手,被誉为简·奥斯汀最畅销的代表作。小说本身的价值与艺术以及后来的影视改编(影视改编为读者赏析并接受经典文本提供了新的渠道)使其历经了多个世纪的洗礼却经久不衰。

自1940年以来,《傲慢与偏见》出现了多个影视版本,而在这种改编的互动活动中,《傲慢与偏见》这部文学经典被不同时代的人广泛传播和接受。《傲慢与偏见》主要有三个影视改编版本:1940年版、1995年版和2005年版。[①] 1940年的《傲慢与偏见》呈现了一个20世纪30年代的美国社会,电影着重于好莱坞电影风格对小说改编的影响;1995年BBC出品的迷你电视剧《傲慢与偏见》则旨在回归经典,为观众展现一幅维多利亚时期英国社会的历史画卷,时长6小时,由于时长没有太大的限制,因此它可以较为完整地展示出原著所要表达的内容,可以说是三个版本中最忠实于原著的一部,故其在研究简·奥斯汀作品的影视改编中具有非常重要的意义;2005年的《傲慢与偏见》是影视改编作品中时间最短的一部,该片全长120分钟,由于时间有限,影片对原著进行了部分删减,导演在影片中为观众呈现了一副"杂乱"的真实生活状态,这部影片以唯美精致著称,无论是音乐、场景还是人物,都给人一种精致的美感。这种新的诠释拉近了现代人与作品之间的距离,用场景代替言语,通过现代电影的形式再现经典。

1995年电视剧版的《傲慢与偏见》由于时间的优势得以将影响故事走向的每一个关键点都忠实地反映出来。如暗示男女主角情感发展的几个关键点:首先,第一次见面时达西说伊丽莎白的外表"还可以忍受";其次,伊丽莎白随着夏洛特父母前去探望夏洛特时被达西告白,二人在室内争吵;再次,最后在田间小道上两人吐露心声互诉衷肠。这部长达六小时的迷你剧几乎完全还原了书中的场景、对话和时间节奏。更难能可贵的是,该改编版本除了充分展现主角外,对身为配角的夏洛特、玛丽甚至是无足轻重的宾利大小姐夫妇也进行了精细的刻画。令人印象深刻的一个情节是:简和宾利一见钟情后,所有人都认为这是佳偶良缘,只有夏洛特建议简,情感要更加外露一点。她对伊丽莎白说:"There is so much of

---

① 1940年版、1995年版和2005年版都是众人公认的经典版本。1940年版是现存的最早一部同名改编之作,1995年版被认为是改编得最好的一部作品,而2005年版则是最具现代性的一部作品。

gratitude or vanity in almost every attachment, that it is not safe to leave any to itself. There are very few of us who have heart enough to be really in love without encouragement."[①](男女恋爱大都含有感恩图报和爱慕虚荣的成分,因此顺其自然是不保险的。很少有人能在没有受到对方鼓励的情况下敢于倾心相爱。)这个场景将夏洛特对世间的洞察力刻画得淋漓尽致,也为后来她与柯林斯结婚做了铺垫。简·奥斯汀小说中的人情百态得以生动丰富地展现在观众眼前,除了主角的精彩演绎外,这些配角的精彩表演也功不可没。不得不说1995年版在这一点上做到了改编界的极致。另外除了大量使用原著中的对话之外,1995年版迷你剧还在剧中增加了一些具有表现力的细节。譬如达西在窗前看到伊丽莎白在院子里逗狗,以及后来伊丽莎白随舅父、舅母去彭伯里参观遇见达西时,达西浑身湿透;又或者在伊丽莎白应邀前来之前达西几次更换衣服等场景无一不为整部剧的精巧细致加分,而这些对人物动作小细节的刻画则很好地替代了原著中人物的心理描写。

就忠实原著而言,2005年版的《傲慢与偏见》从长度来看就很难与1995年版相比。"但站在21世纪的视角来看,2005年版的改编有其成功和创新之处。整部电影处处弥漫着浪漫气息,恰如导演为当代观众而改编的。"[②]例如:"伊丽莎白拒绝达西的求婚后却发现自己对他有着误会,在与舅父、舅母旅途中有这样一个镜头:伊丽莎白站在苍翠山崖,山谷的清风吹起她的裙摆,太阳的光芒照映在她面庞上,而背景音乐正进入高潮。这一段场景在书中或者1995年版电视剧中都不曾存在。"[③]也正是这个场景的加入使得影片不仅充实而且富有现代感,既照顾了观影者的感受和经历,也将少男少女的心思表现得淋漓尽致。

"奥斯汀的作品一向关注的焦点就是婚姻问题,她擅长描写年轻姑娘如何待人处事和安身立命,她们的婚嫁是由多种原因促成的。"[④]《傲慢与偏见》作为她最畅销的小说当然也不例外。"影视版的改编者通过精心设计序幕段落,视觉化地展现原著的婚姻主题,但在婚姻主题的演绎上不同版本各有侧重。其中,1940年版情节增、改最多,风格最为夸张,侧重展

---

① Austen J., *Pride and Prejudice*, 北京:外语教学与研究出版社,2012年版。

② 乔治·布鲁斯东:《从小说到电影》,高骏千译,北京:中国电影出版社,1981年版,第124页。

③ 周如菁:《简评2005年版〈傲慢与偏见〉中的镜头语言》,《神州》,2013年第20期。

④ 王爱琴:《〈傲慢与偏见〉——简·奥斯汀婚姻观的缩影》,《安阳师范学院学报》,2005年第1期。

现经济因素引发的婚姻市场上的竞争；1995 年版风格最贴近原著，轻松幽默，从容优雅，突出表现经济因素和性吸引力在婚恋中的驱动力；2005 年版风格浪漫唯美，着重体现婚姻主题中的家庭因素以及缺乏经济保障的女性的无奈处境。”[①]1940 年版以两段增补场景拉开序幕。首先是班纳特太太带着女儿吉英和伊丽莎白在布店里挑选衣料时看到初到此地的彬格莱和达西，得知两人都是富有的单身汉。接下来的一场戏中，班纳特太太为了能在邻居卢卡斯家之前结识这两位新来客，不惜带着女儿们与卢卡斯母女进行了一场马车大赛。布鲁斯东指出：“这一诉诸视觉的竞争恰切地预示着以后将要发生的事”[②]——各家争夺适婚男子。影片以夸张的喜剧手法高调地突出了经济因素在婚嫁中的重要性。序幕的地点选在了布店——象征金钱的商业场所，接下来的马车大赛更是一场表面上滑稽却又十分现实的抢男人大战，渲染了婚姻市场上的竞争与较量，影片从一开始就将婚姻置于经济关系中来阐释。1995 年版电视剧也以新增场景开始：达西和彬格莱骑马来到尼日斐庄园外，彬格莱决定租下庄园，接下来的远景镜头中两人策马在田野上奔驰。随后镜头切换至附近小丘上，伊丽莎白在凝视着远方。接着，主观镜头追随马上骑士跟拍片刻，画面又回到伊丽莎白，她伫立片刻后蹦蹦跳跳地跑下山丘。短短两分钟的开场极富动感，洋溢着青春朝气。场景设在葱郁的田园，暗示大自然环境中原始的两性吸引。这种大胆的增补有效地将观众的注意力导向婚姻主题中性吸引力这一方面。2005 年版电影序幕部分没有大段的新增场景，只在开始处加了一段外景镜头：伊丽莎白徜徉在清晨的田野上。与以往的版本相比，这一版本中班纳特家的居住环境显得平实朴素，更有家庭气息。影片突出表现一个普通人家，五个待字闺中女儿的婚事是父母关心的头等大事。场景设置体现出改编者想要从家庭角度表现婚姻主题。

电视、电影与小说不同，小说在刻画人物、讲述故事、剖析人物心理时全都是以文字的形式跃然于纸上，让读者凭自己的想象去体会、去感悟，但影视的表现手法却不能使用叙述，而是必须以人物对话为主。例如在 1995 年版中，达西听说了丽迪亚和威克姆私奔的消息后离去，伊丽莎白对着他的身影说了一句：“I shall never see him again.（我再也不会见到他了。）”这句话在原著里是通过心理描写暗示出来的，但是在影视剧中只

---

① 沈明：《从〈傲慢与偏见〉的序幕设计看影视改编的主题变奏》，《语文学刊（外语教育教学）》，2014 年第 10 期。

② 乔治·布鲁斯东：《从小说到电影》，高骏千译，北京：中国电影出版社，1981 年版，第 147 页。

能改为台词，由演员说出来。[①] 另外，奥斯汀小说的叙述人语言除发挥叙事、描写、议论作用之外，还营造出了高超的反讽效果，这是奥斯丁语言艺术的显著特征，也是影视改编面临的一大挑战。而改编者常用的处理方法是将叙述人语言转换为镜头语言或人物语言。

纵观三个影视改编版本，三者都注意保留作品的精华与灵魂，充分利用原著的影响力和号召力，并挑选知名演员演绎男女主角作为票房保证，试图实现艺术与商业的结合。但特别值得借鉴的是改编中对于时代的理解和思考，以及如何在新时代下看待文学经典地位的问题。

电视和影院的普及以及人们生活水平的提高给影视剧给予了古老经典以更多的阐释方式，1995 年的 BBC 迷你剧和 2005 年的电影在短期内对《傲慢与偏见》一书的知名度与影响力的提高是有目共睹的，引发了人们重读《傲慢与偏见》的热潮，也给予了《傲慢与偏见》新的生命力。

三、影像文学的优势与文学改编的歧路

电子媒介（电影和电视）的出现和发展，电影和电视向文学借力，促使了影像文学的诞生，而且随着电影和电视摄制技术的提升，编剧、导演改编视角的变化，影像文学获得了空前发展。“1955 年海斯法典局审查的 305 部影片中，只有 51.8%是根据电影剧本拍摄的。也就是说，其余的都是根据改编剧本拍摄而成的。特别值得注意的一点是，在高成本的影片中，取材于小说的百分比，较之在低成本的影片中要大得多。”[②]不得不承认，鸿篇巨制的白纸黑字文学经典所创造的吸引力远逊于多彩的影视画面所带来的吸引力。所以，在未了解一部文学经典前，相较于看原著大多数人更愿意先看其改编的电影和电视，读者往往先看了改编自文学经典的电影或电视剧，对作者、小说情节都有一定了解后，才去买书来看。查尔斯·韦布（Charles Webb）1963 年出版的小说《毕业生》（*The Graduate*）便是一个突出的例子。“据统计，在影片问世之前，它只售出精装本 500 册和平装本不到 20 万册；改编影片大获成功后，平装本的销售量突破了 150 万册。”[③]2005 年为纪念世界反法西斯战争胜利 60 周年，中央电视台播放

---

① 梁櫄、吕乐：《〈傲慢与偏见〉原著与影视作品差异分析》，《考试与评价（大学英语教研版）》，2014 年第 6 期。

② 乔治·布鲁斯东：《从小说到电影》，高骏千译，北京：中国电影出版社，1989 年版，第 3 页。

③ 爱德华·茂莱：《电影化的想象——作家和电影》，邵牧君译，北京：中国电影出版社，1989 年版，第 306 页。

了19集的电视剧《这里的黎明静悄悄》,电视剧的播出使许多观众通过电视这个渠道知道了鲍里斯·利沃维奇·瓦西里耶夫,从而开始阅读他的其他作品。文学和电影的门户之争可以说从未消失,很多学者认为电影改编文学经典是将经典低俗化,是对文学经典的损害,阿兰·罗伯-格里叶在《我的电影观念和我的创作》中就曾这样谈论文学的电影改编:"经验证明,当人们把一部伟大的小说搬到银幕的时候,这部伟大的小说将遭到完全的破坏,一般来说,改编出来的影片总是荒唐可笑的。"[①]格里叶很明确地表明了自己的观点,他不赞成将文学经典搬上银幕,这一观点被很多学者所支持。早在1926年,电影还处于萌芽时期时,英国作家弗吉尼亚·伍尔夫就曾痛诉"电影在改编文学经典的时候不自觉地将其简化了",她还将电影称为"寄生虫",而将文学称为"猎物"和"牺牲品"。[②] 罗伯特斯·坦姆也提出了类似的看法,他认为:"文学永远大大地优于任何对其进行改编的作品,因为文学作为一种艺术形式来说它存在的年代最为久远。"[③]这些评论家们都是站在文学至上的角度来看待电影改编这一行为,在他们看来改编就是不对。不过,尽管如此,电影作为一种艺术形态还是蓬勃地发展起来了,并且也并没有停止对文学经典的改编,反而越来越多地将文学经典纳入创作素材。虽然弗吉尼亚·伍尔夫不赞赏电影改编文学的行为,但是她还是承认:"电影能够抓住无数表达情感的符号,而这些是至今为止文字所无法表达的。"[④]她的这一论断客观地承认了电影的优越性,不得不承认影像在艺术表现方面确实要远远优于文字表述。在克里斯蒂安·麦兹的电影语言符号学中也提到这样的观点,电影"告诉我们连续着的故事。它讲述的故事虽然可用语言文字传达出来,但是电影却是以一种不同的方式讲述着。"[⑤]这便是改编的意义之一,电影以一种全新的叙述手法在重述文学经典,这对于经典而言,也是一种重生。

事实证明,电影改编文学经典是有必要且更易为电影带来成功的:"据统计,85%的奥斯卡最佳影片都是改编作品。"[⑥]这一数据无疑证明了电影改编文学经典这一行为对于电影本身的发展是极为有利的,文学经

---

① 罗伯-格里叶:《我的电影观念和我的创作》,《世界电影》,1984年第6期。

② Linda Hutcheon, *A Theory of Adaptation*, Oxford: Taylor& Francis Group, 2006, p. 5.

③ Ibid.

④ Ibid.

⑤ Ibid.

⑥ Ibid, p. 4.

典成就了一批电影经典。换一个角度来看,文学经典脱离文本,以影像替代文字,也是文学经典本身在新的时代背景之下的涅槃。影视使得文学经典以一种更为鲜活的方式重现,以一种更为有效的传播手段得到更多的观众认可;利用其简洁明了、通俗易懂的表现形式,与现代媒介的传播优势,成功地将大量的影视观众转化为了小说读者,提升了作家和小说的知名度。

然而文学和影视毕竟是两种不同性质的艺术门类,文学是以语言文字为媒介的语言艺术,影视是视听兼备、声画结合、时空复合的综合艺术。文学是从抽象到具体的过程,文字所塑造的艺术形象是抽象模糊的,它无法实际展示声音和画面,需要读者在阅读时调动自己的记忆、联想和想象通过文字描绘在头脑中复现艺术形象;而影视是从具体到抽象的过程,影视所塑造的艺术形象具有直观性,它能够利用技术并融合各种艺术形式,直接向观众呈现声音和画面,但它无法诉诸人物的心理活动和小说的精神本质,它需要观众通过直观的艺术形象去观察和体悟。文学和电影本质上的不同也就决定了影视在改编文学经典时肯定会存在一定问题。电影理论家巴赞曾说:"作品的文学素质越高,那么改编作品越是难以和它媲美。"[①]李欧梵也曾说过:"第一流名著很难拍出第一流的电影,二流文学作品反而可以拍成第一流电影。一般二流作品靠情节和人物吸引读者,而一流除此之外还有其他很多因素。"[②]所以,在改编时若没有把握好这个尺度,就会导致原文本某些东西的流逝和变动。

首先是内容的缺失。文学以语言文字为工具,形象化地反映客观现实,表现内心情感和再现一定时期、一定地域内人类生存的境况。文学巨大的阐释空间与强大的情感感染力,使其成为电影取之不尽用之不竭的创作材料。文学承载着人的思想感情,艾米丽·勃朗特的《呼啸山庄》将一个孤独者激烈、缠绵而又无可奈何的情感展现得淋漓尽致,动人心弦;2007 年 8 月,天涯社区的网友发帖称:请大家给熟悉的童话、寓言、故事等重新命名,网友将《呼啸山庄》概括为"生生世世的纠缠爱恋——我和我表兄那不得不说的故事"。

其次是人物形象的异变。文字本身的不确定性使得文学创造的艺术形象具有多样化特点,它是不断变化的,因此有所谓"一千个读者就有一

---

① D. G. 温斯顿:《作为文学的电影剧本》,周传基、梅文译,北京:中国电影出版社,1983 年版,第 103 页。

② 李欧梵:《文学改编电影》,香港:香港三联书店,2010 年,第 325 页。

千个哈姆雷特”,同时,一个读者在不同时期阅读也会有不同的感受。而电影中的艺术形象是直观而相对固定的,它取决于编剧和导演对角色的规划以及演员对角色的塑造,这些一经演绎便固定的形象无疑禁锢了读者对原著人物的想象。譬如夏洛蒂·勃朗特的《简·爱》中有一段关于罗切斯特先生的外貌描写:“白昼的余光迟迟没有离去,月亮越来越大,也越来越亮,这时我能将他看得清楚了。他身上裹着骑手披风,戴着皮毛领,系着钢扣子。他的脸部看不大清楚,但我捉摸得出,他大体中等身材,胸膛很宽。他的脸庞黝黑,面容严厉、眉毛浓密;他的眼睛和紧锁的双眉看上去刚才遭到了挫折、并且愤怒过。他青春已逝,但未届中年。大约二十五岁,我觉得已并不怕他,但存点儿腼腆。”[①]从这段外貌描写我们可以获知罗切斯特先生的大致形象:中等身材、黝黑、稍显沧桑,虽着华服却内心抑郁,满面愁容。而电影中罗切斯特的形象塑造常常顾此失彼,1970 年版奥逊·威尔斯饰演的罗切斯特被认为是对角色最有魅力的诠释,奥逊·威尔斯是一位优秀的演员,他凌人的气势和郁郁寡欢的神情绝对符合罗切斯特的气质,但他的外形过于明朗挺拔。1944 年版威廉·赫特饰演的罗切斯特算不上英俊的沧桑外形算是大致符合原著的外貌描写,但他的气质过于温和,少了阴郁。可见,电影虽然使隐藏于文本中的人物真实可见,但却在某种程度上不可避免地破坏了原著中的人物形象,达不到受众的期待。

最后是灵韵的消逝。由于电影只能以空间安排为工作对象,所以无法表现思想;因为思想一旦有了外形,就不再是思想了。电影可以通过外部符号、对话来引导我们去领会思想,但是电影却不能直接把思想展现给我们,电影也许能够驾轻就熟地表现前两者,但对于充斥着隐喻性哲学思考的小说则会显得心有余而力不足。1988 年,十分善于从小说中提炼主题进行电影改编的导演菲利普·考夫曼将昆德拉哲理小说的代表作《生命中不能承受之轻》改编成同名电影,国内翻译成《布拉格之恋》。原著小说从“轻与重”“灵与肉”等关键词及基本情境出发构成了小说的情节,叙事时采取了一种音乐形式并行的四重奏结构,从不同的角度描绘相同的场景,体现了音乐家巴托克的“拱形结构理论”;小说的内涵极其复杂,包含了被政治化了的社会内涵的揭示、人性考察、个人命运在特定历史与政治语境下的呈现,以及对两性关系本质上的探索等。而电影以线性的叙

---

① 夏洛蒂·勃朗特:《简·爱》,祝庆英译,上海:上海译文出版社,2001 年版,第 132 页。

事方式取代了原著中拱形结构的叙事方式，勉强圆满地讲述了托马斯和特蕾莎这段漫长而纠结的爱情故事，借助特蕾莎发现托马斯和情人幽会后毅然离开后的独白来揭示主题：放纵原欲就是生命中的轻，而肉体的放纵来源于灵魂的放纵，这种放纵是生命所不能承受之轻。整部电影，无论是从演员的感染力，流畅的叙事节奏还是电影镜头的美感上来说都是一部优秀之作，但相对原著而言，电影所表现的原著内涵仍十分有限，因为原著不仅仅是通过故事来揭示主题，还通过大段富有哲理的议论来展示小说的精神，比如小说开篇有一段议论式的导读："如果法国大革命永无休止地重演，法国历史学家们就不会对罗伯斯庇尔感到那么自豪了。正因为他们涉及的那些事不复回归，于是革命流血的年代只不过变成了文字、理论和研讨而已，变得比鸿毛还轻，吓不了谁。这个在历史上只出现一次的罗伯斯庇尔与那个永劫回归的罗伯斯庇尔绝不相同，后者还会砍下法兰西万颗头颅。于是，让我们承认吧，这种永劫回归观隐含有一种视角，它使我们所知的事物看起来是另一回事，看起来失去了事物瞬时性所带来的缓解环境，而这种缓解环境能使我们难于定论。我们怎么能去遣责那些转瞬即逝的事物呢？昭示洞察它们的太阳沉落了，人们只能凭借回想的依稀微光来辩释一切，包括断头台。"这段关于"永劫回归观"的哲理性议论是无法在银幕上再现的。它所表达的都是作者对于历史个人化的思考，读者可以通过对文本的反复研读从而领会其内涵，而电影是一种动态影像，想要在观影过程中，对小说的"精神""意义"进行解读几乎是不可能的。因此，这种镜头式的语言在表现小说精神内涵时依然苍白而乏力。

"改编电影作品是对原作的一种阐释，而阐释的方法多种多样，但不同的改编方法都有可能变成不负责任的阐释，因为创造性的改编方法往往被不求甚解、随心所欲的态度所替代，某些独创性换成了自满自足、自我炫耀，而忠实于原作的创作态度则变成了逐字逐句的照搬。"①"自由的改编"有可能导致与原作无关甚至曲解经典，而"忠实的改编"则容易导致艺术的流逝。所以现今虽然文学与影视已经达成某种默契的合作，形成了一种和谐的关系，有很多作家甚至直接参与到改编的行列中，而且很多电影通过改编文学经典获得过各种国际电影节的奖杯，但文学与电影的差别注定了影像文学在传播过程中会丢失某些东西，也会得到某些东西。

① B.瓦西里耶夫：《作家和电影》，苇岸译，《世界电影》，1983年第3期。

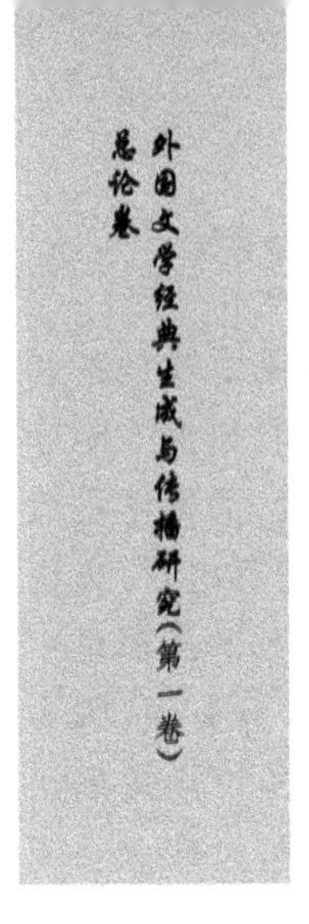

第六章 外国文学经典的译介转换

翻译,作为沟通不同语言/文化的桥梁,在人类历史进程中具有不可或缺的意义。译者,作为参与或引导不同文化对话的中介,在促进交流、消除隔膜等方面亦发挥了举足轻重的作用,当代社会尤其如此。翻译并非语言学意义上的词语对应,它涉及原作者、源语文本、原作读者、译作读者、目标文化的选择过滤等诸多因素,是作者、译者和读者共同参与的以文本为题、以文化语境为背景的多重"对话"。这种多重"对话",强调作者、作品、译者、读者是一个跨越时空的整体,并不以某一中心为归依,而是抛弃偏见,坚持"真理不是产生和存在于某个人的头脑里的,它是在共同寻求真理的人们之间诞生的,是在他们对话交际构成中诞生的"[①],倾听并协调作者、作品、译者、读者各自"具有充分价值的不同声音组成的真正复调",让"众多的地位平等的意识"、声音,连同它们各自的世界形成对位的对立、调解,在平等对话中推动主题发展,共同完成文本意义的生成。

作家在创作时,一般都会假设一群要接受他语句的读者,通过具有群体性的个体认知,引领并挑战读者语言、文化、情感的知觉、感觉、审美能力与习惯,而潜在对话的结果就是作品。此为对话的第一个层次:原作与原语读者(母语的隐含读者)。但要想与跨越原语的读者(目标语的隐含读者)进行对话,必须通过熟谙这两种语言文化、负有特殊使命的读者——译者,把所要理解的意义置于对谈者所在的文化语境中。从对原

---

① 巴赫金:《陀思妥耶夫斯基诗学问题》,《诗学与访谈》,白春仁等译,石家庄:河北教育出版社,1998年版,第144页。

作召唤结构的反馈、原作的遴选，到译者角色的合理定位、翻译策略的制定取舍，以及译本的审查、赞助、评价等，几乎都有多重角色读者的全程参与，译作也是译者和目标读者对话的衍生。由此构成了对话的第二个层次：译者与目标读者。此译作作为特定时期的产物，往往只能完成与特定读者进行对话的历史使命，因为读者的欣赏习惯、审美趣旨总会因人物、时间、地点的变迁或变化而大异其趣，因而呼唤新的对话。为了及时反映、满足特定读者新的审美诉求，重启对话，译者必须重新阐释，更新译本，让新的译本在新的时空与新的读者相遇、对话，从而开始一轮一轮新的阐释、对话的循环，这也是同时或先后出现同一作品的多个译本的主因。此为对话的第三个层次：译作和目标读者。无论作者还是译者、读者，都不能指望某个译本能跨越所有的时代。在译事中，这种巴赫金所谓的"复调"式对话，强调作者、作品、读者/译者是一个整体，相关各方平等协商、交流互动。在对话所处共时性作用下，它可以整合各中心的积极成分，倾听并协调各方意见，在单一的话语中含有两种或多种不同的声音——双声/多声语，而且，众声在对话中同时出现，必然产生商讨、争论、交锋、调解，从而构成对位形式与复调结构，在喧哗的众声中共同促成文本/论题意义的生成，达到对话的目的，收获对话的结果，或为重启新一轮的对话做好准备。[①]

作为翻译艺术中的"雅者"，文学翻译与其说是一种语言的翻译，不如说是文化沟通与艺术领悟，更是思想交流与价值传播。文学翻译是透彻了解一个作家、进入他的文学世界的最佳途径，应该将翻译和研究相结合。诚如著名作家博尔赫斯所言，伟大的作品根本不会因为翻译而失去其伟大，"具有不朽的禀赋的作品却经得起印刷错误的考验，经得起近似的译本的考验，也经得起漫不经心的阅读的考验，它不会失去其实质精神"[②]。从精神领悟的角度讲，清末思想家严复所倡导的"信、达、雅"的翻译标准仍未过时，他以"信"的认识论、"雅"的方法论最终实现了"达"的本体论和目的论，促成了这一轮文化的复调式对话。也就是说，翻译的第一要义是做到信，即正确传达原文的意义，能避免意译就不用意译，因为意译容易失去文字原意。文字需要精练、简洁、流畅。不能为了文辞优美，动辄用成语，多少会歪曲作者的原意。长句的翻译，则是检验译者水平的

---

① 陈历明：《翻译：复调的文化对话》，《中国社会科学报》，2016年04月27日。

② 豪·路·博尔赫斯：《作家们的作家》，倪华迪译，昆明：云南人民出版社，1995年版，第13页。

一个重要方面,要避免译得佶屈聱牙、文理不通;而诗歌的翻译,则是检验译者的诗性水准和心灵自由的试金石。

各种文明之间无法以拒绝或终结对话的方式一劳永逸地解决冲突,必须在持续有效、相互依存、取长补短的对话中获得求同存异的良性发展。人类文明无法脱离对话而存在,正如巴别塔的倒塌宣告人类也不可脱离翻译而存在一样。每一场对话都有一种内在的无限性,指向未完成。我们所做的、能做的、在做的与该做的就是:让对话继续。历史无法终结,对话必须持续。因为当下性的需要,特定的历史情境都会使世界进入新的语言的言说、新的应答,每一种这样的言说和应答都会跨越不同文化时空参与传统的构建,而又不可避免地承担新的未加言说的可能性。海德格尔曾洞见地指出,语言是人类存在之栖居,因此我们永远是"在通向语言之途";那么,就承担文化交流作用的翻译而言,我们也永远是在通向复调的文化对话之途。[①]

虽然当今翻译界和文学研究界非常认同"归化"理论,但是本章节的研讨更倾向于"译者尽可能不去打扰作者,让读者向作者靠拢"的"异化"理论——在翻译上就是迁就外来文化的语言特点,吸纳外语表达方式,要求译者向作者靠拢,采取相应于作者所使用的源语表达方式,来传达原文的内容,即以目的语文化为归宿。使用"异化"策略的目的在于考虑民族文化的差异性、保存和反映异域民族特征和语言风格特色,为译文读者保留异国情调,即"接受外语文本的语言及文化差异,把读者带入外国情景",以争取原汁原味的"拿来主义"和更好的"文明分享",尽可能地厘清外国文学经典生成与传播中的"译介转换",实践美国学者劳伦斯·韦努蒂在《译者的隐身》[②]一书中提倡的以"抵抗式翻译"(即异化翻译)来反对文化上的霸权主义和种族中心主义。

第一节 外国译介促使原著成名

在外国文学经典名著的浩瀚海洋中,不乏"墙里开花墙外香"的例子。爱尔兰女作家艾捷尔·丽莲·伏尼契(Ethel Lilian Voynich,1864—

① 陈历明:《翻译:复调的文化对话》,《中国社会科学报》,2016年04月27日。

② Venuti, L., *The Translator's Invisibility*,上海:上海外语教育出版社,2004年版。

1960)的小说《牛虻》、苏联作家尼古拉·阿列克谢耶维奇·奥斯特洛夫斯基(Nikolai Alexeevich Ostrovsky,1904—1936)的小说《钢铁是怎样炼成的》等作品都是在源语国默默无闻,却借助译介之力在他国大放异彩的例子。以下将以《牛虻》为例,分析译介在促成原著经典化过程中的巨大推动作用。

女作家伏尼契受当时身边革命者献身精神的激励而写成的小说《牛虻》(*The Gadfly*,1897)生动地反映了19世纪30年代意大利革命者反对奥地利统治者、争取国家独立统一的斗争,成功地塑造了牛虻"为信仰赴死如散步"的革命党人形象。牛虻是一个为了自己的革命信仰,甘愿被命运折磨的人;他深爱过两个人——父亲蒙太尼里和高洁的女人琼玛,但后来的他一生都没有再给机会让他们来爱他。他的内心承受了非人的炼狱般的折磨。他的人生经历,给人们留下的思索是:人到底该为什么活着?牛虻最后在遗书里写下的一段话,至今依然是具有革命浪漫主义情结的人心中不灭的经典圣言:

> 我没想到他们这么快就重新动用审讯和处决的手段。我知道如果你们这些留下来的人团结起来,就会给他们猛烈的反击,你们将会实现为之奋斗的宏伟大业。至于我,对待死亡将会怀着轻松的心情,走进院子,就像是一个放假回家的孩童。我已经完成了我这一份工作,死刑就是我已经彻底完成了这份工作的证明。他们杀了我,因为他们害怕我,我心何求?

"牛虻"一词源于希腊神话,天后赫拉嫉妒丈夫宙斯爱上了少女安娥,放出牛虻来日夜追逐已化为牛的安娥,使得她几乎发疯。后来希腊哲学家苏格拉底把自己比喻为牛虻,说自己甘冒天下之大不韪,对当时社会的弊端进行针砭,即使自己为此而死也在所不惜,后世引申指那些敢于飞蛾扑火、针砭时弊、为革命理念和社会变革而自我牺牲的先驱者。伏尼契以"牛虻"作为新生者亚瑟的名字,意味着他将是一个坚定的反教会统治的革命者。果然,当"牛虻"出现在读者面前时,人们看到的是一个饱经忧患、意志坚强、机智勇敢的革命者的形象。牛虻对革命的无限忠诚,曾经激起无数满怀革命豪情的青年读者对他的崇敬之感。而作品结尾对牛虻慷慨就义的描写,则是特别精彩的一笔。

《牛虻》[①]一书1897年在英国出版,在文学界一直默默无闻。但半个世纪后即20世纪50年代初期被译成中文时,却深受中国广大青年的喜爱,成为影响很多中国人的经典名著。造成这种比较文学中罕见的事例的原因之一,是当时中国青年所持的文学观念和思想倾向,他们乐于阅读革命志士传奇式的故事,学习并且仿效那些临危不惧、宁死不屈、为人民而战斗的英雄形象,甚至认为它传递着"生命、爱情、人性"的永恒主题,是一部贵族戏、爱情戏、革命戏、生死戏和人性戏的"集大成者";主人公亚瑟更是成为青年心中的偶像。以今天的理性眼光看,该小说有通俗剧的框架,也有煽情的处理,并将牛虻的形象高大化和理想化。

1.《牛虻》在中国的译介及传播

《牛虻》在译介到中国之前,就已经被很多国内读者熟知。曾经风靡一时的苏联小说《钢铁是怎样炼成的》塑造了一位精神上的"钢铁侠"——保尔·柯察金,千千万万的中国读者被保尔高昂的革命热情和钢铁般的坚强意志感动,视其为心目中的榜样。就是这样一位有着钢铁般意志的英雄人物,反复强调,自己受《牛虻》影响至深,牛虻英勇无畏、坚韧不拔的品格教会了他如何成为一名刚毅的革命战士。"保尔精神"一度感动过无数的青年读者,而牛虻作为"保尔精神"的源头势必会给中国读者留下十分深刻的印象。"凡是读过《钢铁是怎样炼成的》的读者都热烈地要求翻译家能早日把它译成中文。"[②]正是在这样强烈的呼声中,《牛虻》中译本应运而生。

《牛虻》首译本译者李俍民先生回忆当年与《牛虻》的缘分时特别指出他是受到《钢铁是怎样炼成的》一书中相关段落的启发。"丽达把保尔称作'牛虻同志'……古里亚约了儿时的小伙伴爬进逃亡律师列士钦斯基家的花园,从书房里拿了好多好多书,其中一本就是《牛虻》。牛虻受尽一切酷刑,可他丝毫不屈服,临死之前还把那些刽子手嘲笑一番。这惊天动地的壮烈场面,不但深深打动了讲故事的古里亚,也深深地激励着我。如果能让我也和奥斯特洛夫斯基(古里亚是其昵称)一样看到它并把它翻译给读者,那该多好!"[③]《钢铁是怎样炼成的》一书中启示性的段落缔结了李俍民与《牛虻》的"姻缘",在强烈兴趣的指引之下,他找到了两个不同版本

① 艾·丽·伏尼契:《牛虻》,李俍民译,北京:中国青年出版社,1953年版。相隔60年后,中青社于2013年再次出版"全译本"。

② 周威烈、刘惠、马国华:《论伏尼契的〈牛虻〉》,北京:人民文学出版社,1958年版,第1页。

③ 巴金:《当代文学翻译百家谈》,北京:北京大学出版社,1989年版。

的《牛虻》俄文译本，同时又参照了英文原版。这一版本的译文对原文有较多的删节，但基本算是忠实地体现了原作的风貌。

现如今，距离首译本《牛虻》问世已经过去半个多世纪，中国出版市场一共出现了包括简写本在内的 39 个译本。[①] 市场需求一直被视为出版行业的风向标，复译现象所折射出的正是一部作品在译入语国受欢迎的程度。而反观《牛虻》在其源语国的传播路径，则可以用“光景惨淡”来形容。《牛虻》1897 年在美国出版后反响平平，同年 9 月在英国出版也遭受冷遇，美国人认为这是一本“可恶的、可怕的”，“充满渎神言论”的书[②]，而英国读者则认为它背离了他们长久以来秉持的宗教文化传统。[③] 在此背景下，《牛虻》在源语国的出版几近停滞。据统计，国外目前只有 4 家出版社出版过这本书，分别为 1897 年 HenryHolt 出版社、1903 年 Grosset & Dunlap 出版社、1973 年 Mayflower 出版社、2008 年 Celtic Giraffe 出版商推出的 Kindle 版电子书。但这本书自 20 世纪五六十年代被译介到中国后，收获了大批读者，赢得了广泛赞誉。

1953 年 7 月，中国青年出版社出版了李俍民《牛虻》的首译本，这部作品在较短时间内，成为“中国的英语经典”。出版仅三个月，就两度重印，发行量达五十万册。之后，《牛虻》不断再版，从 1953 年到 1979 年间，其在中国的发行量超过 130 万册，成为 20 世纪五六十年代在中国发行量最高的英国文学作品，当时中国的翻译小说最受读者欢迎的非《牛虻》莫属。伏尼契也因此一跃成为当时最受欢迎的外国小说家之一。我们翻阅欧美人自己撰写的文学史，只有阿诺德·凯特尔（Arnold Kettle）在其《批评文集》中认为伏尼契是一位被遗忘的英语小说家。[④] 在我国出版的多部外国文学教材中，伏尼契被列为 19 世纪后期现实主义的代表作家，获得了其在英语世界从未获得的声誉。

《牛虻》在“激情燃烧的岁月”里来到中国读者的身边，读者们对那位左边脸颊上横着一道刀疤的牛虻先生记忆深刻，甚至奉为精神偶像。《牛虻》迅速跻身革命文学经典行列。

---

① 统计数据来自郭仁杰所著《〈牛虻〉在中国的译介——一个译介学的个案研究》，2009 年上海外国语大学硕士学位论文。

② 叶·塔拉都塔：《关于〈牛虻〉及其作者》，白祖芸译，《译文》，1956 年第 4 期。

③ 参见翁瑜：《经典与去经典化——牛虻在中国》，2013 年湘潭大学硕士学位论文。

④ Arnold Kettle, *E. L. Voynich: A Forgotten English Novelist*, *Essays in Criticism*. Oxford University Press, 1957, p. 1.

除了小说译介,《牛虻》在中国的传播还掺杂了其他艺术形式,譬如读者们耳熟能详的连环画。著名"文人画家"陆俨少先生就曾绘制过三册《牛虻》,形象逼真的画风,辅之以精炼的文字对话,连环画版《牛虻》一经出版,便俘获了大批读者。它所获得的成功挽救了当时行将倒闭的出版方——同康书局,而执笔者、作画之人也因此保住了饭碗。之后,分别有李德钊、蒋淑均(1956 年中国电影出版社),陈耀华(1978 年天津人民美术出版社),王永强、胡志荣(1980 年上海人民出版社),胡克礼(1980 年辽宁美术出版社),周申(1982 年山东人民出版社)等绘本出现,这些手绘本,或因为装帧精美、图案有趣获得读者青睐,或因为连环画本身对读者文化程度没有较高要求等原因而受到众人追捧,都为《牛虻》在中国的经典化贡献了不小的力量。

有了小说译本和连环画绘本打下的坚实基础,《牛虻》在中国的传播越发顺风顺水。当获得过列宁勋章的电影《牛虻》来到中国之后,中国观众向影片奉献了全部的热情。影视作品传播的特殊性,使得《牛虻》的风头盖过了同时期出版的其他文学作品,为其跨入"经典"作品的行列夯实了基础。

20 世纪 60 年代中后期,随着"左"倾思潮逐渐占据思想领域的高地,外国文学被当作"封资修",成为重点批判和取缔的对象,《牛虻》作为资本主义国家的文学作品,也毫无意外地受到牵连,此后的国人对《牛虻》的热情逐渐减淡。"文革"之后,尤其是改革开放以来,外国文学的翻译出版工作迎来了新的春天。因"文化大革命"停下的"三套丛书"工程重新启动,许多"名著"的翻译工作陆续展开,同时翻译界又开始填补外国文学介绍中的空白,过去一些转译的作品由专家们从原文重译。1979 年,中国青年出版社着手重印《牛虻》,却再未找回初版时的盛况。1991 年,花山文艺出版社组织出版了《牛虻》的新译本,译者为司人,此版本影响平平,并未在出版市场掀起波澜。此后,大量新译本如雨后春笋般涌现,囊括了各种节译本、简写本、插图本,这当中还出现了高质量的全译本。如庆学先的译本就被众多翻译研究者们拿来同李俍民的译本做译学比较研究。

总的来说,借由多种传播渠道推广的《牛虻》在中国获得了前所未有的成功,被视为"革命文学经典"写进了中国的外国文学史,影响了千千万万的中国读者,更是几代热血青年的"偶像"。

2.《牛虻》在中国的经典化建构

在谈论《牛虻》的经典化问题之前,我们首先需要厘清的是,作为一部译著，它的经典性需要哪些构成要素。查明建曾经撰文详细列举了翻译文学经典的几个特点："其一：指翻译文学史上杰出的译作，如朱生豪译的莎剧、傅雷译的《约翰·克里斯朵夫》、杨必译的《名利场》等；其二是指翻译过来的世界文学名著；其三是指在译入语特定文化语境中被'经典化'的外国文学（翻译文学）作品。"[①]显然，《牛虻》属于在译入语特定的文化语境中被"经典化"了的"翻译文学经典"。

对于"翻译文学经典"，学界普遍的看法是，它除了具备"文学经典"的一般特征外，还兼具布鲁姆提出的"审美的力量"，即"陌生性""原创性""代表性"等特点。"翻译文学经典应当指在翻译文学史上产生过影响，但随着那个特殊的历史阶段、那个特定的文化体制消逝而不再符合当下的权威规范和大众共识的翻译文学现象，或者说，从历史的角度考察，那些确实对译入语的文学或者社会文化产生过影响的翻译作品，只是按照现在的审美鉴赏尺度和价值取向不可能再确立为经典。"[②]1953 年，李俍民翻译的《牛虻》揭开了其在中国译介、传播的序幕。通过前文的论述我们可以得知，《牛虻》虽然在其源语国不受重视，甚至遭到批判和抵制，但在进入我国后的较短时间内就构建了自身的经典地位。这与当时的社会历史现实是紧密相关的。中华人民共和国成立初期，世界政治格局表现为东西方两大阵营的对立，我国作为社会主义阵营的一员势必遭到西方列强的封锁和孤立，因此我国与以苏联为代表的社会主义阵营建立了良好的合作关系。同时由于两国政治意识形态和文学观念的高度重合，当时我国在思想文化领域基本照搬苏联模式。文艺的全盘苏化也体现在文学翻译上，"仅从 1949 年 10 月到 1958 年 12 月，我国翻译出版的苏联文学、艺术作品共 3526 种，占这一时期翻译出版的外国作品总数的65.5%"[③]。《牛虻》在译介到中国之前，就已经有了俄文译本，并在以苏联为代表的社会主义阵营国家广泛传播。奥斯特洛夫斯基就曾坦言自己受《牛虻》影响至深，高尔基也对《牛虻》有过高度评价。

除了以上讨论的政治意识形态对翻译的影响外，诗学选择也是决定文学声誉的一个不可忽视的因素。勒菲弗尔《翻译、改写以及对文学名声的制控》（*Translation, Rewriting and the Manipulation of Literary*

① 查明建：《文化操纵与利用：意识形态与翻译文学经典的建构——以 20 世纪五六十年代中国的翻译文学为研究中心》，《中国比较文学》，2004 年第 2 期。

② 宋学智：《何谓翻译文学经典》，《中国翻译》，2015 年第 1 期。

③ 卞之琳等：《十年来的外国文学翻译和研究工作》，《文学评论》，1959 年第 5 期。

Fame)指出:“除意识形态外,诗学是决定文学名声的另一个重要因素。”[①]《牛虻》在中国语境中的成功与本土诗学对它的认同密不可分。

在“十七年”间被译介到中国的外国文学作品大多都背负着为政治服务的使命,《牛虻》除了因为在社会主义阵营国家获得青睐而被中国读者熟知外,小说自身题材契合主流诗学的需要也是一个不容忽视的原因。《牛虻》反映的是意大利人民反抗暴政争取民族独立的解放战争,主人公亚瑟抛却其资产阶级革命者的身份,其理想追求与社会主义革命英雄人物有着高度的相似性。他对革命赤胆忠心,对人民群众饱含深情;而当他面对敌人的残酷折磨时又能做到视死如归,绝不妥协。可以说,牛虻的革命者形象完全符合社会主义革命文学对“高、大、全”英雄形象的设定。在出版社、译者、评论者的共同努力下,《牛虻》在我国流传甚广,一度成为“冷战”时期反帝、反资的有力武器,鼓舞了大批青年投身我国社会主义建设。

随着时代的变迁,经典也会随着读者的个人经历及他所生活的时代背景的变化而衍生出新的含义。以色列学者埃文·佐哈尔关于“经典化”的理论指出,每个时期翻译过来的外国文学作品都构成了一个翻译文学系统,每部译作在其系统中所处的位置都不同。“作为一个系统,翻译文学本身也有层次之分……在某部分翻译文学占据中心位置的同时,另一部分的翻译文学可能处于边缘位置”,并且“一般而言,整个多元系统的中心,就是地位最高的经典化形式库”[②]。据此我们可以推断出,能够占据翻译系统中心位置的外国文学作品则可以被视作该系统中的“经典”译作。在佐哈尔的经典形式库里,经典又区分为“静态经典”和“动态经典”,前者指的是一个文本依靠被解读为受主流意识形态和诗学认可的文学作品而生存;后者指的是一个文本作为一种文学模式的代表进入到经典化形式库,对整个文学系统起到“能产”作用,推动经典化形式库的更新。从这个角度来看《牛虻》的经典之路,则可将之视为“动态的经典”。

20世纪90年代中后期,随着苏联一批红色经典在商品经济大潮中的价值回归,《牛虻》重回了我们的视线。1999年漓江出版社推出了由庆学先重译的《牛虻》。2003年国内知名导演吴天明也开始着手《牛虻》电

---

① 安德烈·勒菲弗尔:《翻译、改写以及对文学名声的制控》,上海:上海外语教育出版社,2004年版,第2页。

② Itamar Even-Zohar, *Polysystem Studies*, Durham: Duke University Press, 1990, p. 49, p. 17.

视版的拍摄。在新的历史时期,无论是《牛虻》的重译本,还是电视剧,都重新诠释了曾经被压抑的主题。与1953年版的译者李俍民相比,重译本的译者庆学先获得了更多的把握译本的自由空间,译作也更为忠实。在《译者自序》中,庆学先这样说道:

> 由于特殊的历史原因,《牛虻》教育和影响了整整一代的中国人,在当时甚至被当成了政治教科书。虽然时代不同了,但是毋庸置疑,这部小说仍有可读之处。读者仍然可以从中体会他们想要体会的东西,领悟他们想要领悟的东西。读者不但可以感受书中那种强烈的英雄主义精神,而且还会从新的角度发现新的内涵,并且进一步地挖掘新的主题——这就是文学作品,特别是优秀文学作品的伟大之处。①

庆学先所指的"可读之处"无疑是指那些曾经被压抑的主题。在新的历史时期,《牛虻》迸发出了别样的光彩。在庆学先的解读中,牛虻可歌可泣的爱情和超越时空的精神上升为小说的第一主题。而在吴天明导演的现代版《牛虻》中,爱情与信仰从曾经的革命话语中凸现出来。李俍民在1980年由上海译文出版社出版的《牛虻》英语注释读物的《致读者》中,以匈牙利诗人裴多菲的名诗"生命诚可贵,爱情价更高,若为自由故,两者皆可抛"作为《牛虻》的主题思想。这种为自由抛弃一切的精神在某种程度上与庆学先所说的超越时空的精神,与吴天明所说的信仰有着异曲同工之妙,只是不同的历史时期对这种精神的诠释存在着某种差异。李俍民所指的精神是为了民族的自由而抛弃一切的精神,这是一个打着那个时代烙印的革命的精神;而庆学先与吴天明所诠释的精神和信仰则超越了革命的层面,指向个人道德、人格领域。在《北京青年报》(2003年5月19日)一篇题为《电视剧〈牛虻〉为爱为信仰的报道》的报道中,吴天明在接受采访时谈到对电视剧《牛虻》的重新认识:

> 《牛虻》中,牛虻是一个资产阶级革命者,且不说他革命的性质,也不说这里面存在的宗教差异,单就他具备自己的信仰这一点,就值得我们肯定。若为自由故,生命与爱情皆可抛,这其中的"自由"指的就是"信仰"。尽管这种信仰可能会存在这样那样的问题,有些甚至是应该批判的,但牛虻在坚定地为信仰而战的同时也完成了对自己

① 艾·丽·伏尼契:《牛虻》,庆学先译,桂林:漓江出版社,2005年版,第1页。

> 人格的塑造。坚持信仰就是在坚持人格,坚持一种人生的价值。剧中的这些人包括牛虻的生父蒙太尼里,也因此变得都是可敬的。[①]

刘小枫也在重新阅读《牛虻》之后,找出了被主流话语遮蔽了的个性化反应:

> ……我心里一阵阵紧缩的抽痛……那些因残缺而失去的文字令我百感交集,如一片血红的迷雾把我湿漉漉地裹在牛虻激情中,牛虻为革命事业悲壮牺牲的豪情像身体上分泌出来的液体,抑制了我心中的琼玛疼痛。
>
> 牛虻的革命经历有何等惊心动魄的情感经历啊!我想有一番属于自己的革命经历,以便也能拥有可歌可泣的情爱!
>
> 牛虻献身的是一场救国的革命……不过,对于我来说,牛虻的革命经历之所以勾魂摄魄,是因为他献身革命而拥有了自己饱满的生命和爱情。我产生这样的想法:要拥有自己饱满的生命和情爱,就必须去革命。丽莲所叙述的牛虻成为我心目中的楷模。[②]
>
> 就革命故事来说,《牛虻》没有什么惊心动魄之处,倒是他与自己的父亲和情人以及情人的情人的伦理关系令我心潮起伏。[③]

通过多元叙事主体的叙述,丽莲编织的革命叙事主题被解构,重构为一个"基于私人痛苦"的伦理故事。[④] 对于《牛虻》的当代解读,揭示了一直以来被遮蔽的读者反应,也揭示了一个不争的事实:汇聚了多种世间因缘的文学经典文本,在时间和空间的旅行过程中,纵使会经历各种因素的作用、影响,特别是世俗权力的强力介入,最终还是会像破茧而出的蝴蝶,摆脱种种束缚,释放出绚丽的姿态,差别只在于它是否已经是"终身性"或"永恒性"。

---

① 吴天明:《电视剧〈牛虻〉为爱为信仰的报道》,《北京青年报》,2003年5月19日。

② 刘小枫:《沉重的肉身:现代性伦理的叙事纬语》,北京:华夏出版社,1999年版,第35页。

③ 同上书,第39页。

④ 卢玉玲:《不只是一种文化政治行为——也谈〈牛虻〉的经典之路》,《中国比较文学》,2005年第3期。

第二节　时代风骚催发名家名译

澳大利亚学者安东尼·皮姆(Anthony Pym)在《翻译史研究方法》中提出,翻译史的研究应该关注于解释为什么译作会出现在那特定的社会时代和地点,及翻译史应解答翻译的社会起因问题。[①] 鸦片战争以后,翻译从非主流的"杂学"转变为具有较高学术目的和政治目的的"启蒙"行为。由此,从西方先进知识开始,各种有别于中国传统文化的西方宗教、哲学、政治制度,乃至于文学著作,经一批民国翻译家之手,陆续进入中国,以开拓民智,实现社会诸层面的"启蒙"与"救亡"。清末至民国时期,当时正处于中国文化与文学的大转型期,"著述如云,翻译如雾"[②],大批知识分子主张向西方学习,把中国从空前严重的民族危机中解救出来。林则徐、康有为、严复、林纾、蔡元培、鲁迅等人组织、参与或者身体力行地翻译了大量西方和日本的书籍,试图通过学习西方文化、科学政治制度以及思想政治制度,来挽救民族危机。

一、启蒙救亡的译途与经典重译的生态

鸦片战争前后,林则徐就极力主张向西方学习。尽管一生力抗西方入侵,但他对于西方的文化、科技和贸易都持开放态度,主张学其优而用之。他组织专人翻译外国历史、地理方面的书籍,其中《四洲志》和《海国图志》都产生了重大的影响。康有为把翻译与强国结合起来,强调"欲求之彼,首在译书",提倡"政事"之书的翻译。国家富强,同样也是严复翻译的思想基础。严复认为,任何事业的创建,都要依托深刻的社会变革。他从翻译《天演论》入手,系统地提出只有变革才能在世界上生存。其他的译著如《群己权介论》《原富》《法意》和《社会通诠》均表现了他在政治、经济、法律等方面的变革思想,而不仅仅停留在引进西方科技和经济制度的技术方面,体现了官僚知识分子出身的翻译家为天地立心,为民生立命,为往圣继绝学,为万世开太平的天人关怀与普遍性思想。虽然同样是用文言文进行翻译,严复和林纾的选材迥然不同。林纾的文艺关怀,不仅引

---

① Anthony Pym, *Method in Translation History*, Manchester(UK): St. Jerome Publishing Ltd., 1998, p. 112.

② 陈平原、夏晓虹编:《二十世纪中国小说理论资料》(第一卷),北京:北京大学出版社,1997年版,第315页。

导他走上以文学翻译为主的道路,而且在翻译策略上也主要反映了中国知识分子的文艺趣味。在《林纾的翻译》中,钱锺书先生写道:“偶尔翻开一本林译小说,出于意外,它居然还没有丧失吸引力。我不但把它看完,并且接二连三,重温了大部分的林译,发现许多都值得重读,尽管漏译误译随处都是。”[①]现代的很多翻译理论不再把译者当作在“理想的条件”下产生“理想的”翻译的人,而是处在一定的社会、文化和语言的环境之中从事翻译活动、拿出适合特定目的的产品的人,所有这些条件尤其是翻译活动的目的决定译者的选择。林纾青年时代便关心世界形势,认为中国要富强,必须学习西方。中年而后,“尽购中国所有东西洋译本读之,提要钩元而会其通,为省中后起英隽所矜式”[②]。晚清时期清政府腐败及帝国主义的入侵,民族危机使得立志改革者看到了小说的影响力。小说一度成为社会精英自以为宣传政治思想以及唤醒、教育民众的工具。晚清时期的小说翻译是一项新兴而较随意的事业,译者也就根据时局和表达的需要而对原作进行删节、添加和改写。林纾的翻译作品大多为小说翻译,就在很大程度上顺应了当时的翻译风潮。

这一时期,翻译和文学并不仅仅是一种精神娱乐,而具有重振国家与民族精神的重要使命。蔡元培把翻译与外交相结合,认为翻译是关系国家安危的大事。鲁迅的翻译思想变化,则更加清晰地体现出时代要求的影响。纵观鲁迅一生的翻译创作生涯,其翻译思想虽然有一个变化、转移过程,但是“基本观念是既定的,那就是以思想启蒙和政治救亡为目的的功利翻译观”[③]在列强入侵、社会战乱的年代,鲁迅本着“思想启蒙”和“政治救亡”的思想动机和社会使命,执着于中国的翻译事业,提出独到的翻译主张,并完成大量出色、个性化的译著作品。鲁迅主张直译,强调忠实于原作,他认为译文应“尽量保存洋气”,“保存异国的情调”[④],希望把原文中的语法、句法等等翻译出来,以补充新文学的语言和新的血液。在这样一个救亡图存的时代风潮下,中国先进分子逐步觉醒,意识到中国只有学习西方先进的科学技术以及思想政治制度,才能挽救民族危机。他们的译作深刻地反映了他们的政治抱负,他们的翻译使民众从沉睡中苏醒,

---

① 钱钟书:《林纾的翻译》,北京:商务印书馆,1981年版,第23页。

② 许桂亭:《林纾文选》,天津:百花文艺出版社,2006年版,第78页。

③ 雷亚平、张福贵:《文化转型:鲁迅的翻译活动在中国社会进程中的意义与价值》,《鲁迅研究月刊》,2000年第12期。

④ 王秉钦:《20世纪中国翻译思想史》,天津:南开大学出版社,2004年版,第120页。

起到了振聋发聩的作用。

外国文学经典的重译就是指对已有至少一个译本的外国文学经典或者古代文学经典进行再次翻译，是个世界性的文学现象。外国名著大约每过三四十年总有新译本出现，这在法国的翻译、出版界，乃至在西方的翻译、出版界已是通行的做法。[①] 在国内，改革开放以来，外国文学的经典重译，尤其是欧美文学经典重译持续升温。据不完全统计，1978 年以来，英国简·奥斯汀的小说《爱玛》就有郑经浩、朱翠华、王勋、蒋惠英、钟美荪、祝庆英、孙致礼等人的十余个译本，丹尼尔·笛福的小说《鲁滨逊漂流记》就有郭建中、(陈)义海、黄杲炘、王富民、王勋、王宇颖、齐霞飞、程锡麟、王育文、石伟、鹿金、金长蔚、赵宇等人的近二十个译本，而英国作家爱米丽·勃朗特的小说《呼啸山庄》最为极端，竟然有六十多位重要译者的不同译本；美国经典作品的重译也是一片繁荣：马克·吐温的小说《哈克贝瑞·芬历险记》有成时、许汝祉、徐崇亮、贾文浩、张硕果、牟扬等人的近二十个译本，菲茨杰拉尔德的小说《了不起的盖茨比》已经有了巫宁坤等人所译的 24 个译本。外国文学经典在中国的重译之热由此可见一斑。[②]

国内的经典重译热可能有以下几点原因：其一，语言与文化总是处在变化的过程中。唯物辩证法认为，世界万物都是不断运动、变化和发展的；一切事物都是暂时性的，不存在任何绝对的、终结性的东西。用这种发展观来看文学作品的翻译，任何翻译作品，无论其影响力多大，都不会是终极性的，不会万世不朽和不可更新，这样就势必有文学作品的重译。美国翻译理论家奈达认为："从来就没有十全十美、永不过时的译文，语言与文化总是处在变化的过程中。"[③]他认为，任何译本，无论多么成功，多么接近原作，其寿命一般也只有 50 年。换言之，超过 50 年，旧的译本就应该被重译，应该被新的译本所取代。更加重要的是，一个民族的语言会随着时代的发展而变化，新的词语产生，旧的词语消亡或者不再通用或流行，文体风格也发生相应的变化。例如严复主张的使用"汉以前字法句法"来翻译，到现在显然不再适用。这样一来，旧译本的语言就显得过时，与时代不合拍，于是读者和市场都期待适应当代读者语言习惯的新译本

---

① 余中先：《重译在法国》，《外国文学动态研究》，1997 年第 5 期。

② 朱宾忠：《漫谈文学经典重译》，《英语广角》，2013 第 12 期。

③ Eugene A. Nida, *Language, Culture, and Translating*, Shanghai: Shanghai Foreign Language Education Press, 1993.

诞生。这就宿命地决定了译本"无法永远是经典,它必须推陈出新"[①]。其二,为了寻求译作的完美。译作之臻于完美,必然是一个渐进的过程,需要经过不同译家,甚至几代译家呕心沥血的努力,相互借鉴、取长补短,方能在内容和艺术风格上,达到最大限度地与原著相接近的水平。在《非有复译不可》一文中,针对当时乱译的现状,鲁迅指出:"翻译的失了一般读者的信用……在翻译本身也有一个原因,就是常有胡乱动笔的译本。不过要击退这些乱译,唯一的好方法是又来一回复译,还不行,就再来一回。"[②]从这个意义上来说,复译的目的就在于击退乱译现象,这样的名著翻译才有可能日臻完美。其三,为了满足不同读者的文化需求。"同一部文学经典,小学生喜欢简单的译介,高等知识分子喜欢原汁原味的学术性和文学性并存的译介,诗人喜欢诗歌版本的译介。"[③]读者的阅读偏好驱动不同译本的产生,从而实现差异化的翻译功能、目的和读者要求的实现。

但是目前,国内的外国文学经典重译有恶性膨胀的趋势,严重扰乱了新时期以来"名家名译"的出版秩序和市场生态。始于20世纪90年代的外国文学名著重译井喷现象从一些例子中可见一斑。比如法国19世纪作家司汤达的代表作《红与黑》的中译本在90年代初期就出版了4种:郝运译本(1990年上海译文出版社),郭宏安译本(1993年7月译林出版社),许渊冲译本(1993年12月湖南文艺出版社),罗新璋译本(1994年浙江文艺出版社)。近三十年来《呼啸山庄》出现了60个译本,平均每年产生两个新译本,而《了不起的盖茨比》在2002年一年间就有6个译本诞生。一般来说,每一代人产生一个新译本是比较正常的,而国际通例是三四十年出一个新译本。由此观之,我国的经典重译有可能正在偏离健康发展的道路。考虑到中国是一个十多亿人口的大国,市场空间很大,为了抢占市场先机,一些出版社只强调一个"快"字,不给译者充分的时间,甚至对译者和翻译质量把关不强。

为了推动外国文学经典重译的健康发展,应该从以下几个方面着手。

---

① 杨士焯:《从重译文学作品看译语文化因素的介入——以〈鲁滨孙飘流记〉诸译本为例》,《集美大学学报》(哲科版),2004年3期。

② 鲁迅:《非有复译不可》,《翻译研究论文集(1894—1948)》,北京:外语教学与研究出版社,1984年版,第243页。

③ 张广奎、黄素因:《反射与折射:在介质中穿梭的文学经典——论经典译介的流变》,《北京工业大学学报》(社会科学版),2012年第3期。

首先，作为译者，要对自己的能力和擅长之处有一个清醒的认识，这样既是对译作负责，也是对原作者负责。正如约翰·德莱顿在“诗歌翻译的三种方法”中提出的“诗人译诗”[①]观点一样，翻译文学作品的译者也必须同时具有母语的深厚文学素养；同时，译者在翻译选题的时候，也最好能够选择适合其语言风格的作品。傅雷先生表达过同样的看法，他认为从文学作品的类别来说，译书要认清自己的所长所短，不善于说理的人不必勉强译理论书，不会做诗的人千万不要译诗，弄得不仅诗意全无，连散文都不像。这些名家的经验之谈，不可小视。其次，译者还应该尊重他人的劳动成果，坚守学术道德底线。如果只是在前人的译作上修修补补，那么这不仅在浪费读者的时间，也在浪费自己的时间。但是在翻译自己的译作前不借鉴旧译，也是一种浪费，白白浪费了前人的智慧与心血，也使翻译作品不能提高其水准。许多新译者因为顾忌著作的版权问题，害怕担上抄袭的罪名，于是尽量避开旧译。但是能够流传下来，为世人传诵的译本是很难有所超越的，所以翻译中的某些句子是非借鉴甚至照搬旧译不可的。为了避开与旧译相同的译法而退而求其次则会让以后的译本常常不如旧译。前人的好译本就是巨人的肩膀，不踩在他们的肩膀上就很难达到其高度，也就很难望得远一些。如果翻译界人都避开翻译巨人的肩膀，偏要踩在地面上，那么，当然没有办法比巨人更高了。依此理，则翻译界的整体水平也就很难提高。[②] 所以在重译过程中，译者应该秉承只借鉴，不抄袭的原则。另一方面，作为出版社，要将经济利益与社会效益相结合，不用低劣的译本抢占市场先机，同时要本着对读者和原作者负责的态度将低劣的译作拒之门外。

二、经典复译的风骚与名家名译的争锋

经典复译或者说重译，作为翻译界一个值得探讨的话题，是伴随着翻译而共生的一种文化现象，它提升了原作的价值、丰富了原作的内涵、延续了原作的生命，是“一场跑不完的马拉松”[③]。宋学智在他的《翻译文学

① John Dryden, “The Three Types of Translation”, *Wgstern Translation Theory: From Herodotus to Nietzsche*, Robinson, D. ed., Beijing: Foreign Language Teaching and Research Press, 2006, pp. 172－174.

② 辜正坤:《筛选积淀重译论与人类文化积淀重创论》,《外语与外语教学》,2003 年第 11 期。

③ 李茂林、石喜春:《一场跑不完的马拉松——复译现象研究》,《白城师范学院学报》,2015 年第 4 期。

经典的影响与接受》一书中表示:任何一部有价值的文学作品,都不可能轻而易举地被彻底领悟。说不尽的《哈姆雷特》,道不完的《红楼梦》,就是这个道理。[①] 正是不同读者对原著不同的体验和不断深化的体会与理解,才会出现对一部作品的不同经典译作,出现文学翻译的百花齐放现象。在大量复译案例中,《红与黑》的翻译是一个值得研究的话题。

《红与黑》是19世纪法国著名批判现实主义作家司汤达的代表作,也是欧洲批判现实主义文学的奠基作。小说围绕主人公于连个人奋斗的经历与最终失败,尤其是他的两次爱情的描写,广泛地展现了“19世纪初的30年间压在法国人民头上的历届政府所带来的社会风气”,强烈地抨击了复辟王朝时期贵族的反动,教会的黑暗和资产阶级新贵族的卑鄙庸俗,利欲熏心。在小说中,司汤达以深刻、细腻、热情的写实风格充分展示了主人公的心灵空间,广泛运用了独白和自由联想等多种艺术手法挖掘于连深层意识的心理活动,并开创了后世“意识流小说”与“心理小说”的先河,是一首“灵魂的哲学诗”[②],司汤达因此被称为“现代小说之父”。1929年,在中国出现了《红与黑》的第一个中译本(马宗融译)。此后,重译、复译现象很多,名家名译包括赵瑞蕻、罗玉君、黎烈文、郝运、闻家驷、郭宏安、许渊冲和罗新璋等译本。

随着抗日战争之后理想主义诗学取代浪漫主义和现实主义的交锋,在国内产生了广泛的影响,也推动了《红与黑》在中国的翻译。1944年,由青年诗人赵瑞蕻执译、重庆作家书屋出版的《红与黑》,尽管译文只有十五章,薄薄的一册,且属于选译,很不完整,但是该译本却以鲜明的时代意义和深刻的文化内涵在社会上受到了追捧,成为颇受青年人喜爱的文学读本之一。中华人民共和国成立初期,文学界一度大力推行“现实主义至上论”,因《红与黑》中对资本主义社会黑暗面的揭露,对反动势力的批判,也促使其被作为讴歌社会进步力量的著作加以翻译并大量推广,《红与黑》在中国的传播力度与影响力更加巨大。小说主人公于连则因其个人主义世界观曾几度受到非历史主义的道德化批评的猛烈抨击,但是其性格魅力却因长期的“争议”而几度被“刷新”,被“关注”,因此,《红与黑》也成为“互联网时代”常说常新的传播“神话”,是一个文学译介与文化接受的成功案例。

---

① 宋学智:《翻译文学经典的影响与接受》,上海:上海译文出版社,2006年版,第201页。

② 丁华民、孟玉婷主编:《外国文学名著快读》,长春:吉林文史出版社,2006年版,第66页。

从20世纪40年代中期到1995年这半个世纪中，相继有十几个译本问世，如赵瑞蕻（1947年，上海作家书屋）、罗玉君（1954年，上海平明出版社）、黎烈文（1978年，台湾远景出版事业公司）、郝运（1986年，上海译文出版社）、闻家驷（1988年，北京人民文学出版社）、郭宏安（1993年，译林出版社）、许渊冲（1993年，湖南文艺出版社）、罗新璋（1994年，浙江文艺出版社）、臧伯松（1994年，海南出版社）、赵琪（1995，青海人民出版社）、亦青（1995年，长春出版社）、邹心胜、王征（1995年，北京燕山出版社）、杨德庆、刘玉红、李宗文、粟晓燕（1995年，九州图书出版社）等家的译本。[①]而更令人侧目的是，在1993年至1997年的短短二年多时间里，就有十几个《红与黑》译本出世。不可否认，在这些译本中有在名利驱动之下抄袭、剽窃的译本，也有不负责任、粗制滥造的译本，但更有兢兢业业、尽心尽力的译者。赵瑞蕻的译本言语翔实，文理通达，尽可能地保留了司汤达原作的写作风格，通篇浪漫气息浓厚，描写极富诗意，虽说主要以节译方式刊行，但译作流畅，引人入胜，堪称佳品。郝运的译文注重直译，重视原文精确度的传达，对原文的理解比较准确。罗玉君的译作更注重对原著作品的解析，风格上偏向欧化。郭宏安偏向务实地再现原作风格，试图能赋予作品如同原语言环境下一般的生命力，便于读者理解。许渊冲的译本秉承"竞赛论"的翻译原则，认为"文学翻译是两种语言文化的竞赛，是一种艺术；而竞赛中取胜的方法是发挥译文优势"[②]。因此说再创作的许渊冲的译文除了传达原文的意思之外，还在问句上稍作修整，主张在理解原著的基础上，对其进行艺术上的重新加工改造。罗新璋则"朝译夕改，孜孜两年，才勉强交卷"[③]，其译本受到不少赞扬，也受到一些批评，这正说明他的译本特色突出，受到广泛的关注。

在20世纪90年代初期，围绕着《红与黑》多个译本的出现，中国学界出现了一次激烈的《红与黑》汉译大讨论，这是中国译坛范围很广且影响深远的一次翻译大讨论。这次讨论，对文学翻译界长期以来关注的一些基本问题做了深刻而热烈的讨论。这次讨论不仅得到包括多位《红与黑》译者在内的翻译界人士的积极参与和反应，还引起了国内外学术界、文学界、出版界、新闻界的广泛关注，同时也吸引了众多的普通读者积极

---

① 许钧：《理论意识与理论建设——〈红与黑〉汉译讨论的意义》，《外语教学理论与实践》，2011年第2期。

② 许渊冲：《翻译的艺术》，北京：五洲传播出版社，2006年版，第151页。

③ 许钧：《文字·文学·文化——〈红与黑〉汉译研究》，南京：译林出版社，2011年版，第256页。

参与和热情支持。这次讨论的矛盾与焦点主要集中在文学作品的"直译"与"意译"两个方面。司汤达的《红与黑》原文最典型的特点就是用词简要、朴素,文句上并不刻意雕琢,只对主人公施加细致而深刻的描写,因此在有关这次讨论的读者调查中,"直译"派大获全胜,以许渊冲为代表的"意译"派锋芒受挫。

其实,对文学翻译特别是对文学经典名著的复译,不同的译文有不同的价值,前辈的译本该受到更多的尊重,后译对前译该抱有最大限度的宽容。评价译文的好坏要从当时译者所处的历史时期做出客观的评价,不能以现在的评判标准对前人的译作指手画脚。更加重要的是,文学经典名译给人留下深刻印象绝不是因为其译文有多少四字成语,有多少华丽的辞藻,而是因为这些作品在特定时代风潮中所受到和产生的影响。《红与黑》的热译使之出现了一大批风格各异的翻译作品,满足了广大读者不同的阅读需求,同时译本之间相互借鉴,取长补短,在竞争中实现了译作水平的不断提升。

许渊冲所译的《红与黑》,以极具个性的翻译来实践其"三化"说翻译主张,认为文学翻译的最高标准不是钱锺书所说的"化境",而是"还要更上一层楼",或者说,"文学翻译的最高标准是'化',还有所不足,还要发挥译语优势"。虽然许渊冲强调文学翻译的最高标准是比"化"更上一层,但是他本人是非常赞成钱氏的"化境"说的。许渊冲在《文学与翻译》一书中,对"三化"做了进一步阐述:"翻译甚至可以说是'化学',是把一种语言化为另一种语言的艺术。大致说来,至少可以有三种化法:一是'等化',二是'浅化',三是'深化'。这三种化法,都可以发挥译文的语言优势。"[1]等化包括形式的对等、意思的动态对等、词性转换、句型转换、正话反说、典故移植等,当原文与译文审美格局接近时,才能实现等化。深化包括特殊化、具体化、加词、分译、无中生有等。浅化包括一般化、抽象化、减词、合译、化难为易、以音译形等。例如:

> Mme de Renal était exaltée par transports de la volupté morale la plus élevée.
>
> 德·雷纳夫人心情激动,如痴如醉,仿佛神游九天之上。

译者一分为三,采用拆译的方法,使译文衔接自然,逻辑明了,避免了

① 许渊冲:《文学与翻译》,北京:北京大学出版社,2003年版,第82页。

一译到底的生硬。译者采用了“深化”和“浅化”手法，将“exaltée”译为“心情激动”，“volupté”译为“如痴如醉”，“la plus élevée”译为“九天之上”，生动形象，“化”地恰如其分。

再如，“l'homme envoyé de Dieu”，若直译为“上帝派来的人”，表达力度不足，许以“深化法”，译为“上帝派下凡的救星”。将“人”深化为“救星”。这或许会为许多学者认为减损了其中的宗教内涵与传统，但是却更加适应出版和读者理解的需要。

又如，“渐渐地，这些妙事的回忆对他成了家常便饭，后来，他只在重大的场合，才肯重新讲奥尔良家族的趣闻”这一段译文，前后逻辑一致，语气贯通。将“choses aussi délicates à raconter”译为“妙事的回忆”是“浅化”的结果，原义中的“et”一词“化”成了时间状语“后来”。

再如下例：

> Je crois que même vos gens se moquent delui. Quel nom, baron Bâton! dit M. Caylus. ①
>
> “我想，甚至府上的仆人也在拿他开玩笑。多怪的名字，扒洞男爵！”德·凯吕先生说。

将“Bâton”译为“扒洞”，足见译者的创造力。“Bâton”为人名，意思为“棍棒”，十分奇怪。可法语中这种“怪”与“不怪”兼而有之的音义结合，若音译成汉语，便无法传达其“怪”的效果；若意译，又失却了原文“不怪”的成分。② 许先生知难而上，摆脱原文束缚，进行了“再创造”。这种“特殊化”处理是对原文的“深化”，主要目的在于体现出原文中求怪的趣味。

许渊冲所翻译的《红与黑》，在中国读者大多不熟悉法国文化的历史条件下，通过对原文语言的化用，剔除了不容易理解或者接受的宗教和历史传统，代之以中文俗语和观念；弱化了小说中的对于天主教思想的维护和反思，强化了现实主义要素，对于这部作品在中国的阅读和发展起到了重要的作用。法国学者们常常为《红与黑》在中国所具有的巨大声誉感到不解，试图从政治和意识形态角度来解释这个现象。但有的时候，历史可能开了一个玩笑，这部作品也许只是在对的时间，遇到了对的译者。

---

① 《红与黑》中文译本引自许渊冲译本，重庆：重庆出版社，2008 年版。

② 许钧：《“化”与“讹”——读许渊冲译〈红与黑〉有感》，《外语与外语教学》，1996 年第 3 期。

三、诗歌翻译的危途与形神兼备的风格

众所周知,诗是人类的母语,是人类整个文明的金字塔顶的花环,它展示着人类天性中的美好的一面,是全人类的共同财富,但是,由于语言的阻隔和文化的差异,不同语种的民族之间往往很难分享这笔财富。诗歌是民族文化中植根最深的语言,是一国文学作品的精髓,不同时期的诗歌反映了当时不同的社会现实与历史文化的变迁,通过诗能最好地了解和感受到一个民族的血脉搏动。在文学经典作品的翻译中,分歧最大的要算诗歌翻译了。无论是人们熟知的"诗不可译"说,还是美国诗人弗罗斯特的"诗就是翻译中失去的东西"(Poetry is what gets lost in translation.)的劝诫,都说明诗歌翻译是一条令人畏惧的泥泞之路。但是,诗歌的创作与研究,需要仰仗不同语种诗歌的交流与碰撞,所以总有一些人"明知山有虎,偏向虎山行",默默地从事着诗歌翻译的探索工作。正如现代诗人戴望舒在《诗论零札》(1944)中所述:"说'诗不能翻译'是一个通常的错误。只有坏诗一经翻译才失去一切,因为实际上它并没有'诗'包涵在内,而只是字眼和声音的炫弄,只是渣滓。真正的诗在任何语言的翻译里都永远保持它的价值。而这价值,不但是地域,就是时间也不能损坏的。翻译可以说是诗的试金石,诗的滤箩。不用说,我是指并不歪曲原作的翻译。"[①]诗歌经典的翻译之难首先在于,诗歌的凝练性和多向性常常在译介中流失,所以诗歌翻译者不但是一个语言文化的精通者,而且必须还要是一个艺术档次不低的"诗人"。

尽管一个多世纪以来,中国的译者和研究者已经为我们介绍了世界各国的几百个优秀诗人,但是,在一般读者的心目中,"著名"的外国诗人却始终只有鲁迅当年在《摩罗诗力说》中提到的那么几个。除了英国的拜伦、雪莱,德国的歌德、海涅,以及俄国的普希金、莱蒙托夫,许多人所知道的就只有印度的泰戈尔和美国的惠特曼。英国大诗人勃朗宁在本国的诗名远在其妻之上,可是,中国多数读者却只知道勃朗宁夫人的《葡萄牙人十四行诗集》。尽管在德语国家,人们都把荷尔德林当作与歌德并肩的伟大诗人,其崇高声誉为海涅之辈所望尘莫及,但是,在我们这里,他的名声却是随着海德格尔哲学的传播才为一小部分人所知。对于这些心灵沟通的"空白",诗歌翻译家飞白(1929—)一直有些耿耿于怀。他撰写《诗

① 戴望舒:《诗论零札》,《望舒草》,北京:人民文学出版社,2000年版,第60页。

海》、主编《世界诗库》的主要目的，就是要填补外国诗歌翻译中的大量空白，为每一个受冷落的伟大诗人恢复一席之地，把世界诗歌的宝库介绍给中国的读者。[①]

或许因为诗歌翻译的特殊性，飞白的翻译主张既不属于直译，也不是意译。他在《译诗漫笔》一文中说："我不赞成诗的直译，但我的主张也并非'意译'。'意译'这个术语，可以理解为侧重神韵的翻译法，又可以理解为任意删改的翻译法，似乎太含糊。我主张的译诗方法是'形神兼顾，把诗译成诗'。"[②]飞白所反对的"直译"，其实是"死译"。他在《诗的信息与忠实的标准》中举了一个死译的例子，认为这种死译就是直译造成的。他说："如果照词典的释义直译，就会'桔逾淮为枳'，美的可能变为不美，崇高可能变为滑稽。"接着他举例说："英国诗中惯用 ravenloeks（乌鸦般的卷发）这一形象作为美的赞语，但如直译成汉语，就会产生丑的效果，与原诗效果正好差一百八十度。因此我国译者就把'乌鸦般的卷发'译成'漆黑的卷发'，以便创造同等效应，而不顾是否有人追究：怎么可以把一种鸟类译成粘性液状涂料？"[③]为了实现"形神兼顾"，飞白的工作态度极为严肃。

飞白的诗歌翻译特别注重音韵美，这一点也与许渊冲不谋而合。许渊冲借鉴了鲁迅的说法提出了"三美说"。鲁迅在《汉文学史纲要》第一篇《自文学至文章》中说："汉语具有意美、音美、形美三大优点。"[④]从"三美"说的翻译原则来看，许渊冲也主张应首先追求意美，其次求音美，再从求形美，并力求三者统一。[⑤] 事实上，飞白在译诗的过程中也努力传达诗歌中的音韵特点、音响效果及意境美。例如，在《诗海游踪》中飞白译了歌德的《渔夫》，题材是鱼美人诱渔夫沉船的传统故事。诗末有一行是"Halbzog zieihn，halb sank erhin"，直译是"一半是她把他拖，一半是他自沉的"。但是这样的译文缺乏意韵，毫无形式、韵律、风格可言。飞白认为译诗不能只译意，更要译音。于是他把译文改为"她半拖半诱，他半推半就"。这句诗前后两半，各为抑扬格 2 音步 4 音节，相互对称并押韵，具有音乐效果，实现了"音美"。不仅如此，在这种抑扬、对偶、和谐如摇篮的韵

① 项义华：《走进诗的世界》，《观察与思考》，1995 年 12 期。
② 飞白：《诗的信息与忠实的标准》，《外国文学研究》，1983 年第 2 期。
③ 同上。
④ 鲁迅：《汉文学史纲要》，南京：江苏文艺出版社，2008 年版，第 655 页。
⑤ 许渊冲：《翻译的艺术》，北京：五洲传播出版社，2006 年版，第 73 页。

律中,渔夫自然而然滑入水底,意境的传达让人赞不绝口,实现了诗歌的“意美”。译文前后半句相互对称实现了诗歌的“形美”。

最后不妨以《鲁拜集》中的第24首为例,引出诗译的争鸣与复译现象:

英国菲茨杰拉尔德的英译:

> Ah, make the most of what we yet may spend,
> Before we too into the Dust descend;
> Dust into Dust, and under Dust to lie,
> Sans Wine, sans Song, sans Singer, and—sans End!

郭沫若译文:

> 啊,在我们未成尘土之先,
> 用尽千金俘可尽情沉湎;
> 尘土归尘,尘下陈人,
> 歌声酒滴——永远不能到九泉!

飞白译文:

> 啊,尽情利用所余的时日,
> 趁我们尚未沉沦成泥,——
> 土归于土,长眠土下,
> 无酒浆,无歌声,且永无尽期!

郭沫若和飞白的译文在内容和形式上似乎没有明显差异,节奏与字数也大体相同,但在解读和修辞上有一定的差异。认真比较起来,对菲氏英译文解读的主要差异,在于“make the most of what we yet may spend”一句中的那个“what”。郭译把它解读为“金钱”,根据的是所搭配的谓语是“spend”(花费)。飞白则把句中的那个“what”解读为“时日”,根据的是贯穿《鲁拜集》全书的“存在”主题,这一主题在101首诗的字里行间,处处如影随形,挥之不去,如“时光之鸟飞的路多么短哪”,或“起码一事是真:此生飞逝”……所以“we yet may spend”(“我们尚能花费”或“我们尚有余额”)的所指,在笔者看来无疑是“时日”而不是“金钱”。不同的译者对于特定的文本提出了不同的解释,从长期来看也成就了这些译者本人的诗学观念。正如布鲁姆在《影响的焦虑》中所谈到的那样,强有力的诗人通过对前人误读来创造新的想象空间。

飞白认为，一般翻译传递的是单义的信息，这连电脑都可以做；而诗是语言艺术，它有情感、联想、风格、意境，有文化背景和“互文性”，有微妙的艺术形式，富有意蕴，富有多义性和拓展性。用信息翻译的办法来译诗只能译出其信息的骨骼，而会把“血肉”即语言的艺术形式、多义性和微妙之处剔除净尽，那么诗也就被剔除掉了，因为诗通常就存在于“微妙”之中。诗译者不能采用信息翻译的办法，而应该仿照原诗的艺术，用另一种语言的素材重塑一件诗的艺术品。因此，飞白提出“诗不可译，心可通”；好诗召唤“复译”，而且不会有最终的“标准答案”。因此，飞白在《诗海》中说：“尽管诗是人们公认为最不可译的语言，但由于其中有共同的宇宙的韵律、生命的韵律，她又是人间最能相互沟通的语言。诗海，不是隔绝人们的天堑，而是心灵之间的最近航路。”①从飞白先生灵动且诗化的表述中，我们从诗歌文体出发找到了诗歌翻译得以展开的理由。②

飞白认为，像人这么一种能够思考存在意义的存在物，它的生命中应该具有一种“诗性”的因素。诗在整个人类生活中的功能是无可替代的。它不会因为受到其他因素的影响就自我解构、自行解体。相反，“我们宁愿执拗地相信：素有抗逆境生命力的诗还将继续开出新花”，为人类文明增光添彩。他站在民族语言文化的角度去审视外国文学作品，提出了可以归纳为“文化折射说”的思想。“人们在生活中的所见，其实只是语言之屋的内部而已，就连通过墙上开的窗所看到的，实际上也只是窗玻璃而已，而且还是有色的花式窗玻璃，它折射一切客观物象，把他们改造成语言一文化形象。这造成跨语言、跨文化交际的复杂化，导致各种变形和误读。”③外国文学如何被翻译进民族文学？我们惯于接受的是“文化选择”和“文化过滤”等变异学思想，但这些说法很难穷究文学翻译过程中产生的诸种变化，飞白的“文化折射说”则用童话式的叙述方式言明了翻译文学实乃民族语言之屋的“折射”品，因为是隔着语言之墙，因为是通过“花式”的有色玻璃之窗，所以外来的文学一旦被翻译“折射”进民族语言之屋，变形和误读就无可避免。依据飞白“文化折射说”的观点，翻译语言学派所谓的原文和译文的“信息对等说”根本就不可能发生，译文读者了解到的外国文学和文化也并非原汁原味的外国品相，由此引发的翻译文学

---

① 飞白：《诗海——世界诗歌史纲》（传统卷），桂林：漓江出版社，1989年版，第25页。

② 傅守祥：《“诗海”漂泊者的探险——诗歌翻译家飞白印象》，《中国社会科学报》，2015年3月30日B03版。

③ 飞白：《诗海游踪：中西诗比较讲稿》，杭州：浙江工商大学出版社，2011年，第65页。

是否定位为外国文学也值得进一步深思。①

中国对于名著的复译和重译,数量之多,质量之高,影响之大,在世界翻译史上都是罕见的。诗译的版本层出不穷,从来就没有绝对准确的译本,正是百家争鸣、百花齐放的复译和重译给读者提供了不同功能的诗歌解读,不同层次的艺术享受,创造出不一样的音乐美、形式美、意境美,逐渐扩大了汉语的文学表现力和认知容量,是中国文化基因发展中一股独特的创新力量。

第三节　影像转换促成经典流传

对于外国文学经典,人们习以为常的多是那些被精通外语又善于汉语表述的译者翻译、由出版社正式出版的"书籍",它们经由多年、影响深广。殊不知,还有一种"特殊的"外国文学经典——经典译制片(一般是指由源语国导演及主创,依据外国文学经典作品改编的电影),它们凭借"性格化"的声音表现和配音艺术,创造性地呈现与传达了外国文学经典原著的审美风貌,或精准或延伸或生发,在中华人民共和国成立至今的六十多年间曾深深打动和影响着中国的亿万观众,甚至在某段时期成为某个社会阶层的身份标签和时尚趣味,并在启发民智、改变时俗、引领潮流方面发挥过不可替代的作用。

一、影像转换的诗化与电影思维的反哺

电影自诞生之日起,就是文学不可分割的一部分。文学除了能够给电影提供取之不尽用之不竭的素材外,还能同时为电影的审美品味提供有力保障。即使是到了电影产业高度发达的今天,无论是商业电影、艺术电影、胶片电影、数字电影甚至是更为前沿的微电影,都不曾摆脱文学的影响。尽管电影一直都在以种种努力试图克服这种"影响的焦虑",确立自己更鲜明的独立性与优越性,但不可否认的是,离开了文学滋养的电影终究只能是无根之木。电影中的高端或者艺术电影,往往离不开对文学经典的各种"依赖"和"挖掘",就其制作起点的电影"(文学)脚本"来说,仍属于"大"的文学范畴。当然,作为一门独立的现代艺术门类,电影自有其

---

① 熊辉:《诗歌翻译家飞白访谈录》,《重庆评论》,2012年第2期。

特有的媒介优势，自有平面媒介的传统文学所无法比拟的艺术效果，而且随着大众文化和高科技的迅猛发展，电影的表现力和影响力正日趋壮大。

电影与文学确实可以算是亲戚，但他们各有其表现手法。传统的文学以文字的描写为载体，使抽象的事物和情感、思想形象化、具体化，而现代化的电影是借助电影技术将人物、场景、语言等表现手法结合起来，将具体的事物抽象化。文学的模糊性和深刻性与影视的直接性和具象性，决定了文字文本与影像文本存在"合谋"的基础。电影将文学作品以其独特的表现手法呈现，既丰富了电影作品的思想内涵，又能赋予文学作品新的理解和诠释，进而更好地继承和发扬文学艺术。因此，每一部根据文学经典改编的电影其实都是对文学作品的影像解读，一些经过改编的影视作品既能弥补文学叙事的不足又能适时引发专注的思考。从影视改编兴起之时，外国文学经典名著因其强大的艺术性、思想性而成为改编者们青睐的对象。譬如《巴黎圣母院》《安娜·卡列尼娜》《红与黑》《苔丝》《傲慢与偏见》等，就被不同时代、不同国家的导演改编为电影。文学作品作为经典已经深入人心，无论从文学经典作品内部的精神意蕴和主题思想还是从作品中人物性格气质、言行举止，都已经在读者心目中形成一种思维定式。影视改编的作用就在于通过具象化手段将这些已经模式化的人物提炼和概括，而不让观众感到突兀。具体来说，文学经典名著改编实质上是影视编导运用特定的视听语言对其进行新的阐释；这种阐释不是对其固有含义的求知和认同，也不是把原著的文字信息编译成影视语言，而是渗透了改编者独特的理念和思想的再创作。

细数世界电影史上的改编案例，电影改编对文学经典原著起到的宣传及传播功效不容忽视，它为文学经典的艺术性再造提供了丰富的可能性，促使一度被冷落被边缘化的纸媒文学再度被关注。具体来说，借助电影改编，传统文学经典得以延伸与扩散，譬如莎士比亚的《哈姆雷特》固然是广为人知的经典名著，但《夜宴》对它进行了一番"洋为中用"的全新演绎，扩大了其阐释的多维可能性；更有甚者，借助于改编，很多被淹没的作品得到开发，譬如奥地利小说家茨威格的小说《一个陌生女人的来信》，中国读者知者甚少，徐静蕾的同名改编电影，使之脱颖而出，备受瞩目。

电影改编者在挖掘文学经典名著固有的超越时空的思想价值和艺术价值，并且在努力克服经典名著历史局限性方面成绩斐然。荷马史诗作为一部文学经典，继续以古代诗史的面貌叙述战争故事已经难以被"读图时代"习惯了快餐文化、消费文化的受众所接受，所以，此类经典若想要在新时代延续其魅力,就必须依赖现代影视传播手段。电影《特洛伊》对荷马史诗中《伊利亚特》部分做了改动,削减了原著中的神话色彩,将人神混战转变为人与人之间的战争,强化了作品的故事性,同时通过激烈的戏剧冲突吸引观众的眼球,既让电影好看,又兼顾了原著的主题思想。文学经典名著作为特定时代被人们广泛接受的文本属于高雅的、精英的文化,而现代影视作品代表的是大众的、通俗的文化,如何将高雅和通俗、精英与大众完美融合,这就需要改编者们在艺术性与市场化、忠实性与创新性之间找到平衡。

电影可以说是最为"具象化"的综合艺术,而当代影坛的主流形式"作者电影"对电影的艺术性和思想性提出了更高的要求,逼迫电影在不断提高艺术表现力的同时,挖掘和放大心理、人性、生活、历史、科学的细节。因此,电影不得不向其他更成熟的艺术门类学习,而文学经典就是它取之不竭的源泉。当代电影不仅在故事上借鉴小说文本的内容,许多电影在美学风格上也出现了小说倾向,电影出现文学化甚至诗化倾向。而另一方面,当代文学也敞开大门,认真而仔细地向更加现代化的电影学习,以此更新和创新自己的艺术手段。爱德华·茂莱说过:"1922 年以后的小说史,即《尤利西斯》诞生以后的小说史,很大程度上是电影化的想象在小说家头脑里发展的历史。"[①]小说中文字的画面感,叙事手法的电影化,局部构成的意象化组接都是深受电影的影响。当电影化思维引入文学创作后,文学的艺术空间得以拓展。20 世纪的现代派作家乔伊斯、伍尔夫、达夫妮·杜穆里埃、马尔克斯等,都在小说创作中充分调动各种电影元素,运用电影画面造型的光、影、声、色来创造典型环境、表现人物心理、描写人物言行、塑造人物形象、展开生动丰富的"电影化的文学想象"。对电影表现技巧的借用,丰富了文学的表现手法,特别是以电影的蒙太奇思维,以交叉剪接、平行剪辑、快速剪接、快速场景变化、声音过渡、特写、叠印等电影化技巧,广泛地介入文学文本的生产之中。而一些电影的结构方式也纷纷被小说家所效法,丰富了文学的结构形态。如《不可撤销》《记忆碎片》等的全逆式结构,《盲打误撞》《罗拉快跑》等发散式块状结构等,被许多作家成功地移用到小说中,带来了小说形式与内容的创新。

综上所述,文学经典名著改编成影视作品,从题材、内容上提升了电影自身的艺术质量和品位,同时,影视也因其特有的亲和力和可感性起到

---

① 爱德华·茂莱:《电影化的想象——作家和电影》,邵牧君译,北京:中国电影出版社,1989 年版,第 5 页。

了传播文学经典的作用。当影视文化逐渐成为主流传播媒介时,文学与影视的联姻,不仅是文学得以传承和发展的必然趋势,也是影视实现文学性与商业性共存、艺术性与大众性并举的必然要求。然而,在经典名著与强势媒介"强强联手"的喜悦之余,作为影视在尽享名著已有的经典遗韵时,不但要经受文学原著读者、影视观众的评议,还要经得起大众文化和精英意识的审视,要结合当代的审美标准、价值取向对经典进行题材、主题、手法、风格等方面的演绎。当然,影视在对文学经典之名声与声望"坐享其成"时,也伴随着对文学名著进行现代性阐释的焦虑。①

二、电影译制的进化与配音艺术的经典

在外国文学经典生成与传播史上,文学经典的电影改编确实直接促进了经典的流传,同时,另一种形式的影像转换——文学经典电影(文学片)的译制——在中国近六十年间曾几度叱咤风云,为外国文学经典在中国的推广、传播助力颇多。在当前这个多媒体和自媒体盛行的时代,关于外国文学经典的译制片已经成为当代中国的文化记忆,与之相关联的"经典配音"和配音艺术也成为"文化怀旧"的一部分。曾几何时,配音艺术性格化的"声音"成为世界文学经典名著中的主人公的"化身"。因此,文学经典电影的译制(即文学译制片)不仅涉及翻译问题,甚至可以说翻译是服务于"配音"的,而"配音"则是为了凸显人物"性格"的,很多时候,三者循环反复、不断调整、相互适应。

译制片,早期被称为翻版片,后又称为翻译片或译制片。它将有声影片的对白或解说从一种语言翻译成另一种语言,再由配音演员重新配音复制,使得听不懂原版影片语言的观众可以充分了解和欣赏影片的内容。电影传入中国之后,译制片的雏形逐渐形成,早期的外国影片大都是无声片,即使到了有声片时期也都是原音放映的,因此为了帮助观众能更加充分了解影片的内容,放映者往往会采取各种方法,尽量达到翻译影片的目的。1937 年 11 月 4 日,大光明大戏院首次出现了"译意风"的应用。"译意风小姐"专事同声翻译工作,每个座位的背面都可安插一部耳机,观众可以通过这种有偿的服务了解影片的内容。译制片诞生的历史及其发展的历程与字幕翻译和配音休戚相关。

---

① 李新宇:《传承的愉悦与阐释的焦虑:浅谈现代影视传媒对文学名著改编的方式及策略》,《电影文学》,2007 年第 3 期。

中华人民共和国成立以后,提起电影译制片,人们不禁就会想到上海电影译制片厂的配音艺术家们,译制片配音领域就此涌现了邱岳峰、李梓、孙道临、苏秀、尚华、毕克、陈叙一、曹雷、孙渝烽、戴学庐、赵慎之、童自荣、刘广宁、乔榛、丁建华、程晓桦、施融、王建新等一大批著名配音艺术家,更为贫下中农占主体的民众奉献了诸如《简·爱》《王子复仇记》《巴黎圣母院》《安娜·卡列尼娜》《日瓦戈医生》《红与黑》《苔丝》《傲慢与偏见》等文学经典译制片,为他们领略、理解进而分享异域文明奠定了基础,并为中华民族的精英阶层重新走上"对外开放"留存了想象空间。这些配音艺术家单凭"性格化"的声音,以其高超的艺术境界,精到的艺术品质而自成一派;他们精彩的再创造,不仅使外国经典电影锦上添花,更为配音艺术平添了耀眼的光辉,创造了译制片的"辉煌年代"。这些文学译制片完全可以脱离电影,变成一种独立的艺术存在;这是在一个特殊的历史年代,被一群专业又敬业的配音艺术家们共同创造出来的艺术样式。在这些经典影像作品中,他们以其熟悉的"声音"带给人们高水准的艺术享受,成为那些年银幕背后的"好声音";在这些声音当中,镌刻着岁月的痕迹,已经成为空谷回响。配音艺术家们独具魅力的声音,深植几代人的心中,人们追随它、迷恋它,甚至到了如痴如狂的程度。

译制片作为一个特殊的片种,除了普及电影的功能外,它的艺术性逐步被挖掘出来。译制片中的声音,由最初的南腔北调的普通话逐渐进化成富有声音魅力的语言艺术,尤其是以上海电影译制厂的配音演员为代表的一大批配音艺术家,将译制片这个特殊的艺术样式推向一个前所未有的高度,因而受到无数影迷尤其是译制片发烧友的喜爱。好的译制片应该传达出原片的风味,而主要体现便是精彩的配音。因此,《简·爱》《王子复仇记》《巴黎圣母院》等文学经典电影中的主人公已被邱岳峰、孙道临、李梓、毕克等艺术家精彩的配音艺术"代言"了。据说,有的配音演员的声音超过了原片演员的原声,譬如给高仓健配音的毕克、给阿兰德龙配音的童自荣等;他们创造性的声音艺术,在某种程度上甚至超越了原声。

人声是三种电影声源元素之一,具有传达信息、刻画人物、推动事件发展以及描绘环境、气氛、时代、地方色彩的功能。人声的音调、音色、力度、节奏等因素及话语内容,不仅是人类在交流思想感情中所使用的手段,也是塑造人物的重要手段。人声包括对话和旁白、内心独白;人声构成的因素,包括音量、音调和音色。音量是指声音振动的幅度(振幅)使人的听觉所产生的音量感。电影中,不断控制音量的变化,可产生不同效果。人声之间也有音量的差异，例如体弱多病的人音量小，性格豪放的人音量较大。而人声独特的处理可以产生强烈的艺术效果。另外，声音的振动频率决定音调。在电影声音中音调主要表现在音乐中。人声不同的音域也产生音调的差异。

20 世纪 80 年代，中国电影进入新时期，译制片也迎来了它的黄金时期，译制片似乎从来没有像 80 年代那样受到观众的追捧。究其原因，也是由于畸形的文化历史造成的。“文化大革命”的十年浩劫，中国的电影艺术一片凋零，外国电影也寥寥无几。改革开放后，大量的西方电影被引入，中国观众从未体验过的那种莺歌燕舞，那种活色生香，其吸引力自不必说。而配音艺术，恰好充当了这种文化传输的桥梁。所以，那个时代的青年在内的观众，对于译制片都有一段美好的回忆，形成了特殊的“译制片情怀”。这种“情怀”，正是苏珊・桑塔格所说的“迷影文化”的典型体现。但是，当译制片爱好者有时对配音演员的喜爱(即“粉丝文化”)超过了对电影本身及其身后的文学经典的关注时，意味着人们的欣赏趣味在倒退，最终伤害的是电影艺术和文学经典。

近年来，影视文学翻译作为翻译领域的一支新生力量正获得越来越多的关注。1995 年对于影视文学翻译研究来说，是至关重要的一年，这一年，它从传统的翻译研究中独立出来，被认定为一个独立的研究领域；同时，一部分学者开始意识到影视文学翻译研究的意义和价值所在，开始将研究的视角转移到影视文学翻译方面来。英国著名翻译理论学者杰里米・芒迪(Jeremy Munday)在其《翻译学导论——理论与实践》中明确指出：“影视翻译(配音和字幕翻译)是翻译学近年来取得的最重大的发展。”[①]进入 21 世纪之后，西方影视文学翻译研究已经扩展到更为广阔的视听领域，一种跨语种、跨学科的复合研究模式正逐步替代传统的单向度研究模式。

国外影视作品的大量引进凸显了影视文学翻译的重要性，推动了影视翻译实践的发展，而国内的影视翻译研究却长期受到忽视。卡拉密特格罗(Fotios Karamitroglou)就曾直言影视翻译的地位一直不如(书面的)文学翻译。[②] 国内著名影视翻译家钱绍昌也对国内翻译界重(传统)文学翻译轻影视翻译的现状深有体会：“反映在大学里有关课程之开设、学术刊物上有关论文之发表、学术团体中有关组织之建设等等方面，均与

---

① 杰里米・芒迪：《翻译学导论——理论与实践》，北京：商务印书馆，2007 年版，第 1 页。

② 转引自刘大燕等：《中国影视翻译 14 年发展及现状分析》，《外国语文》，2011 年第 1 期。

影视翻译的社会作用不相称。”[1]随着国外影视作品的大量引入,影视翻译为国外影视作品与中国观众之间搭起了一座沟通的桥梁,影视翻译在生活中扮演着越来越重要的作用,所产生的社会影响也越来越大;同时,由于影视作品传播的特殊性,译制片的受众数量要远远大于文学翻译作品的受众。这就使得对影视翻译进行必要的研究显得十分迫切。

影视译介的质量事关影片精髓的传递,一部译制水平高超的佳作往往能有化腐朽为神奇的功效。有时,一部不那么有名的影片,经过翻译,能在译入语国找到深度共鸣,成为译制经典。譬如电影《窈窕淑女》描绘了出身卑微、满口污言秽语的农村少女 Eliza 在教授 Higgins 的教导帮助下变成了一位谈吐高雅、风度迷人的贵族少女的故事。其中,有一句经典台词,译介不同直接影响其传播效果:

> Ought to be ashamed of himself, unmanly coward.
>
> Cheer up, captain. Buy a flower off a poor girl.
>
> 译文 1:你不害臊,一个男人家欺负娘们儿。
>
> 长官,赏个脸,买咱穷人一枝花吧。
>
> 译文 2:不知廉耻,没风度的胆小鬼。
>
> 长官,买我穷姑娘一朵花吧。

译文 1 在翻译这段对话时采用了归化翻译的策略,“不害臊、娘们儿、咱”都是我国北方方言中常用的词汇,方言和高度口语化的“儿化音”的结合,让这段译文读来节奏感强,意思表达得也通俗自然,观众自然就很容易接受。译文 2 采用的是直译法,只简单表述了原文的字面意思,缺乏与受众之间的情感共鸣,且在遣词造句方面没有考虑到译入语国家语言的使用习惯,中文的表述中,一般不会使用“买我穷姑娘一朵花吧”这样的句式。倘若这部影片选用的是译文 2 的翻译,则会给观众一种“不中不西”的违和感,不仅会造成理解上的困难,还会大大降低该片在观众心目中的好印象。最终,不合格的译文会严重阻碍经典作品的传播。

传统译制片长期以来在广大观众中所产生的强大震撼力是毋庸置疑的。上译厂的配音艺术家李梓为《简·爱》的经典配音:“你以为我穷,不好看,就没有感情吗?如果上帝赋予我财富和美貌,我一定要使你难于离开我,就像现在我难于离开你。”而上译厂的配音艺术家邱岳锋的罗切斯

---

[1] 钱绍昌:《影视翻译:翻译园地中愈来愈重要的领域》,《中国翻译》,2000 年第 1 期。

特那声绝望的并略带沙哑的“简”，更是道出了对简·爱的全部深情，怎一个爱字了得。这些经典的配音被观众誉为“不可复制的经典”。曾伴随着一代人成长的译制片，不仅用火辣辣的爱情感染着人们，也在言谈举止、生活细节上左右着时尚的潮流，为我们打开了通向外面世界的一扇窗。与此同时，译制片对观众产生的巨大冲击力，也促成了很大一部分人追本溯源，阅读或者重读原著，由同名原著改编的电影《钢铁是怎样炼成的》在中国的译介、传播历程就是其中最为典型的案例。

著名画家、文化批评家陈丹青说：“好的翻译仍然可以是好的语言，二者都是文学；配音再好，却仍是语音的替代品。配音，为传播计，是属上策，论艺术，毕竟下策。”[①]然而，当他忆起邱岳峰的配音时话锋一转：“邱岳峰是一个伟大的例外。他是外国人，别的天才配音演员感动我们，但我们不会错当他们是外国人，然而邱岳峰似乎比罗切斯特还罗切斯特，比卓别林还卓别林，当我后来在美国看了《简·爱》和《凡尔杜先生》，那原版的真声听来竟像是假的，我无助地想念邱岳峰，在一句句英文台词里发生重听。他，一个上海居民，一个在电影译制厂上班的中国人，直到我在纽约重听邱岳峰这才恍然大悟：他没有说过一句外国话，他以再标准不过的国语为我们塑造了整个西方。”[②]陈丹青在美国进行的经典重温名单里，虽然没有直接提及《巴黎圣母院》，但当年为该片配音的邱岳峰对于陈丹青的意义，确实是非同一般。

由此可见，文学经典在与影视联姻之后，经由译制人员之手，焕发出全新的生命力。反观《巴黎圣母院》在中国的传播与接受之旅，翻译在其中扮演着不可或缺的角色，可以说正是由于小说译介和影视译介的不遗余力，这部名扬海外的作品才能够在中国确立其经典性地位并且在不断的重读中延续其影响力。

三、银幕记忆的书影与性格配音的魔力

一部文学作品要被确认为经典，与普通大众的理解与建构息息相关，即经典作品只有回归大众才能发挥作用与价值。但是一直以来，经典作品都被世人视为精英文学，体现了某个特定知识阶层或精英阶层的价值理念。不难发现，只有少数人掌握着经典作品的话语权，它们被人为地赋

---

① 《评中国译制片：完全是一次艺术的再创作》，《新文化报》，2014年1月26日。

② 同上。

予一层神秘的色彩。与此同时,经典作品的文学趣味反映了精英阶层的审美标准,这个标准由于受到精神信仰与意识形态的影响,通常要高于普通大众的口味,使得普通大众一直认为经典作品是美丽的“花瓶”,只可远观而不可近触。然而,影视改编打破了经典作品的神秘感,为经典作品与普通大众建立了一条有机沟通的“纽带”,使得经典作品不再是“水中芙蕖”永存距离,阅读经典也不再是精英阶层的专属权利,纸媒与影像的联姻正是在这一背景下诞生。电影对文学名著的改编把名著传播到了不同文化层次的观众中去,文学作品因影视改编的成功而得以广泛传播,作家的知名度由此也得到很大程度的提升。

小说《巴黎圣母院》,将整件故事发生的时间、地点设定在 1482 年的巴黎圣母院,内容围绕一名吉卜赛少女艾丝美拉达和由副主教克洛德养大的圣母院驼背敲钟人加西莫多展开。此故事曾多次被改编成电影搬上大银幕。《巴黎圣母院》最有名的影像转换有三个版本,分别为 1956 年导演让·德拉努瓦执导的法语版、1982 年英美合资版以及 2014 年威廉·迪亚特尔执导的 49 分钟短片。这三个版本中,最贴近原作、最为观众喜爱的是 1956 年的法文版。

1956 年版电影《巴黎圣母院》公映之后,获得了空前好评。整部电影的叙事以美丽善良的吉卜赛女郎艾丝美拉达为主线逐层展开,电影的人物设置沿用了小说的人物设定,道貌岸然的神父克洛德、样貌丑陋的敲钟人加西莫多、被欲望控制的纨绔子弟菲比斯等。虽然原著以其“丰富的想象、怪诞的情节、奇特的结构”让很多读者迷惑,然而,深谙法国文化精髓的让·德拉努瓦却在繁复的结构中为影片梳理出了一条清晰的脉络,通过服装、道具,成功还原小说发生的时代,将观众带入法王路易十一统治时期,揭露宗教的虚伪,歌颂下层劳动人民的善良、友爱、舍己为人,反映雨果的人道主义思想。

如果说小说《巴黎圣母院》为无数读者打开了了解西方神秘世界的大门,让遥不可及的艺术“圣地”巴黎在异域读者的心中变为了可以触碰的存在。那么,电影《巴黎圣母院》则将这一艺术想象变为了现实,观众可以透过导演的镜头了解巴黎圣母院的建筑特色、了解路易十一统治时期法国社会的原貌,甚至是法国人的生活方式、衣着打扮也都可以通过电影展现给异国的观众。自《巴黎圣母院》公映后的半个世纪里,这部经典电影的艺术魅力长盛不衰,吸引着一代又一代观众。在电影中,巴黎圣母院恐怖阴森,但是片中男女主人公的爱情却永恒凄美,让我们感受到人世间爱情的伟大。在塑造人物上，敲钟人加西莫多的丑陋达到人类的极致，而在他身上表现出的深刻的人性美，却使他成为电影史上最独特又感人至深的一个艺术形象。正是由于这部电影，巴黎圣母院从此名扬天下。

雨果一定不会知道他的作品在遥远的中国历经历史的大浪淘沙之后，依旧能坚守住其作为经典作品的地位，他更不会知道在他作品影响下的一代人，是如何在"文化大革命"的浩劫中，通过阅读、观看《巴黎圣母院》，获得纸媒与影像所传递的美与正义，进而慰藉他们饱受摧残的心灵。

> 雨果的《悲惨世界》和《巴黎圣母院》，其电影版更为国人所熟悉。后者的女主角吉娜·罗洛勃丽吉达，名字那么拗口，少年时的我，为了她惊人的美貌，还是把她记住了。片中的那句"活该她倒霉，活该我倒霉"的台词，给我留下很深的印象。这是一个神甫准备霸占一吉普赛女郎时的内心独白。[①]

电影《巴黎圣母院》的拍摄成就，除了要归功于导演让·德拉努瓦的出色编导才华，还要感谢女主演的巨大贡献，扮演艾丝美拉达的吉娜·劳洛勃丽吉达已年届六旬。人近六十，应是老态毕现，可这个不老女神仍如少女一般，片中能歌善舞，一颦一笑，把片中人物演绎得淋漓尽致。正是因为她的出色演绎，才使得这部影片的灵魂人物在观众的心目中留下不灭的记忆。

值得注意的是，影片中所再现的古老的中世纪的巴黎社会的画面，同19世纪30年代法国人民反对波旁王朝的斗争有着惊人的相似性。雨果描绘的封建君主的专横与残暴、天主教会的伪善与淫威、巴黎底层百姓的苦难生活与不幸命运以及波旁王朝攻打巴黎圣母院的惨烈，无不散发着浓郁的时代气息，观众仿佛可以从呼之欲出的画面中看见现代资产阶级反对封建专制与天主教会所做出的激烈斗争。影片以巴黎圣母院揭开故事的序幕，最后又将故事的结局安排在了同一地点，为深刻展现反封建、反教会的主题画上圆满句号。

影片《巴黎圣母院》在中国的传播产生的巨大反响，一方面归因于时代因素：长久的封闭之后，造成国人对外部世界的好奇和渴望达到一个燃点，一旦接受到新鲜事物就会投注全部的热情，这是译制片产生强大群众基础的外因；另外，促成译制片为广大观众熟知的关键性因素是译制片导

---

① 赛人：《经久不衰的法国电影银幕记忆》，《人间电影指南》，2015年6月8日。

演、配音演员的专业表现。《巴黎圣母院》一片由上海电影译制厂译制,担任此片配音的是当时一线的配音演员,他们有着丰富的译制片配音经验,根据当年其中一位配音演员的回忆,为了能够吃透角色,他们将原著读了不下三遍,还一遍又一遍地模仿电影中人物说话的口气,甚至是面部表情也模仿得惟妙惟肖。这一版本的译制片,深深镌刻在中国观众的脑海中,成为无法超越的经典,以至于后来几个翻拍的版本被引进之后,竟遭遇无人问津的尴尬。

"为了能够更加真实地还原影片的风格和人物的个性,需要挑选那种有历史的沧桑感、厚重感的声音。"[①]译制片的再创造功能由此显现,听惯了上译厂配音演员的配音,再和法语原声比较一下你就会发现,剧中吉卜赛女郎艾丝美拉达的嗓音竟然是那么的粗犷、低沉和豪放,完全没有李梓的细腻、甜美和动人,缺少了中国人心目中女性特有的温情脉脉,使人无法将这平淡如水的声音和她美艳动人的形象合二为一,割裂感油然而生。给神父克洛德配音的邱岳峰是所有配音演员中最光彩照人的一颗明星,他配的人物浑身散发着从骨子里透出来的阴险毒辣和狡诈,被情欲压抑良久的心灵,长期忍受着无以言状的痛苦的煎熬;尤其是当他面对娇艳欲滴的艾丝美拉达时,这种极端的心理疾病已经到达了爆发的临界点。他的专横和自私,他强烈的占有欲和嫉妒心,最终促使他走向了极端的毁灭之路,这也是他在情欲与纯洁爱情的斗争之中做出的最后选择。

伍经纬配音的流浪诗人甘果瓦,是唯一与艾丝美拉达有合法关系的男人。伍经纬通过略带夸张的语调,生动表现出了人物的猥琐形象和无法与世界抗争的无奈情绪。给乞丐王克鲁班配音的是老演员尚华,那一声声"行行好……",透出了社会底层小人物尴尬无助的生活现状。影片行将结束,克鲁班在圣母院门前抱起中箭身亡的艾丝美拉达时,他伸出手臂绝望地喊出那声"请你们对,她行行好……",那种语调里蕴涵的乞求意味则与日常行乞时迥然不同。这时候,观众感觉到的只有一丝丝悲惨的凄凉掠过心头。

胡庆汉当时是上译厂的英俊小生,他为心猿意马、脚踏两条船的花花公子菲比斯配音。卫队长菲比斯已经有了身为贵族小姐的未婚妻,但还是在外面无所节制地寻花问柳。胡庆汉的音色华丽、高亢,配出了人物身

① 黄承联:《在阴沉凝重中凸现浪漫色彩:新版译制电影〈巴黎圣母院〉导演阐述》,《当代电视》,1999年第5期。

上纨绔子弟所特有的朝三暮四的习性。他对未婚妻百合花及艾丝美拉达都做过这样甜得发腻，而明眼人一下子就能戳穿的“爱情表白”：我要有妹妹，我爱你而不爱她；我要有全世界的黄金，我都给你；我要是妻妾成群，我最宠爱的就是你。而当他遇刺康复后，加西莫多求他给艾丝美拉达送去一份鲜花时，他又竭力避免和绯闻牵扯上关系，这时胡庆汉的配音将人物的卑鄙、恶劣的本性暴露无遗。还有一个次要人物的配音也值得一提，那就是旅店里的那个其貌不扬的小矮子，给他配音的是杨成纯。令人佩服的是，以配反派人物见长的杨成纯，怎么会发出那样滑稽可笑的声音来的呢？演员的面部表情极为丰富，再配合以杨成纯的怪腔怪调，简直达到了天衣无缝的地步，让人觉得他既好笑又可怜。

让·德拉努瓦执导的《巴黎圣母院》是一部以台词见长的电影，是上译厂配音演员的功力，说出了各个角色沉积于心灵深处的哀伤，更宣泄出了令人含泪的美。经过译介转换的译制片《巴黎圣母院》已经成为了一代人记忆里的经典，它以细腻准确的翻译、传神贴切的配音给中国观众留下了深刻的印象。译制片《巴黎圣母院》在央视电影频道播出之后，获得了巨大的成功。无数观众爱上了荧幕背后的角色配音，其疯狂程度，不亚于今天的追星族。影片中的许多经典台词，很多人都烂熟于心，日常生活中人们把能够背诵电影台词当作一件值得骄傲的事情。伴随着译制片风靡脚步接踵而来的是，《巴黎圣母院》这部早已经被文学史公认的经典作品再次受到中国观众的追捧，很多观众在看完电影之后迫不及待或购买、或借阅小说。旋即译作毫无悬念成为小说畅销榜的常客，很多出版机构也瞄准时机重译或复印经典译文。除了引发阅读、出版热以外，译制片的出现，还掀起了一场影视作品专题大讨论，2012—2014 年间《电影文学》杂志开辟专栏就《巴黎圣母院》影片开展多元化学术论辩，从乌托邦情结、电影之美学特色、影片对原作者内心世界的探索、影视语言与文学语言的碰撞、影视人物特点解析等角度对这部影片做了精彩的阐释，丰富了对《巴黎圣母院》的探索维度。

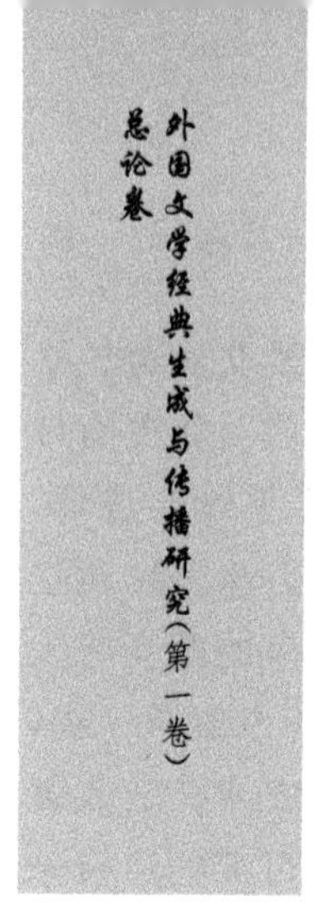

第七章
外国文学经典的影像重构

影视艺术自诞生以来便同文学有着密切的联系。纵观影视发展史，1895 年“电影之父”卢米埃尔兄弟在巴黎虽然制作并放映了人类历史上第一部电影《火车进站》，但这类纪实电影不过是“道地的奇技淫巧，是欧洲大发明时代旋生旋灭的一小朵浪花”[①]。电影问世后的两三年，在其发源地巴黎，电影便受到了冷落，只有几家影院还在经营。1900 年前后，“魔术大师”乔治·梅里爱[②]相继将《灰姑娘》《鲁滨逊漂流记》《格列弗游记》《浮士德》等文学作品搬上荧幕，促成了文学与电影的第一次巧妙结合，为几乎夭折的电影注入了活力。此后经过一百多年的发展，在早期电影导演格里菲斯、电影理论家巴拉兹·贝拉等人的努力下，电影愈发成为一门成熟的影像叙事艺术。

而近五十年来，依托科技发明的进步和电影艺术的发展，电视艺术应运而生。新兴的电视艺术也难以避免地向文学寻求帮助。首先，电影和电视的编剧行业发展不成熟，而文学经历了几千年的积淀，涌现了许多具有深远影响力的经典作品，为影视艺术提供了现成的素材和灵感；其次，影视作品的制作和发行需要耗费巨大的成本。而改编文学作品能吸引原有的读者，引起社会关注，起到未播先热的效果，从而减少宣传成本，大大降低投资风险。法国学者莫尼克·卡尔科-马赛尔曾在《电影与文学改编》一书中提到：“一位电影制片人曾说一部改编自著名书籍的电影比一

① 罗伯特·斯塔姆、亚历桑德拉·雷恩格：《文学与电影：电影改编理论与实践指南》，北京：北京大学出版社，2006 年版，第 3 页。

② 梅里爱是巴黎剧院的一位魔术师，后来因观看卢米埃尔兄弟放映的电影而对电影产生了浓厚的兴趣。他对电影发展的贡献主要表现在拓宽电影题材以及发展电影拍摄技巧等。

部由不知名的作家所创作的原版的电影剧本拍成的电影更能吸引人……事实上,单单改编作品的作家名字就足以在广告上确保电影的质量。"[①]由此可见,文学作品为影视的发展奠定了坚实的基础,使它从"奇技淫巧"发展为一种独特的艺术形式。

由于影视改编的实践伴随着电影和电视的出现而产生,它经历了从简单到复杂的嬗变,即由最初对文学作品单纯的模仿与依附发展到如今"二度创造"的自信,因而关于影视改编尤其是电影改编的理论研究很早就得到学界的关注和探讨。在研究文学经典的影视改编之前,我们有必要对"改编"这一概念做出界定。从广义上来讲,改编即"根据原著重写(体裁往往与原著不同)"。这一词典上的定义表明改编作品和原著之间存在异质性,这种异质性可能是媒介的,也可能是体裁的,而重写就意味着内容的相应的增或减。[②] 这一定义显然过于笼统,未能概况影视改编的具体形式和特征。

在学界,诸多电影理论家也对"改编"做出了阐释,例如莫·贝加提出:"改编和一般的电影创作一样,都是某种先验整体的电影表述"[③],只不过它是从另一媒介取材。贝加是从观念层面出发探讨改编问题。而还有一些电影理论家巴拉兹·贝拉、布鲁斯东、安德烈·巴赞、约翰·劳逊等是从改编实践中研究改编模式和方法。巴赞在《非纯电影辩——为改编辩护》一文中提出只有原封不动地转现原著在银幕上的改编才是最高级的改编;而匈牙利著名电影理论家巴拉兹·贝拉则认为:"改编就是把原著当成未经加工的素材,可以按照电影自己的艺术要求进行创作,不必注意素材所已具有的形式"。[④] 前者强调"忠实原著",后者提出"自由改编"。还有一类学者如杰·瓦格纳采取折中方法,认为可以借用原著的故事结构来拍摄作品,可以改动背景,与原作保持距离。通过这些梳理,我们能归纳出三种典型的电影改编模式,即忠实、叛逆、借用。而电影和电视虽然有着不同的艺术特点,但它们在改编观念和方式上却有着异曲同工之处,因此笔者不一一赘述电视改编观念的演变。

---

① 莫尼克·卡尔科-马赛尔、让娜-玛丽·克莱尔:《电影与文学改编》,北京:文化艺术出版社,2005年版,第5页。

② 毛凌滢:《从文字到影像:小说的电视剧改编研究》,成都:四川大学出版社,2009年版,第27页。

③ 同上书,第28页。

④ 巴拉兹·贝拉:《电影美学》,何力译,北京:中国电影出版社1978年版,第275—280页。

综上所述,学界对改编理论的研究日益深入,在文学和影视的关系、影视改编模式等方面做了大量的阐述。然而笔者发现在文学经典尤其是外国文学名著的影视改编方面至今还缺乏系统的研究。可以说,外国文学经典的影视改编史几乎相当于世界电影和电视史。[①] 因此,我们有必要对外国文学经典的影视改编进行深入研究,从而了解当今高科技支撑下的影像转换如何促成经典流传,并为电影和电视在当代文化语境中如何改编文学作品提供一定的借鉴意义。本书将以改编方式为出发点,通过文学文本与改编作品的比较分析,考察影视改编模式的特征和发展,探讨当下外国文学经典与影视改编的互动关系以及改编的现状和得失。

第一节 形神兼备的影像忠实

自从 1900 年,梅里爱将文学经典《灰姑娘》搬上银幕,影视创作就开始积极地从文学中汲取灵感。据美国学者林达·赛格统计,85%的奥斯卡最佳影片是改编作品;45%的电视电影是改编作品;70%的艾美奖获奖电视片又来自改编电影。[②] 还有资料显示,在世界影片年产量中,改编影片约占 40%。[③] 以上这些数据足以说明改编在影视创作中占有举足轻重的地位。然而,几乎每一部改编自文学经典的影视作品问世时,观众都会在有意或者无意间将它与文学文本进行比较。由于存在先入为主的阅读体验,改编而来的作品总会陷入争论和非议。这些非议大多是围绕改编是否忠实于原著。需要说明的是,笔者认为"忠实原著"应当指的是影视改编的方法而非评价一部改编作品是否成功的标准或者尺度。

一、忠实原著的图解与文学电影的再现

"忠实原著"这一改编观念自影视改编出现以来就被剧作者频频采用。1951 年法国导演罗贝尔·布莱松在改编作家贝尔纳诺斯的《乡村牧

---

① 吴辉曾在《改编的艺术——以莎士比亚为例》一文中提出"改编的历史几乎与电影的历史一样长",笔者在此基础上延伸,认为"外国文学经典的影视改编史几乎相当于世界电影和电视史"。

② 转引自张冲主编:《文本与视觉的互动——英美文学电影改编的理论与应用》,上海:复旦大学出版社,2010 年版,第 18 页。

③ 转引自陈林侠:《从小说到电影——影视改编的综合研究》,北京:中国社会科学出版社,2011 年版,第 1 页。

师日记》时就宣称自己要拍一部逐字逐句忠实于这部小说的电影。法国电影理论家安德烈·巴赞也是这一观念的倡导者。在《非纯电影辩——为改编辩护》一文中,他以《乡村牧师日记》的改编为例,提出只有像它这样原封不动地转现原著在银幕上的改编才是最高级的改编。[①] 德国电影理论家奇·克拉考尔继承并发展了巴赞的改编观念,认为电影必须记录揭示物质世界,应当追求形象的真实,而一切抽象的真实,包括内心生活、思想艺术和心灵问题,都是非电影的。[②] 这种早期的"忠实原著"改编理念讲究全然照搬原著的情节,而忽视传达原著的精神内涵。例如莎士比亚的著作历来被改编者奉为神圣不可侵犯的宝典,每句台词都不能更改。这种刻意的模仿,力求在形式上达到一模一样的改编往往会使原著失去神韵。一部《哈姆雷特》有可能被简化成一个个场景,不能传达作品背后深邃的思想。

随着时代的发展,"忠实原著"的改编观念也日益深化。美国电影理论家杰·瓦格纳归纳了三种改编模式。第一种是移植式,即直接在银幕上再现一部小说,其中极少明显的改动;第二种是注释式,指的是把一部原作拿出来以后,或者出于无心,或者出于有意,对它的某些方面有所改动,也可以把它称为改变重点或者重新结构;第三种是近似式,它是从原作中吸收一些线索,采用近似的修辞技巧,与原作有一定的距离。[③] 但在瓦格纳看来,移植式是幼稚可笑的改编方式,影片被当成文学经典的图解,这种改编方式的最终结果是把小说简化成连环画册。可见,忠实原著的改编理念已从单纯忠于原著的内容形式发展到了忠于原著精神内涵的阶段。

在这一阶段,好莱坞开始掀起了"文学电影"的潮流。当时影坛涌现的一大批优秀之作基本上都是以文学作品为范本的,如美国著名"女性导演"乔治·顾柯[④]拍摄的《小妇人》(1933)、《大卫·科波菲尔》(1935)、《茶花女》(1936)、《罗密欧与朱丽叶》(1936);1939 年维克多·弗莱明执导的《乱世佳人》;1939 年威廉·惠勒执导的《呼啸山庄》;1940 年罗伯特·Z.

---

① 张宗伟:《中外文学名著的影视改编》,北京:中国广播电视出版社,2002 年版,第 7 页。

② 同上书,第 8 页。

③ 参阅杰·瓦格纳:《改编的三种方式》,陈梅译,《世界电影》,1982 年第 1 期。

④ 乔治·顾柯是美国好莱坞经典时期的著名导演,擅长将经典小说改编成电影,一生共拍摄过 65 部影片。因为他特别擅长处理女性题材,能使女主角在电影中发挥所长,曾把八位在他作品中担任女主角的演员推上最佳女主角的提名,所以他获得"女性导演"之称。

伦纳德执导的《傲慢与偏见》;1944年罗伯特·斯蒂文森执导的《简·爱》等。其中《乱世佳人》堪称世界电影史上的不朽名作,有"好莱坞第一巨片"之称,在1998年美国电影协会评选的20世纪百部佳片中排名第四。它改编自美国女作家玛格丽特·米切尔的小说《飘》。

改编文学经典,应视为传承和传播经典的一种有效途径。任何改编,总要注入改编者对经典的读解阐释及其所吸收的所处时代新鲜的思想成果。这里的关键在于,应该力倡遵循着经受历史和人民检验的经典作品昭示的审美价值取向和道德伦理观念,顺势深化、丰富、发展、创新,防止和反对逆势解构、拆卸、颠覆。逆势解构、拆卸、颠覆往往是为了制造受众视听感官生理上的刺激感和迎合时尚市趣。[①] 改编名著,有利于经典作品的普及。但是,改编经典,必须非常谨慎,要在融入现代趣味的同时,保持它原有的品位,不能把它"解构"。经典已经成为民族传统文化的一部分,而且与民族生存的气脉有联系,不能损害它。世界上每个拥有优秀文化遗产的民族,都对自己的文化抱着绝对敬畏的态度。从没听说过俄罗斯人以戏谑的态度翻拍托尔斯泰的作品,英国人也不会戏说莎士比亚。一个民族只有尊重自己的祖先和文化,才能获得其他民族真正的尊重。

二、《乱世佳人》的突破与影像忠实的典范

小说主要以1861年至1865年的美国南北战争为社会背景,讲述了美丽活泼的女主人公斯佳丽在动荡的年代如何追寻真爱和保卫家园的故事。小说因其通俗的语言和浪漫的爱情,迎合了普通读者的阅读兴趣,所以一经出版便畅销世界各地。而这部经典作品的电影改编更是投入了巨大的心血。好莱坞制作人大卫·塞尔兹尼克高价买下版权,先后动用了18位编剧参与剧本写作,在各地征选主角,光女主角一个角色就有1400人参与角逐。而影片的拍摄历时三年,先后换过三位导演,在美术设计、服装、剪辑、作曲等各方面都斥巨资。如此精心的制作使本片捧回了八座奥斯卡金像奖(包括最佳影片、导演、女主角、女配角、编剧、摄影、剪辑、艺术指导)。

影片《乱世佳人》在世界电影史上熠熠闪光,而相较之下小说原著《飘》在文学史上却显得黯淡无光。它一直游离在世界文学史的边缘,是"一本除了读者没人要的书"[②]。在《剑桥美国文学史》《哥伦比亚美国文

---

① 仲呈祥:《敬畏经典与文化自觉自信自强》,《文汇报》,2011年3月10日。

② Claudia Roth Pierpont, "A Critic at Large: A Study in Scarlett," *New Yorker*, August 31, 1992, p. 88.

学史》等西方文学史中一直以"存而不论"的策略将《飘》收录其中，承认其畅销的历史地位，却不加以文学性的评论和定位。究其原因，主要有以下两点：一、小说对南北战争的态度与官方历史相悖。美国历史将南北战争定义为"资产阶级性质的具有进步意义的革命战争"，而小说中却持否定态度，把南北战争说成是一场没有必要的"无缘无故的战争"；二、小说同情奴隶主，美化奴隶制，丑化黑人。因而《飘》在文学研究中一直处于身份尴尬的位置。

而影片改编者却在把握原著意蕴的基础上，巧妙地避开了这些问题，"以电影的方式将《飘》好莱坞化了"①。它严格遵守好莱坞的亚斯多德主义原则即"一切顺从情节这个首要的主宰者"②，以加快叙事节奏，提炼语言的方式淡化了历史背景和阶级矛盾，突出了女主人公郝思嘉的爱情遭遇和成长经历，从而回避了敏感的问题，使影片的故事显得更加紧凑集中。其中最为明显的例子就是编剧删掉了艾希礼从前线战场寄来的信。这封信在小说中的作用主要是从侧面表达作者对南北战争的思考以及对南方奴隶主阶层必然衰落的哀叹。这一细节描写有着强烈的政治思想倾向，虽然能体现原著的思想深度，但是对影片而言却容易产生过多的叙述重点。因而，改编者只将这场战争作为影片的线索，删除了相关的一些情节，只以女主人公在战乱背景中的情感纠葛和成长为主线，使得观众的情绪始终随着主人公境遇的变化而有所起伏。

此外，由于电影在塑造形象、叙述情节时受到时间和空间的限制，不能像小说那样详尽地描写环境和人物，所以它必须在有限的时间内传达信息、表现主题。而小说《飘》是作家玛格丽特·米切尔花费十年时间完成的鸿篇巨制，共有 63 章，合计 30 多万字，电影不可能原封不动地再现每一章节的内容。因此改编者必须有所取舍，在把握原著主旨的基础上做出改动。所以在电影中，威尔、阿奇、方老太太等小说中的次要人物没有出现，而原本属于他们角色的戏份增加到了嬷嬷和管家波克等人身上。如此一来，既能加快叙事速度，又能串联前后的情节，使影片故事情节的发展与原著基本一致。

通过上述分析，我们可以看出忠实原著不等于再现，不能全然照搬故事情节，而是要在规定的时长里抓住小说的基本情节、主要思想，突出叙

① 张玉霞：《美国通俗小说经典〈飘〉研究综论》，《深圳大学学报》（人文社会科学版），2009 年第 5 期。

② 乔治·布鲁斯东：《从小说到电影》，高骏千译，北京：中国电影出版社，1981 年版，第 111 页。

述重点,同时可以根据影片的叙述需要做出适当的改动。总的来说,《乱世佳人》的电影改编做到了尊重原著的内容风格和精神实质。它确立了好莱坞改编文学电影的一种经典模式即形神兼备的影像忠实,成为后来者争相效仿的对象。

一部成功的改编作品是可遇不可求的,即便是导演维克多·弗莱明本人终其一生也未能超越自己,创造出比《乱世佳人》更为成功的电影。而在世界电影史上,《简·爱》《傲慢与偏见》《安娜·卡列尼娜》等文学经典一直不断被翻拍,至今有不下十种电影和电视版本。唯独《飘》无人敢于挑战,重新翻拍。目前仅有一部借着影片的噱头拍成的电视剧版的续集《斯嘉丽》,但一经播出却让人大呼失望。由此也证明了《乱世佳人》是无法超越和替代的改编作品。

三、意识呈现的贫乏与影像忠实的煎熬

文学经典的改编之路并不总是伴随掌声和鲜花的。好莱坞在 50 年代推出的几部名著改篇影片就均以失败告终。例如 1952 年和 1958 年改编的美国作家海明威的小说《乞力马扎罗山上的雪》《老人与海》,1956 年改编的俄国作家列夫·托尔斯泰的《战争与和平》等都引发评论界和观众的一致诟病。

其中《乞力马扎罗山上的雪》作为海明威最满意的短篇小说,以对死亡的精彩描绘而著称。它讲述了男主人公哈里在非洲狩猎时不幸染上坏疽病,等待飞机救援的经历。等待的时间也是渐渐走向死亡的过程,哈里开始痛苦地反思过去。在一段段回忆和梦境里,他的内心经历了对死亡的恐惧、愤恨,然后逐渐变得坦然,最终达到超脱,在梦境中死去。在梦里,他开着飞机驶向非洲的最高峰——乞力马扎罗山。这部作品以高超的意识流手法表达了对死亡问题的思考。而导演亨利·金操刀改编的同名电影竭力还原主人公的意识在过去和现实间穿梭以及他对景物和电影色调的处理都是值得肯定的地方。但这部影片同样也存在着许多争议。首先,原著以意识流的描写见长。全文除了描写非洲的景象和与海伦的几次对话外,剩下的故事全是发生在哈里的意识流活动里。但意识的流动不能在电影中很好地呈现。在小说中,哈里的意识是跳动多变且断断续续的。他在回忆给第一个情妇写信诉说思念时,思绪会经常从这封信的内容跳到如何认识另一个情妇,同她调情,又跳到某一次旅行时第一次看到死人的经历。他的回忆还经常被陪同他去非洲打猎的海伦打断,从

而回到现实。而在电影中，为了完整地讲述故事情节，这些意识片段在回忆中却是有头有尾的，这削弱了原著时空交错的奇异风格。考虑到文学与影视存在叙事时空的差异以及小说文体的特殊性，小说可以对同一事物和意识展开充分叙述，而影片却要求迅速流畅地讲述情节，因此从文学到影视的这部分缺失是在情理之中的。其次，这部电影有悖"形神兼备的忠实原著"的改编理念。从内容上来看，小说的结局是哈里在幻梦中乘着飞机不断升高，看到了乞力马扎罗山上的雪：

> 接着他们爬高……于是在前方，极目所见，他看到，像整个世界那样宽广无垠，在阳光中显得那么高耸、宏大，而且白得令人不可置信，那是乞力马扎罗山的方形的山巅。于是他明白，那儿就是他现在要飞去的地方。[①]

这一结局的描写一方面与篇名相互呼应，另一方面又暗含"这是哈里的灵魂向不朽的精神境界所做的最后的攀登。飞机的爬高和灵魂的上扬恰好契合成同一过程"[②]。死亡是哈里的最终归宿，他从死亡中获得了解脱和升华。可影片却以好莱坞式的大团圆结局代替意蕴深长的死亡，救援飞机及时赶到，哈里获救，与海伦开始了新生活。从思想上来看，电影忽略了对死亡主题的渲染，未能展现主人公内心的自我救赎，削弱了原著的精神内涵和悲剧力量。基于这一点，海明威本人十分不满，声称这部影片应该改名为"查努克的雪"[③]。

而海明威的另一部经典之作《老人与海》共有 3 个改编的版本。1958 年版是它首次被搬上银幕，一上映就引起了巨大的争议。评论界对这部影片的评论呈现两极分化现象。美国作家、影评家欧内斯特·卡伦巴赫[④]在《电影季刊》上认为："这部电影在某种程度上是充满雄心，值得称赞的……它尝试了一种少见的半视觉半语言的电影叙事类型……从总体上来看，《老人与海》奇特地糅合了完全没有借助外物的表演、出色的摄像

---

① 海明威：《海明威短篇小说全集》(上)，陈良廷等译，上海：上海译文出版社，2011 年版，第 112 页。

② 张勤、熊荣斌：《浮想至绝顶——〈乞力马扎罗的雪〉的意识流叙述风格评析》，《外国文学评论》，1996 年第 4 期。

③ 查努克为影片《乞力马扎罗山上的雪》的制片人。

④ 欧内斯特·卡伦巴赫曾担任加州大学出版社《电影季刊》的主编，在加州大学和旧金山州立大学教授电影课程。他又以创作绿色书籍出名，著有《生态乌托邦》等书。

和编剧以及许多特殊效果……从许多方面来看,它是一部值得鼓励的影片。”[①]而海明威却认为改编的影片完全是失败之作,导演没有到真正的大海上取景拍摄,用橡皮假鱼做道具,而男主角斯宾塞·屈塞在他看来就是“身材肥胖,不时酗酒,讲话带有西班牙口音的爱尔兰佬”。这部影片让海明威笔下的“硬汉”变了形。据影院工作人员回忆,海明威在观看影片时全程面无表情。他回去还对自己的孩子说:“好莱坞又干了件蠢事,他好比在你爸爸的酒杯里撒了泡尿。”[②]作为原著的作者,海明威自然在心理上对改编的要求比较严苛。

我们需要承认的一点是,《老人与海》是一部极难改编的作品。全书围绕老人圣地亚哥的捕鱼经历展开。他在连续84天没有捕到鱼的情况下不放弃希望,终于在第85天经过争斗,捕获了一条大马林鱼,但在回航的路上遭到鲨鱼的抢夺,最后只带回鱼骨。小说集中描写老人捕鱼过程中的心理变化,进展十分缓慢,常伴以人物的自言自语和内心独白。而摄像机很难捕捉呈现人物内心的思想,改编者只能以旁白或者说画外音的方式交代这些内容。从这点来看,影片也难以避免地存在许多缺失。因为旁白不能代替主人公所有的内心活动。当圣地亚哥一直捕不到鱼,当他与大马丁鱼、鲨鱼“搏斗”,当他只带回鱼骨,他的心理活动会一直随着场景的变化而发生改变,这些只能在海明威的笔端才能显现。再者,影片在某些场景中过于依赖画外音的叙事功能。比如,当圣地亚哥与马丁鱼激烈斗争时,男演员屈塞的声音突然出现,在画外想起讲解这个打斗的画面。这样一来会破坏画面感,打断读者的想象。基于此,不少人认为《老人与海》是一部滥用画外音的失败作品。

阿瑟·奈特曾在《时代》杂志上评价这部电影“解说的手法造成某种累赘感”,而茂莱认为这部影片过多的画外音“让绝大多数观众感到艺术上极不协调”[③]。在笔者看来,该片不能称为“形神兼备的影像忠实之作”的主要原因不是改编的缺失,而是改编者画蛇添足,在影片中增加了作家海明威及其妻子等角色。尽管这些人物的出现是为了通过他们的视角引

---

① Ernest Callenbach, Review *The Old Man and Sea*, *Film Quarterly*, Vol. 12, No. 2 (Winter, 1958).

② 参阅张宗伟:《中外文学名著的影视改编》,北京:中国广播电视出版社,2002年版,第342页。

③ 爱德华·茂莱:《电影化的想象——作家和电影》,邵牧君译,北京:中国电影出版社,1989年版,第251、252页。

出老人的故事，但改编者出于吸引女性观众、增加票房的目的，在影片中着重表现作家妻子和老人女儿对老人的关爱，硬生生地给原著冷峻的"硬汉"主题穿上了"温情"的外衣。也许正是因为上述原因，《老人与海》在当年的奥斯卡金像奖中只拿到一项最佳原创音乐奖项。

此外，裘德·泰勒导演、安东尼·奎恩主演的1990年版《老人与海》反响平平，并未引起人们的关注。据说，该影片是75岁的安东尼·奎恩从制片人那里要来的生日礼物，他想借用这部电影向海明威，向永不言败的圣地亚哥致敬。相较于1958年版的雄心，这一部影片更倾向于再现原著。它基本还原了原著的情节，凸显了老人的坚毅不屈，但由于原著的叙事节奏缓慢，拍摄的画面经常定格在老人一动不动的钓鱼背影上，乍一看会使观众感觉这是年代久远的默片。另外值得一提的是1999年动画版的《老人与海》，影片虽然只有短短的22分钟，但却是影视改编史尤其是动画史上里程碑式的作品。它不仅打破了只有儿童文学经典才能改编成动画片的惯例，而且独特地运用了IMAX技术和玻璃油画[①]来制作影片，在放大的过程中保留了高清的画质，让读者在画面中有身临其境的感觉。该片导演亚历山大·彼得罗夫为了真实地再现原著，特地去故事的发生地古巴待了一段时间，与那里的渔夫一起生活，跟随他们出海打鱼，亲身体验老人当时与大自然搏斗的经历。在画面处理上，他也严格遵循原著风格，在玻璃板上边画边拍，稍一不慎就要重头来过。最终历时两年半，彼得罗夫团队用29000张玻璃板拍摄的画面呈现出了小说中宏大壮观的大海场景。因此，该影片以成功的改编和创新性的拍摄手法斩获了2000年奥斯卡最佳动画短片奖、克罗地亚萨格勒布动画节、圣彼得堡国际电影节的各大奖项。

从上述例子中我们可以得出两点结论。首先，忠实原著的改编理念在20世纪90年代之前一直占据影视改编界的主流地位，被视为改编的金科玉律。正如我国著名剧作家、评论家夏衍在《杂谈改编》中曾提到："假如要改编的原著是经典著作，如托尔斯泰、高尔基、鲁迅这些巨匠大师们的著作，那么我想，改编者无论如何总得力求忠实于原著，即使是细节的增删、改作，也不该超出以致损伤原作的主题思想和他们的独特风

---

① 玻璃油画(Paint-on-glass animation)是指用手指在玻璃板上涂抹，细节部分用画笔勾勒。动画《老人与海》的导演亚历山大·彼得罗夫擅长使用这种技巧制作动画，曾制作出《母牛》《美人鱼》《荒唐者的梦》等作品。

格。”[1]改编者一直竭力奉行这一原则,但其改编实践却不总是尽如人意的。有些改编者一味强调忠实原著的内容和人物,而忽略了影视作品的特性,以图解的方式分割文学经典,在某种程度上造成了“因形害意”并使经典的思想性和审美格调大大降低。其次,越是经典的文学作品越难改编成功,只有达到形神兼备的改编效果才能立于不败之地。经典的光环有时也能成为阴影,对原著的尊崇和膜拜会限制改编的空间。我们已经论及忠实原著不是彻底地照搬,其关键在于电影制作者们是否有足够的视觉想象力去创造出与原著风格相匹配的作品。[2] 这里的“相匹配”显然是指改编作品要与原著达成某种精神实质上的契合,最大限度上展现原著的精髓,从而达到形神兼备的影像忠实。这种改编方式立足于文学本位,最大限度地呈现了文学经典的深刻内涵。

第二节　借尸还魂的影像代言

一、影像改编的叛逆与借尸还魂的代言

随着时代的发展,影视改编的观念也日趋开放和多元化。20 世纪 90 年代兴起了“大话”“戏说”等与“忠实原著”完全不同的改编方式。在导演和改编者眼里,经典不再“神圣”,只是一个可以借鉴的素材而已。改编者不再寻求对原著的正确理解,反而有意误读甚至是新编经典。解构经典成了这一时期影视改编的主要潮流。“解构”作为一种解读的方法,按照巴巴拉·约翰逊的说法,它是“文本之中关于意义的各种论战力量之间的一种嬉戏”[3]。它更多的是从文学层面谈论文本阐释,因而笔者更倾向于使用“创造性叛逆”或“影像代言”的术语来界定这一改编方式。

从“忠实原著”走向“创造性叛逆”的改编方式是多种因素合力作用的结果。首先,从改编者的角度来看,忠实原著的改编方式限制了改编者创造的活力。前人在改编创作上占有先机,已经对文学经典做出了形神兼备的影像阐释,堪称教科书里的模板。《乱世佳人》便是其中的典型。在这种大环境下,如果一味坚守“忠实性”改编方式必然会压抑创造力,无法突破前人已有的成就,导致重复或者为前人的改编做注解。正如哈罗

---

① 夏衍:《杂谈改编》,《中国电影理论文选》,北京:文化艺术出版社,1992 年版,第 498 页。

② James Naremore Ed, *Film Adaptation*, NJ: Rutgers University Press, 1997, p. 1.

③ 转引自乔纳森·卡勒:《文学理论入门》,李平译,南京:译林出版社,2013 年版,第 131 页。

德·布鲁姆在《影响的焦虑》一书中提到:"让死去的诗人为别人让路吧。那时我们甚至会发现:正是我们对已经被创造出来的事物的崇拜……才使我们僵化而失去了活力……"[①]布鲁姆虽然用"影响的焦虑"来论证诗歌的创作,但这一理论同样适用于改编。为了摆脱前人的影响,改编者必须通过有意误读或新解等创造性叛逆的改编方式来"颠覆时间上的延迟状态",为自己的影视作品腾出想象力的空间,从而在众多改编版本中脱颖而出。其次,从文化语境的角度来看,一元论的价值观念开始遭受质疑。长期以来,"影像忠实论"在90年代以前占据改编领域的绝对位置,这使得影视改编呈现单一的局面。随着时代和文化语境的改变以及改编实践的深入,这种长盛不衰"忠实于原著"的改编理念必然会受到质疑和挑战。[②] 在去中心化、多元化的后现代社会文化语境中,改编模式也会由单一的"影像忠实"过渡到多元化。

在自由式改编观念的影响下,改编者不再亦步亦趋地遵照原著,而是竭力以当代意识和视野改编原著,通过有意的误读甚至戏说使原著脱胎换骨。莎士比亚的经典戏剧深受这一时期改编者的青睐。例如1996年澳大利亚导演巴兹·鲁曼根据莎士比亚的戏剧《罗密欧与朱丽叶》改编的同名电影、2000年麦克·阿尔莫瑞德导演的《哈姆雷特》、2001年由提姆·布雷克·内尔森根据《奥赛罗》改编的《O》、2006年中国导演胡雪桦根据《哈姆雷特》改编的《喜马拉雅王子》等。莎士比亚是创造西方文学经典的核心作家,他"不属于一个时代,而属于所有的世纪"[③]。莎氏身上所具备的"普遍性"使他能够跨越时空,不断被阐释和建构。以《哈姆雷特》为例,从1900年法国拍摄的第一部默片开始,到2000年美国出品的数码电影,就足足被"说"了一百年。正因为有"说不尽的哈姆雷特",才有了"永远的莎士比亚"。[④]

二、《哈姆雷特》的创意与影像代言的颠覆

《哈姆雷特》在全球范围内不断被翻拍,根据1990年出版的《银幕上

---

① 哈罗德·布鲁姆:《影响的焦虑:一种诗歌理论》,徐文博译,南京:江苏教育出版社,2006年版,第162页。

② 毛凌滢:《从文字到影像:小说的电视剧改编研究》,成都:四川大学出版社,2009年版,第164页。

③ 本·琼生语。

④ 吴辉:《影像莎士比亚:文学名著的电影改编》,北京:中国传媒大学出版社,2007年版,第3页。

的莎士比亚》一书统计,《哈姆雷特》的电影改编多达 81 次;1994 年出版的《影视中的哈姆雷特》将电视作品统计在内,共有 93 部相关的影视作品;中国学者戴锦华在《〈哈姆雷特〉的影舞编年》一书中提到,在众多改编版本中,有 46 部作品是仅以原著《哈姆雷特》为素材,参照了其中的基本情节和人物(例如动画片《狮子王》)或者以其作为剧中剧形成关联(如《莎剧演员》)。[①] 可见,有不少改编者采取了影像代言的方式来改编《哈姆雷特》。本书仅选取麦克·阿尔莫瑞德导演的《哈姆雷特》、胡雪桦执导的《喜马拉雅王子》这两部具有代表性的影片为切入点来深入探讨这类改编模式。

莎士比亚笔下的《哈姆雷特》取材于 12 世纪的《丹麦史》,主要讲述了丹麦王子为被谋杀的父亲复仇的故事。而美国青年导演麦克·阿尔莫瑞德将故事从中世纪的丹麦搬到了 20 世纪的纽约,主人公哈姆雷特摇身一变,成了纽约一间大公司——丹麦集团的接班人,在现代化的曼哈顿上演了"王子复仇记"。该片虽然投资成本不足 200 万美元,但却是最具颠覆性的莎翁改编作品之一。

首先,从人物形象来看,在影片中,哈姆雷特不再是奥菲利亚口中的"朝臣的眼睛、学者的辩舌、军人的利剑、国家所瞩望的一朵娇花"[②],反而头戴贝雷帽,手里整天拿着摄影设备,沉浸在虚拟的影像世界中。原著中健康强壮的王子形象被迷茫、敏感的现代人形象所取代,不少观众会对此嗤之以鼻。在笔者看来,人物形象的变化是为了契合影片讲述的时代。莎翁笔下的哈姆雷特在得知父亲死亡真相之前一直是高贵、乐观的王子,活在自己的理想世界中。这一形象是为了代表文艺复兴时期歌颂人之伟大的人文主义者。而影片讲述的年代是 20 世纪和 21 世纪之交,后现代主义思潮占据主流地位,人们身处在荒诞虚无感遍布的社会里,在彷徨迷茫中生活。互联网和音像媒体的发展又使得人们沉溺在虚拟世界,与现实社会脱节。影片中的哈姆雷特便是这一时代的典型代表。他热衷于拍摄影片,从不当面表露心声,而是通过摄影机倾诉,甚至与奥菲利亚的交往也是如此。在电影一开场时,哈姆雷特原本与奥菲利亚约好要见面,但哈姆雷特却因为不敢当面表达而没有赴约,最后待在自己的房间里一遍遍地观看自己曾经给奥菲利亚拍的影片。改编者为哈姆雷特这一形象做

① 参阅戴锦华、孙柏:《〈哈姆雷特〉的影舞编年》,上海:上海人民出版社,2014 年版,第 8 页。

② 威廉·莎士比亚:《莎士比亚戏剧选》,朱生豪译,南京:译林出版社,2009 年版,第 288 页。

出了新的注解，借由这一形象，我们会在倍感熟悉之余，开始反观自身，进行思索。

其次，从故事情节和拍摄手法来看，影片在情节编排和拍摄技巧上都进行了大胆的颠覆。其中最具颠覆性的情节是导演阿尔莫瑞德将原著中哈姆雷特为了试探叔父克劳狄斯而编排的戏中戏《捕鼠机》改编成了剪辑短片。在原著中，《捕鼠机》是以伶人表演、哈姆雷特用旁白解释剧情的方式来讲述维也纳公爵贡扎古之死。而影片中是哈姆雷特把几段老影片剪辑拼接成一段短片并播放。短片通过剪辑拼贴将原本毫不相关的动画、广告、电影等片段联结成一部内容连贯、意义完整的短片。片头最先出现的是一朵盛开的黄玫瑰，还有脸上洋溢着幸福微笑的孩子，场面十分温馨；之后镜头一下子从原本幸福的三口之家切换到阴暗的动画场景，突然出现一只手将毒药灌进中年男子的耳朵里；随后出现了男子倒地挣扎而死的画面以及一对男女的情爱场景；最后以一个男人在镜子前戴上王冠的画面来结束影片。整个短片影射了克劳狄斯弑兄娶嫂、谋取财富和地位的过程。哈姆雷特故意在叔父面前播放该片，使他大惊失色，从而验证了鬼魂所说的关于克劳狄斯的罪行都是事实。影片中的《捕鼠机》不仅承担了推动情节发展、获取真相的功能，而且用后现代的拼接手法会赋予旧情节新的内涵，“这些片段的新意义会在互文性中显现”[①]。此外，短片中镜头的切换和配乐的变化紧随情节的发展，引人入胜。这些拍摄技巧的使用迎合了当下大众的审美口味，为影片增色不少。

最后，从主题思想来看，原著蕴含深刻的人文主义思想，但世纪版的《哈姆雷特》却消解了这一思想。莎翁通过描写哈姆雷特在复仇行动中的延宕、苦闷以及他“重整乾坤”的渴望，表现出了哈姆雷特在一个与自己信念相悖的封建社会坚持人文主义理想。他没有为了复仇而不择手段，多次放弃近在眼前的复仇机会，就是为了在众人面前揭露克劳狄斯的罪行。而影片更多的是刻画哈姆雷特的迷惘。他在纽约街头盲目漫游、无所事事，对当下和未来都感到迷惘，唯一特别的举动就是通过DV摄像机观看拍摄的影像。在后现代版的哈姆雷特心中，人不再是多么了不起的作品，他不愿与人交流，宁愿在影像中寻获慰藉。而影片中时常出现的暴力场景更是与原作的人文主义思想背道而驰。克劳狄斯派来试探哈姆雷特的两位下属趁着无人时将哈姆雷特堵在自助洗衣房内拳脚相加；哈姆雷特

---

① 张瑛：《银幕上的哈姆莱特》，南京：南京大学出版社，2009年版，第151页。

在用枪误杀藏在衣橱镜子背后的波洛尼斯后,竟然还拖着他的尸体走出房间,地面上留下一条长长的血痕。还值得一提的是,影片中哈姆雷特的那句著名的台词——"生存还是毁灭"出现的场景。他先是在家里反复观看有关自杀的录像,随后又来到音像出租店放置"动作片"(action)的货架旁,来回走动,念出了这句台词。"动作片"永远是与暴力和毁灭相关的,而英文单词 action 还有"行动"之意,所以作用于观众视觉的,就是一个迷失青年在铺天盖地的"行动"中彷徨犹豫着是否要采取"行动"。[①] 这一安排一语双关,可见导演独具匠心。

外界对于这部影片的评论褒贬不一。《纽约时报》的一篇影评中认为阿尔莫瑞德以此片创立了莎士比亚电影改编的新标准。[②] 但也有评论称这是一部"曼哈顿的屠杀片",既无厘头又沉闷。在笔者看来,阿尔莫瑞德对情节和人物的颠覆是建立在对作品的深度理解上,正如导演本人曾提及的关于改编这部影片的初衷,"莎翁在作品中表现的内涵与现代生活很接近,而且莎翁写作的本意就是要娱乐大众,所以将他的作品放在一个现代的环境中来演绎,使之更贴近观众是对原作最大的敬意"[③]。他借用现代的背景来重新阐释莎剧,将现代意识融入改编作品中,赋予其新意,更易被现代的观众接受。

三、道德自觉的《喜马拉雅王子》与东方文化的莎剧

而中国导演胡雪桦执导的《喜马拉雅王子》将《哈姆雷特》的故事移植到西藏,电影承袭了原著的故事框架和人物语言,但由于中西方文化、宗教思想等的不同,导演对影片进行了独特的改编,在复仇主线下着力阐述"爱与宽容"的主题。

藏版《哈姆雷特》影片《喜马拉雅王子》,讲述了在波斯求学的藏族王子拉摩洛丹在得知父王去世的消息后回国奔丧,却发现父王已经下葬,叔父克劳盎登基并将迎娶母后娜姆。在父王鬼魂的指引下,他得知是克劳盎杀死了父亲。拉摩洛丹开始装疯伺机报仇,为了不露出破绽,他误杀了心爱之人奥萨鲁央的父亲波拉尼斯。在绝望中,他从狼婆和母亲口中获知真相:国王当年强娶了母亲,叔父才是自己的生父,国王要将他们置于

---

① 张冲、张琼:《视觉时代的莎士比亚——莎士比亚电影研究》,北京:北京大学出版社,2009 年版,第 122 页。

② 同上书,第 125 页。

③ 张宗伟:《中外文学名著的影视改编》,北京:中国广播电视出版社,2002 年版,第 330 页。

死地,克劳盎是出于自卫而杀死了国王。真相使拉摩洛丹变得更加痛苦,而爱人奥萨鲁央在水中产子而亡的消息无疑又将他逼入绝境。最终他在与奥萨鲁央之兄雷桑尔的决斗中结束了自己的悲剧命运。不难看出,影片保留了原有的情节过程和台词风格,人物的藏语名字也尽量贴近原作。但导演却做出了大胆的颠覆,从根本上改动了原著的核心基础——剔除了支撑戏剧发展的善恶冲突,叔叔和母后都成了好人。[①] 如此一来,影片中的人物关系发生了巨大的变化,先王成了最大的恶人,横刀夺爱,扼杀有情人的幸福,死后还化作鬼魂诱骗拉摩洛丹弑杀生父。这一根本性的情节颠覆也是出于导演对作品的理解。在一次接受《当代电影》杂志的访谈时,导演本人曾提起这一情节改编的原因:

> 我很喜欢《哈姆雷特》,但有一个情节我很不理解:这个王后,在自己的丈夫刚死没几天,怎么就和他的弟弟结婚了?对戏中的人物,我是很不满的。后来我就请教我的教授,我的教授说:莎士比亚的《哈姆雷特》,人们都觉得它是非常了不起的,但实际上这个戏有弊端和不足,表现在情节和情境的设置上。这个戏之所以成功,在于有一个哈姆雷特的人物形象……第二,是它的台词太优美了,它有韵律。但是它的情节结构是有弊端的。

的确,原作中王后改嫁的情节设置显得有些突兀。在此之前的改编者也发现了这一问题,试图对此做出解释。他们大多将王后塑造成耽于情欲、容易被蒙骗的形象。但这种解释显然在导演胡雪桦看来是十分牵强,经不起推敲的,首先是改嫁对象的选择,其次是改嫁速度太快,丈夫死后马上再婚。为了使王后的迅速改嫁显得合理,导演胡雪桦将王后与新王的关系设定为一对被拆散的情人。如此一来,既避免了情节弊端,又颠覆了原剧中阴谋篡权的复仇故事。克劳盎为爱隐忍了17年,最后也是为了保护爱人而选择杀戮,却酿成了悲剧。导演在塑造这一人物形象时加入了东方式的思索,将东方佛教中“爱”的思想贯穿其中,这一人物不再是原作中阴狠的反派角色,而是有血有肉、充满情感的立体人物。

而影片中藏族王子拉摩洛丹与哈姆雷特的形象也有很多不同之处。例如在误杀大臣波洛尼斯(藏语版中是波拉尼赛)后,哈姆雷特当时对王后说:“我很后悔自己一时鲁莽把他杀死;可是这是上天的意思,要借着他

① 胡雪桦:《喜马拉雅王子》,《当代电影》,2006年第6期。

的死惩罚我,同时借着我的手惩罚他,使我成为代天行刑的凶器和使者。”[1]在哈姆雷特看来,波罗尼斯之死是命运的预警,催促他完成复仇的使命;而拉摩洛丹却在杀人之后陷入深深的自责,举刀自裁,在自我惩罚后向奥萨鲁央下跪寻求原谅,在与死去的大臣之子雷桑尔的决斗中选择牺牲自己,故意换剑,让那把沾了毒药的剑刺向自己。在他身上,更多的是体现出东方特有的文化和信仰。“西藏传统文化非常注重人的道德自觉,强调通过自身的努力,实现理想的人格……这一特点造成了民族内向的性格。与西方人遇到挫折与危机时总是借助上帝的仁慈、宽恕和极端放任、纵欲来求得心理平衡不同,藏民族也像汉民族一样偏重于在内省中得到自我价值的依据,获得继续生存、发展的勇气和信心。”[2]所以,拉摩洛丹最终会选择牺牲自己来获得救赎,结束一切杀戮;而哈姆雷特选择完成复仇使命,这跟西方自古希腊以来便根深蒂固的“命运观”有关,“命运”选定他来执行这一使命,他便无法逃脱,注定要承担这一切。

在影片中导演还特意增加了狼婆和婴孩这两个角色。狼婆是天神的使者,能与鬼魂对话,预知未来。这一安排体现出藏族的宗教观。西藏本教[3]相信灵界的存在,藏民重巫术、尊巫师。影片中狼婆承担着重要的叙事功能,她的戏份比先王的鬼魂还要多,很多事情都是借由狼婆之口揭示的。在先王的鬼魂出现时,狼婆便开始“听见死神的吟诵”,预料到悲剧的发生。她时常在拉摩洛丹身边出现,引导绝望的他走向爱与善,阻止先王鬼魂的复仇计划,不让他酿成弑父的悲剧。而婴孩是拉摩洛丹与奥萨鲁央之子,代表爱的延续。狼婆及时在河边救了他并在拉摩洛丹临死之前把婴儿送到了他的怀里。在导演看来,“这是用人物和电影的语言流露一种情怀一种思想,人类的爱是永恒的,也是艰辛的。但东方古老的哲学就是生生相息,绵延不断,就是轮回,就是再生”[4]。《喜马拉雅王子》代表了东方文化对莎剧的一种解读。导演胡雪桦将自己的理解融进作品,将东方的文化和宗教思想嫁接到西方的文学经典中,阐释了“爱与宽恕”的主题。

---

① 威廉·莎士比亚:《莎士比亚戏剧选》,朱生豪译,南京:译林出版社,2009年版,第253、254页。

② 乔根锁:《西藏的文化与宗教哲学》,北京:高等教育出版社,2004年版,第86页。

③ 西藏本教是“雍仲本教”的简称,起源于古象雄(现西藏阿里地区)。它作为西藏原始宗教的代名词,也是世界上最古老的宗教之一。本教的教义以显、密、大圆满的理论为基础,相信招魂术和占卜。

④ 胡雪桦:《喜马拉雅王子》,《当代电影》,2006年第6期。

从上述两种改编实践中，我们可以看出改编者对《哈姆雷特》进行了跨时空、跨文化的解读与重构，再次验证了本·琼生所说的“莎士比亚不属于一个时代，而属于所有的世纪”。改编者借原著的外衣，表达自己对作品的理解和看法，正如阿尔莫瑞德导演借后现代版的哈姆雷特形象描绘现代人的迷惘、空虚；胡雪桦导演借藏族王子拉摩洛丹最后放弃复仇，牺牲自己，直面死亡的行为表达爱与宽恕的力量。这种借尸还魂的影像代言方式给予改编者极大的创作自由，帮助他们摆脱“影响的焦虑”。改编者们都有自己的“创作欲”，希望自己改编的作品既带有原著的精神，同时又带有自己主体的气质，使观众一看就能留下深刻印象。胡雪桦导演在改编《哈姆雷特》时就明确提到自己的改编宗旨是“改编的作品既是莎士比亚式的、是藏式的、又是胡式的”。显然，通过这一改编方式，胡雪桦导演成功地在莎士比亚改编史上留下了浓重的一笔。

在某种程度上，影像代言的改编方式成为一种文学批评的方式，改编者借由改编作品发表自己的独特见解。尼尔·辛亚德在《电影化文学：银幕改编的艺术》一书中提到：“有些文学作品的电影改编往往是一种文学评论，电影并非将一部小说的全部内容影像化，而是侧重于文学作品的某些方面的评论性文章……电影改编选取小说的某些部分，对其中的细节扩展或压缩，进而创造地改写人物形象。由此，电影改编如同文学评论一样对原作做出新的阐释。”[①]例如胡雪桦导演认为原著中王后与新王克劳狄斯的迅速结合是情节弊端，为了避免弊端，使情节连贯，他改写了王后和克劳狄斯的形象，大胆地做出了全新的阐释。不论这是否是“有意的误读”，从影视改编的角度来看，这种创造性叛逆的改编方式作为一种文学批评的手段，它的确提供了一个全新的视角和观点，丰富了原作的内涵。

影像代言的改编同时也是一个“再创造”的过程，它孕育出与原著相关但又有别于原著的作品。因而，在评价这一类型的改编作品时不能简单地以忠实原著的标准去评判。笔者十分赞同有的论者提出的观点：“再创造”的过程是改编者“忠于自己”的过程。“忠于自己”包括忠实于自己作为一个有独立意志的艺术家全部生命人格和审美理想，忠实于自己对人生和生活的独特体验，忠于自己的艺术风格、艺术气质和艺术个性，更忠实于电影自身独特的表现手段，在把小说形象转化为银幕形象中，创造

---

① Neil Sinyard, *Filming Literature: The Art of Screen Adaptation*, New York: St. Martin's Press, 1986, p. 117.

出电影独特的表现性形式。[①] 改编者在再创造的过程中,表达与他人不同的理解和个性化体验,从而生成全新的艺术作品,获得创作的快感。但需要指出的是,这种带有"叛逆性"的改编方式容易沦为商业化的工具。一些改编者打着后现代解构的旗号,以"大话""戏说"等娱乐化的方式拆分文学经典,消解了文学名著作为经典的权威和意义。这是改编者们需要注意到的问题。

第三节　得鱼忘筌的影像写意

一、影像改编的自由与影像写意的形神

影像改编观念的发展经历了从简单到复杂的嬗变,由幼稚的模仿、依附原著发展到"以我为主、为我所用"的强烈自信。在多元化的改编理念指导下,有些改编者采取影像代言的方式借用原著发声,表明自己独特的观点;也有改编者试图把改编的作品从原著中剥离出来,以影像写意的方式找到属于自己的叙事风格。这两种都属于自由式的改编方式,但却存在很大的差异。前者尽管采取解构颠覆的方式,但却是为了摆脱前人改编者的影响,它依旧披着原著的外衣,为读解原著提供新的视角;而后者却"得鱼忘筌",强调改编的独立性,它竭力摆脱的是原著的标签,以写意的方式为改编作品打上改编者的个人印记。

"写意"原本指的是中国国画中形简而意丰的一种画法,它注重表现意韵神态,抒发作者的情趣。我们将这一概念引入影视改编是因为它十分贴切地概况出重意蕴、轻形式的取材式改编方式。这类改编方式同国画中写意的笔法一样大多"重神轻形,求神似而非形似,重表现而轻再现,重主观性、情感性而轻客观性,并在艺术表现的境界上趋向于纯粹的、含蓄蕴藉、言有尽而意无穷的境界"[②]。原著在改编者手中成了可以任意加工的素材,如何借用原著并不重要,重要的是传达出改编作品背后的精神实质。马尔斯-琼斯(Adam Mars-Jones)在评论弗吉尼亚·伍尔夫《到灯

① 张宗伟:《中外文学名著的影视改编》,北京:中国广播电视出版社,2002年版,第102页。

② 参考陈旭光:《一种现代写意电影——论王家卫电影的写意性兼及中国电影的民族化与现代化等问题》,《当代电影》,2001年第3期。

塔去》的电视电影[1]时曾说："文学作品改编而成的电影的最高境界在于让你想不起是由哪部作品改编的，就像西红柿酱可以佐餐，甚至可以当成美味，用不着你费劲想着西红柿。"[2]可见，在这一阶段，改编的独立性被置于首要位置，改编者都想将作品从原著中抽离出来，从而达到改编的"最高境界"。而写意的改编方式正好迎合了这一改编目的。因此，越来越多的改编者在改编实践中尝试这种方式，以期在影视改编史上留名。

二、光耀英伦的《法国中尉的女人》与珠联璧合的虚构

1981 年，英国著名戏剧家、诺贝尔文学奖得主哈罗德·品特携手英国名导卡洛尔·赖茨做出了影像写意的改编尝试。他们合力改编了被誉为"20 世纪英国最有才华的小说家"约翰·福尔斯的代表作《法国中尉的女人》。同名影片上映后反响热烈，一举荣获第 39 届金球奖最佳编剧奖、第 54 届奥斯卡最佳改编剧本提名、英国学院奖等多重奖项，被誉为"战后几十年来最具英国特点的影片"，就连原著作者福尔斯也对改编的剧本和影片赞不绝口。可见，这是一部极为成功的改编影片，在意义内涵的表达上丝毫不逊色于原著。

原著小说讲述了一个发生在英国 19 世纪维多利亚时代的故事。32 岁的贵族绅士查尔斯·史密斯和未婚妻欧内斯蒂娜·弗里曼小姐来到莱姆小镇度假。在这里，查尔斯遇到被人称为"法国中尉的女人"的萨拉·伍德拉夫。萨拉由于艳名在外，而被上流社会排斥，但查尔斯却被她身上特有的女性魅力深深吸引，以至于陷入痛苦的抉择。通过情节的梳理，不少读者会认为这部小说实际上就是一个常见的爱情故事，但只要读过原著，读者便会发现这部作品的不同寻常之处。作家福尔斯在戏仿维多利亚时代古典爱情的同时，又以当代视角不断自我解构，在行文中插入现代性评论，使得小说具有明显的元叙事色彩。而且，作者没有给出明确的小说结局，而是设置了三种开放式的结尾，给读者留下了丰富的想象空间。同名电影在改编时，编剧品特在忠实原著的基础上又创造性地采取了影像写意的改编方式，在叙事结构、故事情节、人物形象等方面做出了大刀阔斧的删改，使这部小说的电影改编不再是"同一个故事的不同版本，而

---

① 电视电影是指专门为电视播放所拍摄的电影，一般制作规模小，拍摄周期短。

② 吕洪灵：《走进弗吉尼亚·伍尔夫的经典创作空间》，北京：人民出版社，2013 年版，第 214 页。

是两部参差交错又珠联璧合的杰作"[①]。

首先,从叙事结构上来看,福尔斯在小说《法国中尉的女人》中设置了两个叙述者,分别为维多利亚时代的叙述者和具有现代意识的叙述者。在小说的前12章中,只出现了维多利亚时代的叙述者,他以全知视角的角度给我们描绘19世纪的社会风貌,交代了小说的背景和主要人物。这一部分充满了古典气息,小到人物的服装样式,大到整个社会的风土人情都被叙述者刻画得惟妙惟肖,使得读者相信这部小说是典型的19世纪小说。可当读到第13章时,突然出现了另一个叙述者的声音,他说:"正在讲的这个故事完全是想象的",一下子将读者从前面营造的氛围中拉出来。在之后的情节发展中,这个叙述者的声音不断出现,以前瞻式的口吻谈论弗洛伊德、希特勒、电影、电视等维多利亚时代之后才出现的人物和发明,提醒读者之前维多利亚时代的叙述者所说的都是虚构的。在这两种叙述声音中,读者需要展开自己的判断,而不能像往常一样沉浸在作者建构的世界。通过上述分析,我们可以看出作者福尔斯以戏仿的方式模仿维多利亚时代的小说,但又刻意插入了当代视角,颠覆之前的叙述。正如华莱士·马丁在《当代叙事学》一书中谈到:"虚构作品是一种假装,但是,如果它的作者坚持让人注意这种假装,他们就不再假装了"[②],福尔斯以打破虚构的方式作为解构的叙事策略,从而使故事的发展产生更多的可能并引发读者的思考。这是福尔斯在小说文体上的创举,也正是这一独特的叙事结构给改编者带来了很大的难度。

在小说刚开始构思的时候,福尔斯就打定主意想将这部作品搬上银幕。但从1969年小说完稿到1981年改编的影片上映,中间却经历了12年。福尔斯曾在日记中写到关于这部小说改编成电影的难度:"我认为这部小说作为电影素材,真是太难被改编了,最后都成了滑稽的模仿。"[③]其间福尔斯和编剧戴维·鲁钦[④]磨合了很久。鲁钦改编的剧本始终围绕原著,以萨拉和查尔斯之间发生的故事为中心,而小说中具有现代意识的叙述声音就以传统的旁白形式在影片中呈现。这种忠实原著的改编方式是

---

① 戴锦华:《电影理论与批评》,北京:北京大学出版社,2007年版,第4页。

② 华莱士·马丁:《当代叙事学》,伍晓明译,北京:北京大学出版社,2005年版,第185页。

③ 转引自 Peter Conradi, *John Fowles*, London and New York: Meuthen, 1982。里面收录了福尔斯生前未发表的日记。原文出自福尔斯1970年7月3号的日记。

④ 戴维·鲁钦是英国著名戏剧家、编剧,代表作有《当夜晚来临》《灰烬》等。他也曾为英国各大电视台撰写电视剧剧本。

当时最常用也是最容易取得成功的改编路径。但福尔斯始终不能满意这类“忠实有余，而创造不足”的改编剧本。他希望自己在文学上做出的后现代实验能在电影中得到影像化的呈现。这一愿望终于在品特接手改编这一作品时实现了。作为编剧的品特，创作了一个与原著有相当大差别的剧本，在处理叙事结构这一最具难度的改编问题上，创造性地采用了“套层”结构，也即“戏中戏”。他在原著中维多利亚时代萨拉与查尔斯的爱情故事线之外，又增加了 20 世纪 80 年代男女演员安娜与迈克的感情纠葛，以新增的线索来展现原著中的现代视角。在影片中，过去和现代这两个时空的故事交替叙述，相互影响和呼应。改编者特意安排的现代爱情故事不仅代替了生硬的旁白，流畅地展现了原著中现代叙述者的视角，而且在推进原著情节发展的同时丰富了影片的主题。影片在原著存在主义思想的基础上增加了对爱情主题的思索。过去时空里萨拉与查尔斯的结合是遵循传统“灵肉合一”的经典爱情模式，而现代时空中安娜与迈克的爱情却是建立在性爱基础上的婚外情。品特在影片中客观地呈现出这两种爱情，并不加以评论，留给观众思索的空间。通过上述分析，我们可以看出品特在忠实原著的基础上使用了让人耳目一新的影像写意的改编方式，不拘泥于原著形式，重表现轻再现，既以另一种方式诠释原著的表达模式，又使观众在过去和现代的两段恋情中切换，从而进行对比和思考，丰富了影片的内涵。

其次，从故事情节来看，原著以开放式的结尾留给读者无穷的想象。这种多重结局的创作手法成为福尔斯作品中的精妙之处，曾在一段时间内人们提起福尔斯就不得不提开放式结局。而在《法国中尉的女人》中，福尔斯就设置了三个不同的结局。其中第一个结局在原著的第 43 章中开始交代，当查尔斯从伦敦返回经过埃克塞特时，仆人萨姆问他是否要在这里过夜与萨拉团聚，查尔斯做出了“体面、道德的选择”，直接回到莱姆镇和未婚妻欧内斯蒂娜在一起。随后在接下来的第 44 章概括了查尔斯平淡无奇的结局，继承遗产，结婚生子，而萨拉再也没有出现。而本书另两个结局出现的原因是因为查尔斯在前往埃克塞特的途中，脑海里已经想象过第一个结局，但他认为“这显然是一个很糟糕的结尾”。于是作者将故事带回到第 43 章中的这个选择，让查尔斯有自由选择的权利。所以最后查尔斯选择留在埃克塞特过夜并且解除婚约，与萨拉在一起。可之后萨拉消失了，查尔斯苦寻三年，找到了她，在查尔斯控诉萨拉的绝情时，作者根据萨拉的不同选择安排了两个不同的结局。在第 60 章中，萨拉被查尔斯打动，并将女儿带到查尔斯面前,两人和好如初。最后一个结局发生在第61章,萨拉坚持追求独立和自由,坦言“不能像一个妻子一样”去爱查尔斯,两人最终没能终成眷属。福尔斯深受法国哲学家萨特的存在主义思想影响,赋予作品中的人物自由选择的权利,因而产生了多重结局,同时他强调作品的开放性,提供三个开放式、不确定的结局供读者选择。

而影片在结局的处理上更耐人寻味。其一,品特给过去时空中的情侣一个大团圆的结局。查尔斯与萨拉重归于好,幸福地泛舟湖上,这对应了原著中的第二个圆满结局,符合观众的期待心理。而随着拍摄古典爱情片的结束,戏外的现代演员安娜与迈克的婚外情也到了需要做出选择的时刻。其二,迈克面对安娜开着汽车绝尘而去的背影情不自禁地大喊“萨拉”。我们将影片与原著进行比较,可以发现其实品特设计的这一结局更具有开放性,留给观众想象的空间也更多。迈克接下来是否会像查尔斯一样抛弃一切寻找安娜?还是回归家庭,忘却这段露水情缘?安娜是否会后悔自己的选择,回到迈克身边?这些都留待观众的想象。品特虽然没有忠实于原著的内容,但他充分展现了原著的主题思想——存在主义的自由原则,通过写意的改编方式将故事的结局推向更为自由、开放的境界。

最后,从人物形象上来看,由于叙述结构和故事情节的变动,影片中的人物形象和原著中的人物形象存在一定程度的差异。为了在有限的时间内阐述完整的故事,改编者必须对剧中人物的戏份做出调整。品特在改编《法国中尉的女人》时,根据情节的需要,将与主要情节发展无关或者关系不大的人物进行了大刀阔斧的删减。例如,他省略了很多查尔斯与伯父以及仆人萨姆和玛丽之间的故事。查尔斯的伯父在原著中承担了交代查尔斯成长背景,影响他做出选择的作用,而在影片中编剧没有让这一人物出场,只在主人公的言谈中略微提及了伯父和查尔斯的社会地位和经济状况。在品特看来,伯父与剧中萨拉和查尔斯恋情发展的故事主线关系不大,因而可以做出删改。而原著中与主要情节无关的那些次要人物如“法国中尉”瓦盖讷、查尔斯的父亲、萨拉的父亲、欧内斯蒂娜的母亲、萨拉与查尔斯的女儿、科顿太太、塔尔博特夫妇、汤姆金斯太太、霍金斯太太、小霍金斯等也都被品特删去。在以往的改编观念中,普遍认为这种大幅度的删减是对原著的亵渎和不尊重,但在影视写意的改编观念中,传达作品的原意是第一要义,而原著的形式和内容是可以被改编者再加工的。

原著作者福尔斯对品特的改编剧本评价甚高,他认为品特惊人的才华在于“能把一部长而复杂的小说压缩成一部电影，而又丝毫无损小说的原意。在外行看来，他的这种删节就如同用剪刀剪裁东西一样简单。然而事实上，这种作法对拍摄电影来说，是非常有价值的，非常好的”[①]。不同于那些希望自己的作品能在屏幕上被原封不动再现的小说家，福尔斯不愿意自己的作品被“拷贝”，在他看来，“剧本作者能给导演的最伟大的礼物并不是一部忠实于原著的剧本，而是忠实于艺术的创造力”[②]。他一直在寻求一种能将他小说中的元叙事特点自然地呈现在影像叙事中的改编方式，而品特以影像写意的改编方式满足了福尔斯的要求。在上述三点电影对原作显著改动的分析中，我们可以发现虽然此片不能被称为“形神兼备的影像忠实之作”，但品特在借用写意的改编方式表现这部元小说叙事特点的同时，也始终在尊重原著精神，最大限度地表现原著的精髓。可以说，品特运用影像写意的改编方式还是以原著为出发点，是为了更好地以电影艺术的方式表现原著。但正如之前所提及的，改编者为了达到文学作品改编的最高境界，需要从原著中抽离出来，让观众想不起正在看的影片是由哪部作品改编而来的。所以，他们在借用原著，从原著中取材的同时又要得鱼忘筌，抹去原著的痕迹。这对改编者来说无疑是很大的挑战，他们很难把握好借用的尺度。笔者想通过以下几部影片的改编实践来具体分析改编者如何突破原著，追求改编的独创性。

三、《莎翁情史》的杂糅与影像写意的独创

1998年美国导演约翰·麦登执导的《莎翁情史》(又名《恋爱中的莎士比亚》)以剧中主人公莎士比亚在创作戏剧《罗密欧与海盗之女桃丝》时与贵族小姐薇奥拉发生的爱情故事为主线，讲述了发生在莎翁身上的浪漫爱情。影片中时常穿插戏剧《罗密欧与朱丽叶》的情节和台词，使观众误以为现实中的莎翁就是以这段爱情经历为素材而创作了《罗密欧与朱丽叶》。可实际上，早在莎士比亚之前，罗密欧与朱丽叶的故事就在古意大利流传，英国诗人阿瑟·布鲁克在1562年还以这个故事为题材，写下了长诗《罗密欧与朱丽叶的悲剧故事》。但不可否认的一点是，影片借用了莎剧《罗密欧与朱丽叶》进行改编，原著作者莎士比亚在影片中扮演起

---

① 转引自张中载:《评品特的影视剧本——以〈法国中尉的女人〉为例》,《当代外国文学》,2008年第4期。

② 张中载:《评品特的影视剧本——以〈法国中尉的女人〉为例》,《当代外国文学》,2008年第4期。

了“罗密欧”的角色。片中的男女主角莎士比亚与薇奥拉分属不同的社会阶层,一个是戏剧演员,另一个是贵族小姐,两人之间地位悬殊;而原作中的罗密欧与朱丽叶分属两大家族阵营,存在家族仇恨。他们的恋情都受到外在强大的不可抗拒的社会原因阻隔;从内容情节上来看,影片中的深夜阳台私会、在舞台上排练的戏剧的台词和情节、男女主角最终没能在一起的结局等都与原著相符。通过分析,我们发现影片的改编者借用了《罗密欧与朱丽叶》的故事内容以及“戏中戏”的叙述形式来刻画莎翁的爱情生活和创作经历。

尽管该影片于1999年获得的是奥斯卡最佳“原创”剧本的奖项,但实际上它还是在以另一种方式改编文学经典。改编者以写意的笔法勾勒作家的生平,在营造作家生活经历的同时又刻意将其与原著的某些情节重合。如此一来使得“这部电影具有了双重身份:作家传记片和文学经典改编片”[①]。虽然这部影片还是属于莎剧改编的范畴,但它成功地将影片从原著中剥离出来,为文学经典的改编提供了一种独特的模式。鉴于《莎翁情史》采用这种改编模式取得的巨大反响,2002年奥斯卡获奖影片《时时刻刻》也借鉴这种改编方式讲述影片中的女作家伍尔夫创作《达罗卫夫人》的经过以及两个不同时代的女人和“达罗卫夫人”的关联。此外,还有2007年上映的《成为简·奥斯汀》也效仿这种改编方式,在影片中以原著《傲慢与偏见》的创作为引线,在表现女作家简·奥斯汀的爱情经历时穿插《傲慢与偏见》中的经典情节,表达出作家本人,也可以说是原著中的婚恋观。可见,这类改编通过“文学经典传记化”的方式来达到写意,它在突破原著、寻求改编独创性的同时也反映出了原著作品的精神内涵,“其内核还是沿袭文学经典本身”[②]。但不加提醒,观众很难辨认出作品中有原著的影子,这也正是改编者的高超之处。

到了最近几年,越来越多的改编者将作品从纪实风格转向表现风格,试图完全脱离“忠实原著”的模式。但后现代大众文化“批量生产”的特性又造成了艺术原创能力的贫乏,大多数改编者都无法完全抛弃原作,创造一部带有独创性的电影,而他们又担心自己的作品被标记为原著的“摹本”。这一矛盾的现象导致了“类像”的出现。关于“摹本”和“类像”这两个概念的区别,弗雷德里克·杰姆逊在《后现代与文化理论》一书中做出

---

① 吴斯佳:《外国文学经典电影改编的传记化模式》,《中文学术前沿》,2013年第1期。

② 同上。

了精彩的论述：

> 之所以有"摹本"(copy)，就是因为有原作，摹本就是对原作的模仿，而且永远被标记为摹本。原作具有真正的价值，是实在，而摹本只是因为我们想欣赏原画而请手艺人临摹下来的，因为摹本的价值只是从属性的，而且摹本帮助你获得现实感，使你知道自己所处的地位。而"类像"(simulacrum)却不一样……类像是那些没有原本的东西的摹本……我们的世界是个充满了机械性复制的世界，这里原作已经不那么宝贵了……[①]

类像作为"没有原本的东西的摹本"，不会被某部原作打上标签，但在观看类像电影时，观众又会产生一种熟悉感。例如1994年美国电影《肖申克的救赎》以及2005年美国电视剧《越狱》，观众在观影时会联想到大仲马的小说《基督山伯爵》。这两部影视作品中的越狱和复仇情节与《基督山伯爵》中出现的十分相似，但仔细分析，每部作品中主人公具体实施越狱和复仇的方式又大不相同，复仇行为背后的动机和作品反映的内涵也与原著有所出入。所以说，《肖申克的救赎》与《越狱》是一种类像作品，它以笼统的、写意的方式进行模仿，但观众永远无法找到确切的作品来对应。这种"似是而非"恰恰是改编者一直在努力追求的最佳改编效果。

在上述几种具体的影像写意改编实践中，我们发现改编作品与原著之间的距离可以作为改编者的改编策略，从中体现改编者的独创性。他们可以像品特一样从原著中取材，将原著内容变为改编作品中的一条叙述线索，使改编作品与原著相互交叉，交相辉映；也可以给改编作品披上作家传记的外衣，掩盖原著的痕迹；甚至可以将改编作品从原著中剥离出来，类像化。在采用影像写意方式进行改编的改编者看来，改编文学经典并非为了重现文学，而是为了创造独立于原著的艺术作品。正如俄国当代著名作家瓦西里耶夫所说："他不想在银幕上仿效或者重复展现他面前的作者的内心世界和作品的艺术世界，他力求达到两位作者的交融，从而产生一个新的艺术世界——具有独创性的银幕世界。"[②]可以说，独创性对改编者来说是终极目标，也是最大的挑战。正是对独创性的追求驱使他们采用得鱼忘荃的写意改编方式，隐去原著的一切痕迹，凸显改编作品的个人风格。

---

① 弗·杰姆逊：《后现代主义与文化理论》，唐小兵译，西安：陕西师范大学出版社，1986年版，第199页。

② 瓦西里耶夫：《作家和电影》，《世界电影》，1982年第3期。

参考文献

阿尼克斯特:《歌德与〈浮士德〉》,晨曦译,北京:生活·读书·新知三联书店1986年版。

艾柯,安伯托:《开放的作品》,刘儒庭译,北京:新星出版社,2005年版。

艾略特,T.S.:《艾略特诗学文集》,王恩衷编译,北京:国际文化出版公司,1989年版。

安德森,本尼迪克特:《想象的共同体:民族主义的起源与散布》,吴叡人译,上海:上海人民出版社,2003年版。

巴赫金:《巴赫金全集(第一卷)》,晓河、贾泽林、张杰、樊锦鑫等译,石家庄:河北教育出版社,1998年版。

巴金:《当代文学翻译百家谈》,北京:北京大学出版社,1989年版。

巴什拉,加斯东:《梦想的诗学》,刘自强译,北京:生活·读书·新知三联书店,1996年版。

鲍曼,齐格蒙:《立法者与阐释者:论现代性、后现代性与知识分子》,洪涛译,上海:上海人民出版社,2000年版。

贝尔,伯纳德·W.:《非洲裔美国黑人小说及其传统》,刘捷等译,成都:四川人民出版社,2000年版。

贝尔,丹尼尔:《资本主义文化矛盾》,赵一凡等译,北京:生活·读书·新知三联书店,1989年版。

贝拉,巴拉兹:《电影美学》,何力译,北京:中国电影出版社,1978年版。

本尼迪克特,露丝:《文化模式》,王炜等译,北京:生活·读书·新知三联书店,1988年版。

别尔嘉耶夫:《论人的使命》,张百春译,上海:学林出版社,2000年版。

别尔嘉耶夫,尼:《俄罗斯思想》,雷永生、邱守娟译,北京:生活·读书·新知三联书店,1995年版。

别尔嘉耶夫,尼古拉:《人的奴役与自由》,徐黎明译,贵阳:贵州人民出版社,1994年版。

别林斯基:《别林斯基选集》(第二卷),满涛译,上海:上海译文出版社,1979年版。

别林斯基:《别林斯基选集》(第六卷),辛未艾译,上海:上海译文出版社,2006年版。

别林斯基:《文学的幻想》,满涛译,合肥:安徽文艺出版社,1996年版。

波德莱尔:《波德莱尔美学论文选》,郭宏安译,北京:人民文学出版社,1987年版。

波伏瓦，西蒙娜·德：《第二性》，郑克鲁译，上海：上海译文出版社，2011年版。
柏格森：《笑：论滑稽的意义》，徐继曾译，北京：中国戏剧出版社，1980年。
柏拉图：《理想国》，郭斌和、张竹明译，北京：商务印书馆，1986年版。
勃兰兑斯：《十九世纪文学主流》（第五分册·法国的浪漫派），李宗杰译，北京：人民文学出版社，1982年版。
博尔赫斯，豪·路：《作家们的作家》，倪华迪译，昆明：云南人民出版社，1995年版。
布迪厄，皮埃尔：《艺术的法则：文学场的生成和结构》，刘晖译，北京：中央编译出版社，2001年版。
布朗，丹：《达·芬奇密码》，朱振武等译，北京：人民文学出版社，2004年版。
布鲁克斯，克林斯：《精致的瓮》，郭乙瑶等译，上海：上海人民出版社，2008年版。
布鲁姆，哈罗德：《西方正典：伟大作家和不朽作品》，江宁康译，南京：译林出版社，2005年版。
布罗茨基，约瑟夫：《小于一》，黄灿然译，杭州：浙江文艺出版社，2014年版。
布吕奈尔，皮埃尔等：《19世纪法国文学史》，郑克鲁等译，上海：上海人民出版社，1997年版。
布斯，韦恩·C.：《修辞的复兴——韦恩·布斯精粹》，穆雷等译，南京：译林出版社，2009年版。
蔡熙：《文化间性与流散文学》，《广西师范大学学报》，2008年第6期。
陈才宇校订：《朱译莎士比亚戏剧31种》，杭州：浙江工商大学出版社，2011年版。
陈福康：《中国译学理论史稿》，上海：上海外语教育出版社，1996年版。
陈汉平：《超越达·芬奇密码》，北京：国际文化出版公司，2007年版。
陈林侠：《从小说到电影——影视改编的综合研究》，北京：中国社会科学出版社，2011年版。
陈众议编：《魔幻现实主义》，沈阳：辽宁大学出版社，2001年版。
崔道怡等编：《"冰山"理论：对话与潜对话》，北京：中国工人出版社，1987年版。
村上春树：《雷蒙德·卡佛：美国平民的话语》，肖铁译，《中国企业家》，2009年第5期。
丹比，大卫：《伟大的书》，曹雅学译，南京：江苏人民出版社，1998年版。
丹纳：《艺术哲学》，傅雷译，合肥：安徽文艺出版社，1991年版。
狄更斯：《双城记》，石永礼等译，北京：人民文学出版社，1993年版。
迪萨纳亚克，埃伦：《审美的人——艺术来自何处及原因何在》，户晓辉译，北京：商务印书馆，2004年版。
刁克利：《诗性的寻找：文学作品的创作与欣赏》，北京：中国人民大学出版社，2013年版。
董问樵：《〈浮士德〉研究》，上海：复旦大学出版社，1987年版。
杜浩：《见证文学的勇气和力量》，《湖南日报》，2015年10月23日。
段德智：《西方死亡哲学》，北京：北京大学出版社，2006年版。
范玉吉：《何为高雅趣味？谁的高雅趣味？——对文艺鉴赏标准的质疑》，《学术界》，2007年第1期。

飞白:《诗海游踪:中西诗比较讲稿》,杭州:浙江工商大学出版社,2011 年版。

冯玉芝:《孤独与卓越:俄国经典文本中的“她世界”》,《中华女子学院学报》,2015 年第 5 期。

佛克马、蚁布思:《文学研究与文化参与》,俞国强译,北京:北京大学出版社,1996 年版。

福柯,米歇尔:《知识考古学》,谢强、马月译,北京:生活·读书·新知三联书店,1998 年版。

弗洛伊德:《弗洛伊德论美文选》,张唤民、陈伟奇译,北京:知识出版社,1987 年版。

弗洛伊德:《梦的释义》,张燕云译,沈阳:辽宁人民出版社,1987 年版。

福斯特,E. M.:《小说面面观》,苏炳文译,广州:花城出版社,1984 年版。

傅守祥:《比较文学视野中的经典阐释与文化沟通》,上海:上海人民出版社,2011 年版。

傅守祥:《大众文化的审美现代性批判》,《哲学研究》,2007 年第 7 期。

傅守祥:《泛审美时代的快感体验——从经典艺术到大众文化的审美趣味转向》,《现代传播》,2004 年第 3 期。

傅守祥:《后现代思潮中的现代性突围与文化品味差异》,《文学评论》,2010 年第 6 期。

傅守祥:《欢乐之诱与悲剧之思——消费时代大众文化的审美之维刍议》,《哲学研究》,2006 年第 2 期。

傅守祥:《审美化生存》,北京:中国传媒大学出版社,2008 年版。

傅守祥:《数字艺术:技术与人文的博弈》,《社会科学战线》,2008 年第 3 期。

傅守祥:《启蒙精神的高度与限度——试论理性悲剧〈浮士德〉的启示意义》,《思想战线》,2004 年第 2 期。

盖斯凯尔夫人:《夏洛蒂·勃朗特传》,张淑荣等译,北京:团结出版社,2000 年版。

高尔基:《高尔基自传》,汪介之编,戈宝权等译,南京:江苏文艺出版社,1998 年版。

高尔基:《论文学》,北京:人民文学出版社,1983 年版。

歌德:《歌德谈话录》,爱克曼辑录,朱光潜译,北京:人民文学出版社,1978 年版。

耿占春编选:《唯一的门——时间与人生》,北京:东方出版社,1996 年版。

郭建中编著:《当代美国翻译理论》,武汉:湖北教育出版社,2000 年版。

郭庆光:《传播学教程》,北京:中国人民大学出版社,2002 年版。

郭延礼:《中国近代翻译文学概论》,武汉:湖北教育出版社,1998 年版。

海德格尔:《人,诗意地安居——海德格尔语要》,郜元宝译,上海:上海远东出版社,1995 年版。

海德格尔,马丁:《存在与时间》,陈嘉映等译,北京:生活·读书·新知三联书店,2012 年版。

海德格尔,马丁:《荷尔德林诗的阐释》,孙周兴译,北京:商务印书馆,2000 年版。

海德格尔,马丁:《林中路》,孙周兴译,上海:上海译文出版社,2004 年版。

豪泽尔,阿诺德:《艺术社会学》,居延安译编,上海:学林出版社,1987 年版。

荷马:《奥德修纪》,杨宪益译,北京:中国工人出版社,1995 年版。

荷马:《伊利亚特》,陈中梅译,北京:北京燕山出版社,1999 年。

黑格尔:《美学》(第一卷),朱光潜译,北京:商务印书馆,1982 年版。
洪汉鼎:《何谓诠释学》,《理解与解释:诠释学经典文选》,北京:东方出版社,2006 年版。
胡经之:《文艺学多些对话好》,《中华读书报》,2002 年 2 月 27 日。
胡秀芳:《解读雷蒙德·卡佛的短篇小说》,《青年文学家》,2012 年第 10 期。
黄灿然:《必要的角度》,沈阳:辽宁教育出版社,2001 年版。
黄曼君:《中国现代文学经典的诞生与延传》,《中国社会科学》,2004 年第 3 期。
黄忠廉:《变译理论》,北京:中国对外翻译出版公司,2002 年版。
黄仲山:《人生百态,冷暖交集——以〈我打电话的地方〉为例解析卡佛短篇小说的色调对比》,《名作欣赏》,2007 年第 23 期。
惠特曼:《草叶集》,楚图南、李野光译,北京:人民文学出版社,1987 年版。
惠特曼:《惠特曼散文选》,张禹九译,长沙:湖南人民出版社,1986 年版。
基拉尔,勒内:《浪漫的谎言与小说的真实》,罗芃译,北京:生活·读书·新知三联书店,1998 年版。
伽达默尔,汉斯-格奥尔格:《真理与方法》,洪汉鼎译,上海:上海译文出版社,2004 年版。
杰姆逊,弗:《后现代主义与文化理论》,唐小兵译,西安:陕西师范大学出版社,1986 年版。
金雯、李绳:《"大数据"分析与文学研究》,《中国图书评论》,2014 年第 4 期。
卡尔维诺,伊塔洛:《未来千年文学备忘录》,杨德友译,沈阳:辽宁教育出版社,1997 年。
卡尔维诺,伊塔洛:《为什么读经典》,黄灿然、李桂蜜译,南京:译林出版社,2006 年版。
卡佛,雷蒙德:《大教堂》,肖铁译,南京:译林出版社,2009 年版。
卡佛,雷蒙德:《火》,孙仲旭译,南京:译林出版社,2012 年版。
卡佛,雷蒙德:《雷蒙德·卡佛短篇小说自选集》,汤伟译,北京:人民文学出版社,2009 年版。
卡佛,雷蒙德:《我打电话的地方》,汤伟译,北京:人民文学出版社,2012 年版。
卡佛,雷蒙德:《需要时,就给我电话》,于晓丹、廖世奇译,南京:译林出版社,2012 年版。
卡西尔,恩斯特:《人论》,甘阳译,上海:上海译文出版社,1985 年版。
柯恩:《惠特曼的〈自我之歌〉》,《美国划时代作品评论集》,朱立民等译,北京:生活·读书·新知三联书店,1988 年版。
克里希那穆提:《关系之镜:两性的真爱》,常霜林译,北京:九州出版社,2010 年版。
克里希那穆提:《生命之书》,胡因梦译,南京:译林出版社,2011 年版。
克里希那穆提:《人生中不可不想的事》,叶文可译,北京:群言出版社,2004 年版。
克利福德:《智慧文学》,祝帅译,上海:华东师范大学出版社,2010 年版。
莱蒙,米歇尔:《法国现代小说史》,徐知免、杨剑译,上海:上海译文出版社,1995 年版。
勒菲弗尔,安德烈:《翻译、改写以及对文学名声的制控》,上海:上海外语教育出版社,2004 年版。
黎文编译:《大数据时代的文学研究》,《文汇报》,2013 年 6 月 24 日。
李建军:《重读别林斯基》,《小说评论》,2013 年第 4 期。
李健吾:《〈莫里哀喜剧六种〉译本序》,《莫里哀喜剧六种》,上海:上海译文出版社,1978 年版。

李欧梵:《文学改编电影》,香港:香港三联书店,2010 年。
李维:《中国诗史》,南京:江苏文艺出版社,2008 年版。
李野光编选:《惠特曼研究》,桂林:漓江出版社,1988 年版。
李玉贞:《一部颠覆性著作:〈二十世纪俄国史〉》,《炎黄春秋》,2010 年第 10 期。
李云雷:《重建"公共性",文学方能走出窘境》,《人民日报》,2011 年 4 月 8 日第 24 版。
李泽厚、刘再复:《告别革命:回望二十世纪中国》,香港:天地图书有限公司,1995 年版。
梁实秋:《英国文学史》(第三卷),台北:协志工业丛书出版股份有限公司,1985 年版。
梁漱溟:《人心与人生》,上海:学林出版社,1984 年版。
梁旭东:《遭遇边缘情境:西方文学经典的另类阐释》,北京:北京大学出版社,2004 年版。
令狐若明:《埃及学研究:辉煌的古埃及文明》,长春:吉林大学出版社,2008 年版。
刘魁立:《文学和民间文学》,《文学评论》,1985 年第 2 期。
刘树森:《重新解析惠特曼与文学传统的因缘——〈惠特曼与传统〉评介》,《外国文学》,1995 年第 2 期。
刘小枫:《沉重的肉身:现代性伦理的叙事纬语》,北京:华夏出版社,2004 年版。
刘小枫:《这一代人的怕和爱》,北京:生活·读书·新知三联书店,1996 年版。
刘小枫:《拯救与逍遥》,上海:华东师范大学出版社,2007 年版。
卢卡契:《卢卡契文学论文选》(第一卷),范大灿编选,北京:人民文学出版社 1986 年版。
鲁迅:《集外集·爱之神》,《鲁迅全集》(第七卷),北京:人民文学出版社,2005 年版。
陆建德:《艾略特:改变表现方式的天才》,《外国文学评论》,1999 年第 3 期。
鹿鸣之什:《书写受厄:20 世纪的见证文学》,《新京报》,2015 年 4 月 25 日。
罗蒂,理查德:《哲学、文学和政治》,黄宗英等译,上海:上海译文出版社,2009 年版。
罗钢、刘象愚主编:《后殖民主义文化理论》,北京:中国社会科学出版社,1999 年版。
罗钢、刘象愚主编:《文化研究读本》,北京:中国社会科学出版社,2000 年版。
罗兰,罗曼:《名人传》,傅雷译,南京:译林出版社,2001 年版。
索福克勒斯:《索福克勒斯悲剧二种》,罗念生译,北京:人民文学出版社,1961 年版。
罗新璋编:《翻译论集》,北京:商务印书馆,1984 年版。
马尔克斯,加西亚:《两百年的孤独——加西亚·马尔克斯谈创作》,朱景冬等译,昆明:云南人民出版社,1997 年版。
马尔克斯,加西亚、门多萨:《番石榴飘香》,林一安译,上海:上海三联书店,1987 年版。
马克思、恩格斯:《马克思恩格斯论艺术》(第四卷),北京:中国社会科学出版社,1985 年版。
马克思、恩格斯:《马克思恩格斯全集》(第三卷),北京:人民出版社,2002 年版。
麦克罗比,安吉拉:《文化研究的用途》,李庆本译,北京:北京大学出版社,2007 年版。
毛凌滢:《从文字到影像:小说的电视剧改编研究》,成都:四川大学出版社,2009 年版。
毛泽东:《毛泽东选集》(第一卷),北京:人民出版社,1991 年版。
茅盾:《世界文学名著杂谈》,天津:百花文艺出版社,1980 年版。
梅列金斯基,E. M.:《英雄史诗的起源》,王亚民等译,北京:商务印书馆,2007 年版。
孟建:《视觉文化传播:对一种文化形态和传播理念的诠释》,《现代传播》,2002 年第 3 期。

米尔斯基，德·斯：《俄国文学史》上卷，刘文飞译，北京：人民出版社，2013年版。
米利特，凯特：《性政治》，宋文伟译，南京：江苏人民出版社，2000年版。
尼采：《上帝死了》，戚仁译，上海：上海三联书店，1997年。
聂珍钊：《文学伦理学批评导论》，北京：北京大学出版社，2014年版。
聂珍钊：《文学伦理学批评：口头文学与脑文本》，《外国文学研究》，2013年第6期。
纳斯鲍姆，玛莎：《培养人性：从古典学角度为通识教育改革辩护》，李艳译，上海：上海三联书店，2013年版。
努斯鲍姆，玛莎：《诗性正义：文学想象与公共生活》，丁晓东译，北京：北京大学出版社，2010年版。
潘一禾：《故事与解释——世界文学经典通论》，上海：学林出版社，2000年版。
普鲁塔克：《希腊罗马名人传》，席代岳译，长春：吉林出版集团有限责任公司，2009年版。
普罗普：《滑稽与笑的问题》，杜书瀛、理然译，沈阳：辽宁教育出版社，1998年版。
钱钟书：《钱钟书散文》，杭州：浙江文艺出版社，1997年版。
邱小轻：《卡佛笔下的美国——解读卡佛的〈大教堂〉》，《四川外语学院学报》，2001年第1期。
热奈特：《批评与诗学》，《文学研究参考》，1987年辑刊。
热奈特，热拉尔等：《文学理论精粹读本》，阎嘉主编，北京：中国人民大学出版社，2006年版。
任翔：《爱伦·坡的诗歌：书写与死亡的生命沉思》，《外国文学研究》，2004年第2期。
萨杜尔，乔治：《世界电影史》，徐昭、胡承伟译，北京：中国电影出版社，1982年版。
萨特，让-保罗：《存在主义是一种人道主义》，周煦良、汤永宽译，上海：上海译文出版社，1988年版。
莎士比亚：《麦克白英汉对照》，朱生豪译，北京：中国对外经济贸易出版社，2000年版。
舍斯托夫：《舍斯托夫集：悲剧哲学家的旷野呼告》，方珊编选，上海：远东出版社，2004年版。
生安锋：《文学的重写、经典重构与文化参与——杜威·佛克马教授访谈录》，《文艺研究》，2006年第5期。
施旭升：《论戏曲的"经典化"与"去经典化"》，《戏曲艺术》，2011年第1期。
斯皮勒，罗伯特：《美国文学的周期——历史评论专著》，王长荣译，上海：上海外语教育出版社，1990年版。
斯威布：《希腊的神话和传说》，楚图南译，北京：人民文学出版社，1978年版。
宋学智：《翻译文学经典的影响与接受》，上海：上海译文出版社，2006年版。
宋兆霖选编：《诺贝尔文学奖获奖作家访谈录》，杭州：浙江文艺出版社，2005年版。
孙家琇：《论莎士比亚四大悲剧》，北京：中国戏剧出版社，1988年版。
孙向晨：《马丁·布伯的"关系本体论"》，《复旦学报》(社会科学版)，1998年04期。
谭旭东：《文学经典的生成及其价值》，《文艺报》，2008年3月15日。
汤普逊：《理解俄国——俄国文化中的圣愚》，杨德友译，北京：三联书店，牛津：牛津大学出版社，1998年版。

陶东风:《文化创伤与见证文学》,《当代文坛》,2011年第5期。

陶东风:《文学经典与文化权力(上)——文化研究视野中的文学经典问题》,《中国比较文学》,2004年第3期。

童庆炳:《文学经典建构的内部要素》,《天津社会科学》,2005年第3期。

汪晖、陈燕谷主编:《文化与公共性》,北京:生活·读书·新知三联书店,1998年版。

王逢振:《美国文学大花园》,武汉:湖北教育出版社,2007年版。

王克千:《萨特存在主义剖析》,《哲学研究》,1984年第2期。

王宁:《流散文学与文化身份认同》,《社会科学》,2006年第11期。

王宁:《文学经典的形成与文化阐释》,《文艺报》,2010年2月24日。

王秋艳、宋学智:《外国文学经典研究在中国》,《外国语文研究》,2012年第2辑。

王小波:《沉默的大多数:王小波杂文随笔全编》,北京:中国青年出版社,1997年版。

王晓明:《半张脸的神话》,《在新意识形态的笼罩下——90年代的文化和文学分析》,李陀、王晓明主编,南京:江苏人民出版社,2000年版。

王中强:《从沉沦酒精到自我救赎——解读短篇小说〈我打电话的地方〉》,《外语研究》,2011年第5期。

韦勒克、沃伦:《文学理论》,刘象愚等译,北京:生活·读书·新知三联书店,1984年版。

韦勒克,雷纳:《近代文学批评史》(第五卷),杨自伍译,上海:上海译文出版社,2002年版。

韦斯坦因,乌尔利希:《比较文学与文学理论》,刘象愚译,沈阳:辽宁人民出版社,1987年版。

文言主编:《文学传播学引论》,沈阳:辽宁人民出版社,2006年版。

吴笛:《比较视野中的欧美诗歌》,北京:作家出版社,2004年版。

吴义勤:《当代文学"经典化":文艺批评的一个重要面向》,《光明日报》,2015年02月12日。

吴元迈:《也谈文学经典》,《文艺报》,2010年4月19日。

伍蠡甫、胡经之主编:《西方文艺理论名著选编》(中卷),北京:北京大学出版社,1986年版。

锡德尼,菲利普:《为诗辩护》,钱学熙译,北京:人民文学出版社,1964年。

夏衍:《杂谈改编》,《中国电影理论文选》(上册),北京:文化艺术出版社,1992年版。

谢天振:《中西翻译简史》,北京:外语教学与研究出版社,2009年版。

熊元义、李明军:《文艺经典与文艺评论》,《中国艺术报》,2012年6月8日。

徐葆耕:《西方文学:心灵的历史》,北京:清华大学出版社,1990年版。

徐贲:《人以什么理由来记忆》,长春:吉林出版集团有限责任公司,2008年版。

徐岱:《批评美学——艺术诠释的逻辑与范式》,上海:学林出版社,2003年版。

徐岱:《艺术新概念:消费时代的人文关怀》,杭州:浙江大学出版社,2006年版。

徐杰:《文学内部和外部研究的"断裂"与"弥合"》,《殷都学刊》,2011年第1期。

徐璐明:《童话故事起源可追溯到几千年前》,《文汇报》,2016年1月29日。

许钧:《生命之轻与翻译之重》,北京:文化艺术出版社,2007年版。

许渊冲：《文学与翻译》，北京：北京大学出版社，2003 年版。
亚理斯多德：《诗学》，《诗学・诗艺》，罗念生、杨周翰译，北京：人民文学出版社，1962 年版。
雅斯贝尔斯，卡尔：《悲剧的超越》，亦春译，北京：中国工人出版社，1988 年版。
阎景娟：《文学经典论争在美国》，北京：社会科学文献出版社，2010 年版。
颜纯钧主编：《文化的交响：中国电影比较研究》，北京：中国电影出版社，2000 年版。
杨慧林：《"圣杯"的象征系统及其"解码"——〈达・芬奇密码〉的符号考释》，《文艺研究》，2005 年第 12 期。
杨静远编著：《勃朗特姐妹研究》，北京：中国社会科学出版社，1983 年版。
杨周翰编选：《莎士比亚评论汇编》(上)，北京：中国社会科学出版社，1979 年版。
叶舒宪选编：《神话—原型批评》，西安：陕西师范大学出版社，1987 年版。
叶舒宪编选：《结构主义神话学》，西安：陕西师范大学出版社，1988 年版。
伊格尔顿：《理论之后》，《中外文论与文化》(第 13 辑)，成都：四川大学出版社，2006 年版。
伊格尔顿：《文化的观念》，方杰译，南京：南京大学出版社，2006 年版。
于晓丹：《雷蒙・卡佛：人与创作》，《外国文学》，1994 年第 2 期。
俞吾金：《喜剧美学宣言》，《中国社会科学》，2006 年第 5 期。
雨果：《〈克伦威尔〉序》，《雨果论文学》，柳鸣九译，上海：上海译文出版社，1980 年版。
张德明：《经典的普世性与文化阐释的多元性——从荷马史诗的三个后续文本谈起》，《外国文学评论》，2007 年第 1 期。
张德明：《流散族群的身份建构——当代加勒比英语文学研究》，杭州：浙江大学出版社，2007 年版。
张帆：《奈丽・萨克斯诗歌的创伤宣称与诗性正义》，《当代外国文学》，2012 年第 4 期。
张浩文：《文学经典：时间的朋友和敌人》，《文艺报》，2010 年 2 月 24 日。
张剑：《英国文学与英式幽默》，《光明日报》，2012 年 01 月 16 日 09 版。
张京媛主编：《当代女性主义文学批评》，北京：北京大学出版社，1992 年版。
张隆溪、梁建东：《文学从来都不是很"重要"》，《江苏大学学报》(社会科学版)，2010 年第 4 期。
张念：《性别政治与国家：论中国妇女解放》，北京：商务印书馆，2014 年版。
张小溪：《科技能破解人文研究困境吗?》，《中国社会科学报》，2015 年 5 月 27 日 A03 版。
张晓波：《别林斯基的风骨》，《杂文月刊》(文摘版)，2010 年第 5 期。
张宗伟：《中外文学名著的影视改编》，北京：中国广播电视出版社，2002 年版。
赵德明：《20 世纪拉丁美洲小说》，昆明：云南人民出版社，2003 年版。
赵德明主编：《我们看拉美文学》，昆明：云南人民出版社，2000 年版。
赵国栋、易欢欢、糜万军、鄂维南：《大数据时代的历史机遇——产业变革与数据科学》，北京：清华大学出版社，2013 年版。
郑海凌：《文学翻译学》，郑州：文心出版社，2000 年版。
中国社科院哲学所编：《古希腊罗马哲学》，北京：中国社会科学出版社，1996 年版。

周海波:《现代传媒视野中的中国现代文学》,北京:中华书局,2008年版。

周小仪:《唯美主义与消费文化》,北京:北京大学出版社,2002年版。

朱大可:《什么是经典》,《长江日报》,2015年6月2日第15版。

朱光潜:《悲剧心理学》,合肥:安徽教育出版社,1989年版。

朱光潜:《诗论》,北京:生活·读书·新知三联书店,1984年版。

朱光潜:《西方美学史》,北京:人民文学出版社,1979年版。

朱国华:《文学与权力——文学合法性的批判性考察》,上海:华东师范大学出版社,2006年版。

朱景冬:《马尔克斯:魔幻现实主义巨擘》,长春:长春出版社,1995年版。

Auden, W. H. *The Complete Works of W. H. Auden. Vol. I, Prose, 1926—1938*, ed. Edward Mendelson, Princeton N. J.: Princeton University Press, 1996.

Anthony Pym. *Method in Translation History*. Manchester: St. Jerome Publishing, 1998.

Boelhower, William. "A Modest Ethnic Proposal," in Gordon Hutner(ed.), *American Literature, American Culture*, Oxford University Press, 1999.

Brantlinger, Patrick. *Crusoe's Footprints: Cultural Studies in Britain and America*, New York: Routledge, 1990.

David Swartz. *Culture and Power: The Sociology of Piere Bourdieu*. Chicago: University of Chicago Press, 1997.

Eliot, T. S. "*Selected Essays*", London: Faber & Faber, 1951.

Even-Zohar, Itamar. *Polysystem Studies*, Duke University Press, 1990.

Foucault, Michel. "What Is Enlightment?", in Paul Rabinow, ed., *The Foucault Reader*. London: Penguin Books, 1984.

Gay Wilson Allen. *The Solitary Singer: A Critical Biography of Walt Whitman*, New York: Oxford Univ. Press, 1987.

Gentry, Marshall. *Conversations with Raymond Carver*, Jackson: University Press of Mississippi, 1990.

Gray Paul. "Hurrah for Dead White Males!", *New York Times*, Oct. 10, 1994, Vol. 144, Iss. 15.

Grossberg, Lanwrenc ed. *Cultural Studies*, London & New York: Routledge, 1992.

Guillory, John. *The Ideology of Canon-Formation: T. S. Eliot and Cleanth Brooks*, *Canons*, ed. by Robert von Hallberg, Chicago: University of Chicago, 1984.

Heaney, Seamus. "Feeling into Words", *The Poet's Work*, Boston: Houghton Mifflin company, 1979.

Itamar Even-Zohar. *Polysystem Studies*. Durham: Duke University Press, 1990.

Johnson, Samuel. "Review of a Free Inquiry into the Nature and Origin of Evil", *The*

Oxford Authors: *Samuel Johnson*, Donald Greene ed., London: Oxford UP, 1990.

Levinas, Emmanuel. *Ethics and Infinity*, Trans. Richard A. Cohen, Pittsburgh: Duquesne UP, 1985.

Lovgren, Stefan. "No Gospel in Da Vinci Code Claims, Scholars Say", *National Geographic Channel*, December 17, 2004.

Miller, James E. *Leaves of Grass*: *America's Lyric-Epic of Self and Democracy*, New York: Twayne Publishers, 1992.

Morrison, Toni. *Playing in the Dark*: *Whiteness and the Literary Imagination*, New York: Vintage Books, 1993.

Morrison, Toni. "Unspeakable Things Unspoken: The Afro-American Presence in American Literature", in Gordon Hutner (ed.), *American Literature*, *American Culture*, Oxford University Press, 1999.

Moulton, Carroll. *Ancient Greece and Rome*, New York: Charles Scribner's Sons, 1998.

Newmark, P. *About Translation*, Clevedon: Multilingual Matters Ltd., 1991.

Nida. *Toward a Science of Translating*, Shanghai: Shanghai Foreign Language Education Press, 2004.

Poetzsch, Markus. "Towards an Ethical Literary Criticism: the Lessons of Levinas", *Antigonish Review*, Issue 158, Summer 2009.

Pym, Anthony. *Method in Translation History*, St. Jerome Publishing, 1998.

Said, Edward W. *Culture and Imperialism*, London: Vintage Books, A Division of Random House, 1993.

Shulman, Robert. "Poe and the Powers of the Mind", *ELH*, Vol. 37, No. 2 (Jun., 1970).

Swartz, David. *Culture and Power*: *The Sociology of Piere Bourdieu*, Chicago: The University of Chicago Press, 1997.

Tate, Allen. "The Angelic Imagination: Poe and the Power of Words", *The Kenyon Review*, Vol. 14, No. 3 (Summer, 1952).

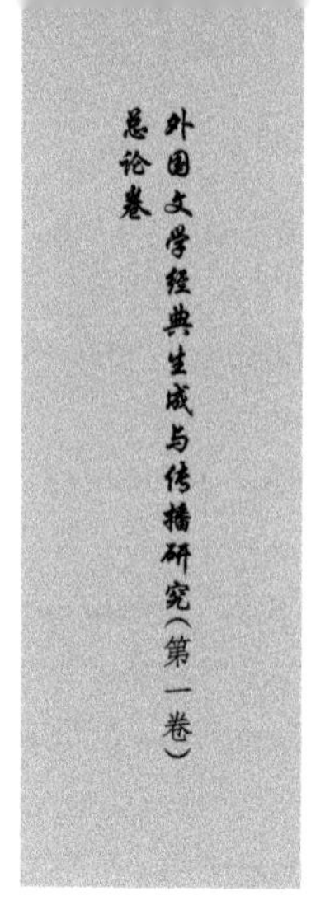

索　引

L

M

N

O

P

Q

R

S

T

W

X

Y

Z

后 记

文学即人学，文学经典更是将精神存在、人生智慧、思想场域、人性细节、艺术呈现等相对完美地凝合在一起的民族语言的综合体。外国文学经典是时间锤炼出来的，是跨越时空给人生以指导和借鉴的东西，也是特定时代、特定人群、特定地域的文化记忆、共识性体验与延展性想象，是作家、批评家与读者长期磨合的共同创造；其智慧光芒穿透历史、思想价值历久弥新、艺术想象跨越时空、语言延展民族独创。从世界文明演进的视角看，外国文学经典无疑是世界各国文化传承与文学承继的核心，既体现了各国文学大师们在特定文化情境中的生命体验和族群想象，又反映了某一个时代人类精神的整体面貌与文明程度。外国文学经典是历史留给全人类的丰富遗产，它们既是民族的也是世界的，既有特殊性也有普遍性，其民族人类学意义上的历史生成、时代流变主要承载着本族群的文化基因和精神密码，而其跨文化交流与跨媒介重构不但可以使本身焕发出新的生命、折射出新的光彩，还可以供世界其他民族在推进文化反省和文明重构时借鉴与参照。

优秀文化，特别是文学经典，既是一个民族的精神旗帜，更标识着全人类的精神品质。德国哲学家康德曾说：世界上只有两样东西是值得我们深深景仰的，一个是我们头上的灿烂星空，另一个是我们内心的崇高道德法则。在展示人性的微妙这一点上，文学无疑比任何教义和信条都更伟大。外国文学经典包罗万象、洞幽烛微，却坚持给人留存希望、带来人性的温暖、品察生命的本真。它们既可以化为人生的滋养与历练，帮助人们认识当下的世界和自己，也是深刻理解异域人情事理、潜心学习其优秀文化的重要途径。阅读经典、领会经典和活用经典，无疑会“丰富”我们的体验、“延长”我们的生命。文学经典还能够培育人们想象他者与去除偏见的能力，培育人们同情他人与公正判断的能力，并将最终锻造一种充满人性的公共判断的新标准、这个时代亟需的诗性正义。

当代中国的“外国文学经典研究”应该要有开放的胸襟、变通的本领、担当的意识与批判的精神，既要“入乎其内”式地“敬畏经典”，又要“出乎其外”式地“重估经典”。“敬畏经典”意在强调恢复经典的思想尊严、细寻经典的精神魅力；“重估经典”意在强调激活经典的思想命题、开掘经典的精神蕴藏，甚至敢于将“经典”堕落为“经验”、将“意识形态”下降为“具体问题”，特别是在“媒介化生存”的“大数据时代”。相伴经典，与伟大的心灵相互感应、良性共鸣；直面先贤，枯燥会变成有趣，孤寂会变成安宁，每一次新的发现都会让人从内心生发感动；重识经典，在“后现代式的价值多元时代”里，探索树立伦理共识、坚守价值底线、温暖人心、和合世界的途径。

对个人来说，防止庸俗和集中精力的一个办法是只读经典，只读那些经过历史淘汰保留下来的精华。经典研读是全球化时代的明智选择，基于经典阅读的人文教育，其核心功能就在于帮助我们在新的历史情境下重新发现和思考“人”自身的内在含义。外国文学经典研究在人文濡化、文明分享、批判性转化等方面独具擅场，围绕思想的产生和人文的“化育”，在充分尊重中完成知识考古学的工作、在满心敬仰里探寻精神现象学的轨迹、在灵动“出入”间翻捡人性生死书的秘密，以“才”“学”“识”最佳的状态，帮助国人成为“既能用中国眼光看世界的人，又能用世界眼光看中国的人”。法国作家加缪曾说过：“人生最重要的事情不是‘活得最好’，而是‘活得最多’。”因为“活得最好”是永无止境的，我们的欲望会不断攀升与繁殖；但是，“活得最多”是我们每个人都可以做到的，我们可以通过阅读经典来让自己“活得最多”“看得最多”“经历得最多”。

时光荏苒，日月如梭。回想本重大招标课题申报的2010年11月，我正在美国佛罗里达访学，那时的美国当政者是倡导“美国需要一次改变”的奥巴马，而今换成了倡导“美国优先”的特朗普。我还清楚记得与吴笛教授通过电子邮件、电话等多次沟通、讨论本课题论证方案的情景，以及在详细拟写“总论卷”中的章、节、目时，常有“精骛八极，心游万仞”的酣畅，亦有枯坐玄想、心斋坐忘的通透。先师叶秀山先生倡导“愉快的思”，最近20年间感触尤深。

做学问不但是一项费心费脑的活计，更是一项耗费莫大体力的劳动。

然而,在学与问的漫漫路途上,若是起意于内心愉悦的满足、在做自己喜欢做的事,那么,在身心疲累之外终究是快乐的,正所谓"学之不如好之,好之不如乐之"。学界前辈陈平原(1954—)先生曾言"做学问不靠拼命靠长命",因为生命的延续意味着学问的厚积,连续的人生体验才能做出更多的学问。我辈学人不敢奢望有前辈大师一般的学术贡献,但是在当下市场经济时代做学问的"穷途"与"愚执",以及做学问者的头脑发达与四肢萎缩,却是不争的事实,在不知不觉间我们都成为世间急速"旋转的陀螺"。当然,做任何事都要认真和投入,但是对于真正想做学问的知识分子来说,身体透支式的"拼命"往往多于劳逸结合与休养生息式的"长命";做学问的读书人有时候还会被驱赶着渐渐失却了沉静与从容,身体透支式的"拼命"也就从不自觉走向了被迫与无奈。禅宗诗偈有云:"心如大海无边际,口吐红莲养病身。"唯愿同道学人以"平静的尘心"善待身体、感恩快乐。

在这部论著的写作与修改过程中,国内外先哲时贤的相关研究成果(主要参考文献附在文后)使我受益匪浅,在此一并致谢。该书部分章节曾以单篇论文形式在《思想战线》《妇女研究论丛》《东岳论丛》《浙江社会科学》《江西社会科学》《湖南社会科学》《江苏行政学院学报》《中南民族大学学报》《文化中国》(加拿大)、《澳门理工学报》《中国社会科学报》等处发表,并被《中国社会科学文摘》《高等学校文科学术文摘》、人大复印报刊资料《文艺理论》等转摘多篇,特此致谢。本书的第五章由湖南师范大学外国语学院刘云雁博士撰写、第六章由浙江财经大学外国语学院魏丽娜博士撰写、第七章由浙江大学人文学院钱蓓慧博士撰写,其他均为本人独著并统稿。特此说明。

最后,还要特别感谢本课题的首席专家吴笛教授,他为本课题最终高质量完成和系列专著的出版付出了很多辛劳。我的感受是,与本重大招标课题各位专家的合作是很愉快的!

傅守祥

2018年3月于杭州西溪河畔